Knaur

Von Barbara Delinsky ist außerdem erschienen:

Der Platz einer Frau
Der Tag, an dem alles anders wurde
Drei Wünsche hast du frei
Facetten der Liebe
Freunde und Liebhaber
Rückkehr nach Monterey
Schatten vergangener Tage
Virginias Töchter
Zusammen und doch allein
Die Affäre der Lily Blake

Über die Autorin:

Barbara Delinsky ist die *New-York-Times*-Bestseller-Autorin von 66 Romanen. Über 21 Millionen Exemplare sind weltweit in 18 verschiedenen Sprachen verkauft worden. Barbara Delinsky lebt mit ihrem Mann in New England und hat drei erwachsene Söhne.

BARBARA DELINSKY

Niemals werde ich dich vergessen

Roman

Aus dem Amerikanischen von
Georgia Sommerfeld

Knaur

Die amerikanische Originalausgabe erschien 1995
unter dem Titel »Shades of Grace«
bei Harper Collins, New York

Besuchen Sie uns im Internet:
www.knaur.de

Vollständige Taschenbuchausgabe 2002
Droemersche Verlagsanstalt Th. Knaur Nachf., München
Dieser Titel erschien bereits unter der Bandnummer 60595

Umschlaggestaltung: ZERO Werbeagentur, München
Umschlagabbildung: Zefa, Düsseldorf
Satz: Pinkuin Satz und Datentechnik, Berlin
Druck und Bindung: Nørhaven Paperback A/S
Printed in Denmark
ISBN 3-426-62077-4

2 4 5 3 1

Danksagung

In der Regel sind die ersten, die ein Manuskript von mir zu sehen bekommen, meine Agentin und meine Redakteurin. »Shades of Grace« verlangte aufgrund der Thematik jedoch eine Abweichung von dieser Verfahrensweise. Fachlektüre vermittelte mir die nötigen Sachkenntnisse, aber Einblick in die damit verbundenen Gefühle gaben mir Gespräche mit einer Vielzahl von Leuten, die in ihrer nächsten Verwandtschaft Erfahrungen mit der Alzheimerschen Krankheit gesammelt haben. Zwei von ihnen erklärten sich großzügiger- und dankenswerterweise bereit, mein Manuskript zu lesen, um seine Authentizität sicherzustellen.

Die erste war Anna-Mae Barney, die zwölf Jahre mit der Pflege ihrer Mutter zubrachte. Wir lernten uns ganz zufällig kennen, als mein Buch fast fertig war. Als ich erfuhr, daß ihre Mutter Grace hieß, stand für mich fest, daß sie mein Buch lesen mußte.

Die zweite war Margaret Mullen, die als Program Director am Newton and Wellesley Alzheimer Center täglich mit Patienten und deren Familien arbeitet. Für mich war Peggy sowohl Informationsquelle als auch Leserin – für ihre Patienten und deren Familien ist sie ein täglicher Quell der Hilfe und des Trostes.

Und so gilt mein Dank im speziellen Anna-Mae und Peggy. Aber auch Karen Solem, die auf Anhieb von diesem Buch begeistert war, und Steve und den Jungs – Eric, Andrew und Jeremy –, die mich ein weiteres Mal klaglos ertragen haben.

Einen Dank besonderer Art schulde ich meiner Tante Sadie. Als ich in die sechste Klasse ging, sollten wir einen Hausaufsatz schreiben, der eine Schilderung der Sonne zum Thema hatte. Nachdem ich mich Stunden damit herumgequält hatte, war ich den Tränen nahe. Tante Sadie nahm die Sache gelassen in die Hand: Sie forderte mich auf, zu erzählen, was mir dazu einfiel, und schrieb es mit. Danach mußte ich meine »ins unreine« gesprochenen Gedanken nur noch in eine stilistische Form bringen.

Bis zum heutigen Tage erinnere ich mich bei gelegentlichen Problem-Passagen eines Buches daran, welche Ruhe sie ausstrahlte, wie sie mich tief durchatmen ließ, und welche Befriedigung sie am Ende mit mir teilte.

Ich wünschte, sie könnte das auch jetzt noch tun, denn die Befriedigungen in meinem Leben sind intensiver und erstaunlicher, als wir beide es uns hätten träumen lassen – aber sie lebt in ihrer eigenen, klein gewordenen Welt und erkennt mich nicht mehr.

Erstes Kapitel

Der Charakter ist eine Ware, die man am besten in geschmackvoller Kleidung, mit gepflegter Sprache und aufrechter Körperhaltung präsentiert. Jeder gute Verkäufer weiß, daß die Verpackung einen Vorgeschmack auf das darin enthaltene Geschenk darstellt.

– Grace Dorian in einem Interview mit Barbara Walters

Grace Dorian starrte ratlos auf die Papiere auf ihrem Schreibtisch hinunter. Sie hatte keine Ahnung, wie sie dorthin gekommen waren, keine Ahnung, was es mit ihnen auf sich hatte.

Auf der Suche nach Hinweisen blätterte sie den Stapel durch. Keine Papiere. Briefe. Einige handgeschrieben, andere mit der Maschine, einige auf weißem Papier mit gedrucktem Briefkopf, andere auf buntem, auf herausgerissenen Notizbuchblättern …

»Liebe Grace …«

»Liebe Grace …«

»Liebe Grace …«

Denk nach! beschwor sie sich, die aufsteigende Panik niederkämpfend. Leute schrieben ihr Briefe – nach der Kuriertasche zu urteilen, die offen auf dem Stuhl stand, viele Leute: Sie quoll regelrecht über von Schreiben wie die auf dem Schreibtisch. Es gab einen Grund für ihre Existenz.

Grace preßte die Hand auf die Brust und zwang sich zur Ruhe, spürte unter der Handwurzel ihr hämmerndes Herz, und unter ihren Fingerspitzen kleine Kugeln.

Ein Rosenkranz? Nein. Kein Rosenkranz. Eine Perlenkette, Grace. Eine Perlenkette.
Angstvolle Augen irrten auf der Suche nach Vertrautem durch den Raum, verweilten kurz auf dem Mahagoni-Bücherschrank, den Samtvorhängen, dem zierlichen Brokatsofa, den polierten Messinglampen. Die Lampen brannten nicht. Es war Morgen. Sonnenlicht ergoß sich über den Aubusson-Teppich.
Mit zitternden Händen setzte sie ihre Lesebrille auf und betete, daß es, wenn sie die Briefe nur lange genug, aufmerksam genug studierte, irgendwann in ihrem Kopf Klick machen würde. Sie las Adressen auf Rückumschlägen – Morgan Hill, Kalifornien, Burley, Alabama, Little River, South Carolina, Parma, Ohio ... Leute aus dem ganzen Land schrieben ihr. Und sie befand sich in ... hier war ... sie lebte in ... Connecticut. Da stand es, über den Rand ihrer Brille zu lesen, in geschwungener Schrift auf einer Landkarte an der gegenüberliegenden Wand. Grace legte die Brille weg, ging zu der Karte hinüber, berührte den Goldrahmen und schöpfte Trost aus seiner Stabilität und, ja, seiner Vertrautheit.
Sie wohnte im Westen von Connecticut, auf dem weitläufigen Anwesen, das John ihr hinterlassen hatte. Das ursprüngliche Haus war fast ebenso viele Generationen im Besitz seiner Familie gewesen wie die alte Sägemühle. Die Sägemühle war nicht mehr in Betrieb, von Wein überwuchert und so gebeugt wie John in seinen letzten Jahren, doch was die Zeit der Mühle genommen hatte, hatte sie dem Haus gegeben. Ehemals ein rechteckiger, nach Westen ausgerichteter Steinklotz, hatte es einen Nordflügel dazubekommen und dann einen Südflügel; schließlich war eine Garage aus dem Boden geschossen, bei der es nicht geblieben war. An der Rückseite des Hauses waren eine Reihe von Büroräumen angebaut worden, in dessen größtem sie gerade stand, und ein Wintergarten vor der Terrasse, die sie so liebte, mit Steinplatten gefliest und aprilkahl, aber vielversprechend, bevor er in die sanft hügelige Rasenfläche überging, jenseits derer, von Föhren gesäumt, der Housatonic floß. Im Spät-

sommer zog er gemächlich an der Ostgrenze ihres Besitzes entlang. Zu dieser Jahreszeit war er in Eile; das hörte sie sogar jetzt durch die geschlossenen Flügelfenster.
Diese Dinge waren ihr vertraut. Und die anderen? Sie warf einen ängstlichen Blick zur Tür, ehe sie wieder zu ihrer Brille griff.
»Liebe Grace, ich lese Ihre Kolumne nun schon seit zwanzig Jahren, aber es ist heute das erstemal, daß ich Ihnen schreibe. Meine Tochter wird im Herbst heiraten, und nun besteht mein Exehemann darauf, daß, wenn sie ihn als Brautführer haben will, die Kinder aus seiner zweiten Ehe an der Hochzeit teilnehmen. Es sind fünf, alle unter zehn und unerzogen, und sie haben sich meiner Tochter gegenüber abscheulich benommen ...«
»Liebe Grace, Sie müssen einen Streit zwischen meinem Freund und mir schlichten. Er behauptet, daß der erste Junge, mit dem ein Mädchen schläft, ihren Unterleib seinen Gegebenheiten entsprechend formt, so daß es später mit einem anderen nie mehr so schön ist ...«
»Liebe Grace, einige der Briefe, die Sie veröffentlichen, sind zu weit hergeholt, um echt sein zu können ...«
»Liebe Grace, danke für den Rat, den Sie der armen Frau gegeben haben, deren Geschenke von ihren Enkeln nie anerkannt werden. Sie hat ein Recht auf ein Dankeschön – auch innerhalb der Familie. Ich habe Ihre Kolumne ausgeschnitten und an einer Stelle aufgehängt, wo meine Kinder sie sehen konnten ...«
Grace hielt den letzten Brief, jetzt aus Erleichterung zitternd, noch eine Weile in der Hand, ehe sie ihn weglegte.
Grace Dorian. »Die Vertraute«. Natürlich.
Wenn sie einen Beweis brauchte – am Ende des Zimmers hingen Plaketten an der Wand, die sich auf Vorträge bezogen, die sie vor Berufsverbänden gehalten hatte, und darunter lagen Ordner voller Zeitungsausschnitte, in denen ihre landesweit erscheinende Kolumne gelobt wurde. Die Posttasche auf dem Stuhl enthielt die neueste Leserbriefsendung aus New York. Bis zum Ende der Woche würde sie die meisten gelesen, eine Auswahl getroffen und fünf Kolumnen geschrieben haben.

Hoffte sie.

Nein, hätte sie. Sie mußte.

Was wußte David Marcoux schon? Seinem eigenen Eingeständnis nach hatte er lediglich ein paar Alternativen ausgeschlossen. Aber er irrte sich. Ihre Anfälle waren vorübergehende Blackouts, winzige Schlaganfälle vielleicht, die keinen bleibenden Schaden verursachten. Sie wußte jetzt wieder, was das für Briefe waren. Sie wußte wieder, was für einen Beruf sie hatte. Sie hatte sich in der Gewalt.

Das Telefon summte. Sie zuckte zusammen und starrte dann eine ganze Weile verwirrt auf den Apparat hinunter, bevor sie den Hörer von der Gabel riß. »Ja?« sagte sie. Freizeichen. Ihre Finger schwebten unsicher über einer Tastenleiste. Sie drückte auf eine davon, doch nichts geschah, und dann auf eine zweite, die ihr das Besetztzeichen bescherte. Sie überlegte noch, welche sie als nächste nehmen sollte, als das Summen verstummte. Sie stand mit dem Hörer in der Hand und zorniger Miene da, als die Tür aufflog.

»Ich kann mit diesem Telefon nicht umgehen, Francine«, erklärte sie in scharfem Ton. »Es ist zu verwirrend. Ich hatte vom ersten Tag an Probleme damit. Was war denn so schlimm an den alten Apparaten?«

Francine hatte eine Tasse Tee und ein Lächeln für sie. »Über die alten Apparate liefen maximal zwei Leitungen – aber wir brauchen fünf.« Sie stellte den Tee auf den Schreibtisch und drückte Grace kurz an sich. »'Morgen, Mom. Schlecht geschlafen?«

Graces Unmut legte sich. Francine würde nie ein dynamischer Mensch werden, aber sie war beständig – eine ergebene Tochter, eine loyale Freundin, eine fähige Assistentin. In diesem Punkt – wie in so vielen anderen Punkten auch – war Grace mit Glück gesegnet. Ja, Davis Marcoux irrte sich ganz sicher. Sie hatte es nicht so weit gebracht, um jetzt plötzlich von einer Krankheit aus dem Verkehr gezogen zu werden. Kurzzeitige Blackouts, mehr steckte nicht dahinter – und die mußten noch nicht einmal einen körperlichen Grund haben. Wenn man es recht bedachte, hatte sie sich das Recht auf gelegentliche Ausfälle weiß Gott erworben.

»Ich schlafe nicht so gut wie früher«, beantwortete sie Francines Frage. »Kaum mehr als zwei Stunden am Stück. Es heißt, daß alte Leute nicht so viel Schlaf brauchen. Ich brauche ihn – aber er ist mir nicht vergönnt.«

»Einundsechzig ist nicht alt«, sagte Francine.

Die Ermutigung tat Grace gut. »Mein Kopf funktioniert auch nicht mehr so richtig.«

Auch dieser Äußerung widersprach Francine. »Dein Kopf funktioniert einwandfrei, und darum bist du auch so gefragt. Das war der Grund dafür, daß ich dich angesummt hatte: Annie Diehl hat angerufen und wollte wissen, ob du interessiert daran wärst, in einer Talk-Show in Houston aufzutreten.«

Annie Diehl war die PR-Agentin, die die Zeitung dafür bezahlte, daß sie Graces Auftritte in der Öffentlichkeit koordinierte – daran erinnerte Grace sich sehr genau. Und sie erinnerte sich ebenfalls an die Panik, die sie bei ihrem letzten Flug befallen hatte. Plötzlich hatte sie nicht mehr gewußt, wohin sie unterwegs war und warum. Die Desorientierung hatte nicht lange angehalten und war zweifellos durch die Höhe ausgelöst worden, aber Grace wollte sich nicht noch einmal in diese Gefahr begeben, wenn es nicht unbedingt sein müßte.

»Ich bin schon in einem Dutzend Talk-Shows in Houston aufgetreten.«

»In vier – und die letzte liegt Jahre zurück.«

»Sinkt meine Leserschaft in Houston?«

»Nein.»

»Dann möchte ich lieber nicht fliegen – ich habe hier zu viel zu tun.« Sie warf einen Blick auf den Schreibtisch. »Zusätzlich zu alledem ist da noch mein Buch. Ich hätte ohnehin längst damit anfangen müssen, und Gott weiß, wann ich angesichts der sechs Vortragstermine bis Juni endlich dazu kommen werde.« Früher hatte sie die Kolumnen einer Woche in zwei Tagen erledigt und drei Tage für das »Rahmenprogramm der ›Vertrauten‹«, wie sie es nannte, zur Verfügung gehabt. Jetzt brauchte sie für alles länger. »Warum haben wir all diese Einladungen zu den Abschlußfeiern überhaupt angenommen?«

Francine grinste. »Weil du für dein Leben gern Ehrentitel verliehen bekommst.«

»Würde dir das nicht genauso gehen, wenn du einen haben könntest?« gab Grace ohne Scham zurück. »Es ist nicht komisch, ständig mit Leuten auf Listen zu stehen, deren akademische Grade mehr Platz beanspruchen als ihre Namen. Außerdem sind College-Abgänger, sogar High-School-Abgänger, so ängstliche Geschöpfe.« Ihre Enkelin fiel ihr ein, und sie schränkte ihre Aussage ein: »Abgesehen von Sophie. Sophie ist ein couragiertes Kind.«

»Kein Kind – sie ist dreiundzwanzig.«

»Und persönlich verantwortlich für diese Telefone und alles andere hier, womit ich nicht zurechtkomme.« Grace warf einen verzweifelten Blick in die Richtung des Computers, der auf einem Ausleger ihres Schreibtischs stand. Sie sehnte sich nach ihrer alten Olivetti.

»Ja, sie sind eine Verbesserung«, sagte Francine in dem Moment, als Grace das in Frage stellen wollte. »Sie machen die Arbeit leichter. Sie machen Sophie die Arbeit leichter. Und sie machen eine wichtige Aussage über ›Die Vertraute‹.«

»Daß sie computergesteuert ist?« fragte Grace bestürzt. »Die Vertraute« war sanft und eine angenehme Erscheinung, sie gab Informationen, aber auch Mitgefühl, und sie war durch und durch menschlich. Sie war absolut keine Maschine.

»Daß sie auf dem laufenden ist. Wirklich, Mom. Wenn heute jemand von dir etwas über Kondome wissen möchte, dann gibst du ihm eine andere Antwort als früher, als Schwangerschaft das Gebot der Stunde war. Deine Ratschläge wandeln sich mit den Zeiten – sollten deine technischen Voraussetzungen das nicht auch tun?«

Die Geschäftsfrau in Grace wußte, daß es unumgänglich war, aber trotzdem ängstigten sie technische Neuerungen, und sie

hielt es sogar für möglich, daß die Kompliziertheit der modernen Welt für ihre zeitweisen Blackouts verantwortlich war. Schließlich konnte man einen Verstand nur bis zu einer gewissen Grenze belasten.
Sie lächelte, als sich ein rotköpfiges Finkenpärchen an dem Futterspender vor dem Fenster niederließ. »Gott sei Dank gibt es noch Dinge, die sich nicht ändern. Der Frühling ist im Anmarsch. Ich liebe diese Jahreszeit. Wenn alles blüht, fangen meine Besucher an, einzutrudeln. Weiß Margaret, daß sie allmählich die Gästezimmer herrichten muß?«
»Ja.«
»Hast du neuen Teppichboden für die Mansarden-Suite bestellt?«
»Mmm.«
»Was ist mit den Einladungen für meine Mai-Party? Sind sie schon gekommen?« Sie hatte Karten mit einer wunderschönen, handgemalten Blumenbordüre geordert, die kein Computer jemals zustandebringen würde – gottlob.
»Noch nicht.«
»Hast du mal nachgefragt?«
»Nein.«
»Du darfst Dinge nicht schleifen lassen, Francine – wie oft habe ich dir das schon gesagt?«
Irritierenderweise sah Francine nicht im mindesten besorgt aus. »Die Einladungen sind uns für Ende der Woche zugesagt worden – dann haben wir noch mehr als genug Zeit, sie dem Kalligraphen zu schicken. Hast du die Gästeliste fertig?«
Die Gästeliste. Grace sah ihre Tochter verdutzt an. »Hast du die denn nicht?«
»Nein. Du warst gestern noch damit beschäftigt, als ich ging – und du sagtest, ich hätte sie heute früh auf dem Schreibtisch.«
»Dann liegt sie da auch. Du mußt etwas daraufgelegt haben.«
»Ich bin gerade erst gekommen – ich habe meinen Schreibtisch noch nicht angerührt.«
»Gerade erst gekommen?« echote Grace ungehalten. Unpünkt-

lichkeit war ihr ein Greuel. »Es ist schon nach zehn. Mußt du so spät kommen? Und muß dieser Jogginganzug unbedingt sein?«
»Jogginganzüge sind bequem.«
»Aber nicht passend fürs Büro. Ebenso wenig wie ...« Sie warf einen vielsagenden Blick auf Francines Haare, die oben auf dem Kopf zu einem unordentlichen Knoten zusammengezwirbelt waren, aus dem sich in alle Richtungen Strähnen schlängelten. Sie hatten einen weichen Braunton, und die Frisur wirkte sexy, was völlig unangebracht war. Kürzer war ordentlicher, kürzer wirkte auf jeden Fall professioneller.
Francine räusperte sich. »Ich arbeite doch nicht in einer Bank.«
»Aber unsere äußere Erscheinung sagt etwas über uns aus – genauso wie der Besitz eines Computers.«
»Das ist ein Unterschied: Wenn wir einen Computer haben, dann wissen das die Leute – was ich anhabe, wissen sie nicht.«
»Gott sei Dank«, stieß Grace hervor. »Und das gilt auch für deine Tochter.« Der größte Teil von Sophies Garderobe entsetzte sie. So ein hübsches Kind. Was für ein Jammer. »Hast du bei dem Mädchen denn gar nichts zu sagen?«
»Sie ist kein Mädchen mehr«, widersprach Francine gewohnheitsmäßig, als sie auf dem Tablett auf dem Bücherschrank ein Blatt Papier entdeckte. »Hier liegt deine Gästeliste.« Sie runzelte die Stirn. »Aber sie ist nicht fertig.«
Grace griff nach der Liste und dann nach ihrer Brille.
Sie sah eine Menge Namen. »Sieht ganz fertig aus.« Sie gab sie Francine zurück.
»Du hast nur die Zeitungsleute aufgeführt. Was ist mit Buchverlagen? Mit Kritikern? Mit den Medien? Ich dachte, der Sinn dieser Party sei der Beginn der Promotion des Buches? Was ist mit Annie um Himmels willen?«
»Siehst du – da hast du's«, sagte Grace. »Du weißt genau, wer auf der Liste stehen muß – du kannst sie selbst aufstellen. Vergiß die Nachbarn nicht. Und Robert.«
»Robert?«
Grace ersparte sich einen längeren Vortrag über den bejam-

mernswerten Stand von Francines gesellschaftlichem Leben und beschränkte sich auf einen eindringlichen Blick.
»In Ordnung«, gab Francine nach. »Ich werde Robert einladen – aber nur als Freund. Er ist nicht die Liebe meines Lebens.«
»Wenn du ihm nur den Hauch einer Chance gäbest, könnte er es vielleicht werden«, sagte Grace. »Ich mag den Mann.« Nach einer kleinen Pause fuhr sie fort: »Ja, ja, ich weiß – Lee mochte ich auch und außerdem ist es nicht meine Sache. Aber diese Party ist es. Also was ist – bist du ein braves Mädchen und machst die Gästeliste fertig? Außerdem brauche ich die neuesten Zahlen über sexuellen Mißbrauch in der Familie und die Langzeitwirkungen der Fettabsaugung. Sei ein Engel und beschaff sie mir, ja?« Sie nickte zum Schreibtisch hinüber. »Ich weiß gar nicht, wie ich das alles schaffen soll.«
»Mir geht's nicht anders«, protestierte Francine, aber nicht energisch. »Na schön – aber schrei mich nicht an, wenn ich auf der Liste jemanden vergesse.«
»Ich schreie nie.«
»Nein – aber du bringst deine Meinung sehr deutlich rüber.«
»Nun – einer muß den Laden schließlich am Laufen halten. Ich brauche wirklich eine Sekretärin.«
»Du hast eine: Marny Puck. Sie sitzt am anderen Ende des Flures und schickt nette Dankesbriefe an all die Leute, die dir schreiben, aber sie ist nicht in dein Privatleben einbezogen. Sie stellt keine Gästelisten zusammen.«
Grace war bestürzt. Marny. Natürlich. »Warum habe ich keine Privatsekretärin?«
Francine lächelte. »Weil du mich hast«, antwortete sie auf dem Weg zur Tür. Sie hob die Hand mit der Liste. »Ich zeig' sie dir dann.«
Als die Tür sich schloß, setzte Grace sich an ihren Schreibtisch, holte einen Spiralblock aus der obersten Schublade und blätterte über frühere Notizen hinweg zu einem leeren Blatt. Marny Puck, schrieb sie in Großbuchstaben. Sekretärin. Sitzt am Ende des Flures. Beantwortet Leserbriefe. Mit einem Gefühl der Zu-

neigung setzte sie hinzu: Gehört zu Father Jims Leuten. Räumt ordentlich auf. Befolgt Anordnungen gewissenhaft. Und dann fügte sie sarkastisch hinzu: »Schwester von Gus, meinem Chauffeur. Ebenso achtbar, wie er es nicht ist.«

Auf der nächsten Seite machte sie sich Notizen über die Bedienung des Telefons. Francine und Sophie hatten es ihr abwechselnd ungezählte Male erklärt. Sie wußte, wie es funktionierte – sie kam nur manchmal etwas durcheinander.

Und so schrieb sie die einfachen Anweisungen auf – nur für den Fall ...

Auf der dritten Seite listete sie – noch vor fünf Jahren wäre das undenkbar gewesen – die Programmpunkte des Tages auf. Nur für den Fall ...

Als es ihr zu karg erschien, um als Gedächtnisstütze zu taugen, erläuterte sie jeden Punkt ausführlich – nur für den Fall ...

Daraufhin ein wenig beruhigt, legte sie den Block wieder in die oberste Schublade und wandte sich den Briefen zu, die ihr Leben bestimmten. Sie mußte die Zeit nutzen, in der sie den Sinn darin erkannte.

Francine war gerade erst acht gewesen, als »Die Vertraute« aus der Taufe gehoben wurde. Sie hatte mit in den Debatten gesessen, aber sie hatte keinen Augenblick gezweifelt. Natürlich sollte Grace eine Ratgeber-Kolumne für die örtliche Zeitung schreiben. Gab sie nicht unentwegt Ratschläge? Kamen ihre Freundinnen nicht darum ständig vorbei? Gestanden sie ihr nicht ihre tiefsten, dunkelsten Geheimnisse? Tat Francine das nicht selbst?

Grace hatte etwas an sich – eine Direktheit, eine Herzlichkeit –, das schon bei der ersten Begegnung Vertrauen erweckte. Wie konnte man sich jemandem nicht anvertrauen, der einen mit so mitfühlendem Blick ansah, mit solcher Geduld zuhörte, fasziniert von dem zu sein schien, was man sagte, und immer einen vernünftigen Rat parat hatte? Francine hatte sich mit einer Mutter, an die sie sich mit allen Problemen wenden konnte, ihren sämtlichen Freunden gegenüber glücklich geschätzt. Und noch dazu war die Beziehung nicht einseitig. Als »Die Vertraute« ihr Spektrum erweiterte, wurde Francine zu einer Informationsquelle: Sie war ein Teenager und sah sich den gleichen Problemen gegenüber, die Gegenstand vieler der Briefe an Grace waren. Sie war ein Spätentwickler, und dann schoß sie erst einmal in die Höhe, bevor sich schließlich die ersten Rundungen einstellten. Sie haßte ihre Haare, haßte ihre Nase, haßte ihre Hände. Sie bekam Pickel. Sie verliebte sich unerwidert. Sie machte sich schon Monate vorher Gedanken über die Gestaltung des Silvesterabends.

O ja, sie war wirklich eine Informationsquelle. Sie wußte, wie es schmerzte, wenn man die Wahl zur Klassensprecherin in der zweiten Klasse Oberschule nur um Haaresbreite verlor, wie demütigend es war, wenn man im ersten Durchgang eines Tennisturniers ausschied, das die eigene Familie sponserte, wußte, welche Enttäuschung man empfand, wenn man von seinem Wunsch-College nicht angenommen wurde. Und sie wußte auch, wie es war, eine Mutter zu haben, deren Berühmtheit im Gegenzug zur eigenen Mittelmäßigkeit wuchs.

Francine und Grace unterschieden sich wie Erd- von Pastelltönen, wie braune Augen von blauen, wie attraktiv von schön, wie irdisch von göttlich.

Einfach ausgedrückt – Francine war fehlbar. Und ihre Fehlbarkeit bescherte ihr Erfahrungen, die Grace nie gemacht hatte. Grace war nie geschieden worden. Grace hatte sich nie wegen Sophies Diabetes schuldig gefühlt oder weil sie sie nach dem College nach Hause zurückbeorderte, anstatt darauf zu bestehen, daß sie in der Stadt bei Freunden blieb. Grace konnte Francines Bedürfnis, sich hervorzutun, nicht begreifen – und auch nicht, daß sie, Grace, ihr das durch ihre hinmelhoch angesetzten Maßstäbe unmöglich machte. Sie verstand nicht, daß Francine sich nach Großeltern, Tanten, Onkeln und Cousinen sehnte.

Francine schätzte sich in vieler, vieler Hinsicht glücklich, dennoch hatte sie Träume, die Zweifel in ihr weckten. Grace wußte nicht, was es hieß, von Zweifeln gepeinigt zu werden, denn sie hatte nie welche. Ihr Weltbild war ein absolutes. Man gewann die Kontrolle über sein Leben, indem man Entscheidungen traf und sie durchsetzte.

So verschieden sie beide auch waren – Grace war immer dagewesen, wenn Francine sie brauchte. Und so kehrte sie an ihren Schreibtisch zurück und nahm sich die Gästeliste vor. Was sexuellen Mißbrauch in der Familie und Fettabsaugungen betraf, war Sophie die Statistikerin, aber Francine wollte sie nicht wekken. Die Zahlen konnten warten.

Francine hatte inzwischen auch Bedenken wegen der Party-Einladungen und rief die Firma an, bei der sie sie bestellt hatte. Der Besitzer versprach, den Künstler anzurufen, der die Bordüre malte, und sich dann wieder zu melden. Francine nutzte die Zeit bis dahin dazu, Annie Diehl anzurufen. »Grace möchte im Augenblick lieber nicht nach Houston kommen«, erklärte sie, den Hörer mit der hochgezogenen Schulter am Ohr haltend, während sie die Gästeliste ergänzte, so freundlich sie konnte, aber Annie war trotzdem eingeschnappt.

»Es ist eine gute Show.«

»Ich weiß, aber das Timing ist schlecht. Das Schuljahr geht zu Ende, und in den nächsten Wochen wird der Teufel los sein.«

»Wir reden hier vom Fernsehen, Francine – damit erreicht sie doch ungleich viel mehr Menschen als bei einer der Abschlußfeiern.«

»Sagen Sie Grace das, und sie wird Ihnen einen Vortrag über die Bedeutung von Qualität gegenüber Quantität halten. Können Sie Houston auf einen anderen Zeitpunkt vertrösten?«

»Sie werden enttäuscht sein – ich hatte ihnen gesagt, daß sie verfügbar sei. Heißt das, daß sie bis Juli gar nichts machen wird? Dann kann ich keine Auftritte garantieren – nach dem Vierten ist tote Hose.«

»Das macht nichts«, erwiderte Francine, noch immer freundlich, obwohl sie Ultimaten haßte, denn sie verfrachteten sie zwischen zwei Stühle, und nicht selten war sie dann der Buh-

mann. »Wir haben hier genug zu tun. Bitte entschuldigen Sie uns in Houston.«
Annie schickte einen Laut durch die Leitung, gegen den Grace noch heftiger protestiert hätte als Francine, und Francine hätte ihn nicht unwidersprochen gelassen, wenn in diesem Moment nicht der Besitzer der Papierhandlung angerufen hätte, um ihr Bescheid zu sagen, daß die Einladungen am Montag der kommenden Woche fertig sein würden.
Francine war entsetzt. »Nächste Woche? Sie sollten diesen Montag fertig sein!« Grace hatte recht, sie hätte sich früher erkundigen sollen.
»Künstler können so launisch sein.«
»Kolumnisten auch«, gab Francine zurück. Es behagte ihr ganz und gar nicht, Grace mitteilen zu müssen, daß die Einladungen zu spät kommen würden.
»Was halten Sie davon, daß ich den Künstler bitte, sie direkt an Ihren Kalligraphen zu schicken?«
Und wenn die Bordüre nicht erwartungsgemäß ausfiel? Dieses Szenario behagte Francine noch weniger. »Nein – Grace muß sie vorher sehen. Ihr Künstler soll sie direkt an uns schicken.«
Frustriert hängte sie ein. Grace legte Wert darauf, daß Dinge termingerecht erledigt wurden. Sie sah die »Vertraute« als eine elegante Frau, die sich in vornehmer Gelassenheit ihre Handschuhe überstreifte. Francines Aufgabe war es, dieses Bild zu bewahren. Unglücklicherweise funktionierte der Rest der Welt nicht so untadelig, wie Grace Dorian es tat.
Getan hatte, korrigierte sich Francine mit einem Blick auf die unfertige Gästeliste, doch bevor sie sich wieder daran machen konnte, klingelte erneut das Telefon.
Es war Tony Colletti, der für Grace zuständige Redakteur bei der Zeitung. »Was soll ich von dieser Kolumne halten, Francine?«
»Von welcher Kolumne?«
»Ich meine die für nächsten Mittwoch – über Gäste, die allergisch gegen die Katzen ihrer Gastgeber sind. Sie ist völlig wirr.«

Das war auch Francines Eindruck gewesen, als sie den Entwurf gelesen hatte. Die arme Grace hatte offenbar Probleme mit dem Computer gehabt. Anstatt wie sonst Korrekturen anzubringen, hatte Francine die Kolumne neu geschrieben und sie mit dem Rest von Sophie durchgeben lassen.
Nein. Sophie hatte nichts durchgegeben – Sophie war nicht dagewesen. Also hatte sie, Francine, es selbst getan. Da mußte sie selbst einen Wurm hineingebracht haben.
Das würde sie Tony natürlich nicht wissen lassen. »Ach herrje – Sie müssen den Text bekommen haben, der auf dem Boden des Schneideraumes hätte liegenbleiben sollen.«
»So geht's mir immer mit Ihnen.«
»Tony!«
»Ich habe Karten für die Knicks für Sonntag nachmittag.«
Sie seufzte.
»Okay. Vergessen Sie die Knicks. Wie wär's mit 'nem Brunch? Das ist was Sinnvolles – essen müssen Sie schließlich.«
Sie gab keinen Laut von sich.
»Okay. Vergessen Sie den Brunch. Wie schnell können Sie mir die verdammte Kolumne auf den Schirm geben?«
»In zwei Minuten, wenn ich es allein kann – wenn ich Hilfe brauche, dauert es ein bißchen länger. Ich rufe Sie in beiden Fällen an, okay?«
Sie legte auf, setzte sich an ihren Computer und machte die fragliche Datei auf. Graces ursprüngliches Durcheinander erschien auf dem Bildschirm. Sie ließ es vorlaufen und dann zurück, ging wieder ins Inhaltsverzeichnis und überflog andere Dateien, in denen sie die neu geschriebene Kolumne vielleicht unabsichtlich gespeichert hatte.
Das Telefon klingelte. »Ich habe sie noch nicht bekommen«, beschwerte sich Tony.
»Natürlich nicht – ich habe sie ja auch noch nicht abgeschickt. Wir haben ein technisches Problem. Ich sagte Ihnen doch, ich rufe Sie an.« Sie legte den Hörer auf.
In ihrer Verzweiflung machte sie sich auf den Weg in den Süd-

flügel des Hauses. Sie brauchte Sophie. Sie über die Sprechanlage anzupiepsen wäre schneller gegangen, doch Francine liebte es, ihre Tochter persönlich zu wecken – das hatte sie schon immer getan. Es hatte so etwas Intimes.
Vorausgesetzt, Sophie war allein.
Francine zögerte einen Moment, beschloß, es zu riskieren, und ging weiter. Ja, sie mußte die Gästeliste fertigstellen. Ja, sie mußte eine Kuriertasche durcharbeiten, die ebenso dick war wie die von Grace. Ja, Tony wartete in all seiner Macho-Herrlichkeit darauf, daß eine Kolumne auf seinem Schirm erschien. Aber sie fand immer Zeit für Sophie, die, Graces kleinen Seitenhieben zum Trotz, Francines Glanzleistung war. Sophie war ein Genie. Sie war schön und lebhaft und sensibel, ja, das war sie. Mütter wußten solche Dinge.
Mit Sophie verbrachte Zeit war immer ein Genuß, und wenn sie dazu führte, daß Francine mit ihrer Arbeit ins Hintertreffen geriet, so störte sie das nicht: Je beschäftigter sie war, um so weniger befaßte sie sich mit Dingen, die sie nicht ändern konnte.

In dieser Hinsicht war Sophie anders als ihre Mutter – sie befaßte sich ständig mit Dingen, die sie nicht ändern konnte. Sie bestimmten ihr Verhalten. Sie genoß es, dagegen aufzubegehren, wann immer sie konnte.
Das war einer der Gründe dafür, daß sie noch im Bett lag. Ihr Wecker hatte vor einer Stunde geklingelt. Da es ein Arbeitstag war, hatte sie ihn ausgeschaltet und weitergeschlafen.
»Sophie? Wach auf, Süße.«
Das leise Flüstern ihrer Mutter hätte eine Erinnerung aus der Vergangenheit sein können, doch das Rütteln an ihrer Schulter war sehr real. Sie überwand sich, ein Auge zu öffnen, denn die Stimme ihrer Mutter vermittelte eine gewisse Dringlichkeit.
»Ich habe eine Kolumne im Computer verloren. Tony macht mir die Hölle heiß, weil er sie unbedingt braucht, und ich habe überall danach gesucht, aber vergeblich. Kommst du mal nachsehen?«

Sophie machte ihr Auge wieder zu. Sie spürte, wie die Matratze heruntergedrückt wurde und dann den Druck von Francines Hüfte.
»Bitte, Schatz! Ich hätte dich nicht geweckt, wenn es nicht ein Notfall wäre. Ich hatte die gesamte Kolumne neu geschrieben, aber durchgegeben habe ich das Original. Typisch, was? Tony reibt sich die Hände – er liebt es, wenn ich Mist baue.«
»Er ist gekränkt, weil du nicht mit ihm ausgehst.«
»Kann man mir das verübeln? Er steht emotional auf der Stufe eines Zweijährigen, aber seine Arroganz würde für zehn Männer reichen. Eine Stunde zusammen, und wir wären ein Knäuel – aber nicht aus Leidenschaft, meine Liebe.«
»Ein Jammer.« Sophie gähnte. »Leidenschaft ist so ein großartiges Ventil.«
Es folgte eine Pause und dann ein vorsichtiges: »Hattest du gestern einen netten Abend?«
»Mmm.«
»Mit Gus.«
»Mmm.« Sie streckte sich.
»Ich mache mir Sorgen um dich, Schatz.«
Das wußte Sophie, und es bekümmerte sie. Aber sie fand Gus aufregend. Er kam ihrem perversen Bedürfnis entgegen, den Teufel am Kinn zu kitzeln und gesellschaftlichen Einengungen eine lange Nase zu machen. Ihre Beziehung zu Gus widerstrebte Grace zutiefst – und das war Grund genug, sie fortzusetzen. Aber ihre Mutter tat ihr leid. Also raffte sie sich auf und verließ ihr Bett. »Keine Sorge, es geht mir gut.« Sie kramte in den Kommodenschubladen herum.
»Schicker Schlafanzug«, sagte Francine.
Sophie war nackt. »Zumindest bequem.« Sie zog ein Höschen, schwarze Leggings und ein schwarzes Bustier an.
»Ahhh«, konstatierte Francine seufzend. »Graces Lieblingsoutfit.«
»Ich weiß.« Sophie grinste.
»Du bist ein schlimmes Mädchen.«

»Aber du liebst mich trotzdem.«
»Vergiß deine Spritze nicht.«
Sophie ignorierte den Hinweis. Sie fuhr sich mit der Bürste durch die Haare und sorgte mit einem Steckkamm für Asymmetrie, dann bestückte sie ihr Ohr mit der Reihe Ohrringen, die Grace wirklich liebte. Nach einem kurzen Aufenthalt im Bad, wo sie den Geschmack der Scampi vom gestrigen Abend fortspülte und, ja, ihrem Diabetes Rechnung trug, winkte sie Francine in Richtung Flur.
»Insulin?« hakte Francine nach.
Sophie brummte bestätigend.
»Hast du vorher einen Test gemacht?«
»Ja, ja«, grummelte sie. »Wie habe ich nur die College-Zeit überlebt, ohne daß du meine Gesundheit überwachtest?«
»Das habe ich mich oft gefragt.«
Sophie agierte ihre Frustration in großen Schritten aus. Francines Besorgnis störte sie nicht halb so sehr wie die Krankheit selbst. Damals, mit neun Jahren, als sie festgestellt wurde, war sie sich wie eine Mißgeburt vorgekommen. Manchmal tat sie das heute noch.
Und so machte es ihr nichts aus, von ihrer Mutter geweckt worden zu sein, um im Computer nach einer verlorenen Kolumne zu suchen, denn der Umgang mit Computern war nichts für Mißgeburten. Er gab ihr eine gewisse Verantwortung. Expertin auf einem Gebiet zu sein – noch dazu auf einem, das für Grace ein Buch mit sieben Siegeln war –, verlieh ihr Machtgefühl.
»Ich habe das ganze Ding neu geschrieben«, murmelte Francine. »Wenn ich es noch mal machen muß, kriege ich einen Schreikrampf.«
Sophie setzte sich an Francines Computer. »Vielleicht ist es an der Zeit, noch jemanden einzustellen – diese Kolumne ist nicht die erste, die du in den letzten Monaten neu schreiben mußtest.«
»Aber die erste, die ich verloren habe.«
»Nicht verloren – falsch eingeordnet. Sie ist hier irgendwo.«

»Wenn ich sie nicht aus Versehen gelöscht habe.«
Diese Gefahr hatte Sophie allerdings auf ein Minimum reduziert, als sie das System programmierte. Sie holte die Ausschuß-Datei auf den Schirm und begann sie zu durchforsten.
»Katzenallergie«, hakte Francine ein.
»Worüber wir«, sinnierte Sophie, während sie weiterarbeitete, »beide nichts wissen, da wir nie eine Katze hatten. Und interessiert uns das Thema? Nein.«
»Natürlich tut es das.«
»Sagt Grace. Manchmal kommen mir Zweifel.«
»An der Arbeit? So schlecht ist sie doch nicht. Deine Freundinnen beneiden dich – das hast du selbst gesagt.«
»Sie neiden mir meine Arbeit, und ich neide ihnen ihre Freiheit.«
»Hilft es dir nicht, in einem eigenen Flügel des Hauses zu wohnen?«
»Doch. Nein. Ich weiß es nicht.« Sie hatte ihr eigenes kleines Reich auf diesem Anwesen, komplett mit Küche und Fitneßraum, und konnte jederzeit ungestört Freunde bei sich haben, aber das war nicht das gleiche wie mit diesen Freunden zusammen in einer Wohnung zu leben – und dann war da noch das Kapitel Diabetes mit seinen Spritzen und Blutzuckertests und der ständig notwendigen Wachsamkeit, das sie zu einem gesellschaftlichen Außenseiter machte.
Francines Hand strich sanft über ihre Haare. »Du hättest nicht zurückkommen müssen.«
»Doch – ich mußte.« Abgesehen von ihrer Gesundheit, die zu Hause einfach besser zu überwachen war, gab es da noch Grace, mit der sie eine Haßliebe verband. »Die Firma ist auch ein Teil von mir – sie ist das Werk der Dorians, der Dorian-Frauen. Ich kann es nicht erklären. Ahhh – da haben wir's ja: Katzenallergie. Worüber Grace ebenfalls nichts weiß. Wie konnte sie eine Kolumne darüber schreiben?«
»Sie hat es ja nicht getan«, erinnerte Francine sie. »Ich habe es getan – mit Hilfe meines Lieblingstierarztes.«

»Mit dem du zwar ausgehen, den du aber nicht heiraten willst. Tom ist der netteste Kerl der Welt. Aber sein Stammbaum befriedigt Grace nicht – liegt es daran?«

»Zum Teil.«

»Und ansonsten?« Sie hatte keine Schwierigkeiten, den sarkastischen Blick ihrer Mutter zu deuten. »Ahhh – er ist zu zahm. Weißt du was? Gus würde dir gefallen.«

Francine zog eine Augenbraue hoch. »Gibst du die Kolumne bitte Tony durch, Schatz? Oh, und Grace braucht neues statistisches Material über sexuellen Mißbrauch in der Familie und Fettabsaugung. Aber sei so gut und frühstücke erst.«

Sophie schickte die Kolumne auf den Weg und erwog gerade, das Frühstück aus Prinzip zu verschieben, als Grace aus ihrem Büro kam. »Sophie, du hattest mir Material über Inzest versprochen.« Sie wedelte mit einem Brief. »Ich bekomme ständig Anfragen von Betroffenen. Es ist Zeit, das Thema wieder aufzugreifen.«

»Das hast du gerade erst getan«, sagte Sophie. »Letzte Woche.«

»Das stimmt nicht.«

»Doch, sie hat recht, Grace«, mischte Francine sich von ihrem Schreibtisch auf der anderen Seite des Raumes ein. »Die Briefe müssen Reaktionen darauf sein.«

»Es ist Monate her, daß ich etwas über Inzest gemacht habe«, beharrte Grace.

»Ich zeige es dir«, erbot sich Sophie, erfreut darüber, Grace einen Irrtum nachweisen zu können. »Ich habe die Kolumne gestern ausgeschnitten.«

»Guter Gott, Sophie – du siehst aus, als seist du gerade aus dem Bett gefallen. Francine?« appellierte Grace an ihre Tochter.

Francine führte sie in ihr Büro zurück. »Sie wird sich später umziehen.«

»In diesem Aufzug im Büro zu erscheinen, ist genau so schlimm, wie sich die Nase mit der Serviette zu putzen. Ich bitte dich, Francine – sprich mit ihr.«

Die Tür fiel zu, und Sophie konnte der Unterhaltung nicht weiter folgen. Sie hockte sich auf eine Ecke des Schreibtischs und wappnete sich für einen Kampf, falls Grace zurückkäme. Aber Francine kam allein heraus.

Sie legte die Arme auf Sophies Schultern. »Das war vorauszusehen.«

»Es gefällt mir, sie auf die Palme zu bringen«, erklärte Sophie ohne Reue.

»Das tust du, weiß Gott. Sie fragt mich ständig, was aus dem lieben, kleinen Mädchen geworden ist, das so gern auf ihrem Schoß saß. Sie sagt, sie kenne dich nicht mehr.«

Dieser Eindruck beruhte auf Gegenseitigkeit. Sophie hatte wundervolle Erinnerungen an herzliche Zeiten mit ihrer Großmutter, an gemeinsame Ausflüge, gemeinsames Schmökern, gemeinsame Waldspaziergänge, gemeinsames Lachen. Ihr Großvater hatte eine untergeordnete Rolle gespielt – Granny war von Anfang an der Star gewesen. Sie hatte ihre Enkelin vergöttert, und Sophie hatte das ebenso verinnerlicht wie die Überzeugung, daß die Dorians unbesiegbar seien. Dann war aus Granny Grace geworden, und die Vergötterung endete. Erwartungen waren erwacht, die Realität hatte sie eingeholt.

Doch einige Dinge, wie die Macht des Namens Dorian, hatten sich nicht verändert. »Ich bin gar nicht so anders«, sagte Sophie seufzend. »Wenn dem so wäre, wäre ich nicht hier.«

»Ich bin froh, daß du hier bist.«

Das war ein gewisser Trost, dachte Sophie. Francine brauchte einen Champion – Sophie war der einzige, den sie hatte.

»Kalt?« fragte Francine und rieb Sophies nackte Arme.

Sophie antwortete mit einem leichten Kopfschütteln. »Wie konnte Grace die Kolumne über Inzest vergessen? Wir haben tagelang darüber diskutiert.«

»Sie hat so viele Kolumnen geschrieben – da ist es kein Wunder, wenn sie die Übersicht verliert.«

»Aber es war erst letzte Woche. Sie baut ab, Mom. Sie ist geistig nicht mehr so fit wie früher.«

»O doch, das ist sie. Sie hat mich gerade gefragt, ob du die alten

Reden herausgesucht hättest, um die sie letzte Woche gebeten hatte. Das hat sie nicht vergessen.«

Sophie entzog sich ihrer Mutter. Auf dem Weg zur Tür sagte sie über ihre Schulter. »Dateien nach irgendwas zu durchforsten, ist das Schlimmste an diesem Job. Es ist geistlos und langweilig, nicht gerade der beste Verwendungszweck für einen akademischen Grad von der Columbia.«

»Wenn du nicht willst, dann mache ich es eben.«

»Nein, nein«, protestierte Sophie. Besser sie als Francine.

»Dann mach' es gleich, damit du es hinter dir hast«, schlug Francine vor. »Aber frühstücke vorher.«

Sophie ging gehorsam den Flur hinunter, aber nicht, weil ihre Mutter es so wollte, und auch nicht, weil die Ärzte es ihr vorschrieben – sie würde frühstücken und sich reichlich Zeit dafür nehmen, weil alles besser war, als in Dateien herumzukramen.

Unter Margarets wachsamem Blick aß sie ein weiches Ei, eine Scheibe Toast und eine Banane. Als sie mit der Zeitung fertig war, war ihre dritte Tasse Kaffee inzwischen kalt geworden, und sie starrte aus dem Küchenfenster und fragte sich wie fast jeden Morgen, was in aller Welt sie wieder hier zu Hause mache. Ihre Freunde lebten in New York, Washington, Atlanta und Dallas, hatten die ersten reizvollen Jobs und genossen nach Herzenslust ihr Leben. Sie hätte bei ihnen sein können. Statt dessen hockte sie mit ihrer Mutter und Großmutter wieder in dem Haus, in dem sie aufgewachsen war – und das auch noch freiwillig.

Quasi als Strafe zog sie sich ins Archiv zurück, grub Graces alte Abschlußfeier-Reden aus und gab sie mit Datum und Inhalt in den Computer ein. Inzwischen hatte sie, weil ihr doch kühl geworden war – ganz sicher nicht wegen Graces Empörung über ein Bustier –, einen Pullover angezogen, und sie hatte die neuesten Zahlen zum sexuellen Mißbrauch in der Familie rausgesucht.

Zu Mittag machte sie eine Pause – nicht, weil sie Hunger hatte, sondern weil das Mittagessen mit Grace ein Ritus war. Es bestand grundsätzlich aus drei Gängen: Salat, Hauptgericht und Obst. Sophie mußte sich nicht mehr ermahnen, zu warten, bis Grace zu essen anfing, oder die Bestecke in der Reihenfolge von außen nach innen zu benutzen, oder ihren Mund mit der Serviette abzutupfen und nicht abzuwischen – diese Dinge waren ihr inzwischen in Fleisch und Blut übergegangen.

Nicht in Fleisch und Blut übergegangen war ihr bis heute Graces Alleinherrscheranspruch. Sie war empört, als Grace aus heiterem Himmel erklärte, sie habe die Reservierung für den gemeinsamen Kurzurlaub über den vierten Juli in Marthas Weindomäne storniert. Nicht, daß Sophie daran gelegen hätte, hinzufahren – ihre Freunde würden sich in Easthampton treffen –, aber Francine hatte sich sehr auf die Tage dort gefreut.

Ebenso empört war sie, als Grace kurz danach darauf zu sprechen kam, daß der »Architectural Digest« das Haus fotografieren wolle. »Meinen Teil des Hauses«, präzisierte sie, bevor sie eine Liste erforderlicher Vorbereitungen herunterratterte. Nicht, daß Sophie daran gelegen hätte, daß ihre Zimmer einbezogen würden – sie bewohnte sie, und so sahen sie auch aus. Das gleich galt für Francines. Graces Räume waren – wie Grace selbst – perfekt, und das ging Sophie gehörig gegen den Strich.

Eine kleine Genugtuung erlebte sie, als Legs – häßlich wie die Sünde, aber ungeheuer lieb, wie es für Greyhounds typisch ist – begierig auf ein paar Streicheleinheiten von Francine, in die Küche stürmte. Grace sprang auf und stieß angewiderte Laute aus, als sei der Hund ein Streuner, der von der Straße hereingekommen war. Ihr Entsetzen legte sich zwar sofort, als Francine Legs hinausbrachte, aber es bereitete Sophie eine boshafte Befriedigung.

Trotzdem war sie immer noch in aufsässiger Stimmung, als Grace ihr im Aufstehen, um an die Arbeit zurückzukehren, in die Augen schaute und sagte: »Ich wollte gestern abend wegfahren, aber Gus war nicht zu finden.«

»Wir waren beim Tanzen.«

»Er tanzt?«

»Das kann man wohl sagen. So in der Art ...« Sie hob die Arme und begann sich hin und her zu wiegen.
Grace wandte sich an Francine. »Macht dir das keine Sorgen?«
Francine lächelte. »Es macht mich neidisch – ich könnte mich nie so bewegen.«
Grace bedachte beide mit einem mißbilligenden Blick und sagte im Hinausgehen: »Wenn ich ihn heute abend brauche, möchte ich, daß er da ist.«
Ihre Worte hallten noch eine lange, frustrierende Stunde durch Sophies Kopf. Dann schlüpfte sie, keine Arbeit ungetan lassend, die sie nicht ebensogut am nächsten Morgen erledigen könnte, in eine Lederkombination und machte sich auf den Weg zur Garage.

Um vier Uhr nahm Grace wie jeden Tag den Tee, und Father Jim gesellte sich zu ihr, wie er es immer tat, wenn seine Verpflichtungen es erlaubten. Auch Francine schaute auf einen Sprung herein, bevor sie an ihren Schreibtisch zurückkehrte.
Grace hatte keine Lust, an ihre Arbeit zurückzukehren. Sie hatte ein paar Stunden straff gearbeitet, aber die Mühe, sich zu konzentrieren, ihre Gedanken mit Gewalt von dem Abgrund der Angst fernzuhalten, in den sie an diesem Morgen geblickt hatte, hatte bohrende Kopfschmerzen ausgelöst, gegen die weder der Tee noch Father Jims Gesellschaft etwas ausrichten konnten.
Nachdem sie ihn zur Tür gebracht und ihm nachgewinkt hatte, wanderte sie durch das Haus, doch die Angst begleitete sie ebenso hartnäckig wie ihre Kopfschmerzen, nur noch quälender.
Sie wollte sprechen, aber sie konnte nicht.
Sie wollte arbeiten, aber sie konnte nicht.
Sie wollte schlafen, aber sie konnte nicht.
Also holte sie ihren Wollmantel aus dem Schrank, setzte eine Baskenmütze auf, streifte pelzgefütterte Handschuhe über und machte sich auf die Suche nach Gus.

Er war nicht in der Garage und auch nicht im Gewächshaus oder dem Häuschen, das er mit seiner Schwester bewohnte. Und seinen Piepser hatte er offenbar abgeschaltet.
Aber Grace wollte ausgehen. Nun, sie hatte wirklich alles versucht, um den Chauffeur zu finden – niemand könnte ihr einen Vorwurf machen. Sie kehrte in die Garage zurück, stieg in den Mercedes und lenkte den Wagen, beflügelt von einem Gefühl der Selbständigkeit und der momentanen Herrschaft über ihren Geist, die Zufahrt hinunter.

Zweites Kapitel

Verleugnung ist des Unschuldigen Methode, auf morgen zu verschieben, was einzugestehen heute zu sehr schmerzt.

– Grace Dorian in »Die Vertraute«

Grace? Können Sie mich hören, Grace?«

Grace schlug die Augen auf und blickte in das gutgeschnittene Gesicht von Davis Marcoux. Stirnrunzelnd schaute sie um sich, und ihre Augen weiteten sich, als sie die weißen Laken, den weißen Vorhang und die weiße Zimmerdecke sah. Sie war nicht zu Hause – soviel wußte sie. Ihr Haus war nicht so steril. Und, soweit sie sich erinnerte, Davis' Büro ebenfalls nicht.

»Wo bin ich?« fragte sie beunruhigt.

»Im Krankenhaus – noch in der Notaufnahme. Sie haben sich den Kopf angeschlagen, und zwar ganz ordentlich.«

Als er das erwähnte, registrierte sie einen hämmernden Schmerz. Vorsichtig ertasteten ihre Finger auf der Stirn einen Gazetupfer. »Was ist passiert?«

»Sie hatten einen Autounfall.«

»Ich?« Sie versuchte sich zu erinnern, doch das Hämmern in ihrem Kopf vereitelte es. »Ich hatte in meinem ganzen Leben noch keinen Unfall.«

»Dann war dies die Premiere. Sie haben eine rote Ampel überfahren.«

»Ich überfahre keine roten Ampeln. Wo habe ich mir den Kopf angeschlagen?«

»Sie knallten aufs Steuer, als Sie in den anderen Wagen hineinkrachten.«
Als sie in einen anderen Wagen hineinkrachte? Wieder versuchte sie sich zu erinnern, aber da war nur eine vage Angst, das Gefühl, sich verirrt zu haben, die Kontrolle zu verlieren, in Panik zu geraten. »Was ist mit dem anderen Auto?«
»Das ist schrottreif, soviel ich gehört habe, aber der Fahrer ist unverletzt.«
»Gott sei Dank!« stöhnte sie. »Bin ich so schnell gefahren?«
»Erinnern Sie sich nicht?«
Doch – jetzt, wo er es sagte, fiel ihr ein, wie erschrocken sie über ihr Tempo gewesen war und deshalb versucht hatte, es zu drosseln.
»Was ist passiert?« fragte Davis mit jetzt leiserer Stimme. In seinem Tonfall schwang eine Vertrautheit mit, die an frühere Gespräche erinnerte.
Grace ging sofort in die Defensive – sie wollte nicht auf diese anderen Gespräche eingehen. »Ich habe keine rote Ampel gesehen, sie muß durch Bäume verdeckt gewesen sein.«
»Es geschah an der Kreuzung South Webster und Elm – die ist von allen Seiten bestens einsehbar.«
So schnell würde sie sich nicht geschlagen geben. »Es dämmerte bereits – wir wissen beide, wie tückisch das Licht um diese Zeit sein kann.«
»Ja, das kann es. War das der Grund?«
»Nun, es muß so gewesen sein. Ich hätte ganz sicher angehalten, wenn ich die rote Ampel gesehen hätte.«
»Und wenn Sie sie sahen, aber die Bedeutung nicht begriffen?«
Sie starrte ihn feindselig an. »Ich bitte Sie – ich weiß, was eine rote Ampel bedeutet!«
»Jetzt ja, aber vielleicht waren Sie verwirrt.«
»Nein, das war ich nicht. Nun ja – für einen Moment vielleicht. Ich muß übersehen haben, daß die Ampel auf Rot schaltete – der andere Wagen muß schon bei Gelb losgefahren sein.«

»Der andere Wagen war der dritte auf der Kreuzung – so lange hatten Sie schon Rot.«

»Na ja – dann war es eben ein Unfall.« Sie weigerte sich, aus einer Mücke einen Elefanten zu machen. »Das passiert doch jedem mal.«

»Und wenn jemand verletzt worden wäre – wie wäre Ihnen dann zumute?«

»Schrecklich«, antwortete sie ehrlich.

»Ich hatte Sie doch gebeten, nicht zu fahren.«

»Ich tue es ja nicht oft. Aber ich wollte ausgehen, und mein Chauffeur war nicht zu finden. Also setzte ich mich selbst ans Steuer.«

»Und gelandet sind Sie hier.«

»Es war ein Unfall, Doktor Marcoux, ein simpler Unfall.«

»Mir macht seine Ursache Sorgen.« Nach einer Pause fragte er: »Haben Sie mit Ihrer Familie gesprochen?«

Graces Augen weiteten sich. Ihre Familie würde eine Erklärung erwarten. »Wissen sie, daß ich hier bin?«

»Ihre Tochter wartet draußen – sie ist im Krankenwagen mitgefahren. Einer Ihrer Nachbarn hatte den Unfall beobachtet und sie aus seinem Wagen angerufen.«

Grace hätte es wissen sollen. Der Fluch des Interesses, nichts blieb lange ein Geheimnis.

Sie schloß die Augen. Das Hämmern hinter ihrer Stirn fand Widerhall in dem Hämmern in ihrer Brust. Grace atmete tief durch, und als sie den Arzt wieder ansah, stand Vorsicht in ihrem Blick. »Was haben Sie alles gesagt?«

»Nur, daß Sie nicht ernsthaft verletzt sind. Das heißt nicht, daß die Situation nicht ernst ist.«

Sie hielt seinem Blick stand. »Das ist sie nicht.«

»Grace. »

»Sie haben mit Ihren Tests nicht das geringste bewiesen«, gab sie heftig zurück. »Das haben Sie selbst gesagt. Sie haben lediglich ein paar Alternativen ausgeschlossen.«

»Mehr als ein paar. Ihre Symptome sind klassisch.«

»Vergeßlichkeit ist in meinem Alter etwas Unvermeidliches«, erwiderte sie mit einer wegwerfenden Handbewegung.
»Aber Phasen geistiger Verwirrung nicht – und derentwegen haben Sie mich seinerzeit aufgesucht. Was Ihnen da vorhin im Auto passiert ist, ist typisch für Alzheimer-Patienten.«
»Ich bin kein Alzheimer-Fall.«
»Und wenn der Fahrer des anderen Autos verkrüppelt oder gar tot wäre? Wenn Sie tot wären?«
»Mein Nachlaß ist geregelt.«
»Darum geht es nicht. Ihre Familie sollte wissen, was vorgeht.«
Grace schüttelte den Kopf. »Ich möchte auf keinen Fall, daß sie aufgrund einer so vagen Diagnose in Panik geraten.«
Er bedachte sie mit einem tadelnden Blick. Sie schaute weg.
»Haben Sie es Father Jim gesagt?« fragte er leise.
Ihr Blick flog zu ihm zurück. »Natürlich nicht.«
»Das sollten Sie aber – vielleicht kann er Ihnen helfen.«
»Inwiefern?« rief Grace. »Indem er mich füttert, wenn ich nicht mehr selbständig essen kann? Mich an der Hand herumführt, wenn ich nicht mehr weiß, wohin ich gehe? Mir erklärt, wer er ist, wenn ich mich nicht mehr an seinen Namen erinnere?« Sie tippte sich an die Brust. »Ich habe viel über diese Krankheit gelesen – ich habe sie nicht.«
Davis schob die Hände in die Taschen und starrte stirnrunzelnd zu Boden. Grace versuchte seine Gedanken zu erraten, als er sich umdrehte und sich, von ihr abgewandt, auf die Bettkante setzte. »Weiß Ihre Familie von Ihren Anfällen?« fragte er mit gesenktem Kopf.
»Nein.«
»Dann weiß sie auch nichts von den Tests, denen Sie sich unterzogen haben?«
»Ich sagte damals, ich besuche Freunde in der Stadt.«
Er schaute über seine Schulter und fand ihren Blick. »Lassen Sie mich mit ihnen reden. Ich erkläre ihnen, zu welchen Schlußfolgerungen ich gekommen bin, und sie können mir zustimmen oder nicht.«

»Und wenn sie Ihnen zustimmen?« faßte Grace ihre größte Angst in Worte. »Wenn sie Ihnen zustimmen, werden sie mich von da an mit anderen Augen sehen. Alles, was ich tue, wird ihr Mißtrauen erregen, jeden kleinen Fehler werden sie auf die Krankheit zurückführen, ob er damit zu tun hat oder nicht. Da würde eine Lawine losgetreten.«

»Sie dürfen es nicht länger für sich behalten. Haben sie denn keine Veränderung in Ihrem Verhalten bemerkt?«

»Sie üben sich in Nachsicht – ich bin einundsechzig.«

»Einundsechzig ist nicht alt.«

Grace fand diese Äußerung aus Davis Marcoux' Mund nicht annähernd so erfreulich wie aus Francines.

»Früher oder später werden Sie es ihnen sagen müssen.«

»Nicht, wenn Ihre Diagnose falsch ist«, widersprach sie.

»Stellen Sie sich für einen Moment vor, daß sie das nicht ist – sollte Ihre Familie dann nicht vorbereitet sein? Soviel ich aus dem entnehmen konnte, was Sie mir erzählt haben, stehen Sie und Ihre Tochter sich sehr nahe. Meinen Sie nicht, sie wüßte gerne Bescheid?«

»Über mein Todesurteil? Sie wäre verzweifelt.«

»Sie ist kein Kind mehr.«

»Sie wäre verzweifelt«, wiederholte Grace. »Ich spreche aus Erfahrung.«

Sie selbst hatte gegen dieses Gefühl angekämpft, seit ihr der Gedanke gekommen war, ihre Symptome könnten auf die Alzheimersche Krankheit zurückzuführen sein, und das war viele Monate vor ihrem ersten Besuch bei Davis Marcoux gewesen. Sie las die Zeitungen. Sie las medizinische Fachblätter. Sie erhielt eine wachsende Anzahl von Leserzuschriften zu diesem Thema. Sie wußte um die Seelenqualen, die Menschen litten, die sich über ihren Zustand im klaren waren, und darum, wie verheerend er sich auf die Familien auswirkte. Verzweiflung war nur ein kleiner Teil davon.

»Sie verstehen das nicht, Doktor. Ich bin der Angelpunkt meiner Familie, die Dorians stehen und fallen mit meinem Beruf –

und meinem Erfolg. Wie könnte ich ihnen sagen, daß damit vielleicht bald Schluß ist? Sie haben es doch selbst gesagt: Es ist durchaus möglich, daß ich auch in den nächsten Jahren nur gelegentliche Ausfälle habe.«

»Aber was ist mit dem Unfall, den Sie vorhin hatten? Was wäre gewesen, wenn Ihre Tochter oder Ihre Enkelin mit im Wagen gesessen hätte?«

»Dann hätte eine von ihnen am Steuer gesessen – ich fahre grundsätzlich nur, wenn niemand da ist, der mich chauffieren kann.«

»Das ist keine Rechtfertigung«, schalt er, doch sein Ton blieb sanft und machte es Grace zusehends schwerer, gegen seine Worte aufzubegehren. Ja, sie war der Angelpunkt ihrer Familie, aber sie war ihr auch lieb und teuer. Wenn sie dafür verantwortlich wäre, daß einem von ihnen etwas geschähe, würde sie sich das niemals verzeihen.

Sie preßte die Fingerspitzen gegen ihre schmerzende Stirn. »Ich bin im Augenblick außerstande, mich damit auseinanderzusetzen.«

»Ihre Tochter wartet draußen, um zu erfahren, wie es Ihnen geht. Wäre das nicht eine günstige Gelegenheit, ihr die Wahrheit zu sagen?«

»Nein.«

»Sie wird doch bestimmt fragen, wie es passieren konnte, daß Sie eine rote Ampel übersahen.«

»Nein. Ich habe sie gelehrt, Prioritäten zu setzen – das Übersehen einer roten Ampel ist nicht so wichtig wie die Tatsache, daß es mir gutgeht.«

»Aber es geht Ihnen nicht gut.«

Er gewann die Oberhand, sie spürte es. Sie wollte seine Argumente entkräften, aber ihre immer gleichen Antworten verfehlten ihre Wirkung. Ja, sie war manchmal verwirrt und desorientiert und vergeßlich, und ja, sie hatte in ihrem Alter das Recht dazu – aber es geschah immer öfter. Sie konnte es nicht verleugnen, auch das Entsetzen nicht, das es auslöste.

Sie legte die Fingerspitzen auf die Lippen, um ihr Zittern zu stoppen.

»Lassen Sie mich mit ihr reden, Grace«, drängte er mit tiefer, beschwörender Stimme. »Wenn sie wenigstens über die Möglichkeit informiert ist, kann Sie Ihnen besser helfen, falls sich die Notwendigkeit ergeben sollte. Das gleiche gilt für Father Jim.«

Es kann mir doch niemand helfen! schrie Grace im stillen. Wenn Sie recht haben, bin ich verloren. »Father Jim weiß von den Anfällen.«

»Aber nicht, was sie auslöst. Er wird bestürzt sein, daß Sie es ihm nicht früher gesagt haben. Ach ja, er ist übrigens ebenfalls draußen.«

Grace drehte den Kopf weg. Jim durfte es nicht erfahren! Sie würde lieber sterben als sich ihm als geistigen Krüppel zu offenbaren.

»Also – wie ist es, Grace?« insistierte Davis. »Diesmal ist niemand verletzt worden, aber nächstes Mal geht es vielleicht nicht so glimpflich ab. Unfälle können vermieden werden, aber nur, wenn die Verkehrsteilnehmer die Regeln beachten.«

»Wer tut das schon immer?« gab sie zurück, doch ihrem Protest fehlte jetzt der Biß. Es mochte auf die Nachwehen des Unfallschocks zurückzuführen sein, auf die unbarmherzig hämmernden Kopfschmerzen oder auf die vage Erinnerung daran, den Wagen anhalten zu wollen und nicht zu wissen, wie, oder auf Davis' unbeirrbare Hartnäckigkeit – jedenfalls war sie todmüde.

Und dann kam ihr plötzlich ein Gedanke. Wenn Davis ihrer Familie seinen Verdacht mitteilte, würden sie vielleicht ebenso entschieden darauf bestehen, daß er sich irrte, wie sie. Es wäre schön, ein oder zwei Verbündete zu haben, nachdem sie so lange allein gekämpft hatte.

Francine hatte eine angsterfüllte Ewigkeit im Wartezimmer zugebracht, als ein Mann aus der Notaufnahme kam und zielstrebig auf sie zueilte. Er war hochgewachsen, langbeinig und

schlank, mit bernsteinfarbenen Haaren, die wie windzerzaust aussahen, einem kantigen, bartschattendunklen Gesicht und wirkte so durchtrainiert, daß sie ihn niemals für einen Arzt gehalten hätte, wenn er keinen weißen Kittel getragen und Father Jim nicht gesagt hätte: »Ah, da kommt Doktor Marcoux.«
Mit bis zum Hals klopfendem Herzen stand sie auf.
Der Arzt streckte ihr die Hand hin. »Francine? Davis Marcoux.«
»Wie geht es meiner Mutter?«
»Sie hat eine Beule am Kopf, ist mit ein paar Stichen genäht worden und hat eine leichte Prellung erlitten. Ich würde sie gern über Nacht zur Beobachtung hierbehalten. Morgen früh dürfte sie soweit sein, daß ich sie entlassen kann.«
»Gott sei Dank«, hauchte Francine erleichtert. Sie hatte keine Erfahrung mit einer kranken Grace. Mütter wurden nicht krank.
»Haben Sie vielleicht ein paar Minuten Zeit?« fragte Davis. »Ich würde gern kurz mit Ihnen sprechen.«
Sofort schrillte eine Alarmglocke in ihrem Kopf. »Worüber?«
»Am Ende des Flurs befindet sich ein Personal-Aufenthaltsraum.«
Ihr Herz schlug schneller. Derartige Aufenthaltsräume waren für ernste Gespräche vorgesehen. »Es stimmt etwas nicht, habe ich recht?«
Er deutete mit einer Kinnbewegung den Flur hinunter.
Sie wollte sich in keinen solchen Raum verschleppen lassen. »Wäre es nicht besser, ich würde mich an Graces Bett setzen?«
Father Jim legte die Hand auf ihren Arm. »Lassen Sie mich das tun.«
Sie wandte sich ihm zu. »Wissen Sie etwas, das ich nicht weiß?«
»Nein, aber Sie sind Graces Tochter, da ist es doch ganz natürlich, daß der Arzt mit Ihnen über den Unfall sprechen möchte. Sie können sich ja zu uns gesellen, nachdem Sie mit ihm geredet haben.«
»Ich will aber nicht mit ihm reden«, rief sie, doch als sie ihre

trotzige Kinderstimme hörte, gab sie beschämt nach. »Okay. Sagen Sie Grace, ich komme gleich.« Als sie halb den Flur hinuntergegangen war, wobei sie Mühe hatte, mit dem Arzt Schritt zu halten, kam ihr der Gedanke, zurückzulaufen und Father Jim zu holen. Bereits vor dem Tod ihres Vaters war er im Hause Dorian ständig präsent gewesen, und seitdem um so mehr. Er war eher ein Freund als ein geistlicher Ratgeber, bemerkenswert liberal und immer bereit, zu helfen. Es wäre ihr wohler gewesen, ihn bei dem Gespräch in Davis Marcoux' Aufenthaltsraum an ihrer Seite zu haben.

Doch sie waren schon am Ziel. Der Raum war klein, mit einem Sofa, mehreren Sesseln und einer Kaffeemaschine ausgestattet. Davis deutete auf letztere. »Möchten Sie eine Tasse?«

»Glauben Sie, ich werde sie brauchen?« fragte sie zurück.

Er lächelte verständnisvoll. »Sie mögen keine Krankenhäuser, stimmt's?«

»Entbindungsstationen sind angenehmer. Alle anderen ...« Sie machte eine abwinkende Handbewegung und ließ sich in einen Sessel sinken. »Meine Tochter ist Diabetikerin. Wenn es um Menschen geht, die ich liebe, machen Krankenhäuser mich kribbelig.« Zum Teufel, warum sollte sie nicht ehrlich sein? »Und Ärzte machen mich kribbelig.«

»Das ist gut zu wissen«, erwiderte er.

»Ich rede nicht gern um den heißen Brei herum. Was ist mit meiner Mutter?«

»Ich habe sie heute nicht zum erstenmal gesehen.«

Francines Unbehagen wuchs. »Wann war das erste Mal?«

»Vor einigen Monaten. Ihr Internist hatte sie an mich überwiesen, wegen der Anfälle von Desorientierung. Ich bin Neurologe – Symptome wie dieses sind mein Fachgebiet.«

»Sie hat es mir gegenüber nicht erwähnt.«

»Sie wollte Sie nicht beunruhigen – sie hielt es für schwache Schlaganfälle.«

Francine schlang die Arme ineinander. »Und – hatte sie recht damit?«

»Nein, das haben wir ausgeschlossen.«
Irgendwie tröstete sie das nicht. »Wie?« fragte sie.
»Durch Bluttests, EEGs, Computertomografien und Magnet-Resonanz-Untersuchungen. Wir haben nichts ausgelassen.«
Francine schaute ihn verwirrt an. »Aber wann haben Sie das alles gemacht? Diese Tests brauchen doch ihre Zeit. Wie war es möglich, daß ich nichts davon erfuhr? Grace und ich arbeiten zusammen – wie hat sie das hinter meinem Rücken bewerkstelligt?«
»War sie in den letzten Monaten nicht öfter unterwegs?«
»Doch, das schon – aber da war keine Rede von irgendwelchen Tests. Sie fuhr in die Stadt, um Freunde zu besuchen oder Matineen oder Proben der Philharmoniker – oder den Schönheitssalon.« Francine brauchte kein Genie zu sein, um seinen Gesichtsausdruck zu deuten. »Sie hat mich angelogen? Ausgeschlossen. Grace lügt nicht.«
Er ließ sich auf dem Sofa nieder und stützte die Ellbogen auf die gespreizten Knie. »Diesmal hat sie gelogen – aber in der besten Absicht. Sie hat diese Tests machen lassen – ich habe einen ganzen Ordner voller Ergebnisse.«
»Und wie lauten die?« fragte Francine. Als sie sah, wie Davis' Blick behutsam wurde, wappnete sie sich für das Schlimmste.
»Sie besagen, daß die logischste Erklärung für ihre Anfälle senile Dementia ...«
»Auf keinen Fall!« fiel Francine ihm ins Wort. »Grace doch nicht!«
»... vom Typ Alzheimer ist.«
Sie schnappte nach Luft. Dann schüttelte sie den Kopf. »Das kann nicht sein. Grace ist nicht geisteskrank.«
»Mit Geisteskrankheit hat das nichts zu tun.«
»Aber Graces Verstand ist Grace. Er ist das, was sie von allen anderen Menschen auf der Welt unterscheidet.«
»Das gleiche kann ich von allen anderen Alzheimer-Patienten sagen, die ich kennengelernt habe.«
Francine sprach nicht von allen anderen Alzheimer-Patienten –

sie sprach von ihrer Mutter. »Wissen Sie, für wie viele Menschen ihr Wort wie die Bibel ist?«
»Inwiefern ist das hier von Bedeutung?«
»Ihre Kolumnen sind für manche Menschen der letzte Strohhalm.«
»Also sollte jemand anderer statt ihr diese Krankheit haben – meinen Sie das?«
»Natürlich nicht. Aber Sie begreifen die Situation nicht«, sagte sie eindringlich. »Graces Verstand ist ihr Kapital.«
»Ich weiß nur«, erwiderte er, noch immer sanft, aber trotzdem nachdrücklicher, »daß etwas mit diesem Verstand geschieht. Das Gehirn ist ein Organ, und Graces baut ab.«
»Ist ein gewisser Abbau im Alter nicht unvermeidlich?«
»Ein gewisser, ja – die Form, in der Grace ihn erlebt, nicht. Es gibt Momente, in denen sie nicht weiß, wo sie ist oder was gerade zu tun ist. Ich nehme an, daß es auch heute im Auto so war. Sie saß hinter dem Steuer und wußte plötzlich nicht mehr, wie man fährt.«
»Das ist doch absurd«, protestierte Francine. »Grace hat sich und ihr Leben besser im Griff als alle anderen Frauen, die ich kenne.«
»Sie vergißt Dinge.«
»Tun wir das nicht alle?«
»Nicht wichtige Dinge wie den Namen eines Freundes.«
Francine hätte beinah gelacht. »Grace würde niemals den Namen eines Freundes vergessen – das würde sie als Gipfel der Unhöflichkeit betrachten.«
»Es geschieht ja nicht freiwillig.«
»Ich habe noch nie erlebt, daß sie den Namen eines Freundes vergessen hätte.«
»Haben Sie sie je verwirrt erlebt?«
»Schon oft, sobald es um irgend etwas Technisches geht. Das war schon immer so bei ihr, und wenn es jetzt schlimmer ist, dann nur, weil wir so viele Geräte im Büro haben wie nie zuvor.«

»Was ist mit der Arbeit? Macht sie Fehler?«

»Keine«, schwor Francine, und dann gab es ihr einen Stich, als sie sich an die wirre Kolumne über Katzen-Allergien erinnerte.

»Ist sie launischer als üblich? Herrischer? Ärgert sie sich über Kleinigkeiten?«

»Nein. Grace ist Grace, so wie immer. Alzheimer kommt nicht in Frage – ihre Symptome, welche das auch sein mögen, müssen eine andere Ursache haben.«

»Ich kann keine finden.«

»Dann sind Sie vielleicht nicht der richtige Arzt für Grace.«

Er dachte, die Ellenbogen immer noch auf den Knien, eine Weile über diese Möglichkeit nach, und dann sagte er mit einer Stimme, die ebenso gelassen war wie sein Blick: »Ich werde Ihnen einen anderen Arzt nennen. Sie haben das Recht, so viele Meinungen einzuholen, wie Sie möchten. Aber ich habe mir meine Diagnose nicht aus den Fingern gesogen. Ich habe diese Tests nicht selbst gemacht – sie wurden von einigen der besten Mediziner in New York durchgeführt. Darauf hatte Grace bestanden.«

»Sehen Sie – sie weiß genau, was sie tut.«

»Ich habe nie behauptet, daß sie das nicht tut. Eine der berechenbarsten Eigenschaften dieser Krankheit ist ihre Unberechenbarkeit. Im Frühstadium kommen und gehen die Symptome, liegen lange gesunde Phasen zwischen kurzen völliger Verwirrung.«

»Ich habe Grace nie in einem Zustand völliger Verwirrung erlebt«, erklärte Francine mit Nachdruck.

»Sie überspielt ihn vielleicht. Darin entwickeln Alzheimer-Patienten eine ziemliche Geschicklichkeit – bis es irgendwann in der Öffentlichkeit zu einem Eklat kommt oder zu einem Unglück. Wie heute, als Ihre Mutter die rote Ampel überfuhr und einen anderen Wagen rammte. Dann wird es schwieriger, die Krankheit zu verbergen.«

Francines Magen krampfte sich zusammen. Davis Marcoux ge-

fiel ihr nicht, sein eindringlicher Blick gefiel ihr nicht, seine tiefe Stimme nicht, auch der Bartschatten nicht und die kleine Narbe über der Augenbraue, und auch nicht, daß er so groß war. Sein Körper war zu muskulös für einen Arzt, er hatte nichts Angeberisches oder Gekünsteltes an sich, und er sah zu gut aus. Aber am meisten störte sie, daß er seiner Sache so sicher war.
Grace konnte unmöglich krank sein. Sie war der Angelpunkt von Francines Leben, und jetzt auch von Sophies. Sie war der Teppich, auf dem sie standen. Niemand würde ihn ihnen unter den Füßen wegziehen, und schon gar nicht ein so arrogantes Exemplar der Spezies Mann.
Trotzig fragte Francine: »Haben Sie Grace mitgeteilt, was Sie vermuten?«
»Ja. Vor zwei Monaten.«
»Und sie hat mir kein Wort davon gesagt? Wie kann das sein? Schließlich predigt sie ständig die offene Kommunikation innerhalb der Familien.«
Davis lehnte sich zurück. »Sie streitet ebenso vehement ab, krank zu sein, wie Sie es tun.«
»Aha. Also steht es zwei gegen einen.«
»Nicht, wenn Sie die anderen Ärzte mitzählen, deren Meinungen mit zu meiner Diagnose geführt haben.«
»Aber Sie sagten doch selbst, Sie hätten lediglich andere Dinge ausgeschlossen.«
»Die Computertomografie ergab Anzeichen für einen möglichen Verfall des Nervensystems.«
»Also nur die Möglichkeit.«
»Der Verfall des Nervensystems ist charakteristisch für die Alzheimersche Krankheit.«
»Aber es besteht nur die Möglichkeit. Haben Sie nichts besseres zu bieten?« Sie wußte, daß sie biestig war, aber es ging ihr gegen den Strich, daß er ohne konkrete Beweise auf einer so schrecklichen Diagnose beharrte.
»Medizin ist eine ungenaue Wissenschaft.«
»Das können Sie laut sagen.«

»Ich stehe zu meiner Diagnose.«
»Das habe ich auch nicht anders erwartet.« Sie hatte noch keinen Arzt kennengelernt, der es über sich gebracht hätte, einen Irrtum einzugestehen. »Mein Vater war Vierzig, als man ihm eröffnete, er habe eine kaputte Leber und würde innerhalb von fünf Jahren sterben. Er wurde Mitte Siebzig.«
»Das wird Grace vielleicht auch – aber angenommen«, Davis beugte sich vor und fixierte sie mit unangenehmer Eindringlichkeit, »nur mal angenommen, ich habe recht. Angenommen, der heutige Unfall war auf eine Funktionsstörung zurückzuführen – könnten Sie sie da guten Gewissens wieder ans Steuer lassen?«
»Ich kann sie unmöglich im Haus einsperren.«
»Und wenn es das nächste Mal übler ausgeht? Wenn jemand in einem anderen Auto verletzt wird?« Er hob die Hand. »Okay – vergessen Sie die Möglichkeit einer menschlichen Tragödie. Vergessen Sie das Verantwortungsbewußtsein. Aber können Sie sich vorstellen, wie die Anklage lauten würde, wenn die Familie eines unschuldigen Opfers herausfände, daß Monate zuvor eine Diagnose gestellt wurde und Grace sich entgegen des Rates des Arztes ans Steuer gesetzt hatte?«
»Sie haben das festgehalten, nehme ich an.«
»Das mußte ich.«
»Um sich abzusichern? Geht es darum? Betreiben Sie defensive Medizin?« Francine stand auf. »Das ist verachtenswert. Wenn die Medizin dazu verkommt, das Leben eines Patienten ins Chaos zu stürzen, um die Unfähigkeit eines Arztes zu bemänteln, dann will ich damit nichts zu tun haben.« Sie wollte nur noch weg. »Danke, daß Sie sich Zeit genommen haben – ich möchte jetzt zu Grace.«
Sie machte die Tür auf, doch er drückte sie mit der flachen Hand wieder zu.
»Doktor Marcoux!« sagte sie in warnendem Ton, doch seine Hand blieb, wo sie war.
»Davis, bitte – ich mag keine Förmlichkeiten. Und ich mag es auch nicht, in einer Situation, die mir ebensowenig gefällt wie

Ihnen, als Bösewicht hingestellt zu werden. Glauben Sie mir – es ist kein Vergnügen, bei einem Menschen die Alzheimersche Krankheit zu diagnostizieren. Ich wäre begeistert, wenn Graces Symptome verschwänden, doch das tun sie nicht. Also bitte, holen Sie eine zweite Meinung ein, eine dritte, und wenn keiner der anderen Ihnen sagt, was Sie hören wollen, dann kommen Sie wieder zu mir, damit wir reden können. Es gibt vieles, das Sie wissen müssen.«

Mit der Entrüstung, die Grace so leichtfiel, Francine jedoch stets einige Mühe abverlangte, schaute sie zu ihm auf. »Ich weiß bereits eine Menge. Ich weiß, daß ›Die Vertraute‹ ein Multi-Millionen-Dollar-Unternehmen ist, das bei uns zu Hause sieben Menschen ernährt und weiß Gott wie viele in New York, und daß alles mit Grace steht und fällt. Ich eingeschlossen. Ich habe keine große Familie – seit dem Tod meines Vaters nur Grace und meine Tochter Sophie. Ich liebe meine Mutter und meine Tochter.« Sie hob zwei fest aneinandergedrückte Finger, um ihren nächsten Satz zu illustrieren. »Grace und ich stehen so zueinander. Ich kann sie nicht einfach ... nicht einfach aus meinem Leben streichen.«

»Das verlange ich ja auch gar nicht. Grace ist noch immer ein vollfunktionsfähiges, menschliches Wesen. Sie sollten Sie unter keinen Umständen anders behandeln als bisher. Ich sage lediglich, daß Sie sich darüber klar werden müssen, was geschehen kann. Möglicherweise geht es noch fünf, sechs Jahre so weiter, mit nur gelegentlichen Aussetzern. Aber vielleicht geht es auch schneller bergab. Wie auch immer – unsterblich ist sie nicht. Irgendwann wird auch für sie das Ende kommen.«

»Das hat noch lange Zeit.« Francine zog an der Tür, doch sie rührte sich nicht.

Nach einer Weile beschloß Davis, sie freizugeben, und trat einen Schritt zurück.

Francine riß sie auf, um ihrer Empörung Nachdruck zu verleihen, stand jedoch so ungünstig, daß die Tür ihre Schulter rammte, und sie ins Taumeln geriet.

Davis griff zu und erwischte ihren Arm.
Sie riß sich los und hob warnend die Hand. Mit aller Würde, die sie in Sekundenbruchteilen aufzubringen vermochte, trat sie durch die offene Tür und stolzierte den Flur hinunter. Sie war entkommen.
Zumindest dachte sie das – doch seine Diagnose war ihr auf den Fersen. Erst als sie die Kabine betrat, in der Grace lag – blaß und verunsichert, aber ansonsten wie die alte Grace –, fühlte Francine sich erlöst.
»Na, Grace«, sagte sie mit einem strahlenden Lächeln, »das war ja eine reife Leistung. Kerzengerade über eine rote Ampel. Die Beule auf deiner Stirn ist eindrucksvoll.«
»Das meiste ist Verband«, antwortete Grace und schüttelte leicht die Hand, mit der sie Father Jims umfaßt hielt. »Mein Freund sagt, er stehe mir, mache mein Gesicht noch interessanter. Der Arzt hat mir versichert, daß so gut wie keine Narbe zurückbleiben wird.«
Francine sah ihr die Eitelkeit nach. Wenn sie auch nur einen Bruchteil der öffentlichen Auftritte von Grace hätte, würde sie sich ebenfalls Gedanken über ihr Aussehen machen. Nicht, daß Grace Anlaß gehabt hätte, sich Gedanken darüber zu machen. Ihre Haut war glatt wie die einer viel jüngeren Frau, und obwohl sie ihre Haare seit Jahren färbte, waren sie noch immer dick und seidig.
Aber welches Haar würde es schon wagen, eine so tüchtige Herrin wie Grace zu enttäuschen?
Alzheimer? Lachhaft!
Nachdem sie zu diesem Schluß gekommen war, fragte Francine: »Wie fühlst du dich?«
»Ich habe Heimweh. Nimmst du mich mit?«
»Kann ich nicht – erst morgen früh. Anordnung des Arztes.«
Die konnte sie einsehen. »Er will dich wegen der Prellung zur Beobachtung hierbehalten.«
»Warum kann man mich nicht zu Hause beobachten?«
»Weil«, mischte Father Jim sich ein, »alle paar Stunden jemand

nach Ihnen sehen muß – und wenn Francine das täte, käme sie nicht zum Schlafen.«

»Ich würde mich aber in meinem eigenen Bett sehr viel wohler fühlen.«

Er drückte ihre Hand. »Seien Sie ein braves Mädchen und tun Sie, was der Doktor sagt. Es ist ja nur eine Nacht, und er möchte nichts versäumen.«

Francine hätte nicht so viel Überzeugungskraft aufgebracht. Sie warf ihm einen dankbaren Blick zu.

Er schaute in Richtung Flur. »Ist Davis noch da?«

»Ich nehme an, er ist damit beschäftigt, seine Gedanken niederzuschreiben«, gab Francine giftig zurück.

»Ich möchte noch mit ihm reden, bevor er geht. Werden Sie artig sein, Grace?«

»Habe ich eine Wahl?« fragte Grace, und dann setzte sie ein wenig unsicher hinzu: »Kommen Sie wieder?«

»Sobald Sie in ein Zimmer verlegt worden sind.«

Diese Antwort schien sie zu beruhigen, wofür Francine dem Geistlichen erneut dankbar war. James O'Neill war ein echter Freund. Sicher, die beträchtliche Summe, die Grace seiner Kirche alljährlich spendete, garantierte ihr ein gewisses Maß an Aufmerksamkeit, doch Father Jims Engagement ging weit darüber hinaus.

Als er verschwunden war, nahm Grace ihre Hand. »Jim sagte, du hättest mit Davis gesprochen. Was hat er gesagt?«

Francines Magen krampfte sich zusammen. Es widerstrebte ihr zutiefst, Doktor Marcoux' Aussagen zu wiederholen, doch Grace hatte immer Ehrlichkeit gepredigt. Okay, diesmal hatte sie sich nicht an ihre eigene Lehre gehalten, doch das war angesichts der Umstände vielleicht entschuldbar.

»Er erzählte mir von den Tests. Wenn du mir etwas davon gesagt hättest, wäre ich mitgefahren. Sie waren bestimmt nicht angenehm.«

»Hat er dich über seine Diagnose informiert?«

»Ja.«

»Ich glaube keine Sekunde daran.«
»Ich auch nicht.«
»Bin ich wirr? Unberechenbar? Deprimiert?«
»Nein.«
»Das habe ich ihm auch gesagt.«
»Du hast ihm aber auch gesagt, daß du verwirrt warst«, sagte Francine in vorwurfsvollem Ton, denn es erschien ihr beinahe wie ein Verrat, daß Grace Wasser auf Davis Marcoux' Mühle gegossen hatte.
»Einmal«, verteidigte Grace sich. »Vielleicht zweimal – und ich weiß, woher diese Zustände kommen: Es sind Panik-Anfälle, weil ich nicht damit zurechtkomme, zu altern.«
»Du alterst nicht.«
»Danke, Schatz, lieb von dir – aber ich kann die Augen nicht vor dieser Tatsache verschließen. Ich bin nicht mehr so schnell wie vor zwanzig Jahren, und ich habe auch nicht mehr so viel Energie und Widerstandskraft wie damals, und so fange ich an, mir alle möglichen Schwachheiten einzubilden, und ehe ich mich's versehe, verliere ich vor lauter Hektik den Überblick. Daher rührt meine zeitweise Verwirrung.«
Francine seufzte. Psychosomatische Leiden konnte man beheben, sie bewirkten keine irreparablen Schäden, sie waren nicht tödlich. »Zerfleisch dich nicht, ich brauche dich in einem Stück. Und fahr nicht selbst, immerhin haben wir einen Chauffeur.«
»Ich habe Gus ja gesucht«, gab Grace zurück, »aber er war nicht da.«
»Wo war er denn?«
»Ich dachte, du wüßtest das vielleicht.« Es war klar, was sie damit sagen wollte.
»Du glaubst, er war mit Sophie unterwegs? Sie hat nichts davon erwähnt, mit ihm ausgehen zu wollen.«
»Überrascht dich das?«
»Ja«, entschied Francine nach kurzem Überlegen. »Wenn sie sich aus Protest mit ihm trifft – welchen Sinn hätte das, wenn es niemand wüßte?«

»Du solltest es dir zum Anliegen machen, dich darüber zu informieren, was sie treibt, Francine – vor allem, was Gus Clyde angeht. Du hast die Kontrolle über sie verloren.«
»Natürlich habe ich das«, bestätigte Francine. »Sie ist dreiundzwanzig. Es ist Jahre her, daß ich jeden ihrer Schritte überwacht habe. Es wäre nicht gut, wenn ich es heute noch täte – zumindest predigst du das deinen Lesern immer.«
Grace machte eine ungeduldige Handbewegung. »Gus mag ein guter Fahrer sein, ein fähiger Mechaniker, sogar ein passabler Handwerker, aber er hat nicht das Zeug zu einem akzeptablen Schwiegerenkel. Sophie hat spezielle Bedürfnisse, und wer immer sie heiratet, muß auf diese Bedürfnisse eingehen, muß fürsorglich und selbstlos sein – und Gus ist beides nicht.«
»Du hast ihn eingestellt«, erinnerte Francine sie.
Graces Miene verfinsterte sich. »Ja, das habe ich – auf James O'Neills Betreiben hin. Ich sollte ihn darüber ins Bild setzen, was sein Hätschelkind sich leistet.« Ihr Blick glitt an Francine vorbei, und die finstere Miene löste sich in Wohlgefallen auf. »Ah, da kommt Doktor Marcoux, um mir mitzuteilen, daß er seine Meinung geändert hat und mich schon heute abend nach Hause entläßt.«
»In Wahrheit«, sagte der Angesprochene, »bin ich gekommen, um Ihnen zu sagen, daß Ihr Zimmer bereit ist. Wir geben Ihnen die Penthouse-Suite.« Er schob den Vorhang beiseite und machte sich auf den Weg zum Kopfende des Bettes, was ihn angesichts der Enge der Kabine zwangsläufig auf Tuchfühlung mit Francine brachte. Sie spürte die Wärme seines Körpers und seine Hand auf ihrem Arm, als er nahe an ihrem Ohr sagte: »Draußen an der Anmeldung steht eine Frau, die mit einer der Dorians sprechen möchte.«
»Wer ist sie?« fragte Francine ein wenig atemlos.
»Sie ist von der Presse. Kümmern Sie sich um sie – ich kümmere mich um Ihre Mom.« Er nahm seine Hand weg und hob die Stimme: »Bereit für den Umzug, Grace?«
Die Presse? Welches Blatt? Woher wußte die Presse, daß Grace

hier war. Sie wollte ihn fragen, doch er dirigierte gerade einen Pfleger zum Fußende des Bettes, und ehe sie schalten konnte, wurde ihre Mutter schon auf den Flur hinausgeschoben.

Mißtrauisch Ausschau nach einem lauernden Fotografen haltend, folgte sie dem Bett und stieß einen Seufzer der Erleichterung aus, als Grace unbehelligt im Aufzug verschwand. Also würde es kein Titelfoto von der verletzten Grace geben – aber vielleicht eine Story.

Sie ging den Weg zurück, den sie gekommen war, an der Wartezone vorbei zur Anmeldung der Notaufnahme, und wollte sich gerade zu erkennen geben, als sie das Gesicht erkannte.

»Hi, Francine. Robin Duffy vom ›Telegram‹. Wie geht es Grace?«

Robin Duffy? Den Namen hatte sie nicht mehr gewußt. Die Reporterin hatte Grace im vergangenen Sommer interviewt, und während Grace sehr angetan von dem Artikel gewesen war, hatte Francine ihn etwas dürftig und den Ton unangebracht schnippisch gefunden. Das gleiche galt für die Handvoll Meldungen über Grace, die Robin seither verfaßt hatte.

Francine wäre am liebsten mit einem »kein Kommentar!« davongerauscht, doch sie wußte, daß Robin auf jeden Fall etwas schreiben würde – und wer wußte, was dabei herauskommen würde, wenn sie nicht mit ihr spräche. Es war klüger, der Geschichte einen Dorian-Touch zu geben.

Also antwortete sie: »Es geht ihr gut.«

»Wie ich gehört habe, hatte sie einen Autounfall.«

»Ja, sie hatte einen Autounfall«, bestätigte Francine höflich.

»Wie ich weiter gehört habe, hat sie eine rote Ampel überfahren.«

»Haben Sie das von der Polizei?«

»Nein, die hüllt sich in Schweigen. Aber ich habe mit dem Fahrer des anderen Wagens sprechen können. Als ich am Unfallort ankam, wartete er noch auf den Abschleppwagen. Sein Fahrzeug ist schrottreif.«

»Ist das ein Sachverständigen-Urteil?«

»Es ist ein Zitat des Fahrers. Er meint, daß Grace mindestens fünfundsiebzig Stundenkilometer draufhatte.«
Francine lächelte milde. »Das bezweifle ich – Grace fährt kaum jemals fünfzig. Sie hat noch nie eine Verwarnung bekommen, geschweige denn ein Strafmandat wegen zu schnellen Fahrens.«
»Warum hat sie dann die rote Ampel übersehen?«
»Wir wissen noch nicht, ob sie sie übersehen hat. Meine Hauptsorge galt ihrem Befinden. Die Ärzte haben versichert, daß sie keinen Schaden genommen hat.«
»War sie betrunken?«
»Grace?« Die Idee war absurd, aber die Frage typisch für einen Reporter. »Grace trinkt nicht.«
»Ich habe sie vor einem Monat in einem Restaurant mit einem Glas Wein gesehen.«
»Wenn dem so ist, dann war das nur Show. Grace trinkt nicht.«
»Nimmt sie Drogen?«
Francine gab sich alle Mühe, ruhig zu bleiben. »Wenn sie das täte, könnte sie nicht leisten, was sie leistet. Sie ist eine bemerkenswerte Frau.«
»Dann heißt das ›nein‹?«
»Nachdrücklich!«
»Und wie ist es mit Tabletten? Sedativa? Schlafmittel? Hat sie vielleicht eine Erkältungsmedizin genommen, die sie außer Gefecht gesetzt haben könnte?«
»Grace schluckt nicht einmal Excedrin.«
»Leidet sie unter Migräne?«
»Nein.«
»Hat sie Herzprobleme?«
»Wie kommen Sie auf diese Frage?«
»Die Schwestern haben keine Informationen rausgerückt.«
Jetzt konnte Francine sich nicht mehr beherrschen. »Weil es Sie nichts angeht.«
»Grace Dorian ist eine prominente Persönlichkeit – ihre Leser möchten bestimmt wissen, was ihr fehlt. Hat sie schon früher mal einen Blackout gehabt?«

»Nein – und diesmal auch nicht.« Francine legte leicht die Hand auf Robins Arm und sagte, in Anbetracht der Tatsache, daß sie innerlich vor Wut kochte, in bemerkenswert freundlichem Ton: »Grace hatte schlicht und einfach einen Verkehrsunfall, der keine Untersuchung nach sich ziehen wird. Ich weiß, daß Sie das enttäuscht, Robin, aber ich kann Ihnen mit keiner Sensationsstory dienen.«
»Sie hat eine rote Ampel überfahren.«
»Soviel wir wissen, war die Ampel defekt. Wie ich schon sagte – Grace ist eine völlig unbescholtene Fahrerin.« Francine lächelte. »Entschuldigen Sie mich jetzt – ich möchte wieder zu Grace hinaufgehen. Ich werde ihr sagen, daß Sie hier waren.«

Drittes Kapitel

Lügen sind wie Kaninchen – tut man zwei zusammen, vermehren sie sich in Windeseile.

– Grace Dorian in »Die Vertraute«

BRIEFKASTEN-KOLUMNISTIN BEI UNFALL VERLETZT
von Robin Duffy, Mitarbeiterin des »Telegram«

Grace Dorian, die Verfasserin einer landesweit erscheinenden Briefkasten-Kolumne, war gestern in der Nähe ihres Anwesens an einem Unfall beteiligt. Dorian wurde per Ambulanz ins örtliche Krankenhaus gebracht, wo ihre Verletzungen behandelt wurden und man sie stationär aufnahm. Der Fahrer des anderen Wagens, Douglas Gladiron, blieb unverletzt. Der Unfall ereignete sich um siebzehn Uhr fünfzehn. Dorian, 61, war auf der South Webster in nördlicher Richtung unterwegs, als sie an der Kreuzung Elmstreet eine rote Ampel überfuhr. Ihr Wagen schoß in den kreuzenden Verkehr und krachte in die Seite des von Gladiron, 38, gefahrenen. Zeugen schätzten das Tempo auf fünfundsiebzig Stundenkilometer. Es waren keine Bremsspuren auf der Fahrbahn.
Spekulationen, daß Dorian einen Herzanfall erlitten hatte, wurden vom Krankenhaus nicht bestätigt.
Die Polizei am Unfallort äußerte lediglich, daß Dorian eine Verkehrsregel mißachtet habe und weitere Nachforschungen angestellt würden. Während ein Familienmit-

glied bestritt, daß Alkohol oder Drogen im Spiel gewesen seien, sind das zwei der Faktoren, denen die Polizei nachgehen wird.

»Ja, natürlich wird die Polizei ihnen nachgehen!« rief Francine und schob die Zeitung angewidert von sich. »Das tut sie in einem solchen Fall immer – und wenn sich nichts in dieser Richtung ergibt, werden sie von der Liste gestrichen. Sie stellt es so hin, als sei Grace krank. Als habe sie ein Verbrechen begangen. Warum konnte sie es nicht dabei belassen, daß Nachforschungen angestellt werden?« Aber Francine kannte die Antwort ebenso genau wie Sophie, die den Artikel über ihre Schulter hinweg las.
»Sie hat ihren Bericht ein bißchen aufgepeppt.«
»Auf Graces Kosten! Warum tun sie das Prominenten an? Warum erwecken sie einen Eindruck, der völlig an der Wahrheit vorbeigeht? Was ist aus dem schönen Prinzip ›unschuldig, bis die Schuld bewiesen ist‹ geworden?«
Sophie wirkte bedrückt. Leise sagte sie: »Wenigstens hat sie nichts von Alzheimer geschrieben.«
Francine schaute sich zu ihr um. »Dazu hatte sie auch keine Veranlassung.«
»Die hatte sie auch nicht für den Herzanfall oder den Alkohol oder Drogen. Wenn all das ergebnislos bleibt, wird sie dann was anderes suchen? Graces Fans werden eher an Alzheimer glauben als an Drogen oder Alkohol.«
»Grace hat die Alzheimersche Krankheit nicht!«
»Ich weiß.«
»Warum sprichst du dann davon?«
»Weil du es gestern abend getan hast.«
»Ja, das ist richtig – weil du und ich geschworen haben, einander immer die Wahrheit zu sagen. Ich habe dich noch nie belogen, was die Aussagen deiner Ärzte angeht, und ich werde dich auch nicht belügen, was die Aussagen von Graces Arzt angeht. Aber dir ist doch ebenso klar wie mir, daß er sich irrt. Grace ist für ihr

Alter in bemerkenswert guter Verfassung, und es wäre gestern abend überhaupt nichts passiert, wenn Gus gewesen wäre, wo er hätte sein sollen.«

Francine hielt Sophie zugute, daß sie sich zerknirscht zeigte.

»Dafür habe ich mich schon zehnmal entschuldigt, Mom – wie oft erwartest du es noch?«

Francine seufzte. Sie war nach kaum zwei Stunden Schlaf aufgewacht und hatte sich wie gerädert gefühlt. Ein schneller Dauerlauf mit Legs hatte ihre Anspannung gelockert, aber nur, bis sie ins Haus zurückgekommen war und ihr die Realität in Form von Zeitungsspalten ins Gedächtnis zurückgerufen wurde.

Aber Sophie war nicht verantwortlich für Robin Duffys empörenden Artikel und auch nicht für Davis Marcoux' Fehldiagnose. Sie schlang den Arm um die schmale Taille ihrer Tochter.

»Gar nicht mehr«, beantwortete sie ihre Frage. »Ich weiß, daß es dir leid tut.«

»Die Überlegung ist sowieso müßig. Natürlich wäre nichts passiert, wenn Gus gefahren wäre, aber Grace ist nun mal gefahren, und es ist etwas passiert. Was ist, wenn die Polizei sich an ihren Arzt wendet?«

Mit dieser Frage hatte Francine sich einen Gutteil der Nacht herumgeschlagen. »Die Polizei hat keine ›Fahne‹ bei ihr gerochen, und sie haben sie auch nicht eine Linie entlanggehen lassen. Hätten sie einen Verdacht gehabt, wären sie darauf eingegangen, und das haben sie nicht getan, obwohl sie natürlich wußten, daß sich am nächsten Morgen nichts mehr würde feststellen lassen, was zeigt, daß sie weder Alkohol noch Drogen vermuteten. Die einzige, die das tut, ist Robin Duffy. Davis Marcoux kann guten Gewissens verneinen, daß sie in irgendeiner Form berauscht war, und er wird von sich aus keine Informationen preisgeben, denn damit würde er seine Schweigepflicht verletzen.«

Das Telefon klingelte. Francine hatte zwar schon im Krankenhaus angerufen und erfahren, daß es Grace gutging, aber sie erschrak trotzdem. »Hallo?«

»Hast du die Zeitung schon gelesen, Francine?« Die Stimme klang anklagend, aber beruhigend wach.
»Ich würde dem Geschmiere gar keine Beachtung schenken.«
»Das muß ich aber – hast du eine Vorstellung, wie viele Leute das lesen werden? Ich verstehe es nicht – ich habe Robin Duffy nie etwas getan. Warst du das Familienmitglied, mit dem sie gestern abend gesprochen hat?«
»Ja, und ich habe ihr gesagt, daß weder Alkohol noch Drogen und auch kein Gesundheitsproblem im Spiel gewesen seien.«
»Hast du das nachdrücklich verneint?«
»So nachdrücklich ich konnte, ohne defensiv zu wirken.«
»Aber du kannst sie nicht überzeugt haben. Nun, das Kind liegt im Brunnen.« Grace klang resigniert. »Wirst du den Schaden begrenzen können? Zweifellos wird das Telefon heißlaufen.«
»Ich schaffe das schon«, versicherte Francine ihr. Es war das mindeste, was sie zu ihrer Ehrenrettung tun könnte. Sie hätte Robin mit noch mehr Nachdruck begegnen müssen.
»Aber wenn du dich darum kümmerst, wer holt mich dann ab? Der Arzt hat gerade meinen Entlassungsschein unterschrieben.«
»Wie geht es dir denn?«
»Gut. Mein Kopf hält mehr aus, als man mir zutraut. Ich möchte zu Hause frühstücken – und dann möchte ich arbeiten.«
»Es würde nicht schaden, wenn du dich einen Tag schontest.«
»Es ist zu viel zu tun. Also, wer holt mich nun?«
Francine fing Sophies Blick ein. »Deine Enkelin.«
»Wann?«
»In einer Viertelstunde.« Als Sophie protestierend gestikulierte, korrigierte Francine: »Sagen wir, in einer halben.«
»Sie schläft noch?« fragte Grace mißbilligend.
Francine war erleichtert, antworten zu können: »Nein, sie ist hier bei mir in der Küche, aber sie muß sich vorher noch duschen und anziehen und frühstücken – oder soll ich sie ohne Frühstück losschicken?«
»Um Gottes willen, nein – sie braucht das Frühstück nötiger als

ich. Aber sie soll nicht trödeln. Und, bitte, Francine«, setzte sie mit leidender Stimme hinzu, »tu alles, um diese Gerüchte zu entkräften. Ich kann im Augenblick keine Spekulationen über meinen Gesundheitszustand brauchen – es steht zu viel auf dem Spiel.«

Francine und Sophie waren gerade mit ihrem schnellen Frühstück fertig, als das Telefon klingelte. Es war Mary Wickley, eine alte Freundin der Familie und ernstlich besorgt um Grace. Francine versicherte ihr, daß es Grace gutgehe, sie werde gerade aus der Klinik abgeholt. Ja, Mary wußte, daß weder Alkohol noch Drogen im Spiel gewesen waren. Ja, sie wußte, wie irreführend Presseberichte sein konnten. Francine betonte, daß Grace keinen Herzanfall erlitten, sondern nur eine leichte Prellung davongetragen hatte, weshalb man sie routinemäßig über Nacht zur Beobachtung im Krankenhaus behalten habe – und sie bat Mary, diese Information weiterzugeben.

Sie hatte den Hörer kaum aufgelegt, als das Telefon erneut klingelte. Diesmal war George dran, der Verleger der Zeitung, in der Graces Kolumne erschien, und ebenfalls ein enger Freund, der erstens wissen wollte, warum das »Telegram« die Story bekommen habe und nicht »Transkript«, und zweitens, wie es Grace gehe.

»Grace ist okay«, beantwortete Francine die zweite Frage, ihrer Wichtigkeit entsprechend, zuerst, »und das ›Telegram‹ hat die Story bekommen, weil eine Reporterin dort auf Grace fixiert ist. Genaugenommen ist es ja gar keine Story. Grace hatte einen ganz alltäglichen, leichten Unfall, bei dem sie sich den Kopf anschlug, weshalb sie über Nacht im Krankenhaus bleiben mußte – aber eher zur Sicherheit des Krankenhauses als zu ihrer eigenen.«

Der nächste Anruf kam von einem Filmkritiker, der im übernächsten Ort wohnte und zu Graces Bekanntenkreis zählte. Mary Wickley hatte ihn angerufen und ihm die Neuigkeit überbracht. »Ich habe schon x-mal erlebt, daß unbekannte Reporter versuchten, einen Knüller zu landen. Kümmern Sie sich nicht um das Geschreibsel – bis heute abend ist es ohnehin vergessen. Und was wäre schon dabei, wenn Grace zum Tee ein Schlückchen getrunken hätte?«

Francine wies dies ebensoweit von sich wie Robin Duffys übrige Andeutungen. Sie hatte das Gespräch gerade beendet, als Tony anrief. Er hatte einen Rüffel von George einstecken müssen, weil nicht er die Story an Land gezogen hatte, und ließ seinen Zorn an Francine aus. »Okay, ich entspreche nicht Ihrem Idealbild eines Mannes, aber Sie hätten mich wenigstens aus dem Krankenhaus anrufen können.«

»Tony, meine Mutter war verletzt, und ich war mit ihr beschäftigt – die Zeitung kam mir gar nicht in den Sinn.«

»Mit dem ›Telegram‹ haben Sie gesprochen!«

»Weil die Duffy da war. Sie stellte mir idiotische Fragen und bekam negative Antworten. Es war keine Story drin, und das habe ich auch gesagt.«

»Jedenfalls konnte sie ihrem Redakteur etwas vorweisen.«

»Aber nur Unsinn!«

»Wie auch immer – die nächste Information will ich haben. Hatte sie was mit dem Herzen?«

»Nein, sie hatte nichts mit dem Herzen – ihrem Herzen fehlt nicht das geringste.«

»Dann hat sie Depressionen.«

»Grace? Nicht im Traum! Und welchen Zusammenhang sollte es zwischen Depressionen und einem Autounfall geben?«

»Sie hätte so zerstreut sein können, daß sie nicht aufpaßte.«

»Haben Sie Grace je zerstreut erlebt? Nein. Kein einziges Mal. Und kommen Sie mir jetzt ja nicht mit der Theorie, es sei ein Hilferuf gewesen – wie ein Selbstmordversuch – sonst schreie ich. Es ist nicht zu fassen – noch nicht neun Uhr, und Sie sind der vierte Anrufer.« Es klingelte auf der anderen Leitung. »Da ist der fünfte.«

Der fünfte war eine weitere Freundin, die anschließend Francines Tierarzt informierte, was ihn zum sechsten machte. Der siebente war Graces Buchverleger, der von George ins Bild ge-

setzt worden war, und trotz Francines nachdrücklicher Beteuerungen darauf bestand, Graces Agentin anzurufen, die dann Nummer acht wurde.
Zu diesem Zeitpunkt war Francines Geduldsfaden bereits zum Zerreißen gespannt. »Es war ein lächerlicher, kleiner Blechschaden. Ich begreife nicht, warum ein solcher Wirbel darum gemacht wird.«
»Beschäftigungstherapie«, lautete Amanda Burnhams Erklärung. »Es gibt nicht mehr genug Zwischenfälle, die Leute wollen was zu reden haben. Rußland ist seit dem Ende des Kalten Krieges kein Thema mehr, auch über den Kongreß gibt es nichts Neues zu schimpfen, und außerdem haben wir die Typen gewählt. Wir brauchen eine neue Überschwemmungskatastrophe.«
Francine ließ zischend den Atem entweichen. »Nein, wir brauchen lediglich ein bißchen Achtung vor der Privatsphäre anderer Menschen. Ich werde Grace veranlassen, das zum Gegenstand ihrer nächsten Kolumne zu machen.«
»Hat jemand einen Leserbrief zu dieser Problematik geschrieben?«
»Irgend jemand wird es tun – und wenn ich es selbst machen muß.« Plötzlich kam ihr ein erschreckender Gedanke. »O Gott – werden wir jetzt mit Genesungs-Karten bombardiert?«
»Wahrscheinlich – aber machen Sie sich darüber keine Gedanken. Ich rufe Tony an, der wird jemanden damit betrauen.«
Wieder klingelte das Telefon. »Lassen Sie es läuten«, riet Amanda ihr, aber das wagte Francine nicht.
»Grace hat mir aufgetragen, den Schaden zu minimieren, und wenn ich nicht drangehe, könnte das ungünstige Folgen haben.«
»Wo ist Marny?«
»Kommt nicht vor neun.« Sie schaute auf ihre Uhr. »Okay, es ist neun. Sie muß jeden Augenblick kommen. Aber ich gehe jetzt besser dran – vielleicht ist es ja Grace.«
Es war Annie Diehl. »Was höre ich da – Grace hat sich die Hüfte gebrochen?«

»Die Hüfte gebrochen? Wo haben Sie denn das her?«
»Draußen auf dem Flur haben sich ein paar Leute unterhalten – über irgendeinen Unfall.«
»Es war ein Auto-Unfall.«
»Gott sei Dank!« Annie stöhnte zu Francines Erstaunen erleichtert auf. »Alterskrankheiten machen mich nervös. Allein im letzten Jahr brachten es meine Mutter und drei Tanten zusammen auf zwei gebrochene Hüften, einen Krebs, zweimal grünen Star und zwei künstliche Gebisse. Grace nähert sich dem Alter, in dem diese Sachen anfangen.«
»Sie ist erst einundsechzig!«
»Also – wie geht es ihr?«
»Gut. Keine gebrochene Hüfte, kein Krebs, kein grüner Star, kein künstliches Gebiß. Sie hat sich den Kopf angeschlagen. Die Wunde ist mit höchstens drei Stichen genäht worden, und falls überhaupt eine Narbe zurückbleiben sollte, wird sie im Haaransatz verblassen.«
»Freut mich zu hören, denn sie ist für Juli zu einem Symposium über Pubertätsprobleme nach Chicago eingeladen. Da hat sie nach ihrer letzten Graduierungs-Ansprache einen ganzen Monat Pause. Es sei denn, sie ist nicht in der Verfassung ...« Der Fehdehandschuh war geworfen.
»Sie wird es machen«, versicherte Francine hastig. Grace hatte eine Schadensbegrenzung gewünscht, und dies war die beste Methode. »Faxen Sie uns eine Bestätigung, und wir werden den Termin in ihrem Kalender eintragen. Und, Annie? Wenn jemand Sie auf die gebrochene Hüfte anspricht – berichtigen Sie das?«

Grace verließ das Krankenhaus in einer Wolke des Parfums, das eine der Schwestern, die sie verehrte, ihr geschenkt hatte. Der Duft war fruchtiger als ihr gewohnter, doch sie hatte nicht undankbar erscheinen wollen. Krankenschwestern besaßen Macht, sie hatten Zugang zu persönlichen Einzelheiten, deren Bekanntwerden einen Menschen wie sie ruinieren könnte – und das machte die Damen zu einer Gefahr.

Also hatte sie sich bei jeder mit Händedruck verabschiedet. »Menschen wünschen sich Anerkennung«, erklärte sie Sophie auf dem Weg zum Auto, und bedankte sich eingedenk dieser Tatsache dafür, daß sie sie abgeholt hatte, mäkelte nicht an ihrem Fahrstil herum und sagte ihr, wie hübsch sie aussehe, ohne sich über ihr ungewöhnlich sittsames Outfit zu mokieren.

Sie verlor auch kein Wort darüber, daß Gus am Tag zuvor nicht verfügbar gewesen war, denn das hätte zwangsläufig zu einer Erwähnung des Unfalls geführt, die vielleicht ein Gespräch über dessen Ursache ausgelöst hätte, und darüber wollte Grace nicht sprechen. Sie vermutete, daß Francine Sophie von Davis Marcoux' Diagnose berichtet hatte, und daß das der Grund für Sophies Umgänglichkeit war. Aber vielleicht hatte sie auch nur ein schlechtes Gewissen, weil sie sich mit Gus davongemacht hatte. Wie auch immer, Grace ließ sie ungeschoren. Sie war wohlwollender Stimmung. Sie war vom Hauch des Todes gestreift worden und entkommen.

Aber es steckte noch mehr dahinter – mehr denn je war Familienzusammenhalt angesagt. Ja, Francine war loyal, und Sophie ebenfalls, sonst wäre sie nach dem College nicht nach Hause zurückgekommen. Aber Loyalität konnte man auch überstrapazieren. Wenn Grace sich irrational verhielte oder schwierig würde, käme möglicherweise sogar ihre eigene Familie zu dem Schluß, daß sie krank sei. Soweit durfte es nicht kommen, sie brauchte ihre ehrlich gemeinte Rückenstärkung, wenn das Image der »Vertrauten« intakt bleiben sollte.

Die Vorstellung, diese Rückenstärkung zu verlieren, die Vorstellung, daß die Welt eine herabgeminderte Grace Dorian zu sehen bekäme, die Vorstellung, was möglicherweise zu dem Unfall geführt haben konnte, ließ sie innerlich erzittern. Aber das Zittern war zerstörerisch, es lenkte sie ab, bewirkte Panik-Attacken, die ihre Welt ins Trudeln brachten.

Sie mußte Gelassenheit zeigen und klaren Verstand beweisen, dokumentieren, daß sie sich völlig in der Gewalt hatte.

Nachdem sie Sophie mit einer kurzen Umarmung und einem Kuß verabschiedet hatte, ging sie ins Bad, um den Unfall, den Krankenhausaufenthalt und das fruchtige Parfum unter der Dusche abzuspülen. Danach erschien sie, untadelig frisiert und gekleidet, in der Küche, wo Francine telefonierte. Sie sah aus, als sei sie gerade vom Joggen zurückgekommen, und während Grace sie sonst immer ersuchte, nach dem Laufen zu duschen, verlor sie heute kein Wort darüber – weder über den Schweiß noch über den Hund, der zu ihren Füßen saß und sie mit anbetendem Blick fixierte. Nörgelei war ein Charakteristikum von Alzheimer-Patienten – sie hatte nicht die Absicht, sich dabei ertappen zu lassen.
Francine legte den Hörer auf. »Wie fühlst du dich?«
»Viel besser – es ist eben nirgends so schön wie zu Hause.«
»Hast du Kopfschmerzen?«
Die hatte sie, aber Grace war nicht wehleidig. »Meinem Kopf geht es gut. Die Nacht im Krankenhaus war völlig überflüssig, und außerdem weckten sie mich unentwegt, um festzustellen, ob mir etwas fehlte. Ich habe nur Minuten geschlafen.«
»Dann ist das die Erklärung dafür.« Francine lächelte und begann sich an Graces Bluse zu schaffen zu machen. »Du hast sie falsch zugeknöpft.«
Grace scheuchte die Hände ihrer Tochter weg und legte die Handflächen auf die Knöpfe. »Das habe ich ganz sicher nicht. Ich weiß, wie man eine Bluse zuknöpft.«
»Wenn du hundertprozentig fit bist«, entgegnete Francine. »Aber du hast dir den Kopf geprellt. Es wundert mich, daß du den Tag nicht im Bett verbringen willst.«
»Warum sollte ich das wollen, wenn es mir gutgeht? Es geht mir gut, Francine«, betonte sie, die Blusenknöpfe noch immer versteckend, »und ich möchte nicht wie eine Kranke behandelt werden. Ich bin nicht krank!« brauste sie auf. »Ich wünschte, du würdest aufhören, das zu behaupten. Wirklich, Francine – wenn ich es nicht besser wüßte, würde ich mich fragen, ob du vielleicht darauf aus bist, meinen Platz einzunehmen.« Francines

betretene Miene bereitete ihr eine gewisse Genugtuung. »Ich mache mich jetzt an die Arbeit. Margaret – ich nehme mein übliches Frühstück, bringen Sie es mir ins Büro.«
Mit hocherhobenem Kopf rauschte sie hinaus – aber draußen im Schutz des Flures stahl sie sich in die Toilette und richtete mit zitternden Fingern ihre Bluse, wobei sie prüfend ihr Spiegelbild musterte. Gesicht, Haare, Kleidung – alles tadellos. Sie vergewisserte sich ein zweites Mal und dann eine drittes, und schließlich war sie überzeugt davon, doch es dauerte noch eine Minute, bis sie ihre Ruhe soweit wiedergefunden hatte, daß sie äußerlich gelassen auf den Flur hinaustreten konnte.
Als Francine eine Stunde später ihrerseits im Büro erschien, fand sie dort eine bebrillte Grace vor, die auf ihre Arbeit konzentriert am Schreibtisch saß und einen so produktiven Eindruck machte, daß Francine wieder Hoffnung schöpfte.
Sie lehnte sich an den Türrahmen. »Was ist das Thema?«
»Ein Muttertagsplan für Kinder mit einer genauen Einteilung und Tips.«
»Brauchst du Hilfe?«
»Danke, Schatz, aber das ist keine schwierige Aufgabe.«
»Deine Blumen sind fantastisch.« In einer Vase standen Narzissen, in einer zweiten Tulpen, und eine dritte quoll über von Rosen. »Wenn das die Belohnung für einen Blechschaden ist, dann sollte ich meinen auf Sicherheit ausgerichteten Fahrstil schleunigst ändern.«
Grace warf ihr einen Blick zu, der so drollig war, so menschlich und in diesem Augenblick so gut zu Grace passend, daß Francine laut auflachte.
»Die Tulpen sind von Amanda«, informierte Grace sie, »die Rosen von George und die Narzissen von Jim. Ich habe sie alle aus dem Krankenhaus mitgebracht.« Sie musterte Francine über ihre Brille hinweg. »Du sagst den Leuten doch, daß ich zu Hause bin, oder?«
»Natürlich.« Sie warf einen Blick auf das Telefon. Alle Lämpchen leuchteten.

»Es kommen noch immer Anrufe?«
»Sophie und Marny kümmern sich darum. Ich für meinen Teil«, sie hob die Hände, »rühre den Hörer nicht an.«
»Sehr gut – das ist auch nicht nötig. Sobald sich herumgesprochen hat, daß du wieder daheim und wohlauf bist, werden sich die Wogen glätten. Hat Margaret dir dein Muffin gebracht?«
»Ja.«
»Soll ich dir einen frischen Tee holen?«
»Nein, Liebes.«
»Na, dann mache ich mich an die Arbeit«, sagte sie, denn das bedeutete die Rückkehr zur Normalität – nicht, Gewehr bei Fuß neben Grace zu stehen oder ihr anzubieten, ihre Aufgaben zu übernehmen oder über ihre Schulter nach Fehlern Ausschau zu halten, sondern das Zimmer zu verlassen und die Tür zu schließen, wie sie es immer tat, wenn Grace arbeitete.
Sophie legte gerade den Hörer auf, als sie vorbeikam. »Das war unser Zweigbüroleiter in Minneapolis. Er hat gehört, daß Grace aus ihrem Wagen geschleudert wurde. Aus ihrem Wagen geschleudert. Da liegt eine gewisse Ironie drin. Grace rühmt sich doch immer, alles unter Kontrolle zu haben – jetzt hat sie sie verloren. Die Gerüchte überschlagen sich.«
»Das gibt sich wieder – die Wahrheit wird sich durchsetzen.«
»Jaaa – aber was ist die Wahrheit?«
»Sie hatte einen Autounfall, und es geht ihr gut, sie hat am nächsten Morgen schon wieder gearbeitet. Wie war sie denn auf der Heimfahrt?«
»Samt und Seide. Sie machte keine einzige anzügliche Bemerkung. Der Kontrast zu sonst war auffällig. Für gewöhnlich kann sie sich so was doch nie verkneifen. Aber schließlich genoß sie heute früh unser aller Aufmerksamkeit. Sie liebt es, im Mittelpunkt zu stehen. Vielleicht hat sie die rote Ampel absichtlich überfahren.«
»Um Aufmerksamkeit zu erregen?«
»Entweder das oder um mich dafür zu strafen, daß ich mit ihrem Chauffeur ausgegangen war.«

»Nein, Sophie, das würde sie nie tun. Der Unfall war ein Versehen – sie hat so viel im Kopf.«
»Sie? Das trifft wohl eher auf uns zu. Wir sind diejenigen, die die Räder dieser Maschinerie ölen. Wir vereinbaren Termine und koordinieren sie, wir stecken die Rüffel ein, wenn was schiefgeht. Sie sitzt nur da und spuckt Gedanken aus. Sie hat doch ein schönes Leben, braucht nur ein Wort zu sagen, und schon machen wir Männchen. Schau dich an.« Sie ließ den Blick an Francine heruntergleiten. »Maßgeschneiderte Hose und Seidenbluse – das ist Graces Stil, nicht deiner. Ich hatte ganz vergessen, daß du überhaupt Sachen besitzt, die so ... gesetzt sind«, sagte sie angewidert.
»Um die Wahrheit zu sagen«, eröffnete ihr Francine, denn Sophie hätte jede Lüge sofort durchschaut, »mußte ich zehn Minuten danach suchen – sie waren ganz hinten in meinen Schrank versteckt. Aber ich habe sie nicht Grace zuliebe angezogen, sondern um meinetwillen. Der Unfall hat mich auch geschockt, und ich bin etwas angeschlagen.« Sie lächelte und fügte dann ein wenig verlegen hinzu: »Unter diesen Umständen wollte ich mir eine Standpauke von Grace ersparen.«

Es kamen weiterhin Anrufe und Blumen, aber ansonsten verlief der Tag zu Francines Erleichterung ereignislos. Grace war nicht ganz so produktiv, wie sie wirkte, doch das konnte Francine ihr angesichts dessen, was sie durchgemacht hatte, nicht verübeln. Sie bemühte sich zumindest, saß an ihrem Computer und gab Gedanken ein. Wenn einige davon zu vage waren, um von Nutzen zu sein, so spielte das keine Rolle – Francine verstand sich gut darauf, Denkanstöße auszubauen.
Grace zeichnete die Umrisse, Francine malte sie aus. Das praktizierten sie mehr oder weniger schon seit etwa vierzig Jahren – es war ganz normal.
Father Jim kam zum Tee und blieb zum Abendessen, und auch das war normal. Es passierte mehrmals in der Woche, und Francine hatte sich noch nie daran gestört. Sie empfand Jim wie ein

Familienmitglied. Er war ein angenehmer Gesprächspartner, ließ sich auf jedes Thema ein und kannte sich in den meisten aus. Francine genoß es, sich mit ihm zu unterhalten.

Grace ging es ebenso. Jim hatte einen positiven Einfluß auf sie, in seiner Gegenwart war sie weniger herrisch, sanfter. Jim wirkte allgemein so auf Menschen. Er war ein heiterer, freundlicher Mann. Francine war nicht tief gläubig, aber wenn sie mit Jim zusammen war, erfüllte sie eine innere Ruhe. Sie hatte ihn noch nie aufgebracht erlebt, und Grace hatte in seiner Anwesenheit noch nie einen Streit von Zaun gebrochen.

Nach dem Essen zogen sie ins Arbeitszimmer um, wo Sophie sich ein Buch nahm und Grace sich auf die Lehne von Jims Sessel setzte, um ihm und Francine bei ihrem Schachspiel zuzusehen. Plötzlich zerriß das Schrillen der Türglocke die harmonische Stille. Francine schaute zuerst zu Grace auf, deren Miene Ratlosigkeit ausdrückte, und dann zu Sophie hinüber, die mit einem Schulterzucken antwortete.

Blumen konnten um diese Zeit nicht mehr kommen, und Margaret hatte sich bereits in ihre vier Wände zurückgezogen.

Vor Francines geistigem Auge erschien Robin Duffy, die, nachdem sie den Dorians unnötige Turbulenzen beschert hatte, in der Hoffnung, durch Überrumpelung Stoff für einen neuen Artikel zu ergattern, unangemeldet auf der Schwelle stand.

Sich für einen Kampf wappnend, beorderte sie Sophie zu ihrer Vertretung ans Schachbrett und machte sich mit großen, wütenden Schritten durch den langen Flur und die Eingangshalle auf den Weg zur Haustür, die sie mit einem heftigen Ruck aufriß.

Ihre Vision war falsch gewesen – es stand nicht Robin Duffy auf der Schwelle, sondern Davis Marcoux.

Auf Francines Liste von Leuten, die sie nicht sehen wollte, kam er gleich nach Robin.

Eingeimpfte Manieren – und sein Fuß, den er schlauerweise vorgeschoben hatte – hinderten sie daran, ihm die Tür vor der Nase zuzuschlagen. »Doktor Marcoux.«

»Davis, bitte. Wie geht es Ihnen, Francine?«
»Ich genieße den Feierabend – es war ein arbeitsreicher Tag.« Das war ein Wink mit dem Zaunpfahl. Je eher er wieder abzöge, um so besser – er machte sie nervös.
»Und wie geht es Grace?«
»Ausgezeichnet. Sie wollte nichts davon hören, sich heute noch zu schonen, setzte sich gleich an ihren Schreibtisch.«
»Hatte sie irgendwelche Probleme?«
»Sie meinen Verwirrungszustände? Desorientiertheit? Anfälle von Irresein? Tut mir leid – damit kann ich nicht dienen.«
»Ich würde ihr gern guten Abend sagen.«
»Es geht ihr wirklich gut.«
»Dann wird es Ihnen sicher nichts ausmachen, mich hereinzubitten.«
So formuliert, hatte Francine keine Wahl. Wenn sie ihn wegschickte, würde er glauben, sie wolle ihm etwas verheimlichen. Also trat sie beiseite, um ihn einzulassen, und ging mit selbstbewußten Schritten den Flur hinunter zum Arbeitszimmer. Er ging im Gleichschritt neben ihr her.
»Ein schönes Haus.«
»Danke. »
Sie würde keine Führung für ihn veranstalten, und sie ermutigte ihn auch nicht zu freundlichem Geplauder – sie brauchte all ihre Konzentration, um angesichts seiner Diagnose, die durch sein Erscheinen wieder eine unangenehme Präsenz erlangt hatte, zumindest äußerlich Gelassenheit zu bewahren.
Er entsprach jetzt noch weniger der Vorstellung von einem Arzt als am Tag zuvor. Er trug zwar wieder ein gestreiftes Oberhemd, doch heute gähnte an der Stelle, die gestern seine Krawatte eingenommen hatte, ein langschenkliges »V«. Der Arztkittel war durch eine Bomberjacke ersetzt worden, und unter der Hose lugten Stiefel hervor, keine neuen Stiefel, sondern abgetragene, offenbar geliebte. Sie paßten zu den Bartschatten auf seinen Wangen und den windzerzausten Haaren, was ihn noch größer und verwegener wirken ließ.

Sie richtete den Blick auf den Läufer vor sich und betete darum, den Weg hinter sich zu bringen, ohne ins Stolpern zu geraten.
Als er ins Arbeitszimmer trat, begrüßte Grace ihn mit einem betörenden Lächeln. »Doktor Marcoux! Was für eine Überraschung. Es gibt heutzutage kaum noch Ärzte, die Hausbesuche machen.«
Davis schmunzelte. »Es blieb mir nichts anderes übrig – wenn ich heute nicht bei Ihnen vorbeigeschaut hätte, wäre morgen früh der Zorn der Schwestern über mich hereingebrochen.«
Francine glaubte ihm kein Wort. Sie war überzeugt davon, daß er aus freien Stücken und mit einer ganz bestimmten Absicht gekommen war, und das ärgerte sie. Sie haßte Winkelzüge. Und sie wollte ihn aus dem Haus haben.
Aber er schüttelte Jim die Hand, der ihm Sophie vorstellte, was Francine trotz allem einen kurzen Augenblick des Stolzes bescherte. Dann wandte er sich Grace zu.
»Sie sehen wohl aus.«
»Ich fühle mich auch wohl.«
»Kopfschmerzen?«
»Wie weggeblasen.«
»Wundschmerzen an der Naht?«
»Verschwindend.«
»Das höre ich gern.«
Francine war an der Tür stehengeblieben, lauerte darauf, den guten Doktor hinauskomplimentieren zu können.
»Sind Sie direkt vom Krankenhaus hergekommen?« fragte Father Jim.
»Ja – es war ein langer Tag.«
»Wohnen Sie hier in der Nähe?« erkundigte sich Grace.
»Ein paar Kilometer die Straße rauf – ich habe ein Eckchen des Glendenning-Besitzes gekauft.«
Grace hob die Brauen. »Das ist eine erste Adresse – ich bin beeindruckt.«
»Dazu haben Sie keine Veranlassung – meine Ecke ist die ohne Haus.«

»Wenn kein Haus da ist, wo wohnen Sie dann?« fragte Sophie.
»In einem Wohnwagen.«
Das Großbürgertum schwieg geschockt.
Nach ein paar Sekunden lachte Father Jim glucksend. »Schämen Sie sich, Davis.«
»Ich lebe wirklich in einem Wohnwagen.«
»Stimmt, aber das ist nur die halbe Wahrheit«, rügte Jim. Zu den anderen gewandt, erklärte er: »Der Wohnwagen steht etwa fünfzehn Meter von der Stelle entfernt, an der das Haus stehen wird, im Wald versteckt. Das Fundament wurde schon im letzten Herbst gegossen, und als ich das letztemal vorbeischaute, war gerade die Grundkonstruktion im Werden.« Er wandte sich wieder an Davis: »Haben Sie innen schon viel gemacht?«
»Nein, der Winter war zu kalt. Aber jetzt werde ich es in Angriff nehmen.«
»Ein Wohnwagen!« sagte Sophie. Die Vorstellung, daß jemand in einer so vornehmen Gegend so primitiv hauste, faszinierte sie sichtlich. »Das ist cool.«
Von Francine aus hätte er auch in einem Zelt wohnen können, wenn er nur dorthin ginge, bevor er hier irgendwelchen Wirbel verursachte.
»Ich baue das Haus selbst«, erklärte er. »Darum der Wohnwagen: So bin ich vor Ort und kann mehr schaffen. Ob den Leuten klar ist, daß ich darin wohne, weiß ich nicht.«
»Sie sind ja erstaunlich vielseitig«, warf Francine ein und dachte, daß es sie angesichts dieser Verzettelung nicht verwundern würde, wenn er auf keinem Gebiet ein wirklicher Fachmann wäre, wofür seine Fehldiagnose bei Grace ein Beweis sein könnte. »Arzt und Baumeister sind eigentlich zwei Vollzeitjobs – wie können Sie beiden gerecht werden?«
Sein Blick hielt den ihren fest. »Die Medizin kommt an erster Stelle – aber ich würde durchdrehen, wenn sie mein einziges Betätigungsfeld wäre. Der Mensch braucht ein Ventil – und meines ist die Zimmerei. Ich war schon immer handwerklich geschickt, und außerdem habe ich eine Menge fähiger Ratgeber.

Zudem geht es um mein eigenes Haus, und darum stehe ich nicht unter Zeitdruck. Die Arbeit daran macht mir große Freude.«
Für Francine konnte dieser Eigenbau ebenso ein Ausdruck von Eitelkeit oder Dummheit sein wie von handwerklichem Geschick. Dummheit würde seine Fehldiagnose erklären, und Eitelkeit seine Weigerung, den Irrtum einzugestehen. Zugegeben, es bestand die Möglichkeit, daß sie ungerechtfertigt streng mit ihm ins Gericht ging – aber sie wußte nicht, warum er gekommen sein sollte, wenn nicht, um eine Bestätigung für seine Meinung zu finden.
»Spielen Sie Schach?« fragte Father Jim.
Francine hätte ihn umbringen können. Davis steckte die Hände in die Taschen, und Francine hörte ihn zu ihrer Erleichterung antworten: »Nein – aber ich muß ohnehin los. Ich habe nur schnell hereinschauen wollen, weil es auf meinem Weg lag. Ich sehe Sie dann in fünf Tagen, Grace.«
»In fünf Tagen?« echote Francine alarmiert. »Wozu?«
»Dann werden die Fäden gezogen«, erklärte Grace ihr. »Sei ein braves Mädchen und bring den Doktor zur Tür, ja?«
Francine rang sich ein Lächeln ab, doch es erlosch, sobald sie auf dem Flur waren. Sie spürte Davis neben sich – es war unmöglich, ihn nicht zu spüren – und zermarterte sich das Gehirn, aber es fiel ihr partout nichts Belangloses ein, was sie hätte sagen können. Ihr Verstand verweigerte ihr den Gehorsam, gaukelte ihr hartnäckig die Illusion vor, daß sie es mit einem Schauspieler zu tun hatte, der einen Arzt darstellte – seine gepflegte Verwegenheit, sein Selbstvertrauen und seine Unverfrorenheit machten ihn schlechthin zur Idealbesetzung.
»Verunsichere ich Sie?« fragte er.
Er war ihr zu nah und zu arrogant. Sie beschleunigte ihre Schritte. »Absolut nicht – wie kommen Sie denn darauf?«
»Sie gehen so schnell. Joggen Sie?«
»Regelmäßig. Sie auch?«
»Nein, ich trainiere mit Gewichten.«

»Hanteln?«
»Holzbalken.«
Sie weigerte sich, ihn sich dabei vorzustellen. Er mußte schleunigst aus dem Haus. Ihr Herz schlug schon wieder bis zum Hals. Jedesmal hatte Davis Marcoux diese fatale Wirkung auf sie.
»Da sind wir.« Schwungvoll öffnete sie die Haustür. »Danke für Ihren Besuch, Doktor Marcoux.«
»Davis.«
»Wie Sie gesehen haben, geht es Grace gut, aber ich weiß Ihre Besorgtheit um sie zu schätzen.«
»Meine Besorgtheit gilt Ihnen«, sagte er und schaute ihr über die Schwelle hinweg in die Augen.
Sie lachte nonchalant, Grace wäre stolz auf sie gewesen. »Dann brauchen Sie wirklich einen Ausgleich für Ihre Arbeit – Sie sehen ja schon Gespenster. Ich versichere Ihnen, es geht mir ausgezeichnet.«
»Sie schlagen sich mit dem herum, was ich Ihnen gestern abend gesagt habe.«
»Würden Sie das an meiner Stelle nicht auch tun?«
»Ganz bestimmt, aber ich würde nicht versuchen, es wegzuleugnen.«
»Und was würden Sie tun? Schon mal einen Platz im Heim für Grace suchen?«
»Ich würde mir Gedanken wegen ihrer Anfälle machen. Ich hätte Angst, daß sie, wenn sie weiterhin Auto fährt, wieder einen Unfall haben könnte. Ich würde mich fragen, wie viele Ausfälle sie wohl bemäntelt und wie lange sie das durchhalten kann. Ich würde ihr versichern, daß ich sie genau so weiterlieben werde, wenn sie nicht mehr hundertprozentig perfekt ist.«
Francine winkte ab. »Ärzte sind Panikmacher. Das weiß ich aus Erfahrung, und wir sind selbst schuld daran«, sagte sie. »Es ist das Ergebnis unseres Aufbegehrens gegen die Bevormundung in all den Jahren, da die Ärzte uns nur so viel über unseren Zustand offenbarten, wie sie für richtig hielten. Wir setzten uns

lautstark für die Rechte der Patienten ein, und jetzt knallen uns die Ärzte alles auf den Tisch, einschließlich halbgarer Diagnosen.«

»Es ist nicht meine Schuld, daß sie diese Symptome hat.«

»Nein, aber Sie machen uns verrückt, indem Sie sie mit einem falschen Etikett versehen. Ich bin fast den ganzen Tag mit Grace zusammen, und ich habe noch nie irgendwelche Aussetzer bei ihr erlebt.«

»Nun, das kann noch kommen. Und wenn es soweit ist und Sie mit jemandem reden wollen – ich bin immer für Sie da.«

»Danke«, sagte sie, denn das erschien ihr die beste Methode, ihn zum Gehen zu veranlassen. »Sie waren sehr freundlich.«

»Noch nicht, aber ich kann es sein. Im Augenblick bin ich der böse Bube. Sie wollen mich nicht sehen, weil ich Sie an etwas erinnere, das Sie nicht wissen wollen. Doch vielleicht müssen Sie sich irgendwann informieren. Der Umgang mit Alzheimer kann ein Alptraum sein, und ich kann Hilfestellung leisten.«

»Ich werde daran denken«, antwortete sie, doch ihre knappe Art sprach Bände.

»Und Sie möchten, daß ich gehe.«

»Meine Tochter vertritt mich am Schachbrett – wenn ich noch länger hier stehe, ist die Partie verloren.«

»Das möchte ich natürlich nicht.« Er ging über die Veranda zur Treppe.

»Nun, das ist mein Ventil«, verteidigte sie sich, weil sein Tonfall den Eindruck vermittelte, daß er sie für eine oberflächliche Person hielt. »Wenn ich auch nur einen Moment glaubte, daß es etwas helfen würde, mich rund um die Uhr um Grace zu kümmern, dann täte ich es. Ich liebe meine Mutter.«

Er blieb auf der obersten Treppenstufe stehen, schien etwas erwidern zu wollen, doch dann verschwand er ohne ein weiteres Wort in die Nacht.

Francine biß sich auf die Zunge, um sich daran zu hindern, ihn zurückzurufen.

Viertes Kapitel

Die Familie ist das einzige Unternehmen auf der Welt, bei dem die Arbeitsbeschreibung mit Blut geschrieben ist.

– Grace Dorian in einer Rede vor der American Association of Family Therapists

Graces Rückkehr zur Routine ging so reibungslos vonstatten, daß sie den Unfall als unglücklichen Zufall abtat. Wenn sie für die Niederschrift der Kolumnen für die nächsten Wochen länger als sonst brauchte, begründete sie das mit strengerer Qualitätskontrolle.

»Meine Leserschaft erwartet und verdient Bestleistungen«, erklärte sie Francine. »Ich habe ein richtig schlechtes Gewissen, wenn ich daran denke, wie unbedacht ich meine Ratschläge bisher herunterratterte. Ich muß mir mehr Mühe geben. Oberflächlichkeiten in meinen Kolumnen würden dem Image der ›Vertrauten‹ schaden und den Stellenwert meines Buches mindern. Ich schulde es meinem Publikum, mehr Sorgfalt auf die Beantwortung der Briefe zu verwenden.«

Sie fand, daß das einleuchtend klang – und lobenswert.

Außerdem verschaffte ihr die längere Beschäftigung mit ihren Texten die Gelegenheit, einige grobe Schnitzer daraus zu entfernen, denn beim neuerlichen Durchlesen stellte sie hin und wieder fest, daß einige Absätze nicht den geringsten Sinn ergaben. Das lag daran, daß sie immer noch nicht mit dem Computer zurechtkam und beim Tippen Sätze mittendrin ineinander übergingen. Ihre Arbeit erforderte jetzt mehr Aufwand, aber

das Ergebnis war tadellos, da konnte Francine so viel einwenden, wie sie wollte.
Nicht, daß Francines Kritik rüde gewesen wäre. Sie brachte sie entweder in scherzhafter Form vor oder in demütiger, oder sie spielte die völlig Verwirrte. »Das ergibt keinen Sinn, Grace«, sagte sie, oder: »Mit diesem Text werden wir die Leser echt schocken«, oder: »Ich habe keine Ahnung von diesem Thema, erzähl mir mehr darüber.«
Aber Grace stand hinter ihrer Arbeit. Sie überprüfte, was sie schrieb, und sie sah nicht das geringste Problem.
Außerdem stellten sich keine Anfälle schwerwiegender Verwirrung ein, keine erwähnenswerten Perioden von Vergeßlichkeit, und es ereigneten sich auch keine monumentalen Katastrophen. Jeder Tag ohne Zwischenfall steigerte ihren Optimismus. Neun Punkte für Grace, null für Davis. Zehn Punkte für Grace, null für Davis. Elf Punkte für Grace, null für Davis.
Sie setzte sich nicht mehr selbst ans Steuer, weil immer jemand da war, um sie zu chauffieren. Sie verließ ihren Schlaftrakt nicht, ohne ihre Erscheinung zweimal zu kontrollieren, denn im Alter erforderte es mehr Aufwand, gut auszusehen.
Sie machte sich zu allen Kleinigkeiten Notizen, selbst zu so persönlichen Dingen wie Körperpflege, denn Notizen waren hilfreich. Unglücklicherweise erinnerte sie sich manchmal erst daran, wenn es zu spät war, oder sie schrieb neue, wenn sie die ersten nicht finden konnte, aber angesichts ihres Mammutprogramms gaben sie ihr einen dringend benötigten Halt. Francine konnte ihr natürlich bei den täglichen Kolumnen helfen und Sophie bei den Reden zu den Abschlußfeiern – aber bei dem Buch, das das wichtigste von allem war, konnte ihr niemand helfen.
»Mach dir doch nicht soviel Sorgen«, versuchte Francine sie zu beruhigen, als sie ihre Mutter mit gequältem Gesicht vor dem leeren Bildschirm sitzen sah. »Es eilt nicht.«
»Natürlich eilt es!« widersprach Grace heftig. »Das Buch soll in nicht ganz einem Jahr erscheinen.«

»Du hast Zeit bis Oktober – das hat Katia gesagt.«
»Mir hat Katia das nicht gesagt.« Grace kam ein schrecklicher Gedanke. »Hast du ihr erzählt, daß ich Probleme hatte?« Das wäre ein Verrat erster Güte, den würde sie nicht durchgehen lassen. Selbstverständlich verneinte Francine, aber Grace blieb skeptisch. »Wie kam denn die Sprache darauf?«
»Sie war dabei, Erscheinungstermine zu planen, und fragte mich, wann sie ungefähr etwas zu sehen bekäme. Ich antwortete mit der Gegenfrage, wann sie das Manuskript brauche, und sie meinte, im Oktober.«
»Aber das wird dann erst der Rohentwurf sein.«
»Mehr machst du doch auch sonst kaum.«
»Ist das eine Beschwerde? Willst du sagen, daß meine Arbeit nichts taugt? Wenn du dich damit überfordert fühlst, die Feinarbeiten zu machen, sag's mir, und wir stellen jemanden dafür ein. Also wirklich, Francine – ich weiß nicht, was manchmal in dich fährt.« Sie warf einen verzweifelten Blick auf den Bildschirm und dann auf die Berge von Notizen und Exposéentwürfen und anderen Gedanken, auf denen der Buchvertrag basierte. Einen Autorenvertrag zu bekommen war eine Sache, das Buch dann zu schreiben, eine ganz andere. Sie wußte nicht, wo sie anfangen sollte.
Wenn sie das eingestünde, würde Francine natürlich glauben, sie sei verwirrt oder desorientiert oder nicht funktionstüchtig, und so sagte sie lediglich: »Oktober müßte machbar sein.«
»Wenn wir eine Verlängerung brauchen, werden wir sie kriegen«, erwiderte Francine mit einer Unbekümmertheit, die Graces Unsicherheit noch verstärkte.
Sie wollte gern glauben, daß sie den Termin einhalten könnte, doch in ihrem Kopf entwickelte sich das Schreckgespenst einer Aneinanderreihung von Verlängerungen, die schließlich in die Vergessenheit führten. »Wenn wir darum bitten, verschieben sie vielleicht den Erscheinungstermin, und das will ich auf gar keinen Fall! Dieses Buch ist das wichtigste Projekt meines Lebens. Es ist meine Autobiografie, mein Denkmal.«

»Das setzt du dir doch schon mit deinen Kolumnen.«
»Aber meine Biografie ist die Bestätigung für das, was meine Kolumnen bewirkt haben.« Wie sollte sie erklären, warum es ihr so ungeheuer wichtig war? »Das Buch ist der Beweis, daß ich etwas aus mir gemacht habe, Francine. Ja, ja, ich weiß, meine Kolumnen werden auf Mikroplanfilm gespeichert, aber das ist nicht das gleiche. Verlage treten nur an bedeutende Persönlichkeiten wegen einer Autobiografie heran – und wir bekommen eine beträchtliche Summe dafür, was bedeutet, daß man sich einen Erfolg davon verspricht, und das wiederum bedeutet, daß meine Autobiografie in Buchhandlungen ausliegen wird, in Kaufhäusern, Hotels, Supermärkten und auf Flughäfen. Bücher sind etwas für die Ewigkeit. Sophies Kinder werden meine Autobiografie lesen können und Sophies Enkel ebenso. Wenn du als Niemand geboren worden wärst, würdest du mich verstehen.«
Genau das war der springende Punkt: Da Grace als ein Niemand geboren worden war, stellte dieses Buch einen Meilenstein in ihrem Leben dar – und aus dem gleichen Grund war die Arbeit daran ein Alptraum für sie.
Woher stammte sie? Wer waren ihre Eltern? Wie war sie aufgewachsen? Mit wem war sie befreundet? Warum war sie niemals in die Kleinstadt zurückgekehrt, in der sie zur Welt kam?
Sie hatte sich ihren Namen durch den Umgang mit Fakten erworben – bei ihrer Autobiografie stellten sie ein Problem dar. Sie könnte die Wahrheit beschönigen oder ein wenig verdrehen – oder Nägel mit Köpfen machen und ein Lügengebäude konstruieren. Sie hatte schon viele erlogene Autobiografien gelesen, es gab mehr davon als echte.
Was sollte sie tun? Sie konnte sich nicht entscheiden – aber sie hatte das Gefühl, wenn sie sich nicht beeilte, bliebe ihr nicht mehr genug Zeit.

Francine tippte, so schnell die Gedanken kamen. »Die Vertraute« war wieder einmal im Verzug, und Tony stand ihnen auf den Hacken.

»Sie baut sichtlich ab«, konstatierte Sophie mit Blick auf Francines Bildschirm. »Diese Woche hast du alle Kolumnen neu geschrieben.«

»Nicht alle«, widersprach Francine, doch sie war mit ihren Gedanken woanders. Sie watete knietief in unerwiderter Liebe, empfand die Seelenqual eines jungen Mädchens, dessen Freundin sich den Mann geschnappt hatte, den es anbetete. Den Mann? Nein, den Jungen! Diese Unterscheidung war wichtig. »›Du und deine Freundin seid erst fünfzehn‹«, las sie laut vor, »›ihr seid noch zu jung, um euch auf einen Partner festzulegen. Ihr solltet eure Freundschaften genießen und mit verschiedenen Jungen ausgehen. Nur auf diese Weise könnt ihr herausfinden, was ihr wirklich wollt. Kennst du das Sprichwort vom Silberstreif am Horizont? Laß deine Freundin ruhig mit diesem Jungen ausgehen, vielleicht ist er gar kein solcher Glückstreffer. Es könnte doch sein, daß du jemand Netteren findest.‹ Klingt das gut?«

»Klingt sehr nach Grace.«

»Das ist ja erstaunlich – dabei habe ich nur eine Million ihrer Kolumnen gelesen.«

»Ein Segen, sonst könntest du sie jetzt nicht schreiben.«

Aber Francine konnte sich nicht vorstellen, die Kolumne auf Dauer zu übernehmen. Grace hatte eine ganz bestimmte Art zu schreiben, eine ganz bestimmte Art zu denken, eine ganz bestimmte Art, Ratschläge zu erteilen. Francine ahmte sie nach, das war alles.

»Ich mache nur die Feinarbeiten«, wiegelte Francine ab. »Den Grundstock liefert Grace.«

»Kaum noch.«

»Das ist nur vorübergehend, sie ist zu sehr mit ihrer Autobiografie beschäftigt.«

»Hast du schon eine Zeile davon gesehen? Nein. Schau der Tatsache ins Gesicht, Mom – sie hat ein Problem. Weißt du, was sie heute gemacht hat? Sie bat mich um die neueste Information über bescheinigte kombinierte Herz-Lungen-Wiederbelebungen, und ich legte ihr einen Ausdruck auf den Schreibtisch. Als sie kurz darauf noch einmal um die Information bat, deutete ich auf den Ausdruck. Sie lachte und meinte, sie hätte den Wald vor lauter Bäumen nicht gesehen, aber nicht lange danach fragte sie wieder nach dem Material.«

»Na ja, sie ist manchmal vergeßlich – aber als ich sie wegen dieser Kolumne ansprach, wußte sie genau, worum es ging, erinnerte sich, den Brief der kleinen Fünfzehnjährigen gelesen zu haben und zitierte aus zwei anderen Briefen zum gleichen Thema. Sie ist geistig völlig fit.«

»Nicht immer in letzter Zeit.«

»Übe ein bißchen Nachsicht, Sophie.«

»Das tue ich ja, aber mir wird immer gepredigt, den Tatsachen ins Gesicht zu sehen. ›Du mußt deine Krankheit akzeptieren, Sophie.‹ Und was ist mit Grace? Was ist, wenn sie wirklich Alzheimer hat? Ich habe mir aus dem Computer den Stand der Behandlungsmethoden geholt. Es kommen unentwegt neue Medikamente auf den Markt, aber heilen kann keines davon. Wenn sie diese Krankheit hat, wird ihr Zustand sich immer weiter verschlechtern. Und was dann?«

Mit einem resignierten Seufzer legte Francine den Arm auf die Rückenlehne ihres Stuhles. Sie wollte eigentlich nicht darüber sprechen, aber Sophie hatte offensichtlich das Bedürfnis zu reden. »Ja?«

»Sie könnte sich weh tun, sich zum Beispiel in der Küche verbrennen.«

»Sie kocht doch nie.«

»Aber sie macht sich mitten in der Nacht Tee.«

»Dazu benutzt sie die Mikrowelle.«

»Und wenn sie vergißt, wie man die bedient?«

»Dann gibt es keinen Tee.«

»Und wenn sie den Gasherd einschaltet?«

»Warum sollte sie sich an dessen Bedienung erinnern und an die der Mikrowelle nicht?«

»Weil sie die eine schon seit einer Ewigkeit beherrscht, die andere erst seit kurzem – sie wird sich mit Sicherheit an das Altgewohnte erinnern.«

Francine spürte die ersten Anzeichen bohrender Kopfschmerzen – nicht zum erstenmal in dieser Woche. »Weißt du, diese Erörterungen kann ich im Moment überhaupt nicht brauchen.«

»Vielleicht sollte sie in Pension gehen.«

»Grace? Sie ist eine Institution – sie wird nie in Pension gehen.«

»Irgendwann muß das doch jeder. Grandpa hat es auch getan.«

»Nur, weil die Sägemühle zumachte und sein Geld in Unternehmungen steckte, von denen er nichts verstand. Er war klug genug, sie Leuten zu überlassen, die etwas davon verstanden. Von da an beschränkte seine Arbeit sich auf Verhandlungen mit seinem Investment-Banker, und die konnte er vom Arbeitszimmer aus führen.«

»Hat Grace sich nicht die Ruhe verdient?«

»Sie will keine Ruhe. Mach ihr diesen Vorschlag, und sie wird dir den Kopf abreißen. Manche Berufe sind ruhestandssicher, und dies ist einer davon.«

»Und warum?« fragte Sophie, beantwortete es jedoch gleich selbst: »Die ruhestandssicheren Berufe sind die geistigen. Diese Leute können, wenn nötig, im Rollstuhl arbeiten oder sogar im Bett, weil ihr Werkzeug – ihr Verstand – intakt ist. Aber wenn Graces es nicht mehr ist?«

»Wenn Graces es nicht mehr ist«, gestattete Francine sich einen pessimistischen Augenblick, »dann bekommen wir alle Probleme. ›Die Vertraute‹ ist unser Leben, sie bestimmt, was wir tun und wer wir sind. Ich kann mir eine Welt ohne sie nicht vorstellen. Du?«

Sophie konnte es auch nicht, und das war das Schlimme. Seit sie denken konnte, war Grace der Mittelpunkt der Familie gewesen, der Angelpunkt, um den die anderen sich drehten. Bei Francine die Skeptikerin zu spielen, war eine Sache – sich eine geistesschwache Grace vorzustellen, eine völlig andere.

Was würde Sophie tun, wenn es »Die Vertraute« nicht mehr

gäbe? Sie würde nach New York ziehen und mit ihren Freunden in der Anonymität leben, einen reizvollen Job annehmen und sich darauf konzentrieren, das Leben zu genießen.
Aber wie wäre das ohne »Die Vertraute«? Ohne die Gewißheit, daß »Die Vertraute« zu Hause auf sie wartete? Ohne diesen Fels in der Brandung?
Grace kannte alle Antworten. Es gab Zeiten, da machte Sophie das krank. Zu anderen Zeiten war es hilfreich.
Wie damals, als sie vierzehn war. Ihre Hormone hatten die Herrschaft über ihren Körper an sich gerissen und wirbelten ihren Blutzuckerspiegel durcheinander. Sie brachte ganze Tage mit Testen, Spritzen und Arztbesuchen zu – jedenfalls kam es ihr so vor. Ihr ganzes Leben schien davon bestimmt zu werden. Und dann hatte sie es eines Tages satt. Sie setzte sich auf ihr Bett und schwor, daß sie so nicht weitermachen würde. Sie verabscheute es, mit einer Zwangsjacke zu leben. Sollte ihr Diabetes doch außer Kontrolle geraten! Was machte es, wenn die Blutgefäße in ihrer Netzhaut brüchig wurden und sie erblindete? Was machte es, wenn ihre Durchblutung nicht mehr funktionierte und ihre Füße abfielen? Es machte ihr nichts aus zu sterben.
Als Francines Flehen auf taube Ohren gestoßen war, hatte Grace Sophie an der Hand genommen und war mit ihr zu der stillgelegten Sägemühle hinausgewandert. Vorsichtig stiegen sie die Steinstufen hinter dem Mühlrad hinauf. Oben angekommen schoben sie sich auf dem Sims entlang bis zur Ecke und setzten sich hin. Unter ihnen toste der Fluß um Baumwurzeln und das verwitterte Holzrad.
Grace schwieg, und so kochte Sophie im stillen vor sich hin. Sie mochte Grace in diesem Moment nicht, ebensowenig wie sie ihre Mutter mochte, ihren Großvater, ihren Arzt oder ihre Krankheit. Sie haßte ihren Vater dafür, daß er sein eigenes Leben lebte. Sie verabscheute ihre Freunde, weil sie gesund waren. Sie wartete darauf, daß Grace ihr die Dinge sagen würde, die sie schon eine Billion Mal gehört hatte, aber Grace schwieg, und

das Rauschen des Flusses war beruhigend. Sophie zog die Beine an, schlang die Arme darum, legte das Kinn auf die Knie und beobachtete die Reise eines stromabwärts auf dem Fluß treibenden Blattes. Als es schließlich um die Biegung verschwand, nahm es den größten Teil von Sophies Zorn mit sich.
In diesem Moment sagte Grace: »Das hier ist mein Lieblingsplatz. Sag das deinem Großvater nicht, er ist so stolz auf das Haus – aber diese Stelle ist schöner. Jede Jahreszeit hat ihren eigenen Zauber. Diese Gegend strahlt einen großen Frieden aus. Schau mal – am anderen Ufer! Goldammern!«
»Das sind doch nur gelbe Vögel«, grollte Sophie.
»Es ist ein Pärchen. Das farblich intensivere ist das Männchen. Siehst du, wie es untätig herumsteht, während sie Nahrung sucht?«
»Warum macht er das nicht?«
»Wahrscheinlich, weil sie es besser kann. Frauen sind geschickter und vielseitiger. Manche würden sagen, sie seien das stärkere Geschlecht.«
»Bist du auch dieser Meinung?«
»Da wir diejenigen sind, die die Kinder zur Welt bringen, halten wir auf jeden Fall mehr aus. Wir haben die Fähigkeit, uns leichter auf Veränderungen einzustellen als Männer. Diese Gabe hat uns Gott gegeben.«
»Ist es wirklich eine Gabe, nicht ein Fluch?« Sophie wußte, worauf Grace hinauswollte, und sie würde sich nicht kampflos geschlagen geben.
Grace war wieder in Schweigen verfallen. Sophie erinnerte sich, ganze fünf Minuten dagesessen zu haben, bevor das Rauschen des Flusses sie einlullte und sie jedes Zeitgefühl verlor – und dann hatte Grace plötzlich auf den naßglänzenden Kopf eines Bibers gedeutet, der geschickt zwischen den Felsen hindurchschwamm.
»Kein Leben verläuft glatt«, sagte sie, als der Biber um die Biegung verschwunden war. »Wir haben alle unsere Höhen und Tiefen.«

»Du nicht.«
»O doch, du weißt nur nichts von den schlimmen Dingen, weil ich mich nicht darüber auslasse.«
»Du bist nicht zuckerkrank.« Niemand anderer in ihrer Familie war es. Sie wußte nicht, warum ausgerechnet sie. Es war nicht fair.
»Manche Frauen haben Schlimmeres«, sagte Grace.
»Zum Beispiel?«
»Manche Frauen können nicht sehen. Manche können nicht laufen. Manche können nicht hören. Manche können keine Kinder bekommen. Du kannst das alles. Okay, du mußt ein paarmal am Tag ein paar kleine Pflichten erfüllen – aber wieviel Zeit nehmen die in Anspruch? Von sechzehn wachen Stunden kostet der Diabetes dich – wieviel – zwanzig Minuten? Sind zwanzig Minuten ein zu hoher Preis dafür, all die anderen schönen Dinge des Lebens genießen zu können?«
Sophie hatte das Gesicht auf die Knie gelegt und zu weinen begonnen – aus Frustration, und weil sie wußte, daß Grace recht hatte. Und so gab sie sich geschlagen – sie würde bis zum Ende mit ihrem Diabetes leben müssen.
Grace hatte die Arme um sie geschlungen und sie festgehalten, bis das Schluchzen verebbte. Dann sagte sie leise: »Ich weiß, daß das jetzt schwer für dich ist, Schätzchen – aber halte dir mal vor Augen, was du alles hast. Du hast einen scharfen Verstand und ein schönes Gesicht und ein wundervolles Heim. Du hast diesen Fluß, den du im Wandel der Jahreszeiten betrachten kannst. Ja, du hast ein lästiges Leiden, aber bist du nicht froh, daß es eine Behandlungsmethode dafür gibt? Du kannst ein ganz normales Leben führen, ein langes Leben. Freust du dich nicht?«
So gesehen hatte Sophie sich tatsächlich gefreut. Bis zum heutigen Tag brauchte sie sich, wenn sie niedergeschlagen war, nur Graces Worte ins Gedächtnis zu rufen, um Dankbarkeit zu empfinden und an das Gesagte zu glauben. Grace war die Verkörperung des Optimismus.

Erst jetzt, da Grace möglicherweise krank war, erkannte sie, wie innerlich abhängig sie von ihr war. Eine Hälfte von ihr wünschte sich die Unabhängigkeit in ihrer schlimmsten Form, die andere Hälfte hatte panische Angst davor, die Schürzenbänder loszulassen.

Francine versuchte, nicht über die Möglichkeit einer Alzheimer-Erkrankung ihrer Mutter nachzudenken, doch sie suchte sie heim, wenn sie es am wenigsten erwartete, wenn sie entspannt war und sich sicher fühlte und die Störung ihres Seelenfriedens besonders unangenehm empfand. Der Gedanke war wie ein Fussel, der sich mit keiner Flusenbürste entfernen ließ. Sie verfluchte Davis Marcoux dafür, daß er ihr diesen Floh ins Ohr gesetzt hatte.

Und dann spielte sie eines Abends Ende Mai im Arbeitszimmer Schach mit Jim O'Neill. Im Kamin brannte ein Feuer – unnötigerweise, denn die Tage waren warm, aber Francine liebte Kaminfeuer. Es wärmte nicht nur ihren Körper, sondern weckte auch die romantische Vorstellung, daß die Welt in Ordnung war.

In diesem speziellen Augenblick machte es tatsächlich den Eindruck. Sophie war über Nacht zu Freunden nach New York gefahren, die Francine kannte, mochte und denen sie vertraute. Grace saß in einem Sessel am Feuer, las ein Buch und sah so normal und entspannt aus, wie Francine sich fühlte.

Nach einer Weile verließ Grace den Raum, um ein Bad im Jacuzzi zu nehmen. Sekunden später stahl Legs sich herein und rollte sich zu Francines Füßen zusammen.

Ohne den Blick vom Schachbrett zu heben, fragte Jim: »Erscheint Grace Ihnen gesund?«

Francine hatte vor dieser Frage gegraut – überraschend kam sie nicht, denn Father Jim kannte Grace besser als die meisten außerhalb der Familie. »Sie hat ein paar Wehwehchen. Sie sind im gleichen Alter – geht es Ihnen nicht ebenso?«

»Es sind nicht die Wehwehchen, die mir Sorgen machen.«

Sie streichelte Legs' Kopf. Schließlich zwang sie sich zu der Frage: »Sondern?«

»Vergeßlichkeit. Zerstreutheit. Vor einiger Zeit erzählte sie mir, sie habe ›Anfälle‹. Inzwischen sagte sie, es sei besser geworden, aber sie ist häufig geistesabwesend. Und gestern hat sie mich nicht erkannt, als ich kam – jedenfalls hatte ich diesen Verdacht.«

»Natürlich hat sie Sie erkannt«, protestierte Francine, aber sie war alarmiert. Father Jim würde so etwas niemals sagen, wenn er nicht Grund zur Besorgnis hätte.

Also suchte sie nach einer rationalen Erklärung. »Manchmal schaltet sie einfach ab, und wer könnte ihr das zum Vorwurf machen? Sie hat den Kopf wirklich randvoll. Ich wünschte, wir könnten ein paar von den Abschlußfeiern absagen. Als sie ihren Auftritt zusagte, hatten wir keine Ahnung, wie beschäftigt sie sein würde. Aber Grace will nichts von einer Absage hören. Und so kommen nun ihre Freunde zu kurz.«

»Zu mir meinte sie, sie werde allmählich zu alt für diese Ansprachen – sie fühle sich damit überfordert.«

»Grace überfordert?« echote sie in gewollt scherzhaftem Ton, doch Jim blieb ernst. In der nachfolgenden Stille erwog sie, das Thema zu wechseln – aber sie mußte mit ihm sprechen. Sie wollte aus seinem Munde hören, daß sie sich grundlos Sorgen machte. Da sie nicht wußte, inwieweit er informiert war, fragte sie vorsichtig: »Haben Sie sich mit Davis Marcoux unterhalten?«

»Ja. Er hat mir alles gesagt, was er auch Ihnen gesagt hat.« Jim lächelte sanft. »Es hatte etwas von einer Beichte. Er fürchtet, daß es ihm nicht gut gelungen ist, sich Ihnen verständlich zu machen, und daß Grace darum Schaden nehmen könnte.«

»Schaden nehmen?«

»Sich verletzen.«

Francine lehnte sich in ihrem Sessel zurück. »Halten Sie das für möglich?«

»Sie wollen wissen, ob ich die Diagnose für realistisch halte.«

Sie wartete darauf, daß er weiterspräche. Eigentlich hätte die

Wartezeit eine Qual für sie sein müssen, aber das war sie nicht. Jim O'Neill war ein gütiger Mann mit einem ausgeprägten Feingefühl. Francine stellte sich vor, daß er einen heißen Draht zum Himmel hatte – ein ganz beachtliches Zugeständnis für eine Frau mit ernsthaften Glaubenszweifeln.
Zudem sah er teuflisch gut aus. Sie nahm an, daß er mit seinem Eintritt in den Priesterstand mehr als ein Herz gebrochen hatte. Sie dachte oft, daß da hervorragende Gene verschwendet wurden, und das nicht nur in Hinblick auf seine männlichen Vorzüge. Er hatte außerdem Aufrichtigkeit zu bieten, ein mitfühlendes Herz und aufopfernde Einsatzbereitschaft. Und Intelligenz.
»Davis kann keine andere Ursache für ihre Symptome finden«, sagte er bekümmert.
»Sie vertrauen seinem Urteil?«
»Nun, er ist mit besten Empfehlungen hierhergekommen.«
»Von wo?«
»Chicago. Aus einer Großstadtklinik mit landesweit gutem Ruf.«
»Davis?« Sie wollte es nicht glauben, ihn lieber weiter für einen Nichtskönner halten. »Warum ist er dann dort weggegangen?«
»Weil er kein Stadtmensch ist und Angst hatte, seelisch zugrunde zu gehen, wenn er sein Leben nicht änderte.«
»Wie haben Sie ihn kennengelernt? Stand er eines Tages in Ihrer Kirche?«
»O nein – Davis hat für organisierten Glauben nichts übrig.«
Vor Francines geistigem Auge erstanden ein Stoppelkinn, herausfordernd blickende Augen und abgetragene Lederstiefel. Sie mußte lächeln. »Wer hätte das gedacht?«
»Aber ich bemühe mich um ihn«, setzte Jim hinzu.
»Wann tun Sie das? Und wo? Was verbindet Sie beide?«
»Tyne Valley.«
Tyne Valley. Der Name war mit ihrem Leben verbunden, seit sie denken konnte. »Er ist also auch einer von Ihren Leuten. Nun ja, warum nicht? Unser Hausmädchen ist aus dem Valley,

unser Chauffeur, unsere Sekretärin – und das sind nur die derzeitig bei uns beschäftigten. Und jetzt also ein Arzt. Ich bin beeindruckt.«

»Das wären Sie noch mehr, wenn Sie seine Familie gekannt hätten. Sie hatten ihre Probleme. Davis fing ganz unten an. Ich half ihm, soweit ich konnte, aber das meiste hat er allein geschafft. Darum bedeutet es ihm so viel, dieses Haus zu bauen – es ist sein erstes.« Nach einer kleinen Pause fügte er hinzu: »Er ist ein guter Mann, Frannie. Er hat bei den Besten gelernt, und er hat auch die Besten in diesem Fall zu Rate gezogen. Ich glaube nicht, daß wir uns einfach über seine Theorie hinwegsetzen dürfen.«

Ein Messer bohrte sich in ihr Herz. »Seine Theorie stinkt zum Himmel!«

Legs hob erschrocken den Kopf. Francine legte beruhigend die Hand darauf und drückte ihn mit sanfter Gewalt wieder nach unten.

»Das tut vieles im Leben«, sagte Jim leise.

»Und trotzdem glauben Sie«, entgegnete sie verwundert. »Wie können Sie das, wenn diese Diagnose zutrifft? Das wichtigste bei Grace Dorian ist ihr Verstand. Was für ein Gott würde ihr den nehmen und den Rest voll funktionstüchtig erhalten?«

»Einer, der uns Prüfungen auferlegt. Prüfungen bilden den Charakter.«

»Was nützt einem Charakter, wenn man tot ist?«

Er schaute sie an. »Sie werden nicht sterben.«

»Die Prüfung ist für mich gedacht?«

»Und für mich. Und für Sophie. Und für all die anderen Menschen, die mit Grace in Berührung gekommen sind. Wir haben die Wahl – wir können die Diagnose ablehnen oder akzeptieren. Ich denke, letzteres wäre die menschenfreundlichere Entscheidung.«

»Und wenn sie falsch ist? Und wenn unser aller Leben durch die Akzeptanz im Chaos versinkt?«

»Wir müssen Ruhe bewahren.«

»Vielleicht können Sie das – ich weiß nicht, ob ich es fertigbringe.«
»Darin besteht die Prüfung«, sagte er mit einem kleinen und so freundlichen und verständnisvollen Lächeln, daß sie nicht weiter aufbegehren konnte. Sie hätte sich am liebsten in seine Arme gestürzt und an seinen Glauben geklammert, aber er war Priester – Körperkontakte waren nicht gestattet.
Also gab sie sich damit zufrieden, die Schachpartie zu Ende zu bringen und in deren Verlauf so viel seines inneren Friedens zu absorbieren wie möglich. Sie beneidete ihn, wäre gern ebenso gläubig gewesen wie er – es hätte ihr vielleicht geholfen, selbst wenn das Schlimmste einträte, noch immer zu denken, daß sich alles zum Guten wenden würde.

Am Vorabend des Memorial-Day-Wochenendes war Grace ein nervliches Wrack, und das verstärkte ihre Sorgen noch. Ein nervöses Wrack zu sein, war völlig untypisch für sie. Sie hatte in ihrem Leben schon viele Parties gegeben – und größere als diese –, aber manche Dinge fielen ihr nicht mehr so leicht wie in jüngeren Jahren.
Das Problem waren ihre Erfahrungswerte – sie wußte zuviel. Entweder würde die Leihfirma die falsche Tischwäsche liefern oder der Florist die falschen Blumen oder der Partyservice das falsche Essen. Also rief sie dort an – und wurde skandalös behandelt. Man hätte denken können, sie riefe sie fünfmal am Tag an!
Sie wollte Francine einschalten, aber die war damit beschäftigt, Margaret zu beaufsichtigen, die noch nie die Gästezimmer hergerichtet hatte.
»Warum tun wir das, Francine?« fragte Grace schließlich. »Warum müssen diese Leute hier übernachten?«
»Weil du sie eingeladen hast.«
»Das habe ich nicht getan – das mußt du gewesen sein! Ich mag es überhaupt nicht, wenn Leute bei mir übernachten. Die Party wird strapaziös genug – es wird sein wie bei den Abschlußfei-

ern: Alle reden auf mich ein, alle kennen mich, und ich kenne keinen, und das schlimmste ist, daß sie aber erwarten, daß ich es tue! Kannst du dir das vorstellen? Vielleicht sollten wir Namensschildchen ausgeben.«

»Äh ... ich glaube nicht, daß wir das sollten.«

»Warum nicht?«

»Es wäre primitiv.«

»Aber ich kann mich nicht an jeden erinnern – es sind einfach zu viele.«

»Ich werde nicht von deiner Seite weichen und die Leute mit Namen ansprechen – du brauchst mir nur zuzuhören.«

»Das hattest du mir letztes Wochenende auch versprochen.«

»Letztes Wochenende?«

»In der Hornway School.«

»Das war nicht in der Hornway.«

»Francine! Du hast dicht neben mir gestanden und meinen Text vor mich hingehalten, aber deine Hände zitterten dermaßen, daß ich mich immer wieder in der Zeile vertat. Wie kannst du das vergessen haben? Es war ein Alptraum!«

Allein der Gedanke daran jagte einen Schauer über Graces Rükken. Wenn ihre Party sich als ein ebensolches Fiasko erwiese, würde sie sterben.

Sie begriff es nicht. Früher war alles wie von selbst gegangen – jetzt konnte sie kaum noch etwas richtig machen.

Aber sie befand sich in einer Zwangslage: Ein plötzlicher Rückzug aus dem gesellschaftlichen Leben würde der »Vertrauten« einen nicht wiedergutzumachenden Schaden zufügen. Also würde sie die Party wohl oder übel durchstehen müssen und auch die noch ausstehenden Abschlußfeiern und die Podiumsdiskussion in Chicago im Juli.

Und bei all diesen Anlässen würde sie insgeheim beten.

Fünftes Kapitel

Wir werten unsere Tagträume nicht als Flucht vor der Realität, sondern als Visionen von der Zukunft.

– Grace Dorian in »Die Vertraute«

Francine rannte mit Legs an ihrer Seite durch die Dunkelheit. Ihr Schweiß lief in Strömen, spülte die schwärenden Gedanken weg. Das gleichmäßige Taptaptap ihrer Joggingschuhe auf dem Randstreifen der Straße wurde von rhythmischen, keuchenden Atemzügen begleitet. Legs, eine exzellente Läuferin, gab kaum einen Laut von sich.

Die Bäume, die die Fahrbahn säumten, waren dicht belaubt, das Gras saftig. Der Flieder stand in voller Blüte, erfüllte die Luft mit süßem Juniduft. Es war zehn Uhr, aber die Sonne war erst vor knapp einer Stunde untergegangen – es war der Vorabend der Sommersonnenwende.

Der Tag hatte kein Ende nehmen wollen, war so anstrengend und voller Anspannung gewesen, daß Francine sogar, wenn sie schon vorher eine Runde gejoggt hätte, noch einmal aufgebrochen wäre. Neuerdings waren ein schnelleres Tempo und eine längere Strecke nötig, um ihr Entspannung zu verschaffen.

Hinter ihr leuchteten Scheinwerfer auf, brummte ein Fahrzeug heran. Es war kein Personenwagen – das erkannte sie am Motorklang –, es mußte ein kleinerer Truck sein. Er hörte sich rauher an als ein Schnellaster, aber weicher als eine Zugmaschine.

Sie lief am rechten Straßenrand, dem Verkehr entgegen. Die Fahrbahn war nicht breit, aber für einen Kleinlaster, eine relativ

schlanke Frau und eine schmalschultrige Hündin reichte der Platz allemal.
Sie nahm Legs kürzer an die Leine. Der Hund lief zwar bei Fuß, aber sie wollte nicht riskieren, daß er in einer Schrecksekunde auf die Straße ausscherte. Sie liebte Legs. In einer Welt, die täglich komplizierter wurde, war das Tier die verkörperte Unkompliziertheit.
Sie wartete darauf, daß der Truck sie überholte, doch das tat er nicht. Im Gegenteil – es klang, als habe er seine Geschwindigkeit gedrosselt. Francine warf einen Blick über ihre Schulter. Ihr Eindruck war richtig gewesen.
Unbehagen stieg in ihr auf. Junge Burschen in Pick-ups waren in dieser Gegend nichts Ungewöhnliches. Wenn sie nach dem Weg fragen wollten, in Ordnung – ansonsten würde sie ihren »Mein Hund ist ganz wild auf rohes Fleisch«-Text abspulen.
Sie lief weiter, schwitzte weiter. Der Truck setzte sich neben sie und glich sich ihrem Tempo an. Sie schoß einen warnenden Blick zum Fahrerfenster hinüber und erspähte einen bis zur Schulter nackten muskulösen Arm und einen unordentlichen Haarschopf, was beides nicht gerade beruhigend auf sie wirkte. Ihr Atem ging schneller.
Der Fahrer schien allein im Wagen zu sein. Sie versuchte sich eben darüber klarzuwerden, ob das gut oder schlecht war, als er fragte: »Wie geht's denn so?«
Die Stimme kam ihr bekannt vor. Sie riskierte einen zweiten Blick – diesmal einen längeren –, und dann begann ihr Blut zu kochen. »Was haben Sie sich dabei gedacht, Davis Marcoux? Haben Sie eine Vorstellung davon, wie beängstigend es ist, mitten in der Nacht auf dunkler Straße belästigt zu werden?«
»Belästigt?« Er hatte doch tatsächlich die Stirn, sich zu amüsieren. »Ich komme Ihnen doch gar nicht nahe. Und außerdem ist es nicht mitten in der Nacht, sondern gerade mal zehn.«
»Ich war schon fast soweit, meinen Hund auf Sie zu hetzen. Das wäre kein Vergnügen für Sie geworden.«
»Das soll ein Killer sein?«

Francine ignorierte seinen spöttischen Unterton. Sie lief weiter und gab sich alle Mühe, ihren hämmernden Herzschlag unter Kontrolle zu bringen. Sie fragte sich, wie er sie hatte erkennen können. Ihre ursprünglich zu einem Knoten geschlungenen Haare standen in alle Richtungen, ihr Pullunder war verrutscht, und sie schwitzte wie ein Schwein – kein Erscheinungsbild, das man auch nur im entferntesten in eine Beziehung zu Grace setzte.

»Was machen Sie hier?« fragte sie wütend.

»Ich bin auf dem Heimweg.«

»Vom Krankenhaus? In dem Ding da?« gab sie der Versuchung nach, ihm seine abwertende Bemerkung über Legs heimzuzahlen.

»Ich darf Sie darüber informieren, daß dies der Cadillac unter den Pick-ups ist.«

»Er dürfte auf dem Klinikparkplatz einiges Befremden auslösen.«

»Das tut er«, bestätigte er, und es klang, als erfülle ihn das mit Stolz. »Aber ich komme nicht vom Krankenhaus. Ich bekam Durst und fuhr mir einen Sechserpack holen. Wollen Sie reinklettern und einen Schluck trinken?«

Sie schüttelte den Kopf. »Ich trinke nie, während ich laufe.«

»Dann bleiben Sie stehen. Ich halte an.«

»Nein, danke.« Sie beschleunigte ihr Tempo, um ihrer Ablehnung Nachdruck zu verleihen.

Er sagte nichts, blieb nur stur neben ihr. Sie warf ihm einen Blick zu. »Haben Sie nichts Besseres zu tun?«

»Im Augenblick nicht. Sie sind eine echte Augenweide.«

»Ich jogge.«

»Genau davon spreche ich.«

»Bitte, Davis!« Ihr Atem ging keuchend. »Ich laufe, um mich zu entspannen, und Sie bewirken das Gegenteil.«

»Ich mache Sie nervös?«

»Ja.«

»Wie das?«

»Erstens bringen Sie mir genau die Dinge in Erinnerung, die ich hier draußen vergessen wollte.«
Sie erwartete, daß er die Gelegenheit ergreifen und von Grace anfangen würde, sich in dem Thema festbeißen – aber er fragte nur: »Und zweitens?«
»Zweitens bin ich nicht gewöhnt, von einem Truck eskortiert zu werden.« Ihre Beine ließen erste Ermüdungserscheinungen spüren. Sie drosselte ihr Tempo ein wenig. Der Pick-up paßte sich an.
»Wie weit wollen Sie laufen?«
»Nach Hause.«
»Das sind ja noch drei Kilometer.«
Sie war sich nicht sicher, daß sie sie schaffen würde. »Kein Problem.«
»Sie klingen erschöpft.«
»Nur, weil Sie mich zum Reden zwingen.« Sie beschloß, es zu lassen.
»Laufen Sie langsamer – oder machen Sie eine Pause.«
Sie lief weiter.
»Wird es dem Hund nicht zuviel?«
Sie schaute zu Legs hinüber – die federnden Schritte der Hündin ließen keine Müdigkeit erkennen.
»Wie bringen Sie das Tier zum Laufen? Bekommt es nur unter dieser Bedingung etwas zu fressen?«
Diese Unterstellung konnte sie nicht unwidersprochen lassen.
»Ich habe Legs das Leben gerettet.«
»Legs?«
»Legsamillion.«
»Ein berühmter Name.«
»Ich wollte sie umtaufen – aber sie hörte nicht auf ›Peaches‹.«
»Legs. Läuft sie noch immer Rennen?«
»Nein. Sie ist nicht mehr schnell genug. Darum sollte sie getötet werden, aber ich habe es verhindert.«
»Weiß sie das zu würdigen?«
»Ja.«

»Komisch – ich hätte bei Grace ein kleines Fellknäuel erwartet, kein solches Gerippe.«
»Legs ist kein Gerippe – nicht für einen Greyhound. Das zeigt, daß Sie keine Ahnung haben. Bleiben Sie dabei – sie haßt Männer sowieso. Und sie gehört mir, nicht Grace.« Ihr Plädoyer für Legs hatte sie vollends erschöpft und soweit abgelenkt, daß sie aus dem Takt gekommen war. Sie versuchte, ihn wiederzufinden – und blieb in einem Riß hängen, der sich durch die Fahrbahn zog. Sie gewann zwar ihr Gleichgewicht zurück, doch ihr Knöchel hatte offenbar etwas abbekommen.
»Oh, verdammt!« keuchte sie und kam humpelnd zum Stehen, beugte sich vor und stützte die Hände auf die Knie. Ihr Herz hämmerte gegen ihre Rippen.
Francine hörte den Pick-up anhalten, eine Tür wurde geöffnet, Schritte näherten sich, und dann kam leicht besorgt die Frage: »Alles in Ordnung?«
Sie hielt die Lider gesenkt. »Bestens – ich muß nur zu Atem kommen.«
»Haben Sie sich den Fuß verletzt?«
Sie hätte sich denken können, daß er es gesehen hatte – es entging ihm kaum etwas. »Nein.«
»Warum sind Sie dann gehumpelt?«
»Wegen einer alten Verletzung.«
»Vielleicht sollten Sie sich kurz hinsetzen.« Er nahm sie am Arm. Sie riß sich los. »Brauch' ich nicht. Gehen Sie auf Abstand.«
Legs tauchte neben ihrem Knie auf. »Zu Ihrer Sicherheit – es könnte sonst sein, daß mein Hund Sie angreift.«
Er antwortete nicht, und er rührte sich nicht. Sie hob den Blick und er fiel auf kampferprobte Arbeitsschuhe und an haarigen Waden heruntergerutschte Socken.
Sie schaute wieder auf die Straße hinunter, schloß die Augen für einen Moment, richtete sich dann auf, atmete tief durch und öffnete die Augen wieder. Sie glitten über sein ärmelloses, kragenloses Sweatshirt und ähnlich graue, ähnlich zerfetzte, aber enger anliegende Shorts.

»Elegantes Outfit«, sagte sie.
»Ich war beim Dachdecken.«
»Sie haben keine Arzt-Beine.«
»Wie sehen Arzt-Beine denn aus?«
»Weiß und mager.«
»Haben Sie schon viele gesehen?«
»Mehr als genug.« Es gab einige Ärzte in der Stadt, und sie erschienen gelegentlich auf Graces Parties. Keiner von ihnen sah atemberaubend aus.
Sie wischte sich mit dem Arm den Schweiß vom Gesicht.
»Möchten Sie jetzt ein Bier?«
Ein verlockender Gedanke – ihre Kehle war wie ausgedörrt. »Warum nicht? Sie haben mir den Lauf sowieso verpatzt.« Bemüht, nicht zu humpeln, folgte sie ihm über die Straße zu seinem Wagen. Er holte zwei Dosen heraus, öffnete eine und reichte sie ihr, dann machte er die andere für sich auf.
»Tut mir leid – keine Gläser«, sagte er.
Sie bedachte ihn mit einem spöttischen Blick, legte den Kopf in den Nacken und nahm einen großen, wohltuenden Schluck. Nichts löschte Durst so gut wie ein kaltes Bier. Das hatte sie – unter anderem – gelernt, als sie mit Freunden eine Europareise machte. Das war in den Jahren gewesen, bevor sie bei Grace einzog, in den Jahren, als sie beinahe ebenso abenteuerlustig war wie Sophie.
Ab und zu ritt sie immer noch der Teufel – so wie jetzt. Es hatte etwas Gefährliches, am Straßenrand mit dem Feind Bier zu trinken.
Sie ging – vorsichtig – nach vorne und ließ sich ins Gras sinken. Nach einem zweiten erfrischenden Schluck drückte sie die eisgekühlte Büchse behutsam gegen ihren Knöchel. Legs machte es sich neben ihr bequem.
Davis ging auf die Knie und streckte die Hand nach Francines Fuß aus. Sie zog ihn weg.
»Lassen Sie mich doch mal nachsehen«, bat er.
»Nein – er ist okay.«

»Wenn er okay ist, können Sie ihn mich ja ruhig ansehen lassen.«
Sie nahm an, daß er keine Ruhe geben würde, bis er seinen Willen bekäme, und so beschloß sie nachzugeben. Er würde albern dastehen, und sie hätte recht.
Sie schob den Fuß in seine Reichweite. »Er ist nicht gebrochen – Sie haben ja gesehen, daß ich laufen kann.«
Seine Finger tasteten die fragliche Region vorsichtig ab. »Ich habe gesehen, daß Sie humpeln.«
»Er ist nicht gebrochen. Hören Sie – so was ist mir schon öfter passiert. Ich weiß, wie es sich anfühlt, wenn etwas gebrochen ist. Diesmal ist er verstaucht. Wenn überhaupt. Sehen Sie – ich zucke nicht, wenn Sie das tun. Ich winde mich nicht, vor Schmerzen nach Luft ringend, am Boden.«
»Was meinen Sie damit, daß Ihnen das schon öfter passiert ist?«
»Ich stolpere ständig.«
Seine Hand blieb auf ihrer Haut liegen, doch er hielt die Finger still, während er den Blick hob. »Haben Sie das schon mal einem Arzt erzählt?«
Sie lachte – über ihn, weil er so ein ernstes Gesicht machte, und über sich, weil sie aus Erfahrung wußte, daß das die beste Methode war, Verlegenheit in den Griff zu bekommen. »Ich bin ungeschickt, Davis. Tut mir leid, Sie zu enttäuschen – ich habe meinen Bewegungsapparat einfach nicht unter Kontrolle.«
»Sie laufen doch so gleichmäßig wie ein Uhrwerk.«
»Das ist aber auch schon alles. Wenn eine Falte im Teppich ist, findet mein Fuß sie, wenn irgendwo etwas vorsteht, stoße ich mir das Knie daran, wenn in der Fahrbahndecke ein Loch ist – bingo! Ich erinnere mich, daß ich bei unserer ersten Begegnung gegen eine Tür rannte.«
»Da waren Sie aufgeregt.«
»Und diesmal war ich abgelenkt. Wenn ich mich auf die Straße konzentriert hätte, wäre mir – dank Ihrer Scheinwerfer – diese Fußangel vielleicht aufgefallen.«
Er umfaßte die Sohle ihres Joggingschuhs und bewegte den Fuß vor und zurück. »Tut das weh?«

»Nein.«
Legs knurrte.
Davis hob die Hände, stand auf und wich zurück. »Braver Hund – ich wollte ihr nichts tun.«
Francine seufzte. Sie zog die Füße an und trank noch einen Schluck. Abgesehen davon, daß es ihren Durst löschte, besänftigte das Bier sie offenbar. Warum sonst sollte ihr Zorn sich gelegt haben? Nun ja, vielleicht war sie auch einfach zu erschöpft, um länger wütend zu sein.
Davis lehnte, lang und feingliedrig, an der Kühlerhaube seines Pick-ups und hatte, den Kopf weit nach hinten gelegt, erneut die Bierdose angesetzt. Als er wieder nach vorne kam, sagte er: »Ich denke, ein Greyhound ist genau das richtige für Ihr großes Grundstück – da kann er sich austoben.«
»Legs nutzt diese Möglichkeit aber nicht, sie verbringt die meiste Zeit in meinem Arbeitszimmer.«
»Ist nicht wahr! Eingesperrt?«
Francine antwortete betont langsam und akzentuiert: »Sie kann sich aufhalten, wo immer sie will – mein Arbeitszimmer ist ihr nun einmal am liebsten.« Sie schlang den Arm um Legs und kraulte ihre Kehle. »Sie ist in einem Käfig aufgewachsen, und darum fühlt sie sich in kleinen Räumen am sichersten. Mit mir geht sie raus, und wenn es sein muß, auch mit Sophie – aber Fremden gegenüber ist sie mißtrauisch.«
»Sie sagten, Männern gegenüber.«
Francine fiel auf, daß er nicht wagte, seinen Platz an der Motorhaube zu verlassen. Sie grinste. »Legs begegnet Männern nicht mit Mißtrauen – sie haßt sie. Sie tun gut daran, zu bleiben, wo Sie sind.«
»Es paßt, daß sie ein weibliches Wesen ist, schließlich sind die Dorians das auch.«
»Offenbar nicht alle, sonst gäbe es mich nicht.«
»Wie war ihr Vater?«
»Hinreißend. Liebevoll. Er ist vor drei Jahren gestorben.«
»Das hat Grace mir erzählt – und, daß er viel älter war als sie.«

»Achtzehn Jahre – und so alt war sie auch, als ich geboren wurde. Er war damals genau doppelt so alt wie sie. Sie war gerade erst nach New York gekommen und lernte ihn gleich in der ersten Woche kennen. Sie heirateten noch im selben Monat. Er hat sie einfach«, sie hob die Hände, »von den Füßen gerissen.«
»Das ist eine hübsche Geschichte.«
Dieser Meinung war Francine auch. Sie hatte immer vermutet, daß Johns Liebe noch größer gewesen war als Graces. Bis zu seinem Tod leuchteten seine Augen auf, wenn sie ins Zimmer kam.
»Wie stand er zu ihrer Karriere?«
»Er freute sich darüber, und er war stolz darauf. Da er selbst erfolgreich war, empfand er sie nicht als Bedrohung.« Francines Gedanken wanderten zu ihrer eigenen, kurzlebigen Ehe. »Nicht alle Männer haben so viel Selbstbewußtsein.«
»Sprechen Sie von Ihrem Mann?«
»Der ist ein Beispiel. Wir ließen uns scheiden, als Sophie sieben war. Er fühlte sich überflüssig, und er war es auch. Er hatte keinen Lebensplan, besaß keinerlei Ehrgeiz. Wir paßten nicht besonders gut zusammen. Nun ja – es war eine Muß-Heirat.«
Davis verschluckte sich an seinem Bier, richtete sich hastig auf und wischte sich mit dem Handrücken Mund und Kinn ab.
»Habe ich Sie etwa schockiert?« fragte Francine zuckersüß. Sie liebte es, Leute zu schockieren. Was allerdings nicht hieß, daß sie diese pikante Einzelheit vielen Menschen anvertraute – und sie begriff auch nicht, warum sie sie ausgerechnet Davis erzählte, aber seine Reaktion war es wert.
Er fing an zu lachen. »Eine Muß-Heirat – und das bei einer Mutter, die der Inbegriff von Anstand und Sitte ist. Das ist toll. War es Absicht?«
»Bewußt nicht – aber ich hatte Babys schon immer geliebt und selbst Kinder haben wollen. Vielleicht unbewußt ...« Sie brach ab, dachte nach und schüttelte dann den Kopf. »Nein, nein. Ich war erst zwanzig. Ich hätte gewartet. Aber Grace vergötterte Lee. Am liebsten hätte ich ihn an sie weitergegeben und nur das

Baby behalten, aber leider ging das nicht. Sie war außer sich, als wir uns scheiden ließen. Ich versuchte ihr zu erklären, daß Sex keine ausreichende Grundlage für eine dauerhafte Beziehung sei, aber sie blockte ab.«

»Warum?«

»Grace spricht nicht gerne über Sex.«

»In ihren Kolumnen tut sie das doch ständig.«

»Das ist etwas anderes. Ihre Kolumnen sind sachlich, intellektualisiert. Im persönlichen Gespräch ist sie prüde. Es fällt ihr leichter, dieses Thema schriftlich und gegenüber gesichtslosen Fremden zu erörtern, als bestimmte Themen von Angesicht zu Angesicht mit der eigenen Tochter zu erörtern.«

»Was für welche zum Beispiel?«

»Den Orgasmus.«

»He, das ist doch ein erfreulicher Punkt.«

»Mmm – es sei denn, man ist im persönlichen Gespräch prüde.«

»Wie Grace.«

»Mmm. Außerdem ist sie anständig – mit einem großen ›A‹. Für sie sind die Ehegelöbnisse absolut bindend, wirklich nur durch den Tod aufzuheben. Sie meinte damals, ich sollte Sophies wegen bei Lee bleiben, aber ich bin keine gute Schauspielerin. Ich konnte nicht so tun, als liebte ich diesen Mann – Sophie hätte mich in Null Komma nichts durchschaut.«

»Fehlt er ihnen?«

»Mein Mann?«

»Der Sex.«

Diese Frage hatte nach ihrer Erzählung wohl kommen müssen, und sie beinhaltete eine Menge anderer. War sie sinnlich? War sie sexuell aktiv? Suchte sie von sich aus sexuellen Kontakt? Männer waren ausgesprochen neugierig, was dieses Gebiet betraf, und Davis war ein sehr männlicher Mann. Was nicht hieß, daß sie antworten würde.

Sie trank ihr Bier aus und ignorierte das Pochen des Blutes in ihrem Unterleib. Wie er da so an seinen Pick-up gelehnt stand und sehr, sehr irdisch aussah, machte er es ihr schwer, nicht zu

vergessen, daß er ein Halbgott in Weiß – und noch dazu Graces – war.
Er hatte ihren Blick eingefangen, und sie war entschlossen, nicht als erste wegzuschauen.
Schließlich sagte er: »So, zu Hause gibt's also Probleme.«
»Wer hat Ihnen das erzählt?« fragte sie verdutzt.
»Das waren Sie selbst: Sie sagten, Sie seien Joggen gegangen, um zu vergessen. Was wollten Sie denn vergessen?«
Seine Frage genügte, um alles wieder über sie hereinbrechen zu lassen. »Die Arbeit. Ablieferungstermine. Die Medien.«
»Und da gibt es Probleme?«
»Die gibt es immer – bei jeder Firma.«
»Und sonst?«
Sie schaute in sein teilweise im Schatten liegendes Gesicht. »Graces Arzt behauptet, sie habe eine unheilbare Krankheit. Die Diagnose – wie falsch sie auch sein mag – hat dazu geführt, daß wir alle Gespenster sehen. Dinge, die für eine Einundsechzigjährige völlig normal sind, erscheinen uns plötzlich als Symptome. Grace ist von einer solchen Angst besessen, sie könnte etwas vergessen, daß sie es dann tatsächlich vergißt.«
»Vielleicht sollte sie zu einem Psychiater gehen.«
»Dazu fehlt ihr die Zeit.«
»Dann schicken Sie die Unterlagen an einen anderen Fachmann, und holen Sie sich eine zweite Meinung ein, das haben Sie bisher nicht getan.«
Bei jeder anderen Krankheit hätten sie das, aber gegen Alzheimer gab es kein Mittel. Die einzig schlüssige Diagnose konnte nur die Zeit liefern.
Davis lehnte mit von sich gestreckten Beinen und überkreuzten Arbeitsschuhen am Kühlergrill. Er trank einen Schluck, drückte die Dose einen Moment lang seitlich an seinen Hals und stellte sie dann auf die Motorhaube. »Sie befürchten, daß die zweite Diagnose die erste bestätigen würde«, sagte er sanft.
Francine scheute sich nicht, es zuzugeben. »Ginge es Ihnen nicht genauso?« rief sie. »Wir haben es hier nicht mit einem

Streptokokken-Infekt zu tun, wir müssen uns mit einer unheilbaren Krankheit auseinandersetzen.«

»Sie setzen sich ja nicht damit auseinander. Sie bestreiten sie, verleugnen sie, aber das wird immer schwieriger werden. Ihr Zustand verschlechtert sich, nicht wahr?«

»Es ist im Moment unheimlich hektisch. Sie wird von allen Seiten gefordert – da würde jeder die Übersicht verlieren.«

»Wie war ihre Party?«

Er würde sie nicht überlisten! Laß dich ablenken, und schon hast du verloren, lautete einer von Graces Merksätzen. »Sie ist doch seitdem schon bei Ihnen gewesen. Was hat sie denn gesagt?«

»Daß sie sich bestens amüsiert habe. Sie zählte mir die Gäste auf und beschrieb mir die Blumen und das Büfett und die Musik, schwärmte von der Harfenistin.« Nach einer kleinen Pause setzte er hinzu: »Soviel ich gehört habe, war ein Streichquartett da.«

Francine tat diesen Irrtum mit einem Schulterzucken ab. »Die Harfenistin war im letzten Jahr da – eine verständliche Verwechslung.«

Davis drehte seine Bierdose in der Hand, legte dann den Kopf in den Nacken und trank einen Schluck. Als er beharrlich schwieg, sagte sie: »Ich habe recht.«

»Wenn es so wäre, würde das Leben zu Hause ruhiger ablaufen. Sie sagen, die Diagnose verursache den Aufruhr, aber das trifft nicht zu. Nicht in diesem Ausmaß. Nicht über einen so langen Zeitraum. Wenn es Grace gutginge, hätte sie meine Diagnose längst zu den Akten gelegt.«

»Nachdem Sie sie in der Mangel hatten?« fuhr Francine auf. »Sie haben ihr panische Angst eingejagt. Sie will nicht mehr reisen, sie will keine Freunde mehr besuchen, sie will nicht mehr vor Publikum sprechen. Nächsten Monat soll sie an einer Podiumsdiskussion teilnehmen, und sie besteht darauf, daß ich sie begleite. Sie haben eine Invalidin aus ihr gemacht.«

»Was Sie mir schildern, sind typische Symptome, Francine. Wenn Alzheimer-Patienten die Unberechenbarkeit ihrer Handlungen erkennen, ziehen sie sich zurück. Sie haben Angst,

bei Fehlern ertappt zu werden. Sie fürchten, peinliche Situationen heraufzubeschwören oder sich zu verraten, und so schotten sie sich ab, beschränken ihr Leben auf ihre vertrautesten Menschen und Orte.«
Francine riß einen Grashalm aus und dann noch einen. Sie wußte nicht, warum ihrer Familie das angetan wurde. Grace hatte sich ihren Erfolg erarbeitet, sie sollte ihn genießen dürfen.
Davis ging neben ihr in die Hocke. »Sie schaffen das schon, Francine.«
Sie schnaubte. »Sie hören sich an wie Father Jim.«
»Der bin ich leider nicht. Er schöpft seine Zuversicht aus seinem Glauben an ein höheres Wesen – ich wünschte, ich könnte das auch.«
»Und woher stammt Ihre?«
»Aus der Erfahrung mit Menschen. Sie wachsen in Krisenzeiten über sich hinaus, zeigen sich der Situation gewachsen.«
»Ich bestimmt nicht.« Francine rappelte sich auf. »Danke für das Bier.« Sie gab ihm die leere Büchse, signalisierte Legs mit einem leichten Leinenklaps den Aufbruch und lief los.
»Lassen Sie sich doch von mir fahren!« rief er ihr hinterher.
»Nicht nötig!« rief sie zurück.
»Sie sollten den Fuß nicht so strapazieren.«
»Der hat schon Schlimmeres überstanden.«
»Sie sind genauso stur wie ein Maultier.«
Sie antwortete nicht. Wenn er sie als Maultier sah, dann würde sie sich entsprechend verhalten. Maultiere kamen hin, wohin sie wollten – vielleicht nicht schnell, aber sicher.
Und wohin war sie unterwegs? Nach Hause. Zu wöchentlichen Ablieferungsterminen, deren Einhaltung immer schwieriger wurde. Zu einem boshaften Redakteur und einem ungeduldigen Verleger. Zu einem Telefon, das nicht aufhörte zu klingeln, einem Faxgerät, das nicht aufhörte zu spucken, und einer Mutter, die stetig unselbständiger wurde.
Hol mich hier weg! hätte sie am liebsten geschrien – aber es war niemand da, der ihr diesen Wunsch hätte erfüllen können. Und

so sagte sie sich, daß es besser werden müsse, weil es nicht mehr schlimmer werden könne, und lief weiter.

Sie war gerade zehn Minuten daheim, als das Telefon klingelte.
»Hallo?«
»Hier ist Davis. Ich wollte mich nur vergewissern, daß Sie gut angekommen sind.«
Unerklärlicherweise schossen ihr die Tränen in die Augen. »Bin ich – danke.«
»Und ich wollte Ihnen auch noch sagen, daß ich für Sie da bin, falls Sie reden wollen.«
»Ich werde es mir merken.«
»Als Freund, nicht als Arzt.«
Sie drückte die Handwurzel auf ihr Auge. »Nicht als Arzt.«
»Nicht als Arzt. Meine Telefonnummer steht im Buch.«
»Okay. Danke.« Sie atmete zittrig ein. »Ich gehe jetzt unter die Dusche – ich bin geschafft.«
»Ich beneide Sie. Meine Dusche ist ein Witz – darin kann man sich nicht rühren. Für mein Haus habe ich eine riesige Glaskabine geplant.«
Sie konnte nicht widerstehen zu sagen: »Genau so eine habe ich.«
»Wirklich?«
»Mmm.«
Er seufzte. »Dann denken Sie in Ihrer daran, wie ich in meiner Ölsardine spiele.«
Sie sah es fast vor sich. »Armer Kerl.«
»Viel Spaß.«
»Gleichfalls.« Als sie den Hörer auflegte, lächelte sie. Es war ein weiches Lächeln, ein sanftes, das die Dusche überdauerte, ein Spielintermezzo mit Legs und sogar einige Waagrecht und Senkrecht des Kreuzworträtsels in der Sonntagsausgabe der »Times«. Es verblaßte, als sie das Licht ausmachte, als ihre Füße die kalte Region des Bettes berührten, und als sich die Stille der Nacht um sie schloß, erlosch es gänzlich.

Sechstes Kapitel

Ein schlechtes Umfeld kann selbst die besten Absichten vereiteln.

– Grace Dorian in einer Rede vor der Elternvereinigung alkoholkranker Kinder

Grace saß mit überkreuzten Füßen und im Schoß ineinander verkrampften Händen auf ihrem Platz. Eine große, schwarze Sonnenbrille sollte verhindern, daß sie erkannt würde – sie war nicht in der Stimmung für Geplauder mit etwaigen Fans.

Francine beugte sich über die Armlehne zu ihr herüber. »Du wirkst nervös. Liegt es an dem Flugzeug?«

»Es ist die ganze Reise! Ich werde allmählich zu alt dafür.« Da sie den Tag ihres Chicago-Trips verwechselt hatte, war dem Abflug zeitaufwendiges Ein-, Aus- und wieder Einpacken vorausgegangen. Sie konnte sich nicht entschließen, welche Garderobe sie mitnehmen sollte, und als diese Frage endlich geklärt war, überprüfte sie x-mal ihre Liste, um sicherzustellen, daß sie nichts Wichtiges vergäße. Trotzdem hatte sie jetzt das Gefühl, daß genau das passiert war. Alarmiert wandte sie sich Francine zu: »Ich habe meine Schminktasche auf dem Frisiertisch stehengelassen.«

»Nein, hast du nicht. Ich habe gesehen, wie du sie eingepackt hast.«

»Tatsächlich?« Sie lehnte sich zurück. »Du hast mir beim Packen zugesehen?«

»Ich habe dir beim Packen geholfen.«
Grace lächelte. Wenn Francine ihr geholfen hatte, dann konnte sie nichts Lebensentscheidendes liegengelassen haben – und falls doch, wäre jemand anderer schuld.
Erleichtert versuchte sie sich zu entspannen, aber das war nicht einfach. Diese Reise war ungemein wichtig für sie. Sie würde die Souveränität beweisen müssen, die der »Vertrauten« zugeschrieben wurde.
Doch irgend etwas nagte an ihr. Als die Maschine zur Landung auf dem O'Hare ansetzte, wurde ihr klar, was es war. »Wir müssen bei Neiman Marcus anhalten«, erklärte sie Francine. »Ich habe meine Schminktasche vergessen.«
»Mom! Ich habe gesehen, wie du sie in deine Reisetasche gepackt hast.«
»Bist du dir sicher?«
Francine verdrehte die Augen. »Ja, ich bin mir sicher.«
»Es besteht kein Grund, patzig zu sein, es war nur ein Gedanke.«
Francine seufzte traurig. »Ich weiß.«
Diese Traurigkeit beunruhigte Grace, doch die Hektik des Aussteigens und dann die Mühe, in dem Gewimmel den Chauffeur auszumachen, ließen ihr keine Zeit, sich länger damit zu befassen. Die Dunkelheit und Stille in der Limousine waren eine Wohltat, und Grace wäre am liebsten gar nicht ausgestiegen, denn das Hotel mißfiel ihr auf den ersten Blick. Es war ein riesiger Kasten ohne Atmosphäre. Ihre Suite allerdings erwies sich als wohnlich, und außerdem war angenehm, daß die Veranstaltung im Hause stattfinden würde, so daß sie einfach nur mit dem Lift hinunterzufahren brauchte und danach sofort wieder verschwinden könnte – aber Annie hatte sie zu ihrem Entsetzen zu einem Abendessen mit den Organisatoren des Symposiums verpflichtet und für den nächsten Morgen zu einem Frühstück mit den drei anderen Diskussionsteilnehmern. Grace war nervös.
Das Dinner wurde ein voller Erfolg. Sie sprühte vor Charme,

erzählte von ihrem Werdegang, beklagte die Schattenseiten der Berühmtheit, trieb nach bester Gastgeberinnen-Manier Konversation. Sie war so gänzlich sie selbst, so erleichtert darüber und so voller Hoffnung, daß die Reise nach dem unglücklichen Start doch ein Erfolg würde, daß sie zutiefst erschrak, als sie bei der Rückkehr in ihre Suite ihre Brille nicht finden konnte. Ohne sie würde sie ihre Notizen nicht lesen können.

»Aber du brauchst doch gar nichts zu lesen«, suggerierte Francine ihr, während sie beide danach suchten. »Es ist eine offene Diskussion. Leute aus dem Publikum werden dir Fragen stellen.«

»Aber ich habe Notizen mitgebracht, und ich muß sie lesen können. Wo hast du meine Brille hingelegt?«

Sie lag unter ihrer Handtasche. Grace setzte sie auf und stellte fest, daß die Notizen unbrauchbar waren. Sie las sie noch einmal und ein drittes Mal, doch sie ergaben keinen Sinn. »Wann habe ich das denn geschrieben?« fragte sie verwirrt. »Es hat überhaupt nichts mit den Problemen von Jugendlichen zu tun.«

Francine streckte die Hand aus. »Laß mal sehen.«

Grace zerriß sie hastig in kleine Fetzen, um sich nicht zu blamieren. »Sie haben nichts mit Jugendfragen zu tun.« Sie ließ die Schnipsel in den Papierkorb flattern. »Und was soll ich jetzt tun?«

»Was du immer tust«, antwortete Francine seelenruhig. »Du wirst dich an den Konferenztisch setzen und Fragen beantworten und daran denken, daß wir am nächsten Tag um dieselbe Zeit wieder zu Hause sein werden.«

Diese Vorstellung gefiel Grace weit besser als die, was bis dahin alles passieren könnte. In letzter Zeit konnte sie ihre Gedanken oft nicht zusammenhalten, vergaß urplötzlich, wovon sie gesprochen hatte, suchte vergeblich nach den richtigen Worten.

»Und wenn mir keine Antwort einfällt?«

»Das wird nicht passieren. Und wenn doch, dann gibst du die Frage einfach weiter. Du kannst das, Grace. Es wird alles gutgehen.«

Doch das tat es nicht. Zunächst einmal erinnerte sie sich nicht an die Namen der anderen Diskussionsteilnehmer, was angesichts des kleinen Grüppchens beim Frühstück ungeheuer peinlich war. Dann nahm die Unterhaltung eine Wendung zum Hochgeistigen, und es blieb ihr nur, zu lächeln und zu nicken, was ihr Unbehagen noch steigerte. Und schließlich fügte der Kellner der Kränkung noch eine Mißachtung hinzu, indem er ihr statt der bestellten Muffins Eier Benedict brachte und dann auch noch ihre Brille unter einen Farnwedel legte, wo sie sie erst fand, als alle vom Tisch eine Suchaktion starteten.
Sie war nicht in der besten Verfassung, um überhaupt an einer Podiumsdiskussion teilzunehmen, und ganz besonders nicht an einer über die Jugend, denn die war das letzte, woran sie dachte, als die Runde sich zusammenfand. Sie dachte, daß das Meer von Gesichtern vor ihr verwirrend war, die Augen zu ernst, die Münder zu verkniffen, die Kugelschreiber zu eifrig. Auf der Suche nach einer fröhlicheren Menge, förderte ihr Gedächtnis ihren ersten Silvesterabend mit John zutage, den sie auf einem Ball im Waldorf Astoria in einem Raum verbrachten, der diesem nicht unähnlich war. Nach dem Ball waren sie bei leichtem Schneefall durch die Straßen von Manhattan gewandert. Es war unglaublich romantisch gewesen – geradezu unwirklich, wenn man bedachte, wie ihr Leben sich seitdem verändert hatte. Sie erinnerte sich, wie sie an ihrem Satinkleid heruntergeschaut hatte, den Pelzkragen ihres Mantels berührte und an das letzte Silvester dachte, als sie sich in Sachen, aus denen ihre große Schwester herausgewachsen war, und einer alten, wollenen Seemannsjacke die Hände an dem Lagerfeuer wärmte, das ihre Clique aus purem Mutwillen in Harry Lechters Scheune gemacht hatte.
Die Rückerinnerung hatte eine unglaubliche Traurigkeit in ihr ausgelöst.
»Missis Dorian?«
Sie schreckte aus ihren Gedanken auf und schwenkte den Blick in die Richtung, aus der die Stimme gekommen war. Sie gehörte

einem hochgewachsenen Mann auf dem Podium, der sie erwartungsvoll ansah. »Ja?«

»Die Frage war, ob – und falls ja, in welcher Hinsicht – die Probleme der Jugend im letzten Jahrzehnt einen Wandel erfahren haben.«

Die grundlegenden Probleme der Jugend. Grundlegende Probleme. Grace versuchte klar zu denken, doch sie wußte nicht, worauf er hinauswollte. Und so sagte sie: »Nein. Ich glaube nicht, daß sich da etwas verändert hat. Grundlegende Probleme sind ...« Sie suchte nach dem Wort. Es gab eines, das genau den Kern der Sache traf, aber es fiel ihr nicht ein. Unvermeidlich? Nein. Identisch? Nein. Universell? Nein. »Zeitlos«, sagte sie schließlich und lehnte sich lächelnd zurück. In der kurzen Stille, die folgte, wurde ihr Lächeln zur Maske. Sie war unendlich erleichtert, als der Mann auf dem Podium sich wieder der Menge zuwandte.

Jemand fragte, inwieweit AIDS sich auf die Jugend auswirke. In ihrer Jugend hatte es AIDS noch nicht gegeben. Alles, wovor sie sich fürchten mußten, waren Schwangerschaft und Tripper – und für den Tripper gab es ein Heilmittel. Für Schwangerschaft gab es kein Heilmittel – außer Abtreibung oder der Geburt des Kindes, und Abtreibung war nur etwas für die Ungläubigen. Ihre Freundin Denise hatte einmal abtreiben lassen und war beinahe verblutet. Das war den anderen eine Lehre gewesen. Nicht, daß Grace eine Abtreibung in Erwägung gezogen hätte – es wäre undenkbar für sie gewesen, Johnnys Kind abzutreiben. Grace suchte in der ersten Sitzreihe nach Francines Gesicht. Ihre Tochter sah beunruhigt aus, und das wohl zu Recht, nahm Grace an. Francine war ein einsames Einzelkind gewesen, obwohl Grace alles getan hatte, um die Leere auszufüllen. Vielleicht wäre alles anders gewesen, wenn sie noch mehr Kinder gehabt hätte. Aber Francine hatte etwas, das kein anderes ihrer Kinder hätte haben können. Grace hatte sie nicht teilen wollen.

»Missis Dorian?«

Wieder flogen ihre Augen zum Podium. Sie prüfte das Publikum, hatte jedoch keine Ahnung, wer sie angesprochen hatte.

Also legte sie die Hand hinters Ohr und log: »Entschuldigung – ich habe die Frage nicht verstanden.«
»Doktor Keeble warf den Gedanken auf, daß die meisten Teenager die Einschränkungen durch Verhaltensmaßregeln als so erstickend empfinden, daß sie dagegen aufbegehren. Vielleicht möchten Sie etwas dazu sagen.«
Grace gab sich alle Mühe, nachdenklich auszusehen, während ihr Herz gegen ihre Rippen hämmerte und ihre Handflächen feucht wurden. Denk nach, Grace. Denk nach. Sie atmete tief durch. »Wenn Sie mit aufbegehren meinen, daß sie gegen Verhaltensmaßregeln rebellieren, dann ist das richtig.« Sie erwarteten, daß sie weitersprache. »Und ich weiß nicht, ob ich ihnen das verübeln kann. Ich glaube nicht, daß ich in der Lage wäre, mir all die Vorschriften zu merken.« Gelächter im Publikum. Beflügelt fuhr Grace fort: »Teenager versuchen, sich eine eigene Meinung zu bilden – jeder, der ihnen etwas in den Mund legen will, wird zwangsläufig scheitern. Beschränkungen sind ein rotes Tuch für Teenager – es sei denn, sie sind selbstauferlegt.«
»Jetzt zitieren Sie Doktor Keeble.«
Das war ihr nicht bewußt gewesen. »Nun, der Gedanke verdient es, wiederholt zu werden. Der Fehler liegt in der Bezeichnung ...« Sie hatte sie vergessen. Sie suchte danach, runzelte die Stirn und sagte schließlich: »Es geht hier doch um Höflichkeit. Um Achtung vor anderen. Um gesunden Menschenverstand. Teenager versuchen, sich ihre eigene Meinung zu bilden. Ich kann verstehen, daß sie rebellieren – ich wäre selbst nicht in der Lage, mir all die Vorschriften zu merken.«
Jetzt meldete sich der zweite weibliche der geladenen Gäste zu Wort. Die Frau trug ein exotisch gemustertes Kleid, das Grace an ein Kunstwerk erinnerte, das sie einmal irgendwo gesehen hatte. Auf Tahiti? In Neuguinea? Konnte auch Borneo gewesen sein – oder das Metropolitan Museum of Art.
Sie versuchte, sich zu erinnern. Das Muster hatte im positiven Sinn primitiv gewirkt. Wo hatte sie es gesehen?
John war ein begeisterter Globetrotter gewesen. Er hatte so-

wohl das nötige Geld als auch die Zeit dafür. Auch Grace hatte die Zeit, zumindest bis »Die Vertraute« landesweit erschien – aber es widerstrebte ihr zutiefst, Francine allein zu lassen. Also holte John ein Kindermädchen ins Haus, um sie zu beruhigen. Was nicht funktionierte, ein Kindermädchen konnte eine Mutter nicht ersetzen. Aber Grace wußte, daß John viel an diesen Reisen lag, und sie verdankte ihm viel. Also begleitete sie ihn, rief Francine täglich an und kam jedesmal mit Geschenken beladen nach Hause. Vielleicht war eines dieser Geschenke ein Kunstwerk gewesen.

Sie wünschte, sie könnte sich daran erinnern, doch die einzigen Mitbringsel, an die sie sich erinnerte, waren die großen Schnekkenmuscheln, die sie an einem karibischen Strand gefunden hatte. Sie dienten noch heute im Badezimmer als Blumentöpfe. Badezimmer! Von dem plötzlichen Drang getrieben, diesen Ort aufzusuchen, flüsterte Grace ihrem Nebenmann ein schnelles »Entschuldigen Sie mich für eine Minute« zu und verließ ihren Platz und das Podium.

Vor der Tür wurde sie von Francine aufgehalten. »Was tust du?« fragte ihre Tochter mißbilligend.

»Ich gehe auf die Toilette«, erklärte Grace und setzte ihren Weg fort.

»Du bist ein geladener Gast – du kannst nicht einfach rausgehen.«

»Aber ich muß auf die Toilette.«

»Du warst doch erst vor einer Stunde.«

Daran erinnerte Grace sich nicht. Die Tatsache, daß Francine sich ihrer Sache so sicher war, gab ihr zu denken. »Wirklich?«

»Ja, Mom. Ich habe dich begleitet.« Dann fragte sie in sanfterem Ton: »Ist es denn so dringend?«

Grace horchte in sich hinein und kam zu dem Schluß, daß es das nicht war. Also machte sie kehrt. „Sag mir deine ehrliche Meinung«, bat sie, weil es so wichtig war, »mache ich mich gut?«

Als keine Antwort kam, schaute sie fragend zu Francine hinüber.

Ihre Tochter war blaß. »Ich glaube nicht, daß du bei der Sache bist.«
»Aber ich rede doch keinen Unsinn, oder?«
»Du mußt dem Moderator zuhören, den anderen geladenen Gästen, dem Publikum. Konzentriere dich auf das Thema.« Sie legte die Hand an die Tür. »Verstehst du, was ich sage?«
»Ich bin ja nicht taub.«
»Wirst du dich konzentrieren?«
»Natürlich.«
»Versprochen?«
Grace wußte nicht, warum Francine so beunruhigt war. Sie hatte schon vor so vielen Gruppen gesprochen, daß sie es im Schlaf beherrschte, und das hier war keine große Gruppe. Natürlich war der Gegenstand der Diskussion ihr fremd – Trauminterpretationen waren etwas für Freudianer. Darin war sie nicht geübt.
»Francine ...«, begann sie, denn jetzt war noch Zeit, in ihre Suite zurückzukehren, aber Francine hatte die Tür geöffnet und schob sie in den Saal zurück, und nachdem alle Blicke in ihre Richtung schwenkten, blieb ihr nichts anderes übrig, als sich wieder auf ihren Platz zu setzen.

Francine hatte das Gefühl, als würde jeden Moment ihr Kopf zerspringen. Sie preßte die Fingerspitzen auf die schmerzende Stelle und verkroch sich noch tiefer in ihre Ecke im Fond der Limousine. Aus der anderen Ecke kam mit zittriger Stimme Graces Frage: »Ich war schrecklich, nicht wahr?«
Ja, sie war schrecklich. Sie hatte nicht mehr als zwei zusammenhängende Sätze gesprochen, sich wiederholt und war generell neben der Spur gewesen. »Schrecklich« war eine sehr milde Beschreibung. Als sie den Auftritt Revue passieren ließ, hatte Francine alle Mühe, nicht in Panik zu geraten.
»Sie haben über mich gelacht«, sagte Grace.
»Na ja – du hast auch ein paar sehr lustige Sachen gesagt.«
»Sie haben über mich gelacht.«
Ja, das hatten sie – und Francine hatte es mit ansehen müssen,

was für sie ebenso qualvoll war wie für Grace. »Du bist von einem Thema zum anderen gesprungen.« Sie bemühte sich um einen ruhigen Ton, doch ihre Verzweiflung ließ ihre Stimme zittern. »Es ging um die Probleme der Jugend – nicht um Schlafgewohnheiten, gewalttätige Charaktere oder die Wechseljahre.«
Graces Miene war ein Bild der Vernichtung. Sie starrte auf ihren Schoß hinunter, schüttelte den Kopf und sagte nichts mehr, wofür Francine dankbar war. Sie wußte selbst nicht, was sie sagen sollte, und so konzentrierte sie sich darauf, die Fassung zu bewahren. In der Erste-Klasse-Lounge auf dem Flughafen schluckte sie ein paar Aspirin, ließ sich in einen Clubsessel sinken und schloß die Augen. Sie hörte Grace seufzen, hörte das gelegentliche Rascheln von Illustriertenseiten, hörte den dumpfen Laut, mit dem die Zeitschrift weggelegt wurde, und dann ein leises: »Ich geh' mal schnell auf die Toilette.«
Francine sah ihr nach, dachte, daß sie plötzlich älter wirkte, zerbrechlicher. Das war erschreckend. Grace war immer ein dynamischer Mensch gewesen, hatte die Familie Dorian auch schon zu Johns Lebzeiten dirigiert wie ein einfühlsamer Orchesterleiter, mit einem sicheren Gespür für die Bedürfnisse und Wünsche ihrer Musiker. Sie wußte, wie man Dinge in Bewegung setzte und am Laufen hielt, und sie traf immer die richtigen Entscheidungen.
Francine wollte nicht an Davis Marcoux' Diagnose denken, aber sie ließ ihr keine Ruhe.
Plötzlich hatte sie Tränen in den Augen. Sie schloß sie, legte den Kopf an die Sessellehne und konzentrierte sich darauf, den Kloß in ihrem Hals wegzuschlucken.
So saß sie eine ganze Weile, zuerst um Fassung ringend und dann einfach nur bemüht, Ruhe zu bewahren. Ihre Gedanken wanderten zu der Zeit zurück, als ihr Leben eindeutig definiert, sie das Kind und Grace die Mutter und es keine Frage war, wer die Verantwortung trug. Grace hatte sie schwimmen gelehrt, radfahren und Zöpfe flechten. Sie hatte sogar dafür gesorgt, daß Francine nähen lernte, was bemerkenswert war, da Grace selbst

nicht nähen konnte – sie hatte vor dem Schulball kurzerhand einen Schnellkurs bei der örtlichen Schneiderin mit ihr gemacht. Wie vorauszusehen, war Graces Saumhälfte auf Anhieb tadellos, wogegen Francines zweimal genäht werden mußte. Und dann hatte sie, Minuten nach der Ankunft im Ballsaal, Fruchtpunsch auf das Kleid gekleckert. Roten Fruchtpunsch. Um genau zu sein, mit Champagner gemischten roten Fruchtpunsch. Daraufhin hatte sie zwei Gläser davon hinuntergestürzt und den Fleck aus ihrem Bewußtsein verbannt.
Grace jedoch hatte ihn sofort bemerkt und war entsetzt gewesen. Hätte sie von dem Champagner gewußt, wäre der Teufel losgewesen.
Lächelnd drehte Francine den Kopf zur Seite und öffnete die Augen, um diese Erinnerung mit Grace zu teilen, aber Grace saß nicht neben ihr. Sie war auch nirgends in der Nähe. Mit einem nervösen Blick zur Wanduhr machte Francine sich auf die Suche nach ihr, fand sie jedoch weder auf der Toilette noch an der Bar, und sie saß auch nicht vor dem Fernseher.
»Ich kann meine Mutter nicht finden«, erklärte sie der Angestellten am Schalter und gab ihr eine kurze Beschreibung.
»Ich glaube, sie ist hinausgegangen«, sagte die Angestellte.
»Wann?« Augenblicklich war Francine alarmiert.
»Es ist nicht lange her – etwa fünf oder zehn Minuten.«
»Hat sie gesagt, wo sie hinwollte?«
Die Angestellte lächelte bedauernd und zuckte mit den Schultern.
»O Gott!« sagte Francine. Mit einem verzweifelten Seufzer ließ sie hilflos den Blick in die Runde wandern. »Ich bin gleich wieder da.«
Sie stürzte aus der Lounge. Es wimmelte von Menschen, aber Grace war nirgends zu entdecken. Francine suchte zuerst den einen Teil der Abflughalle ab, dann den anderen. Ohne Erfolg. Voller Angst kehrte sie in die Lounge zurück.
»Ich kann sie nicht finden«, erklärte sie atemlos. »Können Sie sie ausrufen?«

»Natürlich – aber Ihre Maschine ist schon zum Einsteigen aufgerufen.«
Francine drückte die Handflächen an die Schläfen und versuchte, klar zu denken. »Sie hat ihr Ticket nicht dabei, ihren Mantel nicht, und auch ihr Handgepäck steht noch da.« Aber sie war mit ihrer Handtasche verschwunden, was bedeutete, daß sie ihren Ausweis, Geld und Kreditkarten mithatte, was für einen Dieb ein gefundenes Fressen wäre! Sie kannte Grace gut genug, um zu wissen, daß ihre Mutter sich nicht kampflos davon trennen würde, und dieser Gedanke ängstigte sie noch mehr. »Rufen Sie bitte am Gate an und fragen, ob sie dort ist?«
Die Bodenstewardeß tat alles, worum Francine sie bat, doch Grace wartete weder am Gate, noch reagierte sie auf den Ausruf. Francines Verzweiflung wuchs. Normalerweise widerstrebte es ihr, mit Graces Bekanntheit hausieren zu gehen, aber jetzt erklärte sie der Angestellten, in der Hoffnung, damit etwas ins Rollen zu bringen, wer Grace war. Minuten später erschien ein von der Fluggesellschaft mobilisierter Trupp von Sicherheitsleuten in der Lounge. Wiederum Minuten später hatte einer von ihnen Francine und ihr Gepäck auf einen Elektrokarren verfrachtet und fuhr mit ihr im Eiltempo zum Gate, während die anderen zu Fuß ausschwärmten.
Francine suchte in dem Meer von Gesichtern, das sie durchpflügten, nach dem ihrer Mutter, während die Bodenstewardeß immer wieder den Ausruf wiederholte. Mit zitternden Knien stand sie am Anfang der Gangway, während die letzten Passagiere an Bord gingen. Und dann kam plötzlich die Durchsage, daß Grace gefunden worden war.
»Gott sei Dank!« rief sie, brachte in fliegender Hast ihre Handgepäckstücke in die Maschine und stürmte wieder hinaus, um Grace in Empfang zu nehmen, die Minuten später in Begleitung ihres Flughafen-Trosses erschien. Sie war bester Stimmung, bedankte sich bei den Leuten, die sie am Gate abgeliefert hatten, mit Handschlag, lächelte und schrieb sogar ihr Autogramm auf ein entwertetes Ticket, das ihr einer der Sicherheitsleute reichte.

Francine schob sie hastig die Gangway hinauf. »Wie konntest du einfach so verschwinden?« fragte sie, jetzt, da ihre Angst sich gelegt hatte, voller Zorn. »Wir haben dich überall gesucht, und ich fing schon an, mir die schrecklichsten Dinge auszumalen.«

Grace strahlte den Flugbegleiter an, der an der Tür stand. »Es tut mir leid, daß Sie warten mußten. Ich wollte mir nur ein wenig die Beine vertreten, und dann verlor ich jedes Zeitgefühl. Es war mir nicht klar, wie weit ich gegangen war. Ich glaube, dieser Flughafen ist der größte der Welt – zumindest der belebteste. Ich hoffe, ich habe niemanden Ungelegenheiten bereitet.«

»Sie sind genau rechtzeitig gekommen, Missis Dorian«, entgegnete der Mann strahlend.

Angesichts der Hölle, durch die sie gegangen war, empörte Francine die blendende Laune der beiden, aber sie hielt sich zurück, bis sie angeschnallt auf ihren Plätzen saßen und die Maschine sich von der Gangway löste. Erst dann richtete sie ihren Blick flehend auf Grace. »Bitte mach nicht solche Sachen mit mir, Mutter.«

Grace tätschelte ihre Hand. »Ende gut, alles gut.«

»Ich war außer mir vor Sorge.«

»Jetzt weißt du, wie ich mich fühlte, als du mit sechs Jahren im Zirkus wegliefst.«

»Das war doch keine böse Absicht. Ich war ein Kind. Ich hatte nur einen Moment deine Hand losgelassen, und plötzlich waren Dutzende von Menschen um mich herum, und ich wußte nicht, wo du warst.« Sie erinnerte sich so lebhaft an die Panik, die sie gepackt hatte, als sei es erst gestern gewesen. Die Vorstellung eines Lebens ohne Grace war heute, wenn auch von einem völlig anderen Gesichtspunkt aus, ebenso erschreckend. »Versprich mir, daß du nie wieder ohne Ankündigung auf Wanderschaft gehst.«

»Ich bin kein kleines Kind, Francine – ich muß weder dir noch sonst jemandem etwas versprechen.«

Aber Francine war verzweifelt. Sie wollte glauben, daß Graces

Eskapade auf einer bewußten Entscheidung beruhte, wollte weinen, wollte schreien – irgend etwas tun, um die schreckliche Mutlosigkeit zu stoppen, die in ihr hochkroch.
»Und schmoll nicht!« schalt Grace. »Das ist kindisch.«
Jetzt war es mit Francines Beherrschung vorbei. »Nun – wir wissen beide, daß ich nie erwachsen geworden bin. Hake es als Charakterfehler ab, und sei dankbar, daß du wenigstens nicht Himmel und Hölle in Bewegung setzen und dich lächerlich machen mußt.«
»Ist es das, was dich so erbost? Es war dir peinlich?«
»Nein, du warst peinlich, Mutter. Darum geht es. Wir waren uns einig, daß deine Teilnahme an dieser Podiumsdiskussion wichtig für dein Image war. Ich habe dich begleitet, um sicherzustellen, daß alles glattginge, und ich tat mein Bestes, aber das genügte nicht. Hätte ich neben dir stehen und dir Namen zuflüstern oder dir aus dem Publikum mit Handzeichen bedeuten sollen, was du sagen solltest, wenn dir die richtigen Worte nicht einfielen?« Francine durchlebte das ganze Fiasko noch einmal. Die kluge, souveräne Grace hatte einen schlimmen Einbruch erlitten und Francine damit bis ins Mark erschüttert.
Grace war ihr Idol. Sie hatte ihren Erfolg durch schiere Hartnäckigkeit erlangt, »Die Vertraute« ein Jahr ums andere geschrieben, und in Anbetracht ihrer Vergangenheit war dieser Erfolg um so beglückender. Wobei Francine nicht viel über jene frühesten Jahre wußte – Grace weigerte sich, darüber zu sprechen. Doch hin und wieder war ihr etwas herausgerutscht, und darum wußte Francine, daß sie nicht auf Rosen gebettet gewesen war.
Sie hatte sich den Sonnenschein verdient – es war zu früh für Wolken, viel zu früh.
Dennoch schienen sie aufgezogen zu sein.
Der Pilot kündigte den Start an. Augenblicke später brachte er die Maschine in Position, gab Gas, und das Flugzeug hob ab. Üblicherweise umklammerte Francine in dieser Phase die Armlehnen und zählte die ersten entscheidenden Sekunden, doch

heute hatte sie keine Angst: Wenn Grace tatsächlich Alzheimer hatte, würde der Flieger nicht verunglücken – Tragödien traten nur selten paarweise ein.

In ihrem Kopf hatte das Hämmern wieder eingesetzt, ein dumpfes, heimtückisches Klopfen, das sich, wie sie aus Erfahrung wußte, bis zum Morgen zu einer Migräne auswachsen würde. Sie rieb sich die Schläfe.

»Ich war von Anfang an gegen diesen Trip«, murmelte Grace.

Das wußte Francine nur zu gut, und sie wünschte, sie hätte auf ihre Mutter gehört. Aber sie hatte nur die Interessen der »Vertrauten« im Sinn gehabt. Die beschäftigte sie auch jetzt. »Ich brauche deine Hilfe, Mom. Ich tue mein Bestes, aber ich bin nicht so gut wie du und werde es nie sein. Ich habe es nicht geschafft, diese Reise zu einem Erfolg zu machen, und ich glaube nicht, daß ich den der ›Vertrauten‹ aufrechterhalten kann.« Die Frustration dreier Monate voller Sorge und Schufterei brach aus ihr heraus. »Für die Kolumnen recherchieren und sie schreiben und umschreiben, Einmischungen seitens der Zeitung, des Verlegers und des ›Telegram‹ abschmettern – ich bin einfach überfordert. Du bist ›Die Vertraute‹, nicht ich.«

»Du bist meine Assistentin.«

»Aber du bist seit Wochen nicht die Chefin gewesen. Eigentlich ist es meine Aufgabe, deine Anordnungen auszuführen, aber du sprichst keine aus. Du bist zwar da, aber nur körperlich. Zugunsten deines Buches geht alles andere baden.«

»Das Buch ist von größter Wichtigkeit.«

»Ohne das übrige ist das Buch wertlos – darum auch diese Reise. ›Die Vertraute‹ wurde gebeten, ihre Autobiografie zu schreiben, aber das Buch ist hinfällig, wenn die ›Vertraute‹ hinfällig wird.«

»Es ist dein Job, das zu verhindern.«

»Was uns zum Ausgangspunkt zurückbringt«, sagte Francine, allerdings sehr leise, da sich der Flugbegleiter näherte. »Vielleicht bin ich diesem Job nicht gewachsen. Ist dir der Gedanke schon mal gekommen?«

»Mehr als einmal«, gab Grace ebenso leise zurück. Sie blickte lächelnd auf und bestellte ein Mineralwasser mit einem Schuß Limonensaft.
Francine orderte etwas Höherprozentiges und ignorierte den tadelnden Blick, den Grace in ihre Richtung abfeuerte.
Erst als der Drink getrunken und das Abendessen unterwegs war, machte Grace eine Bemerkung über schwache Menschen, die Alkohol als Krücke brauchten.
Francine biß sich auf die Zunge.
»Ich verstehe nicht, daß du so zornig bist«, grollte Grace kurze Zeit später.
Zornig war nicht das richtige Wort – ›entsetzt‹ traf es genauer. Grace hätte in Chicago so viel für sich erreichen können, aber sie hatte es nicht getan, und jetzt saß sie da und garnierte ihr Cordon bleu mit ständigem Genörgel wie: »Du machst aus einer Mücke einen Elefanten«, oder: „Ich wünschte, ich hätte eine solche Kindheit gehabt wie du«, oder: »Du hast nicht genug gegessen.«
»Ich bin okay«, sagte Francine nach dieser und den nächsten Bemerkungen, als Grace ihr sagte, sie solle etwas gegen ihre Kopfschmerzen nehmen oder sich auf der Toilette frisch machen – und die ganze Zeit über hätte sie am liebsten vor Frustration darüber geschrien, daß Grace völlig klar denken konnte, wenn es um solche lächerlichen, praktischen Alltäglichkeiten ging.
Die Gedankenklarheit hielt auch noch während des Landeanflugs auf den La Guardia an. »Weiß Gus, daß er uns abholen muß?«
»Ja«, antwortete Francine und zählte bis zehn – aber diesmal nicht aus Angst vor einer Bruchlandung, sondern, um ihre Geduld zu bewahren. »Er hat die Zeiten, und er hat unsere Flugnummer.«
»Hast du ihm gesagt, daß er vorher bei der Flugauskunft anrufen soll? Hast du ihm gesagt, daß er auf dem Weg zum Flugplatz Verkehrsstaus einkalkulieren soll? Er ist schon mehr als einmal zu spät gekommen, weil die Brücke verstopft war. Wir

kommen zur denkbar schlechtesten Zeit an. Hast du ihm das gesagt?«
Francine wünschte, Grace würde die Dinge selbst erledigen, anstatt sie in dieser Weise zu verhören.
»Hast du ihn daran erinnert, Francine?«
»Das habe ich. Er wird pünktlich dasein.«
Zu Francines Pech war er es nicht. Sie war müde und genervt, und ihr Kopf schmerzte, und Grace, die ebenso müde und gereizt war, überschwemmte sie mit einer Flut nicht zu beantwortender Fragen. Francine sah sich suchend nach einem Münzfernsprecher um.
»Ruf ihn an«, ordnete Grace an, als nehme sie an, daß Francine das nicht einfallen würde.
Sie ließ Grace bei dem Gepäck zurück und ging um die Ecke zum Telefonieren.
Gus nahm im Auto nicht ab, er nahm in der Garage nicht ab und auch nicht, nachdem der Anruf in seine Unterkunft umgeschaltet worden war, und Francine wollte gerade voller Verzweiflung auflegen, als Sophies Stimme an ihr Ohr drang – Sophies verschlafene Stimme.
»Oh, mein Gott – Mom! Wir sind eingeschlafen.«
»Eingeschlafen? Wir? Um fünf Uhr nachmittags?«
»Wir waren gestern abend auf einer Party in Newport und sind erst heute früh zurückgekommen.«
»Sophie – wie kannst du mir das antun?« Francine war es plötzlich müde, die Last allein zu tragen. »Chicago war ein Alptraum! Wir wollen nach Hause!« Sie sehnte sich nach sicherem Boden, vertrauten Gesichtern, vertrauter Umgebung.
Sophie sagte hastig etwas zu Gus und dann – jetzt völlig wach, aber ein wenig atemlos, wahrscheinlich, weil sie ihre Sachen zusammensuchte – zu Francine: »Wir kommen ... wir ziehen uns schon an ... gib uns ...«
»Anderthalb Stunden? Zwei Stunden? Ausgeschlossen. Wir schnappen uns ein Taxi.« Sie knallte wütend den Hörer auf und hetzte voller Angst, Grace nicht mehr vorzufinden, um die

Ecke. Daß sie noch immer neben dem Gepäck stand, war nur eine vorübergehende Erleichterung. Sie war aufgebracht über Francines Neuigkeit, und das sogar, obwohl in der ihr servierten Version Sophie gar nicht vorkam.
Francine schnitt ihr mitten in ihrer Tirade das Wort ab, schärfte ihr ein, zu bleiben, wo sie war, und machte sich auf die Suche nach einem Taxi. Zehn qualvolle Minuten und ein saftiges Trinkgeld später hatte sie einen Fahrer ergattert.
»Na also«, sagte sie und seufzte, als sie endlich auf dem Heimweg waren, »das ist doch gar nicht so schlecht.«
»Es ist schmutzig, und es ist stickig«, gab Grace zurück. »Ich habe es satt! Gus fliegt.«
Das würde Francine erst glauben, wenn sie es miterlebte. Gus war einer von Father Jims Leuten, und von denen feuerte sie niemanden. Sie mochte sich beschweren und immer wieder beschweren, aber Father Jims Leute genossen Immunität. Nicht so Francine.
»Was war so schwierig daran, dafür zu sorgen, daß Gus uns abholte?« fragte Grace, als sie schließlich damit fertig war, die Innenausstattung des Taxis herunterzumachen. »Wenn du ihn vor dem Start aus Chicago angerufen hättest, hätte er gar keine Zeit gehabt, einzuschlafen.«
»Vor dem Start«, erinnerte Francine sie mit, wie sie angesichts ihres erschöpften Geduldspotentials dachte, lobenswerter Sanftheit, »war ich in Panik auf der Suche nach dir.«
»Aber ich bin aufgetaucht, nicht wahr? Im Gegensatz zu Gus.«
»Warum hast du ihn nicht angerufen?«
»Weil ich kein Telefon in der Nähe hatte.«
Und so ging es hin und her. Francine war noch nie zuvor so mit Grace umgegangen – und auch mit niemand anderem –, aber sie konnte nicht anders. Der Vorfall auf dem O'Hare hatte eine tiefe Verzweiflung in ihr ausgelöst, und wie eine Leuchtreklame blinkte das Wort »Alzheimer« in ihrem Kopf.
Sie war nicht wütend über Grace, sie war wütend über die Situation. Vielleicht ging es Grace ja ebenso. Trotzdem stritten sie

die ganze Fahrt über und kamen, so weit wie möglich voneinander entfernt sitzend, zu Hause an, wo der Streit sich im Haus fortsetzte, sich hier jedoch auf Sophie ausweitete, was Francine alles noch schwerer machte. Ihr Kopf schmerzte, ihr Körper schmerzte, und ihr Herz war voller Kummer. Als sie es nicht mehr aushielt, hob sie kapitulierend die Hände und ging.

Sie duschte und schluckte ein paar Aspirin. Sie ging mit Legs joggen und duschte ein zweites Mal. Sie legte sich mit einem Eisbeutel auf dem Kopf ins Bett und versuchte zu schlafen, aber das Hämmern hinter ihrer Stirn und die sich im Kreis bewegenden Gedanken ließen es nicht zu. Bei Tagesanbruch lagen ihre Nerven bloß.

Trotz der aufgehenden Julisonne frierend, zog sie ein Sweatshirt zu ihren Shorts an und brühte sich eine Kanne Tee auf. Dann machte sie sich, in jeder Hand einen dampfenden Becher, auf die Suche nach Grace. Sie wollte sich entschuldigen. Sie wollte ihre Mutter in den Arm nehmen und selbst in den Arm genommen werden und die Gewißheit haben, daß Grace zumindest für den Augenblick begriff, was sie empfand.

Grace war nicht im Schlafzimmer, nicht im Bad und auch nicht im Wohnzimmer. Sie war nicht in der Küche und nicht in ihrem Büro.

Aber dort war sie gewesen – der Schreibtischsessel war zurückgeschoben, wie sie ihn immer stehenließ, wenn sie bei der Arbeit unterbrochen wurde.

Francine trat an den Schreibtisch. Ein dicker Ordner lag darauf. Sie starrte eine Ewigkeit darauf hinunter, ohne etwas zu sehen. Dann zwang sie sich zur Konzentration.

Der Aktendeckel war nicht beschriftet – von außen konnte man nicht auf den Inhalt schließen, aber Francine kannte ihn, noch ehe sie ihn sich ansah. Der Ordner enthielt Zeitungs- und Zeitschriften-Ausschnitte und Veröffentlichungen von Gesundheitsorganisationen über neueste medizinische Entwicklungen. Außerdem Informationsbroschüren und handschriftliche Notizen.

Grace war ein ausgesprochen gewissenhafter Mensch – wenn sie etwas tat, dann gründlich. Offenbar hatte sie sich über die Alzheimersche Krankheit ins Bild setzen wollen. Die Poststempel auf einigen der Unterlagen zeigten, daß sie vor mehr als einem Jahr angefangen hatte, Material darüber zu sammeln.
Seit mehr als einem Jahr hatte sie alles und jedes über die Krankheit gelesen, sich gefragt, ob sie sie wohl habe, jede ihrer Handlungen im Hinblick auf das Gelesene analysiert.
Francine fuhr sich mit gespreizten Fingern in die Haare und krallte sich fest. Eine winzige Hoffnung gab es noch. Vielleicht hatte Davis sich ja doch geirrt. Immer, wenn sie dachte, sie habe keine Kraft mehr, fand sich irgendwo noch eine Reserve. So auch jetzt. Hektisch hielt sie Ausschau nach einer Bestätigung dafür.
Und dann fiel ihr Blick durch das Fenster und blieb an Grace hängen, die weit draußen auf dem leicht hügeligen Rasen in Nachthemd und Umschlagtuch in einem Gartenstuhl saß.

Siebentes Kapitel

Auseinandersetzungen innerhalb der Familie laufen nicht lauter ab als andere und dauern auch nicht länger – sie gehen nur tiefer.

– Grace Dorian in »Die Vertraute«

Grace starrte blicklos auf den Fluß hinaus, nahm das saftige, grüne Gras, die üppig belaubten Harthölzer davor und die hohen Föhren, die seine Ufer säumten, nur am Rande wahr. Ihre Gedanken befanden sich tausend Meilen weit weg, in einem anderen Leben, bei einer bettelarmen Familie in einer Hütte mit einem Blechdach, die sie ihr Zuhause nannte. Es stank nach Schweiß, nach Kaninchen, Bratfett und Schnaps, immer nach Schnaps, denn der wurde in Massen konsumiert. Sie hörte ihren kleinen Bruder weinen, würgen und die Medizin erbrechen, die nie in seinem Magen bleiben wollte, die Versuche ihrer ältesten Schwester, ihn zu trösten, und die Stimme ihrer Mutter, die beide anschrie.

»Mutter!«

Die Stimme war so ähnlich in ihrer Ungeduld – aber sie gehörte Francine, die auf sie zukam. »Was machst du hier draußen?« fragte sie in jetzt sanfterem Ton.

Grace drehte sich nicht zu ihr um. Ihr Körper war todmüde, ihre Seele war todmüde – sie hatte zu lange gekämpft.

Francine kam um den Stuhl herum, ging vor ihr in die Hocke und umfaßte die Armlehnen. »Ich habe den Ordner auf deinem

Schreibtisch gefunden«, erklärte sie aufgeregt. »Weißt du, was du getan hast?«
Grace lächelte traurig. »Recherchiert?«
Francine schüttelte den Kopf. »Nein, du hast dich selbst diagnostiziert! Du hast gelesen und gelesen, bis die Symptome dir so vertraut waren, daß du glaubtest, sie träfen auf dich zu. Das ist die Macht der Einbildung«, schloß sie regelrecht euphorisch. »Über dieses Phänomen hast du oft genug geschrieben.«
Grace betrachtete das Gesicht ihrer Tochter. Es war nicht schön, aber sympathisch und in der gleichen Weise interessant, wie es das von Graces Mutter gewesen war, ehe das harte Leben seinen Tribut gefordert hatte. Francine wußte nichts über Graces Mutter oder das harte Leben, und Grace bedauerte das nicht. Sicher, eine schlechte Ausgangssituation spornte manche Menschen zu Höchstleistungen an, aber sie hatte Francines Psyche nicht mit einem Trauma belasten wollen. Sie hatte immer nur das Beste für sie gewollt, und darum empfand sie den Kummer, den sie ihr jetzt bereitete, als besonders tragisch.
Francine war ein liebenswürdiger Mensch, warmherzig wie ihr Vater und ausgesprochen leidenschaftlich, doch nicht einmal bei ihren im Laufe der Pubertätsjahre geführten Auseinandersetzungen hatte sie eine solche Heftigkeit bei ihr erlebt.
»Ich erkenne dich gar nicht wieder«, sagte sie mit einem weichen Lächeln, doch die Worte waren schlecht gewählt.
»Siehst du!« Francine strahlte triumphierend. »Genau das meine ich! Du weißt, wie ein Alzheimer-Patient sich typischerweise verhält, also verhältst du dich so.« Dann wurde sie sachlich. »Ich kann mir nur nicht erklären, warum. Langweilst du dich? Spielst du mit dem Gedanken, in den Ruhestand zu gehen? Wenn das so ist, Mom, wenn du keine Lust mehr hast zu arbeiten, dann sag es, um Himmels willen. Es gibt weiß Gott angenehmere Möglichkeiten für dich, dein Berufsleben zu beenden, als dich zum Narren zu machen.«
Grace war fassungslos über Francines Gesichtsausdruck und

ihren Tonfall – so vollkommen glich sie in diesem Moment ihrer eigenen Mutter, eine Tatsache, die sie nicht akzeptieren wollte. Grace hatte Sara McQuinllans Gehässigkeit mehr als einmal zu spüren bekommen, und sie litt manchmal noch heute darunter – nur Francines schmerzte sie mehr.
»Du weißt doch nichts darüber«, murmelte sie niedergeschlagen.
»Dann erzähl mir was darüber.«
»Es ist beängstigend«, kam Grace der Aufforderung mit so großer Erleichterung nach, daß ihre Worte regelrecht heraussprudelten. »Ich denke Tag und Nacht daran. Ich zweifle an mir, ich zweifle an anderen. Ich zittere sogar, wenn ich vielgeübte Dinge tue, weil ich fürchte, etwas falsch zu machen. Ich frage mich, was in einem Monat sein wird, in drei Monaten, in zehn, in zwei Jahren. Ich ... ich ...« Sie verlor den Faden.
»Was?«
Die Worte waren verschwunden. Sie schaute Francine fragend an.
»In einem Monat, in drei Monaten, in zehn, in zwei Jahren«, wiederholte Francine, um ihr auf die Sprünge zu helfen. »Was wolltest du danach sagen?«
Grace hatte keine Ahnung.
Francine stand auf, trat einen Schritt zurück und drehte sich zur Seite. Grace wappnete sich für eine Attacke, aber als Francine sich ihr wieder zuwandte, drückte ihre Miene Verwirrung aus. »Angefangen hat das alles kurz nach Daddys Tod. Er hat dich auf Händen getragen – bis zu seinem Tod. Möchtest du wieder auf Händen getragen werden?«
»Nein, ich will nicht auf Händen getragen werden.«
»Du hast Kolumnen über die Trauer geschrieben. An eine erinnere ich mich. Ein Mann hatte dir in einem Brief geklagt, daß er seit dem Tod seiner Frau innerlich völlig blockiert sei. Du gabst ihm den Denkanstoß, daß er sich vielleicht nicht gestattet hatte, richtig um sie zu trauern. Es könnte doch sein, daß es bei dir ebenso ist.«

»Nein, Frannie.«
»Du warst so stark nach seinem Tod – fast stoisch.«
»Ich hatte mich monatelang darauf vorbereiten können. Er war kein junger Mann mehr, und er war krank, und seine Gicht machte jede Bewegung für ihn zur Qual. Sein Tod war kein Schock – er war ein … war ein … Segen.«
»Das hast du damals auch gesagt, und da klang es aufrichtig – aber vielleicht hat dein Unterbewußtsein es anders empfunden. Vielleicht hat sein Tod dich mehr erschüttert, als du wahrhaben willst. Vielleicht ist das der Grund für deinen Zustand.«
Grace wußte nicht, ob sie lachen oder weinen sollte. Die arme Francine suchte immer noch nach harmlosen Erklärungen. Sie bedauerte sie mehr als sich selbst. O ja, als das Opfer würde sie unter der Entwürdigung zu leiden haben, die diese Krankheit mit sich brachte – aber nur bis zu einem gewissen Punkt, denn danach wüßte sie ja nicht mehr, wer oder was sie war. Dann hätten die Menschen um sie herum darunter zu leiden. Sie würde so gut wie alles tun, um ihnen das zu ersparen.
Dieser Gedanke veranlaßte sie, sich aufzusetzen. Die Zeit verging, und viel blieb ihr nicht mehr. »Wir müssen Pläne machen.«
Francine rührte sich nicht. »Du meinst nicht, daß du dir das alles nur einbildest, dich in dieses Krankheitsbild hineingesteigert hast?«
»Vor diesem Wochenende hielt ich es für möglich – jetzt tue ich das nicht mehr.«
Die gute Francine gab sich noch immer nicht geschlagen. »Dir fehlt nichts! Ich werde es nicht zulassen!«
Grace lächelte amüsiert. »Ach nein? Und wie willst du das anstellen?«
»Ich werde dir nicht von der Seite weichen. Ich werde dir nicht gestatten, aufzugeben. Hast du nicht genau das gleiche für mich getan? Die ganzen sechs Jahre, in denen ich Geigenunterricht hatte, hast du dafür gesorgt, daß ich übte, meine Finger trainierte, meinen Bogen mit Kolophonium einrieb. Wenn du mich

nicht so getriezt hättest, hätte ich es nie bis zu dem staatlichen Wettbewerb geschafft.«

»Aber du bist im Halbfinale ausgeschieden«, erinnerte Grace sie.

»Weil ich kein Rhythmusgefühl hatte, aber bis dahin bin ich immerhin gekommen. Und darin liegt die Parallele.«

»Nein – die Parallele liegt darin, daß du damals ebenso auf verlorenem Posten kämpftest, wie ich es jetzt tue.« Es brachte sie fast um, aber sie mußte es sagen. »Begreifst du denn nicht – ich kann nicht gewinnen.« Sie hatte es lange genug verleugnet – jetzt mußte sie erreichen, daß Francine akzeptierte, was geschah, denn sie brauchte ihre Hilfe. »Hör mir zu, Schatz. Du siehst nur die Symptome, nicht den Defekt, der sie verursacht, aber mein Defekt wird sich genauso wenig geben wie dein fehlendes Musikgehör. Du kannst dich noch so sehr bemühen, du wirst die Entwicklung nicht aufhalten. Es gibt keine Heilung für mich, mein Zustand wird sich unaufhaltsam verschlechtern. Oh, ich habe versucht, es zu verleugnen. Ich habe gelernt, meine Mängel zu überspielen, und inzwischen bin ich recht gut darin.« Es fiel ihr etwas ein, etwas Lustiges, und sie mußte lächeln. »Das war eines der ersten Dinge, die ich lernte, nachdem ich von zu Hause weggegangen war. Als ich in Manhattan ankam, kannte ich keine Menschenseele und hatte keine Ahnung von der großen Welt. Als erstes kaufte ich mir drei hübsche Kleider. Ich gab zwar fast meine ganzen Ersparnisse dafür aus, aber ich wollte unbedingt wie eine Lady aussehen. Natürlich wußte ich nicht, wie eine Lady sich benahm – und so begann ich, die Damen zu beobachten. Im Plaza. Habe ich dir das je erzählt? Ich bezog Posten am Eingang zum Palm Court, als warte ich auf jemanden, aber in Wahrheit beobachtete ich die Ladys – wie sie gingen, lächelten, aßen. Als ich einen Job suchte, ahmte ich sie nach. Der Manager des Clubs kaufte mir meine Rolle ab und stellte mich ein, aber nun mußte ich sie auch durchhalten. Also lernte ich, Fragen zu stellen oder schweigend abzuwarten, bis andere mir durch ihr Handeln weiterhalfen, ohne es zu wissen.« Ihr Lächeln galt zuerst der Erinnerung und dann Francine, aber

auf dem Gesicht ihrer Tochter malte sich tiefe Bestürzung. »Was ist los?« fragte sie alarmiert.
»Wovon redest du, Mom?«
Grace versuchte, sich zu erinnern.
»Du sprichst von New York«, sagte Francine. »Ich spreche von Chicago. Wenn ich besser auf dich aufgepaßt hätte ...«
»Das hätte nichts geändert. Es war entsetzlich. Du hättest mir nicht helfen können.« Ihr Verstand war kristallklar. »Lies das Material in dem Ordner, Francine«, sagte sie ungeduldig. »Rede mit Davis. Rede mit anderen, die diese Krankheit haben. Wenn es bei mir aushakt, dann hakt es aus. Mein Verstand hüpft dann wie der Saphir im Tonarm über eine schadhafte Schallplatte, überspringt gewisse Ereignisse einfach. Ich erinnere mich nicht daran, was in Chicago vorgefallen ist. Nicht im Detail, zumindest. Ich weiß nur, daß ich dich und mich der Peinlichkeit preisgegeben habe.«
»Das hast du nicht«, widersprach Francine, doch in ihren Augen standen Tränen.
Grace nahm sie bei den Handgelenken. »Doch, das habe ich. Du hast es gestern abend selbst gesagt, und du hattest recht. Wenn du glaubst, mir damit zu helfen, daß du es leugnest, bist du nativ.« Sie hielt irritiert inne, runzelte die Stirn und korrigierte sich dann. »Naiv. Ich kann nicht mehr arbeiten wie früher, was ich schreibe, ergibt keinen Sinn. Und sag mir jetzt ja nicht, daß dir das nicht aufgefallen ist.«
Francine entriß Grace ihre Hände und steckte sie unter ihre Arme. »Ich dachte, du wärst der Berühmtheitsfalle entgangen, der Arroganz, dem Hang zur Melodramatik, der Egozentrik.«
»Egozentrik?« echote Grace empört. »Wie kannst du mich der Egozentrik bezichtigen? Ich wollte dich unter keinen Umständen mit dieser Sache belasten, und darum verleugnete ich die Krankheit. Aber ich bin es müde, mit dem Kopf gegen eine Mauer zu rennen. Die Mauer läßt sich dadurch nicht einreißen. Wir müssen der Wahrheit ins Gesicht sehen und überlegen, wie es weitergehen soll.«

Francine preßte die Hände auf ihre Ohren. »Ich höre dir nicht zu.«
Grace erhob zornig die Stimme. »Dann bist du eine Närrin!«
»Nein, du bist die Närrin, wenn du dich weigerst zu kämpfen. Schau dich doch an, wie du hier draußen sitzt – ich habe dich nie als Primadonna gesehen.«
»Und ich dich nicht als verwöhnte Göre – aber sieh dich an, wie du dich gebärdest, weil du glaubst, daß ich mutwillig dein gemütliches Leben in Aufruhr versetze. Sei nicht zu selbstsüchtig, Francine, denke zur Abwechslung auch mal an einen anderen Menschen.«
Francine schnappte hörbar nach Luft und lief zum Haus zurück.
Grace versuchte nicht, sie aufzuhalten. Sie legte die Hand auf ihre Brust, um den darin wütenden Schmerz zu lindern, und starrte auf den Fluß, bis sie ihren Zorn in der Gewalt hatte. Dann hob sie den Blick zum Himmel und sagte aufgebracht: »Ich habe die letzten dreiundvierzig Jahre meines Lebens mit dem Versuch zugebracht, einen Ausgleich für das Geschehene zu schaffen. Ich bin großzügig gewesen, ich bin anständig gewesen. Was willst du noch?«
Der Himmel schwieg.
Francine kam nicht zurück.
Das unerträgliche Gefühl, besiegt zu sein, ergriff von Grace Besitz.

Sophie fand ihre Mutter am Küchentisch, wo sie auf die Eichenplatte starrte. Ihre Körperhaltung vermittelte den Eindruck, als sei sie sich nicht schlüssig, ob sie gehen oder bleiben wollte. Sophie setzte sich ihr gegenüber und wartete darauf, daß sie aufschauen würde. Als das nicht geschah, stieg Unbehagen in ihr auf. »Mom?«
Francine drückte die Fingerspitzen an ihre Schläfe.
»Bist du okay?« fragte Sophie.
»Nein.«

»Was ist los?«
Francine hob den Blick nicht von der Tischplatte. Sophie sah, daß sie dunkle Ringe unter den Augen hatte, die naß glänzten.
»Jetzt sag's schon«, forderte Sophie, die wußte, daß sie einen Vorwurf verdiente, und die Sache vom Tisch haben wollte. »Es geht um gestern abend, stimmt's? Es tut mir so leid, daß wir nicht da waren, um euch abzuholen. Wir hätten uns den Wecker stellen sollen, aber ich hatte nicht damit gerechnet, daß wir auch nur halb so lange schlafen würden.«
Sie erwartete, daß ihre Mutter lächelte, ihr die Hand entgegenstreckte, ihr verziehe, wie sie es immer tat, doch Francine rieb sich nur die Schläfe und sagte: »Sie gibt auf.«
»Wer?«
»Grace. Sie wirft das Handtuch.«
»In welcher Hinsicht?«
Jetzt schaute Francine auf. Ihr Gesicht spiegelte namenlose Furcht wider. »Sie hat die Wechseljahre weggesteckt wie nichts, den Tod deines Großvaters ebenso – nun bricht sie plötzlich zusammen.«
Sophie ließ hörbar den Atem entweichen. »Sie hat Alzheimer.« Sie schob die Hände über den Tisch und legte sie auf Francines Arm.
»Find dich damit ab, Mom. Der Arzt hat namhafte Kollegen zu Rate gezogen, und sie haben seine Diagnose bestätigt – und jetzt ist sogar Grace soweit, sie zu akzeptieren. Es ist verständlich, daß du sie nicht wahrhaben wolltest, doch es hat keinen Sinn, daß du dich weiter dagegen sperrst. Grace hat Alzheimer. Aber sie ist nicht allein damit – andere haben diese Krankheit auch.«
»Die anderen interessieren mich nicht. Mit denen lebe ich nicht zusammen, mit denen arbeite ich nicht zusammen, und die liebe ich nicht.«
Sophie wußte nicht, was sie tun sollte. Sie wollte es Francine leichter machen, aber damit, daß sie ihr sagte, was sie hören wollte, täte sie ihr keinen Gefallen. »Grace hatte ein erfülltes

Leben, und sie war bis jetzt immer gesund – aber sie ist ebensowenig gegen Schicksalsschläge gefeit wie wir alle.«
»Sie ist ein anständiger Mensch.«
Sophie zog ihre Hände zurück. »Und ich bin das nicht?« fuhr sie auf. »Habe ich deshalb Diabetes bekommen? Als ich neun war? Was habe ich verbrochen?«
Nun griff Francine doch nach ihrer Hand. »Nichts, Schatz. Du hast nicht das geringste verbrochen. Du warst einfach genetisch dafür prädestiniert. Irgendeiner unserer Vorfahren, jemand, von dem wir nicht einmal etwas wissen, muß ihn gehabt haben.«
»Dasselbe gilt für Graces Alzheimer – falls nicht Umwelteinflüsse dafür verantwortlich sind, in welchem Fall wir irgendwann alle kaputtgehen«, erklärte Sophie, der dieser Gedanke nicht erst heute gekommen war. Es war keine Zickigkeit, wenn sie im Restaurant eine Flasche Wasser bestellte – sie traute dem aus dem Hahn nicht.
Grace brauchte sich deswegen keine Sorgen zu machen, und auch Francine nicht – es war Sophies Generation, die sich mit den Sünden der Eltern herumschlagen mußte.
Der Gedanke daran machte sie hart. »Grace ist einundsechzig. Sie hatte ein schönes Leben. Jetzt muß sie eben kürzertreten – das tun die meisten Leute in ihrem Alter.«
»Kürzertreten, ja«, stimmte Francine ihr zu, »aber nicht abschalten. Grace wird bei uns sein und doch wieder nicht. Wir werden nur noch zu ihr sprechen können, nicht mehr mit ihr. Wir werden ohne ihre Kraft leben müssen, ohne ihr Wissen, ohne ihre Führung.«
»Wir beide sind doch nicht hilflos.«
Francine rieb sich wieder die Schläfe. »Was soll das heißen?«
»Hast du Migräne?«
»Ich will wissen, was das heißen soll.«
»Daß wir es auch so schaffen werden – wir sind nicht darauf angewiesen, daß Grace uns sagt, was wir tun sollen, wann und wo.«
»Das tut sie doch gar nicht.«

»Das tut sie sehr wohl. Oh, sie macht das sehr subtil – aber du tanzt nach ihrer Pfeife. Das hast du nicht nötig. Du bist selbst stark, und du kannst dich durchaus bewegen, ohne daß sie an den Fäden zieht. Graces Krankheit bedeutet nicht das Ende für uns – sie ist nicht die einzige in der Familie, die was auf dem Kasten hat.«

Francines Stuhl schabte mißtönend über den Holzboden, als sie aufstand. »Du schiebst sie also einfach aufs Abstellgleis.«

»Also wirklich!« empörte sich Sophie.

»Was willst du dann damit sagen?«

Sophie war sich bewußt, daß sie sich ungeschickt ausdrückte, aber sie wollte sich ihrer Mutter unbedingt verständlich machen, und so nahm sie einen zweiten Anlauf. »Du idealisierst sie, was einzusehen ist, denn sie ist deine Mutter – und sie hat es zu etwas gebracht. Aber sie ist nicht so vollkommen, wie du glaubst. Sie ist nicht so vollkommen, wie alle Welt glaubt. Sie ist ein Mensch, und sie macht Fehler wie wir alle. Und sie wird krank wie wir alle. Es ist schrecklich, daß sie Alzheimer hat, es ist tragisch – aber das Leben geht weiter.«

Francine starrte sie bestürzt an. »Ich wußte immer, daß du sie ablehnst, doch mir war nie klar, wie sehr.«

»Hör mir zu. Hör dir zu. Hier geht es nicht um Ablehnung – es geht um gesunden Menschenverstand, und ich hätte kein Wort gesagt, wenn du vernünftig geblieben wärst, aber du machst ja eine Staatsaffäre aus der Sache.«

»Es ist eine unheilbare Krankheit!«

Sophie tippte sich an die Brust. »Ich habe Diabetes. Das ist eine lebensbedrohende Krankheit …«

»Aber behandelbar.«

»O ja, mit unentwegten Spritzen und Bluttests. Ein echtes Vergnügen – und ich bin erst dreiundzwanzig. Stell dir mal vor, wie es mir gehen wird, wenn ich in deinem Alter bin. Aber wenn ich in Graces Alter bin – falls ich es überhaupt bis dahin schaffe –, werde ich so dankbar sein, daß ich das noch erleben darf …«

Sie brach ab und wischte sich mit den Handflächen die Tränen ab. Es geschah nicht oft, daß sie sich gestattete, ans Sterben zu denken, denn es ängstigte sie sehr. Sie zog es vor, sich auszumalen, dem Tod ein Schnippchen zu schlagen. Das hatte Francine sie mit nüchternen Worten gelehrt. »Meinen Diabetes hast du ohne Probleme akzeptiert, aber jetzt bist du wie gelähmt. Wir werden es überleben, Mom.«

»Aber sie wird es nicht überleben – und unser Leben steht und fällt mit ihr!« rief Francine.

Sophie knirschte mit den Zähnen. »Deines«, gab sie zurück. »Meins nicht.«

»O doch, meine Liebe. Sie ist die Autoritätsperson, gegen die du so gern aufbegehrst. Darum bist du mit Gus zusammen. Darum feierst du in Newport die Nächte durch. Darum läßt du zwei Arzttermine nacheinander platzen – du siehst, ich weiß darüber Bescheid.«

Sophie sprang auf und stürzte wütend zur Tür. Ihr Zorn machte ihr Bestreben, Francine zu schonen, zunichte. »Na, toll! Ich werde mir einen neuen Arzt suchen – einen, der respektiert, daß ich erwachsen bin. Mit dreiundzwanzig habe ich das Recht, zu entscheiden, ob ich einen Arzttermin wahrnehme oder nicht – es geht dich nichts an, Mutter. Und sag mir nicht, es sei unhöflich, den Mann zu versetzen, denn wir wissen beide, daß er so überlaufen ist, daß er mein Wegbleiben gar nicht registriert hätte, wenn ich nicht eine Dorian wäre. Sieh es doch mal so – ich habe seinen anderen Patienten einen Gefallen getan: Ohne mich mußten sie nicht so lange warten, bis sie drankamen.« Damit war sie draußen.

»Sophie!«

»Ich gehe aus!« schrie Sophie aus der Halle.

»Ich brauche dich aber hier!«

Sophie wußte nicht, warum sie nicht zu Francine durchdringen konnte. So sehr sie sich auch bemühte, sie machte alles nur noch schlimmer. Vielleicht hatte Francine ja doch recht – vielleicht war Grace wirklich die einzig Begnadete in der Familie. Anständige Grace. Wertvolle Grace.

»Sophie!«
Sie war sich durchaus bewußt, daß sie sich wie eine Sechsjährige benahm, aber sie konnte nicht anders – ihr Groll hatte sich zu lange aufgestaut, und so schrie sie, die Hand an der Tür, zurück: »Du brauchst mich nicht! Du brauchst nur Grace! Sie ist die Perfekte! Sie ist diejenige, ohne die du nicht leben kannst! Also geh, und rede mit ihr! Ich – kann – dir – nicht – helfen!« Sie knallte die Tür zu.

Francine fuhr um zehn Uhr früh los. Sie hatte keinen Plan, kein Ziel, wurde nur von dem Wunsch getrieben, allem zu entfliehen, was in ihrem Leben nicht stimmte.
Und so fuhr sie nach Norden, auf Straßen, die ihr neu waren, weil Grace es ablehnte, nach Norden zu fahren. Als das diffuse Licht unter dem bedeckten Himmel in ihren Augen zu schmerzen begann, klappte sie die Sonnenblende herunter und richtete das Gebläse der Klimaanlage mit voller Kraft auf das Pochen in ihrer Schläfe. Während der ganzen Zeit hallten Worte durch ihren Kopf – Sophies, ihre eigenen, letztere im Zorn zu Grace gesagt.
Sie hielt an, um etwas Kaltes zu trinken, und saß eine Weile mit geschlossenen Augen in einer Ecke des Hinterhofs eines kleinen Gemischtwarenladens. Aber das Getränk beseitigte ihre innere Unruhe nicht, und die Ruhepause nicht ihre Kopfschmerzen.
Also hörte sie auf davonzulaufen und machte sich auf den Heimweg. Doch je näher sie dem Anwesen kam, um so schlimmer wurde ihre Verfassung. Sie hatte sich noch nie so geirrt. Sie hatte sich noch nie so elend gefühlt, so unzulänglich, so allein.
Sie spielte mit dem Gedanken, beim Pfarrhaus Halt zu machen und mit Father Jim zu sprechen, doch der Wagen fuhr daran vorbei und kurz darauf auch an der Abzweigung, die sie zu Grace geführt hätte, statt dessen brachte er sie zu dem an die Klinik angebauten Ärztehaus, einem niedrigen Backsteinbau.
Lange Zeit saß sie, von Übelkeit gequält und innerlich hin- und

hergerissen, auf dem Parkplatz. Schließlich stieg sie, widerwillig, aber wie von unsichtbaren Fäden gezogen, aus dem Auto. Seine Praxis war im zweiten und obersten Stockwerk untergebracht. Sie stieg die Treppe hinauf, öffnete die Tür, an der sein Name stand, und erklärte der Empfangssekretärin mit zittriger Stimme: »Ich möchte gern zum Herrn Doktor. Ich habe keinen Termin, aber meine Mutter ist Patientin bei ihm, und es ist wichtig.«

Die Sekretärin war jung, hatte eine wilde Mähne, schiefe Zähne und ein freundliches Lächeln. »Wie ist Ihr Name?«

»Francine Dorian.«

Die Augen des Mädchens weiteten sich. »Ich liiiebe die Kolumne Ihrer Mutter«, schwärmte sie, faßte sich jedoch gleich wieder und wurde sachlich. »Ich werde mit dem Doktor reden. Es ist zwar viel los, aber ich bin mir sicher, daß er Sie dazwischenschieben wird.«

In dem kleinen Wartezimmer saßen viele Leute. Francine ließ sich auf einen der beiden freien Stühle sinken und schlug die Beine übereinander. Mit gesenktem Kopf und geschlossenen Augen preßte sie die Finger an ihre Schläfe und versuchte, den Schmerz durch Willenskraft zu vertreiben, doch ihr Wille war genauso geschwächt wie ihr Magen. Sie sehnte sich nach Dunkelheit und Wärme. Hätte sich ein Loch im Boden aufgetan, wäre sie auf der Stelle hineingekrochen.

»Francine?«

Seine Stimme war sanft. Sie erinnerte sich an ihre letzte Unterhaltung, spät am Abend nach dem gemeinsamen Bier, als er angerufen hatte, um sich zu vergewissern, daß sie gut nach Hause gekommen war. Damals waren ihr die Tränen in die Augen geschossen. Und jetzt passierte das gleiche.

Er war vor ihr in die Hocke gegangen. Sie hob den Blick gerade so weit, um seinem begegnen zu können, sagte jedoch nichts. Sie konnte nicht, ihre Kehle war wie zugeschnürt.

Er fluchte leise, doch sogar das klang sanft. Dann nahm er sie am Arm, half ihr hoch, führte sie ins Sprechzimmer und setzte

sie aufs Sofa. »Ich muß nur schnell einen Patienten verabschieden – geben Sie mir eine Minute?«
Sie nickte. Er verschwand durch eine Seitentür. Francine hätte sich eigentlich gern in dem Raum umgesehen, aber ihr Kopf tat zu weh. Also rutschte sie in eine Ecke, zog die Beine an, stützte den Ellenbogen auf die breite Lehne und preßte die Handwurzel auf die am stärksten schmerzende Stelle.
Sie öffnete die Augen auch nicht, als die Tür wieder aufging. Seine Schritte kamen näher, und gleich darauf senkte sich das Lederpolster neben ihr. Der Augenblick der Wahrheit war gekommen – sie mußte ihm sagen, daß er von Anfang an recht gehabt hatte. Er würde es genießen.
»Sie sehen nicht aus, als fühlten Sie sich gut«, stellte er ohne eine Andeutung von Herablassung fest.
Ihre Bestätigung erschöpfte sich in einer winzigen Kopfbewegung.
»Ist zu Hause etwas vorgefallen?«
Sie nickte. »Ich habe mich schlecht benommen ...« Ihre Stimme brach. Sie verlagerte den Druckpunkt ihrer Handwurzel an der Schläfe und zog die Beine noch dichter zu sich heran. Vielleicht stöhnte sie sogar – sie war sich nicht sicher.
Er schob die Hand unter ihre Haare und legte sie auf ihren Nakkenansatz. »Sehen Sie mich an, Francine.«
Mit Mühe gelang es ihr, die Augen einen Spalt zu öffnen.
»Kopfschmerzen?« fragte er.
»Entsetzliche«, hauchte sie.
»Migräne?«
Sie nickte.
»Haben Sie etwas dagegen genommen?«
»Es wirkt nichts.«
»Ich habe was, das hilft vielleicht doch. Einen Moment.«
Als er diesmal verschwand, legte sie den Kopf auf die Sofalehne – butterweiches Leder –, kuschelte sich tief in die Ecke und schlang die Arme um sich.
Minuten später drehten große Hände sie sanft zur Wand, und

ein Eisbeutel senkte sich auf den Schmerz. Davis stellte einige generelle Fragen bezüglich ihrer Gesundheit und eventueller Allergien, desinfizierte dann eine Stelle an ihrem Oberschenkel und gab ihr eine Spritze.

Francine fühlte sich zu elend, um ihrerseits irgendwelche Fragen zu stellen. Sie lag mit angezogenen Beinen, das Gesicht der Rückenlehne zugewandt, auf dem Sofa, mit einem Eisbeutel auf der Schläfe und Davis' Oberschenkel als Rückenstütze.

Er verharrte ein paar Minuten in dieser Stellung, und die ganze Zeit massierte er leicht ihre Schulter. Dann sagte er mit der gleichen sanften Stimme: »Bleiben Sie liegen – ich komme wieder.«

Er ließ die Jalousie herunter, um Dunkelheit im Raum zu schaffen, und ging hinaus.

Francine schlief tatsächlich ein. Als sie aufwachte, wußte sie im ersten Moment nicht, wo sie sich befand. Sie drehte sich um und sah Davis vor sich sitzen. Er hatte die Ellenbogen auf die Knie gestützt, die Finger locker ineinander verschlungen. Das Licht war zu schwach, um seinen Gesichtsausdruck erkennen zu lassen.

»Wie fühlen Sie sich?« fragte er.

Sie verlagerte den Eisbeutel. Das Hämmern in ihrem Kopf war bis auf einen dumpfen Druck reduziert. »Besser.« Viel besser, um genau zu sein. Der Schmerz war unwesentlich, die Übelkeit verschwunden. »Es ist mir schrecklich peinlich, schließlich bin nicht ich Ihre Patientin.«

»Sie brauchen sich nicht zu entschuldigen, ich werde doch wohl eine Freundin behandeln dürfen. Haben Sie oft Migräneanfälle?«

»Ja – aber so schlimm wie heute noch nie.«

»Was hat ihn ausgelöst?«

Es erschien ihr nicht richtig, daß eine so harmlose Frage eine derart verheerende Antwort zeitigen sollte. Sie versteckte ihr Gesicht unter ihrem Arm.

Er gestattete ihr das ein paar Minuten lang, dann sagte er leise: »Erzählen Sie's mir.«

»Sie wissen es ja schon«, stieß sie hervor. »Sie wußten es von Anfang an. Sie haben mich gewarnt, aber ich wollte nicht auf Sie hören. Und so machte ich alles noch schlimmer.«
»Schlimmer? Wodurch?«
»Ich war nicht vorbereitet. Ich konnte nicht helfen.«
»Das ist nicht so schlimm.«
»Es war sehr wohl schlimm!« rief sie, wobei sie nicht so sehr an Chicago dachte wie an das Gespräch im Garten heute früh. »Grace saß mitten auf dem Rasen in einem Gartenstuhl. Sie sah schrecklich verletzlich aus, und ich haßte sie so sehr dafür, daß ich häßliche Dinge sagte. Grausame Dinge.« Sie rollte sich noch fester zusammen. »Ich schäme mich so.«
Er schwieg eine ganze Weile. Schließlich streckte er die Hand aus und strich ihr die Haare aus dem Gesicht. »Es ist nicht gerade eine glückliche Zeit für Ihre Familie – Sie haben das Recht, sich aufzuregen.«
»Aber ich bin kein gehässiger Mensch, ich wollte das alles gar nicht sagen. Ich weiß überhaupt nicht, wie ich darauf gekommen bin.«
»Die Verzweiflung treibt einen manchmal zu allem möglichen.«
Damit hatte er recht, sie war weiß Gott verzweifelt gewesen. Sie hatte sich an den letzten Strohhalm geklammert, ohne den Schmerz zu bedenken, den sie Grace damit zufügte – und jetzt fühlte sie sich grauenhaft.
Sie legte den Eisbeutel beiseite und setzte sich auf. Es dauerte eine Minute, bis sie es über sich brachte, die Frage zu stellen, und dann war sie kaum mehr als ein Flüstern: »Was kommt auf mich zu, Davis?«
»Das kann ich Ihnen nicht genau sagen.«
»Aber es geht abwärts.«
»Im großen und ganzen, ja. Vielleicht mit Unterbrechungen, aber die Aussichten sind nicht günstig.« Er klang bedrückt.
Francine schluckte. »Wieviel Zeit bleibt ihr?«
»Drei – sieben – zehn Jahre. Ich wünschte, ich könnte Ihnen eine exaktere Auskunft geben.«

»Bezieht sich das auf ihre geistige Klarheit oder auf ihre Lebensdauer?« flüsterte Francine mühsam.

»Auf ihre Lebensdauer. Sie hat die Krankheit ja schon eine Weile.«

Francine stieß einen Laut aus, der steinerweichend gewesen sein mußte, denn Davis langte herüber und umfaßte ihre Hand.

»Es tut mir leid, Francine. Es ist nicht fair. Wenn Sie schreien oder gegen den Tisch treten möchten, tun Sie sich keinen Zwang an.«

Aber sie schüttelte den Kopf. »Nein, danke, das habe ich alles schon hinter mir.« Sie klammerte sich an seine Hand. Es gab Fragen, die sie stellen mußte, aber sie war noch nicht bereit für die Antworten.

»Ihre Hände sind eiskalt«, stellte er fest.

»Mein Kreislauf ist in dem gleichen desolaten Zustand wie mein Nervenkostüm.«

»Möchten Sie ein bißchen durch die Gegend fahren? Frische Luft hilft vielleicht.«

Soweit sie im Moment in der Lage war, sich für etwas zu begeistern, begeisterte sie diese Vorstellung – sie schlug die, nach Hause zu fahren, um Längen. »Haben Sie nicht noch Patienten?«

»Ich habe Termine verschoben, und jetzt habe ich eine Weile frei.«

Sie war gerührt. Dann verdarb ihr ein Gedanke die Freude. »Der Name Dorian ist schon erstaunlich – er teilt die Wasser.«

Sie saßen immer noch im Dämmerlicht, so daß sie seinen Gesichtsausdruck nicht erkennen konnte, aber sie sah ihn den Kopf schütteln. »Das hat nichts mit Ihrem Namen zu tun.«

»Sondern?«

»Wir sind Freunde – oder nicht?«

Ohne ersichtlichen Grund brach sie in Tränen aus. Sie entriß Davis ihre Hand und verbarg, verschämt wie ein kleines Mädchen, ihr Gesicht dahinter, während sie leise schluchzte. Sie wollte aufhören, aber es gelang ihr nicht.

Davis strich ihr übers Haar und ließ sie weinen, stand nur kurz

auf, um Taschentücher zu holen. Als sie sich schließlich beruhigte, murmelte er: »Ich hasse das.«
Sie drückte ein Papiertuch an die Nase. »Was hassen Sie?«
»Hier sitzen zu müssen, während Sie weinen.«
Sie trocknete ihre Wangen. »Ich wette, es weinen ständig Menschen hier.«
»Keine Menschen, die ich gern im Arm halten möchte.«
Ihre Augen füllten sich erneut. »O Gott!« jammerte sie. »Sagen Sie doch so was nicht!« Seine Freundlichkeit öffnete Flutventile, gestattete ihr, schwach und ängstlich zu sein. Sie hatte sich seit Jahren an keinen Mann gelehnt. Nein, das stimmte nicht. Sie hatte sich ihr ganzes Leben lang an keinen Mann gelehnt. Was nicht hieß, daß es falsch war. Nur seltsam.
Er ging zum Fenster und stellte die Lamellen der Jalousette waagrecht, und dann blieb er mit dem Rücken zu ihr und mit den Händen auf den Hüften stehen, während Francine sich sammelte. Als er sich umdrehte, stand sie auf den Füßen und vermied angestrengt, ihn anzusehen, wobei die Begutachtung des Raumes ihr eine willkommene Ausweichmöglichkeit bot.
Das Sprechzimmer war durch und durch konventionell ausgestattet, entsprach mit einem aufgeräumten Schreibtisch, vollen Bücherregalen, gerahmten Diplomen und Diagrammen des Gehirns und Nervensystems den gängigen Vorstellungen. Die einzige Abweichung bildete die sündhaft weiche Ledersitzgruppe, die Francine an seine Stiefel erinnerte.
Auf dem Schreibtisch lag eine Sonnenbrille. Sie setzte sie auf. Es war ein Pilotenmodell und viel zu groß für sie, aber das scherte sie nicht. Sie fühlte sich ausgeliefert und hatte das dringende Bedürfnis, sich hinter etwas zu verstecken.
Davis hängte Kittel und Krawatte an einen Haken hinter der Tür, krempelte die Hemdsärmel hoch und öffnete die Tür für sie.

Achtes Kapitel

In den dunkelsten Momenten des Lebens kann selbst der winzigste Funke den Weg erhellen.

– Grace Dorian in »Die Vertraute«

Sie waren aus der Stadt hinausgefahren und hatten am Rand einer Wiese zwischen Bäumen geparkt, saßen bei geöffneten Fenstern und Türen im Führerhaus des Pick-ups, und Davis erklärte Francine, was sie wissen mußte. Die weiche Luft des frühen Sommerabends milderte die unumgängliche Brutalität seiner Eröffnungen ein wenig. Francine brauchte kaum Fragen zu stellen, die meisten erahnte er. Es war offensichtlich, daß er Erfahrung auf diesem Gebiet hatte.

Die hatte sie auch – zumindest teilweise, erkannte sie. Viele der Verhaltensmuster, die er erwähnte, waren ihr vertraut. Oh, Grace hatte Raffinesse bewiesen. Francine war voller Verständnis darauf hereingefallen, als ihre Mutter ein paar Monate zuvor Überdruß vorgeschützt und die Erledigung der den Haushalt betreffenden Rechnungen auf Francine abgewälzt hatte, und wenn sie einige Fragen oft wiederholte, gab Francine tatsächlich sich selbst die Schuld daran. Wenn sie besser funktionierte, sagte sie sich, würde Grace nur einmal fragen und es dabei belassen.

Zu ihrer eigenen Überraschung behielt sie die Fassung, obwohl das Bild, das Davis ihr malte, trostlos war. Entweder hatte er eine beruhigende Wirkung auf sie oder die Spritze, die er ihr gegeben hatte. Andererseits empfand sie es als Erlösung, nach einer Ewigkeit qualvollen Schweigens über das Problem zu sprechen.

»Wie sieht das schlimmste Szenario aus?« Sie fühlte sich merkwürdig, fast wie leicht betäubt, jedenfalls ruhig genug, um die Antwort ertragen zu können.
»Es kann passieren, daß sie irgendwann nichts und niemanden mehr erkennt. Daß sie nicht mehr laufen und sprechen kann. Daß sie selbst in den intimsten Dingen völlig abhängig von einer anderen Person wird.«
»Ich meine davor. Sie sprachen von schlechtem Benehmen. Was kann da schlimmstenfalls passieren?«
»Schreien und Toben. Unangemessene Einfälle wie das Entkleiden in Gegenwart fremder Menschen. Diebstahlsbezichtigungen. Mit Gegenständen werfen. Selbstgefährdung. Sie wird eine umfassende Beaufsichtigung benötigen.«
»Wie ein Kind.«
»Ja und nein. Natürlich muß ein Kind beaufsichtigt werden, aber Kinder wachsen heran, lernen dazu, reagieren auf Vernunft und Erziehung. Grace wird das nicht tun. Im fortgeschrittenen Stadium wird beispielsweise Anschreien sie nur verwirren, denn sie wird nicht begreifen, was sie falsch gemacht hat, oder sich merken, es nicht noch einmal zu tun. Sie wird Ihren Zorn registrieren, ohne den Grund dafür zu verstehen, und sie wird irrational reagieren. Sie wird nicht mehr in der Lage sein, kontrolliert zu handeln.«
Francine starrte auf die Wiese hinaus. »Es ist Grace ungeheuer wichtig, sich unter Kontrolle zu haben. Nicht auszudenken, wie qualvoll es für sie sein wird, diese Fähigkeit zu verlieren.«
»Das wird ihr, wenn es soweit ist, nicht bewußt sein. Und falls sie nicht mehr zu bändigen ist, kann man sie medikamentös ruhigstellen. Die Betreuung eines Alzheimer-Opfers erfordert sehr viel Liebe.«
Ihr Blick flog zu ihm. »Dann bin ich die Richtige dafür – ich liebe sie wirklich.«
»Ich weiß, aber Sie werden Hilfe brauchen.«
»Sophie wird mir helfen und Margaret ebenfalls.«
»Das wird vielleicht nicht genügen.«

»In dem Fall stelle ich eben noch jemanden ein – wenn es sein muß, eine Rund-um-die-Uhr-Betreuung.«
Traurig ließ sie den Blick über die Wiese wandern. Sie erinnerte sie an den Dorian-Rasen. Grace liebte diesen Rasen, liebte den Garten, die Terrasse, den Fluß. Schwer vorzustellen, daß sie all das eines Tages nicht mehr bewußt genug wahrnehmen würde, um es zu lieben. Schwer vorzustellen, daß sie eines Tages nicht mehr das Zepter schwingen, eines Tages keinen Rat mehr geben könnte. Schwer vorzustellen, daß sie eines Tages nicht mehr sprechen würde.
Verzweiflung brach über Francine herein. »Was soll ich tun?« Erst als sie die Worte hörte, wurde ihr klar, daß sie sie herausgeschrien hatte. »Tut mir leid«, stammelte sie hastig. »Das ist ja nicht Ihr Problem.«
»Natürlich ist es das. Ich möchte helfen, darum bin ich hier.«
»Sie können Grace nicht helfen.«
»Aber Ihnen kann ich helfen, das habe ich schon bewiesen.« Er schenkte ihr sein schiefes Lächeln. »Dem Kopf geht's doch besser, oder?«
Sie nickte. Die Lethargie, die sie empfand, konnte ebensogut auf der Bedeutungsschwere ihres Gesprächsthemas beruhen wie auf den Nachwehen ihrer Migräne, aber zumindest waren die Schmerzen und die Übelkeit weg.
»Was macht Ihnen die größte Angst?« fragte er.
Sie brauchte nicht lange zu überlegen. »Grace zu verlieren. Sie hat mein Leben bestimmt wie niemand sonst. Ich kann die Dinge gar nicht aufzählen, denen sie ihren Stempel aufgedrückt hat.«
»Versuchen Sie's«, drängte er sie sanft.
Sie warf einen flehenden Blick gen Himmel und stöhnte hilflos. »Wo soll ich anfangen? Vom Frühstück, zu dem es grundsätzlich selbstgebackene Muffins gibt, über das Mittagessen, vom Tee bis zum Dinner, alles wird von Grace geplant, sind ihre kleinen Rituale. Feiertage, Geburtstage, Partys laufen unter ihrer Regie ab, und trotz ihrer vielen Aktivitäten und Pflichten findet sie immer Zeit für die Menschen um sie herum, hat immer ein

offenes Ohr für ihre kleinen und großen Kümmernisse. Sie setzt Maßstäbe, das Haus, das Grundstück sind nach ihren Wünschen gestaltet, die Angestellten von ihr engagiert. Und dann ist da noch ›Die Vertraute‹ – ihr Geschöpf.« Sie richtete ihren traurigen Blick auf Davis. »›Die Vertraute‹ ist ein Mitglied unserer Familie. Was soll aus ihr werden?«
Er betrachtete eingehend ihr Gesicht. »Darüber werden Sie nachdenken müssen. Vielleicht hat Grace Vorschläge. Fragen Sie sie.«
Solange Sie noch können. Er sprach es nicht aus, doch sie hörte es – ebenso wie Graces »Wir müssen Pläne machen« von heute morgen. Grace hatte die Situation schneller erfaßt als Francine, aber das war nichts Neues.
Warum wir? hätte sie am liebsten gerufen. Warum diese grauenvolle Krankheit? Warum jetzt?
Davis' Ausdruck war sanft, aber da waren diese anderen Dinge – der Bartschatten, die Narbe über der Augenbraue, die nicht nur ständig zerzausten, sondern jetzt auch vom Sonnenlicht blondgesträhnten Haare, ganz zu schweigen von Father Jims Andeutungen – die das Bild eines Kindes aus ärmlichen Verhältnissen heraufbeschworen und einen Anflug von schlechtem Gewissen in Francine auslösten. Grace hatte sie als verwöhnt bezeichnet. Ob Davis sie auch dafür hielt?
Sie betrachtete ihre Hände. »Ich dürfte mich eigentlich nicht beklagen, wenigstens muß ich mir keine finanziellen Sorgen machen. Damit haben bestimmt viele Ihrer Patienten zu kämpfen.«
»Dafür haben die Dinge, die Sie nicht haben – wie Großfamilien, in denen alle zusammen helfen, Berufe, die sie ohne große Probleme an den Nagel hängen können, niedrigere Erwartungen. Werten Sie das Verlustgefühl, das Sie empfinden, nicht ab, Francine – es ist für Sie nicht weniger qualvoll als für die anderen. Alles ist relativ. Wie das Alter. Meine Mutter starb, als ich noch sehr klein war, ich hatte also kaum Gelegenheit, sie kennenzulernen. Sie hatten Grace all die Jahre, Ihrer beider Leben

sind eng miteinander verknüpft. Welcher dieser Fälle ist tragischer? Ich weiß es nicht.«
Francine wußte es auch nicht. Schweigen senkte sich über das Führerhaus des Pick-ups. Sie versuchte sich vorzustellen, wie ihr jetzt zumute wäre, wenn Grace und sie einander nicht so nahe stünden. Natürlich wäre sie voller Kummer, aber hätte sie auch die Angst, daß ihr Leben aus dem Ruder liefe, wenn sie beruflich und privat unabhängig von Grace wäre?
Sie saßen eine ganze Weile still da und lauschten der Natur, bevor Davis mit ihr zum Krankenhaus zurückfuhr. Er hielt neben ihrem Wagen, nahm ihre Hand und stieg aus, was ihr keine andere Möglichkeit ließ, als am Lenkrad vorbeizurutschen und ihm zu folgen.
Draußen schaute sie zuerst ihren Wagen an und dann Davis. Von hinten beleuchtet, wirkte er wie ein Schurke mit Heiligenschein – ein wahrhaft paradoxes Bild. Sie lächelte, doch das Lächeln erstarb. Vielleicht war das Bild doch nicht so paradox. Heute war er für sie dagewesen.
Plötzlich stieg eine überwältigende Sehnsucht, in den Arm genommen zu werden, in ihr auf.
Seine Stimme war kaum mehr als ein Flüstern. »Ich bin noch immer an die Richtlinien gebunden – die Initiative darf nicht von mir ausgehen.«
Nichtsdestotrotz öffnete er seinen Arm kaum merklich, und das genügte Francine als Einladung völlig. Sie schlang ihren um seine Mitte, vergrub ihr Gesicht an seiner Kehle und fühlte sich von einer herrlichen Ruhe erfüllt. Sie scherte sich nicht um die ethischen Erwägungen, die ihn gebremst hatten, er hatte genau die richtige Größe und Figur zum Anlehnen.
Zumindest was die ethischen Erwägungen betraf, mußte er sich zu ihrer Meinung durchgerungen haben, denn seine Arme schlossen sich um sie. Sein Arm streifte ihre Schläfe. »Hassen Sie mich nicht mehr?«
Sie lachte leise. »Das war dumm von mir.«
»Sie waren aufgebracht.«

»Ich war kurzsichtig. Das hat Grace gesagt, und sie hat recht damit.«
»Sie sind ein leidenschaftlicher Mensch. Das ist ein Zeichen von Stärke. Sie werden es schaffen, Frannie.«
Ein leidenschaftlicher Mensch, das war sie wohl. Zumindest in jüngeren Jahren. Aber die Zeit hatte sie gedämpft – und Grace.
»Warum haben Sie mich gerade Frannie genannt?«
»Ich weiß es nicht. Ich finde, es paßt zu Ihnen.«
»Ich habe das immer gehaßt.«
»Warum?«
»Es klingt albern.«
»Nicht albern – weich.«
»Dumm.«
»Aber Sie sind nicht dumm. Sie sind ausgesprochen klug. Sie werden es schaffen.«
Sie atmete seinen Duft ein. Er roch nach Erde und Mann und Abenteuer. »Wie können Sie sich da so sicher sein, Sie kennen mich doch kaum.«
»Genug. Ich habe miterlebt, wie Sie gegen eine Tür rannten. Eine Frau, die nach einer solchen Ungeschicklichkeit einen so würdevollen Abgang zustande bringt, wie Sie ihn hingelegt haben, schafft alles.«
Sie lächelte. »Dieser Anblick hat sich offenbar in Ihr Gedächtnis eingegraben.«
»Unauslöschlich.«
Sie seufzte. Widerstrebend löste sie sich von ihm. »Auch auf die Gefahr hin, Ihr Bild von mir zu zerstören – ich habe das dringende Bedürfnis, Grace zu sehen.«
»Halten Sie mich auf dem laufenden?«
Sie nickte, hauchte ein »Danke« und stieg in ihren Wagen, bevor er sehen konnte, daß ihre Augen hinter der viel zu großen Pilotenbrille wieder überliefen.

Grace saß im Salon und trank Tee. Francine, die die einsame Gestalt von der Tür aus betrachtete, zerriß es fast das Herz. Die

Frau, die Millionen liebten, war allein. Ganz allein. Gott, wie zerbrechlich sie aussah. In diesem Moment empfand sie Grace, wie sie sie noch nie zuvor empfunden hatte – als Mutter, ja, aber auch als Freundin und Mitmenschen, als jemanden, der verletzbar war, jemanden, der litt.

Dann blickte Grace auf und entdeckte sie, und ein zweites neues Gefühl wallte in ihr auf. Francine sah Furcht – und das konnte sie nicht ertragen.

Francine eilte zu ihr und nahm sie in die Arme. »Es tut mir leid, Mom. Ich war kurzsichtig und selbstsüchtig und alles andere, was du mir nachgesagt hast. Du hattest recht. Du hast immer recht.«

Sie glaubte, Grace seufzen zu hören. Eine graziöse Hand legte sich auf ihren Arm.

»Ich werde hiersein«, versprach Francine. »Ich werde tun, was immer getan werden muß, Mom, du brauchst es mir nur zu sagen.« Sie löste sich von ihr, und es gab ihr einen schmerzhaften Stich, als sie in Graces Augen sah. Auch Tränen waren etwas Neues bei ihr.

»Ich habe Angst«, flüsterte Grace.

Francine nickte. »Ich auch«, flüsterte sie zurück.

»Ich will nicht ausgelacht werden.«

»Das wirst du nicht.«

»Ich will nicht … nicht…« Sie brach ab, runzelte die Stirn, suchte offenbar ein bestimmtes Wort. Als es ihr nicht einfiel, schaute sie Francine frustriert an.

Francine bemühte sich gerade, ein passendes zu finden, das sie ihr anbieten könnte, als Graces Ausdruck sich veränderte. Er wurde beinahe kindlich hoffnungsvoll und ihre Stimme unbekümmerter. »Nun, ein Wort ist so gut wie das andere, und du kommst gerade rechtzeitig zum Tee. Father Jim hatte heute keine Zeit. Ich fürchte, der Tee ist nicht mehr richtig heiß. Margaret? Margaret?«

»Mom?« kam Sophies Stimme unsicher von der Tür her. Sie sah blaß aus.

Francine berührte leicht Graces Schulter, dann ging sie zu ihrer Tochter und nahm ihr Gesicht in die Hände. »Sag nie wieder«, flüsterte sie eindringlich, »nie wieder, daß ich dich nicht brauche. Ich habe dich immer gebraucht, mehr als du ahnst, und jetzt brauche ich dich mehr denn je.«

»Wo warst du? Ich hatte solche Angst, fing schon an mir vorzustellen, euch beide nicht mehr zu haben ...«

Francine unterbrach ihren Ausbruch mit einer Handbewegung. Sie schüttelte langsam den Kopf. Graces Erkrankung mochte eine Lektion in Sterblichkeit sein, doch die Sterblichkeit durfte nicht ihrer aller Leben bestimmen. Sie schlang die Arme um Sophies Hals, drückte sie fest an sich und genoß ihre Nähe – und plötzlich sah sie Father Jim.

Es überraschte sie nicht, er war immer da, wenn die Dorians ihn brauchten.

Sie streckte die Hand aus und zog ihn ins Zimmer. »Grace sagte, Sie hätten heute keine Zeit.«

»Die habe ich eigentlich auch nicht«, antwortete er, »aber ich hatte so ein ungutes Gefühl.« Besorgt schaute er zu Grace hinüber, die ihn ihrerseits ansah – und in ihren Augen stand etwas wiederum Neues. Schiere Sehnsucht, die einzige Beschreibung, die Francine dafür einfiel. Schiere Sehnsucht. Bezogen auf Father Jim!

Er ging zu ihr, kniete sich vor ihren Stuhl und nahm sie in die Arme.

Francine war noch damit beschäftigt, diesen Anblick zu verkraften, als sie Laute hörte, die ihr ins Herz schnitten, gedämpfte Laute, die Unsicherheit und Angst ausdrückten und noch mehr als die anderen Ereignisse dieses Tages verdeutlichten, daß das Leben sich verändert hatte.

Grace weinte.

»Ich habe eine Liste gemacht«, sagte Grace am nächsten Morgen. »Wir müssen sie zusammen durchgehen.«

Francine saß an ihrem Schreibtisch und widmete sich einer Tas-

se Kaffee und dem Gefühl, von einem Spuk genarrt zu werden. Alles um sie herum sah aus wie sonst – einschließlich Grace. Sie klang selbstsicher wie immer, als habe es die gestrige Phase der Mutlosigkeit nie gegeben.
Wie schön wäre es, noch ein Weilchen so zu tun – aber auch gefährlich. Das wußte Francine jetzt. Was nicht hieß, daß sie schon bereit für Graces Liste gewesen wäre. Die Wahrheit zu akzeptieren war eine Sache, ihr entsprechend zu handeln eine ganze andere.
»Würdest du bitte Sophie dazuholen?« fragte Grace. »Ich möchte sie dabeihaben, schließlich geht es sie ebenso an.«
Sophie schlief noch, diesmal allerdings mit gutem Grund: Sie und Francine hatten bis in die frühen Morgenstunden geredet. Wenn es nicht um Grace gegangen wäre, hätte Francine sie schlafen lassen, aber Grace hatte absoluten Vorrang. Ihre klaren Gedanken waren gewissermaßen eine gefährdete Spezies.
Sophie schien diese Meinung zu teilen, denn sie erschien kurz darauf in einem ausgesprochen konventionellen Sommerkleid und Sandalen und mit nur einem Paar Ohrringe. Sie rieb unaufhörlich mit dem Zeigefinger über ihren Daumennagel, eine Geste, die Francine bei ihr zuletzt als kleinem Mädchen gesehen hatte. Sie hoffte inständig, daß Grace es nicht bemerken würde – sie haßte solche Angewohnheiten.
Doch Grace war ganz auf ihre Liste konzentriert. Sie legte sie, zu Francine gerichtet, auf den Schreibtisch. »Es ist alles aufgeführt. Bitte lies es laut vor. Wenn ich von etwas anderem anfange, hol mich zurück.«
»Erstens«, las Francine. »Francine übernimmt ›Die Vertraute‹.« Sie schaute erschrocken auf. »Für immer?«
»Nun – zumindest, bis du zu alt oder verkalkt bist. Dachtest du, sie würde mit mir sterben?«
Nein, das hatte sie nicht. Sie hatte sich einfach keine Gedanken darüber gemacht. Grace war immer zu jung, zu energiegeladen und zu tüchtig gewesen, um eine andere Vorstellung zuzulassen, als die, daß es noch Jahre und Jahre so weitergehen würde.

»Du schreibst sie ja bereits«, fuhr Grace fort, »und ich kann es nicht mehr.«
»Dann übernimmst du den beratenden Teil«, drängte Francine. Grace war »Die Vertraute« – eine Übergangsphase wäre besser als nichts.
Grace schüttelte den Kopf. »Ich arbeite zu langsam. Meine Gedanken machen sich dauernd selbständig. Außerdem muß ich mich mit meinem Buch befassen. Und daran möchte ich ... möchte ich ...« Sie verstummte, runzelte die Stirn, winkte ab.
Bestürzt über ihr Zögern wandte Francine sich wieder der Liste zu. »›Zweitens: Mein Buch wird fertiggestellt.‹ Diesen Punkt haben wir bereits besprochen. ›Drittens: Niemand verrät etwas – das Dorian-Image bleibt intakt.‹« Darin sah Francine ein Problem. Sie ließ die Liste sinken. »Das könnte schwierig werden. Nicht, was die Kolumnen betrifft – da weiß keiner, ob du sie selbst schreibst oder nicht, aber was ist mit deinen Ansprachen, den Talk-Shows, deinem Engagement in den verschiedenen Ausschüssen?«
Als sie Graces erwartungsvollen Blick sah, überlief sie ein eiskalter Schauer. Sie zog die Brauen hoch und deutete mit einem zitternden Finger auf sich.
Grace nickte.
»Aber das kann ich nicht!« protestierte sie. »Das weißt du genau. Ich kann nicht vor Publikum sprechen.« Sie wandte sich, um Unterstützung flehend, Sophie zu. »Schon bei dem Gedanken daran werde ich so nervös, daß sich mir der Magen umdreht. Für diesen Herbst sind nur drei Auftritte vereinbart – es ist noch nicht zu spät, abzusagen.«
»Wir werden nicht absagen«, lehnte Grace ab.
»Und warum nicht?«
»Weil ... weil das ... nicht helfen würde.«
»Helfen? Wem?«
Grace dachte eine Weile darüber nach und sagte schließlich: »Meinem Buch.«
»Aber ich bin nicht du – wenn ich die Termine an deiner Stelle

übernähme, würde das deinem Buch nicht das geringste nützen.« Die Vorstellung war so lebhaft, daß ihr Magen tatsächlich zu revoltieren begann. »Außerdem, wenn du nicht als ›Die Vertraute‹ erscheinst, werden die Leute ohnehin Spekulationen anstellen.«

Grace tippte auf die Liste.

Francine verschob die Fortführung der Diskussion auf später. Sie wartete nur, bis sie ihre Fassung wiedergewonnen hatte, und las dann weiter: »›Viertens: Die Anordnungen bezüglich meiner Beerdigung liegen bei Father Jim.‹ Um Himmels willen, Mutter!« Es war ein grauenhafter Gedanke, und er kam viel zu früh zur Sprache.

»Das ist wichtig«, sagte Grace.

»Ich dachte, das sei alles geregelt worden, als Daddy starb.« Damals war ein neues Areal auf dem Dorian-Land gerodet, ein neuer Grabstein aufgestellt worden.

»Es gibt ein paar Veränderungen.« Grace wirf einen unbehaglichen Blick zur Tür und sagte leise: »Ich habe sie letzte Nacht gehört.«

»Gehört? Wen?«

»Meine Familie.«

Wieder überlief Francine ein Schauder. Davis hatte die Möglichkeit von Halluzinationen erwähnt, doch auch dafür war sie noch nicht bereit. Also zog sie spöttisch eine Augenbraue hoch. »Na, ist das vielleicht nichts? Nur wenige hören die Toten.«

Grace ließ sich nicht irritieren. »Sie waren in meinem Salon und schrien mich an. Sie schrien immer, und ich hörte ihnen nie zu.«

»Deinen Eltern?« fragte Sophie, sichtlich fasziniert.

»Sie sind immer noch böse auf mich, weil ich fortgegangen bin. Ich ging ins Schlafzimmer, aber ich hörte sie trotzdem noch immer dort draußen.«

»Das hast du dir sicher nur eingebildet«, entgegnete Francine. Als Grace nicht widersprach, wandte sie sich wieder der Liste zu. Es waren noch zwei Punkte übrig. Der erste war Robert. »Robert?«

»Robert Taft. Ich möchte, daß du ihn heiratest. Er ist ein netter Mann, und ich werde meine Krankheit leichter nehmen können, wenn ich weiß, daß du verheiratet bist.«
Was für ein antiquierter Gedanke! Francine glaubte keine Sekunde, daß sie für ein sicheres, gesundes, glückliches Leben einen Mann brauchte, aber da sie nicht scharf auf ein Streitgespräch war, erwiderte sie lediglich: »Solche Dinge kann man nicht erzwingen. Das hast du schon einmal versucht, erinnerst du dich?«
»Ich wollte es nur sagen, solange ich noch kann.«
»Okay, das hast du getan.«
»Und Sophie.« Grace zeigte auf die Liste.
Francine las: »›Sophie.‹« Das war alles. Sie schaute Grace fragend an.
»Ich möchte sie ebenfalls verheiratet wissen. Ich möchte dich ebenfalls verheiratet wissen, Sophie.«
Sophie lachte. »Das ist lieb von dir.«
»Ich möchte, daß sich jemand um dich kümmert.«
»Ich brauche keinen, der sich um mich kümmert.«
»Du brauchst jemanden, der die Verantwortung für dich übernimmt.«
»Ich habe nicht vor zu heiraten.«
»Das solltest du aber.«
Francine sah, wie Sophies Gesicht sich allmählich rötete, was nichts mit ihrer Zuckerkrankheit zu tun hatte, sondern ihren aufsteigenden Zorn anzeigte, und den konnte Francine ihr nicht verübeln. Männer waren weiß Gott kein Allheilmittel, und eine Heirat garantierte einem nicht das mindeste. Aber eine Auseinandersetzung darüber wäre in diesem Moment fruchtlos.
Sophie versuchte es trotzdem. »Was ist mit deinen Kolumnen, Gran – die, in denen du den Eltern sagst, sie sollen ihre erwachsenen Kinder ihre Entscheidungen selbst treffen lassen?«
»Du bist nicht mein Kind, du bist mein Enkelkind. Das ist etwas anderes. Ich möchte dich mit einem guten Mann verheiratet wissen – nicht mit Gus.«

Sophie warf Francine einen flehenden Blick zu, die ihrerseits ihr Bestes tat, um ihr wortlos zu übermitteln, einfach den Mund zu halten – aber dazu war Sophie nicht der Typ. »Ich fasse es nicht«, sagte sie. »Hat sie einen Namen da hingeschrieben? Hat sie den Termin und den Ort festgelegt? Bekomme ich eine Mitgift?«

Francine rang sich das Lächeln ab, das auch Sophie zustande gebracht hätte, wenn sie zwanzig Jahre länger Übung im Umgang mit Grace gehabt hätte. »Sie ist besorgt, Schatz, das ist alles. Um uns beide. Das ist lieb von dir, Mutter.«

Graces Miene verfinsterte sich. »Behandle mich nicht so herablassend, Francine. Ich kann es nicht ausstehen, herablassend behandelt zu werden. Ich bemühe mich, alles zu regeln, solange ich noch kann, und ich werde nicht dulden, daß man mich auslacht.«

»Ich lache dich nicht aus.«

»Aber du nimmst mich ganz offensichtlich nicht ernst – doch es ist mir bitterernst.«

»Ich weiß.«

»Nein, das tust du nicht. Jede Mutter möchte ihre Tochter versorgt wissen, bevor sie stirbt. Wenn du an meiner Stelle wärst, würdest du Sophie genau dasselbe sagen. Meine Güte – ich versuche doch nur zu helfen.« Sie sprang auf und stolzierte hinaus.

»Sie versucht nicht zu helfen«, sagte Sophie kurz darauf noch immer fassungslos. »Sie versucht unser Leben noch aus dem Grab zu steuern.«

»Nicht aus dem Grab«, widersprach Francine entsetzt. »Sie ist noch nicht tot.«

»Aber es kommt auf das gleiche raus. Sie programmiert unsere Leben den Dingen entsprechend, die sie für wichtig hält. Was ist mit denen, die wir für wichtig halten?« Sie dachte an die Regeln und Vorschriften, die ihr Leben beherrschten. »Vielleicht möchten wir ›Die Vertraute‹ ja gar nicht weiterführen. Vielleicht möchten wir wegen ihrer Krankheit nicht lügen. Das ist überhaupt das stärkste: Sie hat mir damals gesagt, ich solle allen Leuten erzählen, daß ich Diabetes habe. Sei selbstbewußt, sagte sie. Stell dich, sagte sie. Da kann man mal sehen, ihre Verhaltensmaßregeln gelten nur für andere. Wirklich. Ob du heiratest oder nicht, ist doch ganz allein deine Sache. Und Robert ist, nebenbei gesagt, ein schrecklicher Langweiler. Er mag ein begabter Schreiber sein, aber wenn du ihn jemals heiraten würdest, wäre ich tief enttäuscht von dir.«

»Jetzt weißt du, wie es mir mit Gus geht«, war Francines ruhige Antwort.

»Ich heirate Gus doch nicht.«

»Weiß er das?«

»Sollte er zumindest, ich habe nie eine Andeutung in dieser Richtung gemacht.«

»Männer ziehen häufig voreilige Schlüsse – vor allem, wenn es um vermögende Frauen geht. Sprich Klartext mit ihm, Schatz.«

»Ich soll diese angenehme Beziehung ruinieren?« fragte Sophie. Gus war ein Spielzeug für sie, verliebt genug, um ihr aus der Hand zu fressen. Außer im Bett – da hatte er das Sagen. Seine anatomischen Voraussetzungen waren optimal, und er wußte sie optimal zu nutzen. Sophie war nicht bereit, schon jetzt darauf zu verzichten. »Möchtest du mich auch verheiratet sehen?«

»Nur um des Status' willen? Nein. Den brauchst du nicht. Wenn du heiraten willst, ist das etwas anderes.« Sie seufzte. »Hör zu, ich sage nicht, daß du tun sollst, was Grace vorschwebt, ich sage nur, daß du deswegen keinen Streit mit ihr anfangen sollst. Streiten ist sinnlos, denn sie kann ohnehin nicht gewinnen. Sie hat darauf bestanden, daß wir die Liste heute durchgehen, weil sie nicht weiß, ob sie morgen noch begreifen würde, was sie da geschrieben hat.«

Sophie versuchte das zu verarbeiten. Sie mochte die herrschsüchtige Grace hassen, aber die Vorstellung, daß Gran auf einen hirnlosen Fleischklumpen reduziert würde, gefiel ihr auch nicht.

Francine streichelte ihre Wange. »Wir sind nicht uneinig, du und ich. Wir wissen beide, daß Grace gerne alles bestimmt. Die Frage ist, wie wir ihre Forderungen handhaben.«

»Ihre Forderungen sind absurd!« rief Sophie. Als Francine nicht reagierte, fragte sie aufgebracht: »Willst du sie vielleicht erfüllen? Öffentlich auftreten? Robert heiraten ...« Sie spuckte den Namen förmlich aus, wechselte dann jedoch sofort das Thema, denn der berufliche Aspekt war ihr wichtiger – er wirkte sich direkt auf ihr Leben aus. »Willst du ›Die Vertraute‹ weiterführen?«

»Grace ist ›Die Vertraute‹.« Francine wirkte verloren. »Ich habe nie gedacht, daß sich das einmal ändern könnte.«

»Würdest du denn nicht gerne ›Die Vertraute‹ sein?«

»Himmel, nein! Ich kann Grace nicht das Wasser reichen.«

Sophie war es müde, das zu hören. »So ein Unsinn! Du hast Eigenschaften, von denen Grace noch nicht mal träumen kann.«

»Nun, es waren Eigenschaften, die sie hat und ›Die Vertraute‹ zum Erfolg machten, ich kann nicht mal träumen davon.«

»Zum Beispiel?«

»Einfühlungsvermögen. Sie nimmt jeden Brief ernst, sie schafft es, selbst die dümmsten Fragen geduldig zu beantworten. Ich lege die dummen beiseite – aber für die Leute, die sie stellen, sind sie nicht dumm. Mir fehlt Graces Toleranz.«

»Vielleicht versuchst du unbewußt, das Niveau der ›Vertrauten‹ zu haben.«

Diese Theorie überzeugte Francine sichtlich nicht. »Vielleicht entgehen mir wichtige Themen. Grace erkennt sie alle. Sie sieht voraus, was die Menschen bewegt. Oft genug schreibt sie über etwas eine Kolumne, und bums, bringen ein paar Tage später die Abendnachrichten einen Bericht zu dem Thema. Es ist wie ein sechster Sinn, und ich habe den nicht.«

»Was wirst du also mit der ›Vertrauten‹ machen?«

»Grace will, daß sie weiterläuft.«

Sophie hätte ihre Mutter am liebsten geschüttelt. »Was willst du?«

Francine antwortete vorsichtig. »Ich liebe ›Die Vertraute‹. Sie ist ein Teil von mir – und sie ist Graces Vermächtnis.«
Was eine ebenso vage Erwiderung war wie Sophies Reaktion darauf.

Francine saß auf dem Fußboden und streichelte das seidige Fell zwischen Legs Ohren, als das Telefon klingelte. Ihre Augen flogen zur Uhr hinüber: halb elf. Da dies ihr Privatanschluß war, konnte es kein beruflicher Anruf sein. Sie erinnerte sich an einen anderen Abend, an dem es auch so spät geläutet hatte, und wagte zu hoffen.
»Hallo?«
»Hi.«
Wohlige Wärme durchströmte sie. »Hi, Davis.«
»Wie geht's?«
»Soso.«
»Was gibt's Neues?«
»Wir haben geredet. Grace und ich, Grace, Sophie und ich, Sophie und ich.«
»Und, hat es geholfen?«
»Ich glaube schon. Nein, ich weiß es nicht. Ich bin wie betäubt – als sei in meiner nächsten Nähe ein Sprengsatz explodiert.«
»Das ist ein Schutzmechanismus. Es ist schwer, eine Tatsache wie diese zu akzeptieren.«
»Ich habe mich immer für eine Realistin gehalten.«
»Grace ist Ihre Mutter – in dieser engen Beziehung bleibt der Realismus zwangsläufig auf der Strecke, denn hier sind große Gefühle im Spiel, was nicht verwunderlich ist. Immerhin haben Sie neun Monate in ihrem Uterus zugebracht, und daran schlossen sich die frühen Kindheitsjahre in gegenseitiger Abhängigkeit an.«
»In gegenseitiger?«
»Sicher. Babys sind von der Mutter abhängig, weil sie völlig hilflos sind, und Mütter sind von ihren Kinder abhängig, weil sie das Bedürfnis haben, ihre mütterlichen Instinkte auszuleben.«

»Grace war niemals abhängig von mir.«
»Sie hat Sie ihr ganzes Leben bei sich behalten.«
»Ich blieb bei ihr, das ging von mir aus.«
»Sind Sie sich da sicher?«
»Sicher bin ich mir sicher.«
»Was hätte Ihre Mutter getan, wenn Sie aufs College gegangen und nie zurückgekommen wären?«
»Das ist eine müßige Überlegung. Ich wäre niemals weggegangen – ich war zu sehr mit der ›Vertrauten‹ verwachsen. Grace hat mich schon sehr früh in die Kolumne einbezogen ...« Sie brach ab und ergänzte dann, um Davis keinen falschen Eindruck zu vermitteln: »Aber das tat sie nicht, weil sie mich brauchte, sondern weil sie mich bei sich haben wollte. Das ist ein Unterschied.«
»Warum hat sie nicht noch mehr Kinder?«
»Es kamen einfach keine.«
»Hätte sie denn noch welche haben wollen?«
»Bestimmt, sie hat mich vergöttert, und sie vergöttert Sophie.«
»Was ist mit Ihnen – hätten Sie gern mehr Kinder gehabt?«
»Vielleicht, wenn die Ehe gehalten hätte. Andererseits hatte ich mit Sophie alle Hände voll zu tun. Aber ich frage mich oft, wie es gewesen wäre, noch welche zu haben.«
»Und wie ist das Ergebnis?«
»Ich glaube, es hätte mir gefallen – und es hätte Sophie Freiraum gegeben. Sie fühlt sich als einzige Enkelin ganz schön unter Druck.«
»Weil sie sich verpflichtet fühlt, bei Grace zu bleiben?«
»In erster Linie in beruflicher Hinsicht – ihre Beziehung zu der ›Vertrauten‹ ist eine Haßliebe. Wie die zu Grace. In einem Moment kommt sie glänzend mit ihr aus, im nächsten stellt sie alle Stacheln auf. So ambivalent reagiert sie auch auf Graces Krankheit. Einerseits akzeptiert sie sie, andererseits ist sie voller Ablehnung. Sie ist hin- und hergerissen. Manchmal denke ich, das schlimmste für sie ist, hier mit uns festzusitzen.«
»Und was denkt sie?«

»Im Augenblick? Ich bin mir sicher, sie denkt, daß sie jetzt, wo alles drunter und drüber geht, unmöglich weg kann.«
»Das wird ja nicht so bleiben – es wird wieder Ruhe einkehren.«
»Das hoffe ich. Ich fühle mich die ganze Zeit, als stehe ich unter Strom.«
»Wie steht's mit Ihrem Kopf?«
»Alles okay. Wie geht's Ihnen mit Ihrem Haus?«
»Zur Zeit ist es, als arbeite man in einem Backofen. Ich habe mir mit dem Wasserschlauch eine provisorische Naßdusche konstruiert. Es war herrlich erfrischend.«
Vor Francines geistigem Auge erschien ein vage erotisches Bild.
»Und wo sind Sie jetzt?«
»Ich sitze auf dem Treppchen meines Wohnwagens. Es ist ein schöner Abend. Waren Sie Joggen?«
»Das kann man wohl sagen. Legs ist total erledigt. Sie liegt hier mit dem Kopf auf meinem Knie und schläft tief und fest.«
»Glückliche Legs.«
Francine erinnerte sich daran, wie er sie gestern nachmittag auf dem Krankenhausparkplatz in den Armen gehalten hatte, und der bloße Gedanke darin durchflutete sie mit einer herrlichen Ruhe. Und so hielt sie die Vorstellung fest, spürte die Verbindung mit ihm durch die Telefonleitung und wünschte für einen kurzen Moment, er würde sie wieder in den Armen halten.
Er war wie ein Schlaftrunk – entspannend, möglicherweise suchtgefährdend und Grace unbedingt zu verschweigen.
»Warum der Seufzer?«
»Nur ein Ausdruck meiner Müdigkeit. Es war lieb, daß Sie angerufen haben, Davis. Danke.«
»Denken Sie daran – ich bin für Sie da.«
Sie würde es nicht vergessen.

Neuntes Kapitel

So wie Salz als Wertmaßstab gilt und Salbei Heilkräfte zugeschrieben werden, so öffnet Zucker die Herzen.

– Grace Dorian in einem Interview im FoodFest-Magazine

Nach dem Fiasko von Chicago erging die offizielle Erklärung, daß Grace sich für den Sommer aus der Öffentlichkeit zurückziehe. Ihre Agentin glaubte die Version, ihre PR-Agentin tat es, ihr Redakteur bei der Zeitung und ebenso ihr Verleger. Ihre Freunde waren nicht so leicht abzuspeisen. Daran gewöhnt, daß sie am gesellschaftlichen Leben teilnahm, schneiten sie unangemeldet herein, um gegen ihr plötzliches Einsiedlerleben zu protestieren. Francine, die diesen Überraschungsbesuchen grundsätzlich beiwohnte, entwickelte ein beachtliches Geschick darin, Fehlleistungen zu kaschieren und Gedächtnislücken zu füllen. Sie hätte es nicht ertragen, tatenlos zuzusehen, wie Grace sich der Peinlichkeit preisgab.

Und so stieg wieder einmal Unbehagen in ihr auf, als es an einem Nachmittag im August an der Haustür klingelte. Grace war übellaunig aufgewacht, hatte Margaret beschuldigt, ihre Perlenkette gestohlen zu haben, Francine ihre Brille und Sophie ihr Adreßbuch gestohlen zu haben, obwohl Sophie bei Freunden in Easthampton war – und ihre Stimmung hatte sich auch später nicht gebessert. Jetzt saß sie deprimiert an ihrem Schreibtisch und grübelte.

Die Auseinandersetzung hatte Francine so mitgenommen, daß

sie außerstande war, auch nur ein Wort zu schreiben. Als Tony anrief, vertröstete sie ihn. Dann gab die Klimaanlage den Geist auf, und beim Reparaturdienst nahm niemand den Hörer ab, Marny wurde schlecht, und sie mußte heimgehen, und die Post brachte eine Berufung zur Geschworenen.

Francine schwitzte, sie fühlte sich überfordert und war dementsprechend gereizt, ganz und gar nicht in der Verfassung, Grace bei einem Freundesbesuch zur Seite zu stehen.

Doch es stand kein Freund auf der Türschwelle, sondern Robin Duffy.

Angesichts der heutigen Häufung von Unerfreulichkeiten hätte Francine eigentlich damit rechnen können.

»Ich dachte, ich schaue mal vorbei und sage hallo«, erklärte Robin fröhlich.

»Hallo«, erwiderte Francine pflichtschuldigst.

»Um ehrlich zu sein, ich wollte mit Ihnen reden.«

»Worüber?« Als ob sie das nicht wüßte.

»Grace.«

Francine erinnerte sich nur zu gut an ihr letztes Gespräch über Grace, den Artikel, der daraus resultiert, und das Chaos, das er zur Folge hatte. Ablehnung wallte in ihr auf. »Wenn Sie wissen wollen, was nach dem Unfall im April passierte, muß ich Sie enttäuschen: Die Polizei konnte nichts finden, dessen sie Grace hätte anklagen können.«

»Ich weiß.«

»Tatsächlich? Aha. Das war mir nicht klar. Es stand nichts darüber in der Zeitung. Ich nehme an, von Anklagepunkten freigesprochen zu werden ist keine Meldung wert.« Ihre Stimme wurde härter. »Wobei die einzigen Anklagepunkte die waren, die Sie aufs Tapet brachten, und die waren an den Haaren herbeigezogen.« Grace wäre natürlich viel diplomatischer mit Robin umgegangen, aber Francine hatte nach diesem Tag keinen Nerv mehr für Diplomatie.

Robin richtete sich zu ihrer vollen Größe auf. »Ich habe nur getan, was jeder gute Reporter getan hätte: Ich habe über den Fall berichtet, und dazu gehörte auch eine polizeiliche Untersuchung.«

»Einen ›Fall‹ haben erst Sie daraus gemacht«, beschuldigte Francine sie. »Die Polizei kam gar nicht auf die Idee nachzuforschen, ob Drogen oder Alkohol im Spiel gewesen waren – Sie waren die einzige, die diese Gesichtspunkte zur Sprache brachte. Es hieß lediglich, es werde eine Untersuchung eingeleitet, was, wie Sie eigentlich wissen sollten, bei jedem Autounfall geschieht. Der Rückschluß ist auf Ihrem Mist gewachsen.«

»Ich bin nicht wegen des Unfalls hier.«

Francine wartete schweigend ab.

»Darf ich reinkommen? Es ist kochend heiß hier draußen.«

»Hier drinnen genauso – die Klimaanlage ist ausgefallen.« Sie trat auf die Veranda hinaus und zog die Tür hinter sich zu. »Ich bringe Sie zu Ihrem Wagen.«

»Ich hatte gehofft, Grace sehen zu können.«

»Unangemeldete Reporter empfangen wir grundsätzlich nicht«, erklärte Francine schroff.

»Ist sie da?«

»Ja, aber nicht zu sprechen. Sie steckt mitten in der Arbeit.«

»An ihrer Autobiografie?«

»Genau.«

Sie näherten sich Robins Wagen, einem flotten, kleinen Honda mit diversen Dellen in der Seite. Francine zog eine Augenbraue hoch. »Und Sie haben sich gefragt, wie es zu Graces Unfall kommen konnte?«

Robin betrachtete das Auto mit einem Ausdruck echter Wehmut. »Ich habe einen siebzehnjährigen Sohn, der sich manchmal etwas verschätzt. Inzwischen bin ich so weit, daß ich die Dellen lieber ertrage, als ständig horrende Reparaturrechnungen zu bezahlen.« Nach einer winzigen Pause sagte sie: »Ich habe gehört, Grace war krank.«

Wäre dieser Nachsatz nicht gewesen, hätte Francine vielleicht tatsächlich mit Robin gefühlt – Sophie war mit siebzehn ein Alptraum am Steuer gewesen. »Wo haben Sie das gehört?«

Robin zuckte mit den Schultern. »Ich habe meine Quellen. Letztes Jahr um diese Zeit war sie bereits auf einem Dutzend Partys gewesen – in diesem, bis auf ihre eigene, auf keiner einzigen.«

Quellen? Francine fragte sich, welche. »Sie läßt diese Saison ausfallen.«

»Wird sie im Herbst wieder präsent sein?«

»Wenn sie Lust hat.«

»Wird sie Lust haben?«

»Das weiß ich nicht – ich bin nicht Grace.«

»Manchmal scheint es aber so. Wenn ich Leute anspreche, um etwas über Grace zu erfahren, höre ich immer nur, sie hätten mit Ihnen gesprochen.«

»Das ist mein Job, Grace kann schließlich nicht mit allen sprechen.«

»Nicht einmal mit Katia Sloane?«

Bedenken stiegen in Francine auf. »Katia hatte nichts zu sagen, womit ich Grace hätte behelligen müssen. Warum haben Sie sich an Katia gewendet?«

»Weil ich mich für Grace interessiere. Sie hat letzten Monat in Chicago an einer Podiumsdiskussion teilgenommen, und ich habe gehört, sie sei grauenvoll gewesen.«

»Da hat man Sie falsch informiert – ich war dabei.«

»Sie hat völlig unlogisch argumentiert.«

»Das fand ich nicht«, widersprach Francine. ›Unlogisch‹ war nicht das richtige Wort. »Wenn Ihr Anschwärzer auf akademisches Geschwafel aus war, dann bellte er unter dem falschen Baum – Grace hat sich noch nie den Anschein gegeben, Akademikerin zu sein.«

»Ich habe sie selbst schon bei Podiumsdiskussionen erlebt, wo sie sich behauptete, wo sie tatsächlich gut war – auf ihre Weise.«

»Auf ihre Weise?« Diese Bemerkung brachte das Faß zum Überlaufen. »Darf ich erfahren, was Sie gegen Grace haben?«

»Gar nichts, ich kenne sie ja kaum. Wenn Sie mich reinlassen würden und ich mit ihr sprechen könnte …«

»Das haben Sie letztes Jahr vier Stunden lang getan, vier Stunden, in denen Sie ihr den anbetenden Fan vorspielten, und dann schrieben Sie einen Anti-Grace-Artikel.« Zucker öffnet die Herzen, sagte Grace immer, aber Francine war von dem Augenblick an, als sie Robin vor sich stehen sah, sauer gewesen. Sie hatte keinen Hehl daraus gemacht und sah keinen Sinn darin, jetzt plötzlich einzulenken. »Es gehört auch zu meinem Job, Grace gegen feindselige Reporter abzuschirmen. Ich weiß nicht, was für ein Problem Sie haben, aber ich möchte Sie hier nicht mehr sehen – und machen Sie sich keine Hoffnung, über meinen Kopf hinweg zu Grace zu kommen. Wir sind nicht interessiert.« Sie drehte sich um und machte sich auf den Rückweg zum Haus.

»Sie verheimlichen etwas«, rief Robin ihr nach.

»Träumen Sie weiter«, rief Francine zurück.

»Ich werde herausfinden, was. Grace ist öffentliches Eigentum.«

Wutentbrannt fuhr Francine herum. »Grace ist meine Mutter, und Sie befinden sich auf privatem Eigentum. Sollten Sie es noch einmal wagen, hier aufzutauchen, werde ich die Polizei rufen. Die waren auch nicht begeistert von Ihrem letzten Machwerk – sie mögen keine Unruhestifter.« Sie drehte sich mit einem Ruck um und ging mit großen Schritten über die Zufahrt und die steinernen Stufen hinauf. Im Haus angekommen, schloß sie mit Nachdruck die Tür und lehnte sich atemlos dagegen. Es dauerte eine Weile, bis ihr Zorn sich gelegt hatte, aber als es soweit war, trat an seine Stelle das ungute Gefühl, etwas getan zu haben, das Grace auf keinen Fall gebilligt hätte.

Um zehn verließ Francine mit Legs das Haus. Sie war schon zwanzig Minuten in scharfem Tempo durch die Dunkelheit gelaufen und hatte gerade kehrtgemacht, als hinter ihr ein Truck heranbrummte, ein kleinerer Truck, der sich rauher anhörte als ein Schnellaster, aber weicher als eine Zugmaschine. Als er auf

gleicher Höhe war und auf ihre Geschwindigkeit herunterbremste, stieß der Fahrer einen bewundernden Pfiff aus.
Sie lächelte. »Danke, Davis.«
»Ich habe versucht, Sie zu erreichen, aber Sie waren nicht zu Hause, und da dachte ich mir, Sie wären sicher joggen gegangen. Wie geht's denn so?«
Bevor sie das Haus verlassen hatte, war sie innerlich völlig verkrampft gewesen. Das Laufen hatte die meisten Knoten gelöst, und Davis' Auftauchen besorgte den Rest. Genauer gesagt, seine tiefe Stimme. »Es geht.«
»Und Grace?«
»Schwierig. Heute war nicht einer ihrer besten Tage.«
»Möchten Sie darüber reden?«
Es war nicht nur seine Stimme – es waren der Truck, der muskulöse Arm, die Dunkelheit. Es lag etwas in der Luft. Wollte sie über Grace reden? »Nicht unbedingt.«
»Möchten Sie was trinken?«
»Nach dem letztenmal hatte ich auf dem Heimweg Bauchgrimmen.«
»Aber nur, weil Sie darauf bestanden zu laufen. Diesmal fahre ich Sie, und Sie werden sehen, es wird Ihnen nichts fehlen.«
Francine lief noch eine Minute weiter, während sie dachte, daß Davis nicht Robert war, daß er keinen ellenlangen Stammbaum hatte und nicht unbedingt der Vorstellung von einem Gentleman entsprach, daß er etwas Unkonventionelles hatte und daß sie das aufregend fand. Nach dem Tag, den sie hinter sich hatte, war sie in waghalsiger Stimmung.
Langsam auf Schrittgeschwindigkeit heruntergehend, wischte sie sich mit der Frotteemanschette den Schweiß von Wangen und Hals. Als sie wieder zu Atem gekommen war, hatte Davis am Straßenrand angehalten und war ausgestiegen.
»Ich habe allerdings nur Root Beer«, entschuldigte er sich.
»Hauptsache naß.« Sie nahm die Büchse, die er mit dem Daumen geöffnet hatte, entgegen und stellte erfreut fest, daß der Inhalt auch noch kalt war. »Mmmm! Das tut gut. Es ist ganz

schön warm heute abend.« Sie folgte ihm zur Rückseite des Pick-ups. Als er die Klappe herunterließ, sprang sie auf die Ladefläche. Legs setzte sich neben dem Wagen auf den Boden.
»Sie haben an Ihrem Haus gearbeitet?« fragte sie.
»Wie kommen Sie darauf?«
Sie deutete auf seine Stiefel. »Die haben es mir verraten.« Zusammen mit den Shorts und dem T-Shirt sahen sie ausgesprochen cool aus. »Wie geht es voran?«
»Großartig. Ich denke, bis zum Winter kann ich einziehen.«
»Hey, das ist ja toll.«
»Es wird dann zwar noch nicht in allen Details fertig sein, aber wenigstens kann ich meine Möbel aus dem Lager holen und den Wohnwagen abschaffen. Ich bekomme allmählich Platzangst.«
»In Ihrer Duschkabine?«
»Da drinnen ganz besonders – aber in der Küche, dem Wohnzimmer und dem Schlafraum ist es nicht viel besser. Ich hatte gedacht, Sie würden ihn sich mal anschauen kommen.«
»Ich war noch nie in einem bewohnten – ich habe ein abgeschiedenes Leben geführt.«
»Kommen Sie sich den Wohnwagen anschauen, dann zeige ich Ihnen auch das Haus.«
Sie warf ihm einen schrägen Blick zu. »Ist das eine Einladung?«
Er hielt ihre Augen fest. »Natürlich sind Sie nicht gezwungen, sie anzunehmen – ich möchte Sie auf keinen Fall unter Druck setzen.«
Sie löste sich von seinem Blick und trank noch einen Schluck.
»So, so – Sie sind also aus Tyne Valley. Wann haben Sie Father Jim kennengelernt?«
»Er und mein Vater waren als Jungen befreundet, gehörten derselben Bande an. Das waren ziemlich wilde Burschen.«
»Father Jim war wild?« Sie glaubte kein Wort.
»Offenbar. Mein Vater schwört es jedenfalls. Allerdings muß das nicht unbedingt was heißen.« Er schaute in die Nacht hinaus. »Mein alter Herr ist nicht die zuverlässigste Quelle.«
»Lebt er noch dort?«

»Auf seine Weise.«
»Und welche ist das?«
»Ständig betrunken.«
»Oh.« Etwas anderes fiel Francine dazu nicht ein.
Davis schickte ein schiefes Grinsen in die Dunkelheit. »Richtig – oh. Er ist kein schöner Anblick. Das war er allerdings noch nie.«
»Hat er schon immer getrunken?«
»Meistens.«
»Haben Sie sonst noch Familie dort?«
»Zwei Schwestern, beide mit Blindgängern verheiratet, die ohne jeden Antrieb vor sich hinvegetieren. Ich habe versucht, sie zu bewegen, wegzuziehen, aber sie weigern sich standhaft. Mit meinem Dad ist es dasselbe.«
»Weil das Valley ihre Heimat ist?«
»Weil die Außenwelt es nicht ist. Sie klammern sich an das Vertraute, obwohl es ihnen keinerlei Perspektive bietet.«
»So schlimm ist Tyne Valley?«
»Ja.«
»Beschreiben Sie es.«
Er warf ihr einen Blick zu. »Sie sind nie dagewesen?«
»Nein. Grace lehnt Ausflüge in den Norden ab. Osten, Süden und Westen sind okay – aber der Norden kommt nicht in Frage.«
»Das ist ja komisch – ich dachte, sie stamme selbst aus dem Valley.«
Francine lachte. »Du meine Güte, nein – allerdings verstehe ich, daß Sie angesichts ihrer Freundschaft mit Father Jim und unseres von dort kommenden Personals zu dieser Annahme gelangt sind. Grace stammt aus einer Kleinstadt im Norden von Maine, die geflutet wurde, als für ein Wasserkraftwerk ein Stausee angelegt wurde.«
»Das ist ja komisch«, wiederholte Davis, und nach einer kleinen Pause fragte er hörbar verwirrt: »Sind Sie sich ganz sicher?«
»Natürlich bin ich mir sicher, ich werde doch wohl wissen, wo

meine Mutter herstammt.« Sie wechselte das Thema. »Erzählen Sie mir noch etwas von sich. Waren Sie je verheiratet?«

»Nein.«

»Warum nicht?«

»Weil ich mich immer für die falschen Frauen interessiere.«

»Und wie sind die?«

»Kopflastig und ehrgeizig.«

»Was ist dagegen zu sagen?«

»Sie haben völlig andere Ziele als ich.«

»Nämlich?«

»Millionen zu machen.«

»Und was ist mit Kindermachen?«

»Kein Gedanke.«

»Möchten Sie denn welche?«

»Darauf können Sie wetten – aber zuerst muß ich das Haus fertigmachen.«

»Sophie ist das Beste, was ich je zustande gebracht habe«, sinnierte Francine. Sie trank einen Schluck, stellte die kalte Dose auf ihren Schenkel und überkreuzte die Füße. »Sie ist mein Vermächtnis an die Welt.«

»Sind Sie Graces Vermächtnis?«

»Graces Vermächtnis ist ›Die Vertraute‹.«

»Sieht Grace das so?«

Francine nickte. »›Die Vertraute‹ ist ihr Lebenswerk, sie hat sie ganz allein zum Erfolg gebracht, und sie ist ungeheuer stolz auf sie.«

»Sie ist auch stolz auf Sie.«

»Aber nicht so wie auf ›Die Vertraute‹.«

»Hat sie das jemals gesagt?«

»Nicht ausdrücklich.«

»Dann also andeutungsweise?«

»Wenn ich es mir recht überlege – nein.«

»Fragen Sie sie gelegentlich – Sie könnten überrascht werden.«

»Das bezweifle ich – und außerdem möchte ich nicht riskieren, doch noch zu hören, daß sie der ›Vertrauten‹ den Vorzug gibt.«

»Das klingt, als nähmen Sie ohnehin das Schlimmste an – was hätten Sie also zu verlieren?«

Damit hatte er wohl recht. Das hatte er für gewöhnlich, wenn es um Logik ging, aber dieses Thema hatte für sie nichts mit Logik zu tun. Hier ging es ausschließlich um Gefühle. »Woher stammt die Narbe?«

»Welche?«

»Haben Sie noch eine?« fragte sie mit einem Blick auf seine Augenbraue.

Er zog sein T-Shirt hoch und deutete auf eine Stelle über dem Bund seiner Shorts. Francine konnte in der Dunkelheit keine Narbe ausmachen. Alles, was sie erkennen konnte, war ein wunderschöner Brustkorb. »Die verdanke ich einem Messerkampf. Damals war ich fünfzehn«, erklärte er und ließ zu ihrer Enttäuschung das T-Shirt wieder fallen. »Die habe ich mir beim Eishockey zugezogen«, sagte er, auf seine Augenbraue deutend.

»Ein Messerkampf.« Sie wünschte sich eine zweite Chance, diese Narbe zu sehen.

»Es gab zwei rivalisierende Gangs bei uns, und wir hatten uns ständig in der Wolle, wußten nichts Besseres mit unserem Leben anzufangen.« Er tippte auf die Stelle, wo sich unter seinem T-Shirt die Narbe befand. »Daran wäre ich fast gestorben. Ich lag eine Woche im Krankenhaus. Es war die schlimmste Woche meines Lebens, aber nicht nur wegen der Schmerzen, unter denen ich allerdings litt wie ein Tier, weil sie mir nur wenig dagegen gaben, damit ich auch ja alle Predigten mitbekam. Der Direktor der High-School, der Polizeichef, sein halber Stab – die kannten mich alle von früheren Vorfällen –, der örtliche Bewährungshelfer, ein Sozialarbeiter, jeder einzelne erschien an meinem Bett und setzte mir auseinander, was passieren würde, wenn ich nicht endlich klug würde. Und dann kam Father Jim daher. Ich weiß bis heute nicht, wer ihn darum gebeten hatte. Wahrscheinlich mein alter Herr – aber wenn ich das damals gewußt hätte, wäre ich wahrscheinlich ausgerastet.«

»Und was sagte er?«

»Daß er nicht wiederholen würde, was die anderen gesagt hätten, denn sie hätten recht, und wenn ich das bis jetzt nicht begriffen hätte, würde es auch nichts nützen, wenn er es noch einmal sagen würde. Und dann versprach er, mir dabei zu helfen, etwas aus mir zu machen, wenn ich mich am Riemen risse.«

»Haben Sie damals angefangen, Hockey zu spielen?«

»Nein. Da hatte ich schon seit Jahren auf dem Dorfteich Hokkey gespielt. Das bietet sich an, wenn man im Norden aufwächst, wissen Sie. Aber unser Hockey war eine ziemlich düstere Variante. Wir stellten unsere eigenen Regeln auf, je gemeiner, um so besser. Ich hatte keine Ahnung vom traditionellen Hokkey, aber Schlittschuhlaufen konnte ich wie der Teufel. Es dauerte ein Weilchen, bis ich so weit gezähmt war, daß ich in einem regulären Team mitspielen konnte, aber schließlich war es soweit. Father Jim machte die Talentsucher auf mich aufmerksam und beschaffte mir dann die Stipendien, die ich brauchte.«

»Warum Medizin?«

Er wandte sich ihr zu. »Weil ich da die geringsten Chancen auf Erfolg hatte. Wenn ich versagte, könnte ich meinen Wohltätern vorhalten, daß sie mich überschätzt hätten, aber wenn ich es schaffte, hätte ich etwas Großartiges erreicht. Es hatte bis dahin nichts Großartiges in meinem Leben gegeben.«

»Fahren Sie ab und zu mal heim?«

»Ein-, zweimal im Jahr.«

»Um Ihre Familie zu besuchen?«

»Ja. Und ansonsten schicke ich ihnen Geld – aber ich glaube nicht, daß sie es sinnvoll ausgeben. Vielleicht sollte ich es machen wie Grace und es von der Kirche austeilen lassen.« Nach einer kurzen Pause fragte er: »Sind Sie sich ganz sicher, daß sie nicht aus Tyne Valley stammt?«

»Absolut.«

»Dann habe ich irgendwas mißverstanden. Eine Kleinstadt in Maine, ja? Erzählen Sie mir von ihrer Kindheit.«

Francine schüttelte den Kopf. »Ich will nicht über Grace sprechen.«

»Dann erzählen Sie mir von Ihrer Kindheit.«
»Ich will nicht über Grace sprechen.«
»Sie spielte die Hauptrolle in Ihrem Leben?«
»Das ist noch immer so.«
»Auch während Ihrer Ehe?«
Francine nickte. »Lee kam etwa um die gleiche Zeit zu dem Schluß, daß er das nicht mehr ertragen konnte, wie ich, daß ich ihn nicht mehr ertragen konnte, und so trennten wir uns im gegenseitigen Einvernehmen.«
»Sie tragen seinen Namen nicht. Tut Sophie es?«
»Nein. Sie hat den Namen Dorian angenommen.«
»Wie hat Lee das empfunden?«
»Er akzeptierte es als äußeres Zeichen einer innerlich längst erfolgten Abwendung. Er war kein Kämpfer.« Sie dachte einen Moment lang darüber nach und fügte dann hinzu: »Wenn er es gewesen wäre, hätte unsere Ehe vielleicht gehalten. Er ist ein netter Kerl.«
»Sieht Sophie ihn oft?«
»Ziemlich. Er lebt in Manhattan, leitet dort das Familienunternehmen.« Sie grinste. »Ein Wegwerfwindel-Imperium.«
»Nett«, sagte Davis.
»Sie machen ein Vermögen, angefangen haben sie mit einer Sorte für Babys. Dann produzierten sie zwei Größen, dann sechs, dann Übungshöschen für den Anfang der Töpfchen-Phase und schließlich Vorlagen für Erwachsene. Auf diesem Gebiet erleben sie jetzt, da so viele Menschen älter werden und die Kontrolle über ihre Ausscheidungsorgane verlieren, eine beträchtliche Absatzsteigerung.« Sie brach ab, dachte an die Erwachsenen, für die Lees Erzeugnisse bestimmt waren. Auch Alzheimer-Patienten gehörten im Spätstadium dazu.
Sie mußte einen Laut ausgestoßen haben, denn Davis legte die Hand auf ihren Arm und sagte sanft: »Francine ...«
»Ich möchte nicht über Grace sprechen.« Sie mußte von einem Tag auf den anderen leben, durfte sich nicht mit Überlegungen herumquälen, was irgendwann einmal sein würde.

»Okay.« Seine Stimme veränderte ihr Timbre. »Dann sprechen wir eben über Orgasmen, ein Thema, das Grace meidet.«
»Orgasmen.« Sie grinste. Was das Reden betraf, war Davis nicht verklemmt – es blieb abzuwarten, wie es in der Praxis aussah. Sein Körper war ungeheuer erotisch, seine Ausstrahlung war ungeheuer erotisch, wahrscheinlich war er phänomenal im Bett, die Vorstellung ließ sie innerlich vibrieren.
»Genießen Sie sie?«
»Wie ...«, sie räusperte sich, »... wie könnte man sie nicht genießen?«
»Manche Frauen hassen es, wenn sie die Kontrolle über sich verlieren.«
»Aber das ist doch das Wesen des Orgasmus.«
»Schauen Sie gern dabei zu?«
Sie spürte, wie ihr die Röte ins Gesicht schoß. »Bis ich die Kontrolle verliere – dann siegt die Erregung.«
»Haben Sie mehrere Orgasmen hintereinander?«
»Manchmal – das kommt auf den Mann an. Und Sie? Sind Sie der Ex-und-Hopp-Typ?«
»Nein. Ich mag es langsam und lange und tief.«
Einen Augenblick lang blieb ihr die Luft weg, dann lachte sie erstickt auf und versteckte ihr Gesicht hinter einer Hand. »Das geht mir zu weit.«
»Sie haben gefragt.«
»Langsam und lange und tief«, murmelte sie kopfschüttelnd, und dann wollte sie wissen, wie es in der Praxis aussah. »Küssen Sie auch so?«
»Manchmal – das kommt auf die Frau an.«
Sie starrte durch die Dunkelheit in sein nur schattenhaft erkennbares Gesicht. Als er ihren Blick nur schweigend erwiderte, beschloß sie, ihn zu provozieren. »Sie trauen sich nicht, wetten?«
In der folgenden Stille summte die Luft um sie herum wie elektrisch geladen. Schließlich fragte er, und seine Stimme klang, als spreche er mit zusammengebissenen Zähnen: »Ist das eine Herausforderung?«

Sie ließ seine Augen nicht los. O ja – es war eine Herausforderung. Er hatte das Thema zur Sprache gebracht, und sie wollte den Worten Taten folgen sehen. In ihr brannte ein Feuer, das sie schon seit einer Ewigkeit nicht mehr gespürt hatte. Es war ein herrliches Gefühl.
»Was ist mit dem Hund?«
»Sie wird bestimmt keinen Schock erleiden.«
»Wird sie mich beißen?«
»Nein, sie kennt Ihren Geruch inzwischen.« Erdig, gesund, männlich.
Er stellte sein Mineralwasser weg, machte aber keine Anstalten, sich ihr zu nähern.
»Ethische Bedenken?« flüsterte sie ihm erneut provozierend zu.
Im nächsten Augenblick hatte er mit einer großen Hand ihr Gesicht zu sich herangezogen und begrub ihren Mund unter dem seinen, liebkoste ihn mit den Lippen, zupfte mit den Zähnen daran, bis er sich ihm öffnete – und dann kam der langsame, lange und tiefe Kuß, der besagte, daß sie die richtige Frau dafür war, und sie genoß ihn. Francine hatte angenommen, daß er nicht wie ein Gentleman küssen würde – aber sie hatte nicht erwartet, es als so erregend zu erleben. Ein wildes Verlangen, entzündet an seinem wilden Verlangen, stieg in ihr auf. Jetzt war er der Herausforderer, doch sie blieb ihm nichts schuldig, konnte nicht genug bekommen. Mit zitternden Fingern strich sie über sein Stoppelkinn, seinen Hals, seine Brust, war plötzlich von einem alles verzehrenden Heißhunger auf diese Art von Herzjagen und Hitzewallungen erfüllt.
Er löste seinen Mund von ihrem, um von der Ladefläche zu gleiten. Dann drängte er sich zwischen ihre Beine und küßte sie wieder, daß ihr Hören und Sehen verging und sie unwillkürlich die Arme in die Luft streckte; doch gleich darauf nahm sie sie wieder herunter, ließ die Hände über seine Brust gleiten und umklammerte ihn mit den Knien. Er umfaßte ihr Gesäß und zog sie näher zu sich heran.
Dicht an ihrem Mund heiser geflüsterte Worte steigerten ihre

Erregung bis an die Grenze der Qual, und dann knetete er ihre Brüste, hob sie an, wie er es vielleicht getan hätte, um daran zu saugen, wenn er den Mund freigehabt hätte. Als seine Finger ihre Brustwarzen streiften, schoß die Erregung bis in ihren Unterleib, so daß sie vor Lust unwillkürlich aufschrie.
So plötzlich es begonnen hatte, so plötzlich war es zu Ende. Davis hob den Mund zu ihrer Stirn, sein Atem ging keuchend. »Wir sollten besser aufhören.«
Sie brauchte nicht zu fragen, warum. Seine Erektion war eindrucksvoll, aber ohne Zweifel eine Tortur für ihn. Ein Teil von ihr hätte liebend gern ihre Shorts abgestreift und ihm – und sich selbst – Entspannung verschafft. Der andere Teil wußte, daß das nicht klug wäre. »So habe ich Sophie empfangen.«
»Auf der Ladefläche eines Pick-ups?«
»In einem Kino.« Als er einen ungläubigen Laut ausstieß, erklärte sie: »Wir waren allein auf dem Balkon, und ich fand den Film sterbenslangweilig.«
»Du hast doch gesagt, er sei ein Schlappschwanz.«
»Aber nicht, was den Sex anging – da war er toll. Allerdings hat er mich nie so geküßt wie du gerade.« Sie fluchte leise und hob ihm, schon wieder hungrig, den Mund entgegen.
Diesmal war sein Kuß noch langsamer, länger und tiefer, und er drückte etwas aus, das sie nur als Zärtlichkeit deuten konnte. Unglaublicherweise war er noch erregender als der davor.
Sie schob die Hände nach unten, bis zu der Stelle, an der ihre Körper sich aneinanderpreßten.
Er fing sie ein und zog sie wieder hoch. »Ich habe nichts dabei«, flüsterte er an ihrem Mund.
»Würdest du es tun, wenn es anders wäre?«
»Hier und jetzt.«
Die Orts- und Zeitangabe entsprach genau ihren Wünschen. »Vielleicht bin ich ja schon zu alt, um mir deswegen Sorgen machen zu müssen.«
Er stieß einen Laut aus, der keinen Zweifel daran ließ, was er von dieser Theorie hielt.

Sie fragte sich, ob sie heute wohl ebenso leicht schwanger werden würde wie damals bei Sophie, ob die neun Monate in ihrem Alter wohl zu einen Alptraum geraten würden, ob sie noch die nötige Geduld für ein Baby aufbringen würde.
Sie würde.
Nur würde sie keines bekommen.
Sie atmete zittrig ein, entließ Davis aus der Umklammerung ihrer Beine und legte den Kopf an seine Brust. »Auch gut – es wäre nur eine weitere Komplikation in einem ohnehin schon komplizierten Leben.«
»Aber vielleicht brauchst du Sex als Ventil.«
»Bis jetzt war es nicht so.« Sicher, sie fühlte sich nachts einsam, auch war sie sexuell nicht ausgelastet, aber sie hatte sich nie auf Affären eingelassen. Schließlich war Sophie da. Und Grace. Grace war schon reichlich entrüstet gewesen, als Francine Sophie erwartete – sie wäre außer sich, wenn jetzt etwas passierte. Vor allem mit einem Mann aus Tyne Valley!
Francine dachte daran, wer Davis einmal gewesen und was aus ihm geworden war. Sie schaute zu ihm auf. Selbst in der Dunkelheit sah sie, daß seine Augen vor Leidenschaft glühten. Gezähmt sollte er sein? Lachhaft. »Du bist ein gefährlicher Mann.«
»Nur, wenn man mich provoziert. Also, wann kommst du dir mein Haus ansehen?«
»Wann soll ich es mir denn ansehen?«
»Jetzt gleich.«
Sie lachte leise. »Das hieße das Schicksal herausfordern. Außerdem brauche ich meinen Schönheitsschlaf.«
»Dann morgen.«
»Da muß ich arbeiten.«
»Morgen abend.«
»Gibt es einen Grund für diese plötzliche Eile?« fragte sie, obwohl sie ihn genau kannte.
»Das ist nicht wahr!« protestierte er, als habe sie es ausgesprochen. »Es steht nicht mal ein Bett drin.«
»Das würde uns sicher nicht davon abhalten.«

»Ich verspreche dir, daß ich nichts tun werde, was du nicht willst.«
»Ich weiß nicht, was ich will. Ich will und doch wieder nicht.«
»Okay – kein Sex. Genügt dir diese Zusage?«
Sie seufzte. »Ich weiß nicht, Davis – es geschieht etwas, wenn wir zusammen sind.« Legs stupste mit der Nase ihr Bein an.
Sie tätschelte ihren Kopf. »Wir müssen los.«
Davis trat einen Schritt zurück. »Ich habe versprochen, dich heimzubringen.«
Francine beschloß, ihm seinen Willen zu lassen. Er setzte sie an der Einfahrt ab und strich ihr zum Abschied zart mit der Fingerspitze über die Wange. Während Legs losstürmte, wanderte sie langsam zum Haus hinauf, setzte sich eine Weile auf die Stufen davor und danach noch eine Weile in der Dunkelheit auf ihr Bett.
Es dauerte lange, bis sie einschlief, und ihr letzter Gedanke galt Davis – wie ihr erster, als sie am Morgen aufwachte.
Das veranlaßte sie, als die Uhr schließlich auf eine vertretbare Stunde vorgerückt war, einen Anruf bei Robert Taft dazwischenzuschieben.

*

Zwei Tage später bekam Francine einen Brief, in ordentlicher Handschrift und auf edlem Papier geschrieben, wie Grace es liebte. Die Absende-Adresse war keine Zeitungsredaktion, sondern eine Kleinstadt auf halbem Weg zwischen den Dorians und Manhattan. Neugierig schaute Francine auf der zweiten Seite nach der Unterschrift. Als sie Robin Duffys Namen las, hätte sie den Brief im ersten Moment beinahe ungelesen in den Papierkorb geworfen, doch dann reizte sie die vornehme Aufmachung, die sie Robin gar nicht zugetraut hätte.

Liebe Francine,
ich nehme an, daß Sie im ersten Moment versucht sein

werden, diesen Brief ungelesen wegzuwerfen, und ich kann es Ihnen nicht verübeln. Ich habe die Sache falsch angepackt, und ich möchte mich entschuldigen. Bevor ich neulich auf Ihrer Schwelle erschien, hatte ich erwogen, Sie anzurufen, aber dann ließ ich es, weil ich fürchtete, Sie würden mich nicht empfangen. Also entschloß ich mich, es darauf ankommen zu lassen, und es ging schief.
Sie haben sich sicher schon gefragt, wieso ausgerechnet ich ein so starkes Interesse an Grace zeige.

Francine lächelte spöttisch – das hatte sie sich in der Tat schon gefragt.

Der Grund ist meine Mutter. Sie verehrte Grace, las jeden Morgen als erstes »Die Vertraute« in der Zeitung. Kaum je verging ein Tag, an dem sie nicht mit meinem Bruder und mir über die Kolumne sprach, und kaum eine Woche verging, in der sie nicht mindestens eine der Kolumnen an die Kühlschranktür klebte. Für meine Mutter waren Graces Worte Offenbarungen. Sie verfolgte jeden ihrer Fernsehauftritte. Einmal schrieb sie ihr sogar und bekam eine reizende Antwort. Ich kann Ihnen nicht sagen, wie oft sie diesen Brief gelesen hat. Es ist mir ein Rätsel, wie Grace die Zeit dazu fand, ihn zu schreiben, aber er hat meine Mutter sehr glücklich gemacht.

Es gab zwei Möglichkeiten, dachte Francine: Entweder wollte Robin auf Teufel komm raus freundlich sein, oder sie war tatsächlich so naiv anzunehmen, daß Grace den Brief selbst geschrieben hätte. Grace wäre niemals imstande gewesen, alle Zuschriften, die sie erhielt, persönlich zu beantworten.

Meine Mutter ist voriges Jahr gestorben, und sie hat »Die Vertraute« bis zu ihrem letzten Tag gelesen. Die Kolumne brachte sie dazu, über alltägliche Dinge nachzudenken.

Selbst wenn sie manche Themen nicht auf sich beziehen konnte, so vermittelten sie ihr zumindest das Gefühl, Einblick in die Vorgänge im Land zu erhalten. Sie schwor, daß Graces Kolumne ihr mehr über die Stimmung der Menschen offenbare als jeder Nachrichten- oder Zeitungsbericht.

Francine hatte »Die Vertraute« zwar noch nie von dieser Warte aus betrachtet, doch sie gefiel ihr. Robins Brief war wirklich nett.

Meine Mutter und ich waren in vielen Dingen verschiedener Meinung. Obwohl Graces Worte für sie die Bibel waren, richtete sie sich nicht immer nach ihren Lehrsätzen. Manchmal legte sie zweierlei Maßstäbe an – einen strengen, auf Graces Gedanken fußenden, den sie auf meinen Bruder und mich anwandte, und einen weniger strengen, den sie auf sich anwandte. Sie war in der Lage, Graces Ratschläge so zu interpretieren, wie es ihren eigenen Bedürfnissen entsprach.

Das klang vertraut. Plötzlich empfand Francine eine unerwartete Seelenverwandtschaft mit Robin.

Wie zum Beispiel damals, als mein Bruder ihr seine Homosexualität gestand. Grace hatte dieses Thema oft behandelt und dazu aufgerufen, mit Toleranz und Liebe zu reagieren. Sooft ich meine Mutter auch daran erinnerte – sie brachte es nicht über sich. Soweit es sie betraf, hatten Toleranz und Liebe von uns zu kommen, wir sollten ihre Ablehnung einer Veranlagung, die sie für anormal hielt, tolerieren, und sie trotzdem lieben. Mein Bruder und sie hatten in den letzten Jahren ihres Lebens keinen Kontakt mehr zueinander, und er quält sich noch heute mit dem Gefühl herum, sie enttäuscht zu haben.

War Grace auch so manipulativ gewesen? Nein – sie würde sich niemals so grausam verhalten, wie Robins Mutter es getan hatte. War es manipulativ, ihrer dreiundvierzigjährigen Tochter zu sagen, wen sie heiraten sollte? Nein, man mußte ihr mildernde Umstände zubilligen.
Francine dachte an Robert, mit dem sie am Samstag abend zum Essen verabredet war, und an Davis, mit dem sie sich nicht im selben Raum aufzuhalten wagte. Als beide Gedanken sie beunruhigten, wandte sie sich wieder Robins Brief zu.

> Sie sehen, mein Interesse an Grace ist tief verwurzelt. Sie ist ebenso ein Teil meines Lebens, wie sie ein Teil das Lebens von Millionen Lesern ist. Ich habe das Glück, daß mein Beruf es mir ermöglicht, diesen Lesern Dinge über Grace zu berichten, die sie sonst nie erfahren würden.
> Und hier noch eine letzte Entschuldigung: Falls Sie meine Berichterstattung über Graces Autounfall im April als rufschädigend empfunden haben, so bedauere ich das sehr. Meinem Dafürhalten nach war mein Artikel eine rein sachliche Meldung. Wenn es Ihnen ein Trost ist – nach dem Erscheinen erfolgte eine Flut von Protestanrufen, und mein Chefredakteur war ebenso wenig erfreut über mich wie Sie.
> Ich verstehe, daß Sie mich nicht bei sich zu Hause empfangen wollen, aber mir liegt sehr viel daran, mit Ihnen zu sprechen. Vielleicht beim Mittagessen in einem Restaurant – auf neutralem Boden? Grace predigt Kommunikation. Wir sollten miteinander reden.
> Mein Traum ist, die bestinformierte Reporterin in Sachen Grace zu werden, wobei ich nicht weiß, ob ich mir das wegen meiner Mutter oder für mich selbst wünsche – aber auf jeden Fall macht meine langjährige Erfahrung mit der ›Vertrauten‹ mich zur perfekten Anwärterin auf diesen Posten. Bitte denken Sie darüber nach, ich könnte Ihnen vielleicht helfen.

Am Fuß des Briefes habe ich meine Privatadresse und die Telefon- und Faxnummern vermerkt. Ich hoffe, von Ihnen zu hören.

Mit freundlichem Gruß
Robin Duffy

Der Brief der Reporterin stürzte Francine einmal mehr in einen Zwiespalt. Von einer intelligenten Frau geschrieben, war er einer der schmeichelhaftesten, die sie je gelesen hatte – von einer Frau geschrieben, in deren Macht es lag, Grace aufzubauen oder zu vernichten, war er angsteinflößend.

Sicher war sich Francine nur in einem Punkt: Angesichts dessen, wie die Dinge jetzt standen, wagte sie es nicht, Robins Angebot anzunehmen.

Zehntes Kapitel

Gleichgültig, wie modern die Welt auch noch werden mag – immer werden Traditionen die Grundpfeiler des Familienlebens sein.

– Grace Dorian in »Die Vertraute«

In den folgenden Monaten kam Francine sich vor wie in einem Hamsterlaufrad – sie lief und lief und kam nicht vom Fleck. Und immer wieder stolperte sie, indem sie Kolumnen in einer Art und Weise zusammenstellte, die Tony zu der Frage veranlaßte, ob Grace krank sei, sich in erfundenen Begründungen dafür verhedderte, daß Grace in dieser Talk-Show oder bei jenem Seminar nicht erscheinen könnte, oder Grace Fragen stellte, die einen Wutanfall auslösten.

Nachdem sie den Labor-Day in für die Dorians untypischer Zurückgezogenheit verbracht hatten, schlug die Neugier hohe Wellen. Allenthalben brachen Reporter aus dem Mediendikkicht hervor und baten um ein Interview. Annie Diehl wurde mit Auftritts-Ersuchen überschwemmt. Freunde drängten auf ein gemeinsames Mittagessen. Es kamen Anrufe von Tony, von Katia, von Amanda, von George, von mehr Zeitungen, in denen »Die Vertraute« erschien, als Francine zählen konnte, und alle waren besorgt um Grace.

Als genüge diese Belastung noch nicht, geriet auch noch die Arbeit zum Alptraum. Wofür Grace früher zwei Tage gebraucht hatte, brauchte Francine fünf, was bedeutete, daß ein unproduktiver Tag sie in Verzug kommen ließ, was wiederum

bedeutete, daß Tony alle naselang ungeduldig auf die Termin-Hupe drückte.
Ebenso häufig kam es zu Auseinandersetzungen mit Sophie – bis Francine irgendwann entnervt die Hände hob. »Was ist hier eigentlich los? Wir sollten einander unterstützen und uns nicht befehden! Warum streiten wir ständig?«
»Wir streiten ständig, weil du dich albern aufführst«, erklärte Sophie. »Es ist zum Beispiel nicht verwerflich, Fragen zur Etikette außer acht zu lassen. Sie haben dich zur Verzweiflung getrieben und mich auch schon.«
Ein Teil von Francine gab Sophie recht, doch der andere erwiderte: »Grace hat sie immer beantwortet.«
»Nun – wir sind nicht Grace. Okay, ich sehe es ja noch ein, wenn es um grundlegende Benimmfragen geht, aber wenn jemand wissen will, was er mit dem benutzten Messer machen soll, wenn die Bedienung es ihm nach dem ersten Gang zur späteren Benutzung zurückgibt … ich bitte dich!«
»Grace würde darauf eingehen«, insistierte Francine.
»Dann geh' darauf ein.«
»Aber es geht mir gegen den Strich!«
»Ich weiß das – und genau darum streiten wir uns, Mom. Ich sage, wenn dir etwas gegen den Strich geht, sollst du es nicht tun, und du sagst, daß du es Grace zuliebe tun mußt. Aber du bist nicht Grace, und ich bin nicht Grace, und da sie sich inzwischen nicht mehr für die ›Vertraute‹ engagiert, müssen wir irgendwann das Ruder in die Hand nehmen. Grace kann dir keine Hilfestellung mehr geben – sie erinnerte sich von einer Woche zur nächsten nicht daran, welche Themen wir behandeln. Sie erinnert sich nicht einmal mehr an uns.«
»Natürlich tut sie das.«
»An unsere Gesichter, ja – aber sie ist völlig auf ihre eigene Person und ihre Arbeit konzentriert. Wann hat sie dich das letztemal gefragt, wie es dir geht oder wie deine Arbeit läuft?« Ihr Tonfall wandelte sich von vorwurfsvoll zu gekränkt. »Eigentlich sollte ich ja dankbar sein – ich habe es schließlich immer

gehaßt, wenn sie sich nach meinem Befinden erkundigte, weil sie genau wußte, daß ich nicht so gewissenhaft auf meine Gesundheit achtete, wie ich sollte. Aber jetzt denkt sie gar nicht mehr daran – als sei ich ihr gleichgültig geworden. Wahrscheinlich wird sie auch meinen Geburtstag vergessen.«

Der letzte Satz klang ängstlich und machte Francine bewußt, daß Sophie nicht so erwachsen war, wie sie glaubte. Als Francine in das hübsche, frische, besorgte Gesicht schaute, sah sie, wie jung es noch war.

»Grace wird deinen Geburtstag nicht vergessen«, versicherte Francine ihr und schwor sich, dafür zu sorgen.

»Sie wird nicht ausgehen wollen – aber wir sind bisher immer ausgegangen. Das Mittagessen bei ›Pierre‹ ist genauso eine Tradition wie Thanksgiving oder Weihnachten. Wir haben meinen Geburtstag bei ›Pierre‹ gefeiert, seit ich drei Jahre alt war.«

Traditionen seien die Grundpfeiler des Familienlebens, lautete eine von Graces Maximen. Francine wünschte, sie hätte dazugesagt, was zu tun wäre, wenn der Boden unter diesen Grundpfeilern wegrutschte.

»Ich möchte so gern hingehen!« bettelte Sophie. »Für Grace wäre es bestimmt auch schön.«

Daran hatte Francine ihre Zweifel. Grace wollte ihre Ruhe haben, legte Wert auf Vertrautes. Das ›Pierre‹ war ihr nach all den Jahren zwar vertraut, doch Manhattan ein ständig im Wandel begriffenes Ungeheuer.

Aber auch Sophie hatte Wünsche, und dieser lag ihr besonders am Herzen. Also versprach Francine, ihn an Grace weiterzuleiten. »Wenn die Idee ihr nicht gefällt, können wir ja was anderes unternehmen – oder wir beide gehen einfach allein.«

»Kann Grace sich nicht mal einen einzigen Tag zusammenreißen – mir zuliebe? Ich meine, wir arbeiten uns die Finger wund für sie, tun ständig Dinge, die wir eigentlich gar nicht wollen. Warum kann sie das nicht auch ab und zu?«

»Weil ihr Problem nicht verstandesmäßig zu steuern ist«, erwi-

derte Francine und kam sich unter Sophies Blick wie eine Hochverräterin vor.
Plötzlich wurden Sophies eben noch kindlich-flehenden Augen hart. »Das hat nichts mit ihrem Problem zu tun – so war sie schon immer: Grace kommt an erster Stelle, basta. Und das ist auch ein Streitpunkt zwischen uns. Entweder nimmt Grace uns zur Kenntnis oder nicht. Du sagst, sie tut es – ich sage, sie tut es nicht. Du sagst, wir müssen Mitgefühl zeigen – ich sage, sie nutzt unser Mitgefühl aus. Du sagst, unser Leben steht und fällt mit ihr – ich sage, wir kommen auch gut allein zurecht.«
Es erstaunte Francine wieder einmal, daß Sophie, nachdem sie Graces Krankheit als erste akzeptiert hatte, so wenig Verständnis für ihr Leiden aufbrachte. »Ich kann sie nicht einfach ausklammern, Sophie«, wandte sie ein. »Ich kann nicht plötzlich so tun, als sei sie keine Autorität auf Gebieten, auf denen du und ich ihr nicht das Wasser reichen können. Sie ist eine unschätzbare Informationsquelle.«
»War. Es läßt rapide nach. Und du quälst dich herum, Mom. Früher hast du dich hingesetzt und Kolumnen für Grace in null Komma nichts runtergeschrieben. Jetzt brauchst du eine Ewigkeit dazu, weil du so verzweifelt versuchst, zu schreiben, was Grace schreiben würde, hast Bedenken wegen des Stils und des Inhalts, krempelst den Text x-mal um, um deinen zu ihrem zu machen. Du trägst Hosen und Blusen. Und Perlen. Um Himmels willen, Mom – mußt du tatsächlich eine Perlenkette tragen?«
Grace hatte sie ihr vor vielen Jahren geschenkt – als obligatorisches Symbol der Volljährigkeit. Grace sah es immer gern, wenn sie sie trug, und aus diesem Grund trug sie sie jetzt.
»Vielleicht bremst dich ja auch all *das*«, sagte Sophie. »Vielleicht könntest du in einem Jogginganzug viel besser arbeiten. Du kannst machen, was du willst, Mom – du wirst nie aussehen wie Grace. Und dann«, eine bedeutungsschwangere Pause, »und dann«, noch langsamer, »ist da noch Robert.«
Francine hätte wissen müssen, daß das kommen würde. Sophie

hatte schon seit Wochen über ihn hergezogen. Grace hingegen lächelte jedesmal, wenn Francine sagte, daß sie sich mit ihm treffen würde. Allein dieses Lächeln – so selten und so vergänglich – machte die Abende mit Robert für Francine die Mühe wert. »Hast du etwas Neues über ihn zu sagen?« fragte sie Sophie.

»Ihr beide unternehmt ja aufregende Dinge miteinander.«

Francine überging den Sarkasmus. »Wir gehen essen.«

»Ja – und sogar in verschiedene Restaurants!« höhnte Sophie. »Bist du verrückt nach ihm? Natürlich nicht. Robert ist ein Langweiler. Was hast du übrigens Tom erzählt?«

»Gar nichts, die Geschichte mit Tom hat sich einfach totgelaufen.«

»Was beweist, wie dynamisch Tom war. Der einzige Unterschied zwischen ihm und Robert besteht darin, daß Grace Robert mag – was uns wieder zum Ausgangspunkt zurückbringt. Wieviel Gehorsam schulden wir Grace?«

Das war eine Frage von der Sorte, wie Francine sie üblicherweise mit Grace erörtert hätte, aber diesmal konnte sie das nicht. Zum einen war das Thema zu brisant, und zum anderen wäre Grace einem solchen Gespräch nicht gewachsen gewesen.

Die Atempause hatte nur den Sommer über gedauert – jetzt war Grace vergeßlicher denn je und ärgerlicher denn je, wenn sie etwas vergaß, und zerstreuter und ängstlicher denn je, wenn sie den Überblick verlor. Sie vergaß, welcher Wochentag gerade war, und brachte machmal sogar die Tageszeiten durcheinander. Francine fand sie mitten in der Nacht ebenso oft voll bekleidet an ihrem Schreibtisch auf den leeren Computerbildschirm starrend wie im Nachthemd schlafend im Bett.

Es gab zwar noch wache Zeitabschnitte, während derer sie die Grace war, die Francine kannte – aber sie waren von dem Wissen überschattet, daß die andere wiederkommen würde.

Als der Oktober den September ablöste, rief Katia wegen des Buches an, das noch nicht geschrieben war, und Francine wurde klar, daß da ein Problem auf sie zukam. Grace sah das anders. »Die warten schon«, erklärte sie, den Blick auf den Bildschirm geheftet. Francine bemühte sich vergeblich, einen Sinn in dem Text zu erkennen, der dort stand. »Welcher Teil ist das?« fragte sie unschuldig.

»Teil? Teil wovon?«

»Von deinem Buch. Arbeitest du denn nicht daran?«

Grace dachte darüber nach. Dann sagte sie: »Nun, das würde ich gern – aber es ist nicht einfach. Ich sichte immer wieder das Material«, sie deutete mit einer umfassenden Geste auf die Papiere, unter denen die Schreibtischplatte verschwunden war, »und dann weiß ich nicht, was davon ich reinnehmen soll. Sie sind nicht zufrieden mit mir, Francine.«

Francine brauchte nicht zu fragen, von wem sie sprach – die Halluzinationen kamen immer öfter. »Wir haben das doch mehrfach besprochen, Mom: Sie sind nicht da!«

Grace konnte ihr nicht in die Augen schauen. »Ja, aber ich höre sie! Sie sitzen jede Nacht in meinem Wohnzimmer. Mein Vater sitzt angetrunken auf meinem Schaukelstuhl, und mein Bruder und meine Schwestern sitzen auf dem Zweiersofa.«

»Du hattest keine Schwestern«, erinnerte Francine sie. »Nur einen Bruder – Hal, und der starb mit fünf Jahren an Keuchhusten.«

»Nun, das ist ein weiterer Zankapfel. Sie machen mich auch *dafür* verantwortlich. Meine Mutter geht ununterbrochen auf und ab und wartet darauf, daß ich herauskomme.«

In dem Bestreben, Grace in die Realität zurückzuholen, entschloß Francine sich zur Brutalität. »Deine Familie ist tot – du bildest dir nur ein, daß sie hier ist! Glaub mir – du kannst in dein Buch schreiben, was immer du willst! Sie werden es nie erfahren.«

»Doch, das werden sie.«

»Denkst du, sie schauen vom Himmel auf dich herunter?«

»Sie schauen von nirgends herunter, sie sitzen in meinem Wohnzimmer!« gab Grace aufgebracht zurück.

»Nun«, ging Francine um des lieben Friedens willen auf die Behauptung ein, »dann müssen wir eben dafür sorgen, daß sie nicht sehen, was du schreibst. Wir können es vor ihnen verstekken. Was hältst du davon? Wir können alles in den Bücherschrank einschließen und den Schlüssel verstecken.«
Nach einigem Zögern nickte Grace. »Ja, das müßte gehen.«
»Na, siehst du. Gib mir die Seiten, die schon fertig sind, und ich schließe sie sofort ein.«
Grace schaute Francine an. Ihr Ausdruck wandelte sich von vorsichtig über resigniert zu verlegen, wovon nichts Hoffnung auf das weckte, was sie vorzuweisen hätte. Francine hatte noch keine einzige Seite gesehen – Grace hatte nachdrücklich darauf bestanden, daß niemand einen Blick darauf werfen dürfe, bis sie es gestatte. Jedesmal, wenn Francine versucht war zu kiebitzen, verließ sie in letzter Sekunde der Mut.
Grace ließ den Blick über ihren Schreibtisch wandern und runzelte die Stirn. Dann schob sie ein paar Papiere herum, bis ein leuchtend gelber Ordner zum Vorschein kam, den sie Francine reichte, wobei sie ihr wieder nicht in die Augen sah. »Ich bin nicht so weit gekommen, wie ich gehofft hatte.«
Böses ahnend, schlug Francine den Ordner auf. Er enthielt ein wirres Durcheinander von Ausarbeitungsversuchen einiger Punkte, die Grace in ihrem ursprünglichen Exposé aufgeführt hatte. Kein einziges fertiges Kapitel, nicht genug für eine Kurzgeschichte, und ganz sicher nicht genug, um Katia zu befriedigen. Francine war fassungslos. Sophie hatte sie gewarnt – aber sie hatte sich trotzdem Hoffnungen gemacht.
Sie fuhr sich mit gespreizten Fingern durch die Haare. »Ich werde Katia anrufen müssen – der Mai ist als Erscheinungstermin gestorben. Vielleicht klappt es im September«, dachte sie laut. »Oder zu Weihnachten. Ja, das ist der beste Zeitpunkt – das Buch läßt sich zu Weihnachten eher vermarkten als zum Muttertag. Also, wenn es im Dezember rauskommen soll, muß es dem Verlag im März vorliegen.« Sie schüttelte bekümmert den Kopf. »Nein, das wäre zu knapp kalkuliert.«

»Wir müssen es versuchen!« drängte Grace. »Je länger wir warten, um so schwieriger wird es.«
Die Klarsichtigkeit und die Traurigkeit, die hinter diesen Worten stand, trafen Francine unvorbereitet. Sie ergriff Graces Hand und hielt sie fest, bis der Kloß in ihren Hals verschwand. »Du bist die einzige, die die Fakten kennt.«
Grace tippte sich an die Stirn. »Sie sind hier drin – ich habe nur Probleme damit, sie herauszuholen.« Ihr Ausdruck wurde hoffnungsvoll. »Du kannst schreiben, Schatz – du kannst das Buch für mich schreiben.«
Francine reagierte mit Entsetzen. »Ich? Äh ... äh ... wann?«
Grace wischte diese Frage mit einer Handbewegungen beiseite. »Hilfst du mir, Liebes? Ja? Es ist vielleicht das letzte, worum ich dich je bitten werde, und du weißt, wie wichtig mir dieses Buch ist. Wirst du mir helfen?«
Panik stieg in Francine auf. Das Buch war ein Vollzeit-Projekt, und sie stieß schon jetzt an ihre Grenzen. Außerdem hatte sie keine Ahnung, wie man ein Buch schrieb. Bücher waren keine einfachen, drei Absätze umfassende Antworten auf Leserzuschriften, sie waren Hunderte von Seiten dick. Und sie bedurften strategischer Planung.
Grace hatte sie darauf vorbereitet, »Die Vertraute« zu übernehmen – darüber, wie man ein Buch schrieb, hatte sie nie ein Wort mit ihr gesprochen.
Eigentlich wollte Francine dieses Ansinnen mit aller Entschiedenheit ablehnen, aber das Buch bedeutete Grace alles, und Grace bedeutete Francine alles. Und so kam sie zu dem einzig möglichen Ergebnis dieser Rechnung und wäre in Tränen ausgebrochen, wenn Grace nicht so glücklich ausgesehen hätte.

Sophie hatte in der ersten Novemberwoche Geburtstag, und oft fiel er mit dem Wahltag zusammen. Sie hatte lebhafte Erinnerungen daran, wie sie, zwischen ihrer Mutter und ihrer Großmutter im Fond des Wagens sitzend, auf dem Weg nach New York an Wahlplakaten und Flaggen vorbeifuhr. Sie war sogar an

einem Wahltag achtzehn geworden. Grace und Francine hatten sie feierlich ins Rathaus begleitet, wo sie zum ersten Mal ihre Stimme abgab.
Natürlich war Grace die Prozedur vorher mit ihr durchgegangen, hatte die Alternativen umrissen, ihr erzählt, für wen sie stimmte und warum. Im Geiste ihres Dauerkrieges hatte Sophie für jeden gestimmt, den Grace ablehnte, und ihr das sofort nach Verlassen der Wahlkabine auch mitgeteilt.
Grace hatte zuerst sie angesehen, dann einen Blick gen Himmel geschickt und schließlich, zur Nachsicht entschlossen, lächelnd den Kopf geschüttelt. »Heute ist dein Geburtstag, Schatz – du kannst tun, was immer dein kleines Herz begehrt.«
So war es immer gewesen. Ein Mittagessen im vornehmen »Pierre« bildete den Mittelpunkt, um den herum eine Auswahl kleiner Attraktionen arrangiert waren. In den frühen Jahren waren das die Rockettes, die Aussichtsplattform des Empire State Building und Kutschfahrten durch den Park, in späteren Jahren Barney's, Tiffany's und der Broadway. Sophie durfte es sich immer aussuchen, und sie hatte nie Probleme, sich zu entscheiden.
Dieses Jahr schwebte ihr als Tagesgestaltung ein Algenbad vor, dem ein Mittagessen und anschließend der Kauf eines kleinen Rubin-Ohrsteckers folgen sollte.
»Ich weiß nicht, Schätzchen«, sagte Francine zweifelnd, als Sophie ihre Liste herunterratterte. »Grace hat nichts übrig für Algenbäder.«
»Sie kennt das doch gar nicht. Erinnerst du dich an unser erstes Mal in dem Kurbad? Es war sensationell!«
»Ich glaube nicht, daß sie so lange stillhalten kann.«
Aber Sophie ließ nicht locker. »Sie wird so entspannt sein, daß sie nicht mal daran denken wird, sich bewegen zu wollen. Und außerdem ist es mein Tag, und ich darf entscheiden, weißt du noch?«
Es war ihr bewußt, daß ihre Idee Francine nicht begeisterte, es war ihr sogar bewußt, daß sie ein Risiko einging, denn Grace

wurde immer unberechenbarer. Aber sie wünschte sich, daß ihr Geburtstag ebenso schön würde wie all die anderen davor, wünschte es sich so sehr, daß sie bereit war, dieses Risiko einzugehen.

Der Tag begann mit strahlendem Sonnenschein. Sophie trug einen Hosenanzug von Armani. Gus trug den dunklen Anzug und die Mütze, die ihm von Grace aufgezwungene Uniform. Sophie zog ihn damit auf, während sie beim Wagen warteten, sagte, daß er mit seinem dunklen Teint und den glühenden Augen die ganze Seriosität der Uniform zunichte mache. Das Thema weiter ausbauend, lehnte sie sich an ihn und flüsterte ihm Anzüglichkeiten ins Ohr, bis das Resultat ihrer Provokation nicht mehr zu übersehen war. Er schwor, es ihr heimzuzahlen.

Francine und Grace verspäteten sich, boten miteinander jedoch ein aufsehenerregendes Bild. Francines Hosenanzug war nur um eine Spur eleganter als Sophies, Graces hingegen machte keinen Vergleich möglich. Aber sie war zerstreut, stieg in den Fond und ließ Sophie draußen vergeblich auf die alljährliche Geburtstagsumarmung und die Glückwünsche warten.

»Sie hatte einen schlechten Start«, flüsterte Francine, während sie das Versäumnis durch eine doppelt lange Umarmung auszugleichen versuchte. »Sie hat die Daten verwechselt – sie dachte, dein großer Tag wäre morgen.«

»Weiß sie, wohin wir fahren?

»Ja, ich weiß, wohin wir fahren«, schimpfte Grace aus dem Auto. »Kann es endlich losgehen? Ich friere.«

Francine setzte sich neben Grace, Gus machte die Tür zu und geleitete Sophie zur anderen Seite.

Grace sprach nicht viel, hielt den Blick auf die Straße geheftet und die Hände gefaltet auf dem Schoß. Sie unterhielten sich an ihr vorbei, bis Sophie es nicht mehr aushielt. »Gratulier mir zum Geburtstag, Gran.«

Grace schaute sie überrascht an. »Du hast schon wieder Geburtstag? Pah. Hält man das für möglich? Wo sind all die Jahre hin?«

»Irgendwohin«, sagte Sophie. »Ich bin heute vierundzwanzig geworden.«
»Vierundzwanzig.« Sie tätschelte Sophies Knie. »Das ist alt.« Dann sagte sie ganz lieb: »Du siehst wunderschön aus. Habe ich dir das schon gesagt?«
»Nein«, antwortete Sophie mit einem Lächeln. Das war die Granny, die sie aus ihrer Kinderzeit kannte. »Da darfst es noch mal sagen, wenn du möchtest.«
Und Grace kam der Aufforderung wie damals nach. »Du siehst wunderschön aus.«
Sie lachten.
Grace nahm ihre Hand. »Ich weiß noch, wie du geboren wurdest. Erinnerst du dich an den Tag, Francine? Du dachtest, du hättest Darmkrämpfe. Wir schafften es gerade noch rechtzeitig ins Krankenhaus. Du warst so ein schönes Baby, Schätzchen. Ich habe Stunden am Fenster des Kinderzimmers zugebracht.«
Noch immer Sophies Hand haltend, sank sie ein wenig in sich zusammen und richtete den Blick lächelnd wieder auf die Straße.
Einen kurzen Moment lang sah Sophie wieder sich in der Mitte sitzen und in eine glitzernde Geburtstagswelt hinausschauen. Daß jetzt Grace in der Mitte saß, weckte den irritierenden Eindruck vertauschter Rollen in ihr, und sie warf einen unsicheren Blick zu ihrer Mutter hinüber. Francine starrte aus dem Seitenfenster, und der kleine Teil ihres Gesichtes, den Sophie sehen konnte, wirkte müde. Sie wirkte in letzter Zeit immer müde – sie arbeitete einfach zuviel.
»Wir müssen so was viel öfter machen«, sagte Sophie. »Wir sollten uns mindestens einmal in der Woche einen freien Tag genehmigen und etwas unternehmen.«
Francine stieß einen sehnsüchtigen Laut aus.
»Ja, das sollten wir«, bekräftigte Sophie. »Wir müssen doch nicht fünf Tage in der Woche arbeiten.«
»Fahrer?« rief Grace nach vorne. »Fahrer?«
»Ja, Ma'am«, rief Gus nach hinten.

»Warum überholen wir all diese Autos?«
»Sie nehmen die Ausfahrt«, erklärte er.
»Ich finde, Sie fahren zu schnell. Bitte drosseln Sie das Tempo.»
Sophie wußte, daß er die Zeit aufholen wollte, die sie durch Graces Verspätung verloren hatten. Wenn sie die Behandlung vor dem Essen in Ruhe genießen wollten, müßten sie um elf in dem Kurbad sein. Als Grace sich neuerlich über Gus' Fahrweise beschwerte, erläuterte sie das Grace.
»Aber er macht mich nervös!« rief Grace so heftig, daß Francine Gus anwies, langsamer zu fahren.
Sophie biß sich auf die Zunge. Heute war ihr Tag, und Grace hatte nicht das Recht, darüber zu bestimmen. Aber genau das tat sie, beschwerte sich ein drittes Mal über die Geschwindigkeit und schaltete dann auf »Ich hätte nicht mitfahren sollen!« um, was sie alle paar Minuten wiederholte. Francine versuchte sie zu besänftigen. Sophie versuchte sie zu besänftigen. Grace ließ sich nicht besänftigen.
Sie trafen mit viertelstündiger Verspätung in dem Bad ein, doch der Name Dorian wirkte Wunder. Obwohl Sophie für gewöhnlich Anonymität vorzog, setzte sie den Namen diesmal ebenso schamlos ein, wie Grace es immer getan hatte.
Unglaublicherweise wollte Grace sie daran hindern. »Tu das nicht«, flüsterte sie, Sophies Arm umklammernd, um sie wegzuziehen. »Ich will nicht, daß die Leute erfahren, daß wir hier sind.«
»Warum nicht?« fragte Sophie.
»Weil es besser ist.« Und zu Francine sagte sie: »Ich habe kein gutes Gefühl bei dieser Sache.«
»Es wird dir gefallen, Mutter.«
»Gefallen ist viel zu wenig«, mischte Sophie sich ein. »Du wirst begeistert sein!«
Und das wäre sie vielleicht tatsächlich gewesen, wenn sie dem Abenteuer eine Chance gegeben hätte – aber ihr mißfiel der Raum, ihr mißfielen die Gerüche, es mißfiel ihr, daß sie ihre Kleider ablegen mußte. Und das Mädchen, das sich ihrer an-

nahm, fand auch nicht ihre Billigung, ebenso wenig wie die Beruhigungsbemühungen von Francine und Sophie aus den angrenzenden Wannen. Sie verließ ihre vor der Zeit, und die Betreuerin mußte ihr nachlaufen und sie zurückholen, um sie abzuduschen, und die Nachfolgebehandlungen wurden kategorisch abgelehnt.

Das hätte Sophie vielleicht nicht gestört, wenn Grace geduldig gewartet hätte, bis sie beide fertig gewesen wären – aber Grace wollte Francine bei sich haben. Und dann wollte sie gehen. Francine erbot sich, mit Grace eine Stadtrundfahrt zu machen, damit Sophie die Behandlung wie vorgesehen beenden könnte, doch Sophie war die Lust vergangen.

Es wurde noch schlimmer. Da es fürs Mittagessen noch zu früh war, gingen sie zu Tiffany's. Der Geschäftsführer hatte ihnen persönlich jedes einzelne Schmuckstück verkauft, das Sophie besaß, einschließlich diverser früherer Geburtstagsgeschenke. Er zeigte ihnen die schönsten Rubine des Sortiments. Als Grace in einem Schaukasten in der Nähe einen schlichten Solitär entdeckte, holte er ihn sofort heraus und steckte ihn ihr an, und sie hob ihre Hand, drehte sie im Licht und stieß kleine Entzückensschreie aus, als habe sie noch nie einen Brillantring getragen. Da sie aber bereits mehrere, weit kostbarere besaß, wirkte ihre überschwengliche Bewunderung wie Spott.

Sophie versuchte, ihre Aufmerksamkeit wieder auf die Ohrringe zu lenken, doch Grace warf nur einen Blick darauf und schlenderte davon. Francine, der Sophie in der Seele leid tat, legte den Arm um sie und konzentrierte sich auf die Rubine. Währenddessen ging Grace mit dem Solitär am Finger in aller Ruhe aus dem Laden und die Straße hinunter, was sowohl Francine als auch Sophie erst realisierten, als eine Gruppe von Sicherheitsleuten sie zurückbrachte.

Sophie wäre am liebsten im Erdboden versunken, doch kurz darauf, nachdem Francine Grace den Ring vom Finger gezogen und dem Manager zurückgegeben hatte, der seinerseits der Situation die Peinlichkeit zu nehmen versuchte, indem er vorschlug, daß Grace ihn zur Ansicht mitnehmen solle, wurde Sophies Verlegenheit von einem traurigeren Gefühl abgelöst. Sie war sich bewußt, daß Francine sich alle Mühe gab – es stand ihr im Gesicht geschrieben, aber es war die gleiche alte Leier: Grace dominierte alles.

Sie verließen das Geschäft, ohne etwas gekauft zu haben, und fuhren eine Weile herum, während Francine ihr Bestes tat, um zu erreichen, daß Grace sich entspannte. In einem letzten Versuch, den Tag zu retten, gingen sie zu »Pierre«, und anfangs hielt Grace sich gut. Sie blieb dicht bei Francine und überließ sich ihrer Führung, als ihnen auf dem Weg zu ihrem Tisch Leute entgegenkamen, die von ihr erwarteten, daß sie sie erkannte. Sie ließ sich vom Oberkellner den Stuhl zurechtrücken und schenkte ihm ein strahlendes Lächeln. Doch von da an ging's bergab. Sie konnte die Speisekarte nicht lesen und wurde zornig. Sie protestierte, als Francine für sie bestellte, und als das Essen kam, schmeckte es ihr nicht. Sie behauptete, ein Mann an einem Tisch in der Nähe starre sie an. Sie ging auf die Toilette, und als sie zurückkam, war sie überzeugt davon, daß der Ober ihr inzwischen das Essen eines anderen Gastes hingestellt hätte, denn es sei ja offensichtlich darin herumgestochert worden. Sie ging ein zweites Mal auf die Toilette, und diesmal kam sie nicht zurück, worauf Francine nach fünf Minuten, in denen sie alle paar Sekunden auf die Uhr schauten und überlegten, ob Grund zur Panik bestehe, schließlich hinterherging und feststellte, daß sie in einer Kabine festsaß, weil sie nicht wußte, wie sich der vorher von ihr geschlossene Türriegel öffnen ließ. Als sie ihren Kerker schlußendlich verlassen konnte, war sie so aufgelöst, daß Francine eiligst um die Rechnung bat.

Sophie kochte auf der ganzen, langen Heimfahrt vor Wut, obwohl Grace plötzlich lieb, plötzlich zerknirscht, plötzlich fürsorglich war. »Ich fühle mich einfach schrecklich, Schätzchen. Früher konnten wir uns immer darauf verlassen, bei ›Pierre‹ anständiges Essen zu bekommen – ich hätte niemals vorgeschlagen, an deinem Geburtstag dort hinzugehen, wenn ich gewußt hätte, daß sie so nachgelassen haben. Aber ich möchte dir etwas ganz Besonderes kaufen. Was hättest du gern? Etwas Hübsches? Vielleicht ein Schmuckstück?«

Sophie hätte sich besser gefühlt, wenn Grace noch immer so wirr gewesen wäre wie vorher, aber die Unberechenbarkeit, der ständige Wechsel zwischen der alten und der neuen Grace, brachte sie in Rage. Wenn Grace gewollt hätte, sagte sie sich, wirklich gewollt hätte, wäre sie die paar kurzen Stunden, auf die es ankam, sie selbst gewesen – ihr, Sophie, zuliebe. Wenn sie wirklich gewollt hätte. Aber das hatte sie nicht. Sie hatte es nicht gewollt, hatte es nicht getan, und eine Tradition war zerstört.

Zornig, frustriert und traurig zog sich Sophie schnurstracks an ihr Ende des Hauses zurück. Sie erwartete, daß Francine kommen und vorschlagen würde, den Geburtstag allein mit ihr noch in irgendeiner anderen Form zu feiern, doch sie tat es nicht. Und so rief Sophie ihre Freunde in New York an und war innerhalb einer Stunde auf dem Rückweg in die Stadt. Diesmal saß sie, eng an Gus gekuschelt, vorne im Wagen.

Francine hatte natürlich vorgehabt, etwas mit Sophie zu unternehmen, aber Grace war in selten guter Verfassung und wollte über ihr Buch sprechen.

»Ich habe über die ›Geburt‹ der ›Vertrauten‹ nachgedacht«, sagte sie. »Erinnerst du dich, wie die Idee dazu entstand? Dein Vater und ich sprachen eines Tages mit Peter und Joanna Daltrey über Möglichkeiten, Peters Zeitung aufzupeppen – er war damals der Herausgeber des Lokalblattes, und das war entsetzlich provinziell und langweilig. Selbstverständlich drückten wir es in seiner Gegenwart nicht so brutal aus, aber es war wirklich schlimm. Also schlugen wir ihm vor, eine Ratgeber-Kolumne einzurichten, worauf er den Spieß umdrehte und vorschlug, ich solle sie schreiben.«

Francine war hin- und hergerissen. »Ich kann das jetzt nicht mit dir erörtern, Mom«, erklärte sie in flehendem Ton. »Ich muß mich um Sophie kümmern – sie ist schrecklich enttäuscht.«

»Ich wüßte nicht, warum sie das sein sollte«, sagte Grace spitz. »Sie hat weiß Gott ein schönes Leben.«
»Heute ist ihr Geburtstag, und sie ist ein bißchen melancholisch.« Das war sehr milde ausgedrückt, aber Francine glaubte nicht, daß ihre Mutter in der Stimmung war, sich anzuhören, was Sophie tatsächlich empfand. »Ich dachte, ich unternehme noch etwas mit ihr.«
»Wir haben bereits etwas mit ihr unternommenen – jetzt ist die Arbeit an der Reihe.« Sie lächelte strahlend. »Erinnerst du dich noch, wie wir zusammensaßen und einen Namen für meine Kolumne suchten? Erinnerst du dich an die ersten Vorschläge?«
»Bitte, Mom!« erflehte Francine ein letztes bißchen Verständnis von der Frau, die mit ihrem Verständnis für andere Menschen Karriere gemacht hatte.
Aber Grace hörte ihr gar nicht zu. »Du wolltest sie ›Erzählen Sie's Grace‹ nennen, und dein Vater war für ›Grace weiß Rat für Sie‹.«
»Mom. Mom! Kann das nicht warten?«
»Im Prinzip schon«, erwiderte Grace, »aber es könnte sein, daß ich den Faden verliere.«
Francine hätte am liebsten geschrien. So gesehen, mit der Schreckensvision einer Grace vor Augen, die nur noch eine leere Hülle sein würde, konnte sie jetzt unmöglich gehen – das mußte Sophie einsehen.
Und so schrieb sie die Gedanken nieder, die Grace heraussprudelte. Es dauerte nicht lange, bis Grace das Interesse verlor, doch inzwischen war ohnehin Teezeit. Als Father Jim sich verspätete, regte Grace sich auf, gab Francine die Schuld, beruhigte sich erst, als er schließlich eintraf.
Er brachte ein Geschenk für Sophie mit, und Francine lief hinüber, um sie zu holen, mußte jedoch feststellen, daß sie nicht da war.
Mit dem Gefühl, als Mutter versagt zu haben und von Gott und der Welt verlassen zu sein, überließ sie, den Tränen nahe, Grace und Father Jim sich selbst und machte einen Spaziergang mit

Legs. Bis zu ihrer Rückkehr schaffte sie es, die hartnäckig hinter ihren Augen lauernden Tränen und das quälende Verlorenheitsempfinden im Zaum zu halten, doch dann setzte sie sich in ihrem Arbeitszimmer auf den Teppich, zog den Hund in ihre Arme und öffnete die Schleusen.
Irgendwann spürte sie eine Migräne kommen, und als sie mit einem kalten Lappen auf der Stirn in der Dunkelheit lag, wurde ihr klar, daß etwas geschehen mußte.
Und es geschah etwas. Um zehn Uhr riß das Klingeln des Telefons sie aus einem abgrundtiefen Schlaf.
»Sophie ist krank!« erklärte Gus mit einem hysterischen Unterton in der Stimme. »Wir sind im Krankenhaus. Ich glaube, Sie sollten herkommen.«
Francine war augenblicklich hellwach. »Krank?« fragte sie voller Angst. »Was hat sie denn?«
»Einen Insulinschock. Wir waren in New York, und plötzlich ging es ihr schlecht, und wir machten uns auf die Heimfahrt. Auf halbem Weg verlor sie das Bewußtsein.«
Francines Herz schlug wie ein Hammer. »Ist sie jetzt wieder bei sich?«
»Weiß ich nicht – sie lassen mich nicht zu ihr.«
Dankbar, daß sie sich zuvor nicht die Mühe gemacht hatte, sich auszuziehen, hetzte Francine zur Garage und beging auf dem Weg zur Klinik eine ganze Reihe von Verkehrssünden, doch ein Strafmandat zu bekommen war im Augenblick ihre geringste Sorge.
Am Eingang traf sie mit Father Jim zusammen. »Gus hat mich angerufen«, berichtete er, als er neben ihr herlief. »Sie waren in der Stadt in einer Tanzbar. Sophie hatte sich bei der Ankunft dort gespritzt, aber irgendwie kamen sie nicht zum Essen. Sie nahm ein paar Drinks, und die und das Tanzen waren zuviel für sie, und ihr Blutzuckerspiegel sackte ab.«
»Ich sterbe, wenn ich sie verliere«, flüsterte Francine.
»Sie werden sie nicht verlieren«, versicherte Father Jim ihr. »Ah – da ist Gus.«

Mit seinen schwarzen Haaren und dem leichenblassen Gesicht sah er aus wie ein Gespenst. »Sie ist jetzt bei Bewußtsein«, sagte er und ging vor ihnen den Flur hinunter.
Francine war nicht darauf vorbereitet, Sophie ein weiteres Mal auf einer Bahre liegen zu sehen. Sie hatte die Notfallsituationen aus Sophies wechselhaften Teenagerjahren verdrängt, denn sie hätte nicht mit dieser ständigen Angst leben können – doch jetzt kam die Angst zurück und setzte allem, was sie heute schon gequält hatte, den Tränen, den Kopfschmerzen, dem Verlorenheitsgefühl und dem Eindruck, versagt zu haben, die Krone auf.
Aber Grace sagte immer, man dürfe sich keine Schwäche erlauben – die Show müsse weitergehen –, und so bewies Francine Stärke. Sie nahm Sophies Hand.
»Tut mir leid, Mom«, flüsterte ihre Tochter. »Ich habe Mist gebaut.«
»Schhhhh.« Sie drückte Sophies Hand kurz an ihre Wange, und dann wandte sie sich an den Arzt. »Wie sieht's aus?«
Er beendete gerade einen weiteren Blutzuckertest. »Besser. Es war klug von ihrem Freund, sie schnellstens hierherzubringen.«
Sophie sprach langsamer als sonst und ein wenig undeutlich, aber sie ließ sich nicht am Sprechen hindern. »Ich war so sauer, weil mein Geburtstag eine solche Pleite gewesen war, daß ich mich um nichts mehr scherte, weil ich dachte, schlimmer könnte es nicht mehr werden. Und dann spürte ich es kommen. Als ich zu zittern und zu schwitzen anfing, bat ich Gus, mich heimzufahren. Ich hätte Glucagon dabei haben müssen, aber ich war zu Hause vor lauter Zorn so überstürzt abgehauen, daß ich nicht daran gedacht hatte. Mann, das war wirklich bescheuert! Ich bin im Auto ohnmächtig geworden. Es tut mir leid, Mom.«
»Du brauchst dich nicht zu entschuldigen, nicht an deinem Geburtstag.«
»Was für ein scheußlicher Geburtstag!«
»Ende gut, alles gut.«
Sophies Augen weiteten sich. »Grace ist nicht hier, oder?«

»Nein, nein – sie ist zu Hause.« Sophie schloß erleichtert die Augen.
Francine strich ihrer Tochter seidige, blonde Strähnen aus dem Gesicht. Sie hatte es ernst gemeint, als sie zu Father Jim sagte, sie würde sterben, wenn sie Sophie verlöre. Die Frage war, wie sie es verhindern konnte. Jedenfalls stand fest, daß sie etwas grundfalsch machte, sonst hätte der Tag, der eigentlich ein glückliches Familienereignis hätte sein sollen, Sophie nicht in Wut und Enttäuschung und am Ende auch noch in einen Schockzustand versetzt.
Sophie machte die Augen auf. »Ich muß immer daran denken, wie sie ohne ein Wort mit dem Ring aus dem Laden und die Straße hinuntermarschierte. Sie war sich nicht bewußt, etwas Unrechtes zu tun.« Tränen schossen ihr in die Augen. »Ich möchte sie so gern hassen. Sie hat eine unglaubliche Maschinerie in Gang gesetzt und uns für ihre Bedienung eingespannt, und jetzt läuft sie nicht mehr rund. Ich möchte so gern alles hinwerfen, aber ich kann es nicht. Ich möchte sie so gern hassen, weil sie zuläßt, daß ihr Verstand kaputtgeht – als könnte sie was dafür.« Sie lachte über sich selbst. Was für ein Witz! Über alles in ihrem Leben kann sie entscheiden – nur darüber nicht. Bloß geht dieser Witz leider auf unsere Kosten. Auf deine. Wir können nicht so weitermachen wie bisher, Mom. Was sollen wir tun?«

Elftes Kapitel

Der menschliche Geist läßt sich nicht unterdrücken – wie die Geburtstagskerze, die sich, wenn sie ausgeblasen wird, immer wieder von selbst entzündet.

– Grace Dorian in einer Ansprache
an die Abgänger des Smith College

Francine blieb bis in die frühen Morgenstunden mit Sophie in der Notaufnahme, brachte sie dann nach Hause, steckte sie ins Bett, rollte sich neben ihr zusammen und schaute ihr beim Schlafen zu. Ab und zu döste sie ein, doch nie für lange – sie schöpfte Frieden und Ruhe aus den regelmäßigen Atemzügen ihrer Tochter.

Als Sophie aufwachte, fühlte sie sich schwach, aber ansonsten hatte sie den dramatischen Zwischenfall gut überstanden.

Francine war die Zittrigere von ihnen. Sie wußte, daß sie sich nicht länger etwas vormachen durfte, sie mußte der Zukunft ins Auge sehen.

Den Vormittag verbrachte sie abwechselnd an Sophies Bett, am Computer und mit Grace, versuchte zu schreiben, auf Graces Stimmung einzugehen, vorauszudenken. Am frühen Nachmittag ließ sie das Schreiben und Grace links liegen und konzentrierte sich auf Sophie und die Zukunft. Zwei Stunden später war sie völlig verspannt, und am späten Nachmittag waren ihre Gedanken hoffnungslos festgefahren.

Sophie lag im Bett und las. Francine setzte sich zu ihr. Sie wollte über die Ereignisse des gestrigen Tages sprechen, aber sie fühlte sich wie zugekorkt. Schließlich sagte Sophie gereizt: »Unternimm was, Mom! Bitte! Geh essen oder ins Kino oder joggen – tu irgendwas!«

Francine hatte keinen Appetit und keine Lust auf Kino, und so ging sie mit Legs laufen, aber kaum war sie wieder zurück, drehte sich das Mühlrad in ihrem Kopf erneut. Also stieg sie in ihren Wagen und fuhr los.

Es bereitete ihr keine Schwierigkeiten, die Abzweigung zu Davis' Haus zu finden – sie war seit August Dutzende von Malen bis zu ihrer Einmündung gefahren, jedoch jedesmal weiter geradeaus, weil sie wußte, daß es das klügste war. Aber jetzt scherte sie sich nicht mehr um Klugheit – über dieses Stadium war sie hinaus.

Es war kurz vor fünf. Wahrscheinlich war er noch gar nicht aus der Klinik da, doch das machte nichts – sie würde warten.

Die Scheinwerfer beleuchteten die frisch geteerte Zufahrt, die zwischen Bäumen hindurch und dann abwärts auf ein Haus zulief, das wie in einem Nest geborgen in einer Senke stand. Eher weitläufig als hoch, eher geschwungen als streng, erinnerte es an die viktorianische Bauweise und doch wieder nicht. Sie schaltete die Scheinwerfer aus, ließ den Wagen neben der Garage stehen und setzte sich, in Goretex gehüllt, auf die Vordertreppe.

Als die Scheinwerfer des Pick-ups die Zufahrt erhellten, waren zwei Stunden vergangen. Sie hatte sich nach einer Weile von den Stufen auf die Veranda zurückgezogen und schließlich bis zur Tür, an die gelehnt sie jetzt auf dem Boden kauerte.

»Francine?« rief er vom Wagen herüber. Er knallte die Tür zu, brachte den Plattenweg und die Treppe mit ein paar großen Schritten hinter sich und ging vor ihr in die Hocke. »Was ist los?«

Sie hatte den größten Teil der vergangenen zwei Stunden mit der Überlegung zugebracht, wie sie ihm erklären sollte, warum sie nicht schon viel früher vorbeigekommen war, warum sie nur gelegentliche Telefonate gestattet und diese, ebenso wie die

persönlichen Gespräche, immer kurz gehalten und auf das Thema Grace beschränkt hatte.
Ihr heutiges Hiersein hatte nichts mit seinem Beruf zu tun. Sie hatte das dringende Bedürfnis, ihrem Leben zu entfliehen, das sie kaum noch atmen ließ, und Davis war ihr Fluchtpunkt.
Aber sie fand keine Worte, war plötzlich von Gefühlen überwältigt.
Er rieb ihre Schultern. »Es ist kalt, komm rein.« Er half ihr auf und hielt sie fest, während er die Tür aufschloß, zog sie ins Haus und schaltete das Licht ein. Dann führte er sie in die Küche, drückte sie auf einen Stuhl und machte sich daran, ein heißes Getränk zuzubereiten. Dazwischen drehte er sich immer wieder um. Sie sagte nichts, erwiderte nur seinen Blick und ließ sich von der Heizung und seiner Gegenwart wärmen. Allein ihn anzusehen war schon eine Wohltat, und so ließ sie ihn keine Sekunde aus den Augen.
Irgendwann sagte er: »Tut mir leid, daß es so karg ist. Im Augenblick steht das Funktionieren an erster Stelle – die Schönheit kommt später.«
Erst jetzt wurde ihr bewußt, daß, abgesehen von dem Windsor-Küchentisch und den passenden Stühlen, alles noch so ziemlich im Rohzustand war, doch das kümmerte sie nicht – schließlich war sie nicht als Reporterin eines Küchenmagazins hier –, und das sagte sie Davis mit den Augen.
Er stellte einen Becher Schokolade vor sie hin und setzte sich mit seinem ihr gegenüber. Sie tranken schweigend. Als sie ihren leerte, fragte er: »Besser?«
Sie nickte und schluckte, und dann stieß sie einen verzweifelten Stöhnlaut aus, der in ihr auf ein mitfühlendes Ohr gewartet hatte.
»Was ist denn so schrecklich?« fragte Davis leise.
»Alles.«
»Könntest du das etwas präzisieren?«
Sie schüttelte den Kopf. Sie wollte nicht darüber sprechen. Sie wollte nicht einmal darüber nachdenken. Sie wollte in diesem Moment nur eines, und ihr Wunsch war absolut selbstsüchtig

und die Folge einer chemischen Gegebenheit, dem Hämmern ihres Herzens und einer tief in ihrem Innern entspringenden Sehnsucht.
Als er ihren Namen sagte, klang seine Stimme noch tiefer als sonst und heiser.
Sie starrte in ihren Becher. »Ich wollte schon lange herkommen ... nach unserer letzten Begegnung ... ich dachte immer wieder daran, aber ... ich hatte nicht den Mut dazu.«
Stille senkte sich über den Raum, eine Stille, in der sie sich den Kopf zermarterte, was sie tun sollte, als er ihr die Hand entgegengestreckte. Sie griff danach, hielt sie fest und ließ sich vom Stuhl hochziehen.
Sein Schlafzimmer lag jenseits des Wohnraums. Sie nahm ein paar Dinge wahr – eine Kuppeldecke, viel Glas, den Geruch frischen Holzes –, doch nur am Rande, denn die Art, wie er sie ansah, raubte ihr die Fassung, und als er sie küßte, verlor die Realität ihre Gültigkeit, waren Decke, Glas und Holz vergessen, Kummer, Sorgen und Angst wie weggeblasen. Die Intensität ihrer Begegnung löschte alles um sie herum aus. Sie hatte das schon einmal erlebt, im August, auf der Ladefläche seines Pickups, und heute war sie hergekommen, um es noch einmal zu erleben, und sie wurde nicht enttäuscht. Sein Mund war sogar noch erregender, als sie ihn in Erinnerung gehabt hatte, nahm hungrig von dem ihren Besitz, und es folgte eine Reihe von Küssen, deren Leidenschaftlichkeit sowohl durch die elementare Anziehungskraft ausgelöst wurde, die zwischen ihnen bestand, als auch durch das Wissen darüber, worauf sie zusteuerten.
Francine hatte genug davon, Tatsachen ins Auge zu blicken, sie wollte nicht an die Zukunft denken, und so überließ sie sich seinem Mund und dem Vergessen, das er ihr brachte. Sie flocht ihre Finger in sein Haar und gab dem Druck seiner Hände nach, die sie an ihn preßten. Als selbst diese Nähe nicht mehr nah genug war, entfernte er die textilen Barrieren gerade so weit wie nötig und ließ sich mit ihr aufs Bett sinken – doch als er in sie eindringen wollte, erstarrte er plötzlich.

Er stieß einen Fluch hervor und dann ein gutturales: »Ich brauche ein Kondom!«
Aber sie konnte es nicht erwarten, ihn in sich zu spüren. »Nein! Ich will dich jetzt!«
Er stieß mit einer Kraft in sie hinein, die ihr den Atem nahm, und machte sie mit jedem folgenden Stoß verrückter. Sie brauchte ihm nicht zu sagen, was sie wollte, er wußte es und tat es; und als sie den Orgasmus kommen spürte, hielt er sie eine solche qualvoll-herrliche Ewigkeit in diesem Schwebezustand, daß sie während des freien Falls, der sich daran anschloß, mehr als einmal lustvoll aufschrie.
Als es vorbei war, zog er sie hoch, so daß sie mit gespreizten Beinen auf ihm saß, und wiegte sie hin und her. »Jetzt weißt du, was lange, langsam und tief bei mir bedeutet«, sagte er, noch immer atemlos. Er wiegte sie weiter. »Haben wir etwas Dummes getan?«
Wenn es so war, dann fiel es Francine nicht ein. »Das war«, flüsterte sie an seiner Kehle, »das Schönste, was ich seit Monaten erlebt habe.« Ganz bestimmt, seit Graces Unfall ihr Leben verändert hatte. »Nein – falsch. Seit Jahren.« So lange war es her, daß sie mit einem Mann geschlafen hatte.
»Du wirst nicht krank von mir werden, Frannie.«
»Du von mir auch nicht.«
»Und was ist mit schwanger?«
»Ich glaube nicht.«
Seine Lippen berührten leicht ihre Stirn, wärmten die wenigen Gedanken dahinter, während sie sich in köstlicher Verantwortungslosigkeit treiben ließ. Nach einer Weile sagte sie: »Was hältst du davon, wenn wir uns ausziehen?« Es erschien ihr die beste Möglichkeit, die Sorglosigkeit aufrechtzuerhalten.
Sie spürte ihn grinsen, und dann machte er sich daran, ihr die Kleidungsstücke abzustreifen. Jeder am Rand lauernde, ernste Gedanke wurde von der Leidenschaft beiseite gefegt, mit der er ihren nackten Körper betrachtete, und dann noch weiter weg von der Leidenschaft, die in ihr aufwallte, als sie ihm das Hemd

auszog. Er hatte einen herrlichen Brustkorb, fest und muskulös, und seine Breite wurde noch betont durch ein »T« aus goldbraunen Haaren, das zum Nabel hin schmäler wurde, bevor es sich tief unten auffächerte.

»Bleib so liegen«, flüsterte er, schob ihre Kleider vom Bett und ging ins Bad. Sekunden später knallte er eine Handvoll Kondome auf den Nachttisch. Dann schlang er wieder die Beine um sie und streichelte ihr Gesicht. »Du bist ja so still.«

»Ich bin fassungslos«, hauchte sie. Er war schon angezogen eine Sensation, aber nackt war er atemberaubend. Seine Haltung, sein Gang, die natürliche Schönheit seines Geschlechts – atemberaubend. Es gab kein besseres Wort dafür.

Er umfaßte ihr Gesicht und küßte sie, dann fuhr er mit den Fingern in ihre Haare und küßte sie. Er öffnete seinen Mund und neckte sie, setzte Schmetterlingsküsse auf ihr Gesicht, ging auf Abstand, um sie nur mit den Augen zu bewundern, liebkoste ihre Brüste, ihre Schultern, ihre Arme, hielt nur kurz inne, um sie zu schützen, und glitt in sie hinein. Und sie genoß es, hob sich ihm entgegen, fühlte sich glücklich und frei. Endlich funktionierte wieder etwas in ihrem Leben – das spürte sie an seiner wachsenden Leidenschaft, hörte es an seinem keuchenden Atem. Sie machte ihre Sache gut, das verriet ihr alles an ihm – wie er klang, wie er sich bewegte, wie er roch, und seine Erektion in sich zu spüren war die krönende Bestätigung.

Als es diesmal vorüber war, lagen sie einander zugewandt auf dem Bett. Sie wischte ihm den Schweiß von der Nase und ließ die Hand auf seinem Hals ruhen. »So viel ist also von deinen Versprechen zu halten.«

»Dieses Versprechen ist bereits vor zwei Monaten abgelaufen. Warum hast du so lange gezögert?«

Da sie nicht bereit war, an den Wirbel zu Hause zu denken, sagte sie: »Ich dachte, ich warte, bis du hier eingezogen bist. Ich finde dein Haus wunderschön.«

»Du hast ja noch nicht viel davon gesehen.«

»O doch. Während ich auf dich wartete, bin ich ein bißchen

herumgewandert. Wenn du Fußspuren findest, die sind von mir. Ich bin fünfmal ums Haus gegangen und habe in jedes Fenster geschaut. Das Bett habe ich als erstes entdeckt.«

Er lächelte sein schiefes Lächeln. »Ach, ja?«

Sie nickte. »Und dann habe ich die Küche gesehen. Was hast du sonst noch?«

»Im Parterre Wohnzimmer, Eßzimmer und Arbeitszimmer, und im ersten Stock Platz für ein paar weitere Zimmer. Es ist kein großes Haus.«

»Es ist vollkommen. Arbeitest du wirklich jeden Abend daran?«

»Wenn ich dazu komme. Letzten Monat gab ich nach und holte mir für tagsüber ein paar Hilfskräfte. Bloß gut – sonst hätten wir heute keine Heizung.«

Francine fand es herrlich warm, und sie war von einer erstaunlichen Ruhe erfüllt – ein himmelweiter Unterschied zu der Verfassung, in der sie vor so kurzer Zeit hierhergekommen war.

»Möchtest du es mir erzählen?« fragte er auf eine so sanfte und liebevolle Weise, daß sie fast in Tränen ausgebrochen wäre.

Sie kuschelte sich an seine Brust, schloß die Augen und schilderte ihm das Fiasko, zu dem Sophies Geburtstag sich ausgewachsen hatte.

»Warum hast du mich nicht angerufen?« fragte er. »Ich wäre sofort ins Krankenhaus gekommen.«

»O Davis – das war doch nicht deine Sache. Sie ist nicht deine Patientin. Ich hätte dich doch nicht unseretwegen dahinbeordern können.«

»Sicher hättest du das tun können. Du hättest es tun sollen!«

Sie rückte noch näher an ihn heran, vergrub das Gesicht an seinem Hals. »Ich konnte gar nicht klar denken«, sagte sie schließlich. »Zuerst war ich Sophies wegen in Panik, und als sich ihr Zustand dann stabilisiert hatte, schien wieder alles in Ordnung zu sein. Aber das ist es nicht, Davis. Nichts ist in Ordnung. Mein nettes, kleines, sorgenfreies Leben geht in die Brüche, und ich stehe davor und weiß nicht, was ich tun soll.«

Er streichelte schweigend ihre Haare.

Diese stille Zuwendung ließ die letzte Schranke fallen.
»Grace kann nicht mehr arbeiten, kann das Buch nicht schreiben, das von ihr erwartet wird, und so hat sie mich gebeten, es für sie zu tun«, sprudelte sie hervor. »Das ist ihre Lösung für alles: Nicht verzagen, Frannie fragen! Die ›Vertraute‹ habe ich ja bereits übernommen, und jetzt soll ich auch noch das Buch übernehmen. Sie trägt mir auf, den und den anzurufen und nach dem und dem zu fragen, weil sie sich selbst nicht traut, und dann fragt sie mich immer wieder, ob ich angerufen habe – fünfmal in einer halben Stunde. Sie bittet mich, ihr herauszusuchen, was sie anziehen soll, wobei wenn es einmal ist, nichts zu sagen wäre, aber sie zieht sich drei-, viermal am Tag um. Sie will, daß ich sie schminke. Sie will, daß ich ihr die Haare schneide – aber ich verstehe nicht das mindeste vom Haareschneiden. Und auch eine Maniküre kann ich nicht fachgerecht ausführen. Aber sie weigert sich, das Haus zu verlassen.«
»Dann laß die Leute doch kommen.«
»Das habe ich endlich getan, aber bis alles arrangiert war, hatte Grace mich fast um den Verstand gebracht. Ich hatte noch nie so viel um die Ohren – nicht einmal, als Sophie klein war. Manche Frauen sind für Achtzehn-Stunden-Tage geboren – ich bin das nicht. Früher bin ich gern nach New York reingefahren und habe mich mit Freunden getroffen, aber jetzt habe ich keine Zeit mehr dazu. Früher habe ich mir gern ein Buch gekauft und das Wochenende mit Lesen zugebracht, aber auch dazu habe ich keine Zeit mehr. Und schau dir an, was ich meiner Tochter angetan habe – an ihrem Geburtstag! Grace ist ein Sieben-Tage-Job – wo wird das enden?«
Er ließ sich Zeit mit der Antwort, und dann kam sie leise: »Du weißt, wo.«
»Okay.« Sie konnte es nicht aussprechen. »Ein Teil endet dort. Aber was ist danach? Ich bin dreiundvierzig – vielleicht bin ich mit sechzig auch soweit wie Grace.« Sie schaute Davis an. »Daran denke ich oft. Das ist eines der kleinen Nachbeben, die die Akzeptanz von Graces Krankheit mit sich bringt. Danach hätte

ich noch achtzehn gute Jahre vor mir – sollte ich nicht das Beste daraus machen? Sollte ich gesund bleiben, könnte ich noch etwa dreißig Jahre arbeiten. Dreißig Jahre!« wiederholte sie, hielt inne, dachte nach und spürte den Druck der großen Frage. »Ist das die Wunschvorstellung der Gestaltung meines restlichen Lebens?«

Sie atmete tief durch. »Ich habe keine Ahnung! Ich schwöre, ich weiß nicht, wer ich bin. Ich? Wer kann ich sein? Einerseits möchte ich ›Die Vertraute‹ sein, andererseits auch wieder nicht, weil Grace ›Die Vertraute‹ ist und ich nur eine schlechte Kopie bin. Aber wenn ich die Kolumne nicht schreibe, geht ›Die Vertraute‹ den Bach runter, und das kann ich nicht zulassen, weil ›Die Vertraute‹ ein Teil meines Lebens ist – aber nicht alles, was ich mir je gewünscht habe.«

»Und was ist das?«

»Intimsphäre. Ruhe. Familie. Und die Familie verliere ich, Davis. Zuerst Grace und dann Sophie.«

»Warum Sophie?«

»Weil ich sie zugunsten von Grace vernachlässige. Ich mache alles kaputt!«

»Du bist zu streng mit dir, Frannie. Grace ist krank. Jeder Mensch mit auch nur einer Spur von Mitgefühl würde ihr besondere Aufmerksamkeit schenken – und das weiß Sophie.«

»Aber wo ist die Grenze? Wann endet die besondere Aufmerksamkeit und beginnt die Absurdität? Wann gebe ich klein bei und hole mir Hilfe von außen? Wenn es soweit ist, sobald Fremde im Haus herumlaufen, sobald Graces Krankheit bekannt wird, ändert sich alles. Wir haben uns so nahegestanden, wir drei, haben so vieles in unserem kleinen Kreis für uns behalten. Jetzt werden die Entscheidungen, die ich treffen muß, diesen Kreis auseinanderbrechen. Ich will das nicht tun, aber was bleibt mir übrig? Und was bleibt von mir übrig, wenn dieser Kreis zerbrochen ist?«

Er hörte geduldig zu, antwortete öfter mit kleinen Berührungen als mit Worten. Er hatte auch keine Patentlösungen zu bieten, doch er schien ihr Bedürfnis zu spüren, sich alles von der Seele zu reden, was darauf lastete.

Mit der Zeit wirkte sich dieser innere Hausputz beruhigend aus. Sie dachte daran, zu Sophie nach Hause zu fahren, verwarf die Idee jedoch gleich wieder: Sie wollte noch ein bißchen länger mit Davis zusammensein. Nur noch ein bißchen länger.

Sie gingen gemeinsam unter die Dusche und dann in die Küche, wo Davis eine Tiefkühlpizza aufbackte, die sie sich teilten. Francine war von einer erstaunlichen Zufriedenheit erfüllt. Ihre Haare waren feucht und wippten offen über ihre Schultern, ihr Gesicht war ungeschminkt, ihr Körper steckte in Davis' Hemd. In Anbetracht der Umstände, die sie hierhergeführt hatten, grenzte ihre Entspanntheit an ein Wunder. Ihre Ängste auszusprechen hatte ihr eine Zentnerlast von der Seele genommen. Natürlich hatte sich die Situation zu Hause damit nicht geändert, aber Francine war jetzt leichter ums Herz. Wenn irgend jemand kritisiert hätte, was sie gerade tat, hätte sie ihm ihren Mittelfinger gezeigt.

Sie verdiente diese Atempause, hatte sie sich mit Schweiß und Tränen erarbeitet, und sie weigerte sich, sie durch Schuldgefühle zu schmälern. Dazu war der Genuß zu groß – ein umwerfend attraktiver Davis mit nassen Haaren, nackter Brust und einem Geschlecht, das sich erregend unter seiner Schlafanzughose abzeichnete, während er sich geschmeidig durch die Küche bewegte. So sanft er auch war, wenn sie sich unterhielten – sein Körper war herausfordernd männlich, weckte Kühnheit in Francine.

Grace würde das nie verstehen. Sie würde niemals weglaufen, um mit einem Mann zu schlafen, während ihre nächste Verwandte krank war. Sie würde nie vor ihren Problemen davonlaufen, geschweige denn ihre Ängste einem Fremden offenbaren. Sie war stark und beherrscht. Sie war anständig.

Zumindest war sie immer anständig gewesen.

»Soll ich dir was Trauriges erzählen?« fragte Francine Davis. »Mutter hat ein Faible für Father Jim entwickelt.«

Davis hätte sich beinah an seinem Bissen verschluckt. »Grace?«
»Im Grunde ist es süß. Er kommt fast jeden Abend rüber. Sie flirtet mit ihm, berührt seinen Arm, schaut ihn mit großen, bewundernden Augen an. Er verhält sich fantastisch, hält ihre Hand, zieht sich seinen Stuhl neben ihren. Wenn er seinen Kragen trägt, ist die Situation besonders grotesk. Glaubst du, er windet sich innerlich?«
Davis dachte darüber nach. »Nein«, sagte er schließlich.
»Ich glaube, er liebt Grace.«
»Nach dem Vater, dem Sohn und dem Heiligen Geist?«
»Richtig. Er wird nichts Unziemliches tun.
»Da mache ich mir bei ihm auch gar keine Sorgen«, erwiderte Francine. Alzheimer-Patienten hatten oft sexuelle Anwandlungen, die Probleme schufen – das hatte Davis ihr selbst erzählt.
»Ich denke, wenn sie sich ihm nähern sollte«, sagte er, »wird Father Jim sich bestimmt als Herr der Lage erweisen.«
Francine kam ein Gedanke. Da er an Blasphemie heranreichte, flüsterte sie, als sie die Frage aussprach: »Glaubst du, er hat es je getan?«
»Getan?« flüsterte Davis mit zuckenden Mundwinkeln. »Was denn?«
Sie schnippte mit dem Finger gegen seinen Arm.
»Ich weiß es nicht«, flüsterte er.
»Aber was glaubst du?«
»Ich glaube, daß uns das nichts angeht.«
»Ich glaube«, sagte Francine in normaler Lautstärke, »wenn es stimmt, was dein Dad über ihn erzählt hat, dann hat er es getan. Ich glaube, er war ein Frauenheld, bevor er Priester wurde.«
»Er dürfte mit achtzehn ins Seminar eingetreten sein – da kann ihm nicht viel Zeit dafür geblieben sein.«
Sie schaute ihm in die Augen. »Wie alt warst du, als du deine Jungfräulichkeit verlorst?« Sie hätte schwören können, daß er errötete. »Wie alt?«
»Vierzehn.«
Fasziniert verfiel sie wieder ins Flüstern. »Wie?«

Seine Augen hielten die ihren fest. »Auf die übliche Weise.«
»Du weißt genau, was ich meine. Erzähl's mir, ich will es wissen.«
Er lehnte sich auf seinem Stuhl zurück. Seine Wangen behielten den schwachen Rotton, der einen aufsehenerregenden Kontrast zu seinen bernsteinfarbenen Haaren bildete. »Sie war die Schwester eines Freundes und schon zwanzig.«
Francine schnappte nach Luft. »Eine ältere Frau! Die war bestimmt keine Jungfrau mehr.«
»Nein, das war sie nicht.«
»Ich wette, sie hatte dich schon eine ganze Weile im Auge gehabt.« Francine sah ihn vor sich, so männlich, wie man als Vierzehnjähriger nur sein konnte, ein ungebärdiger Teenager, dessen Hormone ebenso über die Stränge schlugen wie sein Geist. »Wenn Father Jim auch so früh dran war, blieben ihm vier Jahre, um sich auszutoben – Zeit genug, um eine Menge Herzen zu brechen. Ich frage mich, warum er Geistlicher geworden ist.«
»Seine Familie war fanatisch religiös«, erklärte Davis. »Er war der älteste Sohn, und schon von kleinauf wurde ihm eingebläut, daß er einmal die Gelübde ablegen mußte, aber er konnte sich mit dieser Vorstellung absolut nicht anfreunden. Dann starb ein enger Freund von ihm an Alkoholvergiftung, und Jim gab sich die Schuld daran. Das war der Wendepunkt in seinem Leben. Damals war er siebzehn.«
Francine erkannte plötzlich, wie wenig sie von Jim O'Neill wußte. »Hat er dir das erzählt?«
Davis nickte. »Als ich selbst so viele Probleme hatte. Er wollte mir damit deutlich machen, daß man Wahlmöglichkeiten hat, verschiedene Wege einschlagen kann. Ich hielt ihm entgegen, daß es zu spät sei, aber er sagte, das sei die Argumentation eines Feiglings. Wenn ich ein ganzer Kerl wäre, würde ich aus meinen Fehlern lernen und durch sie zu einem besseren Menschen werden. Womit er andeuten wollte, daß er das getan hatte – oder es zumindest versucht. Er sah richtig niedergeschlagen aus, als er

mit mir redete – als fühle er sich noch immer verantwortlich für den Tod seines Freundes.«

»Grace bekommt oft Zuschriften von Leuten, die die Vergangenheit verfolgt – es scheint nicht ungewöhnlich zu sein. Vielleicht geht es ihr ja genauso, schließlich muß es eine Erklärung für ihre Halluzinationen geben.«

»Ihre Krankheit ist die Erklärung.«

»Beziehen Halluzinationen sich auf reale Dinge?«

»Auf reale Ängste, nicht unbedingt auf tatsächliche Vorkommnisse.«

»Also kann es sein, daß sie sich einbildet, von ihrer Familie angeschrien zu werden, weil sie sich immer davor fürchtete, daß sie es tun würden.« Sie schauderte. „Vielleicht taten sie es ja wirklich. In beiden Fällen verwundert es, daß sie sich zu einem so normalen Menschen entwickelte. Zu einem so erfolgreichen.« Letzteres ließ ihre Selbstzweifel erneut erwachen. »Ich kann keine zweite Grace sein – es fehlen mir einfach die charakterlichen Voraussetzungen. Ich kann mich an ihr orientieren, aber ich kann sie nicht kopieren. Ist es unter diesen Umständen überhaupt all die Mühe wert? Wenn ich nicht so gut wie sie sein kann, sollte ich es dann nicht lieber ganz lassen? Werde ich nicht kaputtmachen, was noch übrig ist? Sollte ich nicht aufhören, solange es noch nicht zu spät ist?«

»Du liebst ›Die Vertraute‹ doch.«

»Aber ich bin nicht Grace.«

»Dann mach dich zur ›Vertrauten‹. Entscheide, was dir an dem bisherigen Konzept gefällt und was nicht, behalte das erstere bei und ändere das zweite.«

»Der Streß, jede Woche fünf Grace-perfekte Kolumnen schreiben zu müssen, überfordert mich.«

»Dann drossele sie auf drei – oder schreibe fünf Francine-perfekte.«

Sie lächelte über das Wortspiel, war sich jedoch absolut nicht sicher, auch nur eine Francine-perfekte zustande zu bringen. »Das schwierigste ist, zu ändern, was so lange Erfolg hatte. Wie

soll ich das bewerkstelligen, ohne daß der Verdacht entsteht, daß mit Grace etwas nicht stimmt?«
»Vielleicht ist die Zeit gekommen.«
»Grace wird das niemals dulden.«
»Irgendwann«, sagte Davis sanft, »wirst du dich über sie hinwegsetzen müssen, um tun zu können, was für dich das Beste ist.«
»Aber diese Maßnahme wäre so endgültig. Wenn ich mich dazu entschließe und es publik mache, kann ich nicht mehr zurück. Sobald Neuerungen eingeführt sind, ist die Vergangenheit tot.«
»So ist das Leben.«
Etwas in seinem eindringlichen Blick ließ sie erahnen, in welche Richtung seine Gedanken liefen. Sie stand auf, ging zum Fenster und fuhr mit den Fingern über den noch rohen Holzrahmen. »Wir können nie mehr so sein, wie wir waren, stimmt's?«
»Wären wir das denn gern?«
»Es wäre ungefährlicher.«
»Aber auch sehr viel langweiliger.«
Sie sah in der Glasscheibe, daß er aufstand und auf sie zukam. Sein Spiegelbild war genauso verführerisch wie der leibhaftige Mann.
Er verschränkte die Arme unter ihren Brüsten und sagte zu der Francine, die ihm aus dem Fenster entgegenblickte: »Du törnst mich an. Das war vom ersten Augenblick an so. War es bei dir nicht auch so?«
»Nein. Du warst der Bote, der schlechte Nachrichten brachte, und ich haßte dich dafür.«
»Und wann hat sich das geändert?«
Vielleicht war es ihr bei ihrer ersten Begegnung unbewußt ja genauso gegangen wie ihm – sie erinnerte sich daran, wie ihr Herz geklopft hatte. Das tat es immer in seiner Gegenwart. Aber bewußt? »An dem Abend, als du angefahren kamst, als ich mit Legs beim Joggen war. Du sahst aus wie ein Trucker.«
»Trucker törnen dich an?«
»Nicht Trucker als Lastwagenfahrer – aber das Rebellische, das

man mit ihnen verbindet. Und du hattest etwas ungeheuer Rebellisches, wie du da oben saßest und deine Muskeln fast dein T-Shirt sprengten.«
»Meine Muskeln sprengen überhaupt nichts.«
Etwas anderes war drauf und dran, seine Schlafanzughose zu sprengen – das spürte sie an ihrem Rückenansatz. Sie lehnte sich an ihn, streckte die Hände nach hinten, schob sie unter das Gummiband der Hose und ließ sie an seinen nackten Flanken abwärtsgleiten.
»Ich bin nicht die Richtige für dich«, hauchte sie. Ihre Hände strichen über die seidenweichen Haare auf seinen Oberschenkeln.
Er streichelte durch das Hemd hindurch ihre Brüste. »Das kann ich im Augenblick wirklich nicht finden.«
Ihr ging es ebenso. Sie liebte kräftige Schenkel. Sie liebte schmale Hüften. Sie liebte die empfindliche Stelle, die ihre Finger an seinem Unterleib fanden, genoß es zu hören, wie sein Atem schneller wurde, als sie ihn dort berührte. Trotzdem. »Du brauchst eine Frau, die keinen anderen Lebenszweck hat, als dich zu verwöhnen.«
»Ich bin nie verwöhnt worden«, erwiderte er mit heiserer Stimme. »Ich fände es gräßlich.«
Er zog ihr Hemd hoch.
Ihre Augen waren unverwandt auf die Glasscheibe geheftet, auf das Spiegelbild ihres nackten Oberkörpers, auf die Form, die ihre Brüste unter seiner Berührung annahmen. Seine Hände wirkten auf ihrer Haut doppelt männlich. »Du brauchst eine Frau«, sagte sie laut, um das Rauschen des Blutes in ihren Ohren zu übertönen, »die dieses Haus mit Kindern füllt.«
»Eins oder zwei würden mir völlig genügen – ich bin nicht unersättlich.«
Sie fand seinen Penis. Er war herrlich groß. »Du würdest wunderschöne ... Kinder machen.« Wenn sie nur jünger wäre. Wenn sie nur freier wäre. Sie war beides nicht, aber dennoch wollte sie ihn haben.

Einem plötzlichen, aufmüpfigen Impuls folgend, flüsterte sie: »Ich muß gehen«, und entwand sich blitzschnell seinen Armen. Er holte sie ein, bevor sie die Eingangshalle erreichte, und drückte sie gegen den Türrahmen. »Nicht so hastig«, grollte er und preßte sich an sie, bis ihren Beinen nichts anderes mehr übrigblieb, als sich zu öffnen. Seine Augen glitzerten. Mit seinen breiten Schultern, dem sich nach unten verjüngenden, muskulösen Körper, der beeindruckenden Erektion und dem Schuß Gefährlichkeit als I-Tüpfelchen, war er eine unwiderstehliche Mischung.

Die Gefährlichkeit löste Erregung aus, und genau darauf war sie aus, denn sie löschte jeden Gedanken in ihrem Kopf aus.

»Ich muß gehen«, wiederholte sie, aber ihre Arme lagen um seinen Hals, und dort blieben sie auch, als er sie etwas höher hob. Sie schlang die Beine um seine Mitte.

Er zog die Schlafanzughose nur gerade so weit herunter, um frei agieren zu können, und dann drang er, ihren Blick mit seinen glitzernden Augen festhaltend, in sie ein – und rührte sich nicht mehr.

»Du kannst mich nicht einfach stehenlassen, Francine.«

»Das habe ich begriffen«, flüsterte sie.

»Da bin ich mir nicht so sicher.«

»Doch, bestimmt«, beteuerte sie. »Ahhh!« Er hatte sich zurückgezogen und mit aller Kraft in sie hineingestoßen. Sie stand in Flammen.

»Willst du immer noch weg?«

»Himmel, nein!« schrie sie auf. »Mach das noch mal.«

Er erfüllte ihr den Wunsch und murmelte dann: »Du bist unglaublich. Ohne jede Hemmung.«

»Es ... fühlt ... sich ... einfach ... so ... gut ... an.«

Er stieß wieder in sie hinein, noch kraftvoller, steigerte sich beim nächstenmal wiederum und machte weiter, bis sie den Gipfel der Ekstase erreichte. Als er sich schließlich auch einen Orgasmus gestattete, kam sie noch einmal.

Es dauerte eine Ewigkeit, bis sie aufhörte, nach Luft zu ringen, bis er aufhörte zu keuchen, bis er sie langsam auf den Boden herunterließ; und dann spürte sie plötzlich einen schmerzhaften, kleinen Stich. Sie legte die Hand auf die Stelle.

Davis schob sie weg und legte statt dessen seine darauf.

»Autsch! Da!«

Er drehte sie herum, fluchte und lachte dann, nahm sie bei der Hand, führte sie ins Schlafzimmer, befahl ihr, sich bäuchlings aufs Bett zu legen, und entfernte mit geübten Fingern einen Splitter.

»Wahrscheinlich war das der einzige im ganzen Haus«, sagte Francine, wieder auf dem Rücken liegend. »Es ist typisch für mich, daß ich ihn aufgegabelt habe.«

Er hatte sich, auf einen Ellbogen gestützt, über sie gebeugt. »Nein, es gibt noch viele andere – es muß noch eine Menge an diesem Haus getan werden.«

»Darf ich helfen?« fragte sie aus einem Impuls heraus. Sie wußte zwar nicht, wo sie die Zeit dafür hernehmen sollte, aber die Idee hatte ihren Reiz. Grace würde so etwas in einer Million Jahren nicht tun.

»Wann immer du willst. Sandpapier oder Schraubenzieher – du kannst es dir aussuchen. Aber du kannst natürlich auch nur zum Bumsen kommen. Beides hat therapeutischen Wert. Wenn du das Bedürfnis hast, deiner Realität zu entfliehen – meine Tür steht dir immer offen.«

Die Erwähnung ihrer Realität ernüchterte sie. Sie seufzte. »Vielleicht nehme ich dich beim Wort – ich sehe harte Zeiten auf mich zukommen.«

»Du schaffst das schon.«

»Da spricht wieder der unheilbare Optimist.«

»Du bist eine starke Frau.«

Sie stieß ein zweifelndes Lachen aus. »Ich habe mich mein ganzes Leben lang auf die Stärke meiner Mutter verlassen.«

»Du stellst dein Licht unter den Scheffel – tief drinnen bist du ein eigenständiger Mensch.«

»Sexuell gesehen vielleicht hier und da – aber zu Hause? All die

Jahre war ich nur ein Teil meiner Familie. Wir haben es hier mit einer geharnischten Identitätskrise zu tun.«

»Jeder macht Identitätskrisen durch«, wiegelte er ab. »Du hast einen guten Ausgangspunkt, eine solide Basis – die verdankst du deiner Familie, und sie verleiht dir eine beachtliche Kraft. Du bist prädestiniert dafür, alles zu schaffen, was du anpackst.«

»Das ist nicht dein Ernst! Ich verpfusche, was ich anpacke.«

»Das ist nicht wahr, du komplizierst die Dinge nur unnötig. Aber du kommst immer an dein Ziel. Du wirst es schaffen, Frannie, glaube mir. Ich mag mich mein Leben lang für die falschen Frauen interessiert haben – aber fest steht, daß jede einzelne ihren Weg gemacht hat. Denk daran, wenn dich der Mut verläßt. Ich habe mich noch nie mit einer Verliererin eingelassen.«

Zwölftes Kapitel

Wie beim Stafettenlauf den Stab, trägt in einer Beziehung in einer entscheidenden Phase der Stärkste die Verantwortung.

– Grace Dorian in »Die Vertraute«

Sophie saß in einem übergroßen Jogginganzug und mit einer Wolldecke über den Knien auf dem Sofa und schaute sich zum x-tenmal »St. Elmo's Fire« an, als Father Jim den Kopf zur Tür ihres Arbeitszimmers hereinstreckte.

»Haben Sie einen Moment Zeit für mich?«

Sie hielt die Videokassette an. Einen Moment Zeit für Father Jim? Immer. Er baute sie auf.

Mann, das konnte sie jetzt brauchen!

Er zog ein Paket hinter seinem Rücken hervor. »Ich habe Ihnen was mitgebracht. Ich hatte es gestern schon dabei, aber da waren Sie ja nicht hier, und ich wollte es Ihnen persönlich überreichen.«

Wärme wallte in ihr auf. »Sie würden meinen Geburtstag nie vergessen, nicht wahr?«

»Natürlich nicht, Sie sind doch mein Liebling.«

Es hatte tatsächlich den Anschein. Als Kind hatte Sophie jedes Geschenk mit unschuldiger Begeisterung entgegengenommen. In späteren Jahren war sie abwechselnd geschmeichelt gewesen, daß er ihr eine so große Zuneigung entgegenbrachte, von Schuldgefühlen gequält, weil er Geld für sie ausgegeben hatte, und gerührt über das Einfühlungsvermögen, das jedes Geschenk verriet. Alle waren auf ihr jeweiliges Alter und ihre Position im Leben zugeschnitten, und alle wurden persönlich überreicht.

Als Kind hatte sie die Verpackung immer ungeduldig aufgerissen – jetzt entfernte sie sie sorgfältig, um sie nicht zu beschädigen. Eine rechteckige Schachtel kam zum Vorschein. Nichts ließ auf den Inhalt schließen. Sie nahm den Deckel ab. Vor ihr lag, in einem Bett aus Seidenpapier, der niedlichste Teddy, den sie je gesehen hatte, mit hellbraunem, kurzem, lockigem Fell, langen Gliedmaßen, schokoladenbraunen Augen und einer karierten Schleife um den Hals. Im Gegensatz zu den runden, flauschigen und perfekten, modernen Bären war dieser ein altmodisches Exemplar mit einem weisen Gesichtsausdruck und ein Einzelstück.

Sie nahm ihn in den Arm und streckte Father Jim die Hand entgegen, der sich für eine kurze Umarmung zu ihr herunterbeugte. »Er ist hinreißend. Ich danke Ihnen.«

»Sie mögen vierundzwanzig geworden sein«, sagte er, sich neben sie aufs Sofa setzend, »aber das bedeutet nicht, daß die Zeiten vorbei sind, da es nichts gibt, was einem wohler tut, als einen Teddy an sich zu drücken.«

»Sie haben den idealen Moment für Ihr Geschenk gewählt.«

»Gekauft habe ich ihn schon vor einem Monat.«

»Da hat Ihnen der große alte Mann da oben wohl einen Tip gegeben.«

»Wie fühlen Sie sich?«

»Körperlich gut«, erwiderte sie, doch es klang mutlos.

»Möchten Sie darüber reden?«

»Über gestern?« Sie seufzte. »Ich war wütend und wollte mich unbedingt noch amüsieren. Also sagte ich mir, zum Teufel mit dem Diabetes – ich habe Geburtstag, und ich werde tun, was mir gefällt.« Sie drückte den Bär noch fester an sich. »Aber der Schuß ging nach hinten los.«

»Was sagte Gus denn zu alldem?«

»Nicht viel, ich ließ ihm gar keine Chance.«

»Hat er keine Bedenken geäußert?«
»Nein.« Damit er nicht Gus die Schuld für das Vorgefallene gäbe, fügte sie hinzu: »Wir haben nichts Außergewöhnliches getan – ich habe nur einen Wurm reingebracht, weil ich nichts aß und Alkohol trank.«
Father Jim schien nicht überzeugt. »Er ist mitverantwortlich, er hätte dafür sorgen müssen, daß Sie etwas aßen. Ich finde sein Verhalten nicht in Ordnung.«
»Wird er rausfliegen?«
»Nein – aber unter Beobachtung gestellt. Ich hatte gehofft, ihn aus Tyne Valley zu holen und hierherzubringen, würde ihn auf den rechten Weg führen, aber ich habe nicht den Eindruck, daß es funktioniert hat.«
Sophie konnte ihm nichts erzählen, das ihn beruhigt hätte. Wenn Gus nicht mit ihr zusammen war, hockte er in seiner Freizeit mit den hoffnungslosen Fällen in der örtlichen Bar. Er hatte sie schon einige Male mitgenommen, aber sie hatte sich nicht mit dem Milieu anfreunden können. Gus in ihren eigenen Freundeskreis einzubeziehen war riskant genug, um aufregend zu sein, doch das Umgekehrte war nicht denkbar.
»Trinkt er noch?« fragte Father Jim.
Sophie zuckte mit den Schultern. »Ab und zu.«
»Müssen jemals Sie sich auf der Heimfahrt ans Steuer setzen?«
Nach kurzem Zögern gestand sie: »Manchmal.«
Father Jim schaute stirnrunzelnd auf seine Hände hinunter.
Es verging eine ganze Minute, ehe er sagte: »Ihre Beziehung zu ihm bereitet mir Sorgen, und das nicht nur wegen Vorfällen wie dem gestrigen. Als ich Grace vorschlug, ihn einzustellen, ahnte ich nicht, daß er sich an Sie heranmachen würde.«
»Das hat er nicht«, berichtigte Sophie ehrlicherweise. »Ich habe mich an ihn herangemacht.«
»Warum? Worin liegt sein Reiz?«
Sie zog amüsiert eine Augenbraue hoch.
»Das ist nicht komisch, Sophie«, sagte er, doch er klang so gekränkt und aufrichtig besorgt, daß sein Tadel die Schärfe ein-

büßte. »Ich wünsche mir mehr für Sie als Gus – er kann Ihnen nicht geben, was Sie brauchen.«
»Und was ist das?« fragte sie mit einer plötzlich hohen Stimme, die eine tiefverwurzelte Angst verriet. »Es wäre schön, wenn Sie es mir sagen könnten, denn ich komme einfach nicht dahinter.«
Sofort verlagerte Father Jims Interesse sich, wie Sophie es gehofft, worauf sie sich verlassen hatte. Sie hatte das dringende Bedürfnis zu reden.
»Sie sind ratlos?«
»Verwirrt. Ich meine – ich habe ein wunderschönes Zuhause und einen tollen Job, und trotzdem bin ich unzufrieden.«
Er lächelte. »Auch dazu ist der Bär gedacht – Sie daran zu erinnern, daß Sie noch jung sind. Ihre Unzufriedenheit ist völlig verständlich, Ihre Freiheit war in letzter Zeit stark eingeschränkt.«
»Das Problem ist«, brachte Sophie ihre Gedanken auf den Punkt, »daß diese Einschränkung sich noch verschlimmern wird. Jetzt, da Grace krank ist, kann ich unmöglich weg.«
»Möchten Sie das denn?«
»Ein Teil von mir schon.«
»Um was zu tun?«
»Das weiß ich nicht. Etwas anderes. Etwas Neues. Wenn ich so weitermache wie bisher, wird mein Leben in einem ewig gleichen Trott verlaufen, und die Vorstellung, mit vierundzwanzig schon so festgelegt zu sein, ist der schiere Horror.«
»Es muß doch nicht so sein.«
»Im Augenblick sehe ich keine Alternative.« Sophie schnaubte. »Früher dachte ich, es wäre wichtig, hierzusein, um meine Mutter vor Grace zu beschützen, aber jetzt ist es auf einmal wichtig, daß ich hier bin, weil Grace nicht mehr stattfindet. Mom kann unmöglich alles allein machen. Sie hat Graces gesamtes Programm auf dem Buckel, und ich kann nicht einfach gehen und ihr meine Arbeit auch noch aufhalsen. Außerdem war ›Die Vertraute‹ von Anfang an ein Familienprojekt, und es ist schwer, mit Traditionen zu brechen. Mom braucht diese Tradition, und ich brauche sie vielleicht auch. Fest steht, daß ich ihr nicht mir

nichts, dir nichts den Rücken kehren kann. Was mich in eine ausweglose Situation bringt: Ob ich gehe oder bleibe – ich bin verdammt.«

Father Jim schüttelte den Kopf. »Sie sind nicht verdammt, Sophie, ganz im Gegenteil. Sie sind gesegnet.«

»Gesegnet? Womit?« fragte Sophie, die dringend einer Aufmunterung bedurfte.

»Sie sind mit Intelligenz gesegnet, mit Schönheit und einem anständigen Elternhaus. Sie sind mit guter Gesundheit gesegnet, auch wenn Sie das manchmal nicht glauben – aber im Vergleich zu vielen anderen trifft das zu. Sie sind mit einer Familie gesegnet, die Sie liebt, mit finanzieller Sicherheit und mit der letztendlichen Freiheit zu tun, was Sie möchten. Außerdem sind Sie mit der Fähigkeit gesegnet, Achtung vor den Leistungen Ihrer Großmutter zu empfinden, was Sie allerdings verrückt macht, wie ich weiß, und so rebellieren Sie dagegen, wann immer Sie können. Doch wenn Sie keine Achtung für ›Die Vertraute‹ empfänden, würden Sie keine Minute länger hierbleiben. Und dann ist da noch Mitgefühl – auch damit sind Sie gesegnet. Sie fühlen mit Ihrer Mutter, und Sie fühlen mit Grace. Und alles zusammen hält Sie davon ab, wegzugehen. Sie sind eine ganz besondere junge Frau, Sophie.«

Es war ja schön, all die Eigenschaften zu haben, die Father Jim ihr zuschrieb, aber es beseitigte ihre innere Unruhe nicht. »Was soll ich tun?« rief sie verzweifelt.

Er nahm ihre Hand. »Sie bleiben bei der Stange, unterstützen Ihre Mutter und Ihre Großmutter nach Kräften, denn die beiden machen eine schwierige Zeit durch – aber Sie halten sich immer wieder vor Augen, daß irgendwann bessere Zeiten kommen.«

»Nicht für Grace.«

»O doch, auch für Grace. Im Augenblick ist ihr bewußt, was mit ihr geschieht, aber irgendwann wird es das nicht mehr sein. Unsere Aufgabe ist es, ihr das Leben so angenehm wie möglich zu machen, solange sie das auch registriert. Haben Sie Geduld, Sophie – Schritt für Schritt werden sich alle Probleme lösen.

Ihre Familie durchlebt eine traumatische Erfahrung. Es ist wie bei einem Menschen, der ein Bein verloren hat – am Anfang stehen der Schock und der Schmerz, dann folgt die Heilungsphase, und die beinhaltet Anpassung an die neue Situation, einen Lernprozeß und Veränderungen. Ihr Leben wird nicht immer so bleiben, wie es jetzt ist. Neue Einsichten werden Verschiebungen mit sich bringen, aber Sie werden mehr und mehr leisten, weil Ihre Mutter auf Sie angewiesen ist – und so werden Sie in der Lage sein, die Veränderungen mitzubestimmen. Betrachten Sie es als Herausforderung. Sie, Sophie Dorian, befinden sich in der einmaligen Position, maßgeblich Einfluß auf den Charakter der ›Vertrauten‹ nehmen zu können. Ich muß ehrlich sagen – ich bin beeindruckt.«
So gesehen, war Sophie das auch.

Der sanfte Druck einer Hand auf ihrer Schulter holte Grace aus ihren Träumen. Im ersten Moment wußte sie nicht, wo sie sich befand. Dann sah sie Jims Gesicht, und ein Lächeln erhellte ihre Miene.
»Zeit fürs Bett«, sagte er.
Sie erinnerte sich zwar nicht an den Verlauf des Abends, aber daran gewöhnte sie sich allmählich – und daran, einfach zu glauben, was man ihr sagte. Wenn Jim meinte, es sei Zeit fürs Bett, dann war es so.
Sie drückte seine Hand an ihre Wange. »Das ist schön.«
»Auf dem Sofa zu schlafen?«
»Von dir geweckt zu werden.«
Er küßte ihre Hand mit einer Zärtlichkeit, die ihr die Tränen in die Augen trieb.
»Oh, Jim.«
»Ja, meine Liebe?«
»Das Schicksal hat es nicht gut mit uns gemeint.«
Er betrachtete ihre Hand, strich mit dem Daumen über ihre Finger. »Kein Leben ist vollkommen – wir haben so viel anderes erreicht.«

»Aber denkst du jemals … wünschst du dir …«
Er legte den Finger auf ihre Lippen. »Schhhh.«
»Tust du es?« flüsterte sie.
Er nickte.
»Ich träume davon«, sagte sie. »Ich träume, daß wir zusammen sind. Werden wir es eines Tages sein?«
»Ja, das werden wir.«
»Und dann wirst du mich lieben?«
»Sehr.«
»Obwohl … obwohl …«
»Schhhh.«
»Das ist meine Strafe – nach all diesen Jahren.«
»Nein, es ist einfach Gottes Wille.«
»Aber wenn nicht als Strafe, wozu ist die Krankheit dann gedacht?«
»Als Chance für uns andere, dir unsere Liebe zu zeigen.«
Sie drückte seine Hand auf ihr Herz. »Ich habe Angst.«
»Ich bin immer für dich da.«
»Und wenn ich dich abweise?«
»Das könntest du gar nicht.«
»Nicht wissentlich.« Sie schloß die Augen, um ihre Tränen zu verbergen und wiederholte leise: »… wissentlich.« Langsam öffnete sie die Augen wieder. »Wenn du anders wärst, würde ich ein Ende machen, bevor es zum Schlimmsten käme.«
»Aber ich bin nicht anders, und du wirst dich hüten«, sagte er im Befehlston. »Das wirst du weder mir noch Francine oder Sophie antun.«
»Aber ich bin eine solche Last.«
Er strich ihr übers Haar. »Wir lieben dich. Liebe beinhaltet Fürsorge, und die hast du uns all die Jahre erwiesen. Jetzt sind wir an der Reihe.«
In diesem Augenblick verabscheute Grace das Phänomen Liebe. Sie empfand es als qualvoll bindend. Sie empfand es als gnadenlos. Die Liebe machte es ihr noch viel schwerer, ihre Krankheit zu akzeptieren. Sie machte den Abschied unerträglich.

Francine kam gegen elf Uhr abends nach Hause. Sie war körperlich erschöpft, ihre Knie zitterten, und ihre Muskeln schmerzten, doch sie war von einem geradezu unanständigen Hochgefühl erfüllt, das ihr eine lange nicht gespürte Stärke verlieh. Sie schlüpfte in ein bodenlanges, hochgeschlossenes Nachthemd, das die Kratzspuren von Davis' Bartstoppeln verbarg, und ging zu Sophie hinüber.

Das Licht brannte zwar, aber die Nachteule schlief.

Francine blieb in der Tür stehen, und während sie ihre Tochter betrachtete, durchlebte sie noch einmal den Schrecken des gestrigen Abends. Sie hatten bereits kurz über das Geschehene gesprochen, doch das genügte nicht. Sophie schrieb ihre Sorglosigkeit ihrem Zorn zu, und über diesen Zorn mußten sie reden. Desgleichen über Francines Selbstsucht. Sie wollte Sophie bei sich haben, aber Sophie lag wahrscheinlich mehr daran, mit ihren Freunden in New York zusammenzusein.

Sophie rührte sich, öffnete die Augen und streckte sich. »Hi«, flüsterte sie. »Wann bist du nach Hause gekommen?«

»Vor ein paar Minuten.« Sie ging zum Bett und ließ sich auf die Kante sinken. Ihr Blick fiel auf ein Stückchen Fell, das unter der Daunendecke hervorlugte. Sie zog daran, und ein Ohr kam zum Vorschein. »Was ist denn das?«

Sophie präsentierte ihr einen entzückenden Teddybär. »Mein Geschenk von Father Jim – ein Hinweis darauf, daß ich nicht so erwachsen bin, wie ich glaube.«

»Das ist ja lieb von ihm.« Und dann fügte sie trocken hinzu: »Er trifft immer ins Schwarze. Wie fühlst du dich?«

»Gut – der Insulinspiegel war den ganzen Tag stabil.«

»Ich wollte eigentlich wissen, wie es dir emotional gesehen geht. Bist du deprimiert und willst es mir nicht sagen?«

»Ich würde es dir sagen«, versicherte Sophie ihr. »Wirklich. Ich bin nicht deprimiert. Ach, übrigens – Father Jim fand es ganz richtig, daß ich dich animiert habe, etwas zu unternehmen.« Sie musterte Francines Gesicht prüfend. »Du siehst wohler aus – was hast du denn gemacht?«

Francine setzte alles daran, nicht rot zu werden. »Oh – ich bin durch die Gegend gefahren, habe hier und da Station gemacht.« Ein Teil von ihr, der Teil, der einen absolut unglaublichen Abend verbracht hatte und dem jedesmal schwindlig wurde, sobald sie sich daran erinnerte, sehnte sich danach, ihrer besten Freundin, Sophie, alles bis ins kleinste Detail zu schildern. Der andere Teil, der vernünftigere, brachte es nicht über sich. Francine hatte keine Ahnung, wie ihre Beziehung zu Davis sich entwickeln würde – falls überhaupt. One-night-Stands waren nicht gerade leuchtende Beispiele für Töchter.

»Ich habe einfach mal abgeschaltet.« Das war nicht gelogen. »Bin ein bißchen auf Distanz zu allem gegangen, wovon ich mich bedrängt fühlte – eine Perspektive kann man nur von weitem erkennen.«

»Und die hast du jetzt erkannt?«

Francine nickte. Obwohl die Zukunftsaussichten alles andere als rosig waren, war sie von einer neuen Hoffnung erfüllt. »Wir werden Veränderungen vornehmen. Vorfälle wie der gestrige dürfen sich nicht wiederholen. Das Leben besteht nicht nur aus der Vergangenheit – wir müssen uns nicht in diesem Haus vergraben.«

»Aber was ist mit Grace?« fragte Sophie zweifelnd.

Francine wußte, was sie dachte. Das Geburtstagsfiasko war ein Vorgeschmack auf das Kommende gewesen – wenn sie sich auf Graces schrumpfende Welt beschränkten, würden sie durchdrehen.

Und so sagte sie in resigniertem, aber entschlossenem Ton: »Wir werden vielleicht manchmal eine Atempause brauchen. Ich kann mich unmöglich rund um die Uhr um Grace kümmern – dazu habe ich zu viele andere Pflichten. Ich habe nichts wirklich Gutes zustande gebracht.« Was in Francines Augen eine größere Beleidigung für Grace war, als sich Urlaub von ihr zu nehmen. »Wir holen uns Hilfe.«

Sophie machte große Augen. »Ist das dein Ernst?«

»Zunächst brauchen wir jemanden, der bei Grace ist, wenn wir es nicht sind.«

»Wird sie dir erlauben, so jemanden einzustellen?«
»Wenn wir die Betreuerin offiziell als Assistentin bezeichnen, wird sie nichts dagegen haben. Und dann werden wir noch jemanden engagieren, der mir bei der ›Vertrauten‹ behilflich ist. Wer immer das sein wird, kann vielleicht sogar Grace bei ihrem Buch helfen.«
»Und wie finden wir die Richtige?«
Francine fiel Robin Duffy ein. Sie konnte schreiben, sie kannte ›Die Vertraute‹, kannte Grace. Aber Robin bedeutete Ärger, und so antwortete sie: »Amanda wird uns jemanden beschaffen. Sie hat Kontakte zum Verlagswesen, und außerdem denke ich, es ist an der Zeit, ihr die Wahrheit zu sagen.«
Sophies Augen wurden noch größer. »Aber das hat Grace uns doch verboten!«
Francine piekte sie scherzhaft mit dem Finger. »Hey, wo ist denn die Rebellin geblieben?«
»Die hat Pause. Ich habe noch nie erlebt, daß du etwas gegen ihren Willen getan hast.«
»Ich tue es ja in bester Absicht. Wenn ich so gut wäre, wie sie es ist ... war ... und alles allein bewältigen könnte, dann wäre nichts dagegen zu sagen, ihren Zustand geheimzuhalten, aber die Anfragen häufen sich, die Anrufer werden immer aufdringlicher, und es wird mir zu allem anderen einfach zuviel, mich ständig mit ihnen auseinanderzusetzen. Wenn wir Amanda einweihen, verschafft uns das einen Aufschub – sie wird als Puffer fungieren, und so können wir Graces Geheimnis vielleicht noch eine Weile bewahren.«
Sophie war verblüfft. »Wenn du Entscheidungen triffst, dann machst du wirklich Nägel mit Köpfen – und das hat nur eine Spazierfahrt durch die Nacht bewirkt?«
Francine war fast ebenso verblüfft. Etwas war in Davis' Haus geschehen – vielleicht aber auch schon am Abend davor, im Krankenhaus. Sie hatte einen Punkt erreicht, an dem praktische Erwägungen sowohl ihre Angst um Grace als auch die zu versagen in den Hintergrund drängten.

Was nicht hieß, daß sie alles bereits bis ins Detail durchdacht hätte – das tat sie, während sie sprach. Das mochte eine impulsive Handlungsweise sein, aber sie war nun einmal impulsiv, zum Teufel, ganz anders als Grace, bei der jeder Schritt bis ins kleinste geplant war. Aber Grace war auch nicht gezwungen, eigenständig die Firma zu leiten, die sie aufgebaut hatte.
Diese Erkenntnis – verblüffend, wie plötzliche Erkenntnisse es nun einmal waren – löste ein Triumphgefühl und ein Grinsen aus. »Abgesehen von den ganz frühen Tagen, als ›Die Vertraute‹ noch im Aufbau war, hat Grace die Firma nie eigenständig geleitet. Sie hatte Hilfe, zuerst von mir und dann von dir – und wenn sie jetzt ausfällt, brauchen wir eine Dritte im Bunde. Richtig?«
»Richtig.«
»Ich rufe Amanda morgen früh an und bitte sie um einen schnellen Termin.«
»Was sagen wir Grace?«
Francine dachte einen Moment darüber nach, und dann antwortete sie, von einer Kraft erfüllt, die sie möglicherweise dem Abend verdankte, den sie mit einem Knaben aus Tyne Valley verbrachte hatte: »Nur so viel, daß sie sich nicht aufregt. Wenn es darum geht, ›Die Vertraute‹ als Institution zu retten, heiligt der Zweck die Mittel.« Und außerdem hatte Francine schon so viele große Sünden auf ihre Seele geladen – Selbstsucht, Impulsivität, Verkehr mit dem Feind, um Himmels willen –, daß es auf eine kleine Sünde mehr wirklich nicht ankam.

Francine hatte sich angewöhnt, bevor sie ins Bett ging, nach Grace zu sehen. Oft mußte sie darauf hingewiesen werden, daß Schlafenszeit war, und oft brauchte sie die Bestätigung, daß sich niemand im Wohnzimmer aufhielt.
Heute kam Francine nicht einmal bis zum Wohnzimmer, denn Grace ging im Flur auf und ab. Auf den ersten Blick wirkte sie in dem weißen Morgenmantel, dem ordentlich gebürsteten Haar und dem für die Nacht mit Feuchtigkeitscreme behandel-

ten Gesicht ausgesprochen elegant und gepflegt – auf den zweiten Blick jedoch machte ihre Verzweiflung diesen Eindruck zunichte.
Als sie Francine entdeckte, blieb sie stehen, preßte die Lippen aufeinander und die ineinander verkrampften Finger auf ihren Magen.
Francine erriet das Problem. »Sie sind wieder da drinnen?«
Grace nickte schweigend. Francine wußte, daß ihre Angst ebenso durch die Anwesenheit ihrer Familie ausgelöst wurde wie durch das Bewußtsein, daß sie sie sich nur einbildete.
»Warst du überhaupt schon im Bett heute?« fragte Francine.
»Nein – Jim war lange hier. Ich habe ein ausgiebiges Bad genommen und bin in die Küche gegangen, um zu frühstücken – und als ich zurückkam, waren sie hier. Ich floh ins Büro und versuchte zu schreiben, aber es fiel mir nichts ein.«
»Kein Wunder, es ist schon sehr spät.«
»Ich weiß einfach nicht, was ich erzählen soll und was nicht.«
Geduldig, denn dieses Gespräch war nicht neu, erwiderte Francine: »Erzähl deine Lebensgeschichte – das ist das Wesen einer Autobiografie. Schreib, was du gern schreibst.«
»Ich schreibe nichts davon gern.«
»Willst du damit sagen, daß du das Buch überhaupt nicht schreiben willst?« Das war neu – und es würde eines von Francines Problemen unerwartet lösen. Sie war dem Projekt nicht annähernd so verhaftet wie Grace.
»Doch, ich will es schreiben – aber ich kann den Leuten unmöglich meine Kindheit schildern.« Sie legte den Kopf schief und hob die Hand. »Hörst du sie?«
Francine schaute zum Wohnzimmer hinüber. »Reden sie mit dir?«
»Sie toben!«
»Was sagen sie denn?«
»Daß ich immer Ärger mache«, flüsterte Grace bestürzt. »Aber das ist nicht wahr. Wir waren manchmal ungezogen, aber nicht immer.«

Francine konnte sich nicht vorstellen, daß Grace ungezogen gewesen war.
Grace lauschte mit gerunzelter Stirn. »Nun, wenn wir tranken, dann doch nur, weil alle im Ort es taten. Es gab ja sonst nichts zu tun, mein Gott. Und ich war nicht die Anstifterin. Mich haben sie nie verhaftet. Wolf und Scutch schon, aber Johnny und mich nie.«
Francine verstand kein Wort. »Mutter, wovon sprichst du, um Himmels willen?«
»Ich überhaupt nicht – sie sprechen. Ich habe nie über das gesprochen, was passiert ist. Wir hatten einen Pakt geschlossen, geschworen, daß wir nie etwas erzählen würden.«
»Wer?«
»Na schön, ich war verantwortungslos, aber sie waren schlimmer. Schickten uns hungrig aus dem Haus, kauften uns nichts Ordentliches zum Anziehen. Sie machten sich nicht die Mühe, uns in die Schule zu schicken, und als der Mann kam, der für Schwänzer zuständig war, erklärten sie ihm, daß wir uns weigerten, in die Schule zu gehen, was gar nicht stimmte. Wie kommen sie dazu, mir vorzuhalten, daß ich zuviel trank? Wie kommen sie dazu, mich als Schlampe zu bezeichnen? Ich habe etwas aus mir gemacht, oder?«
»Mutter«, sagte Francine sanft und umfaßte, in dem Versuch, Grace in die Realität zurückzuholen, ihren Arm. »Du redest wirr.«
»Genau das werden sie sagen, wenn ich diese Dinge schreibe, und darum kann ich es nicht. Ich kann das Buch nicht schreiben.«
Francine schlug sich mit zwei Möglichkeiten herum: Entweder fantasierte sich Grace nichtexistente Kindheitsdramen zusammen, oder sie hatte seit Jahren gelogen.
Aber Grace log nicht.
»Ich glaube«, sagte sie vorsichtig – und ungemein scharfsinnig, wie sie fand, »daß du Dinge aus den Briefen, die du über die Jahre hinweg bekommen hast, auf dein eigenes Leben überträgst.

Du warst introvertiert und schüchtern. Du hast keinen Ärger gemacht, du hast nicht getrunken, und du warst auf gar keinen Fall eine Schlampe.«
Grace verschränkte die Arme über der Brust. »Sag das ihnen.«
»Okay.« Francine öffnete die Wohnzimmertür und verkündete vernehmlich: »Grace macht keinen Ärger, sie trinkt nicht, und sie schläft auch nicht in der Gegend herum. Ihr seid gewaltig auf dem Holzweg. Und wenn ihr mir nicht glaubt«, fügte sie noch hinzu, »dann fragt die Hunderttausende in der ganzen Welt, für die ihr Wort die Bibel ist.« Sie schaute über die Schulter zu Grace. »Zufrieden?«
Grace nickte, und dann lächelte sie verlegen. »Du denkst, ich sei übergeschnappt?«
»Nein«, widersprach Francine traurig. »Ich weiß, daß du sie hörst. Aber jetzt sind sie weg. Du mußt müde sein.« Sie legte den Arm um Graces Taille, dirigierte sie in Richtung Schlafzimmer und ließ sich auch nicht beirren, als sie sah, wie nervös Graces Blick durchs Wohnzimmer huschte.
»Soll ich dir noch irgend etwas bringen?«
»Nein – ich habe alles.« Grace legte ihren Morgenrock über den Stuhl neben ihrem Bett. Das seidene Nachthemd verlieh ihr etwas sehr Zerbrechliches. Sie ließ sich in die Kissen zurücksinken und schaute Francine stirnrunzelnd an. »Wo warst du vorhin eigentlich?«
Francine nahm ihre Hand. »Ich mußte mal raus, Luft schnappen.«
»Ich strapaziere dich zu sehr.« Ein Anflug von Humor blitzte in ihren Augen auf, doch mit dem nächsten Blinzeln verschwand er. »Ich mache mir Sorgen.« Francine war klar, worauf sie sich bezogen.
»Das brauchst du nicht, Mutter – wir werden schon klarkommen.«
»Ich mache mir trotzdem Sorgen – es wird sehr schwierig werden.«
»Wir schaffen es.«

Grace setzte zum Sprechen an, schloß den Mund jedoch wieder.
»Was ist?« lockte Francine, wie Grace es in den vergangenen Jahren oft getan hatte, wenn sie Francine zum Reden veranlassen wollte.
Grace starrte eine Weile gedankenverloren vor sich hin, bevor sie sehr leise und in entschuldigendem Ton sagte: »Wir haben das Problem noch immer nicht gelöst. Die Wahrheit kann ich nicht schreiben – aber was soll dann in dem Buch stehen?«
Francine hatte keinerlei Bedenken, das Buch füllen zu können – seit es ›Die Vertraute‹ gab, hatten sich genügend Anekdoten angesammelt. Nein, sie hatte nur befürchtet, daß Graces Kindheit zu langweilig gewesen war, um fesselnden Lesestoff herzugeben. Jetzt kam ihr der Gedanke, daß Grace diese Befürchtung vielleicht teilte und ihr deshalb eine gewisse Dramatik andichtete.
Im nächsten Atemzug erwachte der Verdacht, daß mehr hinter Graces Kindheit steckte, als sie je hatte verlauten lassen.
Sie verwarf diese Idee sofort als unglaubwürdig, doch sie wollte nicht weichen. Wolf. Scutch. Johnny. Die Vorstellung, daß es da eine nie erzählte Geschichte gab, war gleichzeitig erschrekkend und faszinierend. Wenn nur ein kleiner Teil von Graces Halluzinationen auf Tatsachen beruhten, wenn sie nicht das stille, kleine Mäuschen gewesen war, sondern ein Wildfang, wenn sie eine größere Familie hätte, wenn jemand von dieser Familie noch lebte, hätte das unabsehbare Auswirkungen.

Dreizehntes Kapitel

Wenn der Wind auffrischt, schließe ich die Tür, um mein Kind vor der Kälte zu schützen, und wenn jemand es bedroht, hülle ich es in meine Stärke wie in ein wollenes Cape.

– Grace Dorian in »Die Vertraute«

Am Nachmittag des folgenden Tages trafen sich Francine und Sophie in einem kleinen, schicken Restaurant in Lower Manhattan mit Amanda. Francine hatte auf diesen kurzfristigen Termin gedrängt, weil sie fürchtete, ansonsten den Mut zu verlieren.

Amanda war verständlicherweise erschüttert, als sie von Graces Krankheit erfuhr. Daß irgend etwas im Busch war, hatte sie in New York allerdings schon munkeln hören, und obwohl die Dorians offiziell darauf beharrten, daß alles in bester Ordnung sei, arbeitete sie schon lange genug mit Grace zusammen, um diese ungewohnte Funkstille verdächtig gefunden zu haben.

Die gute Neuigkeit war, daß sie nichts dagegen einzuwenden hatte, daß Francine »Die Vertraute« schrieb.

Die schlechte Neuigkeit war, daß Katia Sloane sich fragte, ob sie das Manuskript von Graces Buch wohl jemals zu sehen bekäme. Das fragte Francine sich ebenfalls. Sie könnte es nicht schreiben. Da wäre zunächst einmal das Problem des Stils, aber in Anbetracht von Graces Halluzinationen wäre der Inhalt sogar ein noch größeres.

Francine hätte sie am liebsten in Bausch und Bogen als Wahnvorstellungen abgetan, aber es war eine Tatsache – und die beunruhigte sie jetzt plötzlich –, daß sie kaum mehr über Graces voreheliche Jahre wußte als der Rest der Welt. Nach Graces Worten war sie ein stilles Kind gewesen, das in einer ganz alltäglichen Familie in einer gottverlassene Gegend in einem langweiligen Nest aufwuchs, das eines Tages geflutet wurde. Es gab weder lebende Verwandte noch kleine Familien-Anekdoten, und beides hatte Francine immer schmerzlich vermißt. Es war, als hätte Graces Leben erst wirklich begonnen, als sie John kennenlernte.

Wenn ihre Halluzinationen allerdings einen realen Hintergrund hatten, dann war das offenbar nicht ganz richtig. Francine hatte das dringende Bedürfnis, etwas über jene frühen Jahre zu erfahren, bevor Grace sie für alle Zeit vergessen würde.

»Hast du dich deswegen schon mal an Jim gewandt?« fragte Davis, der auf dem Rücken auf der Decke lag, die sie vor dem Kamin ausgebreitet hatten, weil die Vorstellung, sich auf dem nackten Steinboden zu lieben, ihnen nicht stimmungsfördernd erschienen war.

Francine hatte sich an ihn gekuschelt, empfand ihn als vertraut genug, ihn an ihrem Dilemma teilhaben zu lassen. »Natürlich – aber erfahren habe ich nichts.«

»Liegt das daran, daß er nichts weiß?«

»Das nehme ich an.« Sie strich mit der Handfläche über seine Rippen. Seine Haut war feucht, warm vom Feuer und roch nach Sex. »Ausdrücklich gesagt hat er es nicht.«

»Und was hat er gesagt?«

»Jedesmal etwas anderes. Einmal meinte er, daß Grace nicht darüber sprechen wollte, ein anderes Mal riet er mir, sie selbst darauf anzusprechen, und dann wieder sagte er, es habe keinerlei Bedeutung. Ich glaube, er würde mir auch nichts erzählen, wenn er etwas wüßte – er würde es als eine vertrauliche Information betrachten.« Sie legte ihr Ohr auf sein Herz und stieß einen leisen, zufriedenen Seufzer aus. »Das ist mein Lieblingsgeräusch.« All die Jahre, in denen sie sich ausgemalt hatte, mit einem so schamlos männlichen Mann zusammenzusein wie Davis, war in keinem ihrer Tagträume ein Herzschlag vorgekommen. »Vielleicht drückt dein Herzschlag ja ein schlechtes Gewissen aus«, sagte sie. »Hat Father Jim etwa dir was gesagt?«

»Nein, Ma'am.«

»Und Grace – als du sie über ihre Vergangenheit ausfragtest?«

»Da ging es doch nur um medizinische Gesichtspunkte. Ich wollte wissen, ob es Fälle von Altersschwachsinn in ihrer Familie gegeben habe, und sie verneinte es.«

So sehr Francine sich immer gewünscht hatte, Graces Familie gekannt zu haben – inzwischen würde es ihr schon genügen, etwas über sie erfahren zu können. »Wenn es nur jemanden gäbe, den ich fragen könnte. Sie sind alle tot, und ich wüßte nicht, wo ich anfangen sollte, nach Leuten zu suchen, die sie in ihren frühen Jahren kannten – die sind in alle Winde zerstreut, seit sie die Stadt verlassen mußten.«

Francine hatte es seit jeher als Verbrechen betrachtet, Land zu fluten, das die Vergangenheit der Menschen atmete, die dort lebten.

Sie hätte so gern gesehen, wo Grace geboren worden und aufgewachsen war, die Lieblingsplätze und Verstecke, die sie in ihren siebzehn Jahren dort hatte.

Francine schaute von Davis' Brust aus ins Feuer. »Sie könnte ja wenigstens erzählen, in welcher Gegend ihr Heimatort lag. Ich habe vorhin wieder mal einen Anlauf genommen, aber vielleicht hat sie die Frage gar nicht mitbekommen – vielleicht schaltete sie in dem Moment gerade wieder kurzzeitig ab. Doch rückblikkend ist festzustellen, daß sie schon immer gemauert hat, wenn ich dieses Thema anschnitt. Sie will über diese Jahre einfach nicht reden. Ich frage mich, warum.«

Das war auch eine der vielen Fragen, die Francine verfolgten. Andere drehten sich darum, daß sie die Katze aus dem Sack gelassen hatte. Jetzt, da Amanda Bescheid wußte, war es offiziell:

Die Fackel des Wissens war weitergegeben worden, »Die Vertraute« war in die nächste Generation übergegangen. Francines Können würde einer strengen Prüfung unterzogen werden.
Es war wie damals bei dem staatlichen Wettbewerb. Ihr Bogen war mit Kolophonium eingerieben, ihre Finger zitterten, und ihr Magen war ein einziger Knoten. Jetzt mußte sie spielen.
Sie atmete tief durch, um den Knoten zu lockern. Es half, als sie mit der Hand über Davis' Haar strich, über seine Mitte zu der Narbe auf seinem Bauch und dann weiter. Sie wandte ihm ihr Gesicht zu. »Ich will nicht mehr grübeln – lenk mich ab.«
Seine dunklen Augen blitzten. »Wie könnte ich das wohl schaffen?«
Er schnappte hörbar nach Luft, als sie mit der Handwurzel über seine Erektion fuhr, und als sie die Gewichte darunter zu massieren begann, ließ er sie nicht mehr lange warten.
Das liebte Francine an Davis: Er war schnell erregt, ging schnell auf ihre Bedürfnisse ein, übernahm schnell die Führung und versetzte sie in einen neuen Taumel der Leidenschaft, wenn sie eigentlich bereits völlig erschöpft war. Was Ablenkung betraf, konnte sie sich niemand Besseren vorstellen.
Das Feuer war heruntergebrannt, als er sich endlich von ihr löste. Er stand nur kurz auf, um ein paar Scheite nachzulegen, setzte sich mit übereinandergeschlagenen Beinen auf die Decke und zog Francine seitwärts auf seinen Schoß.
Sie lehnte sich mit einem langen, zittrigen Seufzer an ihn. »Es ist schamlos, wie ich dich ausnutze.«
»Das beruht auf Gegenseitigkeit.«
»Hattest du einen schlimmen Tag?«
»Ja.«
»Was war denn?«
Es verging eine Minute, ehe er antwortete. »Ich habe einen Patienten verloren.«
»Was hatte er?«
»Die Parkinsonsche Krankheit – aber die hat ihn nicht umgebracht.«

»Was dann?«
»Eine Überdosis Tabletten. Tabletten, die ich ihm verschrieben hatte, weil er über Schlaflosigkeit klagte. Er hatte sie gesammelt.«
Sie schaute in sein kummervolles Gesicht. »Oh, Davis – das tut mir leid.«
»Mir auch.«
»Du darfst dir nicht die Schuld daran geben.«
»Leicht gesagt.«
»Hat er es irgendwie angekündigt?«
»Absolut nicht. Seine Familie ist genauso fassungslos, wie ich es bin.«
Francine versuchte sich vorzustellen, wie es war, jeden Tag mit Situationen konfrontiert zu sein, in denen es um Leben und Tod ging. Sie wußte nicht, ob sie dem gewachsen wäre. Verglichen damit war das Schreiben einer Ratgeber-Kolumne Pipifax.
»Es muß schwer sein, emotional Abstand zu halten.«
»Mmm.«
Sie streichelte seinen Hals, fuhr mit ihrer Hand wieder und wieder federleicht über seinen Adamsapfel.
Nach einer Weile ließ er den angehaltenen Atem entweichen.
»Aber ich habe in meinem Beruf nicht nur mit dem Tod zu tun – es gelingt mir auch, Menschen zu heilen, und das ist eine wunderbare Erfahrung.«
»Ich wette, du läßt dich mehr auf die Patienten ein als viele deiner Kollegen.« Er war ein ungemein warmherziger, fürsorglicher Mann.
»Auf dich habe ich mich allerdings eingelassen«, erwiderte er mit einem liebevollen, schiefen Lächeln.
»Ich bin keine Patientin von dir – aber ich bin von deinen Behandlungsmethoden äußerst angetan.« Da sie wußte, daß ihr keine Zeit mehr für eine neuerliche ›Behandlung‹ blieb, weil sie dringend nach Hause mußte, fragte sie leise und drängend: »Was mache ich denn nun wegen Graces Familie?«
»Laß mich mal mit Jim reden – vielleicht ist er mir gegenüber

offener. Schließlich kennt er mich noch als Jugendlichen Raufbold.«

»Aber wenn ich zulasse, daß du versuchst, ihm Geheimnisse zu entlocken, mache ich mich mitschuldig. Wir riskieren beide die ewige Verdammnis.«

»An die wir beide nicht glauben.«

»Er ist Priester – und außerdem habe ich ihn schrecklich gern. Ich könnte ihn nie mißbrauchen – das würde mein Gewissen nicht zulassen. Grace erinnert sich ja an ihre Kindheit, sie will nur nicht darüber sprechen.«

»Dann laß nicht locker. Diskutier mit ihr, stell gezielte Fragen. Vielleicht erwischst du sie in einem schwachen Moment.«

»Und wenn sie explodiert?«

»Hat sie das in letzter Zeit getan?«

»Seit sie die Tabletten nimmt, die du ihr verschrieben hast, nicht mehr. Sie ist ruhiger geworden. Kann sich noch immer nicht merken, welchen Wochentag wir gerade haben, aber sie regt sich nicht mehr so auf, wenn sie es vergißt.«

»Na, das ist doch schon was.«

Wahrscheinlich hatte er recht.

Sophie ließ sich gerade maniküren, als Robin Duffy das Nagelstudio betrat und nach einer Schrecksekunde sagte: »Große Geister denken gleich. Ich hörte, daß Lucy weit und breit die beste Maniküre sei. »Ich bin Ihr Halb-drei-Termin«, erklärte sie Lucy. »Aber es ist noch nicht halb – ich war schneller hier, als ich dachte.« Sie hängte ihren Mantel an die Garderobe, setzte sich auf das Sofa, das neben der Anmeldung stand, und wandte sich mit einem Lächeln an Sophie. »Sind Sie oft hier?«

Sophie war guter Dinge gewesen, bis Robin auftauchte, nun war ihr die Laune gründlich verdorben. Robin war nicht zufällig hier, sie wollte Informationen.

Ihr geradewegs in die Augen schauend, antwortete sie: »Ich bin jede Woche einmal hier, und ich bin sicher, daß Sie das bereits wußten.«

Robin lächelte noch immer. »Nein.« Sie nahm das »People Magazine« von dem Zeitschriftenstapel, blätterte ein paar Seiten weit, legte es wieder weg und spielte die Besorgte. »Wie geht's Grace? Ich habe sie lange nicht gesehen. Wie ich hörte, ist sie krank.«
»Tatsächlich ist sie bei Freunden in Antibes«, log Sophie. »Das ist natürlich eine vertrauliche Information.« Es würde Robin recht geschehen, auf ein Ablenkungsmanöver hereinzufallen.
»Hat Francine sie begleitet?«
»Nein, Francine arbeitet zu Hause.«
»Arme Francine. Ich wäre für mein Leben gern in Antibes.« Sie blätterte erneut das Magazin durch, und Sophie wettete gerade insgeheim, welche Frage als nächste kommen würde, als Robin sagte: »Wie lange wird Grace denn wegbleiben?«
»Nicht lange – sie muß ja wieder was tun.«
Robin nickte und vertiefte sich angelegentlich in ihre Lektüre, bis Sophies Nägel fertig waren und die Plätze getauscht werden konnten.
Sophie hätte das Studio sofort verlassen, wenn sie irgendwo anders hätte hingehen können. Aber das Wetter war kalt und nieselig, inspirierte absolut nicht zu einem Spaziergang, und Gus würde sie erst in fünfzehn Minuten abholen. Also nahm sie sich das Magazin, das Robin weggelegt hatte, und blätterte es nun ihrerseits durch.
»Ich habe versucht herauszufinden, aus welcher Kleinstadt Grace stammt – für einen Artikel über Frauen, die aus der Provinz kamen und Karriere machten. Wissen Sie den Namen?«
Sophie hätte ihn ihr auch nicht gesagt, wenn sie ihn gewußt hätte. »Nein. Es gibt sie schon lange nicht mehr.«
»Das hat man mir gesagt – sie wurde geflutet. Ich kann nur keinerlei Unterlagen über eine Stadt in Maine finden, die in der Zeit, die Grace angegeben hat, für einen Damm geopfert wurde. Man sollte doch meinen, daß eine solche Maßnahme Schlagzeilen machte.«
»Das hat sie sicher auch getan – vielleicht suchen Sie am falschen Platz.«

»Ich habe fast überall gesucht – aber ohne den Namen der Stadt komme ich natürlich nicht an die Lokalzeitung heran, und wenn ich nirgendwo anders eine Meldung über eine untergegangene Stadt finde, dann erfahre ich den Namen nicht.«
»Tja, das ist ein Teufelskreis, stimmt's?« Sophie blätterte zur nächsten Seite weiter, aber der Teufel in ihr gab keine Ruhe. »Sie haben doch nicht vor, Grace die Show zu stehlen, oder?«
»Ihr die Show zu stehlen?«
»Sie wird das alles in ihrer Autobiografie erzählen.«
»Wirklich?«
Etwas in Robins Tonfall veranlaßte Sophie zu fragen: »Warum verwundert Sie das?«
»Die Schilderung ihrer frühen Jahre könnte doch peinlich sein.«
»Peinlich?« Bei Grace? »Das kann nicht Ihr Ernst sein.«
»Kennen Sie ihre Eltern?«
»Sie starben lange vor meiner Geburt.«
»Sind Sie sich da sicher?«
»Natürlich bin ich mir sicher. Wenn es nicht so wäre, hätte ich sie doch kennengelernt. Grace hätte ihre Enkelin niemals vor ihren Eltern versteckt.«
»Und wenn es umgekehrt war? Wenn sie die Eltern vor ihrer Enkelin versteckte?«
»Warum in aller Welt sollte sie das tun?«
»Aus Scham. Sie stammt aus kleinsten Verhältnissen.«
Sophie stand auf und griff demonstrativ nach ihrem Mantel. Sie war hergekommen, um sich zu entspannen, aber das hatte Robin mit ihrer bösartigen Aufdringlichkeit vereitelt.
Nachdem sie in die Ärmel gefahren war, rückte sie den Kragen zurecht und schaute, in der Hoffnung, Gus kommen zu sehen, die Straße hinauf und hinunter.
»Kein Widerspruch?« fragte Robin hinter ihr.
»Nicht der Mühe wert«, gab Sophie zurück, ohne sich umzudrehen. »Sie reden Unsinn. Da ist mein Fahrer.« Und dieses Mal auch noch pünktlich. »Danke, Lucy. Bis nächste Woche.«

Sie verließ das Studio ohne ein weiteres Wort zu Robin und stieg in den Fond des Wagens.
»He«, protestierte Gus mit seiner tiefen, whiskey-heiseren Stimme. »Warum sitzt du denn hinten?«
»Weil ich beobachtet werde. Fahr los.«
Er fuhr die Straße hinunter, bog um die Ecke und hielt am Bordstein an.
Sophie erwartete, daß er aussteigen und tun würde, was immer zu tun ihn zum Anhalten veranlaßt hatte. Als er sitzenblieb und sie nur im Rückspiegel anschaute, fragte sie: »Was ist los?«
»Ich brauche dich hier vorne.«
Es schoß ihr durch den Kopf, wofür er sie brauchte, und sie verspürte einen Anflug von Verärgerung. »Tut mir leid, Gus – ich bin nicht in Stimmung.«
»Hat die Maniküre dich in den Finger geschnitten?«
»Gus!«
»Du gibst mir das Gefühl, der Chauffeur zu sein.«
»Du bist der Chauffeur.«
Seine Augen hielten die ihren im Spiegel fest.
Sie seufzte. »Fahr einfach nur, Gus.«
Er trat das Gaspedal durch. »Du bist noch immer sauer wegen deines Geburtstags. Seit dem Abend behandelst du mich wie einen Fremden. Du gibst mir die Schuld.«
»Habe ich das gesagt?« Sie gab sich die Schuld, nicht ihm.
»Du vielleicht nicht, aber alle anderen. Deine Mutter, Jim O'Neill, sogar Davis Marcoux.«
Davis? Sophie wußte, daß beide aus Tyne Valley stammten, aber sie schätzte Davis auf Anfang Vierzig, und Gus war Ende Zwanzig, womit sie nicht gerade Zeitgenossen waren. »Wie gut kennst du Davis?«
»Nicht besonders. Aber er kennt meine Familie, und er meint, weil er es zum Arzt gebracht hat, daß er überall seinen Senf dazugeben kann. Er sagte mir, ich solle endlich zur Vernunft kommen, und die alte Lady tutete in dasselbe Horn.«

»Mußt du sie ›alte Lady‹ nennen?« fuhr Sophie verärgert auf. »Sie ist meine Großmutter!«

Das brachte ihn zum Schweigen – aber nur ein paar Blocks weit. Dann grollte er: »Das hat dich früher nie gestört – du bist stinkig.«

Sie dachte darüber nach und bestätigte dann: »Du hast recht – ich bin stinkig. Es hätte dich nicht umgebracht, ein bißchen auf mich aufzupassen, weißt du.«

»Ich sollte mit dir ausgehen – von Beaufsichtigen war nicht die Rede.«

Sophie fiel Graces Forderung ein, daß sie einen anständigen, verantwortungsbewußten Mann heiraten solle, der sich um sie kümmern würde. Mit dem Heiraten konnte sie sich noch immer nicht anfreunden, aber der Rest – sogar das Kümmern – erschien ihr heute nicht mehr so ablehnenswert. Der Zuckerschock an jenem Abend hätte sie das Leben kosten können.

Sie versuchte sich zu erinnern, ob Gus bei der Handvoll intimer Begegnungen seitdem Bestürzung über das Geschehene geäußert oder sich entschuldigt hatte. »Hat der Vorfall dir kein bißchen angst gemacht?«

»O doch, ich hätte um ein Haar meinen Job verloren.«

Womit er ihr verriet, was sie ihm bedeutete. Nicht, daß sie sich darüber Illusionen gemacht hätte – aber trotzdem … »Du bist ein Mistkerl!« stieß sie hervor, als er in die Zufahrt einbog, und als der Wagen vor der Tür hielt, sprang sie heraus und stürmte die Stufen hinauf.

Auf der obersten holte er sie ein und hielt sie am Ellbogen fest. »Was ist mit heute abend?«

»Was soll damit sein?«

»Kommst du rüber?«

Sie ließ den Blick langsam über seine Gestalt abwärts gleiten und eine Weile auf seinem Reißverschluß verharren, ehe sie ihn wieder hob und ungehalten auf den Ellbogen richtete, den er umfaßt hielt. »Wenn der Notstand ausbricht.« Sie riß sich los.

»Miststück.«

Sie stürzte ins Haus, knallte die Tür zu und steuerte, Gus aus ihrem Kopf verbannend, mit großen Schritten auf das Büro zu: Sie wollte Francine von Robin Duffy erzählen.

Aber Francine war nicht da, was Sophies Verärgerung noch steigerte. Sie hatten vereinbart, daß immer eine von ihnen bei Grace bliebe, bis sie eine Hilfskraft engagiert hätten – und das ärgerte Sophie noch mehr. Obwohl die Vernunft ihr natürlich sagte, daß diese Vorsichtsmaßnahme angebracht war, widerstrebte ihr die Vorstellung, Grace zu hätscheln – das roch nach genau der Manipulation, in der Grace eine solche Meisterin war.

Auf dem Weg in ihren Wohntrakt kam sie an Graces Büro vorbei. Die Tür stand offen, und sie warf ganz automatisch einen Blick hinein. Grace stand mit gesenktem Kopf und hängenden Schultern am Fenster, und diese Haltung war, weil völlig untypisch, so bestürzend, daß Sophies Zorn verrauchte. Hi, Gran.«

Grace schaute auf. Ihre Miene erhellte sich, doch nur für einen kurzen Moment. Dann senkte sie den Blick wieder auf ihre Hände. »Marny hat mich beaufsichtigt, aber das war reine Zeitverschwendung, und darum habe ich sie an die Arbeit zurückgeschickt.«

Sie klang nicht manipulativ, sie klang mutlos. Aber Mutlosigkeit war ein Fremdwort für Grace – zumindest war es bis jetzt so gewesen.

Auch der letzte Rest von Sophies Zorn schwand. Sie wußte nicht, was sie zu dieser so anderen Grace sagen sollte. Dann bemerkte sie, daß Graces Hände sich geschäftig bewegten. Neugierig trat sie näher. »Was machst du da?«

Sie hatte ein Stück Schnur zwischen ihren Fingern gespannt. »Ich spiele das Abnehmespiel«, erklärte sie. »Aber ich kann mich nicht an alle Möglichkeiten erinnern.« Sie senkte die Fingerspitzen, und der Faden spannte sich. »Ich wünschte, ich könnte noch alle Formen.« Sie schüttelte die Schnur aus. »Für einige Schritte braucht man vier Hände.« Sie schlang die Schnur erneut um ihre Finger. »Meine Schwestern und ich wetteiferten immer darum, die Schnellste zu sein.« Abwechselnd die Finger

der rechten und der linken Hand einsetzend, schuf sie ein Muster nach dem anderen.
»Du sprichst nicht oft über deine Schwestern«, sagte Sophie leichthin.
Grace schaute auf. »Schwestern?«
»Du hast gerade erzählt, daß du das oft mit deinen Schwestern gespielt hast.«
»Meinen Freundinnen. Ich habe es mit meinen Freundinnen gespielt.«
Sophie ließ ihren Mantel auf einen Stuhl fallen. »Dann erzähl mir was von denen. Wie waren ihre Namen?«
Grace betrachtete mit erneut gerunzelter Stirn ihre Finger. »Ganz alltäglich. Es gab Roses und Marys und Rosemarys.« Eine ihrer Hände sank herab. »Ich weiß sie nicht mehr.« Die Schnur baumelte an ihrer Seite. Sie seufzte und schaute zum Fenster hinaus. »Ich kann nicht arbeiten. Hoffentlich kommt deine Mutter bald nach Hause.«
»Wo ist sie denn?«
»Fliesen kaufen.«
Sophie waren keine Renovierungspläne bekannt. Es konnte höchstens sein, daß Francine den Teppichboden in ihrem begehbaren Schrank ersetzen wollte, den Legs ruiniert hatte – aber durch Fliesen?
»Sie sagte, sie besorge sie für einen Freund, aber ich erinnere mich nicht, für wen.« Grace ließ sich auf einen Stuhl sinken, starrte aus dem Fenster und seufzte wieder. »Es dauert noch eine Ewigkeit, bis der Frühling kommt.«
Die Traurigkeit in ihrer Stimme machte deutlich, daß sie sich fragte, ob sie ihn wohl noch erleben würde. Sophie wischte ihre Bedenken mit einer Handbewegung weg. »Er wird da sein, ehe du dich versiehst.«
»Es ist ja sogar bis Thanksgiving noch eine ganze Weile hin.«
»Aber das wird schön! Die Dorians verstehen sich aufs Feiern.«
»Diesmal wird es anders sein.«
»Vielleicht sogar noch schöner. Wir brauchen doch keine Hor-

den von Leuten hier, die uns die Haare vom Kopf essen, unseren Wein verschütten und in der Gästetoilette auf den Sitz pinkeln. Diesmal werden wir den Rahmen ganz intim halten.« Das würde zwar weniger turbulent und fröhlich werden, aber erheblich ungefährlicher – und es wäre auch im Sinne der Familie. Niemand wußte, in welcher Verfassung Grace in einem Jahr sein würde – vielleicht erlebte sie Thanksgiving heuer zum letzten Mal bewußt, und sie mußten die kostbare Zeit mit ihr genießen.

»Nur auf die Familie beschränkt.«

»Nur auf die Familie beschränkt«, bestätigte Sophie.

»Aber wir bitten Jim dazu.«

»Natürlich.«

»Und vielleicht auch Robert.«

Sophie schwieg. Robert schien sang- und klanglos aus dem Spiel ausgeschieden zu sein.

»Und für dich?« fragte Grace. »Ich möchte, daß du heiratest.«

Sophie spürte einen Anflug von Rebellion in sich aufsteigen – das schaffte die alte, herrschsüchtige Grace jedesmal. »Das wird wohl nichts werden.«

»Warum nicht?«

»Weil es niemanden gibt, den ich liebe.«

»Vergiß die Liebe, ich habe deinen Großvater auch nicht geliebt.«

Sophie war fassungslos. »Nein?«

»Anfangs nicht – da ging es mir nur um die Sicherheit, die er mir bot. Die Liebe entwickelte sich erst später.«

»Das ist ja unglaublich! Ich dachte immer, es sei eine Bilderbuch-Liebesgeschichte gewesen.«

Grace schüttelte den Kopf. »So was brauchte ich nicht – und du brauchst die auch nicht.«

»Aber die Zeiten haben sich geändert, Gran. Ich brauche keinen Ehemann, ich will nicht nur heiraten, um verheiratet zu sein. Früher heirateten die Frauen, um versorgt zu sein – heute nicht mehr.«

»Doch, das tun sie sehr wohl, nur nennen sie es heute Liebe.«

»Was hat denn Grandpa veranlaßt, dich zu heiraten? Bestimmt kein Sicherheitsbestreben.«

Grace wurde nachdenklich. Nach einer Weile sagte sie plötzlich verwirrt: »Kurz bevor du kamst, hat jemand angerufen.«

»O nein!« protestierte Sophie scherzhaft, »wechsle jetzt nicht das Thema. Was hat Grandpa veranlaßt, dich zu heiraten? Ich wette, er war bis über beide Ohren verliebt.«

Grace runzelte die Stirn. »Sie hat ihren Namen gesagt, aber ich habe ihn vergessen.«

Sophie hatte sich als Kind vor Begeisterung über Graces Hochzeitsfotos gar nicht lassen können. »Du warst eine wunderschöne Braut. Ich wette, er fand, daß du das erfrischendste Geschöpf warst, das je aus der Provinz in die Großstadt gekommen war.«

»Fawn? Nein. Lily?« Grace stieß einen ungeduldigen Laut aus. »Sie war von der Zeitung – das hat sie gesagt.«

Sophie horchte auf. »Was? Wer hat das gesagt?«

»Die Frau, die anrief.«

»Von welcher Zeitung?«

Grace schürzte die Lippen. Sie war sichtlich ratlos.

Sophie kam ein unangenehmer Gedanke. »Es war doch nicht etwa Robin?«

Graces Miene erhellte sich. »Doch, ich glaube, so hieß sie.«

Sophie war fassungslos. »Aber wie kam sie zu dir durch? Normalerweise hätte doch Marny den Anruf entgegengenommen, und wenn nicht sie, dann Margaret.« Diese Regelung hatten sie getroffen, um zu verhindern, daß Grace von den falschen Leuten behelligt wurde. »Wie bist du denn mit dem Telefon zurechtgekommen, um Himmels willen?« Sonst kam sie nie damit zurecht.

Grace schob angriffslustig das Kinn vor. »Ich telefoniere schon mein ganzes Leben lang.«

Sophie nahm sich nicht die Zeit, mit ihr zu diskutieren, sie mußte wissen, wie groß der angerichtete Schaden war. »Was hat Robin gesagt?«

»Oh, nur das Übliche.«
»Was ist das Übliche?«
»Nur höfliche, kleine ... wie heißt das Wort?« Sie machte eine Handbewegung. »Höfliche kleine Floskeln.«
»Floskeln?«
»Du weißt schon, was ich meine – Allgemeinplätze.«
»Geschwafel?«
»Geschwafel.«
»Hat sie nach deinem Buch gefragt?«
Grace ging zum Bücherschrank hinüber.
Sophie folgte ihr. »Was hast du ihr erzählt, Gran?«
Grace öffnete eine der unteren Türen und holte eine vertraute Schale heraus.
»Du hast dich doch nicht etwa bereit erklärt, sie zu empfangen?«
Die Kristallschale in die Armbeuge klemmend, griff sie hinein und brachte eine winzige Schachtel Rosinen zum Vorschein. »Iß das. Du hast schon eine ganze Weile nichts zu dir genommen, und es ist die kritische Tageszeit.«
Für einen Sekundenbruchteil war Sophie wieder ein Kind. Damals hatte die Schale an einer Ecke von Graces Schreibtisch gestanden und war stets mit einer Auswahl der Süßigkeiten gefüllt, die aktive, junge Diabetiker gern naschten, wenn gegen Ende des Tages ihr Blutzuckerspiegel zum Absacken neigte.
»Ich kann es nicht fassen, daß du die Schale immer noch hast.«
Grace drückte ihr die Schachtel in die Hand. »Iß das. Mir zuliebe.«
Sophies Kehle wurde eng. Iß das. Mir zuliebe. Das war der alte Text, über den sie sich jahrelang lustig gemacht hatten. Doch jetzt war Grace nicht lustig. Sie schien sich nicht an die Witzeleien zu erinnern oder an die unzähligen Male, die sie genau diese vier Worte gebrauchte. Jetzt hatte sie sie gebraucht, als sei es das erstemal, voll der Fürsorglichkeit, die früher, überschattet von Arbeitsstreß, oft kaum zum Ausdruck gekommen war.
In diesem Augenblick wurde Sophie zum erstenmal mit er-

schreckender Deutlichkeit bewußt, daß Graces Welt schrumpfte. Die Vergangenheit drängte sich in den Vordergrund, verschlang die Zukunft. Granny baute ab.
Unter Tränen lächelnd öffnete sie pflichtschuldigst die Schachtel und steckte ein paar Rosinen in den Mund. Sie waren steinhart und schmeckten muffig. Trotzdem schluckte sie sie hinunter und nahm sich Nachschub.

Vierzehntes Kapitel

Genialität mag uns Ehrfurcht abnötigen, aber nützlicher ist ein gesunder Menschenverstand.

– Grace Dorian in »Die Vertraute«

Francine hatte kaum einen Fuß ins Haus gesetzt, als Sophie auf sie zugestürzt kam. »Schlechte Neuigkeiten, Mom! Robin Duffy tauchte bei Lucy auf und wollte mich aushorchen, worauf ich ihr vorlog, daß Grace in Europa sei. Sie muß, kaum daß ich das Nagelstudio verlassen hatte, zum Hörer gegriffen haben und kam irgendwie zu Grace durch – und ich habe nicht die leiseste Ahnung, was Grace ihr erzählt hat! Dann erwähnte Grace mir gegenüber ihre Schwestern, aber als ich nachhakte, behauptete sie, sie habe sich versprochen und ihre Freundinnen gemeint. Irgendwas ist da faul.«

Und beängstigend, dachte Francine.

»Also, was ist nun, hatte Grace Schwestern oder nicht?« fragte Sophie.

»Sie hatte keine«, erwiderte Francine spontan, fügte dann jedoch hinzu: »Es sei denn, sie sind so früh gestorben wie ihr Bruder. Aber warum hätte sie uns dann nur von seinem Tod erzählt? Nein, es kann keine Schwestern gegeben haben.«

»Es sei denn, Grace hat nicht die Wahrheit gesagt.«

Noch vor kurzem hätte Francine diese Möglichkeit mit Überzeugung ausgeschlossen. Jetzt nickte sie einfach nur. »Es sei denn, Grace hat nicht die Wahrheit gesagt.«

»Wir müssen es herausfinden«, flüsterte Sophie dringend.

Francine stimmte ihr zu, wenn auch nicht ohne Skrupel. Grace war immer die personifizierte Anständigkeit gewesen, eine liebende und fürsorgliche Mutter, eine im Beruf erfolgreiche Frau. Sie predigte Mitgefühl nicht nur – sie bewies es in ihren Kolumnen, mit ihrem Engagement für Wohltätigkeitsveranstaltungen und mit ihren großzügigen Spenden. Auch nur zu vermuten, daß sie eine Lügnerin war, grenzte an Gotteslästerung.

»Wir sollten damit anfangen, daß wir sie wegen Robin warnen. Sie muß aufgerüttelt werden. Wenn sie begreift, was auf dem Spiel steht, packt sie vielleicht aus. Ach, übrigens – sie erzählte, du seist Fliesen kaufen gefahren. Hat sie sich das zusammenfantasiert?«

Einen Augenblick lang war Francine versucht, es zu bejahen – Graces aus dem Ruder laufender Verstand war der ideale Sündenbock –, aber es war Ehrlichkeit angesagt, jetzt mehr denn je. Und so antwortete sie leichthin: »Nein, sie hat es sich nicht zusammenfantasiert.«

»Wofür hast du denn Fliesen gekauft?«

»Für Davis Marcoux' Küchenboden.«

»Für wessen Küchenboden?« fragte Sophie verblüfft.

»Für den des lieben Onkel Doktors«, erwiderte Francine flapsig. »Er sagte, er könne sich nicht entscheiden, und so bot ich ihm meine Hilfe an.«

Sophie stand vor einem Rätsel. »Ich weiß noch, wie es dich genervt hat, Dinge für deine Zimmer auszusuchen.«

»Wenn man es für jemand anderen tut, fällt es einem leichter. Es ist nicht so riskant – er muß damit leben, nicht ich.« Francine warf einen Blick in die Richtung von Graces Büro – es gab im Augenblick vordringlichere Probleme als Davis. »Ist sie da drinnen?«

»Allerdings, sie wartet auf dich. Wirst du ihr die Pistole auf die Brust setzen?«

»Es wird mir wohl nichts anderes übrigbleiben«, erwiderte Francine. »Wir müssen wissen, was Sache ist.«

Es gab ihr einen Stich, als sie Grace wie ein Häufchen Elend an ihrem Schreibtisch sitzen sah. Das war nur noch ein Schatten der Grace, die sie ihr ganzes Leben lang gekannt hatte, ein schwacher Abglanz der starken, zielstrebigen, autoritären Persönlichkeit. Diese Grace war eine kraftlose Frau, der man ihr Alter anmerkte.

Die glanzlosen Augen leuchteten auf, als sie Francine sah. »Da bist du ja! Ich hatte schon Angst, da wärst in Urlaub gefahren.«

»Ohne dir Bescheid zu sagen?« Francine lächelte, obwohl sich ihr Herz zusammenzog. »Das würde ich doch nie tun. Du wußtest, wo ich war.«

»Aber so lange?«

»Es waren nur ein paar Stunden.« Sie zog sich einen Stuhl heran. »Sophie erzählte mir, du habest mit Robin Duffy telefoniert. Was hat sie gewollt?«

»Robin Duffy?«

»Sie schreibt fürs ›Telegram‹.«

Grace runzelte die Stirn. »Sie hat mich angerufen? Ach ja, jetzt erinnere ich mich. Aber wir haben uns nicht lange unterhalten. Sie fragte, wie es mir gehe, und ich sagte, es gehe mir gut.«

»Sonst noch was?«

Grace dachte angestrengt nach. Dann schüttelte sie den Kopf.

»Es ist wichtig!« beschwor Francine sie.

»Hätte ich ihr irgend etwas sagen sollen?«

»Du hättest überhaupt nicht mit der Frau sprechen sollen. Ich befürchte, daß du ihr vielleicht etwas über deine Kindheit erzählt hast – sie ist nämlich ganz scharf darauf, etwas darüber zu erfahren.«

»Aber warum denn?« fragte Grace verwundert.

Francine erinnerte sich noch sehr gut an den Brief, den Robin ihr geschrieben hatte. »Sie hat Grace Dorian zu ihrem Spezialgebiet erklärt, und zweifellos sucht sie nach etwas, das noch nirgendwo abgedruckt worden ist. Es sind noch nie Einzelheiten aus deiner Kindheit veröffentlicht worden. Niemand weiß etwas darüber, nicht einmal ich. Du mußt es mir erzählen, Mom. Erzähl mir alles über deine Kindheit, was Robin für berichtenswert halten könnte.«

»Da gibt es nichts«, behauptete Grace.
»Ich würde das ja gern glauben«, erwiderte Francine. »Wirklich. Aber du sagst immer wieder Dinge, die mich ins Grübeln bringen.«
Graces Gesicht verschloß sich. »Es gibt nichts.«
»Keine Schwestern? Keine Geheimnisse?«
»Nichts.«
»Bestimmt nicht? Ich muß wissen, womit ich es zu tun habe. Ich kann die ›Vertraute‹ nicht fortführen und auch dein Buch nicht schreiben, wenn ich die Fakten nicht kenne.«
Grace preßte die Lippen aufeinander.
»Du hattest Schwestern, nicht wahr?« sagte Francine, plötzlich überzeugt davon, mit sanfter Stimme. Erregung ergriff von ihr Besitz, Neugier – und Furcht. »Ist etwas Schlimmes passiert? Waren sie krank? Oder unehelich? Hat es einen Skandal gegeben?« Wenn sich eine große Tragödie ereignet hätte, könnte sie verstehen, daß Grace sie aus ihrem Gedächtnis verbannt hatte.
Grace starrte nachdenklich vor sich hin.
»Bitte erzähl's mir!«
Grace schüttelte den Kopf.
»Heißt das, daß es nichts zu erzählen gibt, oder daß du dich weigerst, darüber zu sprechen?«
»Ich kann es nicht«, erklärte Grace und schloß die Augen.
»Weil es so schlimm ist? Nichts ist so schlimm, Mom. Aber ein Bluthund wie Robin Duffy kann etwas Schlimmes damit anrichten, wenn wir ihr nicht den Wind aus den Segeln nehmen. Da bemängelst immer, daß ich nicht auf dem laufenden bin. Nun, jetzt bemühe ich mich darum. Ich bemühe mich, ›Die Vertraute‹ zu retten. Ich bemühe mich, dein Buch zu retten. Ich bemühe mich, die einzige Vergangenheit zu retten, die ich je gekannt habe.« Und sie hatte, verdammt noch mal, eine Heidenangst. »Gibt es irgend etwas, das du mir sagen kannst?«
Grace begann sich langsam vor und zurück zu wiegen.
Francine erwartete, daß sie zu sprechen anfangen würde, aber

sie wiegte sich nur unentwegt, und als sie schließlich die Augen öffnete, wandte sie sich dem Fenster zu und schaute über die sanft hügelige Rasenfläche in die Richtung des Flusses. Ihr Gesichtsausdruck verriet, daß sie in Gedanken weit weg war, aber Francine hatte keine Ahnung, wo.

Grace hatte diesen Ausblick immer geliebt. Folgte daraus, daß er sie an etwas Schönes aus ihrer Kindheit erinnerte?

Vielleicht ja, vielleicht nein.

Folgte daraus, daß, falls Grace Schwestern hatte, diese noch am Leben waren?

Vielleicht ja, vielleicht nein.

Folgte daraus, daß Grace, wenn sie in dieser Hinsicht gelogen hatte, es auch bezüglich anderer Dinge getan hatte?

Vielleicht ja, vielleicht nein.

Francine fühlte sich plötzlich hilflos, als entgleite ihr das ganze Leben, und sie ließe es einfach los. Sie verhielt sich wieder einmal Francine-typisch – so völlig anders als die alte Grace, die den Stier bei den Hörnern gepackt hätte.

Aber wie sollte sie diesen Stier bei den Hörnern packen?

Ein gesunder Menschenverstand ist nützlicher als Genialität, sagte Grace immer, doch so sehr Francine den ihren auch bemühte, es fiel ihr nichts ein.

Wie sollte sie diesen Stier bei den Hörnern packen?

Von dem Bedürfnis getrieben, etwas zu tun, ging sie instinktiv in ihr Büro und kramte die Schachtel durch, in der sie ihre Privatpost aufbewahrte, bis sie den Brief fand, den Robin Duffy ihr vor drei Monaten geschrieben hatte.

Nicht ganz zwei Stunden später betrat Francine das kleine Café in der Stadtmitte. In dem Bestreben, die Grace-eigene Pünktlichkeit zu beweisen, war sie fünf Minuten zu früh da, doch sie hatte sich kaum an einem kleinen Ecktisch niedergelassen, als auch schon Robin durch die Tür kam.

Sie durchquerte den kleinen Raum und setzte sich Francine gegenüber. Ihr Lederrucksack landete mit einem dumpfen Laut

auf dem Boden, der von den todbringenden Waffen ihres Metiers zeugte. Außer Atem legte sie die Hand auf ihre Brust.
»Ich hoffe, Sie warten noch nicht allzu lange. Nach Ihrem Anruf hetzte ich nach Hause, um den Wagen zu holen, aber der war natürlich nicht da, weil mein Sohn vergessen hatte, daß er seine Schwester zur Mathenachhilfe fahren sollte, und statt dessen mit seinen Freunden losgezogen war. Also mußte ich ihn auftreiben, nach Hause schaffen, sie bei der Lehrerin abliefern, tanken, denn die Anzeige stand bereits jenseits des Reserve-Feldes ...« Robin ging die Luft aus.
Francine hätte sich nichts Besseres wünschen können – ein gestreßter Gegner war nicht so bedrohlich. »Ich bin erst seit ein, zwei Minuten da«, sagte sie lächelnd. »Wir sind beide zu früh gekommen. Meine Entschuldigung ist, daß ich Graces Tochter bin. Wie lautet Ihre?«
Robin wickelte ihren Schal ab. »Meine ist, die Tochter von Graces Schülerin zu sein. Sie hat mir die Pünktlichkeit so eingebläut, daß ich es nicht ertragen könnte, irgendwohin zu spät zu kommen.« Sie machte ihren Mantel auf und lehnte sich, offensichtlich erleichtert, endlich zur Ruhe gekommen zu sein, auf ihrem Stuhl zurück.
»Ich danke Ihnen, daß Sie so kurzfristig gekommen sind.«
»Mir erscheint es ganz und gar nicht kurzfristig – ich habe seit Monaten darauf gewartet, mit Ihnen sprechen zu können. Ist dies ein Interview?«
»Nein. Läuft da was in Ihrem Rucksack?«
Robin griff in den Beutel, zog ein Tonbandgerät heraus und stellte es auf den Tisch. Die Spulen drehten sich nicht.
»Ich danke Ihnen«, sagte Francine. Sie sah die Bedienung auf ihren Tisch zusteuern. »Möchten Sie etwas bestellen?« fragte sie Robin.
Robin orderte »Kaffee ohne alles«.
Francine schloß sich an und wartete, bis die Kellnerin außer Hörweite war. Als sie sich wieder Robin zuwandte, sah sie in deren Augen ihr eigenes Mißtrauen gespiegelt. »Sie wundern

sich wahrscheinlich, daß ich Sie um dieses Treffen gebeten habe.«
»Ich nehme an, es hat damit zu tun, daß ich heute Sophie begegnet bin.«
»Nur indirekt. Ihr Name ist uns in den letzten paar Jahren zu oft unangenehm aufgefallen, um dieses eine Mal zu etwas Besonderem zu machen. Sie waren so etwas wie ein Stachel im Fleisch.«
Robin sah wirklich und wahrhaftig aus, als sei ihr das peinlich. »Das bringt der Job so mit sich. Der höfliche Journalismus gehört der Vergangenheit an – heute muß ein Reporter brutal sein, wenn er überleben will. Es gibt Momente, da hasse ich das, aber ich habe keine Wahl. Ich bin eine alleinerziehende Mutter und muß Geschichten schreiben, die sich verkaufen, wenn ich meine Kids aufs College schicken will.«
Dieses Motiv konnte Francine ihr nicht verübeln. »Wie alt ist die Schwester des Siebzehnjährigen, der Autos verbeult?«
»Vierzehn – und sie spuckt Gift und Galle.«
Francine lachte. »An die Zeiten erinnere ich mich noch gut. Es wird besser.«
»Wann?« fragte Robin so ernsthaft, daß Francine erneut lachen mußte.
»In ein paar Jahren. Spätestens, wenn sie aufs College geht. Eine Trennung besänftigt die Gemüter auf wunderbare Weise.«
»Ich weiß nicht, ob ich so lange durchhalte.«
Francine hatte genau das gleiche gesagt, und zahllose ihrer Freundinnen ebenfalls. Es war ein typischer Mutter-Text. Wenigstens das hatten Robin und sie gemeinsam. »Arbeiten Sie ausschließlich für das ›Telegram‹?«
»Ich schreibe freiberuflich für mehrere Zeitschriften, aber das ›Telegram‹ ist mein festes Standbein.«
»Sind Sie dort vertraglich gebunden?«
Robin wurde vorsichtig. »Nein. Warum fragen Sie?«
Francine betrachtete sie. Sie war eine attraktive Person, zierlich, mit aschblonden Haaren und einem netten Lächeln, einer unbe-

streitbaren Schreibbegabung und zugegebenerweise fasziniert von der ›Vertrauten‹. *Mein Traum ist, die bestinformierte Reporterin in Sachen Grace zu werden, wobei ich nicht weiß, ob ich mir das wegen meiner Mutter oder für mich selbst wünsche – aber auf jeden Fall macht meine langjährige Erfahrung mit der ›Vertrauten‹ mich zur perfekten Anwärterin auf diesen Posten,* hatte sie in ihrem Brief geschrieben. Und nun förderte Francines gesunder Menschenverstand plötzlich eine wahrhaft geniale Idee zutage.

»Ich bin auf der Suche nach einem Ghostwriter.«

Robin riß die Augen auf. »Für Graces Buch?«

Francine nickte. »Weder Grace noch ich verstehen etwas vom Bücherschreiben. Wir haben uns zwar drangemacht, aber es muß ja auch weiterhin jede Woche ›Die Vertraute‹ abgeliefert werden. Wir brauchen Hilfe.«

»Ist das ein Angebot?«

»Ich ziehe es in Erwägung.«

»Ich bin fassungslos«, sagte Robin, und so klang sie auch.

»Warum? Sie können schreiben, und Sie kennen Grace besser als die meisten.«

»Aber wir hatten unsere Differenzen – Grace und ich, und Sie und ich.«

»Das lag daran, daß unsere Ausgangspunkte verschieden waren. Wenn wir zusammenarbeiten würden, gäbe es diese Differenzen vielleicht nicht mehr.«

»Ich bin fassungslos«, wiederholte Robin – und dann zog sie plötzlich scharf die Luft ein und schleuderte Francine anklagend entgegen: »Sie wollen mich mundtot machen!«

»Wie bitte?«

»Ich habe recht, nicht wahr?« Sie lächelte blasiert. »Ich werde den Dorians allmählich wirklich gefährlich. Sophie hat Ihnen zweifellos erzählt, daß ich keine Hinweise auf einen gefluteten Ort finden konnte. Und wissen Sie, was ich ebenfalls vergeblich gesucht habe? Eine Bestätigung dafür, daß zu dem Zeitpunkt, den sie angegeben hat, eine Grace Laver in Maine geboren wurde. Ich habe jede Menge Geburtsurkunden durchforstet, ich habe Freunde darauf angesetzt, Geburtsurkunden zu durchforsten – ohne Ergebnis. Woraus sich zwei mögliche Schlußfolgerungen ergeben: Entweder war ihr Mädchenname nicht Laver, oder sie wurde nicht in Maine geboren. Wer ist sie?«

Francine wünschte inständig, sie hätte diese Frage beantworten können. So konnte sie nur dafür sorgen, daß ihre Verunsicherung nicht offenkundig wurde, und das war ein Kunststück, denn sie ging tief. Graces Vergangenheit war auch ihre. Alles, wovon sie nichts wußte, trug sie vielleicht als Erbe mit sich herum. Krankheiten, eine kriminelle Veranlagung – es war ein weites Feld ...

Um sich zu sammeln, suchte sie Zuflucht bei dem Kaffee, den die Bedienung vor sie hingestellt hatte, trank einen Schluck und noch einen und stellte die Tasse wieder ab. »Was haben Sie sonst noch herausgefunden?«

»Nicht viel«, gestand Robin, »aber ich lasse nicht locker. Grace ist faszinierend, teils geradeheraus, teils verschlossen. Als ich sie im Sommer letzten Jahres interviewte, merkte ich, daß sie über nichts sprechen wollte, was die Zeit betraf, bevor sie ihren Mann kennenlernte. Und je mehr ich mich in die Materie vertiefe, um so rätselhafter wird sie. Ich laufe immer wieder in Sackgassen.«

Francine wußte, wovon Robin sprach – weiß Gott! Und das schlimmste war, daß sie Grace und damit alle Antworten vor der Nase hatte, aber keine einzige bekam.

Robin wurde ernster. »Grace ist zu einer fixen Idee für mich geworden. Ich wuchs mit ihr als leuchtendem Beispiel auf, doch ich schaffe es nie, ihr etwas gleichzutun. Jahrelang quälte ich mich mit dem Bemühen herum, ihren Maßstäben gerecht zu werden. Inzwischen erscheinen mir diese Maßstäbe allerdings eher aufgesetzt – als habe sie sie erst gesetzt, als sie ›Die Vertraute‹ ins Leben rief. Es gibt zu viele offene Fragen, Francine.«

»Ich weiß«, platzte Francine heraus, denn alles, was Robin ihr gesagt hatte, hatte sie sich selbst schon tausendmal gesagt. Sie nahm an, daß Robin das begriff, und falls sie für ihre Offenheit bestraft würde, konnte sie es auch nicht ändern. Sie ging aufs Ganze.

»Arbeiten Sie für uns«, sagte sie. »Sie bekommen ein Büro im Haus, werden auf dem Schutzumschlag des Buches als gleichrangige Autorin genannt und können die Aufwendungen für Ihre Nachforschungen über ein Spesenkonto finanzieren. Wir werden Ihnen erheblich mehr zahlen als die Zeitung, und Sie haben jederzeit Zugang zu Grace.«

Im ersten Moment blieb Robin buchstäblich der Mund offenstehen. Dann schluckte sie. »Sie meinen das tatsächlich ernst?«

»Absolut. Es wäre uns beiden damit geholfen. Sie möchten unbedingt über Grace schreiben, und ich brauche jemanden, der es tut. Sie brauchen Geld, ich brauche Hilfe.« Sie brauchte außerdem jemanden, der Erfahrung im Recherchieren hatte, und Robin war eine Expertin auf diesem Gebiet. Sie einzustellen war wirklich ein genialer Schachzug. Wie könnte man die Frau besser überwachen und daran hindern, Grace zu schaden, als sie auf die Gehaltsliste zu setzen? Wenn du einen Feind nicht besiegen kannst, verbünde dich mit ihm, war eines von Graces Lieblingssprichworten – und es leuchtete ein.

»Wieviel Spielraum würden Sie mir lassen?«

»Soviel Sie brauchen, um ein faires Buch zu schreiben.«

»Was verstehen Sie unter ›fair‹?«

Francine dachte kurz darüber nach und antwortete dann: »Wir wollen, daß das Buch ein Erfolg wird. Grace sieht es als ein Denkmal für sich und ihre Arbeit, aber wir sind nicht bereit, das der Sensationsgier zu beugen, um die Verkaufszahlen in die Höhe zu treiben.«

»Wir sprechen also von einem Tatsachenbericht, ja?« fragte Robin. »Eine Beteiligung an Schönfärberei käme für mich nicht in Frage, und das schließt auch ein Zurückgreifen auf alle bisherigen Interviews aus. Bei mir steht die Ehrlichkeit an erster Stelle.«

»Es gibt verschiedene Formen der Ehrlichkeit«, gab Francine zu bedenken. »Ihr Artikel nach Graces Autounfall war faktisch ehrlich, aber Ihre Schlußfolgerungen schossen weit über das Ziel hinaus. Es hätte der Ehrlichkeit keinen Abbruch getan, wenn Sie den Bericht freundlicher abgefaßt hätten. Graces Buch soll eine freundliche Ehrlichkeit zugrunde liegen. Etwas zu veröffentlichen, das ihrem Image schadete, wäre selbstzerstörerisch.«

»Für Sie – für mich nicht. Sagen Sie gegen die Sensationsgier, was Sie wollen – sie ist nun mal die treibende Kraft, die Leute dazu veranlaßt, Geld für ein Buch auszugeben.«

»Wenn es Ihnen nur darauf ankommt, vergeuden wir beide unsere Zeit.« Francine machte Anstalten, aufzustehen.

Robin streckte die Hand aus und legte sie auf Francines Arm. »Warten Sie. Mir geht es nicht in erster Linie um Sensationen – auch ich vertrete einen gewissen Anspruch.« Sie zog ihre Hand zurück und umfaßte ihre Kaffeetasse damit. »Wenn ich für Sie arbeiten würde, müßte ich meinen Platz bei der Zeitung zur Verfügung stellen, und wenn ich ihn dann wieder bräuchte, wäre er vielleicht besetzt.«

»Vielleicht besteht diese Notwendigkeit dann gar nicht mehr – ich könnte mir gut vorstellen, daß Sie danach sehr viel reizvollere Angebote bekommen. Außerdem erhalten Sie einen Vorschuß und Tantiemen, so daß auf Jahre hinaus Geld eingehen wird.« Amanda könnte diese Vereinbarung formulieren. Es war entschieden besser, die Einnahmen zu teilen, als überhaupt keine Einnahmen zu haben, worauf es hinausliefe, wenn das Buch nie geschrieben würde. Nicht, daß die Dorians das Geld gebraucht hätten – aber Robin Duffy brauchte es.

Francine nahm an, daß sie genau das dachte, denn ihr Gegenüber schaltete plötzlich um. »Eines der größten Ärgernisse bei der Zeitung waren die strengen Richtlinien des Chefredakteurs. Wird Grace mich auch in einer solchen Weise einschränken?«

»Grace wird Sie nicht bevormunden, wenn Sie das meinen.« Grace war in ihrer jetzigen Verfassung gar nicht in der Lage, jemanden zu bevormunden, doch das wollte Francine Robin noch nicht anvertrauen. Diese Information war zu brisant. »Sie werden die gleiche Handlungsfreiheit haben wie ich oder Grace selbst. Entscheidungen, die den Inhalt des Buches betreffen, werden grundsätzlich gemeinsam getroffen.«

»Gibt es noch andere Fragwürdigkeiten als die, auf die ich bereits gestoßen bin?«

Trotz der warnenden Stimme in ihrem Hinterkopf beschloß Francine, Robin zu vertrauen. »Ich weiß es nicht«, gestand sie leise. »Grace hat nicht viel aus ihrer Kindheit erzählt.«

»Wie weit ist sie denn schon mit dem Buch?«

»Bisher gibt es nur Notizen, und sie ist sich nicht sicher, in welche Reihenfolge sie sie bringen soll.« Das war sehr vorsichtig ausgedrückt. »Darum brauchen wir jemanden wie Sie.«

»Warum ist sie heute nicht mitgekommen? Wenn ihr das Buch so am Herzen liegt, sollte man doch meinen, daß sie Interesse daran hätte, an diesem Gespräch teilzunehmen.«

»Sie hat zu viel zu tun.«

»Warum hat Sophie gesagt, sie sei in Antibes?«

»Weil sie sich über Sie geärgert hatte. Sie dachte, Sie hielten sie für so jung und dumm, daß sie unabsichtlich irgendwelche Informationen preisgäbe. Sophie ist blitzgescheit – unterschätzen Sie sie nicht.«

»Weiß sie von dieser Unterhaltung?«

»Ja.« Es stimmte zwar nicht, aber das spielte keine Rolle.

»Daß Sie sich mit dem Feind verbünden, den sie nicht besiegen können?«

Francine lächelte. »Sie sind ja sehr firm in Graces Lieblingsaussprüchen.«

»Ich wurde mit Graces Lieblingsaussprüchen erzogen.«

Francine erhaschte einen Blick auf eine verwandte Seele. Vielleicht würde es ihr sogar gefallen, mit Robin zusammenzuarbeiten. »Sie Arme. Wir Arme.« Sie schüttelte staunend den Kopf. »Sie sind wirklich die Idealbesetzung für diesen Posten.«

»Aber werde ich es überleben?«

»Mit Grace zu arbeiten? Ja, das werden Sie.« Grace würde das nicht, aber das hatte nichts mit der Arbeit an dem Buch zu tun.

»Betrachten Sie es so: Wenn Sie an Ihre Kinder denken, bietet Ihnen Ihre Tätigkeit für uns Aussicht auf einen größeren Erfolg, als Sie ihn mit irgend etwas anderem erzielen könnten.«
»Und wenn ich nein sage?«
»Dann holen wir uns jemand anderen – aber Sie sind unsere Favoritin.«
Robin drehte die Tasse in den Händen. »Obwohl Ihnen einiges von dem, was ich über Grace geschrieben habe, mißfallen hat?«
»Das macht die Konstellation noch interessanter. Ich bewundere Ihre Hartnäckigkeit. Wie ich vorhin schon sagte – Sie waren wie ein Stachel in unserem Fleisch.«
»In den zehn Jahren, die ich nun schon Reporterin bin, habe ich noch nichts geschrieben, was mir eine Nominierung für den Pulitzer-Preis eingebracht hätte.«
»Das ist wahr, aber Sie haben allen anderen etwas voraus: Eine persönliche Erfahrung mit der Materie. Sie sind mit Grace aufgewachsen – wie ich.«

Robin wußte nicht, ob sie es dem Schicksal, einem glücklichen Zufall oder reiner Hartnäckigkeit verdankte, daß ihr diese einmalige Chance eröffnet wurde. Wie auch immer – sie war außer sich vor Freude. Wie ein Tag das Leben verändern konnte! Wie grundlegend ein Tag das Leben verändern konnte.
Was würde es für sie bedeuten, Graces Biografie zu schreiben? Zunächst einmal bedeutete es geregelte Arbeitsstunden, was ihr mehr Zeit für die Kinder ließe. Außerdem bedeutete es die tiefgehende Konzentration auf ein einziges Thema anstatt des oberflächlichen Streifens vieler. Es bedeutete Geld, womit sie den Wagen reparieren lassen und vielleicht in eine größere Wohnung oder sogar ein Haus einziehen und die College-Gebühren bezahlen könnte. Es bedeutete Bekanntheit, woraus eine Zukunft folgte, die größere und bessere Aufgaben zu bieten hätte als das ›Telegram‹.
Seltsam, daß sie nie über das ›Telegram‹ hinausgedacht hatte. Nein – so seltsam war es gar nicht. Die schwindelerregend ho-

hen Maßstäbe, an denen sie gemessen worden war, die zu einer Entfremdung von ihren Eltern führten, ihre Ehe vergifteten, bis sie zerbrach, und das Verhältnis zu ihren Kindern mehr als einmal in eine Krise stürzten – diese Maßstäbe hatten ihr Scheitern vorprogrammiert. Also hatte sie gelernt, nicht nach Höherem zu streben, und was sie tat, so gut wie möglich zu tun. Und jetzt zahlte es sich endlich, endlich aus. Ihre Mutter wäre begeistert, wenn sie das noch erlebt hätte.

Und was würde ihr Vater dazu sagen? Sie hatte in den drei Jahren seit dem Tod ihrer Mutter kein einziges Mal mit ihm gesprochen. Robin fragte sich, ob es ihn überhaupt interessierte, was sie tat. Sie fragte sich, ob er die Ironie sehen würde, die diese Entwicklung beinhaltete. Ihr Bruder hatte sie erkannt, aber ihr Bruder dachte generell wie sie. Graces Maßstäbe hatten sie nie hochkommen lassen, und jetzt würde Grace selbst sie erhöhen. Sie verriet weder ihren Kindern noch ihren Freunden und auch niemandem beim ›Telegram‹ etwas davon. Sie wollte die Brükken nicht hinter sich abbrechen, bevor sie eine schriftliche Vereinbarung in Händen hielte. Die kam zwei Tage später und versetzte sie regelrecht in Ekstase. Die Bedingungen waren fair. Mehr als fair. Die Zusammenarbeit mit Grace würde Robin viermal soviel einbringen, wie sie allein verdienen könnte. Der Vertrag sicherte ihr sogar eine Unterzeichnungsprämie zu.

Andererseits war da diese Klausel. Bedingung dafür, daß sie die Schwelle des Dorianschen Anwesens überschreiten dürfte, war die Zusicherung, daß sie alles, was sie über Grace oder ihre Familie erführe, absolut vertraulich behandelte – abgesehen natürlich von dem, was in das Buch aufgenommen würde. Sie dürfte nichts an die Regenbogenpresse weitergeben, aus dem nicht verwendeten Material keine Folgebücher machen oder für irgendwelche Zeitschriften ihr Leben mit den Dorians beschreiben.

Von ihrer Begeisterung beflügelt, hatte Robin sich ausgemalt, daß Graces Buch noch viele gewinnbringende Veröffentlichungen unter ihrem Namen folgen würden. Wenn sie den Vertrag unterschriebe, müßte sie sich von diesem Traum verabschieden. Doch die Klausel barg andere Möglichkeiten – nämlich, daß es hinter den ihr bisher verschlossenen Türen der Dorians einige interessante Geheimnisse gab. Es war nicht zu erwarten, daß Grace Dorian unfrisiert herumlief oder mit abgeblättertem Nagellack, und auch nicht, daß sie je die Beherrschung verlor, aber wenn es andere Dinge gäbe, die Robin beiläufig mitbekäme, und wenn sie Grace überzeugen könnte, daß die Welt sie auch mit Fehlern lieben würde – was sie in Wahrheit allerdings wahrscheinlich nicht täte, weil die Leute in dieser Hinsicht äußerst kleinkariert waren, aber was machte das schon? –, dann könnte Robins Karriere vielleicht doch eine Fortführung erfahren.

Es führen mehrere Wege zum Ziel, lautete einer von Graces Leitsprüchen – und mit dem als Motto trat Robin den Weg in ihre Zukunft an.

Fünfzehntes Kapitel

Die Sonne mag von Wolken verdunkelt werden, vom Mond verdeckt oder auf die andere Seite des Erdballs wandern, aber wie die Wahrheit wird auch sie immer wieder offenbar.

– Grace Dorian bei Donahue

Grace fühlte sich am sichersten zu Hause, wo ihr alles vertraut war und jetzt auch noch mit Aufschriften versehen, damit sie sich besser zurechtfand. An fremden Orten lief sie Gefahr, peinliche Fehler zu machen, was sie ihr Leben lang vermieden hatte.

Da der Garten hinter dem Haus ebenfalls bekanntes Terrain war, machte sie einen Spaziergang mit Francine. Die Luft war frisch, der Rasen bräunlich-welk, und an den Nadelbäumen glitzerten Eiskristalle. Dick eingemummelt war sie vor Kälte und Nässe geschützt.

Sie bewunderte den Schnee – seine Reinheit, die Art, wie er Dinge, die von der Kälte getötet worden waren, begrub, die strahlend helle Gleichmäßigkeit, die er der sanft hügeligen Fläche zwischen dem Haus und dem baumbestandenen Flußufer verlieh. Sie suchte nach Vogelspuren und fand sie, sah ein niedliches, kleines, graues Ding mit großen Sätzen auf einen Baum zuspringen und mit wippendem, buschigem Schwanz daran hinaufklettern. Sie versuchte sich zu erinnern, wie das Tier hieß, verlor dann jedoch den Faden.

Zur Vorsicht hatte sie sich bei Francine eingehängt – sie verlor

manchmal das Gleichgewicht, wußte plötzlich nicht mehr, wo oben und unten war, und fand sich auf dem Fußboden wieder. Glücklicherweise war ihr dieses entwürdigende Mißgeschick noch nie in Gegenwart anderer Menschen widerfahren.
»Mutter?«
»Ja, Schatz?«
»Können wir über dein Buch reden?«
»An einem so wunderschönen Tag?« Über das Buch zu reden bereitete ihr Unbehagen. Sie müßte sich nur konzentrieren, das war alles – ein paar gute Stunden, und das Buch wäre fertig.
»Wir machen uns etwas vor«, sagte Francine. »Wir schaffen es nicht allein.«
»Mein Gott – denk an das Glas.«
»Ja, ja – ich weiß: Es ist nicht halb leer, sondern halb voll. Aber bei allem Optimismus, Mom, bislang besteht das Ganze aus fliegenden Zetteln. Wir brauchen einen Ghostwriter. Ich habe Robin Duffy engagiert.«
Grace hatte diesen Namen schon gehört, wußte jedoch nicht, wo. »Kenne ich Robin Duffy?«
»Sie schreibt fürs ›Telegram‹. Ihre Mutter war ein fanatischer Fan von dir. Robin wurde nach deinen Kolumnen erzogen.«
»Habe ich sie schon kennengelernt?«
»Sie hat letztes Jahr im Sommer ein Interview mit dir gemacht, und du warst mit dem Ergebnis zufrieden.«
Plötzlich fiel Grace etwas ein. »Sie hat doch diesen ekelhaften Artikel geschrieben, nachdem ich den Autounfall hatte.«
»Das stimmt schon, aber das lag damals an einem Kommunikationsproblem«, beeilte Francine sich zu versichern. »Es war vielleicht auch meine Schuld. Der springende Punkt ist, daß es kein Kommunikationsproblem mehr geben wird, wenn sie auf unserer Seite ist. Amanda findet die Idee großartig, und Katia ebenfalls.«
»Ich finde die Idee nicht großartig«, erklärte Grace, zog ihren Arm aus Francines und lenkte ihre Schritte flußabwärts. Sie hatte noch keine fünf gemacht, als sie über eine unter dem

Schnee verborgene Baumwurzel stolperte. Francine erwischte sie gerade noch rechtzeitig und hielt sie aufrecht.
Grace versetzte der Wurzel einen Tritt. Manchmal schienen alle und alles gegen sie zu sein. Sogar eine Baumwurzel. Es war ein ... ein ... sie rotteten sich gegen sie zusammen.
Sie gestattete Francine, sie in Richtung des Hauses und auf sichereren Boden zu dirigieren. »Ich will nicht, daß jemand anderer mein Buch schreibt.«
»Du schreibst es doch – es hilft dir nur jemand dabei, das ist alles.«
»Es ist mein Buch.«
»Es ist überhaupt kein Buch, wenn es nicht geschrieben wird.«
»Dieser Ton ist völlig unangebracht«, herrschte Grace ihre Tochter an. »Was ist in dich gefahren? Macht es dir Freude, mich zu demoralisieren, mich abzuqualifizieren?«
Francine verneinte das natürlich. »Ich versuche nur dafür zu sorgen, daß das Buch veröffentlicht wird. Katia liegt mir schon ständig in den Ohren wegen des Manuskripts.«
»Ich brauche keine Hilfe, ich brauche nur Zeit. Meine Güte, man könnte denken, ich sei ein Kleinkind. Ich kann mich allein anziehen, ich brauche keine Kammerzofe.«
»Selbstverständlich nicht ...«
»Warum hast du dann eine engagiert?« Grace konnte sich nicht an den Namen der Frau erinnern, aber sie war ihr bereits zuwider.
»Jane Domenic ist keine Kammerzofe, sie ist als deine Assistentin eingestellt.«
»Meine Assistentin bist du – sie ist ein Babysitter.« Grace ließ sich nicht für dumm verkaufen. Sie war bestens informiert, sie wußte, daß das kam. Es war der bisher demütigendste Moment ihrer Krankheit.
»Jane Domenic ist kein Babysitter. Sie war zwölf Jahre Chefsekretärin und rechte Hand eines Wall-Street-Börsenmaklers. Sie ist eine Allround-Kraft. Natürlich wird sie hauptsächlich für dich da sein, aber sie wird auch Sophie und mir helfen können.«

»Danke, ich komme sehr gut allein zurecht.«
Francine seufzte. »Bitte, Mom! Du hast mich angefleht, dein Buch zu schreiben – du sagtest, du schaffst es nicht.«
Grace erinnerte sich nicht daran, das getan zu haben.
Ganz sicher hätte sie niemals gefleht. »Dann hilf du mir anstatt einer Außenseiterin.«
»Aber ich habe keine Ahnung, wie man ein Buch schreibt!« rief Francine. »Und selbst, wenn ich es wüßte – du wärst ja nicht bereit, mir alle notwendigen Informationen zu geben.«
»Also ist es meine Schuld. Immer ist alles meine Schuld.« Sie wollte ihren Arm losreißen, aber Francine hielt ihn fest.
»Okay. Wenn sie dir Unbehagen bereiten, können wir deine ersten Jahre ja weglassen und ein nettes, kleines Buch schreiben, in dem wir Auszüge aus deinen Kolumnen mit deiner Lebensgeschichte und deiner Begegnung mit Daddy mischen.«
Grace versteifte sich. »Laß deinen Vater aus dem Spiel – er hat mit dem Ganzen nicht das geringste zu tun. Er war nicht einmal in der Nähe, als ›Die Vertraute‹ aus der Taufe gehoben wurde.«
»Er war hier. Das weiß ich, denn ich war auch hier.«
Entsetzen ergriff Grace. Sie hatte sich so bemüht, die Vergangenheit auszuradieren – und sie hatte es geschafft. Oder?
»Versuchst du mich reinzulegen?« fragte sie, denn sie war sich sicher, daß sie nichts verraten hatte.
Zumindest glaubte sie, daß sie es nicht getan hatte.
Aber an manche Dinge konnte sie sich nicht erinnern. Wo eigentlich Ereignisse gespeichert sein sollten, erstreckten sich große Lücken in ihrem Gedächtnis. Gestern, zum Beispiel – sie wußte nicht mehr, was gestern gewesen war. Hatte sie gearbeitet? Sich die Haare richten lassen? Einkäufe gemacht? Vielleicht hatte sie sich sogar mit Amanda getroffen. Oder war das vorgestern gewesen? Nein. Da hatte sie mit Mary zu Mittag gegessen. Oder?
»Ich treffe mich morgen früh wieder mit Robin in dem Café«, sagte Francine. »Und dann komme ich mit ihr her.«

»Robin?« fragte Grace. Das war offenbar eine neue Freundin von Francine. Ihre Tochter stellte ihr ihre Freundinnen immer vor, damit sie sie begutachten konnte. So ein braves Mädchen.
»Robin Duffy«, sagte Francine. »Die Frau, die dein Buch schreiben wird.«
Aber ... aber das war keine Freundin. »O nein. Ich will sie nicht sehen, und es kommt überhaupt nicht in Frage, daß sie mein Buch schreibt. Sie würde alles, was ich sage, verfälschen, bis es Schneematsch wäre.«
»Schneematsch?«
»Schneematsch. Du weißt schon – schmutzig.«
»Das würde ich nie zulassen.«
»Du könntest sie gar nicht daran hindern. Ich weiß, wie Reporter arbeiten. Sie bekommen Wind von einer Sache, und dann geben sie nicht auf, bis ... bis ...« Sie verlor den Faden und machte eine hilflose Geste. Alles, was blieb, war ein ungutes Gefühl.
»Ich werde ein Auge auf sie haben«, versprach Francine. »Und das letzte Wort wirst immer du haben. Sie wird dir nicht schaden können. Du kannst dich auf mich verlassen.«
Das ungute Gefühl wuchs sich zu einer großen, schwarzen Wolke aus. »Sie wird mir schaden.«
»Das kann sie nicht.«
Die Wolke wurde noch dunkler und senkte sich auf Grace herab. Sie wollte sie hochschieben, doch sie war zu groß, zu schwer. »Es kommt nichts Gutes dabei heraus«, jammerte sie frustriert. »Nichts Gutes, sage ich dir. Nichts Gutes.« Sie zerrte und zerrte, bis Francine ihren Arm freigab. Nur weg, nur weg, dachte sie – doch dann rutschte sie aus und landete mit einem erneuten Jammerlaut auf dem Boden.
Francine war sofort bei ihr, kniete sich neben sie und half ihr, sich aufzusetzen. »Guter Gott, Mom! Hast du dir weh getan?«
Grace umfaßte vorsichtig ihr Knie. Es fühlte sich merkwürdig an. »Ich glaube, es ist ausgerenkt.«
Francine nahm Graces Hand weg und betastete das Knie. »Es scheint alles an seinem Platz zu sein. Hast du Schmerzen?«

»Oh, du meine Güte, sieh dir meine Hosen an! Sie sind klitschnaß!«
»Nur an den Knien von deinem Sturz.« Francine wischte behutsam den Schnee ab. »Meinst du, du kannst stehen?«
»Ich bin ja kein Krüppel«, erwiderte Grace schroff, ließ sich jedoch von Francine aufhelfen. Nachdem sie ihre Handschuhe zurechtgezogen hatte, straffte sie ihre Schultern und wollte forsch losmarschieren, doch ein Stechen in ihrem Knie zwang sie zu einem gemäßigteren Tempo.
»Tut's weh?« erkundigte sich Francine.
»Ein bißchen. Ich glaube, ich habe es mir verrenkt. Komisch – ich war mir gar nicht bewußt, eine riskante Bewegung gemacht zu haben. Wahrscheinlich werde ich einfach allmählich alt.«
»Einundsechzig ist nicht alt«, protestierte Francine wie jedesmal.
Der leichte Schmerz im Knie war sicher nur ein Anflug von Arthritis, doch er erinnerte Grace an die Dinge, die sie erledigen mußte. Sie würde nicht ewig dasein. Niemand war das.
Traurig, dachte sie. So traurig. Das Haus sah mit dem Schnee auf dem Dach und den Vorsprüngen und der Winterfrische, die es ausstrahlte, wunderschön aus. Bald würde der Frühling kommen. Und dann würden wieder Blumen blühen.
Grace liebte Blumen, liebte die zarten Farben, die die Terrasse säumten. Wenn alles in voller Pracht erstrahlte, im April, würde sie eine Party geben. Die Einladungen würden handgemalte Bordüren zieren. Sie hatte solche schon mal gesehen. Sie waren entzückend gewesen.
Eine Sommerparty. Unbedingt.

Francine war erleichtert, als Davis auf dem Heimweg von der Klinik vorbeischaute. Sie hatte seinen Zauber heute besonders nötig – der Nachmittag war ausgesprochen anstrengend gewesen.
Grace lag graziös hingegossen auf dem Sofa und hörte Mozart. Als Davis hereinkam, tauchte sie widerstrebend aus dem Meer

der Klänge auf und behauptete energisch, es gehe ihr ausgezeichnet und sie brauche absolut keinen Arzt, doch als er ihr Knie untersuchte, zuckte sie zusammen.

»Es ist nichts gebrochen«, erklärte er Francine gleich darauf draußen auf dem Flur. »Wenn die Schmerzen oder die Schwellung schlimmer werden, lassen wir sie röntgen, aber im Augenblick besteht keine Veranlassung, sie ins Krankenhaus zu schaffen – sie würde sich bloß aufregen.«

Das wußte Francine nur zu gut. Selbst vorher vereinbarte Termine bei Davis verstörten sie regelrecht, und sie ließ sich nur mit Mühe beruhigen. Darum kam es Francine sehr entgegen, daß sie das Haus nicht verlassen müßten. Sie fing gerade an, sich zu entspannen.

Davis ging neben ihr her, schaute alle paar Schritte auf sie herunter. Ihr fiel der Abend vor sieben Monaten ein, als er zum erstenmal hierhergekommen war. Damals war sie wütend gewesen und verängstigt, aber sie hatte ihn durchaus wahrgenommen – das hatte ihr das heftige Klopfen ihres Herzens verraten. Unglücklicherweise verriet es ihr nicht, was sie jetzt, da seine Mission für heute beendet war, mit ihm anfangen sollte.

»Behalte Grace im Auge«, sagte er in so dienstlichem Ton, daß sie auch daraus keinen Hinweis entnehmen konnte. »Sie vergißt vielleicht, daß das Knie verletzt ist, und belastet es über Gebühr. Soll ich eine Nachtschwester herschicken?«

Die Idee war sehr verlockend, aber nicht realisierbar. »Da würde Grace nicht mitspielen – sie wird jedesmal zornig, wenn ich davon anfange, eine Hilfskraft einstellen zu wollen. Das war auch der Anlaß für die Auseinandersetzung heute nachmittag.«

Von Jane Domenic wußte er bereits – jetzt erzählte sie ihm von Robin.

»Du holst den Feind ins Haus?« fragte er fassungslos.

Sie versetzte ihm mit dem Ellbogen einen sanften Rippenstoß. Leise auflachend, zog er sie zu sich heran. »Ein kluger Schachzug.«

Sein Lob war Balsam für ihre Seele. »Entweder klug oder sagen-

haft dumm«, erwiderte sie. »Robin könnte uns immer noch das Messer in den Rücken stoßen.«
»Als Mutter wird sie ihre Kinder nicht der Schande aussetzen, sich vor Gericht wegen Verleumdung verantworten zu müssen. Und außerdem – wenn stimmt, was sie sagt, dann war Grace indirekt wesentlich an der Prägung ihrer Persönlichkeit beteiligt.«
»Was ihr zutiefst zuwider war. Es ging ihr wie mir – auch sie mußte im Schatten der Göttlichen leben. Hoffen wir, daß ihre positiven Gefühle die negativen überwiegen. Ich quäle mich schon seit Monaten mit dem Buch herum – ich kann dir gar nicht sagen, wie schön es für mich sein wird, Hilfe zu bekommen.«
Sie hatten die Eingangshalle erreicht. Davis deutete mit dem Kinn auf den gegenüberliegenden Flur und fragte mit plötzlich heiserer Stimme: »Was ist da hinten?«
»Das Eßzimmer und die Küche.«
»Und sonst?«
Sie lächelte. »Dreimal darfst du raten.«
Er nahm sie bei der Hand und setzte sich in Bewegung.
Lachend versuchte sie ihn zurückzuhalten. »He! Warte! Was haben Sie vor, Doktor Marcoux?«
»Dreimal darfst du raten.«
»Ich kann nicht!« rief sie, noch immer lachend. »Nicht jetzt.«
Als er abrupt stehenblieb, prallte sie gegen ihn, und Sekunden später preßte er sie an Graces elegante Samttapete, hielt ihre Hände hinter seinen Oberschenkeln fest und lehnte sich an sie. Sein Mund war nur einen Atemzug von ihrem entfernt. »Ich war noch nie in deinem Schlafzimmer«, murmelte er.
»Ich weiß.«
»Ich möchte es sehen.«
Sie schüttelte den Kopf.
»Warum nicht?«
»Du würdest Legs erschrecken.«
»Sie kennt mich inzwischen. Versuch's noch mal.«
»Es ist nicht aufgeräumt.«
»Schlimmer als bei mir kann's nicht sein.«

Francine hob den Blick von seinem Mund zu seinen Augen und wurde ernst. »Ich brauche diese räumliche Trennung, Davis. Was uns verbindet … was wir tun … versetzt mich in eine andere Welt. Hier ist alles von Grace und ihrer Krankheit überschattet. Besonders in Anbetracht der Umstände, unter denen wir uns kennengelernt haben, möchte ich unsere Beziehung streng davon getrennt halten.«

»Du kommst zu mir, um der Realität zu entfliehen – das könntest du hier genauso. Es kommt nicht darauf an, wo du bist, sondern in wessen Gesellschaft.«

»Laß mir noch ein bißchen Zeit.«

Er drängte sich noch näher an sie heran und stieß einen Laut aus, der ihr sagte, daß er die Berührung genoß. Der Genuß beruhte auf Gegenseitigkeit, wurde keineswegs dadurch geschmälert, daß der Reiz des Unbekannten nicht mehr bestand, weil sie genau wußte, was unter seinen Kleidern war, es schon alles berührt und gekostet hatte. Sie liebte seinen Duft, liebte die Leidenschaft, die ihn auslöste, liebte, was diese Leidenschaft verhieß. Er war noch immer neu und unendlich attraktiv für sie. Wann immer er ihr nahe kam, löste er einen Tumult in ihrem Innern aus.

Er senkte seine Lippen in einem Kuß auf die ihren, der sich mit steigendem Verlangen von einem zarten Hauch über eine Liebkosung zu fast brutaler Heftigkeit entwickelte, und sie nutzte diese kurze Fluchtmöglichkeit und ließ sich mitreißen.

Und dann räusperte sich plötzlich jemand. »Entschuldigung. Es tut mir leid. Störe ich?«

Francine brauchte einen Moment, bis sie begriff, wem die Stimme gehörte, und da war bereits nichts mehr zu retten.

Sie zog ihre Zunge langsam zurück, ihre Münder trennten sich. Mit einem zittrigen Atemzug lehnte sie die Stirn an Davis' Kinn. »Sophie.«

»Ich komme ahnungslos den Flur herunter und stoße auf euch«, sagte Sophie unüberhörbar belustigt. »Was für eine Überraschung.«

»Sophie«, wiederholte Francine etwas energischer.
»Daher der gemeinsame Fliesenkauf!«
»Sophie!«
»Wir haben sehr schöne ausgesucht.« Davis' Stimme klang gepreßt. Francine kannte den Grund – es war der gleiche, aus dem er sich nicht von ihr löste. »Italienische«, fügte er hinzu. »Dreißig auf dreißig. Irgendwo zwischen Braun und Ziegelrot. Ein Ton, der Wärme ausstrahlt.«
»Der scheint ja bis hierher zu wirken.« Sophie grinste.
Francine wagte einen Blick in ihre Richtung. Ein anderes Kind, das seine Mutter in den Armen eines Mannes ertappte, wäre verlegen geflohen – aber Sophie lehnte nicht einmal einen Meter von ihnen entfernt völlig entspannt mit der Schulter an der Wand. Sie dachte gar nicht daran zu fliehen.
»Ist das eine neue Geschichte?«
»Könnte man sagen«, antwortete Francine.
»Muß ich mir Sorgen machen?«
»Noch nicht.«
»Oh. Nun – ich habe trotzdem eine Warnung für euch.«
»Eine Warnung?«
»Ihr hattet eure Hochzeit in den Make-Love-Not-War-Siebzigern, aber wir sehen die Sache nicht mehr so locker, denn heute gibt es AIDS. Ja, ich weiß, es ist nicht wahrscheinlich, daß einer von euch es sich eingefangen hat – aber man kann nie wissen. Und darum möchte ich euch sagen, wenn ihr euch absolut nicht zurückhalten könnt, dann sichert euch unbedingt durch ein Kondom!«
Francine war unter Davis' Arm durchgetaucht, um Sophie den Mund zuzuhalten und sie den Flur hinunterzuziehen. »Du bist ein bißchen zu vorlaut, kleines Mädchen.«
»Doktor Marcoux?« flüsterte Sophie aus dem Mundwinkel.
»Was hast du gegen Doktor Marcoux?« flüsterte Francine zurück.
»Ich habe gar nichts gegen ihn – aber du hast ihn nicht ertragen!«

»Ich habe nicht ertragen, was er sagte, das ist ein Unterschied.«
»Hast du schon mit ihm geschlafen?«
»Was ist denn das für eine Frage!«
»Eine, wie du sie mir stellen würdest.«
Francine öffnete den Mund, um ihre Tochter auf den Altersunterschied zwischen ihnen hinzuweisen – und machte ihn wieder zu. Grace stand an der Stelle, wo der Flur in die Halle mündete, und ihre Augen schossen Blitze. Ohne ein Wort drehte sie sich um und humpelte in Richtung ihres Arbeitszimmers davon.
Aus Graces Gesichtsausdruck war zu schließen, daß sie alles gesehen hatte, und Francine fragte sich gerade, ob sie gestehen oder leugnen sollte, als Sophie sagte: »Du kümmerst dich um Davis, ich kümmere mich um Grace.«
Sie eilte ihrer Großmutter nach, und als Francine Davis im Foyer einholte, war sie ihrerseits wütend. »Genau darum wollte ich dir mein Schlafzimmer nicht zeigen«, sagte sie.
»Wenn du es mir gezeigt hättest, wäre das nicht passiert.«
»Du begreifst nicht, worum es geht. Grace ist mit einer solchen Situation völlig überfordert.«
»Was überfordert sie? Daß du ihren Arzt küßt? Ich dachte, das Thema sei vom Tisch. Unsere Beziehung ist absolut außerberuflich. Was also ist das Problem?«
»Grace. Sie hat ganz bestimmte Vorstellungen – und daß ich auf dem Flur einen Mann küsse, ist ein Schock für sie, weil sie das noch nie erlebt hat. Es wäre besser gewesen, wenn sie die Möglichkeit gehabt hätte, sich daran zu gewöhnen, uns zusammen zu sehen – dann wäre sie eher darauf vorbereitet gewesen.«
»Warum diese übertriebene Rücksicht? Du bist eine erwachsene Frau.«
»Die ihre Mutter sehr liebt«, sagte Francine in flehendem Ton, »und die außerdem eine schwierige Zeit durchmacht. Laß mich mit ihr reden, Davis.«
»Laß mich mit ihr reden.«
»Und was willst du ihr sagen? Daß ihre Tochter dich antörnt? Daß du seit Jahren nicht mehr so viel Spaß im Bett hattest?«

»Wie wär's damit, daß ich dich liebe?«
Francine verdrehte die Augen. »Das wirst du nicht sagen, weil es nicht stimmt, weil ich nicht deine Zukunft bin. Das habe ich dir von Anfang an gesagt.« Sie umfaßte seinen Hals, strich mit den Daumen über sein Stoppelkinn. »Fahr nach Hause, Davis. Bitte. Ich ruf dich nachher an. Okay?«
Er sah aus, als wolle er widersprechen, und er sah außerdem so finster und heroisch drein, daß Francine in diesem Augenblick ihn beinahe liebte.
Doch der Augenblick ging vorüber, und sie legte die Fingerspitzen auf seinen Mund, flüsterte »Später« und überließ ihn seinem Schicksal.

Grace war in ihrem Arbeitszimmer und hellwach, obwohl noch immer symphonische Klänge den Raum füllten. Sie saß kerzengerade und mit geschürzten Lippen da und hörte Sophie zu, die auf sie einredete.
Francine konnte nicht verstehen, was Sophie sagte, und als sie ins Zimmer trat, verstummte ihre Tochter abrupt.
»Nun, das war ja eine Überraschung«, sagte Grace und war dabei so sie selbst, daß man hätte glauben können, eine so persönlichkeitsverändernde Krankheit wie Alzheimer existiere überhaupt nicht.
Francine versuchte das Ganze herunterzuspielen. »Er ist ein netter Mann.«
»Weiß Robert von ihm?«
»Das glaube ich kaum. Robert kennt keine Einzelheiten aus meinem Leben. Ich habe keine Veranlassung, sie ihm mitzuteilen.«
»Die hast du sehr wohl, wenn du ihn heiraten willst.«
Jetzt oder nie, dachte Francine. Eine Grace, die so klar im Kopf war, konnte auch die Realität erfassen. »Oh, Mom – du bist die einzige, die möchte, daß ich ihn heirate. Ich möchte es nicht, und er möchte es auch nicht. Es ist uns nicht vorbestimmt. Es knistert nicht zwischen uns.«

Aus dem Augenwinkel sah Francine, wie Sophie die Faust hochriß und leise eine gepreßtes »Ja!« ausstieß. Sie hätte ihr zugegrinst, wenn Grace nicht so offensichtlich bestürzt gewesen wäre.
»Aber zwischen meinem Arzt und dir spürst du es knistern, ja? Ich wage die Vermutung, daß das jedoch alles ist. War das nicht auch das Problem in deiner Ehe?«
Da arbeitet ihr Gedächtnis plötzlich einwandfrei, dachte Francine bissig. »Davis und Lee sind so verschieden wie Tag und Nacht. Lee war vom gleichen Schlag wie alle anderen jungen Gentlemen, die ich je im Country-Club kennengelernt hatte. Davis ist kein Country-Club-Gentleman.«
»Und darum wird es nicht funktionieren. Er ist zu anders.«
»Ich erwarte gar nicht, daß irgend etwas funktioniert, er hat mich nur geküßt.« Genaugenommen war das keine Lüge – auf dem Flur war ja sonst wirklich nichts passiert.
»Ich habe viel mehr gesehen«, widersprach Grace. »Viel mehr – und das schickt sich nicht am hellen Tag. Wenn nun jemand vorbeigekommen wäre! Und es sind Kinder im Haus! Großer Gott!«
Kinder? Francine schauderte bei dem Gedanken, woran Grace dachte oder sich erinnerte oder sich zu erinnern glaubte. »Und wenn ich mir wünschte, daß es mit Davis ›funktionierte‹ – wäre das so schlimm? Er ist ein anständiger Mensch und ein guter Arzt.«
»Er kommt aus kleinsten Verhältnissen.«
»Und das spielt eine Rolle? Du hast in deiner Kolumne immer wieder gepredigt, daß Liebe viel wichtiger sei als Geld. Was würde es ändern, wenn seine Eltern ihm einen Treuhandfond eingerichtet hätten?«
»Wenn Jim nicht gewesen wäre, würde er in der Gosse leben.«
»Vielleicht – vielleicht auch nicht. Aber er lebt nicht in der Gosse, er ist ein angesehener Arzt. Zählt das denn überhaupt nicht für dich?«
»Er stammt aus Tyne Valley!« rief Grace, als erkläre das alles.

Für Francine tat es das allerdings nicht. »Das tut Father Jim auch. Macht ihn das zu einem minderwertigen Menschen?«
»Father Jim«, sagte Grace mit plötzlich weicher Stimme, »ist ein wundervoller Mann.«
»Ein wundervoller Mann aus Tyne Valley – wie Davis Marcoux.«
»Das ist nicht das gleiche. Ich möchte nicht, daß du Davis Marcoux weiterhin triffst.«
Francine lachte ungläubig auf. »Sei nicht albern, Mutter – das geht doch über jede Vernunft hinaus.«
»Das tut es nicht – dir gefällt nur nicht, was ich sage. Davis Marcoux ist nicht mein Freund, und deiner ist er auch nicht. Er bringt Unglück.«
»Mutter!«
»Ich will ihn in diesem Haus nicht mehr sehen.«
»Tut mir leid, das zu hören – ich habe nämlich vor, ihn zum Thanksgiving-Dinner einzuladen«, sagte Francine, die jetzt der Hafer stach.
»Wenn du das tust, werde ich nicht daran teilnehmen.«
»Also wirklich, Mom«. Francine seufzte. »Das ist doch kindisch.«
Aber Grace wirkte wild entschlossen. »Es ist mein Ernst.«
»Laß uns nicht streiten«, lenkte Francine ein. »So wie ich ihn einschätze, wird er gar nicht kommen wollen.«
»Er würde Belastungsmaterial gegen mich sammeln, mich beobachten und anschließend Bericht erstatten, und das erlaube ich nicht.« Den Tränen nahe senkte sie den Kopf. »Nicht auszudenken, wenn ich mich in seiner Gegenwart zum Narren machte.«
Francine wurde von Reue gepackt. Wenn Grace so mutlos in sich zusammensank, sich so schmerzlich ihrer Krankheit und des Schwindens ihrer Persönlichkeit bewußt war, konnten Worte kaum trösten, und so begnügte Francine sich auch diesmal damit, sie in den Arm zu nehmen. »Falls Davis kommt, dann als Freund«, sagte sie leise.

»Du hast gesagt, diesmal würden wir es nur auf die Familie beschränken.«
»Aber er ist ganz allein«
»Er wird mich beobachten.«
»Er wird fernsehen – er liebt Football.«
Grace machte sich los, schenkte Francine einen zutiefst mißbilligenden Blick und stand auf. »Ich will ihn nicht im Haus haben, und damit basta. Und jetzt gehe ich arbeiten. Ich kann es mir nicht leisten, tatenlos herumzusitzen – ich habe eine Kolumne zu schreiben.«

Als Robin am nächsten Morgen im Café eintraf, war es fünf vor neun. Eine Minute später stürmte eine gestreßt wirkende Francine herein, ließ sich ihr gegenüber auf einen Stuhl fallen und sagte ohne Einleitung: »Sie haben sich wahrscheinlich gefragt, warum ich mich hier mit Ihnen treffen wollte, bevor wir zu Grace fahren.« Sie hielt die vorbeieilende Bedienung auf. »Kaffee, Erdbeeren und einen Teekuchen. Robin?«
Robin hatte sich tatsächlich gefragt, was die Verabredung hier sollte – ein gemeinsames Frühstück konnte wohl kaum der einzige Grund sein. Sie bestellte das gleiche wie Francine, allerdings ohne Teekuchen, denn sie hatte zur Abwechslung mal mit den Kindern gefrühstückt. Wobei ein Nachschlag nicht geschadet hätte – angesichts ihrer Nervenanspannung hatte keine Kalorie die Chance, anzusetzen.
»Es gibt einiges, was Sie wissen müssen, bevor ich Sie zu Grace bringe«, sagte Francine.
»Ahhh«, konnte Robin sich nicht verkneifen, »jetzt kommt's!«
»Ich konnte Sie nicht vollends einweihen, ehe ich Sie auf unserer Seite wußte.«
»Das dachte ich mir, und so habe ich mir ausgemalt, was für Eröffnungen mich erwarten könnten. Ich habe mir ein paar wirklich gute ausgedacht.«
»Zum Beispiel?«
»Zum Beispiel, daß Grace vor fünf Jahren gestorben ist und

seitdem mit Hilfe noch im Experimentierstadium befindlicher Methoden in Aktion gehalten wurde, daß sich jetzt jedoch ein Virus in das Programm eingeschlichen hat und sie vorübergehend außer Betrieb ist, bis die Techniker ein Mittel gegen den Virus finden.«

Francine nahm den Kaffee, den die Bedienung brachte, entgegen und schüttelte dann lächelnd den Kopf. »Tut mir leid.«

»Dann komme ich auf meine ursprünglichen Theorien zurück: Drogen, Alkohol oder Krankheit.«

»Krankheit«, sagte Francine lapidar. »Sie hat Alzheimer.«

Robin erstarrte mit der Tasse in der Hand, und ihr Herz setzte einen Schlag aus. Alzheimer. Alzheimer. Sie hatte mit Krebs gerechnet, mit einer Herzkrankheit, einem Schlaganfall oder etwas, das den Körper angriff wie Multiple Sklerose oder Parkinson – auf Alzheimer wäre sie nie gekommen.

»Sie weiß es schon eine ganze Weile«, fuhr Francine fort. »Ich habe es erst im letzten April erfahren.«

Robin zählte zwei und zwei zusammen. »Durch den Autounfall.«

»Sie wußte nicht, wie sie den Wagen zum Stehen bringen sollte – so einfach war das. Als ich an dem Abend damals im Krankenhaus mit Ihnen sprach, war mir gerade die Diagnose mitgeteilt worden, und ich wollte sie partout nicht wahrhaben – und an dieser Einstellung hielt ich noch drei Monate fest.«

Auch diesmal erkannte Robin den Zusammenhang sofort. »Bis zu der Podiumsdiskussion im Juli in Chicago.«

»Sie sind ja ein Durchblicker«, sagte Francine trocken.

Durchzublicken bedeutete jedoch noch lange nicht, daß sie das Ausmaß der Tragödie erfaßte. »Alzheimer ist mir nie eingefallen – es ist keine Krankheit, die man mit Grace in Verbindung bringt.«

»Weiß Gott nicht«, bestätigte Francine.

»Geht es ihr schlecht?«

»Das hängt davon ab, wie Sie ›schlecht‹ definieren. Ist sie noch die ausgeglichene, einfühlsame, allwissende, zuverlässige Führungspersönlichkeit, die ›Die Vertraute‹ mit links schrieb? Nein. Sie kann nicht mehr formulieren, ist nicht mehr schöpferisch wie früher. Aber sie funktioniert noch, kommuniziert noch. Manchmal wirkt sie so vernünftig, daß man Zweifel an der Diagnose bekommt – und dann flippt sie plötzlich aus.«

»Sie flippt aus?« Robin fragte sich jäh beunruhigt, worauf sie sich da eingelassen hatte.

»Oh, sie wird nicht etwa gewalttätig – sie wechselt nur abrupt das Thema, fängt an, Unsinn zu reden, oder verfällt verwirrt in Schweigen. Manchmal hat sie auch Verfolgungswahn. Sie ist zum Beispiel überzeugt davon, daß Sie sich nur zur Zusammenarbeit mit uns entschlossen haben, um ihr einen Strick zu drehen. Ich habe ihr zwar erzählt, was in dem Vertrag steht, den Sie unterschrieben haben, aber ich glaube, sie ist immer noch mißtrauisch. In jedem Fall«, sagte Francine verlegen, »wird es am Anfang vielleicht ein bißchen schwierig für Sie werden.«

Robin kam ein fataler Verdacht. »Wann hat sie erfahren, daß Sie mich engagiert haben?«

»Gestern abend«, gestand Francine schuldbewußt. »Aber ich glaube nicht, daß es allzu schlimm wird. Sie werden sich nur ein bißchen bemühen müssen, ihr Vertrauen zu gewinnen. Je länger sie Sie im Büro sieht, um so mehr wird sie Ihre Anwesenheit akzeptieren. Außerdem vergißt sie. Wenn Sie nett zu ihr sind, wenn Sie Fortschritte mit ihrem Buch machen, wenn Sie sie für jede Hilfe loben, die Sie von ihr bekommen, wird sie irgendwann behaupten, es sei ihre Idee gewesen, Sie einzustellen. Und es ist ja nicht so, daß Sie alles allein machen müssen. Sie hat Massen von Notizen. Wie ich schon sagte, sie müssen nur geordnet werden. Und sie kann Ihnen etwas erzählen. Sie kann Fragen beantworten. Sie erinnert sich an fast alles aus der Anfangszeit der ›Vertrauten‹. Weit zurückliegende Ereignisse bleiben in ihrem Gedächtnis erhalten, neuere«, sie schnippte mit den Fingern, »verschwinden einfach.«

»Was ist mit ihrer Kindheit?« fragte Robin. Die müßte demnach in Graces Erinnerung noch vorhanden sein. »Da bin ich auf Widersprüche gestoßen.«

»Ihre Kindheit ...« wiederholte Francine gedehnt.

»Die Wahrheit, Francine«, drängte Robin mit einem Anflug von Verärgerung. »Die schulden Sie mir. Es wäre wirklich nett gewesen, wenn ich alle Fakten gekannt hätte, bevor ich mein Leben an Sie verkaufte.«

»Sie müssen doch gesehen haben, daß der Vertrag Ihnen ein Rücktrittsrecht einräumt – das habe ich genau aus diesem Grund von dem Anwalt darin aufnehmen lassen. Wenn Sie aussteigen vollen, sagen Sie's. Die Geheimhaltungsklausel behält ihre Gültigkeit, aber ansonsten könnten Sie wieder machen, was Sie wollen.«

»Das ist der springende Punkt«, sagte Robin, die daran dachte, wie aufgeregt sie gewesen war, wie geehrt sie sich gefühlt und wie sie triumphiert hatte, und sich vorstellte, welche Enttäuschung sie empfinden würde, wenn sie den Job jetzt doch ablehnte. »Alles, was ich will, ist, über Grace schreiben.«

»Um den Mythos zu entzaubern.«

»Um die ganze Geschichte zu erzählen, wie sie noch keiner erzählt hat. Alzheimer ist nichts Illegales, keine Folge von Drogenmißbrauch, unmoralischem Lebenswandel oder schlechter Erziehung – die Krankheit würde keinen Mythos entzaubern. Aber ihre wahre Identität würde es vielleicht. Erzählen Sie mir von ihrer Kindheit.«

Francine schien einen Augenblick lang mit sich zu kämpfen, dann hob sie den Blick und gestand mit erstaunlicher Offenheit: »Was ich Ihnen neulich sagte, stimmt. Ich weiß nicht mehr darüber als Sie. Sogar weniger. Die Widersprüche, auf die Sie gestoßen sind, resultieren aus Recherchen – bei mir aus Äußerungen von Grace, was ihren Wahrheitsgehalt fragwürdig macht. Sie hat Halluzinationen. Das Szenario ist immer dasselbe: Ihre Familie sitzt in ihrem Wohnzimmer – Eltern, Brüder und Schwestern.«

»Ich dachte, sie hatte nur einen Bruder.«

Francine warf ihr einen Das-dachte-ich-auch-Blick zu.
Die Bedienung brachte zwei Schälchen mit Erdbeeren und einen Teekuchen. Robin stach mit der Gabel auf ihre Erdbeeren ein und bemühte sich zu verdauen, was Francine gesagt hatte.
»Hat jemand von ihnen einen Vornamen?« fragte sie schließlich.
»Ihr Vater heißt Thomas, die Mutter Sara und der Bruder Hal.«
»Was ist mit den Schwestern?«
»Ich habe der Geschichte nie genug Glauben schenken wollen, um danach zu fragen.«
»Ich könnte Nachforschungen über Thomas, Sara und Hal anstellen. Vor allem über Hal. Es müßte ja irgendwo sein Tod verzeichnet sein – dann hätten wir das Jahr, in dem er starb.« Nach einer kurzen Denkpause fügte sie hinzu: »Falls er überhaupt gestorben ist.«
»Das muß er wohl, denn dieser Teil der Story hat sich nie geändert. Grace hat immer gesagt, daß er mit fünf Jahren an Keuchhusten starb.« Sie legte eine Hand auf die Brust. »Und wenn es tatsächlich nicht wahr ist? Wenn ich irgendwo einen Onkel habe? Tanten? Cousinen und Cousins?«
Robins Erregung steigerte sich. Ja – das war ihr Buch: »Die Wahrheit über Grace Dorian«.
»Das Problem ist, daß Grace, wenn sie bei klarem Verstand ist, eisern an ihrer ursprünglichen Version festhält«, sagte Francine. »Und vielleicht ist das ja auch die echte. Halluzinationen haben nicht unbedingt einen realen Hintergrund.«
»Ich bin eine erfahrene Schnüfflerin. Ich werde zur Wahrheit vorstoßen.«
»Wir haben aber nicht viel Zeit.«
»Wann ist das Manuskript fällig?«
»Das ist nicht das Problem – das Problem ist Graces Verstand. Wir müssen ihr soviel wie möglich entlocken, bevor er ihr endgültig den Dienst versagt.«
Sie würde nicht mehr denken können, sich an keine Vergangenheit erinnern, keine Persönlichkeit mehr besitzen – Robin hätte

ein Unmensch sein müssen, wenn sie nicht mit Grace gefühlt hätte. Aber noch mehr bedauerte sie Francine. Mit ansehen zu müssen, wie ihre Mutter langsam aber sicher ihre wertvollsten Fähigkeiten einbüßte, mußte entsetzlich sein.
»Wieviel Zeit bleibt ihr noch?« fragte sie sanft.
Francine zuckte mit den Schultern. »Wochen, Monate, Jahre – niemand weiß es. Darum wollte ich ja, daß Sie sofort anfangen.« Sie schürzte für einen Moment die Lippen. »Also, was ist – machen Sie mit?«
Robin brauchte nicht darüber nachzudenken – sie würde die Chance ihres Lebens auf jeden Fall wahrnehmen. »Ich mache mit – in guten wie in schlechten Zeiten.« Sie runzelte die Stirn. »Warum habe ich das gesagt? Warum ist immer die Ehe der Bezugspunkt, wenn es um Beziehungen geht?«
»Weil die Gesellschaft es so sieht. Wie lange sind Sie schon geschieden?«
»Sechs Jahre.«
»Lief es freundschaftlich ab?«
»So freundschaftlich, wie eine Scheidung ablaufen kann. Er hat den Kopf in den Wolken, ich stehe mit beiden Beinen auf der Erde – ein solcher Gegensatz konnte nicht gutgehen. Er hat die Kinder an den Feiertagen und in den Ferien, denn während der Schulzeit müssen sie ja bei mir sein. Es ist wirklich nicht fair – die vergnüglichen Zeiten verbringen sie immer mit ihm.« Als Erklärung für ihre Klage fügte sie hinzu: »Die Feiertage stehen vor der Tür, und alles macht zu, kommt zum Stillstand. Für einen aktiven Menschen wie mich ist das eine Qual – und ohne die Kinder um so mehr. Ich weiß nie, was ich mit mir anfangen soll.«
»Kommen Sie zu uns«, bot Francine ihr an. »Wir bleiben dieses Jahr zu Hause und unter uns. Es wird ein stilles Fest werden.«
Robin war fassungslos über die Einladung. »Ist das Ihr Ernst?«
»Daß Sie willkommen sind? Absolut.«
Als nichts in Francines Ausdruck auf das Gegenteil schließen ließ, schüttelte sie, noch immer verblüfft, den Kopf. »Wenn

meine Mutter erlebt hätte, daß ihre Tochter mit Grace Dorian zusammenarbeitet, daß ihre Tochter mit Grace Dorian Thanksgiving feiert – ich glaube, sie wäre jäh, aber glücklich gestorben. Es ist unfaßbar.«

Francine schien erfreut. »Dann werden Sie also kommen?«

Robins Bruder war mit seiner besseren Hälfte in San Francisco, und es wäre auf jeden Fall unterhaltsamer, als zu Hause Däumchen zu drehen. Außerdem hatte sie Francine vom ersten Augenblick an gemocht. Sie war lockerer als Grace, nicht so einschüchternd und unnahbar. »Ihre Mutter wäre vielleicht nicht damit einverstanden.«

»Das kann natürlich sein – aber ich habe auch den Arzt eingeladen, obwohl sie damit nicht einverstanden ist. Vielleicht können wir ihr einreden, daß Sie seine Freundin sind. Nein – das würde sie uns nie abkaufen.«

»Warum nicht? Ist er so schrecklich?«

»Nein – er ist ein toller Bursche. Aber sie hat uns gestern auf dem Flur beim Küssen erwischt und war außer sich. Sie würde keine Sekunde glauben, daß eigentlich Sie sein Mädchen sind.«

Francine biß von ihrem Teekuchen ab. »Das könnte ein interessantes Thanksgiving werden.«

»Interessant ist auf alle Fälle besser als einsam.«

»Ein bißchen einsam werden wir uns auch fühlen. Wir sind daran gewöhnt, den Tag in großer Gesellschaft zu feiern – zuerst bei der Happy Hour im Club und dann bei einem Abendessen für zwei Dutzend Gäste bei uns zu Hause. Grace wird vielleicht nicht besonders glücklich über die neue Situation sein und dementsprechend schwierig, aber ich bitte Sie, trotzdem zu kommen. Je häufiger sie mit Ihnen konfrontiert wird, um so schneller wird sie sich Ihnen öffnen. Wie auch immer – ich habe Sie eingeladen, und ich möchte, daß Sie kommen. Schließlich ist es auch mein Thanksgiving.«

Zur gemeinsamen Rebellion gegen keine geringere als Grace Dorian aufgefordert, konnte Robin nicht ablehnen.

Sechzehntes Kapitel

Männer sind Einzelgänger, Frauen Gemeinschaftswesen. Für Männer ist die Wahrung eines Geheimnisses eine Sache der Ehre, bei Frauen eine der Verzweiflung.

– Grace Dorian in »Die Vertraute«

Grace wußte, daß Thanksgiving war – nicht, weil es in ihrem Kalender stand, denn die Gitteraufteilung der Monate verwirrte sie nur, auch nicht, weil Francine es ihr gesagt hatte, denn sie vergaß Gesagtes schnell, und auch nicht, weil es in den Geschäften die Schokoladentruthähne zu kaufen gab, die sie so liebte, denn sie war seit Monaten in keinem Geschäft mehr gewesen. Nein, sie erkannte Thanksgiving an den Gerüchen. Sie brachten ihr Thanksgivings in Erinnerung, die sie in diesem Haus mit John und einer großen Freundesschar gefeiert hatte.

Dieses Jahr würden keine Freunde kommen. Manchmal begriff sie, warum, und war sich schmerzlich des Entwicklungsprozesses bewußt, den sie durchlief. Dann wieder empfand sie nur ein Gefühl des Verlustes und fragte sich, warum sich noch niemand eingefunden hatte, wo sie denn alle blieben.

Doch die Fragen verflüchtigten sich schnell, wie so vieles andere in ihrem Kopf. Früher war ihr Leben eine beständige Folge von Ereignissen gewesen – jetzt bestand es aus einzelnen Momenten. Die Ereignisse standen nicht mehr in Verbindung zueinander – es fehlten ihr die Bindeglieder, um sie in einen logischen Zusammenhang zu bringen.

Und so war sie hilflos dem Wirrwar von Gefühlen ausgeliefert, in das die Gerüche von gebratenem Truthahn, heißem, gewürztem Apfelmost und ofenfrischer Hackfleischpastete sie stürzten.

Einen peinlichen Augenblick gab es, als sie in ihrem schönsten, schwarzen Kleid in der Küche erschien. Margaret brachte sie in ihre Räume zurück, damit sie sich fürs Frühstück etwas Schlichteres anzöge. O ja, Grace erklärte den Fehlgriff damit, daß sie das schwarze Kleid nur habe anprobieren wollen, weil sie nicht gewußt habe, ob es ihr noch passe, aber ihr Irrtum verunsicherte sie völlig. Sie war den ganzen Vormittag zittrig, wußte nicht recht, was sie mit sich anfangen, wann sie sich anziehen oder hinuntergehen und ihren Platz am Kopf der Tafel einnehmen sollte. Ihr Zeitgefühl wurde immer schlechter.

Zu allem anderen Unglück ließ Jim sich nicht sehen.

»Es ist viel zu früh«, erklärte Francine. »Erst zehn Uhr. Er zelebriert doch die Messe.«

Grace ließ sich ein Weilchen vertrösten, doch als er dann immer noch nicht auftauchte, begann sie zu fürchten, daß er sie vergessen hätte.

»Father Jim soll dich vergessen haben? Das könnte er gar nicht«, neckte Francine sie. »Es ist gerade mal elf. Wahrscheinlich ist er noch in der Kirche, und von dort fährt er in die Klinik, um kranke Pfarrkinder zu besuchen. Er kommt bestimmt so schnell er kann.«

Grace ließ sich ein Weilchen vertrösten, und dann kam ihr der Gedanke, daß er die Einladung vielleicht vergessen hätte.

»Das hat er nicht, Mom«, versicherte Francine ihr. »Er hat versprochen, um zwei hierzusein, und das ist es erst in einer Stunde. Mach dir keine Sorgen – er wird kommen.«

Wer kam, war Robin Duffy, und ihre Anwesenheit setzte Grace augenblicklich unter Streß. Ja, Robin war jetzt bei ihnen angestellt, aber Grace kam sich trotzdem wie auf dem Präsentierteller vor. Robin beobachtete sie, wenn auch ehrfürchtig. Grace kannte diesen Blick – Robin war ein Fan von ihr. Aber sie war auch Reporterin, und es wäre fatal, wenn ihr, Grace, irgendwelche Fehler unterliefen.

Das galt um so mehr, als Davis Marcoux hereinkam. Sein Blick war anders – beängstigend medizinisch, beängstigend analytisch, beängstigend wissensreich auf zu vielen Gebieten. Er lauerte nur auf einen Ausrutscher von ihr.

Sie ging auf Nummer Sicher, lächelte, sprach nur, wenn das Wort an sie gerichtet wurde. Ähnlich wie vor Jahren, als sie am Eingang des Palm Court stand und sich an den eleganten Ladys dort orientierte, orientierte sie sich jetzt an Francine. Als Francine ein Kaviarhäppchen von dem Tablett nahm, das Margaret herumreichte, tat Grace das auch. Als Francine ihre Cocktailserviette ordentlich um den winzigen Spieß wickelte, der in einer Hummerkrabbe steckte, tat Grace das auch.

Francine hatte sich zu einer lobenswerten Gastgeberin entwikkelt. Grace wußte nicht, wann das geschehen war, aber es war beruhigend.

Das meiste andere war es nicht – allem voran Father Jims Abwesenheit. Grace versuchte immer wieder, ihre Uhr zu lesen, doch es wollte ihr absolut nicht gelingen, und so warf sie Francine jedesmal einen hilflosen Blick zu, die ihr wiederum darauf: »Er kommt schon« versicherte.

Aber Grace konnte sich sein Fernbleiben nicht erklären. War er krank geworden? Hatte er sich verirrt? Oder hatte es ihn – ein entsetzlicher Gedanke – in ... an ... an diesen Ort verschlagen, wo Priester auf Nimmerwiedersehen verschwanden, um zu lernen und zu beten? Sollte das der Fall sein, würde sie sterben. Sie würde es tun, das stand außer Frage. Irgendwie. Ihre Zukunft würde trostlos genug sein – ihr ohne Jim ins Auge zu sehen, wäre undenkbar für sie.

Dann kam er plötzlich durch die Tür, hochgewachsen, in gerader Haltung und liebevoll wie immer. Als er ihre Hand nahm, entspannte sie sich zum erstenmal seit Tagen.

Wenn es nach ihr gegangen wäre, hätte sie seine Hand den ganzen Nachmittag nicht mehr losgelassen, aber das war ihr natürlich nicht gestattet. Doch er war wenigstens da, und sie konnte sein beruhigendes Lächeln genießen.

Auch Francines Lächeln war eine Beruhigung. Sie wußte, wann es Zeit war, die Gäste ins Speisezimmer zu bitten, wußte, wo jeder sitzen sollte, wußte, welches Utensil zuerst benutzt wurde. Sich gewissenhaft an ihr Vorbild haltend, kam Grace eine Weile gut zurecht. Dann begannen ihre Gedanken über Fragen zu stolpern.

Warum war Robert nicht hier? Wenn aus Francine und ihm etwas werden sollte, hätte er den Feiertag mit ihnen verbringen sollen.

Warum war Davis Marcoux hier? War seine Anwesenheit eine Vorsichtsmaßnahme – für den Fall, daß sie sich nicht mehr in der Gewalt hätte?

Und warum schaute Sophie so traurig? War sie krank? Oder aus irgendeinem Grund besorgt? Das bekümmerte Grace. Sie wünschte Sophie von ganzem Herzen Seelenfrieden, Glück und Erfolg.

Grace verließ den Tisch mehrere Male – um sich die Nase zu pudern, wie sie formvollendet erklärte, doch der Ruf der Natur war nur vorgeschoben. Es gab Momente, da konnte sie einfach nicht stillsitzen, wurde ihre innere Unruhe übermächtig, trieben sie die widersprüchlichsten Gefühle um.

In einem Augenblick war es Gier, der Wunsch, Dinge für eine Ewigkeit zu besitzen, die es nicht geben würde. Im nächsten war es Zorn oder Traurigkeit oder Furcht. Das lag an dem Feiertag. Wie oft hatte sie Ratsuchenden erklärt, daß die ersten Feiertage ohne den geliebten Menschen die schlimmsten waren – und, ja, sie hatte ihn nach Johns Tod selbst schmerzlich empfunden, diesen Bruch in der Tradition, aber das jetzt war etwas anderes. Die einzige Veränderung, nachdem John gestorben war, bestand darin, daß er nicht mehr da war – aber jetzt änderte sich alles.

Das mochte die Angst erklären, die sie quälte, das Gefühl, zu verfallen, den Drang, vorher noch alles zu erledigen, was sie glaubte erledigen zu müssen. Manche Alzheimer-Patienten verharrten jahrelang auf einer Krankheitsstufe, manche sogar so lange, daß sie schließlich eines natürlichen Todes starben. Grace wußte, daß ihr das nicht vergönnt sein würde. Sie sah eine tägliche Verschlechterung, registrierte ihren stetigen Abbau trotz ihres stetigen Abbaus.

Ein ausgezeichnetes Beispiel war das Essen. Zuerst konnte sie sich nicht erinnern, ob sie überhaupt etwas gegessen hatte. Dann konnte sie sich nicht entschließen, was sie essen sollte, was um so schwieriger wurde, je mehr Auswahl sie hatte. Dann vergaß sie immer wieder, daß zu Waffeln Sirup gehörte und zu Bagels Frischkäse. Manchmal streute sie zwei, sogar dreimal Salz auf ihr Frühstücksei – das erkannte sie daran, wie versalzen es war –, und Gott allein wußte, was sie sonst noch tat, woran sie sich nicht erinnerte. Und jetzt das – eine Festtafel, die mit so viel Besteck, Geschirr und allem möglichen Schnickschnack gedeckt war, daß sie völlig die Übersicht verlor.

Früher war das anders gewesen. Früher hatte sie ratsuchenden Lesern auch den Zweck des allerletzten kleinen Schnickschnacks erklären können. Jetzt war sie darauf angewiesen, andere nachzuahmen. Sie war wieder im Plaza, ein Niemand, der draußen stand und hineinschaute.

Der Nachtisch war gerade serviert worden, als Grace spürte, daß ihr die Tränen in die Augen stiegen. Sie wußte nicht, weshalb, und – was noch schlimmer war – sie wußte nicht, was sie tun sollte. Und so blieb sie einfach sitzen und ließ es geschehen, daß sie über ihre Wangen liefen.

Jim nahm ihre Hand, aber es war Sophie, die leicht ihre Schulter berührte und sagte: »Ich darf das Zeug sowieso nicht essen – machst du einen Spaziergang mit mir, Gran?«

Unendlich dankbar folgte Grace ihr in die Halle hinaus. »Wohin gehen wir?« fragte sie, als Sophie ihr den silbernen Luchs aus dem Garderobenschrank reichte, Johns letztes Geschenk an sie.

»Spazieren. Wo sind deine Stiefel?« Sie fand sie auf dem Boden des Schranks und half Grace beim Anziehen.

Grace klammerte sich an ihre Schulter, um das Gleichgewicht

zu halten. »Es ist noch gar nicht lange her, da habe ich das für dich getan – bis du plötzlich mit ›ich kann das allein, Granny‹ anfingst. Vier Jahre alt und schon ganz selbständig.«

»Das war eine Sache des Stolzes«, sagte Sophie und schlüpfte in ihren Mantel. »Ich wollte genauso erwachsen sein, wie du und Mom es waren.«

Der Gedanke erschien ihr wichtig, und sie versuchte ihn festzuhalten, als sie das Haus verließen, wurde jedoch abgelenkt, als Legs an ihnen vorbei ins Freie schoß.

»Um Gottes willen!«

»Das macht nichts, Gran – sie will nur ein bißchen laufen.«

»Ich mag diesen Hund nicht.«

»Warum?«

Grace wollte gerade etwas von Lauerstellung sagen – ihr erster und bleibender Eindruck von dem Biest –, als sie von der purpurnen Färbung gefangengenommen wurde, in die die Abenddämmerung das Grundstück tauchte. Es war ein wunderschöner Anblick, nein, mehr als das, doch das Wort wollte ihr nicht einfallen – aber jedenfalls liebte sie dieses Licht. Es vereinfachte Dinge, brachte Grundformen zum Vorschein. Grundformen waren Gottes Werk.

Auch sie wurde allmählich zu ihrer Grundform zurückgeführt. Wie stolz war sie auf ihr erworbenes Wissen gewesen und auf die Macht, die es ihr verlieh. Vielleicht war das die Sünde, für die sie bestraft wurde – nicht die andere. Liebte Gott sie mehr, seit sie allmählich auf Seine Grundform reduziert wurde?

Wie lautete das Sprichwort? Hochmut kommt vor dem Fall. Wo hatte sie das gehört?

»Hast du es gesagt?« fragte sie und hängte sich bei Sophie ein, als sie langsam die Zufahrt hinuntergingen.

»Was gesagt?«

»Irgend etwas über Hochmut?«

»Nicht ganz. Ich sagte, es sei eine Sache des Stolzes für mich gewesen, möglichst ebenso selbständig zu sein wie ihr Erwachsenen.«

Grace lächelte. Genau nach dieser Erinnerung hatte sie gesucht.
»In der Hinsicht kommst du nach mir – selbständig schon als Kind.«
»Du warst das auch?«
»Ich tat nie, was meine Eltern wollten.«
»Waren sie streng?«
»Hauptsächlich waren sie ...«, sie suchte nach dem Wort und segnete, als sie es fand, die kalte Abendluft dafür, ihren Kopf geklärt zu haben, »zornig. Zornige Menschen. Sie besaßen nicht viel. Mein Vater hatte ...«, wieder suchte sie nach dem Wort, doch diesmal fiel es ihr nicht ein, und so umschrieb sie es, »er hatte das Gefühl, nichts wert zu sein, weil er kein Geld verdienen konnte. Am stärksten war dieses Gefühl, wenn er meine Mutter ansah, und so ließ er es an ihr aus.«
»Schlug er sie?«
»Großer Gott, nein – es gibt auch noch andere Formen der Grausamkeit.«
Sie gingen eine Weile schweigend dahin, und dann faßte Grace, die sich, vom Dämmerlicht eingehüllt und auf Sophie gestützt, sicher fühlte, den Mut, sich zu erinnern. »Er sprach für gewöhnlich nicht viel – und wenn er es tat, dann war er meistens betrunken. Er sagte keine netten Dinge, und meine Mutter zahlte es ihm heim, indem sie uns anschrie.«
»Was hast du denn so angestellt?«
»Oh – ich war ganze Nächte mit meinen Freunden unterwegs.«
»Tatsächlich?« Sophie klang begeistert.
»Wir haben getanzt, geraucht, getrunken ...«
»Gran! Ich bin schockiert!«
Grace stupste sie leicht mit dem Ellbogen. »Das bist du nicht.«
»Doch. Ich kann mir dich nicht rauchend vorstellen – oder trinkend.«
Grace holte tief Atem. Auf einmal machte es ihr nicht mehr so viel Spaß, sich zu erinnern. »Tja – das kann tragisch enden.«
»Es ist etwas passiert, stimmt's?«
Grace erkannte, daß sie sich auf gefährlichem Terrain bewegte.

»Du bekamst einen Insulinschock«, rettete sie sich auf sicheren Boden.

»Ich rede nicht von mir – was ist dir passiert?«

»Warum hast du nicht gegessen?«

»Gran!«

»Du hast vorhin am Tisch nicht besonders glücklich ausgesehen.«

»Und da heißt es, das Kurzzeitgedächtnis sei das erste, das aussetze«, sagte Sophie sarkastisch. »Da kann man mal sehen, daß die lieben Ärzte keine Ahnung haben.«

Sie gingen weiter.

»Diese Krankheit ist ein interessantes Phänomen«, sagte Grace schließlich. »Ich denke nicht mehr so viel – aber wenn, dann ist es wichtig. Ich sorge mich. Um deine Mutter. Um dich.«

»Tu das nicht – du hast genügend anderes, worum du dich sorgen mußt.«

»Was denn? Nichts ist so wichtig wie ihr.«

Sophie drückte Graces Arm an sich. Sie gingen immer weiter die Zufahrt hinunter, weg vom Haus, in den immer dunkler werdenden Abend hinaus.

»Was bedrückt dich?« fragte Grace nach einer Weile.

Sophie lachte tonlos auf. »Heute oder immer?«

»Heute.« Grace sah einen fahlen Blitz durch die Dämmerung zucken. Ängstlich klammerte sie sich an Sophie. »Was ist das?«

»Legs.«

»Was?«

»Francines Hund. Sie wird dir nichts tun.«

Grace fiel ein anderer Hund ein – aus ihrer Vergangenheit. Es war ein bösartiges Tier gewesen, vor dem Haus der Gruber-Brüder angekettet, mit Geifer vor dem Mund. In stockfinsterer Nacht an ihm vorbeizugehen – nicht zu rennen! – war die ultimative Mutprobe gewesen. Sie und Johnny hatten es gemeinsam getan. Sie konnten nicht älter als sechs gewesen sein.

»Der Hund hat getötet«, erklärte Grace Sophie, falls sie die Bedeutung ihrer beider Heldentat nicht ermessen könnte.

»Legs? Gar kein Drandenken – die würde sich eher im Schrank verstecken, als auch nur einer Fliege etwas zuleide zu tun.«
»Das hat Johnny zu mir auch gesagt – aber nur, damit ich mich nicht so fürchtete.«
»Grandpa hat Legs doch nie gekannt.«
Grace verstand nicht, was sie meinte. John hatte nichts zu tun mit dem Hund an der Kette. Oder? Verwirrt sagte sie einfach: »Großer Gott.«
Sie kamen ans Ende der Zufahrt, schlugen einen weiten Bogen und machten sich auf den Rückweg. Das Haus funkelte wie ein Schmuckstück in der Dunkelheit, strahlte eine Heiterkeit aus, die Grace nicht empfinden konnte.
»Alles ändert sich«, sagte Sophie. »Es ist schwierig.«
Grace lächelte. »Du liebst Veränderungen doch. Du bist abenteuerlustig. Ich bin starrer, und darum rebellierst du gegen mich.«
»Vielleicht.«
»Du könntest Schaden nehmen.«
»Das Fatale ist, daß man sich vorsehen kann, so gut man will – wenn etwas passiert wie jetzt dir, dann ist die ganze Vorsicht für den Arsch. Entschuldige, Gran, aber das trifft es am besten.«
»Großer Gott«, war alles, was Grace dazu einfiel, denn sie konnte Sophie nicht ganz folgen, und dann trottete plötzlich der Hund neben ihnen her. Sie konnte nicht erkennen, ob er Geifer vor der Schnauze hatte.
»Schau dich an«, sagte Sophie. »Du hast dich an die Regeln gehalten – sogar mehr als das –, alles richtig gemacht, und das hast du jetzt davon.«
»Ja, das hab' ich jetzt davon.« Wieder einmal wanderte sie durch die Nacht. Wieder einmal versuchte sie ihre Ängste zu ignorieren.
»Soll ich dir ein Geheimnis verraten?« fragte Sophie in dem verschwörerischen Ton, den beste Freundinnen einander gegenüber anwendeten. »Ich hätte nie für möglich gehalten, daß ich

dir das gestehen würde – aber jetzt sag ich's dir: Wenn ich mir jetzt irgendeinen Platz auf der Welt aussuchen könnte, würde ich mich dafür entscheiden, hier bei dir und Mom zu sein und so Thanksgiving zu feiern, wie wir es immer gefeiert haben.« Nach einer kleinen Pause fügte sie hinzu: »Und morgen würde ich wegfahren und irgendwas Verrücktes tun.«
Da es sich um ein Geheimnis handelte, flüsterte Grace aufgeregt: »Etwas Verrücktes?«
»Zum Beispiel mit dem Motorrad quer durchs Land fahren. Oder nach Paris ziehen und die Nachmittage in kleinen Cafés zubringen und über Literatur diskutieren. Oder bei der CIA als Spionin anheuern.«
Grace schoß eine Vision durch den Kopf. »Wir könnten beide zusammen durchbrennen, irgendwo unter neuen Namen ganz von vorne anfangen, etwas ganz anderes tun.« Als Sophie nicht auf die Idee ansprang, sagte sie: »Ich habe es schon einmal getan – ich könnte es wieder tun.« Sie dachte darüber nach, während sie weitergingen.
»Vielleicht«, sagte Sophie sanft. »Wir werden darüber nachdenken.«
Das tat Grace noch immer, als sie kurze Zeit später das Haus erreichten. Als Sophie die Tür öffnete, schoß ein Hund an ihnen vorbei hinein. Grace schrak zusammen. »Großer Gott! Was ... schaff den Hund hinaus!«
»Das ist nur Legs, Gran – sie ist ganz brav.«
»Weißt du, – wie viele Krankheitskeime diese Tiere mit sich herumschleppen? Sie wühlen sämtliche Mülltonnen in sämtlichen Hinterhöfen durch.« Sie blieb stehen und ließ den Blick nervös zuerst über die Veranda und dann durch die Eingangshalle gleiten. Ihre Mutter war da – dessen war sie sich sicher, denn das eben war ihre Stimme gewesen.
Aber Francine kam lächelnd auf sie zu. »Da seid ihr ja. Wir sind gerade mit Essen fertig. Wie war euer Spaziergang?«
Grace überließ die Antwort Sophie, während andere Hände ihr aus dem Mantel und den Stiefeln halfen. Sie war ganz darauf

konzentriert, diesen anderen Händen die Arbeit zu erleichtern, als sie aufschaute und den Atem anhielt. Mit einer jungen Frau, die sie nicht kannte, kam ein jüngerer Mann auf sie zu.
»Johnny?« hauchte sie tonlos.
»Das ist Davis«, erklärte Jim und legte beruhigend den Arm um sie. »Mit Robin. Wir wollen im Arbeitszimmer eine Runde Trivial Pursuit spielen. Ich brauche Sie als Partnerin – niemand weiß soviel über Kunst und Literatur wie Sie.«
Davis? Natürlich. Wie konnte sie sich so irren? Johnny war viel jünger. Aber irgend etwas an ihm hatte sie an Tyne Valley erinnert.

Francine trauerte an diesem Thanksgiving um Grace. Sie trauerte um die Frau, die so voller Leben und Fröhlichkeit gewesen war, tüchtig, optimistisch und energisch. Sie trauerte um die Frau, die Feiertage im Hause Dorian zu einzigartigen Erlebnissen gemacht hatte. Sie trauerte um die Mutter, die ihr das Leben geschenkt und Liebe und die Möglichkeit gegeben hatte, bei ihr ihren Lebensunterhalt zu verdienen.

In dieser Nacht hatte Grace einen Traum. Sie war wieder mit den Jungs in der Scheune, mit den üblichen gutmütigen Spötteleien, Scutchs geklautem Whiskey und dem Angstgefühl, das manchmal in ihr erwachte, wenn eine Situation außer Kontrolle geriet. Links neben ihr saß Sparrow, rechts von ihr Johnny, und sie lachten, während die Flasche hin- und herwanderte, und auch sie ordentlich zulangte. Es gab keine bessere Methode, dem Elend wenigstens vorübergehend zu entfliehen.
Wolf schlich sich außen herum und setzte sich mit gespreizten Beinen so dicht hinter sie, daß deutlich wurde, wie der Alkohol sich auf ihn auswirkte.
»Laß sie in Ruhe«, sagte Johnny.
»Ahhh, sie fühlt sich guuut aan.« Er rutschte noch näher, preßte seine Schenkel an ihre Hüften.
»Laß sie in Ruhe«, wiederholte Johnny in warnendem Ton.

»Du solltest uns anderen auch was gönnen – du bist nicht der einzige, dem zu ihr was einfällt.«
»Geh weg von ihr!« Johnnys Stimme klang drohend.
»Und wenn ich es nicht tue?«
Die Worte hingen nur so lange in der Luft, wie Johnny dazu brauchte, weit auszuholen und Wolf einen kraftvollen Stoß zu versetzen. Er landete in einiger Entfernung auf dem strohbedeckten Boden und rührte sich nicht mehr. Rührte sich nicht mehr. Rührte sich nicht mehr.
Grace schrak hoch. Sie war schweißgebadet, ihr Atem ging keuchend, und sie zitterte am ganzen Körper, wünschte verzweifelt, daß Wolf aufstünde, denn Johnny hatte zwar zugeschlagen, aber der Grund dafür war sie gewesen, und das Angstgefühl war begründet ...
Sie stieg aus dem Bett, öffnete die Schlafzimmertür und schaute sich verstohlen in ihrem Wohnzimmer um. Gott sei Dank war niemand da. Sie stürmte hindurch, eilte den Flur entlang, die Treppe hinunter und den ganzen Weg bis zur Küche. Eine Weile stand sie, eine Hand auf ihr Herz gedrückt, eng an die Tür gelehnt, bis ihr Pulsschlag sich beruhigte.
Auf dem Herd stand ein Wasserkessel. Da sie nicht wußte, was sie sonst tun sollte, beschloß sie, sich Tee zu machen, und drehte das Gas auf. Dann zog sie einen Stuhl an die Wand und setzte sich so hin, daß sie beide Eingänge des Raumes im Auge hatte. Sie schaute auf die Uhr. Sie schaute in der Küche umher, auf ihre Hände hinunter, wieder auf die Uhr. Sie musterte die Hintertür. Sie lauschte auf Geräusche im Flur.
Sie wartete. Sie wußte nicht, worauf, aber Warten schien das richtige zu sein.
Dann befahl ihr etwas, sich in Bewegung zu setzen. Mit wachsamem Blick schob sie sich an der Wand entlang zur Tür und schlich auf Zehenspitzen den Flur hinunter, durch die Eingangshalle zu ihrem Büro. Dort angekommen, schloß sie mit einem erleichterten Seufzer die Tür hinter sich und sank auf einen Stuhl. In diesem Zimmer fühlte sie sich sicherer als in den

anderen – alles hier zeugte vom Leben und Wirken einer starken und bedeutenden Grace. Sie ließ den Blick langsam durch den Raum wandern, und ganz allmählich setzte die Entspannung ein.
Und dann zerriß plötzlich ein ohrenbetäubender Knall die Nacht, und sie schrak hoch.
Nach einer Schrecksekunde wurde sie von wilder Panik erfaßt und stürzte, einem Impuls folgend, aus ihrem Büro.
»Feuer! Feuer!« schrie sie, als sie die Eingangshalle erreichte, denn das schien ihr angebracht, und eilte dann auf die leichten Nebelschwaden zu, die aus der Küche drangen. Dort war der Nebel dichter, doch sie sah jemanden am Herd stehen.
»Großer Gott!« rief sie laut, um den Lärm zu übertönen. »Großer Gott, was tust du?«
»Ich versuche zu verhindern«, rief Francine zurück, die, wie sie jetzt erkannte, am Spülbecken stand und das Wasser aufgedreht hatte, »daß dieser Wasserkessel weiter qualmt.«
»Hattest du dir Tee gemacht? Um diese Zeit? Großer Gott!« Sie hielt sich die Ohren zu. »Dieser Lärm!«
Noch während sie das sagte, sah sie Sophie an der Hintertür neben dem Schlüsselbrett stehen. Der Lärm verstummte. Francine drehte das Wasser zu, ließ den Kessel in die Spüle fallen und machte das Fenster auf. Sophie schaltete den Ventilator ein.
»Ich bringe dich wieder ins Bett, Mom«, sagte Francine sanft und schob sie aus der Tür, doch obwohl kein vorwurfsvolles Wort gefallen war, hatte Grace das ungute Gefühl, etwas Schlimmes angestellt zu haben.

Auf Graces Büro losgelassen, kam Robin sich wie das sprichwörtliche Kind im Süßwarenladen vor. Da waren Bücher, Tagebücher und Ordner. Da waren Fotos von Grace mit berühmten Leuten und Verehrer-Briefe von anderen. Da waren Massen von Notizen, die Grace sich in der irrigen Annahme, ihr Buch selbst zu schreiben, gemacht hatte. Und es gab auch Massen von Gedächtnisstützen – wer bestimmte Leute waren, wie etwas funktionierte, was wann geschehen würde – wieder und wieder geschrieben, ein trauriger Beweis dafür, daß Grace das Vertrauen in sich verloren hatte.

In den Tagen zwischen Thanksgiving und Weihnachten kämpfte Robin sich durch das gesamte Material. Manchmal arbeitete sie allein, entweder an Graces Schreibtisch oder an ihrem eigenen in einem kleineren Büro ein Stück den Flur hinunter, oftmals mit Francine oder Sophie zusammen.

Sie akzeptierten sie angesichts der vergangenen Differenzen mit erstaunlicher Leichtigkeit, stellten im Laufe ihrer Gespräche über Grace, über die Vergangenheit und Gegenwart der »Vertrauten« und über Familien-Dynamik häufig Übereinstimmungen fest. Nicht selten drifteten die Gespräche in Persönliches ab.

Während dieser Unterhaltungen machte Robin sich niemals Notizen, hörte nur zu und saugte alle Informationen auf wie ein Schwamm. Nicht einmal in ihren kühnsten Träumen hatte sie sich vorgestellt, einen so intimen Eindruck von den Dorians gewinnen zu dürfen.

Mit Grace zu arbeiten war eine Herausforderung. Höflich, ja, sogar förmlich, hielt sie maximal eine Stunde durch – in der sie in einem Moment ruhig dasaß und im nächsten aufsprang und nervös auf und ab ging –, bevor sie die Lust an der Unterhaltung verlor und das Zimmer verließ. Sie hatte eine Menge Geschichten über »Die Vertraute« zu erzählen, aber von selbst fielen sie ihr nicht ein. Robin mußte in den Notizen nach Hinweisen forschen und sie dann darauf ansprechen, und auch dann zog sich das Gespräch entsprechend der Gezeiten von Graces Aufmerksamkeit tagelang hin.

Die Geschichten waren wundervoll – interessant, amüsant, rührend. Robin konnte eine gewisse Achtung vor dem, was Grace erreicht hatte, nicht leugnen. Und auch ein gewisses Mitgefühl bezüglich ihrer Krankheit nicht. Die Grace, die sie da vor sich sah, war das Gegenstück zu der Grace, die sie so verabscheut

hatte – was nicht hieß, daß die Abneigung sich gelegt hätte. Sie war nur manchmal schwer aufrechtzuerhalten.
Ganz besonders angesichts der Veränderungen, die die Arbeit für Grace Robins Leben gebracht hatten. Vorbei die Hektik, die ihren Mann so genervt hatte, vorbei das panische Bestreben, irgendwann einmal mit irgend etwas »ganz groß rauszukommen« und die Taktik, diesem Ziel zuliebe jeden noch so albernen Auftrag zu übernehmen, vorbei der übertriebene Drang, alles für und mit den Kindern zu tun, um ihr schlechtes Gewissen wegen ihrer häufigen Abwesenheit zu mildern. Plötzlich war Ordnung eingekehrt, gab es feste Arbeitszeiten, um die herum sie ihre Tage planen konnte. Wenn eines der Kinder sie außer der Reihe brauchte, konnte sie sich jederzeit freinehmen, und ansonsten erlebte sie die Zeit mit ihnen viel intensiver. Graces Buch zu schreiben, war ihre erste längerfristige Aufgabe seit Jahren. Sie hatte tatsächlich Zeit zu aaaaatmen.
All das – und ein Gefühl tiefer Befriedigung. Dadurch, daß sie aus der großen Herde der Schreiber ausgesondert worden war, um Grace Dorians Leben aufzuzeichnen, brachte sie – dank Grace – eine Leistung, wie sie sie – aufgrund von Grace – nie zuvor erbracht hatte.
Bis jetzt hatte sie noch nichts Schockierendes erfahren – aber Graces frühe Jahre mußten auch erst noch ans Tageslicht geholt werden.
Kurz vor Weihnachten gab Francine ihr frühmorgens eine Liste. »Mutter erwähnt immer wieder diese Namen von Freunden aus ihrer Kindheit. Tauchen die auch in ihren Notizen auf?«
Robin überflog die Aufstellung. Keiner der Namen kam ihr bekannt vor. »Was erzählt sie denn von ihnen?«
»Nicht viel. Wenn ich sie frage, blockt sie ab. Ich dachte, Sie könnten vielleicht versuchen, etwas einfließen zu lassen, wenn Sie mit ihr reden. Unauffällig, natürlich. Ganz unauffällig. Vielleicht läßt sie sich ja überlisten.«
»Vielleicht steht sie auch auf und verläßt das Zimmer.«

»Nein, das glaube ich nicht. Sie mag Sie. Sie hat den Eindruck, daß Sie ›Die Vertraute‹ gut kennen.«

Robin war irritiert, wie sehr sie sich freute, das zu hören, »Hat sie das gesagt?«

»Mmm. Also, was meinen Sie – haben wir Stoff für ein Buch?«

»O ja, den haben wir – und ich habe erst zwei Drittel des Materials gesichtet. Aber schon dabei sind jede Menge originelle Geschichten. Wie die von dem Mann, der Grace eine Entfremdungsklage anhängte, nachdem sie seiner Frau geraten hatte, doch mal seinen Abendkonferenzen, ausgedehnten Geschäftsreisen und merkwürdigen Kreditkarten-Abbuchungen auf den Grund zu gehen. Oder die gegenteilige von der Frau, die Grace als ihre ›Nebenbuhlerin‹ angab, als ihr Mann sich scheiden ließ, weil sie Grace nicht das Wasser reichen konnte. Und dann noch die von dem Paar, das jede Kolumne zum Thema Sexualität ausschnitt und gewissermaßen ein Lehrbuch daraus machte, um anhand dessen die Tochter aufzuklären. Meine Mutter hat es ähnlich gemacht.«

»Ein Lehrbuch angelegt?«

»Nein – sie drückte mir die betreffenden Kolumnen einfach in die Hand. Sie selbst sprach mit mir niemals über Sex – als sei er ein zu schlimmes Thema. Oder ein zu schönes – ich hatte nie den Mut, zu fragen.«

»Ich weiß, wie das ist«« sagte Francine. »Komisch – wir glauben, anders als unsere Eltern zu sein, über alles reden zu können. Aber mit ihnen können wir das nicht. Sie geben den Ton an – ganz besonders, was die Sexualität angeht. Wollen Sie meine Meinung hören? Ich glaube, sie haben es ziemlich wild getrieben.«

»Meine Mutter nicht«, widersprach Robin mit Überzeugung.

»Sie wissen doch nicht, was sie getan hat, während Sie und Ihr Bruder in der Schule waren.«

»Das ist natürlich richtig.« Robin dachte darüber nach, schüttelte den Kopf. »Nein – das paßt einfach nicht ins Bild.«

»Wie war Ihr Vater?«

»Ein Pantoffelheld, willig, gehorsam. Er erhob seine Stimme

nur, wenn mein Bruder oder ich gegen unsere Mutter aufmuckten – so loyal war er.«
»Es ist ein Segen, daß er vor ihr starb – ohne sie hätte er sich vielleicht gar nicht zurechtgefunden.«
»Oh, er lebt noch.«
»Entschuldigen Sie – ich dachte ...«
»Ist schon okay. Ich habe ihn seit ihrem Tod nicht mehr gesehen. Sie und ich, wir sind unversöhnt auseinandergegangen, und weder ihm noch mir liegt daran, uns darüber auseinanderzusetzen.«
»Traurig«, fand Francine.
Das fand Robin auch – aber erst seit sie so etwas wie eine neue Einsicht gewonnen hatte. Die Krankheit nagte an Grace, ließ immer weniger von der Persönlichkeit übrig, die sie gewesen war, entfremdete sie Francine und Sophie täglich weiter, während Robin ihren körperlich und geistig gesunden Vater einfach sich selbst überließ.
Es wäre wohl angebracht, ihn anzurufen – aber andererseits hatte er sich nicht um ihren Gemütszustand geschert, nicht einmal während ihrer Scheidung, und sie wußte nicht, warum sie sich um seinen scheren sollte.
Doch, sie wußte, warum – sie war sich nur nicht sicher, daß sie die dafür nötige Großmut aufbrächte.
»Wie auch immer«, sagte sie seufzend. »Was war mit John Dorian? War er ein zärtlicher Mann?«
»Nur bei Grace. Zu uns übrigen war er lieb und freundlich, aber nicht überschwenglich, was Berührungen anging.«
»Wie war seine Familie?«
»Nach Graces Erzählungen verknöchert. Sie hat es geschafft, seine weiche Seite zutage zu fördern.«
»Sie sind alle tot, nehme ich an.«
»Nein, es gibt noch Geschwister. Er war der älteste, also erbte er sozusagen den Hof. Die anderen gingen fort – aber nicht im Guten. Er muß sehr darunter gelitten haben, denn er sprach nie darüber.«

»Über seine Gefühle oder über die Familie?«
»Weder noch. Dabei sehnte ich mich verzweifelt danach, wenigstens seine kennenzulernen, da auf Graces Seite ja keine vorhanden war. Zumindest«, sie zögerte, schaute Robin beinahe hilfesuchend an, »schien keine vorhanden zu sein.«
Robin spürte ein inneres Kribbeln. Wenn Grace nicht bereit war zu reden, dann mußte sie andere finden, die es taten. »Die Wahre Grace Dorian« – ihre Fahrkarte zum Ruhm. »Ich habe keinen Zugang zu ihren privaten Unterlagen, aber Sie können da doch dran. Irgendwo muß es eine Geburtsurkunde geben. Hat sie ein Bankschließfach?«
»Ja. Den Schlüssel hat ihr Anwalt, und der würde ihn mir ohne ihre Erlaubnis niemals geben. Nicht, solange sie noch einen Rest von Verstand hat.«
Robin schlug einen anderen Weg ein. »Was ist mit einem engen Freund – jemandem, dem sie rückhaltlos vertraut? Jim O'Neill?«
»Den können Sie vergessen. Er ist ihr bester Freund, und darum würde er sie nie hintergehen.«
»Wie lange kennen die beiden sich denn schon?«
»Solange ich denken kann.«
»Hätten Sie etwas dagegen, daß ich mit ihm spreche?«
»Nein – aber er wird Ihnen nichts sagen.«
»Wie wär's mit dem Versuch, Kontakt zu den Geschwistern Ihres Vaters herzustellen?«
»Das könnte schwierig werden. Meiner letzten Information nach leben sie entlang der Westküste verstreut. Ich habe Grace nach ihnen gefragt, aber sie konnte mir nichts sagen. Dorian ist kein ungewöhnlicher Name – ich wüßte nicht, wo ich anfangen sollte.«
»Waren sie nicht bei seiner Beerdigung?«
Francine schüttelte langsam den Kopf. »Ich hätte sie angerufen, aber Grace protestierte vehement gegen die Idee. Sie wollte sie nicht dabeihaben. Als es darum ging, Dads Büro auszuräumen, hat sie alles allein zusammengepackt. Falls Unterlagen dabeiwa-

ren, die seine Familie betrafen, dann liegen die sorgfältig versiegelt in ihrem Privatarchiv.« Nach einer kleinen Pause fügte sie hinzu: »Ich hatte nie Grund, das Siegel zu brechen. Oder den Mut dazu.«
Robin dachte gerade, daß Grace es in ihrem jetzigen Zustand wahrscheinlich gar nicht mehr bemerken würde, als Francine leise sagte: »Ich glaube, jetzt würde ich es wagen. Vielleicht finde ich ein Adreßbuch – dann hätten wir einen Ausgangspunkt.«
Francine fand an diesem Abend ein Adreßbuch, aber sie erzählte es Robin nicht sofort – etwas hielt sie zurück.

»Ich frage mich immer wieder, was es ist«, sagte sie zu Davis. Eigentlich hatte sie es auch ihm verschweigen wollen, aber die Intimität eines kleinen Badezimmers nach einer gemeinsamen heißen Dusche nach nicht minder heißem Sex ließ ihr die Geheimniskrämerei plötzlich völlig unsinnig erscheinen, und so sprudelte sie heraus, was ihr durch den Kopf ging.
Sie lag auf den Knien und bearbeitete die Fußbodenleiste mit ihrem Pinsel mit gleichmäßigen Strichen, wie Davis es ihr gezeigt hatte. »Ich fand es schrecklich, daß wir keine Beziehung zu seinen Geschwistern hatten. Immerhin sind sie meine Tanten und Onkel. Ich habe sie nur ein einziges Mal gesehen, und das war reiner Zufall. Ich war damals mit Dad in New York. Wir sagten hallo, und dann gingen alle wieder ihrer Wege. Das war's.«
»Was hat den Bruch verursacht?«
»Eifersucht, Habgier – die üblichen Gründe, die Familien entzweien. Dad war der älteste, die anderen konnten es nicht ertragen, daß er das Haus und die Sägemühle geerbt hatte. Ich weiß nicht einmal, ob die vier noch am Leben sind. Aber es müssen Cousins oder Cousinen dasein. Ich habe mir immer welche gewünscht.« Sie setzte sich auf ihre Fersen. »Warum also bewache ich dieses Adreßbuch, als sei es die Büchse der Pandora?«
»Weil es vielleicht genau das ist«, erwiderte Davis in der für ihn

typischen Unumwundenheit. »Hast du schon hineingeschaut? Stehen die Adressen drin?«
»Ja, aber noch die von früher. Vielleicht sind sie längst überholt.«
»Alle vier? Das ist unwahrscheinlich. Einen von ihnen erreicht ihr bestimmt. Wirst du die Anrufe übernehmen?«
»Robin ist so neugierig, sie würde es sofort tun. Aber ich glaube, das ist meine Aufgabe, findest du nicht auch? Wenn sie mir den Hörer aufknallen«, ihre größte Angst, »dann kann Robin immer noch einspringen.« Gedankenverloren fuhr sie mit dem Pinsel auf dem Holz entlang.
Davis deponierte seinen auf der Dose mit dem Einlaßgrund und setzte sich auf den Boden. »Was könnte schlimmstenfalls passieren?«
»Nach einem Hörer-Aufknallen?« Sie setzte sich wieder auf ihre Fersen. »Bösartigkeiten über John, dann über Grace und schlußendlich über mich.« Sie warf ihm einen tragisch-komischen Blick zu. »Das ist die alte Angst vor Zurückweisung.«
Er rutschte auf dem Hosenboden über die Fliesen, bis er neben ihr saß. »Jeder, der dich zurückweist, ist keinen Pfifferling wert.« Er nahm ihr den Pinsel aus der Hand und legte ihn beiseite.
»Deine Meinung zählt nicht«, sagte sie lächelnd. »Du bist nicht objektiv.«
Er umfaßte mit seiner großen Hand ihren Schenkel und zog sie noch näher zu sich heran. Mit leiser Stimme und ihren Mund mit den Augen liebkosend, sagte er: »Ich werde dich an Weihnachten vermissen.«
»Das wirst du nicht, du fährst doch heim.«
»Aber in Tyne Valley gibt es niemanden wie dich – wen soll ich dort lieben?«
»Liebe eine andere, und du kannst mich vergessen.«
»Ahhh. Ein Ultimatum. Wie anregend.«
»Davis!
»Bist du dir sicher, daß du nicht mitkommen willst?«

»Ich kann doch nicht gleichzeitig in den Norden und in den Süden fahren.«
»Die Reise steht also fest?«
Francine nickte. »Ich habe heute die Bestätigung bekommen. Ein Privatjet wird uns nach St. Bart's fliegen, wo uns eine Privatvilla an einem Privatstrand mit einer Privatköchin erwartet. Mit etwas Glück werden wir vergessen, daß Weihnachten ist.«
»Was sagt denn Grace dazu?«
»Nur, daß sie wünschte, Jim könnte mitkommen – woran zu Weihnachten natürlich nicht zu denken ist. Aber ansonsten ist sie mit allem einverstanden, so daß eigentlich nichts schiefgehen kann.« Sie schaute in sein kantiges Gesicht, das so weich war, so besorgt. »Oder?«
»Ich denke nicht. Grace wird sich am ersten Tag vielleicht ein bißchen unbehaglich fühlen, aber die Abgeschiedenheit wird ihr die Eingewöhnung erleichtern, und dann wird es ihr sicher gefallen. Und dir und Sophie wird der Tapetenwechsel guttun.«
»Ich denke nur noch mit Schrecken an Thanksgiving zurück. Daß manche Dinge gleichbleiben und manche nicht ...« Es war die Hölle gewesen, lächeln zu müssen, während ihr die ungeweinten Tränen die Kehle zuschnürten. Dieser Quälerei würde sie sich nicht noch einmal aussetzen. »Und darum wollte ich Weihnachten etwas völlig anderes machen. Wir bleiben über Neujahr und kommen erholt zurück. Ist das optimistisch genug?«
»Nicht schlecht«, murmelte er und hauchte einen Kuß auf ihre Lippen, einen auf ihre Wange und einen auf ihr Kinn.
Sie öffnete ihren Mund, um seinen beim nächsten Vorbeihuschen einzufangen, doch er blieb außerhalb ihrer Reichweite. Also schloß sie die Augen und genoß einfach die Vorfreude.
Und plötzlich wurde ihr klar, daß ihre Offenheit gegenüber Davis nicht durch die Intimität des Badezimmers ausgelöst worden war, sondern durch Davis selbst. Er war gebildet und zugänglich, klug und muskulös, fürsorglich und amüsant. Und im Bett hatte er ein Schandmaul.
Das gefiel ihr sehr.

Siebzehntes Kapitel

Ich bin Optimistin – am Tag träume ich, und in der Nacht schlafe ich.

– Grace Dorian in ›Die Vertraute‹

Nach zehn Tagen auf St. Bart's wieder in New York wußte Sophie, daß sie gut aussah. In der Karibik war sie in einem luftigen, weißen Outfit in die Maschine gestiegen, doch bevor sie von Bord gingen, hatte sie sich – ebenfalls in Weiß – so dick eingepackt, daß sie an einen pummeligen Schneehasen erinnerte. Aber ihr sonnengebräuntes Gesicht, das keinerlei Spuren von Streß mehr aufwies, machte die vorübergehenden, figürlichen Mängel mehr als wett. Nicht einmal die eisige Luft, die ihr entgegenschlug, als sie aus dem Schutz des Flughafengebäudes trat, um Gus zu suchen, konnte ihrer blendenden Laune etwas anhaben. Sie entdeckte ihn, winkte ihm zu und lief wieder hinein, um Francine und Grace zu holen. Als die beiden im Wagen untergebracht waren, ging sie nach hinten, wo Gus das Gepäck verstaute, und begrüßte ihn mit einer kurzen Umarmung.

»Na, wie ist es dir denn so ergangen?«

»Nicht so gut wie dir«, erwiderte er säuerlich und beugte sich vor, um die Koffer und Taschen zurechtzurücken. »Du warst am Strand«, kam seine Stimme undeutlich aber eindeutig anklagend aus dem Kofferraum.

Sie fragte sich, wo sie zehn Tage auf einer karibischen Insel sonst hätte verbringen sollen. »Am Stand, am Pool – das Wetter war fantastisch. Es ist herrlich dort.«

»Das kann ich mir denken.«

»Wie stehen die Dinge im Valley?« fragte sie in der Hoffnung, seine Stimmung heben zu können. Er hatte Weihnachten zu Hause verbracht.
»Keine Ahnung«, gab er mürrisch zurück. »Ich war durchgehend blau.«
»Das ist nicht dein Ernst!«
Er warf ihr einen Blick zu und richtete sich auf. »Ich hatte dir gesagt, daß ich mich zutrinken würde, wenn du mich allein ließest.«
»O nein, mein Lieber – den Schuh zieh' ich mir nicht an«, protestierte sie, doch er knallte ohne ein weiteres Wort den Kofferraumdeckel zu und öffnete ihr in perfekter Chauffeur-Manier den Schlag.
Sophie war nicht bereit, sich ihr karibisches Hoch verregnen zu lassen. Mit einem spöttischen Lächeln ging sie an ihm vorbei, machte die vordere Tür auf und setzte sich auf den Beifahrersitz, wandte sich der Fahrerseite zu, legte den Arm auf die Rükkenlehne und fragte nach hinten: »Soll ich die Heizung höherstellen?«
Grace schaute sie ratlos an.
Francines Gesicht war zum Großteil durch die riesige Pilotenbrille verdeckt, die sie fast während der ganzen Reise getragen hatte. »Nein, danke – es ist warm genug.«
»Freust du dich auf zu Hause, Gran?«
Grace antwortete nicht. Sie schaute stirnrunzelnd aus dem Fenster.
»Gran?«
Gus fädelte sich in den Verkehrsstrom ein. »Haben Sie den Urlaub genossen, Dorian?« fragte er in den Rückspiegel hinein.
»Ja, das hat sie«, antwortete Francine für Grace. »Wir alle haben ihn genossen.«
Sophie ganz gewiß. Keine Thanksgiving-Traurigkeit, keine schmerzlichen Erinnerungen an vergangene Weihnachtsfeste – die Kulisse war zu andersartig für einen Vergleich gewesen.

»Na«, fragte Gus leise, »was hast du noch getan außer in der Sonne zu liegen?«
»Wir sind am Strand spazierengegangen. Dort gefiel es Grace besonders, denn es war außer uns keine Menschenseele da – niemand störte sie.«
»Klingt todlangweilig.«
»Es war ungeheuer romantisch«, schwärmte sie, um ihn zu ärgern. Sein Versuch, ihr die Laune zu verderben, durfte nicht ungestraft bleiben. »Und außerhalb des Privatgeländes gab es kleine Läden und Cafés, wo man im Freien sitzen und sich mit anderen Leuten unterhalten konnte.«
»Sie hat sich mit anderen Leuten unterhalten?« murmelte er mit einem zweifelnden Blick in den Spiegel.
»Mehrmals.« Zwischendurch war Grace immer wieder für kurze Zeit wie früher gewesen – ein Mensch, der Geselligkeit liebte. »Solange wir bei ihr blieben, lief alles bestens.«
»Todlangweilig«, wiederholte Gus.
»Überhaupt nicht! Es war richtig schön mit ihr. Und außerdem konnte ich abends ausgehen«, stichelte sie. »Mom und ich wechselten uns ab – einmal blieb sie bei Grace und einmal ich. In einer Bar am Wasser spielte eine Tanzkapelle. Es war himmlisch.«
Sein Profil nahm einen verbissenen Ausdruck an.
Befriedigt schaute sie zur Windschutzscheibe hinaus und ignorierte ihn. Ihre Hochstimmung war ihr zu kostbar, als daß sie sie sich von ihm vermiesen lassen würde! Jahrelang hatte die Familie gemischte Gefühle in ihr geweckt – einerseits Stolz und andererseits Bedrückung. Unglaublich aber wahr – grausamerweise wich die Bedrückung allmählich.
Wie sollte sie es erklären? Natürlich vermißte sie an der neuen Grace, was sie an der alten geliebt hatte – aber was sie an ihr gehaßt hatte, vermißte sie ebenso natürlich nicht. Die Zeiten änderten sich, und der Aufenthalt auf St. Bart's hatte ihr gezeigt, daß die neuen nicht unbedingt schlechter waren.
»Du hast jemanden kennengelernt, stimmt's?« grollte Gus nach einer Weile.

Sie schaute ihn überrascht an. »Wie kommst du darauf?«
»Du bist abweisend.«
»Ich denke nur nach. Es waren schöne Ferien, und ich erinnere mich gern daran.«
»Was ist das für ein Typ?«
Sophie rutschte ganz an die Tür, um Gus umfassender in den Blick zu bekommen. Er war nicht viel größer als sie, aber er hatte einen breiten Brustkorb, schmale Hüften und kräftige Hände. Er war gut gebaut – und schrecklich unsicher.
War es ihre Lebensaufgabe, sein Ego zu hätscheln? Ganz sicher nicht.
»Ein Franzose«, antwortete sie. »Blond, sehr groß. Ein Geschäftsmann. Fliegt in seinem eigenen Jet durch die Weltgeschichte.«
»Hast du mit ihm geschlafen?«
Sophie warf einen Blick nach hinten und blinzelte ihrer Mutter zu. »Diese Frage beantworte ich nicht – meine Mutter hört zu.«
Francine wußte, daß der Franzose eine Erfindung war, aber das würde Sophie Gus nicht verraten.
Er hüllte sich in wütendes Schweigen, bis sie zu Hause waren, bis der Wagen entladen und das Gepäck sortiert war. Sophie hörte in ihrem Arbeitszimmer gerade den Anrufbeantworter ab, als Gus ihre Reisetaschen in das danebenliegende Schlafzimmer brachte.
»Wirst du es mir sagen?« fragte er, am Türrahmen lehnend.
Sie stellte sich nicht dumm. »Entspann' dich – ich habe nicht mit ihm geschlafen.«
»Aber du hättest gern, stimmt's?«
»Ich bin offengestanden gar nicht auf die Idee gekommen.«
Gus starrte sie einen Moment lang ungläubig an. Dann stieß er einen verächtlichen Laut aus, löste sich vom Türrahmen und steuerte auf die Tür zu. »Wenn du nicht auf die Idee gekommen bist, dann taugte er nichts.«
»He!« hielt sie ihn auf. »Was soll denn das heißen? Wach auf, Gus – Sex ist nicht alles!«

Er stand mit dem Rücken zu ihr. »So scharf wie du darauf bist, könnte man das aber meinen. Dich interessiert doch sonst nichts an einem Mann.«
»An dir nicht – das steht fest«, schoß sie zurück.
Er drehte sich langsam um. Sie hätte schwören können, daß sein Gesicht eine Spur von Verletztheit ausdrückte, bevor Zorn sie überlagerte. »Hast du was zu meckern?«
Sie dachte einen Moment darüber nach. Gus war nicht ihre Zukunft, war es nie gewesen. Zumindest nicht in ihrer Vorstellung. Wenn seine in diese Richtung gehen sollte, dann war es Zeit – hatte Francine das nicht vor einer Weile gesagt? –, daß sie Klartext mit ihm redete.
Die Frage, die sich stellte, als ihr Trotz wich, war, wie sie das tun könnte, ohne ihn noch mehr zu kränken. Sie mochte ihn ja, empfand Mitleid für ihn, vielleicht sogar ein Gefühl der Loyalität – und er wirkte körperlich ungemein anziehend auf sie.
»Wo willst du hin?« fragte sie.
Er schaute übertrieben um sich. »Ich glaube, ich sehe nicht so aus, als wollte ich irgendwohin gehen.«
»Ich meine im Leben. Was willst du?«
»Himmel hilf!« Er nahm die Mütze ab und fuhr sich mit der Hand durch die Haare. »Was ist denn das für eine Frage?«
»Eine wichtige. Stellst du sie dir jemals?«
»Nicht, wenn es sich vermeiden läßt.«
»Vielleicht solltest du das aber.«
»Ja? Warum?«
»Weil du kein Ziel hast. Menschen brauchen Ziele.«
»Was sind denn deine?«
»Gesund zu bleiben und Erfolg im Beruf zu haben.«
Er schnaubte. »Als ob du noch mehr Geld bräuchtest!«
»Es geht mir nicht um Geld, es geht mir um mein Selbstwertgefühl. Wie steht es mit deinem?«
Er schaute ihr in die Augen. »Das habe ich bei Grady's aufgebaut.«
»In einer Bar. Ist ja toll.«

»Mach sie nicht schlecht – sie macht mich glücklich.«
»Nein, sie macht dich betrunken. Das ist ein Unterschied.«
»Den sehe ich nicht.«
»Das«, sagte sie mit einem tiefen Atemzug, »ist schade.«
»Willst du mir damit sagen, daß ich verschwinden soll?«
»Ich will dir damit sagen, daß du nachdenken sollst. Sich bis zur Bewußtlosigkeit zu betrinken bringt überhaupt nichts. Damit kommst du nicht weiter in der Welt.«
»Und womit käme ich weiter?« fragte er giftig. »Ich habe kein Universitätsstudium vorzuweisen, und mein Abschlußzeugnis von der High-School verdanke ich dem Umstand, daß die Rektorin scharf auf mich war. Schockiert? Dazu besteht keine Veranlassung, das kommt alle Naselang vor.«
»Du hast mit der Rektorin geschlafen?«
»Geschlafen? Eher nicht. Wir trieben es auf dem Schreibtisch in ihrem Büro. Das Diplom habe ich, aber ansonsten nicht viel – keinen Verstand, kein Geld, kein Glück. Was also soll aus mir werden? Was für ein Ziel sollte ich mir deiner Meinung nach stecken?«
Sophie hätte ihm die Ziele ihrer anderen Freunde aufzählen können, aber Gus war ganz anders als sie. »Es geht darum, was du willst – nicht darum, was mir für dich vorschwebt. Du mußt das entscheiden – aber das kannst du nicht, wenn du ständig benebelt bist.«
Er schürzte die Lippen und ließ seine Augen provozierend langsam an ihrem Körper abwärts wandern, verhielt kurz bei ihren Brüsten und dann weiter unten auf der Gabelung ihrer Schenkel, bevor er sie wieder hob. Dann straffte er sich und setzte seine Mütze auf. »Ist das alles, Ma'am?«
»Gus!« Sie wollte sich ihm so gern verständlich machen, doch er hatte sich schon umgedreht und stapfte hinaus.
»Ich bin im Dienst«, rief er über die Schulter. »Wenn du reden willst, komm heute abend zu mir rüber. Dann reden wir hinterher.«

»Du bist zurück!« sagte Davis.
Sie lächelte. »Mmm. Seit etwa einer Stunde.«
»Du klingst fröhlich. Liegt das daran, daß der Urlaub schön war, oder daran, daß du erleichtert bist, wieder zu Hause zu sein?«
»An beidem. Wir haben wundervolle Tage verlebt, aber es ist schön, wieder daheim zu sein.« Und herrlich, seine Stimme zu hören! Bis zu diesem Moment war ihr nicht bewußt gewesen, wie sehr sie ihn vermißt hatte. »Glückliches neues Jahr.«
»Für dich auch. Wie geht's Grace?«
»Im Augenblick? Blendend. Father Jim ist gerade gekommen. Sie hat sich gut gehalten, Davis. Wir haben deinen Rat befolgt und uns in den ersten paar Tagen nie weit von der Villa entfernt. Dann wagten wir uns täglich ein bißchen weiter weg, und schließlich machte sie sogar Einkaufsbummel mit und saß mit uns im Café. Solange eine von uns bei ihr war, gab es keine Probleme. Nein«, kam sie ihm zuvor, »ich bilde mir nicht ein, daß ihr Zustand sich bessert. Wir kommen nur besser mit ihr zurecht.«
»Braves Mädchen. Konntest du dich erholen?«
»Tatsächlich, ja. Sophie und ich wechselten uns mit der Betreuung ab. Grace fand die Köchin nett, und so konnten wir beide manchmal sogar allein weg.«
»Bist du braun geworden?«
»Und ob.«
»Überall?«
Francines Lächeln wurde schüchtern, und sie antwortete nicht.
»Ich weiß, wie das auf diesen französischen Inseln ist. ›Oben ohne‹ ist da das mindeste.«
»Wir hatten einen Privatstrand.«
»Also ganz nackt. Scheiße. Was machst du jetzt?«
»Auspacken«, erwiderte sie arglos.
»Darf ich rüberkommen? Ich möchte dir was zeigen.«
»Du hast dich tätowieren lassen.« Sie neckte ihn oft, sagte, daß ein Mann mit seiner Vergangenheit unbedingt eine Tätowierung haben müsse.
»Nein – ich habe ein Pferd. Kannst du reiten?«

Ein Pferd? »Im Prinzip schon, aber ich bin seit Jahren aus der Übung.«
»Zieh dir Jeans an und was Warmes.«
»Davis, wir haben Winter!«
»Da ist es am schönsten. Bis gleich.«
»Davis? Davis!« Als sie das Freizeichen hörte, schaute sie einen Moment lang verdutzt auf das Telefon hinunter und legte dann auf.
Ein Pferd?
Das Durcheinander auf ihrem Bett nur eines flüchtigen Blickes würdigend, zerrte sie Jeans, einen Rollkragen-Unterziehpulli und einen dicken Pullover aus der Kommode, zog Wollsocken an und sah aus dem Fenster. Es wurde schnell dunkler.
Reiten? Mitten im Winter? Im Finstern?
Auf dem Flug hatte sie ein paar trostlose Augenblicke durchlebt, als sie an die rauhe Wirklichkeit dachte, die sie zu Hause erwartete, doch dieses Bild hatte nichts Trostloses – es war fröhlich bis zum Übermut.
Sie schlüpfte in den Pullover, musterte sich im Spiegel, fand sich fett. Also zog sie ihn wieder aus und suchte sich einen, der sie nicht so unförmig erscheinen ließ. Dann ging sie zu Grace und Father Jim in den Salon.
»Wissen Sie im Zusammenhang mit Davis etwas von einem Pferd?«
Er grinste. »Zu dem Thema fällt mir nur ein, daß er früher für diverse Vergehen dazu verdonnert wurde, bei Farmern aus der Gegend die Boxen auszumisten. Und jetzt hat er ein eigenes Pferd?«
Das wußte Francine nicht genau. »Vielleicht ist es auch nur geliehen. Er kommt gleich damit her.«
»Zu mir braucht er nicht zu kommen«, erklärte Grace, die Jims Hand umklammert hielt. »Es geht mir gut.«
Er streichelte unendlich behutsam ihre Waage. »Besser als gut. Ihre Mutter sieht wunderbar aus, Francine. Die Insel ist ihr gut bekommen. Sie waren offenbar in der Sonne, Grace.«

Grace errötete. »Ich habe mich sehr vorgesehen – es gehört sich nicht für eine Dame, braun zu sein, wissen Sie. Aber die Sonne war so herrlich, daß ich ab und zu nicht widerstehen konnte, meinen Platz unter dem Schirm zu verlassen.«

Francine sah ihre Mutter wieder dort sitzen – es war ein Anblick wie aus dem Bilderbuch gewesen. Nein, eher wie auf einem der Gemälde in den kleinen Kunsthandlungen, die sie auf St. Bart's besucht hatten. Es war ein Seurat gewesen, glaubte sie.

Es klingelte an der Haustür. Francine hatte die Halle schon fast durchquert, als ihr bewußt wurde, daß Grace nicht genörgelt hatte, weil Davis sie besuchte. Ichbezogen, wie Alzheimer-Patienten es oft waren, hatte sie nur Angst, daß er ihretwegen käme. Nichtsdestoweniger dankbar, daß ihre Mutter ihr keine Gewissensbisse aufgenötigt hatte, öffnete Francine die Tür. Ein Blick in sein Gesicht, und sie schmolz dahin. Sie legte die Hand auf die Brust und trat einen Schritt zurück.

»Hi, du«, begrüßte Davis sie grinsend. »Bist du soweit?«

Schneebestäubt, mit geröteten Wangen, einem neongrünen Schal um den Hals, einem Stetson auf dem Kopf und unter dem langen Ledermantel hervorlugenden Stiefeln, bot er einen sensationellen Anblick. Sie wollte ihm das gerade sagen, als er die Hosenbeine seiner Jeans ein Stück hochzog, um ihr die aufwendige Stickerei an den Stiefelschäften vorzuführen. »Das sind echte! Sind die nicht irre?«

»Wo hast du sie denn aufgetrieben?«

»Ich mußte ziemlich lange suchen.« Er drehte sich um und ging die Stufen hinunter, und dort, an Graces auf Hochglanz poliertem, elegantem Messing-Laternenpfahl angebunden, stand das Pferd. Pferd, Pfosten, alles in Sicht, war durch den in dicken Flocken vom Himmel herabsinkenden Schnee wie mit Puderzucker bestäubt. Davis holte etwas hinter dem Sattel herunter, und als er zu Francine zurückkehrte, sah sie, daß es ein zweiter Ledermantel war. Er hielt ihn ihr auf. Wie in Trance schlüpfte sie erst in den einen Ärmel und dann in den anderen. Davis schloß von hinten die Knöpfe, schlang die Arme um ihre Taille,

vergrub das Gesicht an ihrem Nacken und gab ihr mit kalten Lippen einen lauten, nassen Kuß darauf. Auch nach dem Kuß blieb sein Mund an ihrem Hals, und als er wieder sprach, war seine Stimme voller Wärme – und deutlich belustigt.
»Einen Hut für dich habe ich am Sattelhorn hängen, aber du brauchst noch Stiefel – Wollsocken allein genügen nicht.«
Francine hatte es nicht eilig, sich aus seiner Umarmung zu lösen – sie gab ihr ein Zuhause-Gefühl, das sich von dem, das sie ihr Leben lang empfunden hatte, wesentlich unterschied. Dieses ging mit Unbekümmertheit einher, enthielt keinen Zwang, aber einen köstlichen Anflug von Verruchtheit – und es verhieß Überraschungen.
Sie legte die Unterarme auf seine und sagte, Wange an kalter Wange: »Du willst jetzt wirklich mit mir ausreiten? Wo hast du das Pferd überhaupt her? Du bist doch nicht von dir hier rüber geritten, oder? Nein, das hättest du gar nicht schaffen können. Man braucht ja schon mit dem Auto zehn Minuten für die Strecke – das wären mit einem Pferd dreißig, nein, vierzig Minuten. Ich muß dich warnen, Davis – als ich das letztemal geritten bin, fiel ich kopfüber in ein Tomatenbeet und brach mir das Steißbein. Hast du vergessen, mit wem du es zu tun hast?«
Heiße Atemluft traf ihren Hals, als Davis loslachte. »Nein, aber das Reiten übernehme ja ich. Du mußt dich nur festhalten. Vertraust du dich mir an?«
»Ja.«
»Dann hol dir Stiefel. Und Handschuhe und einen Schal. Deine Fragen beantworte ich dir unterwegs.«

Das Pferd gehörte tatsächlich ihm. Er hatte es aus Tyne Valley mitgebracht, wo er es vor einigen Jahren einer Freundin seiner Schwester abgekauft hatte, die Geld brauchte. Es war nicht reinrassig und nicht einmal hübsch, aber es bot einen so eindruckvollen Anblick, daß Francine derlei Kleinigkeiten nicht auffielen. Das Tier war groß und gutmütig, und wenn es angetrieben wurde, legte es ein beachtliches Tempo vor – doch die meiste Zeit ließ Davis es gemächlich dahintrotten.

Francine saß, die Arme von hinten um seine Mitte geschlungen, eng an ihn gekuschelt auf dem breiten Pferderücken. Nachdem sie das Haus hinter sich gelassen hatten, war die einzige Lichtquelle der bläulich schimmernde Schnee, und es war nichts zu hören als das Flüstern der Flocken und der dumpfe Hufschlag auf dem schneebedeckten Gras am Straßenrand.

Davis lenkte das Pferd geschickt durch minimale Hilfen mit dem Zügel oder dem Knie. Sie hätte sich denken können, daß er auch das perfekt beherrschte. Als fehlbares Wesen fand sie es provozierend – als weibliches Wesen fand sie es ungeheuer reizvoll.

Sie ritten ein Stück die Straße entlang, und dann bog Davis in den Wald ab. Francine lagen Dutzende von Fragen auf der Zunge – bezüglich des Pferdes, bezüglich Tyne Valley, bezüglich der ›diversen Vergehen‹, die Father Jim erwähnt hatte, doch sie stellte keine einzige davon, genoß statt dessen lieber den Zauber der verschneiten Bäume, das Schaukeln des Pferdes, in dessen Rhythmus ihre Oberschenkel an Davis' Flanken vor und zurück glitten, die Wärme seines Rückens.

Als sie den Fluß erreichten, hielt er an. Sie schaute um seine Schulter herum auf den zugefrorenen, schneebedeckten Wasserlauf hinunter. Nur an ein paar Stellen ließen Löcher im Eis ein leises Glucksen hören.

Da sie die Melodie nicht durch ihre Stimme stören wollte, schwieg sie. Davis mußte es ebenso gehen, denn er saß eine ganze Weile, ihre Hände auf seiner Mitte fest umfaßt haltend, still da. Schließlich zog er sanft an einer davon. »Komm nach vorne.«

Zu allen Schandtaten bereit, aber nicht ohne Ächzen und Stöhnen, wand sie sich, von ihm unterstützt, um ihn herum, bis sie ihm zugewandt vor ihm im Sattel saß. Er schob die Hände unter ihr Hinterteil und zog sie ganz nah zu sich heran. Als er sie zu seiner Zufriedenheit zurechtgerückt hatte, spürte sie sehr deutlich, worauf er hinauswollte, und sie quittierte die eindrucksvolle Demonstration mit einem verstohlenen Lächeln.

»Warm genug?« Er schob ihren Hut nach hinten, um ihr Gesicht sehen zu können.
Sie schlang die Arme um seine Mitte. »Auf deinem Pferd? Immer.«
Er lachte leise.
»Also – wo hast du ihn, wenn du ihn nicht für mich rausholst?«
»Wie bitte?« fragte er hörbar belustigt.
»Deinen Hengst«, präzisierte sie mit Nachdruck.
»Oh – meinen Hengst. Es ist eine Stute, und ich habe sie bei Paley untergestellt. Das Anwesen im Valley, wo sie untergebracht war, steht zum Verkauf. Es wäre also nur eine Frage der Zeit gewesen, bis ich sie hätte holen müssen, und da ich ohnehin da war und wußte, daß bei Paley Platz war, mietete ich mir einen Transporter und brachte sie mit hierher.«
»Wie hast du deine Familie vorgefunden – oder sollte ich nicht fragen?«
Er wurde ernst. »Natürlich darfst du fragen. Im Prinzip waren sie wie immer. Sie sind nur älter und unansehnlicher geworden – genau wie die Stadt. Ich habe einen neuen Großneffen.«
»Großneffen? Du bist doch gar nicht alt genug dafür.«
Er grinste schief. »O doch, das bin ich – und du bist es auch.«
»Nein, ich bin auch noch zu jung dafür.«
»Sophie ist nicht zu jung, um ein Kind zu bekommen.«
»Das ist sie doch, die Zeiten haben sich geändert.«
Er seufzte. »Nicht in Tyne Valley. Sie werden mit jedem Kind festgefahrener, aber trotzdem bekommen sie unentwegt welche – und es steht uns nicht zu, sie deswegen zu kritisieren. Aber die Stimmung ist trostlos.«
»Wie geht es deinem Vater?«
»Schlechter als bei meinem letzten Besuch. Er hat ein Emphysem, Leberzirrhose und wahrscheinlich noch ein Dutzend anderer Leiden, aber er geht nicht zum Arzt, läßt sich nicht einmal von mir behandeln. Jedesmal bringe ich ihm Tabletten mit, und jedesmal wirft er sie weg.«
»Das tut mir leid, es muß frustrierend sein.«

»Er ist ein sturer alter Bock«, stieß Davis in einem Ton hervor, der deutlich machte, wie frustrierend es war. »An Weihnachten habe ich sie alle in einen gemütlichen, alten Gasthof eingeladen. Es hat ihnen sehr gefallen. Aber darüber hinaus hatten sie nicht mehr viel zu sagen, nachdem sie mich ins Bild gesetzt hatten, wer inzwischen wohin gezogen war und was er dort tat. Ich denke immer wieder, daß sie mich nach meiner Arbeit fragen werden, aber sie tun es nie. Ich nehme an, sie ist ihnen so fremd, daß sie nicht wissen, wo sie anfangen sollen. Entweder das, oder sie sind einfach nicht interessiert daran. Wie auch immer – wir hatten gar nicht viel Zeit zum Reden, denn ich fuhr gleich nach Weihnachten wieder ab.«

»Ich dachte, du würdest eine Woche bleiben!« rief Francine. Die Vorstellung, daß er allein in der Kälte gelitten hatte, während sie sich in der Sonne aalte, war schrecklich.

Er schnitt eine Grimasse. »Ich fühlte mich zu unbehaglich. Sie wissen genauso wenig, was sie mit mir anfangen sollen, wie umgekehrt.«

Sie hob die Arme und schlang sie um seinen Hals. »Wie traurig. Für mich ist es herrlich, mit meiner Familie zusammenzusein. Das wünschte ich dir auch.«

»Vielleicht erfüllt sich dein Wunsch ja irgendwann«, sagte er leichthin und drückte sie an sich. »Ich habe dich vermißt. Gib mir einen Kuß.« Er neigte den Kopf und bediente sich ausgiebig. Dann zog er seine Handschuhe aus und schob seine Hände in ihren Mantel, unter ihren Armen hindurch zu ihren Schultern hinauf, streichelte sie und küßte sie erneut.

Wie immer, wenn er das tat, löste er ein Gefühl der Entrücktheit in Francine aus, fegte alle Gedanken, die nichts mit ihm zu tun hatten, aus ihrem Kopf und weckten einen regelrechten Heißhunger nach einer Vereinigung in ihr.

»Verdammt!« sagte er mit heiserer Stimme, als er den Kopf hob. »Das kannst du wirklich gut. Du bringst mich in Fahrt, Frannie.«

»Dazu braucht es nicht viel«, hauchte sie. Ihr Unterleib zog sich

schmerzhaft zusammen. Sie drängte sich noch näher an Davis heran, um die Verkrampfung zu lösen.
»Mach das noch mal«, brummte er.
Doch das wäre angesichts des begrenzten Spielraumes grausam gewesen. »Lieber nicht.«
»Mach es noch mal!« forderte er im Kommandoton, umfaßte ihr Kinn und senkte seinen Mund auf ihre Lippen. Als seine Zunge sich dazwischenschob, kam sie seinem Befehl nach. Willenlos preßte sie sich an ihn.
Sie spürte, daß sein Mund sich zu einem Grinsen verzog. »Du hast mich auch vermißt, stimmt's?«
»Nein, hab' ich nicht.« Das verdiente er dafür, daß er sie so reizte. »Ich habe kein einziges Mal daran gedacht.«
»Kein einziges Mal?«
»Na ja – vielleicht einmal.« Ihre Finger tasteten nach seiner Gürtelschnalle und öffneten sie.
»Was hast du vor?«
»Mich zu wärmen.« Sie schob die Hände in seine Jeans und unter die Wäsche. Seine Haut war heiß, ideal zum Fingerwärmen und außerdem ungemein inspirierend.
»Ooooh, Baby – das machst du gut!«
»Reine Überlebensstrategie«, gab sie zurück, doch es klang Sehnsucht darin mit. Sie wollte mehr als auf dem Pferd schmusen. »Es schneit, Davis.«
Er stieß einen heiseren Laut aus und hielt ihre Hände fest. Dann zog er sie mit einem zittrigen Atemzug heraus und richtete seine Kleidung, half Francine, sich nach vorne umzudrehen, wendete mit einem behutsamen Zug am Zügel das Pferd und ließ es den Weg zurückgehen, den sie gekommen waren.
Wieder an dem Laternenpfahl angelangt, glitt er aus dem Sattel, streckte Francine die Arme entgegen und hob sie herunter. Dicht vor ihr stehend, sagte er: »Ich habe einen Neujahrsvorsatz gefaßt.«
»Und welchen?«
»Ich werde bald einmal mit dir schlafen.«

Sie versuchte ernst zu bleiben. »Hast du das nicht schon getan?«
»Nein. Ich bin noch nie neben dir aufgewacht. Nicht morgens, zumindest – aber genau das wünsche ich mir.«
»Ich sehe morgens schrecklich aus.«
»Ich auch. Darauf kommt es nicht an.«
Das wußte sie, aber sie wußte nicht, was sie sagen sollte. Eine Nacht mit Davis zu verbringen, nicht nur mit Sex, sondern auch schlafend, und morgens träge wachgeküßt zu werden, miteinander Kaffee zu trinken, die Zeitung zu lesen – das wäre ernst. Vielleicht zu ernst.
»Aber es eilt nicht«, minderte er den Schrecken seiner Ankündigung. »Hast du Lust auf ein Eishockeyspiel?«
Was für ein Themenwechsel! »Ich war noch nie bei einem. Meinst du im Madison Square Garden?«
»Nein – in der Hotchkiss School: die Docs gegen die Jocks.«
»Du spielst?« fragte sie aufgeregt. »Für die Docs oder die Jocks?«
»Für die Docs.«
»Aber du hast auf dem College Eishockey gespielt.«
Er grinste sein schiefes Grinsen. »Das wissen die Jocks nicht – für sie sind meine Tore Zufallstreffer.«
»Das ist unehrlich.«
»Ja. Manchmal ist Unehrlichkeit gut für die Seele – und für die Brieftasche. Die Verlierer bezahlen das Abendessen. Dazu bist du auch eingeladen. Das Spiel findet am Sonntag um zwei statt. Ich müßte dich aber schon um eins abholen. Kannst du arrangieren, daß jemand sich um Grace kümmert?«

Francine fiel wieder einmal der Umkehrmechanismus des Lebens auf. Früher hatte sie Grace gebeten, bei Sophie zu bleiben, jetzt bat sie Sophie, bei Grace zu bleiben.
Sophie hatte vor, sich Samstag früh in New York mit Freunden zu treffen und über Nacht zu bleiben, aber sie versicherte Francine, am Sonntag um eins zurück zu sein.

Als das geregelt war, wandte Francine sich der Garderobenfrage zu. Nachdem sie ihren Schrank dreimal durchforstet, ein Outfit nach dem anderen anprobiert, verworfen und schließlich eine Spielübertragung im Fernsehen eingeschaltet hatte, um zu sehen, was die Zuschauer im Stadion üblicherweise trugen, kam sie zu dem Schluß, daß sie etwas Neues brauchte.
Am Freitag abend fuhr sie zum Einkaufen. Sophie, die das Schrank-Drama miterlebt hatte, scheuchte sie regelrecht aus dem Haus. Sie habe selbst nichts vor, sagte sie. Sie wolle für den nächsten Tag mit ihren Freunden frisch sein, sagte sie. Sie würde vor und nach Father Jims Besuch auf Grace aufpassen, sagte sie.
Und so fuhr Francine los.

Achtzehntes Kapitel

Nehmen Sie sich ein Beispiel am Tanz: In einer gut inszenierten Aufführung ist der strategisch getimte Schritt zurück ebenso bedeutungsvoll wie die Schritte, die den Tänzer voranbringen.

– Grace Dorian in »Die Vertraute«

Sophie aß mit Grace zu Abend. Sie waren allein, saßen im rechten Winkel zueinander an einem Ende des langen Eßtisches. Sie hätte eine weniger förmliche Mahlzeit in der Küche vorgezogen, wo mit Salatdressing bekleckerte Ofenkartoffeln und mit einem Löffel gegessene Seezunge nicht so peinlich erschienen wären. Aber das Dinner war ein Ritual, und bis Grace das eines Tages vergäße, würde es im Speisezimmer serviert werden.

Vor gar nicht langer Zeit hatte Sophie diese starre Haltung verabscheut, doch jetzt war es schwierig, diesen Abscheu aufrechtzuerhalten. Vor gar nicht langer Zeit hatte sie sich gefreut, wenn Grace ein Fehler unterlaufen war, doch jetzt hatte sie keinen Spaß mehr daran. Früher hatte Grace das Tischgespräch bestimmt und geleitet – jetzt mühte sich Sophie, es in Gang zu halten, um Grace Normalität vorzugaukeln. Auch heute wieder war es traurig, vergaß sie Wörter, schweifte vom Thema ab, wurde quengelig. In diesen Momenten ertappte Sophie sich dabei, die alte Grace herbeizusehnen.

Grace stand vom Tisch auf, bevor ihr geliebter Obstkuchen serviert wurde. Sie müsse sich frischmachen, sagte sie, sich für Father Jims Besuch herrichten. Es gelang Sophie, sie zu überzeugen, daß das blaue Abendkleid zu übertrieben für den Anlaß war, und sie konnte sie zu Rock und Bluse überreden – aber erst, nachdem Grace sie beschuldigt hatte, ihre Beziehung zu Jim sabotieren zu wollen.

Traurig, immer traurig. Das war nicht die Grace, die sie kannte. Sie war erleichtert, als Father Jim kam. Er küßte Grace auf die Wange und legte ihren Arm fest in den seinen.

In ihren Südflügel entlassen, zog Sophie einen Gymnastikdreß an, überprüfte ihren Blutzuckerspiegel, verbrachte zwanzig Minuten auf dem Stepper und zwanzig auf dem Laufband und nahm eine zweite Überprüfung vor. Nachdem sie sich Gesicht und Hals abgetrocknet hatte, ließ sie sich in einen Sessel fallen und griff zum Hörer.

Als Gus anderthalb Stunden später in der Tür erschien, telefonierte sie noch immer. Er trug zerrissene Jeans und ein schwarzes Sakko, sein Haar war zerzaust und seine Miene finster. Sie sah, daß er die in seinen Taschen steckenden Hände zu Fäusten geballt hatte.

Ärger ahnend, beendete sie ihr Gespräch. »Was ist los?« erkundigte sie sich.

»Wo hast du gesteckt?«

Sie schaute ihn fragend an. »Waren wir verabredet?«

»Ich habe die ganze verfluchte Woche auf dich gewartet!«

Er hatte getrunken, das erkannte sie an der verräterischen Aggressivität in seinem Blick und seiner Stimme, an der Entschlossenheit, die er ausstrahlte. »Gus!« sagte sie in warnendem Ton.

Er kam näher und deutete mit dem Kinn auf das Telefon. »Wer war das?«

»Samantha.«

»War es der Kerl von der Insel?«

»Ich sagte, es war Samantha. Und davor Julie und Kate.«

»Na klar.« Er baute sich kriegerisch vor ihr auf. »Wer war es?«

»Gus!« Sie versuchte zu lachen, doch ihr Unbehagen wuchs. »Hast du ein Problem?«

Er antwortete nicht gleich, musterte sie von oben bis unten, und als seine Augen zu ihrem Gesicht zurückkehrten, waren sie dunkler denn je. Er beugte sich über sie, stützte sich auf den Armlehnen ihres Sessels ab. »Mein Problem ist mein Pimmel. Er braucht dringend eine Trainingsstunde.«

»Ach, Gus.« Sie seufzte.

»Ach, Gus – was? Ach, Gus, ich will dich? Ach, Gus, ich brauche es! Ach, Gus, mach's mir sofort?«

»Nicht jetzt!« gab sie messerscharf zurück und schickte ihm mit den Augen eine deutliche Warnung.

Er beantwortete ihren Blick mit Wut. Ehe sie es sich versah, hatte er sie aus dem Sessel hochgerissen und zerrte sie auf das Schlafzimmer zu. »Nicht jetzt, Gus!« äffte er sie giftig nach. »Von wegen, Baby – genau jetzt, und so, daß dir Hören und Sehen vergeht.«

Wütend versuchte Sophie sich loszureißen, aber er war stärker. »Hör auf, Gus! Du bist betrunken. Du willst das doch eigentlich gar nicht.«

»Ich will das schon die ganze Woche«, entgegnete er grimmig, warf sie aufs Bett und legte ihr den Unterarm über die Kehle. Sie grub die Fingernägel in sein Fleisch und versuchte sich zu befreien, aber er nutzte ihre sich windenden Hüften dazu, ihr die Hose herunterzuziehen.

»Geh von mir runter!« schrie sie in plötzlicher Panik. Sie und Gus hatten sich schon öfter gebalgt, aber das hier war keine Balgerei. Die Hände, die an ihrer Kleidung rissen, meinten es bitter ernst, und der Körper, der den ihren mit brutaler Gewalt niederhielt, hatte nichts Stimulierendes. So sehr sie sich auch bemühte – sie kam nicht frei. »Hör auf! Um Himmels willen, Gus – hör auf!«

Er atmete schwer, aber nicht vor Anstrengung, sondern vor Erregung. Seine Jacke stand offen, enthüllte seine nackte Brust, und er machte sich an seinem Reißverschluß zu schaffen.

»Geh runter von mir!« keuchte sie. »Geh runter! Geh runter!« Sie stemmte sich mit aller Kraft gegen ihn, aber ohne Erfolg, kratzte ihn, bis er aufjaulte, erreichte damit jedoch nur, daß er noch gröber mit ihr umging. Er riß ihr Top hoch und rammte seinen Penis in sie hinein.

Sie schrie wieder und wieder, ebenso aus Schmerz wie aus Hilflosigkeit und aus Angst, aber das Hämmern seiner Hüften ließ nicht nach. Er begleitete die Wucht jedes Stoßes mit einem Grunzen, und seine Stöße wurden immer schneller und tiefer.

»Neiiiiin!« kreischte sie. »Neiiiin!« Er verstärkte den Druck auf ihrer Kehle, und ihre Stimme erstarb, sie zerrte verzweifelt an dem Arm, rang nach Luft. Sie hatte das Gefühl, ihr Unterleib werde zerfetzt, und mit Entsetzen wurde ihr bewußt, daß Gus nur noch ein bißchen fester mit seinem Arm zudrücken müßte, um ihr Leben zu beenden, und sie ihn nicht daran hindern könnte.

Sie war schon nicht mehr ganz bei sich, als eine Stimme, die nicht Gus gehörte, durch den Nebel zu ihr drang.

»Was in Dreiteufelsnamen ...«

Gus wurde hochgerissen.

»Was in Dreiteufelsnamen machen Sie da?«

Wie eine Ertrinkende nach Luft schnappend, drehte sie sich auf die Seite, rollte sich zusammen und legte die Arme über ihren Kopf, um sich gegen das Gebrüll hinter ihr abzuschirmen, und dann fing sie an zu weinen, wodurch sie noch weniger hörte, rang immer noch nach Atem, während sie die Schenkel zusammenpreßte, um den Schmerz zu mildern, und versuchte, sich unsichtbar zu machen, unverwundbar. Als das nicht funktionierte, krümmte sie sich noch fester zusammen.

Dann wurde die Daunendecke auf sie gelegt, und Father Jim versuchte, sie mit erschütterter Stimme zu beruhigen. »Es ist alles gut, Liebes, er ist weg, er wird Ihnen nichts mehr tun.« Er strich ihr übers Haar. »Es besteht keine Gefahr mehr, schhhh, es besteht keine Gefahr mehr, schhhh, er ist weg, ist ja gut, ist ja gut.«

Sie konnte nicht aufhören, nach Luft zu ringen, sie konnte nicht aufhören zu weinen. Unendlich behutsam zog er sie hoch und nahm sie mitsamt der Daunendecke in die Arme. Er redete weiter leise auf sie ein, und obwohl eine männliche Stimme und die Hände eines Mannes sie eigentlich hätten ängstigen müssen, fühlte sie sich sicher. Father Jim war Father Jim, immer freundlich – ihr Schutzengel. Seine Stimme war ungeheuer sanft, seine Umarmung Balsam, keine Fessel.

»Wenn ich das geahnt hätte, wäre er nie auch nur in die Nähe dieses Haus gekommen!« schwor er.

Sie weinte jetzt leiser. »Es ist nicht Ihre Schuld.«

»Ich wußte, daß er ein Alkoholproblem hat, und ich wußte von seiner Beziehung zu Ihnen. Ich hätte wissen müssen, daß diese Kombination früher oder später zu einer Katastrophe führen würde.«

Ihr Tränenstrom ging in einen leisen Schluckauf über.

»Ich habe die Beziehung zu ihm angefangen. Es ist meine Schuld. Ich habe ihn gereizt und dann zurückgewiesen. Er wollte sich rächen.«

»Und das ist ihm gelungen, heilige Mutter Gottes. Haben Sie Schmerzen, Kindchen?«

»Ja!« Sie fing wieder zu weinen an.

Er hielt sie noch eine Weile schweigend im Arm. Dann sagte er: »Ich glaube, wir sollten ins Krankenhaus fahren.«

»Nein!« Krankenhaus bedeutete fremde, kalte Hände, die rücksichtslos dahin vordrangen, wo es ihr am meisten weh tat. Sie würde nicht ins Krankenhaus gehen. Sie wollte sich irgendwohin verkriechen und ihre Wunden lecken. Aber wohin? »Und wenn er wiederkommt?« rief sie in Panik. »Er kann doch rein. Er kann überall rein! Er hat zu allen Türen Schlüssel.«

»Wir werden gleich morgen früh die Schlösser auswechseln lassen. Ich habe ihn fristlos entlassen, Sophie – er wird nicht zurückkommen. Aber ich möchte, daß Sie sich untersuchen lassen. Es gibt bestimmte Vorgehensweisen in … in solchen Fällen.«

Es dauerte einen Moment, bis Sophie begriff, was er meinte. Dann schüttelte sie den Kopf, immer wieder, langsam und ent-

schieden. »Nein. Ich will keinen Arzt. Und auch keine Polizei.«
»Er hat Sie vergewaltigt.«
Wieder langsames, entschiedenes Kopfschütteln. »Ich werde keine Anzeige erstatten.«
»Er hätte Sie beinahe erstickt – das ist versuchter Mord.«
»Ich kann nicht.«
»Er muß bestraft werden. Er hatte nicht das Recht ...«
»Ich kann es nicht!« jammerte sie und begann zu schluchzen. Wie sollte sie erklären, daß sie trotz aller Angst und aller Schmerzen, trotz allen Zorns Schuldgefühle hatte und Sympathie empfand? Gus und sie waren viele Monate Bettgenossen gewesen. Er mochte neurotisch sein und zuviel trinken, aber er war kein schlechter Mensch.
»Jim?« kam Graces Stimme aus der Ferne, und dann noch einmal, jetzt näher: »Jim? Jim, wo bist du? Ahhh – hier. Aber ... was tust du da? Wer ist das ... was ... Claire?« Ihre Stimme wurde höher. »Was geht hier vor? Was Schreckliches, Schreckliches, Scheckliches? Johnny? Johnny! Was machst du in diesem Bett? Oh, mein Gott! Oh, mein Gott!«
»Es ist alles in Ordnung, Grace«, sagte Jim. »Sophie hat sich nur gerade aufgeregt.«
Graces Stimme wurde schrill. »Ich hätte es wissen müssen! Es war einfach ein ... ein ... es war einfach Zeit! Ich hätte es wissen müssen! Ich hätte es wissen müssen!«
»Grace! Bitte gehen Sie nach nebenan ...«
»Ich soll dich allein lassen ... sie?« rief sie. »Ich werde ... nein ... nein! Wer? Wer ist das? Oh, mein Gott, oh, mein Gott! Johnny! Du weißt, wer sie ist ...«
»Wer wer ist?« gesellte sich Francines Stimme hinzu, als sie ins Zimmer trat. »Warum schreist du so, Grace? Was ist los, Father Jim?« Und nach einer kleinen Pause fragte sie ängstlich: »Sophie?«
»Claire! Claire! Claire!« jammerte Grace verzweifelt.
»Sophie hat sich aufgeregt«, erklärte Jim Francine. »Wenn Sie sie übernehmen, dann kümmere ich mich um Grace.«

Als er Sophie in Francines Obhut übergab, berichtete er ihr im Flüsterton, was geschehen war. Francine schnappte nach Luft, stieß einen gequälten Laut aus und preßte Sophie an sich, als Jim mit sanfter Gewalt die widerspenstige Grace aus dem Raum entfernte.

»Ich bin okay«, murmelte Sophie aus den Falten ihrer Daunendecke.

Francine hielt sie noch immer krampfhaft an sich gedrückt. »Mein Gott! Vergewaltigt.«

»Er war betrunken.«

»Das ist keine Entschuldigung! Es ist alles vorbei, es ist alles vorbei, es wird dir bald wieder gutgehen«, redete Francine beruhigend auf ihre Tochter ein, während sie sie sanft hin und her wiegte. »Wie hat es sich abgespielt? Ist es hier passiert. Nein, du brauchst nicht darüber zu sprechen, wenn du nicht willst.«

Sophie schwieg, aber nicht, weil sie nicht sprechen wollte, sondern weil sie zu sehr damit beschäftigt war, die Sicherheit zu genießen, die Francines Arme ihr boten.

Nach einer Weile fragte Francine leise: »Hat er dich geschlagen?«

»Nein. Er hielt mich nur auf dem Bett fest. Drückte mir die Kehle zu.« Die Erinnerung ließ sie schaudern. »Ich dachte, er würde mich umbringen.«

Francine streichelte durch die Decke Sophies Rücken. Wiederum nach einer Weile fragte sie: »Blutest du?«

»Weiß ich nicht.«

»Ich bringe dich ins Krankenhaus.«

»Nein! Da will ich nicht hin!«

»Dann bitte ich Davis, herzukommen.«

»Nein! »

»Ich hätte nicht wegfahren dürfen. Wenn ich hiergewesen wäre, hätte das nicht geschehen können. Aber ich mußte ja unbedingt neue Jeans haben, blöde neue Jeans ...«

»Irgendwann wäre es sowieso dazu gekommen«, rief Sophie.

»Wenn nicht heute abend, dann an einem anderen. Es war abzusehen – ich hätte mir darüber klar sein müssen.«
Francine hielt Sophie wie ein Baby im Arm, und plötzlich fing sie an zu weinen.
»Nicht, Mom.«
»Ich kann nicht anders.« Sie schniefte und sagte mit brüchiger Stimme: »Ich möchte, daß dich ein Arzt untersucht.«
Aber alles, was Sophie wollte, war ein heißes Bad – wenn ihr irgendwann danach sein würde, sich zu bewegen. Im Augenblick scheute sie sich noch davor, die warme Daunendecke abzustreifen, denn sie fror, zitterte jedesmal wie im Fieber, wenn die Erinnerung an ihre Todesangst wieder hochkam. Außerdem hatte sie Angst davor, sich ihrem eigenen Anblick zu stellen, fürchtete, daß Fetzen aus ihr heraus und auf das Bett fallen würden. Ihr Körper schmerzte jetzt nicht mehr, er fühlte sich »nur noch« wund an – die Kehle, die Lunge, die Innenseite der Schenkel und dazwischen –, aber sie wagte nicht, sich zu rühren, weil die Schmerzen dadurch vielleicht wieder aufflammten.
»Wenn du badest, verschwinden die Beweise im Abfluß«, versuchte Francine sie zur Vernunft zu bringen. »Selbst wenn du keine Anzeige erstattest, wenn er erfährt, daß im Krankenhaus ein Untersuchungsbericht vorliegt, wird er es sich sehr gut überlegen, sich noch einmal in deine Nähe zu trauen. Es war nicht deine Schuld, Sophie.«
»Ich habe ihn provoziert.«
»Das rechtfertigt keine Vergewaltigung. Du hast nichts getan, womit du verdient hättest, was er mit dir gemacht hat.« Sie wiegte Sophie schneller. »Wie fühlst du dich jetzt?«
»Zittrig.«
»Brauchst du eine Spritze?«
»Nein.«
»Bestimmt nicht?«
Sophie wußte, daß Aufregung den Blutzuckerspiegel in die Höhe treiben konnte, doch sie stellte keines der Symptome an sich fest – kein Fieber, keine Übelkeit, keinen Durst. Zittrigkeit

war eher ein Anzeichen für Unterzucker – aber sie war überzeugt davon, daß sie in diesem Fall ausschließlich auf der ausgestandenen Angst beruhte.
»Ich hole dir was zu trinken«, sagte Francine, und Sophie brachte es nicht übers Herz, sie zurückzuhalten. Sie wußte, daß sie auf nichts Hochprozentiges hoffen konnte. Es würde wohl auf Orangensaft hinauslaufen. Genauso war es. Sie trank ihn langsam, in kleinen Schlucken.
»Besser?« fragte Francine, als sie fertig war, nahm ihr das Glas ab und kämmte ihr mit den Fingern die Haare aus dem Gesicht. Sophie nickte. Um zu trinken, hatte sie einen Arm aus der Daunendecke strecken müssen. Er war unverletzt. Sie hatte das Bedürfnis zu sehen, ob auch ihr übriger Körper äußerlich intakt war, das Bedürfnis, ihn zu reinigen und wieder zu dem ihren zu machen. »Ich möchte jetzt in die Wanne.«
»Bist du dir sicher?«
Sie war sich sehr sicher. Sie würde keine Anzeige erstatten, würde kein öffentliches Spektakel aus einem so intimen Vorfall machen, nicht öfter als unbedingt nötig auch nur eine Sekunde des Geschehenen noch einmal durchleben.
»Es wäre etwas anderes, wenn ich ihn nicht kennen würde«, versuchte sie ihre Einstellung zu erklären. »Er wollte mich nicht wirklich umbringen. Er war nur stinkwütend und sturzbetrunken ...« Sie schluchzte auf. Nein, er hatte sie nicht wirklich umbringen wollen, aber es hätte trotzdem dazu kommen können, und dann wäre sie tot gewesen und er ein Mörder, und sie mochte sich gar nicht ausmalen, wie seine Strafe ausgefallen wäre. »Ein Alptraum. Ein Alptraum. Okay, er war ein Mistkerl. Aber jetzt ist er seinen Job los, rausgeflogen, weg. Er hat kein Dach mehr über dem Kopf und kein Einkommen. Was wird er tun?«
»Du empfindest Mitleid mit ihm?«
Sie versuchte sich darüber klarzuwerden. »Ich empfinde ... irgend etwas.«
»Auf keinen Fall Liebe«, sagte Francine entschieden.

»Nein, nicht Liebe. Vielleicht eine Art Seelenverwandtschaft – wir fühlten uns beide ein bißchen verloren. Und Vertrautheit, immerhin hatten wir eine intime Beziehung. Er konnte ziemlich sauer werden, aber er hat bis heute nie die Hand gegen mich erhoben. Einiges an ihm gefiel mir ausgesprochen.«

»Ich könnte ihn umbringen!«

Zu ihrer eigenen Überraschung spürte Sophie sich lächeln. »Du bist meine Mutter – es ist selbstverständlich, daß du so reagierst.«

»Nach dem, was er dir angetan hat, wäre es auch selbstverständlich, wenn du so reagiertest. Was ist aus meiner glühenden Rebellin geworden?«

Sie seufzte. Plötzlich war sie müde. »Sie hat sich in eine Realistin verwandelt. Wenn ich in die Klinik ginge, wenn sie ihre Beweise bekämen und die Polizei einschalteten, und wenn irgendwer der Presse etwas steckte – kannst du dir die Schlagzeilen vorstellen, die jedes Revolverblatt des Landes zieren würden? ›Dorian-Enkelin von Chauffeur vergewaltigt‹ – und, sobald sie ein bißchen herumgeschnüffelt hätten ›Vergewaltigung der Dorian-Enkelin beendet leidenschaftliche Affäre mit dem Chauffeur‹.«

Es stünde nicht dafür. Sophie hatte nie dazu geneigt, aus dem Namen Dorian Kapital zu schlagen. Sie war nie scharf darauf gewesen, in den Medien Erwähnung zu finden, hatte sich nie nach dem Rampenlicht gesehnt – und jetzt aufgrund dieses Vorfalls aus der Kulisse auf die Bühne gezerrt zu werden wäre eine noch brutalere Vergewaltigung als die tatsächliche für sie.

Ja, sie war zornig, und verängstigt aufgrund ihrer Machtlosigkeit, und fassungslos über die Erkenntnis, daß sie nur begrenzt über ihr Leben bestimmen konnte. Und sie war traurig. Ihre Beziehung zu Gus hatte nie eine gemeinsame Zukunft beinhaltet, aber sie hatte sich nicht träumen lassen, daß sie auf so dramatische Weise enden würde. Doch sie hatte nicht nur diesen Verlust zu verkraften, sondern auch den ihrer Naivität, des Gefühls, unantastbar zu sein, der Illusion, daß sie Narrenfreiheit hätte und mit allem ungestraft davonkäme. Sie war für ihre Handlungen verantwortlich. Wie der Rest der Welt.

Während Sophie in der Wanne lag, zog Francine das Bett ab, stellte oberflächlich die Ordnung im Zimmer wieder her und versuchte nicht an die Blutergüsse auf dem Körper ihrer Tochter zu denken.

»Wie geht's ihr?« fragte Father Jim von der Tür her.

»Sie wird's überleben. Wie geht's Grace?«

»Ruhiger.«

»Wer ist Claire, Father Jim?«

»Claire?«

»Als ich heimkam, hörte ich Grace schreien. Es ging um Johnny und irgendeine Claire. Mit Johnny meinte sie natürlich meinen Vater, wobei ich niemals gehört habe, daß jemand ihn so nannte – aber Claire ist mir kein Begriff. Kennen Sie eine Claire?«

Jim zuckte mit den Schultern und schürzte die Lippen. »Haben Sie Grace schon gefragt?«

»Noch nicht.« Sie hatte gehofft, das umgehen zu können, indem sie sich an Father Jim wandte. »Sie reagiert auf Fragen nach ihrer Vergangenheit immer sehr empfindlich, und ich möchte sie nicht zusätzlich aufregen. Aber merkwürdig ist es schon.«

»Was?«

»Sie kannten meinen Vater, er war kein ›Johnny‹. Vielleicht war es Graces Kosename für ihn – aber man sollte doch meinen, daß er ihr zumindest einmal in meiner Gegenwart herausgerutscht wäre.« Francine versuchte auszudrücken, was ihr Kopfzerbrechen machte, ohne sich als Verräterin zu fühlen, aber es half nichts. »Ich glaube, sie meint jemand anderen damit.«

»Warum?«

»Wegen des Zusammenhangs. Okay – einmal hat sie Davis für Johnny gehalten. Das kann eine einleuchtende Verwechslung gewesen sein, wenn man davon ausgeht, daß sie im Geiste gerade ihren Mann in diesem Alter vor sich sah – wozu man allerdings sagen muß, daß die beiden sich nicht besonders ähnlich sehen. Für gewöhnlich erwähnt sie Johnny in einem Atemzug mit ihren Eltern.«

Father Jim zog ratlos die Augenbrauen hoch und schüttelte den Kopf.

Francines mütterlicher, auf das Bad ausgerichteter Sensor registrierte gelegentliches Wassergeplätscher, doch es hatte nichts Bedrohliches, und so fragte sie: »Wann haben Sie Grace eigentlich kennengelernt?«

»Ich bin kurz nach ihr hierhergezogen, und sie ging damals regelmäßig in die Kirche.«

»Und Sie beiden haben sich oft unterhalten?«

»Sie war schon immer eine faszinierende Frau.«

»Hat sie je von ihrer Familie erzählt?«

»Francine ...«

Sie hob die Hand. »Ich weiß, ich weiß – das ist vertraulich. Aber sie sagt häufig seltsame Dinge, und anderes paßt einfach nicht zusammen. Es gibt zu viele Rätsel. Ich fange an mich zu fragen, wer ich bin.«

»Sie sind das Kind Ihrer Eltern.«

»Aber was war davor? Ich kenne keinen einzigen Verwandten. Ist das nicht unglaublich?«

Wieder zuckte Father Jim mit den Schultern. »Heutzutage nicht so sehr.«

»Aber traurig. Sehr traurig. Vielleicht ist Claire meine Tante. Allerdings leugnet Grace, wenn ich sie nach den Namen ihrer Schwestern frage, jedesmal, überhaupt welche zu haben. Vielleicht ist Johnny – oder war er, das weiß ich ja nicht – ein Verwandter, ein Freund oder ein ehemaliger Liebhaber. Warum weigert sie sich, über ihn zu sprechen? Warum weigert sie sich generell, über damals zu sprechen?«

»Darüber haben wir gesprochen, sie und ich. Als sie Ihren Vater heiratete, fing sie ein neues Leben an. Das alte war damit aus und vorbei.«

»Das kann ich ja nachvollziehen, aber warum redet sie nicht darüber?«

»Ihre frühen Jahre waren nicht erfreulich.«
Die Tür zur Vergangenheit hatte sich einen Spaltbreit geöffnet – es war der erste Hinweis, den Francine bekam. »Inwiefern?«
Er schürzte wieder die Lippen, als habe er schon mehr gesagt, als er wollte.
Aber Francine ließ nicht locker – er sollte die Tür noch ein Stückchen weiter öffnen. »Die Vergangenheit geht doch auch mich an«, argumentierte sie in flehendem Ton. »Und sie hat Grace zu dem gemacht, was sie ist. Nein, widersprechen Sie mir nicht. Niemand kann sich eines Tages umdrehen und ein völlig anderer Mensch werden, die alte Persönlichkeit völlig abstreifen. Grace hat selbst oft genug geschrieben, wie die Vergangenheit in die Gegenwart hereinspielt. Auch ihre Verwandten haben einen gewissen Anteil an den Anlagen, die mir mitgegeben wurden, und wenn ich nicht bald etwas über sie erfahre, werde ich es nie erfahren.«
Sie wartete, schaute Father Jim beschwörend an und seufzte schließlich. Sie war sich nicht schlüssig, ob sein hartnäckiges Schweigen auf seiner Ergebenheit gegenüber Gott oder der von Grace beruhte, aber als Sophie aus dem Bad rief, schob Francine das Thema beiseite. So sehr sie sich auch wünschte, ihre Herkunft zu ergründen, ihre Tochter ging vor.

Da Sophie nicht in ihrem Zimmer schlafen wollte – und auf keinen Fall allein, bis die Schlösser ausgewechselt wären –, übersiedelte sie für diese Nacht in Francines Bett. Trotzdem quälten sie Alpträume. Zweimal schrak sie schweißgebadet hoch. Zweimal redete Francine sie wieder in den Schlaf.
Körperlich und seelisch wund, müde und absolut nicht unternehmungslustig, sagte sie ihren Freunden in New York ab und verbrachte den Samstag zu Hause. Wie Grace, brauchte sie bekannte Umgebung und vertraute Gesichter. Wenn auch ihre Gründe sich unterschieden, beiden ging es um Sicherheit.
Father Jim trug das Seine dazu bei. Er überwachte den Austausch der Türschlösser, informierte Marny über die Kündi-

gung ihres Bruders und kümmerte sich persönlich darum, daß Gus seine Sachen packte und das Anwesen verließ.
Auch Margaret half. Sie putzte Sophies Wohntrakt so gründlich, als sei er verseucht, wusch alles, was sich waschen ließ, kaufte einen neue Daunendecke und sorgte dafür, daß alles frisch duftete.
Trotzdem war Sophie innerlich unruhig. Die Szene mit Gus war noch zu lebendig, der Schmerz, die Angst, das Gefühl der Machtlosigkeit noch zu gegenwärtig. Als Diabetikerin hatte man sie gelehrt, daß sie ihr Schicksal in der Hand habe. Gus hatte sie eines Besseren belehrt.
Sie ertappte sich dabei, daß sie Grace nicht von der Seite wich. Seltsam – und auch wieder nicht. Grace war das Rückgrat der Familie. Grace würde mit ihr reden, sie von ihrer Schuld freisprechen, ihr versichern, daß die Wunden heilen, die Angst schwinden und das Gefühl der Hilflosigkeit sich geben würde. Grace wußte Rat.
Doch sie enttäuschte Sophie. O ja, sie hielt ihre Hand, sie fragte sie, wie sie sich fühle, sie strich ihr übers Haar und lächelte auf die liebe Art, die sie hatte, wenn sie nicht Grace Dorian, »Die Vertraute«, war, aber sie nahm, nicht einmal indirekt, Bezug auf das, was sie gesehen oder gesagt hatte.
Sophie und Father Jim? Unter normalen Umständen eine lächerliche Idee – doch wie die Dinge lagen, war es traurig, ja, sogar beängstigend, wohin Graces Verstand sich versteigen konnte. Grace war immer der Fels in der Brandung gewesen. Jetzt war sie es nicht mehr, und Sophie bekam es zu spüren.
Sie brauchte jetzt Beständigkeit, Sicherheit und Kameradschaftlichkeit. Ohne sich ganz bewußt zu sein, daß es ihr davor graute, war sie erleichtert, als Francine ihr eröffnete, daß sie am Sonntagnachmittag nun doch nicht allein bei Grace zu Hause bleiben müsse, sondern sie und Davis begleiten würde.

Jane Domenic war gern bereit, Grace Gesellschaft zu leisten, und wenn Grace auch nicht sonderlich begeistert über diese

Regelung war, Sophies Bedürfnisse hatten bei Francine Vorrang. Als Davis um eins vor dem Haus hielt, zog sie Sophie zu seinem Pick-up hinaus.

»Vielleicht ist es doch keine so gute Idee«, sagte ihre Tochter.

»O doch, das ist es.«

»Ihr braucht mich doch nicht dabei.«

Francine hatte sie untergehakt und schleifte sie beinahe mit sich. »Ich freue mich auch, daß du mitkommst.«

»Ich werde euch nur stören.«

»Wobei? Zuerst spielt er Hockey, und dann gehen wir mit seinen Freunden zum Essen.« Kurz vor dem Truck blieb sie stehen, nahm Sophies Gesicht in die Hände und sagte: »Ich bin keine alleinstehende Frau – wenn Davis das nicht klar ist, dann wird es Zeit, daß er es begreift. Will er mich haben, muß er auch meine Tochter lieben. Richtig?« Sie drehte Sophie zu der sich öffnenden Beifahrertür um, schob sie hinauf und hinein, und schwang sich auf den Fensterplatz. Als sie sich vorbeugte, um Davis an Sophie vorbei zuzulächeln, vollführte ihr Magen eine Reihe kleiner Purzelbäume. »Hi.«

»Selber hi.«

»Es war nicht meine Idee!« beeilte Sophie sich zu beteuern.

»Das dachte ich mir«, sagte Davis grinsend. »Kein schönes, junges Mädchen, das seine Sinne beieinander hat, würde freiwillig seinen Sonntagnachmittag damit verbringen, eine Gruppe abgehalfterter Ehemaliger dabei zu beobachten, wie sie versuchen, ihre längst vergangene Jugend aufleben zu lassen.«

Sophie warf ihm einen fragenden Blick zu. »Die längst vergangene Jugend?«

»Früher konnte ich die ganze Nacht Schlittschuhlaufen, ohne müde zu werden. Und jetzt? Kein Gedanke mehr. Das gleiche gilt für meinen Instinkt. Früher spürte ich, was hinter mir los war. Jetzt habe ich diese Umsicht nicht mehr. Und was meine Knie angeht ...« Er stieß einen verächtlichen Laut aus und schüttelte wütend mit dem Kopf.

»Was ist mit Ihren Knien?« erkundigte sich Sophie.

»Sie sind wackelig. Ich bitte Sie inständig, nicht zu lachen – es könnte peinlich werden.« Er schaute Francine an. »Vielleicht sollte ich euch beide gar nicht zusehen lassen.«
»Wir werden zusehen«, erklärte Sophie entschieden.
»Wollen Sie sich das wirklich antun? Es wird eine Slapstick-Darbietung werden.«
»Ich würde gern mal wieder lachen.«
»Ich habe Sie doch gebeten, nicht zu lachen.«
Sophie preßte die Lippen aufeinander und hob feierlich die Schwurhand.
Davis' Blick wanderte wieder zu Francine. Sie hatte die Fingerspitzen auf den Mund gedrückt, um ihre Belustigung zu verbergen, und schloß sich Sophie Zusicherung an, indem sie ernsthaft den Kopf schüttelte.
Wie sich herausstellte, lachten sie viel, aber nicht über Davis. Die Spieler nahmen den Kampf ernst und auch wieder nicht. Obwohl erbitterte Rivalen, ließen die Mannschaften sich nicht zu brutalen Feindseligkeiten hinreißen. Die Zuschauer, allesamt Freunde oder Verwandte der Akteure, jubelten jedem zu, der dem Spiel eine besondere Würze verlieh. Fouls ernteten Buhrufe, Raufereien lautstarken Protest, und Treffer rissen das gesamte Publikum von den Sitzen.
Den Beginn des sportlichen Ereignisses erlebten Francine und Sophie eng aneinandergekuschelt, doch die Begeisterung der anderen war ansteckend. Sophie schnappte den Virus als erste auf, sprang mit den übrigen auf, schrie mit den übrigen Anfeuerungsparolen. Als sie sich wieder hinsetzte, schaute sie Francine an und sagte: »Das hat gutgetan.«
Francine stellte fest, daß sie recht hatte. In Null Komma nichts waren sie und Sophie nur noch zwei weitere der Verrückten auf den Tribünen, die genausoviel Spaß daran hatten, die Spieler zu bejubeln, zu beschimpfen oder zu verspotten, wie die Schlittschuhläufer an ihrem Spiel.
Davis war natürlich der beste Mann auf dem Eis. Er bewegte sich kräftesparend, vollführte mit Schläger und Puck Manöver,

die seine Gegner immer aufs neue verblüfften und nicht selten dazu führten, daß sie, um die kleine, schwarze Scheibe zu ergattern, regelrechte Pirouetten drehten oder über ihre eigenen Füße stolperten, und glitt, wenn er ein Tor geschossen hatte, mit erhobenen Armen elegant über die weiße Fläche.
»Seine Knie sind wackelig, ja?« spöttelte Sophie in einem Moment und sprang im nächsten von ihrem Platz auf, um in das Gebrüll der anderen einzustimmen, als es eine Rauferei gab.
Die Streitigkeiten bildeten die Höhepunkte des Spiels. Da wurde geschubst, da wurden drohend Fäuste geschüttelt, da flogen Unflätigkeiten hin und her, und manchmal wurde einer über die Bande nach draußen befördert, doch auch bei diesen Schlichtungsaktionen dominierte Heiterkeit, die auch das anschließende Abendessen in einem gemütlichen Familien-Restaurant bestimmte, wo es niemanden störte, daß der größte Teil der Gäste ein wenig streng roch. Es wurden Trinksprüche ausgebracht. Es wurden Witze erzählt. Es wurde Bier getrunken und gutmütig gespöttelt.
Francine und Sophie saßen an einem Tisch mit Davis, einem seiner Mannschaftskameraden und dessen Frau und deren Bruder und Schwester. Der Mannschaftskamerad, ein alter Studienfreund von Davis, arbeitete in West-Massachusetts als Internist. Seine Frau betrieb mit ihrer sechs Jahre jüngeren Schwester eine gemeinsame Anwaltskanzlei. Der noch jüngere Bruder war das schwarze Schaf der Familie – ein Künstler.
»Hast du gehört, was er gesagt hat?« fragte Sophie Francine spät an diesem Abend, als sie, nachdem sie Grace zu Bett gebracht hatten, einander zugewandt unter Sophies neuer Daunendecke lagen und das Licht gelöscht hatten. »Er macht Illustrationen für die Audubon Society. Damit finanziert er seine Malerei. Er hat schon mehrfach ausgestellt. Seine Arbeiten hängen in Galerien in New York und San Francisco. Ich wette, er ist gut.«
»Das glaube ich auch.« Francine hielt sich absichtlich zurück, damit Sophie nicht den Eindruck gewänne, daß sie sie verkup-

peln wolle – aber der Maler, Douglas, hatte einen sehr sanftmütigen, ungezwungenen Eindruck auf sie gemacht.

»Er hat mich gebeten, mit ihm auszugehen.«

»Tatsächlich?«

»Zum Essen. Ich erklärte ihm, ich müsse es mir überlegen.«

»Warum?«

»Das weißt du doch.«

Francine strich ihr übers Haar. Dankbar für das Stichwort, sagte sie: »Es hat ja keine Eile. Triff dich in ein, zwei Monaten mit ihm – oder gar nicht, wenn er dich nicht genügend interessiert. Aber zieh dich nicht wegen einer schlechten Erfahrung aus dem Leben zurück, Sophie. Nicht jeder Mann ist ein Gus.«

»Ich weiß. Aber der Vorfall hat mich geschockt. Ich hätte nicht im Traum damit gerechnet, daß er so ausrasten könnte. Was ist, wenn ich mich das nächstemal wieder irre?«

»Das wirst du nicht. Jetzt weißt du ja, auf welche Alarmzeichen du achten mußt – übermäßiges Trinken, Frustration, Jähzorn. Du wirst dich in keine gefährliche Situation mehr bringen.«

»Aber ein langweiliger Mann wäre auch nicht das richtige.«

»Nicht für dich, da hast du recht. Du brauchst einen interessanten Partner – weil du interessant bist. Und du hast Mumm. Erhalte ihn dir, Sophie.«

»Ach – ich finde Davis übrigens sehr nett.«

Francine lächelte.

»Geht es immer noch so heiß her bei euch?«

»Wer sagt, daß es bei uns heiß hergeht?«

»Niemand. Ich habe es gesehen.«

»Was hast du gesehen?« fragte Francine in dem Versuch, den Kuß auf dem Flur herunterzuspielen.

»Seine Zunge.«

»Guter Gott, Sophie! Es gehört sich nicht, so genau hinzuschauen, wenn man Leute beim Küssen überrascht.«

»Die Ermahnung kommt zu spät. Also – ist es ernst mit euch?«

»Woher soll ich das wissen, ich treffe mich ja noch nicht lange mit ihm.«
»Ich glaube, es ist ernst. Ich habe gesehen, wie du ihn angeschaut hast – da lag Gefühl drin.«
Gefühl? O ja. Besonders an diesem Nachmittag. Davis hatte großes Einfühlungsvermögen bewiesen, Sophie Aufmerksamkeit geschenkt, ohne sie zu hätscheln, und sie auf heitere Weise von Gus abgelenkt, anstatt auf dem Vorfall herumzureiten. Und Francine hatte seine Warmherzigkeit, seine Nähe und seine erotische Ausstrahlung genossen.
Sie kam zu dem Schluß, daß er Schlittschuh lief, wie er liebte – teils schwungvoll, teils langsam, teils ungestüm, aber immer Herr der Lage.
»Würdest du ihn heiraten?« fragte Sophie.
»Nein. Er will Kinder.«
»Liebst du ihn?«
»Ich mag ihn.«
»Sehr?«
»Äh ... ja. Aber ich bin nicht die Richtige für ihn, ich bin zu alt.«
»Zu alt für was?«
»Kinder.«
»Du bist nicht zu alt, und außerdem kommt es darauf nicht an.«
»O doch, das tut es.« Besonders angesichts der Tatsache, daß sie irgendwann vielleicht das gleiche Schicksal erwartete wie Grace.
»Es kommt doch nur darauf an, ob ihr euch liebt.«
»Aber er will Kinder.«
»Du könntest doch noch welche bekommen.«
»Ja – und im Wartezimmer des Kinderarztes würden die Leute mich dann für die Großmutter halten.« Und was sollte erst werden, wenn ihr Baby ins Teenageralter käme?
»Es gibt viele Mütter, die in deinem Alter sogar ihr erstes Kind kriegen. Du könntest leicht noch zwei oder drei bekommen, wenn du es wolltest.«
»Jedes Jahr eines oder wie? Die Uhr tickt!«
»Du müßtest sie ja nicht allein versorgen.«

»Ich bekomme doch keine Kinder, um sie von jemand anderem aufziehen zu lassen.«
»Das meine ich nicht, und das weißt du auch genau. Hättest du nicht gern Babys von Davis?«
Francine öffnete den Mund, um zu antworten, daß sie überhaupt kein Baby mehr wolle, aber die Worte kamen ihr einfach nicht über die Lippen. Babys von Davis waren eine verlockende Vorstellung.
Ihr gegenüber standen Calciumtabletten gegen Osteoporose, superverjüngende Creme auf dem alternden Hals, das Ausreißen grauer Haare und die Einnahme eines biologischen Mittels, das irgendein Verfechter der Ganzheitsmedizin zur Vorbeugung gegen die Alzheimersche Krankheit anpries.
»Ich hätte nichts dagegen«, sagte Sophie. »Wenn du ihn heiraten wollen würdest, meine ich.«
»Grace schon – er stammt aus Tyne Valley.«
»Das tut Father Jim auch, aber wenn du Grace mit ihm erlebst, könnte man denken, sie seien ein Liebespaar.«
»Sophie!«
»Wirklich. Glaubst du, sie waren es mal?«
»Nein.«
»Sie wartet den ganzen Tag sehnsüchtig darauf, daß er kommt. Sagt dir das nichts?«
»Es sagt mir, daß sie ihn vergöttert. Das muß aber nicht heißen, daß sie früher mal ein Liebespaar waren.«
»Meinst du, daß es vor Grandpa einen Mann in ihrem Leben gab?«
»Sie sagte immer, das größte Geschenk, das eine Frau ihrem Mann zur Hochzeit machen könne, sei ihre Jungfräulichkeit. Andererseits ... Sie behauptete auch, als Grace Laver in einem winzigen Nest in Maine geboren worden zu sein, das wegen des Baus eines Dammes geflutet worden sei. Ich weiß nicht mehr, was ich denken soll.«
»Es hat in gewisser Weise Einfluß auf die Meinung, die wir von uns selbst haben«, sagte Sophie gähnend.

Francine mußte ihrerseits gähnen. »Mmm.« Sie dachte eine Weile darüber nach und wollte es gerade zur Untertreibung des Jahres erklären, als sie merkte, daß Sophie eingeschlafen war.

Neunzehntes Kapitel

Wir können die Vergangenheit niemals gänzlich abschütteln. Noch lange, nachdem ihre Sonne untergegangen ist, überschattet das Gestern das Heute und Morgen.

– Grace Dorian in einer Rede vor der National Association for the Enhancement of Mental Health

Francines Versuche, mit John Dorians Geschwistern in Kontakt zu treten, liefen ins Leere. Zwei der in seinem Adreßbuch aufgeführten Telefonanschlüsse waren nicht mehr in Betrieb, unter der dritten Nummer meldete sich jemand, der behauptete, nicht mit diesem Dorian verwandt zu sein, und bei der vierten Anlaufstelle wurde wortlos der Hörer auf die Gabel geknallt, nachdem sie sich vorgestellt hatte – worauf sie das Adreßbuch an Robin weitergab.

Womit sie sie überglücklich machte. Sie war überzeugt davon, auch die schweigsamste Auster zum Reden bringen zu können, denn als Außenstehende könnte sie unbelastet an die Sache herangehen und hartnäckiger.

In der Annahme, daß ein persönliches Gespräch vielleicht mehr erbrächte, flog Robin, da Francine Grace nicht allein lassen wollte, ihrerseits allein an die Westküste. Nach der Landung in Sacramento mietete sie sich einen Wagen und fuhr zu der Adresse, unter der John (zusammen mit einem der abgemeldeten Telefonanschlüsse) seinen jüngsten Bruder, Milton, notiert hatte. Das Haus war mittelgroß, gepflegt und hatte einen hübsch angelegten Garten. Die Tür wurde von einer jungen Frau geöffnet, die angab, das Haus nach Milton Dorians Tod gekauft zu haben. Ihres Wissens nach habe er immer allein gelebt.

»Mit wem haben Sie die Kaufverhandlungen geführt?«

»Mit dem Makler und einem Rechtsanwalt.«

»Gehörte einer davon zur Familie?«

»Nicht daß ich wüßte.«

Robin ließ sich den Namen des Maklers geben, durch den sie, falls nötig, den Anwalt ausfindig machen und in Erfahrung bringen könnte, ob Milton Kinder hatte. Aber ein Zeitgenosse Miltons würde sicherlich mehr über Grace wissen. Also fuhr sie am nächsten Morgen weiter nach San José, um Millicent Dorian-Bluett aufzusuchen.

Ihr Haus war dem anderen sehr ähnlich, mittelgroß, gepflegt, mit einem hübsch angelegten Garten. Es dauerte einen Moment, bis Robin erkannte, daß die beiden, in georgianischem Stil erbauten Holzhäuser an den größeren, gemauerten Familiensitz am Housatonic erinnerten.

Robin war damit beschäftigt, in dem Gesicht der hochgewachsenen Frau, die ihr öffnete, nach Übereinstimmungen mit dem John zu suchen, den sie auf Fotos gesehen hatte, als die Frau barsch fragte: »Sie wünschen?«

Robin lächelte. »Millicent Bluett?«

»Wer sind Sie?«

»Mein Name ist Robin Duffy. Ich bin Schriftstellerin und arbeite an einer Biografie von Grace Dorian ...«

»Als Sie anriefen, haben Sie sich als ihre Schwester ausgegeben«, empörte sich Millicent. »Ich habe Ihnen schon am Telefon gesagt, und ich wiederhole es jetzt, daß ich nicht mit Grace Dorian verwandt bin.«

»Mit ihrem Mann ...«

»Es besteht keine verwandtschaftliche Beziehung«, erklärte die Frau entschieden und schlug Robin die Tür vor der Nase zu. Sekunden später öffnete sie sich wieder. »Und lassen Sie sich nicht einfallen, mit einer dritten Version hier aufzutauchen. Ich weiß nicht, wer Sie in Wahrheit sind oder worauf Sie wirklich aus sind – aber ich weiß, daß Sie es von mir nicht bekommen werden.«

Die Tür fiel ins Schloß, und diesmal blieb sie geschlossen. Robin ließ fünf Minuten verstreichen, ehe sie es wagte, erneut zu klingeln. Sie nahm an, daß die Frau sie vom Fenster aus beobachtet hatte, denn die Tür wurde nur gerade weit genug geöffnet, um ein scharfes »Ich habe Ihnen doch gesagt, Sie sollen verschwinden!« hindurchzulassen.

»Nur eine Frage«, sagte Robin hastig in unterwürfigem Ton. »Wenn Sie nicht die richtige Dorian sind, dann kennen Sie sie aber vielleicht. Ich versuche etwas über Grace Dorians Leben vor ihrer Hochzeit zu er...«

Krach!

Robin brach ab – geschlossene Türen gaben keine Informationen. Ebenso wenig wie bockbeinige alte Damen.

Aber es führten mehrere Wege zum Ziel. Richtig, Grace?

Robin suchte und fand ein alteingesessenes Lokal. Es hieß »Over Easy«, war klein und gut besucht. Sie ging hinein, setzte sich an den Tresen und bestellte Kaffee. Die Bedienung führte drei Unterhaltungen gleichzeitig.

Robin trank ihren Kaffee. Als die Bedienung Anstalten machte, ihr nachzuschenken, legte sie die Hand auf ihre Tasse.

»Sie scheinen hier jeden zu kennen«, sagte sie mit einem Blick auf die anderen Gäste.

»Das sollte ich – ich arbeite seit zweiunddreißig Jahren hier, und irgendwann hat fast jeder im Umkreis von zwanzig Meilen mal reingeschaut.«

»Ich suche Verwandte von Grace Dorian.«

»Grace Dorian?«

»›Die Vertraute‹.«

»Ich kenne ›Die Vertraute‹.« Sie zog eine Zeitung unter dem Tresen hervor und blätterte darin herum. »Sie steht hier drin. Ich lese sie jedesmal. Manchmal bin ich allerdings nicht ihrer Meinung – besonders in letzter Zeit. Ihre Ansichten werden mir zu modern.« Sie beugte sich vor und flüsterte: »Sie hat doch tatsächlich vorgeschlagen, junge Leute sollten sich auf sich selbst beschränken – wenn Sie wissen, was ich meine –, anstatt schon so früh sexuelle Beziehungen einzugehen. Es würde uns nicht im Traum einfallen, das unsere Kinder zu lehren. Wer, sagten Sie, sind Sie?«

»Ich bin Schriftstellerin. Drei Blocks von hier wohnt eine Dorian, und ich hörte, es soll eine Verwandte sein.«

»Eine Dorian? Hier? Mann, das wußte ich ja gar nicht. Wie heißt sie denn?«

Als sie sich kurz darauf verabschiedete, fragte sie sich, wie sie auf die Idee hatte kommen können, eine so hochnäsige Person wie Millicent Dorian-Bluett würde in einem Lokal wie dem »Over Easy« verkehren.

Haushaltswaren brauchten allerdings auch arrogante Leute. Robin überquerte die Straße, betrat den Laden und fragte nach dem Besitzer.

»Sie haben ihn vor sich«, erklärte ein Mann mit der Aufschrift »HARRY« auf seinem T-Shirt.

Sie lächelte. »Harry. Hi.« Sie streckte ihm die Hand hin. »Mein Name ist Robin Duffy. Ich schreibe ein Buch über Grace Dorian – ›Die Vertraute‹, wissen Sie.«

»Ja, die kenne ich. Meine Frau liest ihre Kolumnen.«

»Ich bin auf der Suche nach verschollenen Verwandten von ihr. Soviel ich hörte, wohnt hier eine Dorian.«

»Millie. Aber sie ist keine Verwandte. Das weiß ich, weil ich sie gefragt habe. Meine Frau hatte mich darum gebeten. Sie schreibt immer die Rechnungen, und da sah sie eines Tages den Namen. Ist schon Jahre her.«

»Sie ist in keiner Weise mit ihr verwandt?«

»Nein, und sie schätzt es gar nicht, wenn sie danach gefragt wird. Wahrscheinlich ist sie schon zu oft darauf angesprochen worden und hat es satt.«

Vielleicht hat sie es auch nur satt, immer die gleiche Lüge zu erzählen, dachte Robin. Sie dankte Harry und ging zum Auto zurück. Nachdem sie entmutigt zwei Blocks weit gefahren war, trat sie plötzlich die Bremse durch, hielt den Wagen an und stieß langsam zurück.

»THE TURNED LEAF« stand auf einem kleinen Holzschild, das über dem Eingang eines unscheinbaren Ranchgebäudes hing. Die Fenster neben der Garage waren voll mit Büchern, und in einer Ecke des einen stand ein »Offen«-Schild. Robin bog in die Zufahrt ein, stieg aus und steuerte auf die Eingangstür zu. Ein Glöckchen bimmelte. Die Luft im Innern war stickig.

Eine Frau in mittleren Jahren, die hinter dem Ladentisch auf einem Hocker saß, begrüßte sie mit einem freundlichen »Hallo. Was kann ich für Sie tun?«

»Ich hoffe, Sie können mir helfen«, antwortete Robin. »Ich bin den ganzen Weg von New York herübergekommen, weil ich Verwandte von Grace Dorian finden muß. Wissen Sie, wer Grace Dorian ist?«

»Ja«, antwortete die Frau schlicht.

»Wissen Sie, wer Millicent Bluett ist?«

»Ich kenne Millie seit Jahren.«

Lieber Gott, ich danke dir, jubelte Robin innerlich. »Haben Sie je mit ihr über ihre Schwägerin gesprochen?«

»Das habe ich. Die beiden standen sich sehr nahe. Sie war verzweifelt, als das arme Ding starb.«

»Starb? Von welcher Schwägerin sprechen Sie denn?«

»Von Lynette. Ich habe sie nie persönlich kennengelernt, sie wohnte ja weit oben im Norden, aber Millie hat sie jedes Jahr besucht. Alfred ist inzwischen auch schon tot, Gott hab ihn selig. Alfred war ihr Bruder.«

Von Alfred wußte Robin – er war Johns nächstälterer Bruder gewesen. »Was ist mit John?«

»Mit welchem John?«

»John Dorian, auch ein Bruder von ihr. Hat sie je über ihn gesprochen?«

»Nein.«

»Er war mit Grace verheiratet. Hat Millicent je über Grace gesprochen?«

»Nicht mit mir.«
»Aber Sie wissen, daß sie verwandt waren.«
»Nein.«
Robin zog Bilanz. Wenn Millicent mit Alfred verwandt war, dann war sie es auch mit John, aber wenn sie nicht reden wollte, ebenso wenig wie ihre Freunde, und wenn Alfred und Milton beide tot waren, dann gab es nur noch eine Hoffnung.
Janet Dorian Kerns.
Robin gab den Mietwagen zurück und flog nach Seattle, doch sie brauchte bis zum nächsten Nachmittag, um die Frau zu finden, die seit Johns Eintrag in seinem Adreßbuch dreimal und in ein jeweils kleineres Haus umgezogen war. Janet sah Millicent auffallend ähnlich. Robin betete im stillen, daß sie weniger zugeknöpft wäre.
Nachdem sie sich vorgestellt hatte, sagte sie: »Ich bin im Auftrag von Francine Dorian hier. Sie sucht nach Verwandten. Ihr Vater ist vor drei Jahren gestorben. Sein Name war John.«
Janet musterte sie schweigend.
»Ihr Name steht in Johns Adreßbuch. Ich nehme an, Sie sind seine Schwester.«
Janet zuckte nicht mit der Wimper.
»Ich arbeite mit Francine – und mit Grace, ihrer Mutter, an einem Buch, und wir versuchen dafür Graces frühe Jahre zu rekonstruieren.«
»Es hat mich schon jemand deswegen angerufen«, erklärte Janet ungehalten.
»Das war Francine. Sie haben einfach aufgelegt.«
»John war nicht mein Bruder.«
Robin hielt den Atem an. Das war vielleicht das Äußerste, was sie an Eingeständnis bekommen würde. Andererseits ... »Soviel ich weiß, kam es zum Bruch zwischen Ihnen.«
»Das ist sehr milde ausgedrückt.«
»Es hatte wohl etwas mit Grace zu tun.«
»Wer hat Ihnen das erzählt?«
»Stimmt es nicht?«

Janet wurde offenbar plötzlich bewußt, daß sie sich verplappert hatte. Sie straffte ihre Schultern und hob abweisend das Kinn. »Das spielt keine Rolle.«
»Doch, das tut es«, widersprach Robin, die ihre Felle davonschwimmen sah, in drängendem Ton. »Das ist eine Sache, die Graces Fans brennend interessieren wird.«
Janets Augen wurden hart. »Ich lehne es ab, meine schmutzige Wäsche in der Öffentlichkeit zu waschen.«
»Das erwarte ich ja auch gar nicht«, gab Robin nach. »Aber alles, was Sie mir erzählen, wird mir Graces Persönlichkeit näherbringen, mir helfen, ein ehrliches Buch zu schreiben. Kam es wegen Grace zum Bruch zwischen Ihnen?«
»Warum fragen Sie das mich? Warum fragen Sie nicht Grace?«
»Weil Grace nicht darüber sprechen will.« Das war keine Lüge. »Aus emotionalen Gründen.«
»Das kann ich mir nicht erklären«, erwiderte Janet, mit einer Schulter zuckend. »Sie kannte uns ja gar nicht. Sie zog erst ein, als wir schon weg waren.«
»John hat Sie gezwungen, auszuziehen?«
Wieder besann Janet sich. Diesmal trat sie einen Schritt zurück in die Halle. Robin folgte ihr augenblicklich. »Nein, Missis Kerns, lassen Sie mich bitte nicht so einfach stehen. Sie sind die erste Verwandte, die ich gefunden habe – und ich bin von so weit hergekommen.«
Das hätte sie nicht sagen sollen. »Ich habe Sie nicht darum gebeten« fuhr Janet sie an. »Ich dachte, ich hätte damit, daß ich bei dem Anruf des Mädchens wortlos den Hörer auflegte, deutlich gemacht, daß ich mich nicht zu diesem Thema äußern will.«
»Francine ist Ihre Nichte.«
»Das ist sie nicht.«
»Hat John Sie um Ihr Erbe gebracht?« Das würde die ablehnende Haltung erklären. Auge um Auge …
»Das brauchte er nicht, als ältester Sohn bekam er ohnehin alles.« Mit diesem Eingeständnis öffnete sich das Schleusentor. »Natürlich hätte er mit uns teilen können, wenn er gewollt hät-

te, aber das tat er nicht, und als er dann heiratete, waren wir nicht mehr erwünscht. Wir wohnten damals alle in dem Haus. Er ersuchte uns zu gehen. Nicht, daß wir hätten bleiben wollen – nicht gemeinsam mit dieser Frau. Sie wickelte ihn um den kleinen Finger, und das war's dann. Es war interessant, daß sie etwas aus sich machte, während er das Sägewerk schloß und das Familienvermögen durch riskante Investitionen verlor. Jedenfalls war das die Version, die wir hörten. Wir haben es nie geglaubt. Er hatte seine Vermögenswerte einfach irgendwo versteckt, damit wir nicht vor Gericht gehen und Forderungen geltend machen könnten. Nach Johns Tod sollte sein Besitz nämlich auf seinen Erben übergehen – aber er hatte keinen Erben.«

»Doch. Francine.«

Janet antwortete nicht gleich. Sie schwieg so lange, daß Robin schon fürchtete, sie habe die sprudelnde Quelle durch ihre Unterbrechung des Monologes zum Versiegen gebracht.

Und dann sagte Janet langsam und deutlich und mit nicht zu übersehender Genugtuung im Blick: »John Dorian ist als junger Mann bei einem Poloturnier vom Pferd gestürzt und zwischen die Hufe geraten. Er war seit diesem Unfall steril.«

Steril. In Robins Kopf überschlugen sich die Gedanken. Steril bedeutete, daß Francine nicht Johns leibliche Tochter war. Es bedeutete, daß Grace vor ihrer Heirat eine Beziehung zu einem anderen Mann gehabt hatte, was Grund genug war, ihre Vergangenheit zu verheimlichen.

Und Francine wußte es nicht.

Robin versuchte die Bedeutung ihrer Information in ihrer ganzen Tragweite zu erfassen, war den ganzen Heimflug damit beschäftigt, aber etwas hinderte sie daran, ihren Erfolg richtig zu genießen – das Gefühl, auf etwas gestoßen zu sein, das so persönlich war, daß sie sich auf einem Terrain bewegte, auf dem sie nichts zu suchen hatte.

»Was?« fragte Francine entgeistert.

Robin zögerte und wiederholte das Wort leise und mit einem

Bedauern in der Stimme, das ihm Glaubwürdigkeit verlieh: »Steril.«

Francines Magen krampfte sich zusammen. »Vielleicht nach meiner Geburt – das würde erklären, warum Grace keine weiteren Kinder bekam. Aber nicht, warum es verschwiegen worden war. Janet hat entweder gelogen oder etwas durcheinandergebracht.«

»Sie sagte, es sei ihm als jungem Mann bei einem Poloturnier passiert.«

»Er hat überhaupt nicht Polo gespielt.«

»Auch nicht als Junge?«

Das konnte Francine nicht beantworten – sie wußte nur, daß er als Erwachsener nie gespielt hatte und daß er nicht steril war. Wäre er es gewesen, hätte er sie schließlich nicht zeugen können. »Janet will unserer Familie nur eine reinwürgen – die Sache mit der Sterilität können Sie vergessen.«

Aber sie selbst konnte es nicht, mußte immer an John denken und an gewisse Dinge, die sie als gegeben hingenommen hatte. Wie die Tatsache, daß er ihr nie mit Überschwenglichkeit begegnete. Daß er Grace, Francine und Sophie als Dreieinigkeit akzeptierte, die ihn oft ausschloß. Daß er das Desinteresse seiner Verwandten und Sophies Zuckerkrankheit, die in seiner Familie nie vorgekommen war, mit bemerkenswerter Fassung trug.

Früher hatte sie nichts dabei gefunden – aber in einem anderen Licht betrachtet, sah das alles plötzlich ganz anders aus.

Francine suchte die Heiratsurkunde ihrer Eltern heraus, um festzustellen, ob sie ihr ein falsches Datum genannt hatten. Hatten sie nicht. Sie war neun Monate nach der Hochzeit geboren worden. So weit stimmte alles.

Aber das Thema Sterilität war eine Schlange, die sich durch ihr Gehirn wand und von seltsamen Zweifeln und einem fantasiebegabten Verstand ernährte.

Sie ertappte sich dabei, Grace zu betrachten, wenn Grace sich ihrer Gegenwart nicht bewußt war, und sich zu fragen, ob es

vielleicht doch wahr sein könnte. Graces Hochzeitsfotos zeigten sie als wunderschöne Braut – aber sie wäre auch ohne das elegante Spitzenkleid, den aufwendigen Kopfputz, die Perlenkette um den Hals und den Brillanten am Finger eine Schönheit gewesen. Selbst in Lumpen gekleidet hätte sie die Aufmerksamkeit der Männer erregt.
Vielleicht war es so gewesen. Vielleicht hatte das Interesse auf Gegenseitigkeit beruht. Vielleicht hatte eins zum anderen geführt, und Grace war schwanger geworden. Vielleicht hatte sie es noch gar nicht gewußt, als sie nach New York kam. Sie und John hatten sich in der Woche ihrer Ankunft kennengelernt und noch im gleichen Monat geheiratet. Vielleicht hatte es einen Grund für diese Eile gegeben. Vielleicht war die Heiratsurkunde geändert worden. Vielleicht war Grace zehn Monate schwanger gewesen. Vielleicht hatte John keine Ahnung gehabt, daß Francine nicht seine Tochter war.
Nein, er mußte es gewußt haben. Und Grace ebenfalls.
John war tot, und Graces Weg führte in dieselbe Richtung.
Hatte die neue Machtverteilung im Haus Francine schon in eine Identitätskrise gestürzt – der Verdacht, mit dem sie sich jetzt herumschlug, beschwor eine weit schlimmere herauf.

Eines Nachmittags, als sie mit ihrem Latein am Ende und ihrer Zweifel müde war, machte sie sich auf die Suche nach Grace. Sie fand sie in ihrem Schlafzimmer, über einen Stoffhaufen gebeugt, der sich aus dem gesamten Inhalt ihres Kleiderschranks zusammenzusetzen schien.
»Was machst du da?« fragte sie so sanft sie konnte.
Grace schob ein Kleid hierhin, ein Kostüm dorthin. »Aussortieren. Das tue ich doch immer.« Jedes Jahr zweimal, stets um die gleiche Zeit, sichtete sie ihre Kleidung und entschied, was sie behalten und was sie weggeben wollte.
»Aber das hast du doch erst letzten Monat getan.«
»Ich glaube nicht.«
Traurigkeit schnürte Francine das Herz zusammen. »Komm,

ich helfe dir, diese Sachen in den Schrank zurückzubringen. Wenn du noch viel mehr weggibst, hast du selbst nichts mehr zum Anziehen.« Es spielte keine Rolle, daß sie die Kleider nicht brauchte, daß die meisten ungeeignet für ihre immer kleiner werdende Welt waren – Graces Schrank hatte stets ihre elegante Erscheinung widergespiegelt, und so sollte es auch bleiben.

»Hübsch«, sagte Grace, nahm ein rotes Wollkostüm von dem Haufen und hielt es sich an. »Hübsch. Das habe ich in Dallas angehabt. Ich sollte es der netten Frau geben ... du weißt, in der Stadt ... du weißt schon, die diesen Laden hat ...«

Francine konnte sich nicht vorstellen, welchen sie meinte, aber Davis hatte sie ermutigt, in einem solchen Fall nachzuhaken. Grace müsse, wenn sie den Faden verliere oder ihr etwas nicht einfiele, mit präzisen Fragen auf das angesprochen werden, was sie ursprünglich hatte sagen wollen. »Das Bekleidungsgeschäft?« fragte Francine, denn das war das erste, was ihr einfiel. Grace kannte die Besitzerin zwar kaum, hatte nie etwas in dem Laden gekauft, und Francine bezweifelte, daß die Frau Graces abgelegte Sachen würde haben wollen – aber darauf kam es nicht an. Es kam darauf an, Graces Verstand mit einem Wort, einer Person oder einem Gegenstand anzuschubsen, um ihn wieder in Gang zu bringen.

Es funktionierte. »Ja, das Bekleidungsgeschäft«, bestätigte sie glücklich. »Bringst du es ihr?«

»Das mache ich.«

Francine legte das rote Kostüm beiseite und begann damit, die anderen Sachen wieder in den Schrank zu räumen. Sie war sich nicht sicher, daß der Augenblick unbedingt gut gewählt war, das Thema Sterilität anzusprechen – Grace war nicht in Bestform. Aber andererseits war sie das kaum noch, und die Zeit drängte.

Sie atmete tief durch und sagte, in der Hoffnung, die Wahrheit zu erfahren, indem sie Grace überrumpelte: »Mom? Erinnerst du dich, daß ich dir erzählte, daß Robin nach Kalifornien fliegen würde? Stell dir vor – sie hat Janet Dorian kennengelernt.«

Als keine Reaktion erfolgte, fügte sie hinzu: »Dads Schwester.« Nichts. »Janet hat eine haarsträubende Behauptung geäußert, aber du bist die einzige, die sie entkräften kann. Sie sagte, Dad sei steril gewesen.«

Grace schaute verwirrt auf die Kleider auf ihrem Bett hinunter.

»Hast du gehört, Mom?«

Sie schaute auf. »Was hast du gesagt?«

»Janet behauptete, Dad sei steril gewesen. War er es?«

»Warum hat sie das getan?«

»Ich weiß es nicht. Vielleicht aus Rache. Es ist eine ungeheuerliche Idee. Ich meine«, sie rang sich ein Lachen ab, »er ist der einzige Vater, den ich je gekannt habe.«

»Ich glaube nicht.«

»Was glaubst du nicht?«

»Ich glaube nicht«, wiederholte Grace, als erkläre das alles.

»Du glaubst nicht, daß er steril war? Das hat doch nichts mit Glauben zu tun – das wüßtest du doch!«

»Ich glaube nicht«, wiederholte Grace starrsinnig.

Francine versuchte ruhig zu bleiben. Alles, was sie hören wollte, war ein einfaches Ja oder Nein. Sie war nicht auf Details aus oder auf großartige Erläuterungen. Sie verlangte nichts von Grace, was sie ihr nicht geben könnte. Ein Ja oder ein Nein, das war alles.

»Ich habe mich immer gefragt, warum du nach mir keine Kinder mehr bekommen hast«, sagte sie mit flehendem Unterton. »Wenn Dad steril war, wäre es ja gar nicht möglich gewesen. Wenn er steril war, hätte er auch mich nicht zeugen können, was bedeuten würde, daß ein anderer Mann mein biologischer Vater ist. Ich bin dreiundvierzig Jahre alt – ich habe ein Recht darauf, es zu erfahren.«

»Heilige Maria ...«

»Nein! Komm mir ja nicht mit einer unbefleckten Empfängnis!« rief Francine. In ihrem Magen brannte ein Feuer. »Schau – Dad ist tot, es kann ihn nicht kränken, wenn du es mir sagst. Ich werde ihn bestimmt nicht weniger achten – nein, sogar mehr,

wenn sich herausstellte, daß er alles, was er in den vielen Jahren für mich getan hat, für das Kind eines anderen tat. Und ich würde auch dich nicht weniger achten. Du meine Güte – ich war auch schwanger, als ich Lee heiratete. Wäre das nicht ein Ding«, schweifte sie einen Moment mit einem Anflug von Bitterkeit ab, »nachdem ich mich so schrecklich schuldig fühlte, weil ich dich enttäuscht hatte?« Das war nur eines der Dinge, die sie anders sehen würde, falls Janet Dorian die Wahrheit gesagt hatte.
Grace hielt sich die Ohren zu und schüttelte den Kopf.
Francine zog ihre Hände herunter und beschwor ihre Mutter: »Bitte, Mom! Ich muß es wissen!«
Grace atmete so schnell, als sei sie gerannt. »Ich glaube nicht«, flüsterte sie.
»Es geht um meine Gene, mein Erbe. Und für Sophie ebenso.«
»Ich glaube nicht.«
Francine umfaßte ihre Hände fester. »Sag's mir! War Dad steril? Ich werde es ohnehin herausfinden – ich lasse nicht locker, bis ich die Antwort habe. Wenn du es mir sagst, brauche ich nicht woanders zu suchen. Es bleibt geheimer, wenn du es mir sagst.«
Grace preßte die Lippen aufeinander.
»Was ist denn so schlimm daran? »rief Francine. »Was ist schon dabei, wenn du schwanger warst, als du ihn kennenlerntest? Mir ist das egal! Ich will nur die Wahrheit wissen. Wer war mein Vater? Du *mußt* es mir sagen.«
»Ich glaube nicht.«
»Mutter!«
Ihr Schrei war kaum verhallt, als Graces Unterlippe zu zittern begann und sie in Tränen ausbrach. Sie weinte nicht damenhaft, nicht erwachsen – es war der Zusammenbruch eines verstörten Kindes, und Francine brach das Herz.

Grace war völlig verwirrt. Ihr Bett lag voller Kleider, doch sie konnte sich nicht daran erinnern, sie dort hingelegt zu haben. Vielleicht hatte sie es getan, vielleicht auch jemand anderer, ob-

wohl sie nicht wußte, weshalb. Sie wußte nur, daß zu viele Menschen im Haus herumwimmelten und daß in diesem Zimmer ein Chaos herrschte.
Nichts war an seinem Platz. Sie wußte nicht, ob sie die ursprüngliche Ordnung wieder herstellen könnte.
Und dann diese Sache mit John. Sie wußte nicht, warum Francine sie zur Sprache gebracht oder wer ihr davon erzählt hatte, aber plötzlich hatte sie ein so lautes Summen im Kopf, daß sie nur Bruchstücke von dem hören konnte, was John sagte.
»In Ordnung ... es macht mir nichts aus ... wie mein eigenes ...« So gelassen, so beruhigend. Sogar erleichtert, weil er ebenfalls Geheimnisse gehabt hatte. Aber sie würden die Geheimnisse bewahren. Darauf hatten sie sich geeinigt. Das hatten sie geschworen.
Bruchstücke. Sie hörte, sie fühlte, sie dachte – aber alles ohne logische Reihenfolge.
Und jetzt drohte etwas ans Licht zu kommen, und sie wußte nicht, wie sie es verhindern könnte. Aber sie müßte es wissen. Vor einem Jahr hätte sie es noch gewußt, vielleicht sogar noch vor einer Woche. Ständig baten Menschen sie um Rat – und jetzt wußte sie sich selbst keinen. Es war ihr nichts geblieben. So viele Jahre. So viel Arbeit. Nichts.
Überwältigt von ihrem Elend, hörte sie sich zu ihrem Entsetzen plötzlich schluchzen. Sie verabscheute die Laute, die sie ausstieß, verabscheute die Nässe auf ihrem Gesicht, aber sie konnte den Tränenstrom nicht anhalten, und das machte es noch schlimmer.
Plötzlich schlossen sich Arme um sie. Sie vermittelten Wärme und Fürsorge und Zärtlichkeit. Sie vermittelten Liebe und Verzeihen. Ihre Mutter? Nein. Aber sie waren mütterlich. Sie überließ sich ihrem Trost, und sofort sah alles nicht mehr so schlimm aus.

*

Francine fand Father Jim in dem kleinen Klassenzimmer im Keller seiner Kirche. Der Naturstein, aus dem das gesamte Gebäude bestand, leitete die Januarkälte ins Innere, aber es war nicht ungemütlich in dem Raum – das verhinderte Father Jim mit seiner Gegenwart: Seine Augen, seine Stimme und sein Lächeln spendeten Wärme.

Er hielt Katechismusunterricht. Francine erinnerte sich noch daran, wie sie eines dieser Kinder gewesen war, die an den kleinen, hölzernen Schreibtischen saßen. Father Jim – damals noch mit vollem Haar – war erst vor kurzem zugezogen. So sehr Francine auch die Enge des Klassenzimmers und die Monotonie der Katechismusverse gehaßt hatte, Father Jim hatte sie geliebt.

Seitdem waren fast vierzig Jahre vergangen, und Father Jims Haar hatte sich gelichtet, aber der Katechismus war gleich geblieben und ebenso die Liebe der Kinder zu ihrem Lehrer.

Francine wartete vor der Tür, an die Steinmauer gelehnt, und spürte, wie ihre Ungeduld durch Father Jims beruhigende Stimme gemildert wurde. Als die Kinder herausstürmten, schlüpfte sie hinein.

Den einen Arm voller Bücher, streckte er ihr den freien entgegen und sagte erschrocken: »Francine! Ist etwas mit Grace?«

»Nein, nein.« Francine hatte ihre Mutter in den Wintergarten gebracht, und die Tränen waren schon auf dem Weg dorthin versiegt und vergessen worden. »Aber mit mir.« Sie lächelte dünn. »Es geht um die sprichwörtliche Leiche im Keller.« Das Lächeln erlosch. »Wissen Sie etwas davon, daß mein Vater steril war?«

Father Jim wurde blaß. Er legte die Bücher auf den Tisch und stützte sich mit den Fingern auf die Platte. »Wer hat gesagt, daß er es gewesen sei?«

»Seine Schwester. Sie behauptet, ich sei nicht ihre Nichte. Grace hat es weder bestätigt noch geleugnet, und schließlich fing sie an zu weinen.« Die Erinnerung daran trieb Francine die Tränen in die Augen. »Es war schrecklich, ganz schrecklich. Danach

brachte ich es nicht mehr fertig, sie weiter zu bedrängen, und so bedränge ich jetzt Sie. Sie kannten meinen Vater. Hat er je etwas in dieser Richtung erwähnt?«
Father Jim war nachdenklich geworden. »Nein.«
»Und Grace?«
»Das wäre eine sehr persönliche Angelegenheit gewesen, die nur Ihre Eltern anging ...«
... und Gott – und da Sie ein Diener Gottes sind, hätten Sie es auch erfahren.«
»Nicht unbedingt. Nur, wenn dieser Umstand Probleme geschaffen hätte, die sie allein nicht bewältigten.«
Francine liebte Jim, sie vertraute ihm – aber er beschützte Grace schon wieder. »Warum können Sie mir keine klare Antwort geben? Ich möchte doch nur ein Ja oder Nein. War John Dorian steril, oder war er es nicht?«
»Das kann ich Ihnen nicht sagen.«
»Können Sie nicht, oder wollen Sie nicht?« Wieder schossen ihr Tränen in die Augen. »Es geht doch nicht um irgendeine Kleinigkeit – es geht um meine Herkunft. Das würde ich doch als bedeutungsvoll einstufen. Aber niemand will mir die Wahrheit sagen. Das ist nicht fair, Father Jim.«
Jims Züge wurden weich. Er trat zu ihr, legte behutsam den Arm um ihre Schultern und sagte mit seiner beruhigenden Stimme: »Warum ist das so wichtig Frannie? Wie auch immer es sich verhält, John war Ihr Vater. Er liebte Sie, sorgte für Sie und gab Ihnen alles, was ein junges Mädchen sich nur wünschen konnte.«
»Das stimmt«, gab sie zu. »Aber ich bin kein junges Mädchen mehr, und ich habe es satt, mir Ausflüchte anzuhören. Es ist so, nicht wahr? Er war steril.«
Father Jim schüttelte den Kopf, doch nicht in einer Verneinung, sondern als Ausdruck von Traurigkeit.
Francine machte sich los und ging auf die Tür zu. »Es gibt noch andere Möglichkeiten, es herauszufinden.«
»Frannie ...«

Sie fuhr herum. »Ich werde es herausfinden. Wenn Sie und Grace Spielchen spielen wollen – nur zu. Ich habe genug davon.«

Francine erwog, Davis zu bitten, heimlich Einsicht in Johns Krankengeschichte zu nehmen. Die Sterilität müßte in seinen Unterlagen vermerkt sein, die im letzten Jahr seines Lebens zu beachtlichem Umfang angewachsen waren. Aber sie hätte Davis mit diesem Ansinnen in eine riskante Lage gebracht, und das wollte sie nicht tun, bevor sie jede andere Möglichkeit ausgeschöpft hätte.

Paul Hartman war nicht nur Graces, sondern auch Johns Internist gewesen, gelegentlicher Golfpartner und häufiger Partygast im Haus. Er war es auch gewesen, der Grace an Davis verwiesen hatte, und er besuchte sie noch heute oft. Und jedesmal nahm er Francine beim Abschied das Versprechen ab, sich an ihn zu wenden, wenn er irgendwie helfen könnte.

Darum hatte sie keine Skrupel, ihn an diesem Abend zu Hause anzurufen, ihn um ein Gespräch zu bitten und zwanzig Minuten später den schweren Messingklopfer an seiner Haustür zu betätigen. Sie ließ sich in die mit Leder ausgestattete Bibliothek führen, behielt jedoch den Mantel an verweigerte den angebotenen Platz und auch den Brandy.

»Ich habe etwas gehört, Paul, und ich muß wissen, ob es wahr ist. Sie haben meinen Vater ... wie viele Jahre behandelt?«

»Ich habe dreißig Jahre lang in dieser Stadt praktiziert«, erwiderte er, »und John war einer meiner ersten Patienten.«

»War er steril?«

Paul fuhr regelrecht zurück. »Steril? Wer behauptet das?«

»Seine Schwester. Und ich glaube, daß es stimmt – es würde einige Fragen beantworten. Andererseits würde es neue aufwerfen.«

»Hören Sie, Francine«, sagte Paul in tadelndem Ton, »Sie wissen genau, daß ich an die Schweigepflicht gebunden bin.«

»Dann war er es also.«

»Das habe ich nicht gesagt.«
»Aber niemand bestreitet es. Ihr macht alle das gleiche – antwortet mit einer Gegenfrage, weicht aus. Wenn es nicht stimmte, hätten Sie geantwortet: ›Nein, er war nicht steril.‹ Warum soll ich es nicht erfahren? Welchen Schaden könnte es nach so langer Zeit noch anrichten? John ist tot, und Grace hat weitaus gewichtigere Dinge zu verbergen als eine voreheliche Liebesbeziehung. Aber für mich gibt es kaum etwas Gewichtigeres. Ich bin das Produkt dieser Liebesbeziehung. Es geht um meine Herkunft!«
Paul kratzte sich am Hinterkopf, strich die Haare dort dann wieder glatt, atmete tief durch und warf ihr einen flehenden Blick zu.
»Bitte, Paul!« Ihre Stimme zitterte. »Ich weiß nicht, an wen ich mich sonst wenden soll. John ist tot, Grace baut immer mehr ab. Ich kann keine Verwandten fragen, weil ich keine Verwandten kenne. Wenn Grace einmal nicht mehr ist, habe ich keine Möglichkeit mehr, es zu erfahren.«
Sie sah ihm an, daß er mit sich kämpfte.
Beschwörend packte sie ihn am Arm. »Wenn John nicht mein leiblicher Vater ist, könnte ich herausfinden, wer es ist, und wenn mir das gelungen wäre, hätte ich den Schlüssel zu Graces Vergangenheit in der Hand. Und auch das ist mir ungeheuer wichtig. Grace erzählt nichts, wobei ich nicht weiß, ob sie nicht kann oder nicht will – aber wenn ich diesen Schlüssel finde, kann ich die Tür ohne ihre Hilfe öffnen.«
Sie schaute ihm eindringlich in die Augen und wartete. Als keine Reaktion kam, schüttelte sie seinen Arm leicht. »Bitte!«
Seine Schultern sackten herab. »Sie sind hartnäckig.«
»Ich bin verzweifelt. War John Dorian mein Vater?«
Er zögerte eine letzte Minute lang, bevor er widerstrebend antwortete: »Ich habe ihn nie direkt gefragt, aber ich nehme an, nein. Er war steril. Als ich ihn fragte, wieso, erzählte er mir von einem Unfall. Als ich nach dem Zeitpunkt fragte, sagte er, es sei viele Jahre her. Ich erinnere mich noch an den Ausdruck seiner

Augen: Er vermittelte mir deutlich, daß ich nicht weiterfragen solle, und so ließ ich es. Das Thema kam nie wieder zur Sprache.«
Francine atmete langsam und zittrig aus, sank in einen Sessel und stützte den Kopf in die Hände. Diesmal nahm sie den angebotenen Brandy an, denn sie brauchte etwas, das sie aufrichtete und ihr half, die Fassung zu bewahren. Sie mußte zu Davis!

Gottlob war er zu Hause. Er zog sie ins Warme und hörte sich ihre Geschichte an, und dann nahm er sie in die Arme und hielt sie fest an sich gedrückt, während sie zitterte und weinte und sich endlich einmal gestattete, schwach zu sein, ohne daß er ihr das Gefühl gegeben hätte, schwach zu sein. Er gab ihr das Gefühl, aufrichtig zu sein, gab ihr das Gefühl, mit Fug und Recht besorgt zu sein. Und als sie alles, was ihr auf der Seele lag, unter Schluchzen gesagt hatte und nicht mehr reden, sondern nur noch vergessen wollte, liebte er sie mit einer solchen Behutsamkeit, daß sie am Ende wieder in Tränen schwamm.
Seine Leidenschaft war eine Melodie, die sie einhüllte und in lichte Höhen entführte. Ob es seine Hände waren, die sich unter ihren Rücken schoben und sie anhoben, oder sein Mund, der ihre Brüste mit kleinen, saugenden Küssen liebkoste, der an ihrem Körper auf und ab gleitende, muskulöse Torso oder das leichte Kratzen, mit dem behaarte Glieder über Regionen glitten, die zarter und kleiner waren – alles versetzte sie in Ekstase. Aber es war keine rein sexuelle – darauf hatte es sich in ihrer Ehe mit Lee beschränkt. Nein, dies war anders. Hier war die Seele beteiligt.
Wenn er sie liebte, vermittelten ihr zuerst seine Augen und dann sein Körper, daß er ihr Zusammensein als ein Wunder erlebte. Er gab ihr das Gefühl, eine Heilige zu sein, gleichgültig wo oder wie sie sich liebten, und sie probierten alles aus – so lange, so heftig, so tief wie möglich. Immer vergötterte sein Körper sie, beteten seine Hände sie an. Immer gab er ihr das Gefühl, vollkommen zu sein.

Natürlich liebte sie ihn – es wäre albern gewesen, sich noch länger etwas vorzumachen und es zu leugnen. Sie liebte es, wie er aussah, wie er fühlte, wie er dachte. Sie liebte den Spaß, den sie miteinander hatten, und die Leidenschaft, die sie ineinander weckten, sie liebte es, daß sie sich an ihn lehnen konnte, ohne sie beide zu Fall zu bringen.

Sie liebte es, wie er seine Finger in ihr Haar flocht, ihr Gesicht mit den Augen liebkoste und »Ich liebe dich« flüsterte, wenn er nach dem Gipfel der Ekstase wieder zu Atem kam. Und sie liebte es, daß er keine Antwort forderte, daß er begriff, daß sie in Anbetracht ihres augenblicklich im Umbruch befindlichen Lebens nicht an die Zukunft denken konnte.

Irgendwann. Bald. Aber jetzt noch nicht.

Francine bat ihn nicht darum, zu schnüffeln, aber drei Tage, nachdem sie ihm erzählt hatte, daß John steril gewesen war, gab Davis ihr die Kopie eines alten Krankenhausberichts, in dem Johns Sterilität als Ergebnis eines Reitunfalls verzeichnet war, den er mit neunzehn gehabt hatte.

Zwanzigstes Kapitel

So kompliziert das Leben manchmal auch erscheint – die Lösung seiner größten Rätsel ist so naheliegend wie das Weinen eines Babys, die Berührung eines geliebten Menschen oder das Lächeln eines Freundes.

– Grace Dorian in »Die Vertraute«

Und wie geht's jetzt weiter?« fragte Robin.

Mit dieser Frage schlug sich Francine seit ihrem Besuch bei Paul Hartman unaufhörlich herum, und die Antwort bestand stets in einer weiteren Frage: Wer bin ich?

Sie war Sophies Mutter, und ihre Tochter brauchte sie im Augenblick mehr denn je. Sie war Davis' Geliebte, und sie brauchte ihn, mehr als jemals einen anderen Mann. Sie war Graces Tochter, wobei diese sie allerdings nicht mehr beim Namen nannte.

War sie »Die Vertraute«? Sie schaffte es, Tony die geforderten fünf Kolumnen pro Woche zu liefern, wurde jedoch scharf gerügt, weil sie keine öffentlichen Auftrittsangebote annahm. In Wahrheit war die Rüge natürlich an Grace gerichtet. Die Anfragen häuften sich, und es wurde immer schwieriger, Ausflüchte zu finden.

Grace hätte es gern gesehen, wenn sie in der Öffentlichkeit aufgetreten wäre, aber das lag Francine ganz einfach nicht. Abgesehen von ihrer Scheu, vor Publikum zu sprechen, zog sie es einfach vor, zu Hause zu sein, zusammen mit den Menschen, die sie liebte.

War Grace enttäuscht von ihr? Wahrscheinlich. Also käme es auf eine weitere Enttäuschung nicht an.

»Wir finden heraus, wer mein Vater ist«, erklärte sie Robin und warf Sophie einen sarkastischen Blick zu. »Klingt ganz einfach.« Aber sie wußten alle, daß es das nicht war. Ohne einen Ansatzpunkt in Graces Vergangenheit wußten sie nicht, wo sie ihn suchen sollten. Aber es existierte eine kleine Stadt in New England, mit der Grace verbunden war. »Fangen wir in Tyne Valley an.«

»Grace stammt doch nicht aus dem Valley«, protestierte Sophie. »Sie haßt das Valley regelrecht. Sie schickt nur Father Jim zuliebe jedes Jahr Geld dorthin.«

»Die Frage ist«, sagte Robin, während sie ihnen allen am Küchentisch Kaffee nachschenkte, »ob es vielleicht noch einen anderen Grund gibt.«

»Davis war davon ausgegangen, daß Grace aus dem Valley kommt«, erzählte Francine. »Er war sehr erstaunt, als ich ihm sagte, daß es nicht so sei.«

»Nun – das kann ich leicht nachprüfen«, erklärte Sophie. »Es muß schließlich Unterlagen darüber geben, wer in dem Ort geboren wurde und zur Schule ging, und auch alte Zeitungen. Wenn ich von hier aus keinen Zugang dazu bekomme, fahre ich eben hin.« Plötzlich verdunkelte sich ihre Miene.

»Du wirst nicht auf Gus treffen«, versicherte Francine ihr verständnisvoll. »Er ist in Chicago. Das hat Davis' Freund bestätigt.« Und es wäre gut für Sophie, endlich wieder einmal von zu Hause wegzukommen. Seit dem Desaster mit Gus hatte sie sich daheim eingeigelt und mit ihren Freunden nur noch telefonisch Kontakt gehalten. Ob sie diese Reise wagen würde, blieb abzuwarten. Wobei Francine sie natürlich nicht sich selbst überlassen würde – sie würde Robin mitschicken.

»Legen wir den Namen ›Laver‹ zugrunde?« fragte Robin.

»Im Moment bleibt uns nichts anderes übrig. Während ihr euch darum kümmert, werde ich mich mit Joseph Crosby in Verbindung setzen. Er ist der Geistliche, der Graces Spenden verwal-

tet. Father Jim bestimmt die Verwendung, und Joseph Crosby sorgt für die entsprechende Verteilung des Geldes.«
»Warum fragen wir nicht einfach Father Jim?« Das kam von Sophie.
»Weil er nichts sagen würde. Er glaubt, Grace schützen zu müssen.«
»Und wenn Father Crosby die gleiche Einstellung hat?«
Diese Möglichkeit hatte Francine bereits bedacht. »Vielleicht kriege ich was aus ihm heraus, wenn ich ihn überrumple. Wir haben Februar, richtig? Graces Einkommensteuererklärung ist fällig, richtig? Ich werde Father Crosby sagen, daß der Steuerberater eine Aufstellung darüber braucht, wieviel von Graces Zuwendungen jeweils an welche Adresse gegangen ist.«
»Du willst einen Priester anlügen?« fragte Sophie mit allerdings nur halbherziger Entrüstung.
Francine warf ihr einen vernichtenden Blick zu. »Dafür kannst du Father Jim verantwortlich machen. Und Grace. Und John Dorian.« Der Schmerz, der immer dicht unter der Oberfläche waberte, brach sich Bahn. »Eine Menge Leute haben uns nicht die Wahrheit gesagt, und angesichts dieser wirklich bedeutenden Wahrheit erscheint mir eine kleine Lüge auf der Suche danach durchaus vertretbar.«

In Tyne Valley gab es keine Unterlagen darüber, daß dort eine Grace Laver zur Welt gekommen und aufgewachsen war. »Wir haben alles durchgesehen«, berichtete Sophie nach ihrer Rückkehr. »Ich habe in fünf High-School-Jahrbüchern drei Graces gefunden, aber der Kirchenbeauftragte der Stadt, der diesen Posten vor achtunddreißig Jahren von seinem Vater übernommen hatte, konnte für alle drei Nachweise vorlegen. Von einer Grace Laver hatte er noch nie etwas gehört. Von Grace Dorian schon. Von der ›Vertrauten‹ auch. Aber von Grace Laver nicht.«
»Und was ist mit Thomas, Sara und Hal?«
Sophie schüttelte den Kopf. »Im ärmsten Teil der Stadt sind

eine ganze Anzahl von Familien zusammengepfercht. Nach Father Crosbys Aussage kennt niemand all ihre Namen, sie kommen und gehen, die Männer sind einen Tag da und am nächsten verschwunden, die Kinder laufen in Lumpen herum, und die Sterblichkeitsrate ist hoch.«

»Habt ihr euch an Davis' Vater gewandt?«

»Der war keine Hilfe.«

»Betrunken?«

»Mmm.«

Francine wußte, wie Davis darunter litt. Das war einer der Gründe dafür gewesen, daß sie sein Angebot abgelehnt hatte, mit ihr nach Tyne Valley zu fahren.

»Father Jim ist mittlerweile sehr beliebt«, warf Robin ein. »Er ist ein regelrechter Lokalmatador. Jeder im Ort weiß, wer er ist. Einige erinnerten sich noch an früher – er muß ein ganz Wilder gewesen sein, bevor die Kirche ihn zähmte.«

Das hatte Davis Francine auch schon erzählt. Jetzt fragte sie sich, ob vielleicht noch mehr hinter dieser Geschichte steckte. »Vor seinem Eintritt ins Seminar starb ein Freund von ihm. Können Sie mehr darüber herauskriegen?«

»Leicht«, sagte Robin. »Die Leute, mit denen ich gesprochen habe, waren von geradezu kindlicher Offenheit. Als ich sagte, ich schriebe ein Buch über Grace, erboten sie sich, mir zu helfen, so gut sie könnten. Ich habe eine Menge Namen und Telefonnummern mitgebracht.«

»Es ist gut möglich, daß sie nicht mehr so hilfsbereit sind, wenn Sie sie anrufen«, dämpfte Francine ihre Euphorie. »Vor allem, wenn Ihnen jemand zuvorkommt.«

Irgendwo gab es einen Vater, der dreiundvierzig Jahre unbekannt geblieben war und es vielleicht gern dabei belassen wollte. Nicht zum erstenmal, seit sie die Wahrheit über John erfahren hatte, stieg Abscheu gegen diesen gesichtslosen Mann in ihr auf.

Sie wandte sich Sophie zu. »Wie war es denn so?«

»Das Valley? Wie man es von einem Tal erwartet, ist es von Bergen umgeben. Verschlafen. Malerisch.« Sie runzelte die Stirn. »Es ist, wie wenn Grace Margaret einen Mantel kauft, der nicht zu ihr paßt – im Zentrum von Tyne Valley ist alles frischgestrichen und instand gesetzt, aber es wirkt wie Rouge auf einem Hundegesicht.«

»Die Menschen dort sind erschöpft«, lautete Robins freundlichere Beurteilung. »Sogar die jungen. Sie haben kein leichtes Leben, und so ist Graces Geld sehr willkommen. Father Crosby hob sie regelrecht in den Himmel.«

»Aber er bestritt, daß Grace von dort stammt«, warf Sophie ein. Francine hatte ihn ebenfalls danach gefragt und versuchte seitdem, eine vernünftige Erklärung für seine Antwort zu finden. »Als er nach Tyne Valley kam, könnte Grace schon längst fort gewesen sein. Vielleicht weiß er ja gar nicht, daß sie in dem Ort aufgewachsen ist. Was das Geld betrifft, so wird es auf ein Sonderkonto der Kirche überwiesen, über das Father Crosby nach eigenem Gutdünken verfügen kann, falls jemandes Haus abgebrannt ist, ein medizinischer Notfall eintritt, einer die Arbeitslosenunterstützung ausgeschöpft hat und die Zeit überbrücken muß, bis er einen Job findet ... Außerdem bekommen das Verschönerungskomitee alljährlich einen Zuschuß und das Gold-Star-Mütterhilfswerk, ebenso wie die Bücherei und ein Frauenhaus.«

»Ein Frauenhaus«, wiederholte Sophie nachdenklich. »Das ist ja interessant. Gewalt in der Ehe ist ein ständig wiederkehrendes Thema in Graces Kolumnen.«

»Woraus zu schließen ist«, folgerte Francine logisch, »daß sie darunter zu leiden hatte oder ihre Mutter oder ihre Schwestern, falls sie welche hatte. Aber ohne einen Namen kommen wir nicht weiter. Hast du dort ... irgend etwas gefühlt?« wandte sie sich mit zaghafter Neugier an Sophie.

»Du meinst so was wie eine genetische Verbundenheit? Nein. Dafür wärst du besser geeignet. Aber wenn Grace tatsächlich aus dem Valley käme, würde da nicht irgendwer eine Verbindung herstellen?«

»Es ist viele Jahre her, daß sie weggegangen ist – es wäre verständlich, wenn die Leute vergessen hätten, wie sie damals aussah. Wahrscheinlich haben sie nur neue Fotos von ihr gesehen. Kleidung und Schminke können das Erscheinungsbild eines Menschen völlig verändern, und wenn keiner nach einer Verbindung sucht ...«

»Wie ist das möglich bei den Summen, die sie spendet?«

»Wir haben da auch keine Verbindung gesehen«, hielt Francine ihr vor Augen. Schuld, wem Schuld gebührt, lautete einer von Graces Leitsätzen. »Wir gingen davon aus, daß sie Tyne Valley Father Jim zuliebe unterstütze.« Immer wieder lief es auf ihn hinaus. »Er ist die Schlüsselfigur«, sagte sie mit Überzeugung. Unglücklicherweise konnte sie ihm nicht wirklich böse sein. Er war und blieb ein Gottesmann und ein Freund. Sie konnte ihm nicht in den Rücken fallen.

»Wollen mal sehen, was ich rausfinden kann«, sagte Robin. Ihre leise Stimme und ihr Blick verrieten Francine, daß sie begriff, in welchem Dilemma sie sich befand.

Francine war ihr unendlich dankbar dafür.

Davis änderte, in der Hoffnung, den Krankheitsverlauf verlangsamen zu können, Graces Medikation, doch Francine konnte kaum eine Verbesserung feststellen. Die Phasen zwischen geistiger Präsenz und Verwirrung wechselten ohne Vorwarnung. In einem Augenblick konzentrierte Grace sich auf ein Gespräch, antwortete, wenn auch in kurzen, einfachen Sätzen, wie sie es sich angewöhnt hatte, vollkommen vernünftig, und im nächsten schaltete sie auf ein anderes Thema um. Manchmal war der Übergang so gekonnt, daß Francine sich des Eindrucks eines absichtlichen Manövers nicht erwehren konnte. Sobald Francine heikle Fragen zur Sprache brachte, schweifte Grace bewußt oder unbewußt ab.

Und sie brachte oft heikle Fragen zur Sprache. Obwohl sie innerlich zerrissen war, sich dafür haßte, Grace aufzuregen, immer noch von dem Wunsch erfüllt, Anklang bei ihr zu finden –

solange noch präzise Informationen in Graces Gehirn gespeichert waren, mußte sie versuchen, sie ihr zu entlocken.
Die heikelsten Fragen betrafen Francines Vater, Graces richtigen Namen und Tyne Valley. Grace reagierte entweder mit wirrem Geplapper oder wand sich wie ein Aal um die Beantwortung herum. Francine kam keinen Schritt voran.
»Es ist, als gleite sie mir durch die Finger«, versuchte Francine es Davis zu erklären. »Ich bekomme Teile von ihr zu fassen, die ich schon kenne, aber der Rest glitscht einfach durch. Manchmal komme ich ganz nah ran, bin mir sicher, daß sie gleich etwas offenbaren wird, und dann überlegt sie es sich wieder. In dem Fall ist eindeutig ein bewußtes Abschalten zu erkennen. Sie hat in vieler Hinsicht die Übersicht verloren, aber nicht in dieser – sie ist einfach nicht bereit, ihre Geheimnisse preiszugeben.«
»Bleib am Ball«, sagte Davis. »Erkläre Jane und Margaret, auf welche Informationen es dir ankommt. Schau mit Grace alte Fotos an. Vielleicht verrät sie ja doch unabsichtlich etwas.«
Francine versuchte es. Sie erreichte, daß Grace von Thomas und Sara erzählte, von Hal und Graces Schwestern, die sie jedoch nie mit Namen nannte, von Johnny und den Jungs in der Scheune – Scutch, Sparrow und Wolf, der nicht aufstehen wollte, nicht aufstehen wollte, was sie immer zweimal und voller Entsetzen in der Stimme wiederholte. Aber niemals erwähnte sie Nachnamen, niemals machte sie so genaue Angaben, daß Francine daraus hätte schließen können, wann dieser Vorfall sich ereignet hatte oder wo genau. Grace konnte damals ebenso gut sechs wie zehn oder sechzehn gewesen sein.
Dann kam Robin von ihrer zweiten Reise nach Tyne Valley zurück und brachte weitere Informationen über Father Jim mit.
»Er und seine Freunde verübten keine dramatischen Straftaten. Sie campierten in leerstehenden Häusern, liehen sich die Wagen ihrer Eltern aus, ohne zu fragen, klauten Schnaps aus Verstekken, wenn sie zufällig darauf stießen. Mit Waffen und Gewalttätigkeiten hatten sie nichts im Sinn.«

»Aber einer von ihnen starb doch.«
»Sein Name war William Duey. Er ›trank sich zu Tode‹, wie die Zeitung es formulierte, und die Leute, die sich noch daran erinnerten, sagten dasselbe. Keiner wußte Einzelheiten – nur, daß er mit seinen Freunden getrunken hatte. Ihre Namen sind in dem Bericht nicht erwähnt. Es war ein ziemlich dürftiger Nachruf. Ich bin mir nicht einmal sicher, daß die Polizei wußte, wer alles mit von der Partie war, aber Leute, die damals in der Stadt waren, erwähnten«, sie zog ihre Notizen zu Rate, »Spencer Heast, Francis Stark, Rosellen McQuillan und – natürlich – James O'Neill. Father Jim war es auch, der den Arzt holte. Als er mit ihm zurückkam, waren alle, bis auf das Mädchen, verschwunden.«
»Rosellen McQuillan«, sagte Francine, ließ den Namen auf der Zunge zergehen.
»Sie und James O'Neill waren ein Liebespaar. Sie verließ die Stadt, als Jim ins Seminar eintrat.«
Francine fragte sich, ob Grace diese Rosellen McQuillan gewesen sein könnte, verwarf die Idee jedoch gleich wieder.
Es wäre eine Möglichkeit gewesen, wenn sich auf Robins Liste von Father Jims Freunden ein Scutch, ein Sparrow oder ein Wolf befunden hätte. Natürlich kannten das auch Spitznamen sein – aber wenn, was war dann mit Johnny? Er war in der Geschichte mit Wolf in der Scheune ihr Freund gewesen, und Wolf hatte sich nicht ›zu Tode getrunken‹ – er war hingefallen und mit dem Kopf auf dem Boden aufgeschlagen.
Auch wenn sie ihre Fantasie noch so sehr strapazierte – Robins Angaben paßten hinten und vorne nicht zu Graces Geschichte.

Grace war auf dem Sofa eingeschlafen. Father Jim zog die Wolldecke bis zu ihrem Kinn hoch, stopfte sie unter ihre Schulter und streichelte zart ihre Wange.
Francine beobachtete ihn vom Schachbrett aus. Als er auf seinen Platz zurückkehrte, senkte sie den Blick wieder auf die Figuren und gab vor, über ihren nächsten Zug nachzudenken.

Doch dann beschloß sie, den Stier bei den Hörnern zu packen. Sie hatte es satt, im dunkeln zu tappen, gegen Mauern zu rennen, feige zu sein, und so schaute sie auf und fragte geradeheraus: »Sind Sie in Grace verliebt?«

Jim zog kurz die Brauen hoch, bevor er seine Aufmerksamkeit wieder auf das Schachbrett richtete. »Ich bin Priester.«

»Sie kommen jeden Tag her, oft sogar zweimal. Dieses Haus ist wie ein zweites Zuhause für Sie.«

»Ich habe eine guten Geschmack, finden Sie nicht?«

»Ich finde«, sagte Francine, »daß Sie Grace mit so ausgesuchter Behutsamkeit behandeln, daß eigentlich nur Liebe dahinterstecken kann.«

Als keine Reaktion erfolgte, wagte sie einen weiteren Vorstoß: »Hätten Sie Grace geheiratet, wenn Sie nicht Priester geworden wären?«

»Grace war bereits verheiratet.«

»Ich meine, wenn Sie sie vorher kennengelernt hätten – sagen wir, in Tyne Valley.«

Der einzige Hinweis darauf, daß sie auf dem richtigen Weg war, bestand darin, daß einer von Father Jims Fingern zuckte, die auf dem Rand des Tisches ruhten, aber das konnte natürlich auch eine Mißdeutung sein.

»Wir haben versucht, verschiedene Vergangenheiten für Grace zu entwerfen. Eine unserer Versionen geht dahin, daß sie in Tyne Valley geboren wurde – allerdings nicht als Grace und auch nicht mit dem Nachnamen Laver, das haben wir überprüft und ausgeschlossen. Vielleicht war sie jemand wie Rosellen McQuillan.«

Jetzt hob er den Blick. »Wie haben Sie von Rosellen erfahren?« Er beantwortete seine Frage selbst: »Über Robin und Sophie.«

»Sie scheinen ja ein ganz Wilder gewesen zu sein.«

Er räusperte sich. »Ich war jung, und ich lehnte mich gegen die Forderungen meiner Eltern auf.«

»Wie lange waren Sie mit Rosellen zusammen?«

Die Erinnerung verlieh seinen Augen einen weichen Schimmer.

»Praktisch von Anfang an. Wir spielten schon als kleine Kinder miteinander, und als wir in die Schule kamen, waren wir nahezu unzertrennlich. Oh, ich verbrachte natürlich auch Zeit mit den Jungs und sie mit den Mädchen, aber ansonsten steckten wir immer zusammen – auch in der Gruppe. Wir waren Seelenverwandte, wußten, was der andere dachte, verstanden uns ohne Worte.« Er seufzte, flocht seine Finger auf dem Tisch ineinander und schaute darauf hinunter. »Sie war mir näher als sonst ein Mensch. Wir erlebten die Pubertät gemeinsam, sprachen über die intimsten Dinge miteinander, Probleme, mit denen wir niemals zu unseren Eltern hätten gehen können.«
»Warum nicht?«
»Meine Familie war zu religiös. In ihren Augen war ich zum Priester geboren. Fleischliche Angelegenheiten ...« Er brach ab und schüttelte den Kopf in einer heftigen Verneinung.
»Und ihre Familie?«
»War zu böse. Also liebten wir uns – das ließ uns den Rest leichter ertragen.«
»Aber Sie gingen fort.«
»Ja.« Er nickte traurig.
»Bedauern Sie es?« fragte sie und schalt sich im nächsten Moment für diese Idee. Natürlich bedauerte er es nicht. Er liebte Gott und die Kirche, das bewies das große Opfer, das er dafür gebracht hatte.
Verblüfft hörte sie ihn flüstern: »Manchmal.« Seine Augen streiften die ihren kurz und senkten sich dann wieder.
»Sie lieben sie noch immer.«
»Eine solche Liebe stirbt nie.«
»Wo ist sie jetzt?«
Er schürzte die Lippen und betrachtete seine Hände. Als er den Blick wieder hob, war er tränenverhangen.
Francine brachte es nicht über sich, weiter in ihn zu dringen.

Annie Diehl war nicht erfreut, als Francine die Talk-Show-Einladung für Grace ablehnte, die sie ihr telefonisch übermittelte.

Kurz darauf rief Tony an, um zu fragen, was Grace neuerdings gegen Talk-Shows habe, und auch er war nicht erfreut, als Francine ihm erklärte, Grace sei dieses Leben müde. Kurz nach ihm rief George an, um zu fragen, wofür in aller Welt sie eine PR-Agentin bezahlten, wenn Grace die Auftritte, die sie arrangierte, nicht wahrnehme.

Amanda rief an, um sich dafür zu entschuldigen, daß sie ihrer Aufgabe als Puffer nicht besser gerecht wurde. »Sie werden allmählich ungeduldig«, warnte sie. »Sie wissen, daß mit Grace etwas nicht stimmt, und wollen Genaueres erfahren. Wir werden es ihnen vielleicht bald sagen müssen.«

»Noch nicht«, sagte Francine. Grace hatte es entschieden abgelehnt, und Francine wollte ihren Wünschen entsprechen, solange es menschenmöglich wäre.

Nicht ganz einen Tag später zog Robin sich einen Stuhl heran und spielte eine Variation des Themas. »Ich habe den Grundstock für das Buch beieinander und könnte anfangen zu schreiben. Es wäre in einem Monat zu schaffen. Bleibt noch die Entscheidung über den Anfang und das Ende. Okay – an dem Anfang arbeiten wir noch, aber was ist mit dem Ende? Gehen wir auf die Krankheit ein? Es wird ein Weihnachtstitel, und mit einer solchen Sache träfen wir die Öffentlichkeit in der weichherzigsten Zeit des Jahres bis ins Mark. Damit wäre der Erfolg der Biografie garantiert.«

»Da bin ich mir sicher«, bestätigte Francine. »Wir würden Schlagzeilen machen, in Zeitungen, Illustrierten und im Fernsehen groß rauskommen. Aber ich bin mir auch sicher, daß Grace es gräßlich finden würde. Absolut gräßlich.«

Robin betrachtete sie schweigend.

»Ich weiß, ich weiß«, sagte Francine. »Sie würde es vielleicht gar nicht mitbekommen. Aber wenn doch? Wenn es das letzte ist, was sie bewußt registriert? Ich würde mir wie eine Verräterin vorkommen. Ich würde sie mehr enttäuschen als je zuvor. Könnte ich den Rest meiner Tage damit leben?«

An diesem Abend ging Francine mit Davis einkaufen. Sein Haus mußte eingerichtet werden, und nachdem sie ihm geholfen hatte, Böden, Wände und Fenster zu lasieren, war es logisch, daß sie ihm auch dabei half.
Sie wanderten von einem eleganten Ausstellungsraum in den nächsten. Die meisten Möblierungsbeispiele waren zu förmlich für Francines Empfinden. »Aber hör nicht auf mich«, riet sie ihm vorsichtshalber. »Ich habe keinen guten Geschmack.«
»Wer hat dir denn das erzählt?«
»Grace, die einen unfehlbaren Geschmack hat.«
»Sie hat ihr Haus selbst ausgestattet?«
»Mit einem Innenausstatter als Laufburschen. Das Haus wurde letztes Jahr für den ›Architectural Digest‹ fotografiert.«
»Gut und schön – aber ich möchte kein solches Vorzeigeheim. Bei mir soll es gemütlich sein, einladend und lustig.«
Er nahm sie bei der Hand und ging die Räume noch einmal mit ihr durch, deutete in einem auf ein Sofa, in einem anderen auf einen Sessel, in einem dritten auf einen Schreibtisch und in einem vierten auf einen Kleiderschrank, ohne sich darum zu scheren, ob die Stücke im landläufigen Sinn zueinander paßten. Francine war begeistert von seiner Wahl.
»Grace wäre entsetzt von diesem Sammelsurium«, sagte sie.
»Es geht mir nicht darum, Graces Geschmack zu treffen, sondern deinen.« Er steckte seine Hand mit der ihren in seine Jakkentasche und zog Francine im Gehen auf Flüsternähe zu sich heran.
»Apropos Grace«, lenkte sie ab, da sie sich nicht sicher war, daß sie seinen Folgetext hören wollte. »Allmählich wird die Situation brenzlig. Immer mehr Leute drängen darauf, sie zu besuchen. Wie lange können wir ihre Krankheit noch geheimhalten?«
Davis sagte nichts, hielt sie nur nah bei sich und ging weiter. Als sie zu einem in mediterranem Stil präsentierten Arbeitszimmer kamen, blieb er stehen. Die Farben waren satt, die Gerüche aromatisch.

»Der Teppich gefällt mir«, sagte er, und dann: »Warum wollt ihr sie denn immer noch geheimhalten?«
»Weil Grace es will.«
»Ist es wirklich Grace, oder bist in Wahrheit du es?«
Die Frage kam überraschend – aus dieser Sicht hatte Francine es noch nicht gesehen. Was sie herausfand, überraschte sie ebenfalls. »Ich. Ich bin es.«
»Ist ihre Krankheit dir peinlich?«
»Um Himmels willen, nein! Ich bin nur noch nicht soweit, den Leuten zu gestehen, daß inzwischen ich Graces Arbeit tue.«
»Ein anderer Mensch würde das hinausposaunen«, sagte Davis beim Verlassen des mediterranen Zimmers. »Du solltest stolz auf dich sein. Du machst Graces Arbeit ohne ihre Hilfe, und du machst sie gut.«
»Das weiß ich nicht.«
»Sind Klagen gekommen?«
»Nein.«
»Und das sagt dir nichts?«
»Ich weiß es nicht. Was sagt es dir denn?«
»Das weißt du doch.«
Sie grinste. »Ja, aber ich höre es dich gern sagen. Darum bin ich so gerne mit dir zusammen, Davis: Du bist gut für mein Ego.«
Sie waren zu einer Safari-Dekoration gekommen, die von einem Vierpfostenbett mit Moskitonetz beherrscht wurde. Während die Accessoires eine Abenteuer-Atmosphäre schufen, war das Bett die schiere Romantik.
»Heirate mich, Frannie.«
Sie schnappte nach Luft. »Äh … äh …«
Er grinste. »Hat es dir die Sprache verschlagen?«
Sie räusperte sich ausführlich. »Wundert dich das?« krächzte sie.
»Das tut es allerdings.« Er legte den Arm um ihre Schulter und führte sie aus dem afrikanischen Traum. »Immerhin sage ich dir ständig, daß ich dich liebe.«
»In der Hitze der Leidenschaft.«

»Na und? Die Chemie stimmt bei uns so hundertprozentig, daß ich dich nicht mit Liebesbeteuerungen überreden muß, mit mir zu schlafen. Warum also sage ich es?«
Sie drehte den Kopf zur Seite und legte die Wange an sein Handgelenk. »Oh, Davis.«
»Was ›Oh, Davis‹?«
»Wir haben dieses Gespräch doch schon öfter geführt.«
»Ich habe dich noch nie gebeten, mich zu heiraten.«
»Aber ich habe dir schon gesagt, daß ich nicht die Richtige für dich bin. Ich kann dir nicht geben, was du brauchst.«
»Ich denke, das tust du bereits.«
»Ich meine Kinder. Ich bin zu alt.«
»Ach, ja?« Er atmete tief ein. »Vielleicht doch nicht. Warum versuchen wir nicht, es herauszufinden?«
Sie fuhr zu ihm herum, suchte in dem verwegenen Gesicht mit dem Bartschatten, den dunklen Augen und der Narbe unter den immer zerzausten Haaren nach seinem schiefen Lächeln, doch es war nicht einmal ein Anflug davon zu entdecken. »Du meinst das ernst!«
»Allerdings.«
»Und wie willst du es herausfinden?«
»Indem wir den Gummi weglassen.«
Francine fing die neugierigen Blicke von zwei jungen Frauen in der Nähe auf. »Keine Sorge«, sagte sie, als sie vorbeigingen. »Ich lasse ihn vorher einen Test machen. Sicher ist sicher.«
Aber sie dachte nicht an Sicherheit – sie dachte an die unendliche Arbeit, die ein Baby machte, an das Sabbern, die Windeln, das Schreien, das Spucken, das Umarmen, das Spielen, die Freude …
»Wenn du willst, mache ich den Test«, sagte Davis.
»Das wäre wohl ein bißchen zu spät«, entgegnete sie sarkastisch. »Denk an unser erstes Mal – da hast du nichts benutzt.«
»Das erste Mal seit Jahren.«
»Und bei mir war es überhaupt das erste Mal seit Jahren – also haben wir nichts zu befürchten.«

Sie betraten eine Küche. Sie war im Stil der amerikanischen Gründerzeit eingerichtet, schlicht und mit leuchtenden Farben.
»Ich nehme die Töpfe da«, erklärte Davis.
»Die Töpfe sind nicht zu verkaufen – nur der Tisch und die Stühle. Aber einen Tisch und Stühle hast du schon.«
»Sind die aus Kupfer?«
»Die Töpfe sind nicht zu verkaufen.«
»Die Küche gefällt mir. Sie ist gemütlich.«
Francine dachte daran, wo er herkam und was er als Kind alles nicht gehabt hatte – und sie dachte, hatte es schon öfter gedacht, was für ein wundervoller Vater er wäre.
»Also, was meinst du?« fragte er gespielt locker.
»Ich meine, daß ein paar große Sorgen dagegensprechen.«
»Zum Beispiel?«
»Alzheimer. Was, wenn ich die Krankheit auch bekomme? Wäre es fair, in dem Wissen ein Kind in die Welt zu setzen, daß ich bei seinem High-School-Abschluß schon krank sein könnte?«
»Du könntest auch in fünf Jahren an irgend etwas sterben, aber du kannst doch nicht aus Angst davor verweigern zu leben. Denk doch mal daran, was du einem Kind bis dahin alles geben könntest.«
»Aber mein Leben ist in Aufruhr.«
»Das stimmt doch gar nicht. Deine Mutter ist krank, und darum mußtest du die Geschäfte übernehmen – aber du machst deine Sache ausgezeichnet. Du hast alles im Griff.«
»Aber auch noch ein Baby zu versorgen ...«
»Das müßtest du ja nicht allein tun – wir würden es gemeinsam tun. Ich würde meinen Teil dazu beitragen. Und wenn du nicht schwanger würdest ...«
»Das wäre schrecklich. Ich würde es mir nie verzeihen, weil es dir so viel bedeutet.«
»Du bedeutest mir mehr.«
»Das sagst du jetzt, aber in zehn Jahren, wenn wir dann kein Kind hätten, würdest du es anders sehen.«
»Wir könnten es mit einer Hormonbehandlung versuchen, mit

künstlicher Insemination oder In-vitro-Befruchtung, wir könnten auch ein Kind adoptieren – aber das geht alles am Wesentlichen vorbei. Liebst du mich?«

Sie seufzte. »Sehr.«

»Möchtest du ein Baby?«

»Ich liebe Babys.«

»Möchtest du eines von mir?«

Eine Welle der Sehnsucht überschwemmte sie, und plötzlich erschienen ihr alle Sorgen und Bedenken bedeutungslos. »Wie verrückt.«

Er grinste, nahm sie bei der Hand und zog sie im Laufschritt aus der Küche.

»Aber du hast gar nichts gekauft, Davis«, protestierte sie, als die Ausstellungsräume an ihr vorbeiflogen.

»O doch, das habe ich.«

Das Bett war gelb bezogen, die Kissen grünweiß, und darunter warteten strahlendweiße, weichgespülte und parfümierte Laken. Eine antike, hochbeinige Kommode schaute ihnen zu, ebenso wie die Jagdszenen in Öl an den Wänden und ein Lavendelstrauß auf dem Tisch, und wenn die Messingschnörkel hinter ihren Köpfen eine Botschaft verkündeten, so verstanden sie sie nicht. Der Landgasthof war elegant und teuer, das Zimmer nur frei, weil ein Werktag war. Davis hatte Francine nur ein Telefonat auf dem Weg gestattet, damit sie Sophie seine Piepsernummer durchgeben konnte. Sie hatten keine Nachtwäsche dabei, und sie brauchten auch keine. In stillschweigendem Einverständnis schliefen sie nur sehr wenig.

Grace fürchtete sich. Etwas fehlte, aber sie wußte nicht, was. Sie saß auf der Bettkante, versuchte die Stimmen im Wohnzimmer zu ignorieren und wartete auf Hilfe – aber es kam keine.

Die Stimmen wurden lauter. Grace schlich vom Bett zum Sessel hinüber und wich dann bis zur Wand zurück. Von dort aus ließ sie ihre Hand vorschießen und packte das Telefon.

»Wo bist du?« flüsterte sie verstohlen in den Hörer, doch alles, was sie zur Antwort bekam, war ein tiefer Brummton.
Sie ließ den Hörer fallen, schlang die Arme um die Taille und schaute aus dem Fenster, aber die Dunkelheit war undurchdringlich.
Etwas fehlte. Worte, Gedanken, Trost.
Lautlos und langsam schob sie sich an der Wand entlang zur Tür. Na gut – sie waren dort draußen, aber sie hatte keine Wahl. Sie konnte nicht die ganze Nacht allein hier bleiben.
Vorsichtig öffnete sie die Tür einen Spalt und spähte hindurch. Sie beobachtete sie genau, nutzte einen Augenblick, als sie gerade ganz auf eine lautstarke Auseinandersetzung konzentriert waren, um blitzschnell zu der Tür auf der anderen Seite des Wohnzimmers zu eilen. Ihre nackten Füße machten kein Geräusch, doch ihr Nachthemd raschelte offenbar, denn die Köpfe ruckten herum. Sie floh in den Flur hinaus und knallte die Tür zu, zog so fest sie konnte daran, um sicherzugehen, daß der Schnapper einrastete.
Oh, sie wurden wild! Sie hörte sie in den höchsten Tönen kreischen. Voller Angst, daß sie sie diesmal verfolgen würden, hetzte sie den Flur hinunter. Etwas fehlte. Jemand.
Sie mußte Hilfe finden, aber sie wußte nicht, in welche Richtung sie sich wenden sollte, nirgends war ein Wegweiser. Also hastete sie ein paar Schritte weiter, preßte sich kurz an die Wand, hetzte wieder ein paar Schritte. Sie stürmte in ein Zimmer, doch es war niemand drin, war keine Unterstützung zu erwarten. Sie riß eine andere Tür auf, aber dahinter war es noch schlimmer: stockfinster.
Überall war es so – wenn nicht stockfinster, dann dämmrig. Dunkle Gestalten ragten in Ecken in die Höhe, raubten ihr den Atem, ließen sie, immer mit einem Auge über ihre Schulter blikkend, in Panik weiterhasten. Sie waren hinter ihr her, sie hörte ihr zorniges Geschnatter. Sie durfte nicht stehenbleiben, mußte den Einen finden, der ihr das Gefühl der Sicherheit geben konnte.
Sie suchte ihn im nächsten Zimmer und dann in dem daran an-

grenzenden, war sich so sicher, hier Hilfe zu finden, daß sie die Tür zumachte und sich einschloß. Als sie sich umdrehte, sah sie auf einem kleinen Tisch eine Lampe brennen und schaute sich in hoffnungsvoller Erwartung um. Gleich darauf schnappte sie nach Luft und preßte sich in namenlosem Schrecken an die Wand, denn statt einem Menschen, der sie beschützen würde, sah sie sich einem Hund gegenüber.

Jetzt war es um sie geschehen. Diesmal würde sie nicht daran vorbeikommen. Er war ihr zu nah, zu groß, zu böse.

Leise jammernd preßte sie die Hand auf die Brust, um ihr hämmerndes Herz zu beruhigen. Sie erwog, die Tür zu öffnen und zu fliehen – doch da draußen waren sie, laut und deutlich zu verstehen, und außerdem würde der Hund sie in Stücke reißen, wenn sie es auch nur versuchte. Kettenhunde, schmutzige Hunde, geifernde Hunde waren nicht umsonst angekettet, sagte ihre Mutter immer.

Daß dieser Hund nicht angekettet war, machte ihn noch furchteinflößender.

Aber er war nicht angekettet. Er geiferte nicht. Er sah nicht einmal schmutzig aus, und sie hätte es gesehen, wenn er es gewesen wäre, denn er hatte ein ganz kurzes Fell. Dieser Hund war kein Riesenvieh. Er war mager, und sein Körper hatte eine merkwürdige Form. Er kauerte nicht in Lauerstellung da. Er machte nicht den Eindruck, als wolle er auf sie losgehen.

Seltsam – er gab die gleichen Wimmerlaute von sich wie sie. Ob er sich auch vor ihnen fürchtete?

»Guter Hund«, sagte sie mit zittriger Stimme. »Guter Hund. Guter Hund.« Weil auch ihre Beine zitterten, glitt sie an der Wand entlang zu Boden.

Der Hund duckte sich und machte einen Schritt auf sie zu. Sie schnappte nach Luft. Er blieb stehen und winselte.

»Guter Hund, guter Hund, guter Hund«, flüsterte sie.

Er wedelte mit seinem kurzen Schwanz und duckte sich erneut. So wirkte er gar nicht furchteinflößend, fand sie. Er sah traurig aus. Vielleicht fühlte er sich einsam.

Als er diesmal einen Schritt auf sie zu machte, hielt sie den Atem an. Sie glaubte nicht, daß er ihr etwas tun würde, aber für alle Fälle setzte sie sich so hin, daß weder ihre Hände noch ihre Ellbogen, Knie oder Zehen ihn zum Zuschnappen animieren würden.

Als sie sich bewegte, blieb der Hund wieder stehen. Sie blieb, so flach sie konnte, an die Wand gepreßt. Er kam langsam näher. Als er nur noch Zentimeter von ihr entfernt war, setzte er sich hin. Sein Kopf befand sich auf gleicher Höhe mit dem ihren.

»Guter Hund, guter Hund.«

Sie mußte ihm klarmachen, daß nicht sie der Feind war, daß sie da draußen es waren, deren Keifen durchs ganze Haus schallte. Also hielt sie ihm eine zitternde Hand hin. Er schnupperte daran. Als sie seine Zunge auf ihrer Haut spürte, riß sie die Hand zurück und barg sie an ihrer Brust. Der Hund rührte sich nicht, schaute sie nur an. Er knurrte nicht, fletschte nicht die Zähne, und er war nicht schmutzig, das sah sie jetzt aus der Nähe ganz genau. Und im Gegensatz zu dem, was ihre Mutter immer, immer sagte, stank er auch nicht.

Während sie ihn gleichermaßen neugierig und furchtsam betrachtete, streckte er sich vor der Erhebung ihres Nachthemds, die durch ihre Füße verursacht wurde, der Länge nach aus und legte die Schnauze auf die Pfoten. Alle paar Sekunden hob er den Kopf und schaute zu ihr auf.

Langsam öffnete sie die Faust an ihrer Brust, senkte die Hand vorsichtig und berührte seinen Kopf, wobei sie unaufhörlich ›guter Hund, guter Hund‹ dachte. Der Kopf fühlte sich knochig an, aber auch glatt und seidig. Und warm.

Der Hund stieß einen Laut aus, diesmal jedoch kein Wimmern, sondern einen wohligen. Sie streichelte seinen Kopf. Als er nicht knurrte und ihrer Hand auch nicht auswich, streichelte sie ihn weiter.

Er war ein netter Hund, und er fühlte sich gut an, ganz seidig und glatt. Und es schien ihm zu gefallen, was sie tat. Auch in diesem Punkt hatte ihre Mutter unrecht.

Langsam begann sie sich zu entspannen. Die Körperwärme des Tieres war beruhigend, sie fühlte sich nicht mehr so einsam, beinahe zufrieden in der stillen Nacht.
Erst als sie über die Stille nachdachte, fiel ihr auf, daß der Lärm vor der Tür verstummt war. Sie lauschte. Es stimmte tatsächlich. Entweder hatten sie die Suche nach ihr aufgegeben und waren gegangen, oder sie hatten sich zu sehr vor dem Hund gefürchtet, um zu bleiben.
Als ihre Anspannung wich und ihre Glieder erschlafften, glitten ihre Füße unter dem Nachthemd hervor. Gleich darauf deckte der Hund sie mit seinem Kinn zu und wärmte sie.

Einundzwanzigstes Kapitel

Schmerzliche Erinnerungen sind wie Astknoten auf einem Stück Tannenholz. Auch wenn man sie abschleift und glattschmirgelt, verschwinden sie niemals ganz, und das aus gutem Grund: Sie verleihen dem fertigen Werk zusätzlichen Charakter.

– Grace Dorian in »Die Vertraute«

Robin saß an diesem Abend bis spät in die Nacht an ihrem Computer. Sie war so in ihre Arbeit vertieft, daß sie nichts hörte, bis eine leise Stimme an ihr Ohr drang. »Mom?«

Sie fuhr herum. »Megan! Mein Gott, hast du mich erschreckt!« Ein Blick auf die Uhr zeigte ihr, daß es schon fast eins war. »Warum schläfst du denn nicht?«

»Ich mußte auf die Toilette.« Ihre Stimme klang schlaftrunken, und sie blinzelte mit zusammengekniffenen Augen ins Licht. Zur Abwechslung wirkte sie erfreulich unaggressiv. »Was macht das Buch?«

Robin drückte auf die Speichertaste. Sie wollte nicht riskieren, aus Versehen zu löschen, was sie geschrieben hatte. Es war ihr gut gelungen. »Geht flott voran.«

»Macht es dir Spaß?«

»O ja.«

»Wann wird es fertig?«

»Mit etwas Glück im Mai.«

»Gerade rechtzeitig zu Brads High-School-Abschluß. Und was machst du danach?«

»Beruflich, meinst du? Das weiß ich nicht – so weit habe ich noch nicht gedacht.«
Megan hatte sich auf die Armlehne gestützt und lehnte an ihrem Arm. Sie sah sehr jung aus mit dem ungeschminkten Gesicht, den in alle Richtungen abstehenden Haaren und dem riesigen T-Shirt, das die in letzter Zeit entstandenen Rundungen verbarg. Robin hatte das liebe kleine Mädchen geliebt, das sie einmal gewesen war. Sie war nicht begeistert von dem widerborstigen Teenager, der sich ständig mit seinem Bruder kabbelte, doch gottlob wuchs darin eine Frau heran. Robin wünschte sich eine Beziehung zu dieser Frau, wie Francine sie zu Sophie hatte, ja, sogar wie Grace sie zu Francine hatte. Trotz all ihrer Differenzen standen sie sich sehr nahe. Etwas mußte Grace als Mutter also richtig gemacht haben.
»Hast du irgendwelche Vorschläge?« fragte sie Megan.
Ihre Tochter zuckte mit einer Schulter. »Du wirst einen Haufen Geld verdienen. Vielleicht könntest du dir ein paar Monate freinehmen.«
»Den Sommer über?«
»Im Herbst. Wenn Brad weg ist. Ich hatte dich noch nie ganz für mich. Er schon, bis ich geboren wurde. Und ich finde, mir steht das auch zu.«
Der Gedanke, daß Brad so erwachsen geworden war, daß er seine Sachen packen und aufs College gehen würde, erschreckte Robin. Wo war die Zeit geblieben? Sie hatte seine achtzehn Lebensjahre im Laufschritt hinter sich gebracht.
Allerdings war nicht zu bestreiten, daß seine Abwesenheit einen gewissen Frieden im Haus würde einziehen lassen – und, ja, ihr Gelegenheit geben, sich mehr mit Megan zu beschäftigen.
»Die Idee gefällt mir«, sagte sie und legte ihr den Arm um die Taille.
»Mir auch. Soll der gute alte Brad doch jemand anderen nerven. Wow! Das wird toll.«
»Ich glaube, du wirst ihn vermissen.«
»Das werde ich nicht.«

»Mit wem willst du dich in Zukunft streiten?«
»Weiß ich nicht.« Mit einem verlegenen Lächeln fügte sie hinzu: »Vielleicht können wir uns ja am Telefon streiten.«
»Ich werde also arbeiten müssen, um die Telefonrechnung bezahlen zu können.«
»Aber es wird doch ständig Geld von dem Buch eingehen. Wirst du in Talk-Shows auftreten und so was?«
»Vielleicht. Publicity treibt die Verkaufszahlen in die Höhe.«
»Willst du noch mehr Bücher schreiben?«
»Möglich. Was hältst du davon?«
Sie saugte an ihrer Unterlippe. »Es gefiele mir entschieden besser, als wenn du wieder dauernd für die Zeitung unterwegs wärst. Und ich finde es klasse, daß du ›Die Vertraute‹ schreibst.«
Das Leben war auf jeden Fall sehr viel einfacher geworden, dachte Robin. Abgesehen von der geregelten Arbeitszeit und dem festen Gehalt war da auch noch die freudige Erregung, die sie jedesmal erfaßte, wenn sie in die Zufahrt des Dorianschen Anwesens einbog, Graces Büro betrat, als gehöre sie dorthin, wenn sie sich mit Grace unterhielt. In ihrem herabgeminderten Zustand war die Frau plötzlich menschlich. Sogar liebenswert. Obwohl ihre Ausstrahlung zu einem Abglanz ihres ehemaligen Charismas verblaßt war, zog sie einen noch immer in ihren Bann. Es sah ganz so aus, als würde »Die Vertraute« ewig leben.
»Ich schreibe ›Die Vertraute‹ nicht«, berichtigte Robin. »Das tut Francine.«
»Sie ist deine Freundin.«
»Sie ist mein Boß.«
»Ihr geht miteinander essen. Ihr geht miteinander einkaufen. Es mag ja sein, daß Francine die Kolumne schreibt – aber du arbeitest daran mit. Davon erzählst du am meisten, wenn du nach Hause kommst.«
»Wirklich?«
Megan nickte.
Robin erinnerte sich noch sehr lebhaft, wie ihre Mutter jeden

Abend über die ›Vertraute‹ gesprochen hatte – ihren Kindern jetzt das gleiche anzutun, war das letzte, was sie wollte. »Ist das schlimm?«

»Nein. Es gefällt mir. Es ist toll, die Kolumne zu lesen und zu wissen, daß meine Mutter dazu beigetragen hat.«

»Was ist mit all den anderen Dingen, die ich geschrieben habe?«

»Das waren nur Artikel. Hier geht es um ›Die Vertraute‹. Meine Freundinnen lesen sie jeden Tag. Als ich ihnen erzählte, daß ich schon vor der Zeitung weiß, was drinsteht, wurden sie grün vor Neid. Sie sind so eifersüchtig. Du bist eine Berühmtheit. Es würde mich nicht stören, wenn es so weiterginge.«

Sie auch nicht, wurde Robin bewußt – wobei es nicht wahrscheinlich war. Sie hatte nur Anteil an der ›Vertrauten‹, weil sie Graces Biografie schrieb – und sie machte ihre Sache verdammt gut, wenn sie das mal so sagen durfte. Ihre Mutter wäre stolz auf sie. Oder vielleicht auch nicht. Sie würde sicherlich etwas zu kritisieren finden – sie war nie restlos zufrieden. Perfektion war das einzige, was sie gelten ließ.

Wenn ihre Mutter Grace doch heute sehen könnte! Keine Rede mehr von Perfektion. Mit Francine, Sophie und Robin, Jane Marny und Margaret im Haus und Father Jims täglichen Besuchen bekam sie wirklich reichlich Zuwendung, doch sie war trotzdem allein. Die Unterhaltung um sie herum mochte noch so lebhaft sein – sie saß mittendrin, gefangen in ihrer eigenen Welt, und wirkte entweder einsam, verängstigt oder geistesabwesend. In solchen Momenten empfand Robin tatsächlich Mitleid mit ihr.

Aber nicht so viel, daß sie darüber ihre Ziele vergessen hätte – und die beherrschten ihre Gedanken auch, als sie am nächsten Morgen zur Arbeit kam. Grace saß in der Küche beim Frühstück. Als Robin sich zu ihr setzte, verschwand Margaret, zum Bettenmachen.

»Wie geht es Ihnen heute früh?«

»Gut«, antwortete Grace strahlend. Sie kannte Robin inzwischen, auch wenn sie sich nicht immer an ihren Namen erinnerte.

»Und Ihnen?«
»Auch gut. Aber ich war letzte Nacht lange auf, um die Fakten für Ihr Buch zusammenzustellen. Ich kann immer noch keine Hinweise auf die Stadt finden, in der Sie geboren wurden. Wie hieß sie?«
Grace runzelte die Stirn.
»Die Stadt, in der Sie geboren wurden«, drängte Robin sie sanft.
»Das war vor langer Zeit.«
»Lag sie in New Hampshire?«
»Wir fahren nie nach Norden.«
»Weil Sie nicht dorthin zurückwollen?«
Grace dachte darüber nach. Schließlich sagte sie: »Großer Gott.«
Robin versuchte, das Pferd von einer anderen Seite aufzuzäumen: »Haben Sie Margaret schon in Tyne Valley gekannt?« Als Grace ihr einen neugierigen Blick zuwarf, der alles mögliche bedeuten kannte, preschte sie vor: »Leben Ihre Eltern noch dort?«
»Meine Eltern sind tot.«
»Ihre Schwestern?«
»Schwestern?«
»Ihr Bruder?« Als Grace sie verwirrt anschaute, fügte sie hinzu: »Hal.«
»Hal ist gestorben.«
»Was ist mit Johnny? Ist er noch in Tyne Valley?«
»Warum ist er dort?«
»Vielleicht lebt er dort.«
»Johnny? Großer Gott, nein.«
»Wo lebt er dann?«
»Warum fragen Sie danach?« Grace war sichtlich beunruhigt.
Robin setzte sich aufrechter hin. »Ich soll Ihre Biografie schreiben, aber über Ihre frühen Jahre haben ich keinerlei Informationen.«
»Warum fragen Sie mich ständig?«
Sanfter, weil Grace aussah, als würde sie jeden Augenblick in Tränen ausbrechen – was Robin zu ihrem eigenen Kummer das

Gefühl gab, ein herzloses Ungeheuer zu sein – erklärte sie: »Weil Ihre Leser erfahren möchten, wo Sie aufgewachsen sind und wie Ihr Leben dort verlief.«
»Ich sage nichts.«
»Aber wenn Ihnen daran liegt, daß sie Ihr Buch kaufen ...«
»Nichts!« wiederholte Grace und sprang auf.
»Ich weiß nicht einmal, wie Sie damals hießen«, sagte Robin, doch Grace verschwand durch die Tür, als habe sie nichts gehört.

Grace war Zärtlichkeit schon immer wichtig gewesen, doch jetzt war ihre Sehnsucht nach Körperkontakt noch größer als früher. Sie genoß es, gestreichelt oder in den Arm genommen zu werden. Selbst die kleinste Berührung schien sie zu beruhigen.
Also setzte sich Francine ganz dicht neben sie auf die Klavierbank und improvisierte eine Begleitung zu der Melodie.
»Ein langer, langer Weg schlängelt sich dort ...«, sang Grace mit ihrer weichen Sopranstimme.
Francine vertat sich ein-, zweimal, lachte, fand den Anschluß.
»... wo die Nachtigall singt«, fuhr Grace fort und stieß gegen sie, als sie sich zu der Musik hin und her zu wiegen begann, »und die weißen Mondstrahlen ...« Sie sang weiter, Francine spielte weiter und wiegte sich im Gleichklang mit ihrer Mutter, bis der letzte Ton verhallte. »... bis zu dem Tag, an dem ich diesen langen, langen Weg mit dir entlanggehen werde.«
Francine fand den Text entsetzlich kitschig, aber Grace war ungeheuer angetan. »Sehr hübsch. Du spielst gut.«
»Danke. Und du bist eine gute Sängerin. Das ist ein nettes Lied.«
»Es war sehr bekannt, als ich klein war.«
»Aber damals warst du nicht Grace.«
Grace lächelte sie befremdet an. »Was?«
»Wie hast du als Kind geheißen?«
»Als Kind?«

»Ich glaube nicht, daß du schon immer Grace geheißen hast. Vielleicht Doris. Oder Kathleen.«
Grace schwieg.
»Bin ich nah dran?« versuchte Francine sie zu locken.
»Wo warst du?«
»Wann?«
Grace winkte mit ihrer freien Hand über ihre Schulter.
»Letzte Nacht?« fragte Francine, und dieses eine Mal dachte sie nicht einmal daran, eine Ausflucht zu suchen. Es vergingen kaum fünf Minuten, ohne daß sie an Davis dachte und daran, worum sie sich bemühten. Sie war verliebt, und sie wünschte sich Graces Zustimmung. Es war vielleicht zuviel verlangt, aber sie konnte nicht anders – sie versuchte es immer wieder.
»Ich war bei Davis«, sagte sie.
»Davis?«
»Marcoux.«
»Jede Nacht. Jede Nacht. Du bist überhaupt nicht mehr zu Hause, rennst ständig weg. Ich weiß nicht, wohin, aber ich weiß, daß nichts Gutes dabei herauskommt.«
Was sie sagte, war so absurd, die Stimme plötzlich so anders als die wohlklingende vor noch ein paar Minuten, daß Francine ein Gedanke kam. »Hat das deine Mutter immer zu dir gesagt?«
»Jeden Abend. Und du bist mit ihm zusammen. Ich weiß es.«
»Wer ist er?«
»Du hast seinen Namen doch gerade gesagt.«
»Ich meine nicht meinen Freund – ich meine deinen. Wer war er?«
Graces Blick wanderte zur Tür, ihr Gesicht leuchtete hoffnungsvoll auf. »Ist Jim da?«
»Es dauert noch eine ganze Weile, bis er kommt. Denke, Grace! Nicht an Father Jim, sondern an deinen Jugendfreund.«
Grace dachte. Und dachte. Und schließlich sagte sie mit weicher Stimme und fast schüchtern: »Dein Vater war meine Jugendliebe.«
»Wie war sein Name?«

»Sag du's mir«, forderte Grace sie auf.
»Johnny.«
»John.«
»Vor John Dorian, meine ich. Er hieß Johnny. Und wie weiter?«
Grace schaute sie verwirrt an.
Francine streichelte liebevoll ihren Arm, von der Schulter bis zum Handgelenk, wieder und wieder. »Es ist wichtig, Mom. Ich sehne mich nach Verwandten. Wenn ich irgendwo welche habe, möchte ich es wissen.«
»Seine Familie lehnte mich ab. Habe ich dir das schon erzählt? Sie sagten, ich tauge nichts. Wenn ich ihn besuchen kam, verließen sie das Haus.«
Das klang ganz nach den Dorians. »Warum sagten sie, du taugtest nichts?«
»Weil wir kein Geld hatten.« Sie lächelte spöttisch. »Aber ich hab's ihnen gezeigt!«
Francine mußte lachen. »Ja, das hast du. Was ist mit der anderen Familie – deiner? Haben wir Verwandte in Tyne Valley?«
Graces Lächeln erlosch, und sie preßte die Lippen aufeinander. »Ich brauche einen Ausgangspunkt. Wie war dein Name?«
»Hör auf, mich das zu fragen – ich bin es müde.« Sie machte Anstalten, aufzustehen, doch Francine packte sie am Arm.
»Habe ich je ein Mitglied deiner Familie kennengelernt?«
»Frag mich das nicht. Du versuchst, mich zu verwirren.«
Sie stieß einen klagenden Laut aus und schüttelte den Kopf. Wieder auf die Klavierbank sinkend, warf sie einen ängstlichen Blick zur Tür. »Sie sind hinter mir her, weißt du. Ich habe Anrufe vom Präsidenten und vom Vizepräsidenten bekommen, Sie versichern mir, daß ich rund um die Uhr bewacht werde, aber ich weiß, wie diese Sicherheitsvorkehrungen aussehen. Es findet immer einer eine Lücke in der Postenkette. Es ist eine große, große Verschwörung im Gange. Sie geht von Dallas aus.«
»Nein, nein, Mom, es gibt keine Verschwörung.«
»Nein?« Grace klang nicht überzeugt.

»Nein. Konzentrier dich auf mich, Mom. Francine. Ich möchte mehr über meine Herkunft wissen.« Weil ich noch ein Kind möchte. Noch ein Kind. Unglaublich. »Ich muß es wissen, Mom.«
Grace legte die Hand auf ihr Herz. »Großer Gott. Ich kann dir nichts sagen.«
»Irgend jemand unserer Vorfahren hatte Diabetes. Weißt du, wer?«
Grace dachte darüber nach. »Hat nicht … hat nicht …« Sie deutete auf das Nebenzimmer.
»Ja, Sophie hat Zucker. Aber es muß auch in einer früheren Generation jemanden damit geben. Vielleicht eine deiner Schwestern?«
Grace entzog Francine ihren Arm. »Ich muß gehen.«
»Wohin?«
Sie zupfte hektisch an ihrer Bluse. »Dieses … dieses Ding ist scheußlich. Ich dachte, es wäre hübsch. Es ist lange her, daß ich mir etwas gekauft habe. Ich muß mich umziehen.«
Als sie diesmal aufstand, ließ Francine sie gehen.

»Okay, Grace«, sagte Robin. »Machen wir ein Assoziationsspiel.« Es war einen Versuch wert. Alles andere hatte nichts gebracht. »Ich nenne Ihnen einen Spitznamen, und Sie nennen mir den dazu passenden richtigen. Sagen Sie mir einfach den ersten, der Ihnen dazu einfällt.«
Grace lehnte sich in ihrem Schreibtischsessel zurück und faltete die Hände im Schoß. »Warum?«
»Vielleicht erinnern Sie sich auf diese Weise an etwas.«
Graces Miene wurde kummervoll. »Mein Gedächtnis ist nicht mehr gut. Früher konnte ich mich an alles erinnern. Jetzt nicht mehr. Ich kann meine Arbeit nicht mehr tun. Es ist zu viel.«
»Darum bin ich hier«, erklärte Robin ihr beruhigend. »Ich helfe Ihnen dabei.« Aber die Zeit wurde immer knapper. Sie konnte nichts in das Buch aufnehmen, was nicht Hand und Fuß hatte, doch ihre Nachforschungen in Tyne Valley waren bislang er-

gebnislos gewesen, und Grace hatte recht mit ihrem Gedächtnis. Es war schlecht und wurde zusehends schlechter. »Wenn ich ›Sparrow‹ sage – was fällt Ihnen dazu als erstes ein?«
»Warum stellt mir jeder Fragen?«
»Ich bin Ihre Biografin – es gehört zu meinem Job, Ihnen Fragen zu stellen. Wer ist Sparrow?«
»Ich kenne Sparrow.«
»Wie lautet sein richtiger Name?«
Graces Gesicht verfinsterte sich. »Das weiß ich nicht. Wir haben ihn immer nur so genannt.«
»Wie haben seine Eltern ihn genannt?«
»Seine Eltern? Großer Gott.«
»Wie waren deren Namen?«
Grace wischte die Frage mit einer Handbewegung beiseite.
»Versuchen wir's mit Scutch«, schaltete Robin um.
Grace horchte auf. »Woher kennen Sie Scutch?«
»Ich kenne ihn nicht, aber Sie erwähnen ihn oft.«
»Ach, ja?« Sie dachte darüber nach.
»Scutch war auch ein Freund. Wie lautete sein richtiger Name?«
»Ich spreche über Scutch?«
»Wie lautete sein Familienname?«
»Das sollte ich nicht tun«, murmelte sie in sich hinein.
»Was ist mit Wolf?«
Graces Kopf zuckte hoch. »Ich habe nichts gesagt. Nichts!«
»Ist ja gut, ist ja gut«, beruhigte Robin sie. »Aber wenn Sie einen Freund mit dem Spitznamen Wolf hätten – wie wäre dann sein richtiger?«
Grace drehte sich in ihrem Sessel herum, bis sie zu der Armlehne gewandt dasaß. »Ich habe es nicht verraten.« Sie schüttelte heftig den Kopf, schluckte. »Ich nicht!«
Robin legte die Hand auf ihre Schulter. Sie fühlte sich zerbrechlich an. »Niemand beschuldigt Sie, Grace. Ich frage nur.«
Grace horchte in sich hinein. »Habe ich es verraten? Ich kann mich nicht erinnern. Nein. Ich habe es nicht getan. Ich habe es nicht getan!«

Robin wollte gern glauben, daß Grace ihr absichtlich auswich, aber sie war sich dessen ganz und gar nicht sicher. Grace wirkte gequält, als bereiteten die Geheimnisse, die sie so verbissen wahrte, ihr ebensoviel Kummer wie allen anderen.
Robin war plötzlich von ihrer eigenen Hartnäckigkeit angewidert – es kam ihr vor, als piekse sie einen verletzten Vogel mit einem Stöckchen. »Möchten Sie vielleicht eine Tasse Tee?« lenkte sie ein.
Grace blieb weiterhin mit gesenktem Kopf seitwärts in ihrem Sessel sitzen. »Heißen Tee?« lockte Robin. »Vielleicht mit einem Teekuchen? Margaret hat vorhin ein Blech in den Backofen geschoben. Ich gehe Ihnen einen holen, wenn Sie möchten. Was ist, Grace – soll ich Ihnen Tee und einen Kuchen bringen?«
Grace atmete langsam und zittrig ein. Dann warf sie Robin einen hoffnungsvollen Blick zu. In dem hilflosen Bestreben, ihr etwas Gutes zu tun, lief Robin in die Küche hinaus.

Robins Mutter war schnell gestorben, sechs Monate nach der Diagnose, und dann an einem Herzinfarkt anstatt an der festgestellten, langsam wachsenden Krebsgeschwulst. Robin hatte sie nur einmal, gleich zu Beginn dieser sechs Monate, besucht, und ihr Interesse war so oberflächlich gewesen wie die besten ihrer letzten Unterhaltungen. Robin war kein einziges Mal mit ihr zum Arzt gegangen, hatte ihr kein einziges Nachthemd gekauft, ihr kein einziges Essen gekocht. Und dann war sie plötzlich tot, und es war zu spät.
Robin hatte das Gefühl, in der Gestalt von Grace eine zweite Chance zu bekommen, sich zu bewähren. Im Laufe der Zeit trat das Bestreben, Schlagzeilen zu machen, immer mehr in den Hintergrund, wich dem brennenden Ehrgeiz, mit dem Buch ein Meisterstück abzuliefern.

Grace wandte ihr Gesicht der Sonne zu. Früher hätte sie sich wegen der Auswirkungen auf ihr Haar und ihre Haut gesorgt,

doch das war alles vergessen. Jetzt reagierte sie nur noch auf die wohlige Wärme.
Francine lag neben ihr in einem Liegestuhl. Wäre Mai gewesen, hätte die Temperatur im Wintergarten sie veranlaßt, Fenster zu öffnen und den Ventilator einzuschalten. Doch es war gerade mal Anfang März und die Welt jenseits der Glasscheiben nach einem nächtlichen Eisregen mit einer Schicht aus weißen Kristallen überzuckert, die im strahlenden Sonnenschein in allen Spektralfarben glitzerten.
Legs, die ebenfalls wußte, wo es schön war, hatte sich ihnen angeschlossen und am Fuß von Graces Chaiselongue niedergelassen, wo diese sie nur bemerken könnte, wenn sie sich vorbeugte. Doch selbst dann würde sie nicht erschrecken. Grace schien ihre Angst vor dem Hund vergessen zu haben.
»Fühlst du dich wohl?« fragte Francine.
Grace antwortete nicht, aber sie sah zufrieden aus.
»Ich bin die Liste der Organisationen durchgegangen, denen du Geld spendest. Eine davon ist das Verschönerungskomitee von Tyne Valley. Ich dachte nicht, daß du den Ort je gesehen hättest.« Sie wartete, doch Grace schien nicht bewußt zu sein, daß eine Erwiderung angebracht gewesen wäre. Also fragte Francine direkt: »Bist du jemals in Tyne Valley gewesen?«
»Wir fahren nicht nach Norden. Ich mag die Kälte nicht.«
»Auch das Gold-Star-Mütterhilfswerk bekommt Geld von dir. Kanntest du Jungs, die später im Krieg fielen?«
»Im Krieg?«
»Im Koreakrieg.«
Grace mußte damals in der High-School gewesen sein. Selbst wenn sie den Abschluß nicht hätte – was immerhin eine Möglichkeit war, erkannte Francine verblüfft –, mußte sie Jungs gekannt haben, die dann gefallen waren.
Sie schauderte, schwieg jedoch, hielt die Augen geschlossen und das Gesicht der Sonne zugewandt.
»Hattest du Freunde, die im Koreakrieg fielen?« wiederholte Francine.

»Ich weiß nicht, was geschah, nachdem ich wegging.«
»Nachdem du von wo weggingst?«
»Von der High-School.«
»Von welcher High-School?«
»Wir haben uns immer gefragt, was werden würde.«
»Aus wem?«
»Aus allen. Dann ging ich weg.« Sie zuckte mit den Schultern, als sei das Thema damit erledigt.
Francine schaltete um. »Du spendest auch jedes Jahr Geld für die Stadtbücherei von Tyne Valley.«
»Eine Bücherei ist eine gute Sache. Ich bin oft hingegangen.« Wieder ein Schulterzucken.
»Wo war die Bücherei, in die du gingst?«
»Na, in der Stadt.«
»Wo in der Stadt? Erinnerst du dich, was daneben war?« Sophie hatte erzählt, daß sich auf einer Seite davon ein Lebensmittelladen befinde, aber wenn Grace eine andere präzise Angabe machte, könnte sie sie vielleicht zu einer anderen Stadt führen.
»Wir benutzten immer den Seiteneingang.«
»Wo war der Seiteneingang? Ich meine, was war daneben?«
Grace warf ihr einen Wovon-redest-du-um-Himmels-willen-Blick zu.
Er war so klar, und Francines Wunsch, endlich Licht ins Dunkel zu bringen, so übermächtig, daß sie aufstand, sich zu ihr auf die Chaiselongue setzte und sie bei den Schultern packte. »Sag's mir, Mom!« flehte sie drängend, denn Graces wacher Moment konnte jede Sekunde abrupt enden. »Wo war die Bücherei?«
Grace schaute sie erschrocken an.
»Bitte! Wo war sie?«
Nichts.
»Du weißt es! Ich weiß, daß du es weißt. Wo bist du geboren worden? In New Hampshire? Vermont? Canada?« Francine schüttelte sie leicht. »Es ist da in deinem Kopf!«
»Nein«, sagte Grace.
»Doch. Genau wie dein Name. Den würdest du erst als aller-

letztes vergessen. Wie heißt du? Das kannst du nicht vergessen haben!«

»Grace.«

»Ich will wissen, wie du vorher geheißen hast. Denk nach! Denke an den Mann, den du liebtest, so sehr liebtest, daß du sein Kind austrugst und es von einem anderen wie sein eigenes aufziehen ließest! Wer war er? Wer war mein Vater?«

Grace senkte den Kopf. »Sei nicht so böse. Ich habe dir nie etwas getan.«

»O doch! Du hast mich all die Jahre etwas glauben lassen, was nicht wahr ist.« Und jetzt hatte sie Davis und würde vielleicht ein Kind von ihm bekommen. Diesmal maß Francine den Genen eine Bedeutung bei, über die sie sich vor Sophie keine Gedanken gemacht hatte.

»Verrate es ihnen nicht!« beschwor Grace sie.

»Wenn du es mir verrätst, muß ich es ihnen nicht verraten.«

»Sie dachten, wir wären zu Hause. Wenn sie wüßten, wenn sie wüßten ...«

Francine hielt ihre fliegenden Finger fest. »Was würden sie tun, wenn sie es erführen?«

»Ohhhh, mein Gott!« rief Grace verzweifelt. »Frag nicht.«

»Was würden sie tun?«

»Wüten. Schlagen. Kochen. Putzen. Fliehen. Fliehen. Weglaufen.«

»Hast du das getan? Bist du weggelaufen, weil sie dich geschlagen haben?«

Woran immer Grace sich erinnert hatte, erlosch wie eine Kerze im Wind. »Was?« fragte sie neugierig.

»Bist du von zu Hause weggelaufen, weil dich jemand geschlagen hat?«

Grace antwortete nicht. Sogar ihre Neugier schwand.

»Unterstützt du deswegen das Frauenhaus?«

»Das Frauenhaus. Geschlagene Frauen. Schreib ihnen für mich.«

»Wem soll ich schreiben?«

»Meine Kolumne. Die Leute wissen sich nicht zu helfen. Habe ich den Brief beantwortet?«

Francine hatte keine Ahnung, welchen Brief sie meinte, und sie bezweifelte stark, daß Grace es selbst wußte. Die Worte hatten eher Reflexcharakter und wurden von einem ausdruckslosen Blick begleitet. Die Phase geistiger Präsenz war zu Ende.

»Ja, ich glaube, das hast du«, antwortete Francine traurig.

»Dann ist es ja gut.« Leise summend ließ Grace den Kopf wieder zurücksinken und schloß die Augen.

Bis zu diesem Gespräch hatte Francine Grace als ihren Gegner gesehen, der sie mit voller Absicht im dunkeln tappen ließ. In ihrem brennenden Wunsch, ihrer Mutter die ersehnte Information abzutrotzen, hatte sie an die damit zusammenhängenden Umstände kaum einen Gedanken verschwendet. Jetzt fragte sie sich zum erstenmal, ob Grace vielleicht ein Opfer war.

Von dieser Vorstellung verfolgt, brauchte sie länger denn je, um sich durch die Post hindurchzukämpfen, die per Kuriertasche frisch aus New York angekommen war.

»Liebe Grace«, schrieb eine Frau, »mein Freund wurde letzte Woche entlassen und läßt es an mir aus. Jedesmal, wenn er an mir vorbeigeht, tritt er mich. Wenn ich ihm sage, er solle das lassen, sagt er, er trete nur aus Wut gegen den Stuhl. Aber es sind meine Beine, die von oben bis unten voller blauer Flecke sind. Er sagt, wenn ich je erzählen sollte, daß er mehr tue als den Stuhl treten ...«

»Liebe Grace«, schrieb eine andere, »vor sechs Monaten lernte ich einen Mann kennen, der mir wie die Antwort auf meine Gebete erschien. Er sah gut aus und hatte einen gutbezahlten Job. Er sagte, er liebe mich, ließ sich unsere Hochzeit ein Vermögen kosten. Aber dann veränderte er sich plötzlich, begann an allem, was ich machte, herumzumeckern. Neulich abends schmeckte ihm mein Essen nicht, und er ohrfeigte mich ...«

»Liebe Grace«, schrieb eine dritte, »allmählich gehen mir die

Erklärungen aus. Ich bin schon so oft die Treppe hinuntergefallen, gegen Mauern gerannt und in der Dusche ausgerutscht, daß die Ärzte mißtrauisch werden. Wissen Sie, was ich meine? Aber wenn ich meinen Mann verlasse, verliere ich alles. Ich bin nicht berufstätig. Die Kreditkarten, die Autos und das Haus laufen auf seinen Namen. Ich hatte vor ein paar Jahren ein Drogenproblem, bin aber schon lange clean – doch wenn es hart auf hart geht, wird er das bestreiten. Ich bin ihm ausgeliefert.«
Schreib ihnen für mich, hatte Grace gebeten, und so tat Francine es.

Sie sind nicht allein. Die Gewaltakte gegen Frauen nehmen überhand. Laut einer FBI-Statistik wird alle fünfzehn Sekunden eine Frau von ihrem Lebenspartner geschlagen. Sie fordert es weder heraus, noch bittet sie darum. Genauso wenig wie eine von Ihnen.

Obwohl Gewaltakte gegen Frauen eine Machtdemonstration sind, bedeutet das, wenn Sie mißhandelt werden, nicht, daß Sie völlig machtlos sind. Sie haben durchaus Macht. Sie haben die Macht zu gehen. Vielleicht wollen Sie es nicht, vielleicht haben Sie Angst, vielleicht ist es Ihnen peinlich, oder vielleicht erlaubt Ihr Stolz es nicht. Sie mögen Ihren Mann lieben – aber sind der Schmerz und die Demütigung, die er Ihnen zufügt, kein zu hoher Preis für Liebe?
Daß ein Mann eine Frau schlägt, kann die verschiedensten Gründe haben. Für gewöhnlich liegen sie tiefer als die Verärgerung über eine Kündigung oder ein Essen, das ihm nicht schmeckt. Aber Gewalttätigkeiten zeugen von einer Verhaltensstörung. Ein solcher Mann braucht eine Therapie. Wenn er sich weigert, schlagen Sie ihm vor, den Therapeuten mit ihm gemeinsam aufzusuchen. Wenn er sich immer noch weigert, gehen Sie zum Anwalt. Zeigen Sie ihn bei der Polizei an. Erwirken Sie bei Gericht eine einst-

weilige Verfügung, die ihn verpflichtet, sich von Ihnen fernzuhalten.

Was immer Sie tun wollen – warten Sie nicht damit! Bereits die erste Mißhandlung sollte Ihnen die Augen über das Potential Ihres Mannes öffnen. Warten Sie nicht die zweite ab. Eine andere Statistik besagt: Fast ein Drittel aller weiblichen Todesopfer werden von ihrem Mann oder ihrem Freund umgebracht.

Suchen Sie sich in Ihrem örtlichen Telefonbuch die Nummer der Frauenhäuser und Beratungs-Hotlines heraus. Ich habe im Anschluß einige aufgeführt. Nutzen Sie sie. Bitte.

Francine war hochzufrieden mit dieser Kolumne. Sie war kühner als andere, die sie geschrieben hatte – aber sie entsprach ihrem neu erworbenen Mut. Sie hielt sich immer vor Augen, daß Davis gesagt hatte, sie mache ihre Sache gut. Sein Vertrauen in sie gab ihr Selbstvertrauen – und sie konnte sich keinen besseren Anlaß vorstellen, um es einzusetzen.

Es war die Eröffnungskolumne der folgenden Woche. Francine las sie Grace gleich am Morgen vor, als sie noch frisch und am ehesten damit zu rechnen war, daß sie den Inhalt erfassen würde. Sie hörte zu und nickte, doch dann sagte sie in einer Art und Weise »Das klingt gut«, die befürchten ließ, daß sie ihn ganz und gar nicht erfaßt hatte.

»Wir haben uns bisher nie so direkt geäußert«, sagte Francine, »doch das Thema verlangt es. Mißhandelte Frauen müssen sich einfach freischwimmen. Meinst du nicht auch?«

Grace nickte.

»Ich weiß, daß das manchmal leichter gesagt ist als getan«, fügte Francine für den Fall hinzu, daß sie ganz anderer Meinung war, »vor allem, wenn Kinder da sind – aber es ist eine Möglichkeit, den Mißhandlungen ein Ende zu setzen.«

Erneutes Nicken.

»Wie deine Flucht von zu Hause damals«, sagte Francine, kam jedoch, da sie fürchtete, Grace von dem aktuellen Thema abzulenken, dessen Behandlung ihr großes Lob eingebracht hatte, eiligst darauf zurück. »Tony war begeistert.«

Grace lächelte. Francine hatte den schrecklichen Verdacht, daß sie sich nicht erinnerte, wer Tony war, sich aber zu fragen schämte. Selbst in ihrem fortgeschrittenen Zustand besaß sie hin und wieder die Geistesgegenwart, das Ausmaß ihrer Beeinträchtigung zu verbergen.

Francine seufzte. »Ich möchte, daß du stolz auf meine Arbeit bist.«

Grace nickte.

»Bist du es?«

Grace runzelte die Stirn. »Was?«

Francine seufzte wieder, umarmte Grace kurz und sagte sich auf dem Weg zu ihrem Schreibtisch, daß die Kolumne super war, daß »Die Vertraute« als wichtiges Leserforum mutig Stellung bezogen hatte, und daß Grace, hätte sie es registriert, sehr angetan davon gewesen wäre.

Dann rief Tony an. Stocksauer.

Zweiundzwanzigstes Kapitel

Der landläufigen Auffassung nach resultiert Mut aus dem Ehrgeiz, große Pläne zu verwirklichen oder revolutionäre Ideen durchzusetzen, und sie ist auch durchaus zutreffend. Häufiger jedoch ist er ein Nebenprodukt von Unbekümmertheit und Wunschdenken.

– Grace Dorian bei Oprah

Diesmal hat sie den Bogen überspannt«, erklärte Tony. »Sie ist ja schon seit Monaten zunehmend auf Provokationskurs gefahren, aber jetzt ist sie zu weit gegangen. Die Telefone stehen nicht still. Die Volksseele kocht. Die Frau soll den Mann sofort verlassen, wenn er für einen Augenblick die Beherrschung verloren hat? Was ist das für ein Ratschlag?«

»Ein vernünftiger«, erwiderte Francine, obwohl sich ihr Magen schmerzhaft zusammenzukrampfen begann. »In den Briefen ging es nicht um einen Augenblick der Unbeherrschtheit – es ging um handfeste Mißhandlungen. Ein Mann, der einmal zugeschlagen hat, tut es wieder, wenn man ihm nicht klarmacht, daß er damit unrecht tut.«

»Dann muß man es ihm sagen. Es besteht doch kein Anlaß, ihn zu verlassen!«

»Um Himmels willen, Tony – glauben Sie nicht, daß diese Frauen versucht haben, es ihren Männern klarzumachen? Sich in eine Ecke zu kauern und zu versuchen, Schläge abzuwehren, spricht doch wohl eine deutliche Sprache. Aber die Botschaft kommt trotzdem nicht an. Solche Männer müssen geschockt werden.«

»Sie werden weiß Gott geschockt sein – aber das bewirkt nur eine Steigerung ihrer Gewalttätigkeit. Das ist statistisch belegt, wissen Sie.«

Das wußte Francine sehr wohl, und es ängstigte sie auch, aber sie war nicht bereit, einen Rückzieher zu machen.

Allerdings war Tony so in Fahrt, daß sie gar nicht zu Wort gekommen wäre. »Haben Sie eine Vorstellung davon, was passieren würde, wenn alle Frauen nach der ersten Ohrfeige ins Frauenhaus fliehen würden? Die Frauenhäuser würden aus allen Nähten platzen!«

»Das ist richtig – und die Leute, die das Problem immer herunterspielen, müßten endlich zugeben, daß es gravierend ist.«

»Tja – aber vorläufig haben diese Leute erst einmal mit einem Boykott der Zeitungen gedroht, in denen ›Die Vertraute‹ erscheint.«

»Ist ja niedlich«, erwiderte Francine mit einem sarkastischen Lachen.

»Ein Boykott ist eine ernste Sache!« rügte Tony sie.

Francine wurde ernst. »Wegen einer einzigen Kolumne veranstalten die ein solches Theater?«

»Diese eine einzige Kolumne ist zu einem Zeitpunkt veröffentlicht worden, da die Ultrarechte auf der Suche nach Propaganda-Punkten ist – und eine Schmähung von Ehemännern ist ein ebenso brisantes Thema wie die Abtreibung. Auch wenn schon andere gesagt haben, was Grace sagt – sie erreicht damit viel mehr Menschen als diese anderen. Ihre Popularität wird gegen sie verwendet werden – und gegen uns. Wir legen keinen Wert auf einen Boykott, Francine – und ich glaube, den anderen Zeitungen, in denen die Kolumne erscheint, geht es ebenso.«

Francine hatte plötzlich die Vision, daß die Arbeit, auf die sie so stolz gewesen war, der ›Vertrauten‹ zum Verhängnis wurde, und sie war noch dabei, diese entsetzliche Vorstellung in ihrer ganzen Tragweite zu erfassen, als Tony jammerte: »Ist Grace nicht auf die Idee gekommen, daß so etwas passieren könnte? Ihr Publikum ist der amerikanische Mittelstand, und der will friedliche Problemlösungen geboten bekommen, keine rabiaten. Mannomann – wenn ich es nicht besser wüßte, würde ich glauben, Sie hätten dieses Machwerk verfaßt. Wo steckt sie überhaupt? Ich habe seit Monaten nicht mit ihr gesprochen. Wenn sie nicht bereit ist, ihren Elfenbeinturm zu verlassen, ist es kein Wunder, daß sie trendmäßig nicht auf dem laufenden ist.«

»Sie ist absolut auf dem laufenden!« widersprach Francine aufgebracht. »Wenn sie es nicht wäre, gäbe es keinen solchen Aufruhr. Die Ultrarechten beißen doch nur um sich, weil sie genau wissen, daß eine Menge Frauen sich Graces Ansicht anschließen werden. Und was taugt denn ihr Lieblingskind, die Kleinfamilie, wenn die Frauen mißhandelt werden, wenn die Kinder Haß, Mißachtung und Blutvergießen miterleben?«

»Sie sind auf dem falschen Dampfer, Schätzchen«, sagte Tony in widerlich schleimigem Ton. »Es geht mir nicht um die Familie – es geht mir ausschließlich um diese Zeitung. Wir machen sie, um Geld damit zu verdienen. Wenn wir boykottiert werden, verdienen wir keins.«

»Was schlagen Sie also vor?« fragte Francine.

»Ein wenig Demut, vielleicht.«

»Grace soll sich dafür entschuldigen, daß sie das Richtige geschrieben hat? Denken Sie doch mal nach, Tony. Wenn die Familie nur durch Angst zusammengehalten wird, ist sie doch keinen Pfifferling wert.«

»Überzeugend formuliert. Ist das Ihre Meinung oder Graces?«

»Meine«, bekannte Francine offen, »und ich muß Ihnen sagen, daß Grace in dieser Angelegenheit auf mich hört. Wir werden keinen Rückzieher machen. Wir werden keinen Widerruf einrücken. Irgend jemand muß den Brutalos die Stirn bieten, und ich bin stolz darauf, daß ›Die Vertraute‹ es getan hat.«

»Und wenn sie ihr Forum einbüßt?«

»Seien Sie realistisch – sie wird ihr Forum nicht einbüßen.«

»Okay«, sagte er mit einem lauten Seufzer. »Verraten Sie mir, was Grace Ihrer Meinung nach tun sollte.«

»Aus dem Stegreif? Die Protestaktion weiterführen. Ich denke, wir sollten dem Thema die Kolumnen einer ganzen Woche widmen. Sollen die bösen Buben ruhig mit einem Boykott drohen. Von uns aus können sie es in den Abendnachrichten tun. Gleich heute.« Die Vorstellung gefiel ihr. »Je früher, desto besser«, sagte sie grinsend. »Und möglichst lautstark. Damit machen sie die beste Werbung für uns – und auch noch kostenlos. Es werden massenweise Briefe eingehen. Drucken wir ab, was drinsteht.«

»Und wenn sie Graces Ansicht widersprechen?«

»Wir haben schon oft Briefe abgedruckt, die Graces Ansichten widersprachen.«

»Ist Grace bereit, notfalls zuzugeben, daß sie sich vergaloppiert hat?«

»Notfalls?«

»Wenn die Auflage sinken sollte.«

Francine fiel plötzlich etwas ein. »Haben Sie nicht gesagt, daß die Kolumne Ihnen gefalle? Sie konnten sich gar nicht lassen vor Begeisterung – oder war das nur Bauchpinselei?«

»Sie klangen niedergeschlagen, und ich wollte Sie aufheitern.«

»Das darf ja wohl nicht wahr sein!« Das Timing für den Einsatz seiner Macho-Galanterie hätte nicht schlechter sein können. Gottlob hatte er sich nicht noch einmal dazu aufgerafft, mit ihr ausgehen zu wollen. Sie konnte sich nicht vorstellen, mit Tony zusammenzusein, geschweige denn, ein Kind von ihm zu bekommen.

Davis weckte da entschieden andere Fantasien in ihr.

»Sie scheinen sich nicht über die Tragweite eines Rückgangs der Verkaufszahlen klar zu sein«, fuhr Tony fort. »Wir könnten beide unseren Job verlieren.«

»Ich auf keinen Fall.«

»Wachen Sie auf, Schätzchen. Wenn wir Eure Kolumne kippen – was wollt ihr dann machen?«

»Wir gehen zum ›Telegram‹«, erwiderte Francine gelassen. »Und zu all den anderen Zeitungen, die sich darum reißen würden, Graces Kolumne zu bringen – und zwar nicht trotz, sondern wegen eines Boykotts. Wie ich schon sagte, so was ist eine kolossale Werbung. Denken Sie nach, Tony. ›Die Vertraute‹ würde im ganzen Land Schlagzeilen machen, ›Time‹ würde die Sache aufgreifen, ›Newsweek‹, ›People‹ – die Möglichkeiten sind endlos. Das ›Telegram‹ wäre überglücklich, uns zu kriegen. Soll ich sie schon mal anrufen?«

»Großer Gott, nein! George würde mich köpfen.«

»Dann stellen Sie sich hinter uns, Tony. Denn ich sage Ihnen, wenn Sie uns in dieser Angelegenheit nicht unterstützen, sind wir weg, ehe Sie es sich versehen.«

»Das haben Sie zu ihm gesagt?« fragte Amanda entsetzt. Sophie und Robin hörten mit, denn Francine hatte auf Lautsprecher geschaltet.

»Das habe ich«, bekräftigte sie. Es lag ihr zwar wie ein Stein im Magen, aber sie würde es nicht zurücknehmen. »Grace hat Tony und George die Treue gehalten, als die Zeitung den Besitzer wechselte und auf der Kippe stand. Jetzt können sie sich revanchieren. Außerdem ist Tonys Panik völlig unbegründet. Die Anrufe, die er erwähnte, kamen wahrscheinlich von anonymen Mitgliedern einer anonymen Gruppe, die gar nicht wüßte, wie sie einen Boykott organisieren sollte. Wir haben es hier mit einer Randgruppe zu tun.«

»Die viel Staub aufwirbeln kann«, warnte Amanda. »Das macht sie gefährlich.«

»Und weil sie gefährlich ist, müssen wir ihr die Stirn bieten.«

»Aber mit diplomatischem Geschick.«

»Im Kampf gegen die Mißhandlung von Frauen hat Diplomatie nichts zu suchen.«

»Ich habe nicht gewußt, daß dieses Thema Ihnen so sehr am Herzen liegt.«

Francine hatte es selbst nicht gewußt – aber die Kolumne war ihr regelrecht aus der sprichwörtlichen Feder geflossen. »Vielleicht haben die Gespräche mit Grace das bewirkt oder die Ent-

deckung, daß sie ein Frauenhaus in Tyne Valley unterstützt ...«
Oder der Anblick der vergewaltigten Sophie, oder der Gedanke an ihr vielleicht zukünftiges Kind, das eines Tages auch mit einer solchen Situation konfrontiert werden könnte. »Ich möchte gerne in die Tat umsetzen, was ich zu Tony gesagt habe – jedem trotzen, der es wagt, unsere Zeitungen zu boykottieren, und eine Woche lang Briefe von Graces Leserinnen abdrucken. Was meinst du dazu?« wandte sie sich an Sophie.
»Perfekt«, antwortete die wie aus der Pistole geschossen.
»Robin?«
»Sensationell. Die Idee, die Betroffenen für sich selbst sprechen zu lassen, ist brillant. Was sie zu sagen haben, und die Tatsache, daß sie die Möglichkeit haben, es öffentlich zu sagen, wird einem Boykott den Wind aus den Segeln nehmen. Ganz zu schweigen von dem egoistischen Gesichtspunkt, daß die jetzige Publicity später die Verkaufszahlen von Graces Biografie in die Höhe treiben wird.«
»Amanda?«
Schweigen. Francine hielt den Atem an. Amanda war ihr Verbindungsglied mit der Welt der Werbung. Ihre Zustimmung war ein Muß.
Amanda seufzte. »Ich fürchte, ich muß mich dem Gesagten anschließen. Außerdem ist die Kolumne ja bereits erschienen. Jetzt zu jammern, hat keinen Sinn – das Kind liegt im Brunnen. Man hätte die Gefahr erkennen müssen, bevor es hineinfiel.«
Schuldgefühle stiegen in Francine auf. Sie war für den Text verantwortlich, und sie hatte die Reaktionen, die er in sich barg, nicht vorausgesehen. »Glauben Sie, es kommt tatsächlich zu einem Boykott?«
»Möglich, daß es jemand versucht – aber ich bezweifle, daß es klappt. Hoffentlich irre ich mich nicht.«

Die Geschichte fand Eingang in die Morgennachrichten, die Spätnachrichten, die Unterhaltungsshows und die Morgenzeitungen. Bis zum Mittag des nächsten Tages war ein Boykott-

Aufruf gegen alle Zeitungen ergangen, in denen »Die Vertraute« erschien, und bei den Dorians standen die Telefone nicht mehr still. Reporter, Talk-Show-Master, Freunde – alle wollten Grace sprechen.
Francine stand mit dem Rücken an der Wand.
Wieder kam Amandas Stimme durch den Lautsprecher. »Sie haben keine Wahl, Francine. Die Medienwelt ist wild auf Grace, aber Grace kann die Einladungen nicht wahrnehmen. Sie müssen es tun.«
Francines Magen krampfte sich zusammen. »Sie wissen genau, daß ich dazu völlig ungeeignet bin.«
»Nein, das weiß ich nicht. Lampenfieber haben andere auch, aber Sie sind eine wortgewandte Rednerin – besonders, was dieses Thema angeht. Das habe ich selbst gehört.«
»Sie wollen Grace, nicht mich.«
»Aber Grace können wir ihnen nicht bieten. Womit wollen wir das übrigens begründen?«
Francine suchte verzweifelt nach glaubhaften Erklärungen. »Wir sagen, daß sie krank ist. Daß sie nicht reisefähig ist. Ach, zum Teufel – wir sagen, daß sie ›Die Vertraute‹ für sich sprechen läßt, basta.«
»Das wäre gut und schön, wenn Grace früher nicht so präsent gewesen wäre. Aber wenn jetzt nicht einmal eine Vertretung für sie erscheint, werden die Fragen sich häufen, und es kann sein, daß der Meinungsstreit von den mißhandelten Frauen auf Grace umschwenkt.«
»Wird das nicht zwangsläufig passieren, wenn plötzlich ich anstatt Graces dasitze?«
»Nicht, wenn Sie die Fragen souverän beantworten. Weisen Sie darauf hin, daß ›Die Vertraute‹ seit Jahren eine Gemeinschaftsproduktion ist, und sagen Sie, daß Grace beschlossen hat, diesen Konflikt einfach auszusitzen. Die Leute erwarten Grace, weil sie nie eine Alternative hatten. Präsentieren Sie ihnen eine, und sie werden zufrieden sein.«
Sophie fiel Francine in den Rücken. »Sie haben recht, Mom. Ich

kann ja verstehen, daß du öffentliche Auftritte scheust, aber im Augenblick wäre es äußerst unklug, wenn du dich dagegen sperrtest. Es würde als Feigheit ausgelegt. Oder als Gleichgültigkeit. Du würdest uns ungeheuer schaden.«

Womit es drei zu eins stand.

Und kurze Zeit später vier zu eins. Nur traf Davis mit seinen Argumenten zielsicher in die richtige Ecke ihrer Seele. »Weißt du noch, wie wir darüber sprachen, daß du ›Die Vertraute‹ irgendwann allein und nach eigenem Gutdünken würdest weiterführen müssen? Nun – es ist soweit. Du drückst ihr in einer Weise deinen Stempel auf, wie du es dir noch vor ein paar Monaten niemals zugetraut hättest – aber das lag nur daran, daß du niemals die Chance dazu hattest. Und jetzt hast du die Chance, etwas noch viel Bedeutenderes zu tun.«

»Aber ich will nicht berühmt sein«, jammerte Francine. Im Laufe der letzten Wochen hatten ihre Vorstellungen präzise Formen angenommen. Sie wollte ein ruhiges Leben führen, natürlich ›Die Vertraute‹ schreiben, aber hauptsächlich Ehefrau sein und, o ja, Mutter.

Ihre nächste Periode war bald fällig.

Ein absurder Gedanke.

In ihrem Alter würde sie – falls überhaupt – bestimmt erst nach einer ganzen Weile schwanger werden. Waren Davis und sie nicht schon beim erstenmal ohne Kondom zusammengewesen? Und es war auch ohne Folgen geblieben.

Er nahm ihr Gesicht in die Hände. »Ich möchte auch nicht, daß du berühmt wirst. Aber wenn du Grace jetzt im Fernsehen vertrittst, dann beweist du, daß du es kannst, und wenn du das getan hast, brauchst du es nie wieder zu tun. Damit ist die Übernahme perfekt, und ›Die Vertraute‹ gehört dir allein. Du kannst damit machen, was du willst, sie so lassen, sie total ummodeln, öffentliche Auftritte ein für allemal verweigern. Aber du kannst sie jetzt nicht sterben lassen – dazu hat sie eine zu große Bedeutung für dich.«

Als sie die tiefe Liebe in seinen Augen sah, hätte sie ihm ge-

glaubt, was immer er sagte. »Was ist, wenn ich mich an Larry Kings Schreibtisch übergebe?«
Er lachte und nahm sie fest in die Arme. »Du hast dich an die richtige Adresse gewendet, kleine Lady – ich habe genau, was du brauchst.«

Was sie brauchte, war ein mildes Mittel zur Magenberuhigung, das zwar nicht gegen Herzrasen und Schweißhände half, ihr aber den Gipfel der Peinlichkeit ersparte. Das war ein gewisser Trost. Sie hatte genügend andere Sorgen. Daß sie über ein Kabel stolpern und der Länge nach hinschlagen würde, in die falsche Kamera schauen oder den Namen des Gastgebers vergessen. Daß sie reizlos aussähe, unbeholfen wirkte, Grace Schande machte. Daß sie etwas Dummes sagen, man über sie lachen, sie »Die Vertraute« in Mißkredit bringen und alles zunichte machen würde, was sie zu beweisen versuchte.
Sie sorgte sich darum, was aus der »Vertrauten« werden würde, falls ein Boykott greifen sollte.
Sie sorgte sich, daß Grace in ihrer Abwesenheit weglaufen oder nicht begreifen würde, wo sie war oder sie bis zu ihrer Rückkehr vergessen haben.
Sie sorgte sich, daß Grace inzwischen alles vergessen würde und sie nicht mehr darauf hoffen könnte, die Antworten auf die Fragen zu bekommen, die ihr unter den Nägeln brannten.
Sie sorgte sich, daß sie ihre Periode bekommen würde.
Sophie erwies sich als wahres Gottesgeschenk. Sie wich nicht von ihrer Seite und gab ihr die moralische Unterstützung, die sie so dringend brauchte. »Du warst unglaublich, Mom«, sagte sie nach der ersten Show und »Hinreißend!« nach der zweiten und »Was immer du auch von zittrigen Händen erzählst – du wirktest vollkommen ruhig« nach der dritten.
Es wurde mit jedem Mal leichter. Was allerdings nicht hieß, daß Francine davor kein Lampenfieber mehr gehabt oder danach kaum hätte erwarten können, die Aufzeichnung anzuschauen. Aber sie stellte fest, daß sie fast jede Frage souverän bewältigte.

Man muß Selbstvertrauen vermitteln, lautete einer von Graces Leitsprüchen, und er erwies Francine jetzt einen guten Dienst. Sie trat als »Die Vertraute« auf, und von Stund an war sie »Die Vertraute«. Nachdem sie beschlossen hatte, nicht einmal zu versuchen, Grace zu kopieren, wirkte sie mit ihren Kleidern von der Stange und den offenen Haaren eher lässig als elegant, aber es wurden kaum Vergleiche angestellt.

Was Francine tatsächlich übelnahm. Sie konnte nicht verstehen, wie Menschen so schnell vergessen konnten – wie sie ebensowenig verstand, daß Graces Freunde, von denen die meisten jetzt von ihrer Krankheit wußten, sich nicht mehr sehen ließen. Der Besucherstrom war zu einem Rinnsal geschrumpft. Die Königin war tot – lang lebe die Königin.

Diese Gedanken ließen sie bei der Verteidigung der »Vertrauten« zu Hochform auflaufen. In jedem zweiten Interview ging es um den allgemeinen Stellenwert der »Vertrauten« im Leben der Amerikaner und nicht um das spezielle Thema »Gewalt in der Ehe«, da war sie in ihrem Element. Sie machte sich Robins Analyse zu eigen und vertrat die These, daß die Briefe, die die »Vertraute« Woche für Woche bekam, repräsentativ für die Stimmung im Land seien. Sie lese diese Briefe, sagte sie. Sie wisse, wieviel »Die Vertraute« ihren Leserinnen bedeute. Der beabsichtigte Versuch radikaler Außenstehender, die Kolumne zu manipulieren, stelle einen Angriff auf Millionen ihrer Fans dar. Besonders eloquent war sie jeweils nach den neuesten Informationen über den Boykott, im Zuge dessen jetzt an Zeitungskioske Flugblätter verteilt und an Orten, die Medien-Interesse versprachen, Streikpostenketten aufgestellt wurden. Auf Francines Anfrage erklärte Tony ihr voller Genugtuung, daß die Verkaufszahlen leicht zurückgegangen seien. Erst ihre Forderung nach präzisen Angaben zwang ihn dann zuzugeben, daß der Rückgang nur sehr geringfügig, möglicherweise auf die Schneestürme zurückzuführen sei, die einige Pendler zu Hause festhielten, und keinen ernsthaften Schaden für die Zeitung bedeute.

Am Ende der Woche konnte sie es kaum erwarten, heimzukommen. Robin hatte die Briefe, die New York schickte, zwar schon vorsortiert, aber Francine wollte mit entscheiden, welche abgedruckt werden sollten. Das war das eine, was sie erwartete. Das zweite war Grace, mit der zu telefonieren äußerst mühsam und die erregter und paranoider als üblich gewesen war. Und das dritte war Davis, der noch nicht wußte, daß ihre Periode überfällig war. Erst einen Tag – aber immerhin ...

»Du hast deine Sache großartig gemacht«, sagte Sophie kurz vor der Landung auf dem La-Guardia-Flughafen. »Hast du jetzt nicht vielleicht Blut geleckt?«

»Um Himmels willen, nein!« erklärte Francine mit Nachdruck. »Ich bin glücklich, daß ich in meine gewohnte Abgeschiedenheit zurückkehren kann. Es ist dir doch hoffentlich klar, daß ich diesen Rummel nur dir zuliebe mitgemacht habe«, sagte sie. Das stimmte zwar nicht in dieser Ausschließlichkeit, aber es war durchaus etwas Wahres daran.

»Das hast du nicht!«

»Doch. Ich wollte dir beweisen, daß ein Mensch durchaus fähig ist, über seinen Schatten zu springen.«

»Warum?«

»Wenn ich es schaffe, meine panische Angst zu überwinden und in der Öffentlichkeit aufzutreten, dann kannst du dich auch dazu überwinden, mit einem Mann auszugehen.« Ohne Sophies warnendem Blick Beachtung zu schenken, fügte sie hinzu: »Du kannst dich nicht in alle Ewigkeit einigeln.«

»Ich igle mich nicht ein«, widersprach Sophie. »Ich habe eine Menge Verabredungen.«

»Aber nur mit Mädchen.«

»Dabei begegne ich auch Männern. Jamie, dem Koch, und Alex, dem Bruder von Julies Zimmergenossin. Und jetzt sind noch Barry, der Produzent, und Dave, der Toningenieur dazugekommen. Und dann gibt es auch noch Douglas. Wir telefonieren sehr oft miteinander. Ich habe es nur nicht eilig, mit ihm auszugehen.«

»Wegen Gus?«

Sophies Zögern und ihre anschließende Kopfbewegung zeigten Francine, daß sie mit ihrer Vermutung nicht ganz falsch lag.
Voller Inbrunst sagte sie: »Wenn es mir nicht so wichtig wäre, ihn von hier fernzuhalten, würde ich seinen Arbeitgeber anrufen und ihn feuern lassen.«
Sophie schnaubte. »Das würde ihm recht geschehen, dem Mistkerl.«
»Zumindest ist er weit weg – und du hattest jetzt wirklich viel Zeit, den Schock zu überwinden. Wenn ich mir zutraue, eine Talk-Show zu bewältigen, kannst du dir zutrauen, die Verabredung mit einem Mann zu bewältigen.«
»Das werde ich. Bald.«

Grace wußte nichts von dem Boykott. Francine hatte nicht gewagt, ihr davon zu erzählen, denn sie hatte nicht gewußt, wie sie – vorausgesetzt, sie würde es begreifen – darauf reagieren würde. Eine kritische Grace hätte sie noch nervöser gemacht. Also hatte sie ihr vor ihrer Abreise lediglich gesagt, daß sie auf Publicity-Tour gehe, worüber Grace sich eigentlich hätte freuen müssen, doch sie zeigte überhaupt keine Reaktion.
Erwarten Sie nicht zuviel, stand in jedem Buch über die Alzheimersche Krankheit – und doch regte sich, je weiter die Woche fortschritt und je größer ihr Selbstvertrauen wurde, Hoffnung in Francine. Grace hatte sie bestimmt im Fernsehen gesehen. Sie war bestimmt stolz auf sie.
Als das Haus in Sicht kam, wurde Francine von Nervosität erfaßt. Sie erinnerte sich an andere Abreisen und Rückkünfte, an den Kummer, der ihr als Kind beim Abschied das Herz abschnürte, und dann die Erleichterung darüber, ihre Mutter wiederzuhaben. Diesmal war die Erleichterung mit Bedenken gepaart.
Grace war in der Küche. Als sie hereinkamen, schaute sie erschrocken auf und sagte mit hoher, zittriger Stimme: »Großer Gott – da seid ihr ja schon. Ihr seid zu früh gekommen – ich bin noch nicht fertig.«

Francine hatte geglaubt, auf das Wiedersehen vorbereitet zu sein, doch mit einer Grace konfrontiert zu werden, die älter, zerbrechlicher und einfältiger war als die in ihren Erinnerungen, als die, die sie sich vorzufinden wünschte, war ein regelrechter Schock für sie.

Unter ungewollten Tränen lächelnd, nahm sie sie in die Arme. »Ich habe dich so vermißt, Mom.« Sie hielt sie von sich weg. »Du siehst hübsch aus. Sehr hausfraulich.« Francine hatte sie seit Jahren nicht mit einer Schürze gesehen. »Was machst du denn?«

»Abendessen. Es kommen eine Menge Leute. Ihr seid zu früh dran.«

Erkannte sie sie? Schwer zu sagen. Aber wenigstens war sie nicht bis zur Wand zurückgewichen und hatte sie verdächtigt, Spione zu sein.

»Laß dich von uns nicht stören«, sagte Francine. »Wir sind vom Flughafen direkt hierhergefahren – Sophie und ich konnten es gar nicht erwarten, dich wiederzusehen.«

»Wie geht's dir, Gran?« fragte Sophie, sie an sich drückend. »Was kochst du denn?«

»Etwas ... hmmmm«, Grace schien den Geschmack auf der Zunge zu haben, doch die entsprechenden Bezeichnungen fielen ihr nicht ein, »etwas Gutes.«

»Kalb à la Russe«, erklärte Margaret. »Mit neuen Kartoffeln und Brokkoli. Haben Sie gegessen?«

»Vor Stunden«, erwiderte Francine, obwohl ihr nervöser Magen keinen echten Appetit aufkommen ließ. »Und gewiß nichts, was auch nur entfernt an Kalb à la Russe heranreichte.« Sie streichelte Graces Wange. »Das Interview in L. A. ist gut gelaufen. Es wird heute abend landesweit ausgestrahlt. Wirst du es dir mit uns ansehen?«

Grace runzelte die Stirn. »Es kommen eine Menge Leute zum Essen. Mindestens hundert. Vielleicht sogar dreihundert. Und ich weiß nicht, wie lange sie bleiben werden.« Sie schaute Francine an, schien verwirrt. Plötzlich verzog sie das Gesicht und

sagte mit weinerlicher Stimme: »Wo warst du? Ich habe dich im ganzen Haus gesucht. Ich konnte dich nirgends finden.«
Francine nahm sie in den Arm und registrierte erschüttert, wie zerbrechlich sie sich anfühlte. Es dauerte eine ganze Weile, bis sie sich so weit gefaßt hatte, daß sie sprechen konnte. »Ich war unterwegs und habe all das getan, worum du mich gebeten hast: Ich bin in Talk-Shows aufgetreten und habe Presse-Interviews gegeben. Du wärst stolz auf mich gewesen – ich bin kein einziges Mal ins Stottern gekommen.«
»Du warst nicht hier«, jammerte Grace. »Ich wußte nicht, wo du warst. Ich hatte Angst, daß dich jemand mitgenommen hätte. Entführt.«
»O nein – das konnte nicht passieren. Ich hatte ja Sophie als Leibwächterin dabei.«
»Ich habe auch einen«, sagte Grace. »Einen Hund.«
Francine hielt sie von sich weg und schaute sie skeptisch an – und in diesem Moment sah sie Legs jenseits des Tisches sitzen.
»Sie weicht Ihrer Mutter nicht von der Seite«, berichtete Margaret. »Sie hält die Verschwörer fern. Sie hält sogar die schlechten Träume fern. Grace geht täglich mit ihr spazieren, stimmt's, Grace? Die frische Luft tut beiden gut.«
Francine hatte sich in so vielen wichtigeren Dingen Graces Billigung erhofft, doch daß ihre Mutter jetzt ihren Hund akzeptierte, erfüllte sie mit einer sie selbst überraschenden Freude.

»Und?« fragte Davis. Er war direkt vom Krankenhaus gekommen, hatte Francine bei der Hand genommen und den Flur hinunter zu dem Schlafzimmer gezogen, das er noch nie gesehen hatte.
Jetzt stand sie, sündig-flach an die geschlossene Tür gepreßt, und ihre Freude über das Wiedersehen, die Erregung, ihn zu spüren, und ihre eigene Ungeduld waren zu groß, als daß sie es fertiggebracht hätte, ihm Verständnislosigkeit vorzuspielen. »Ein Tag drüber. Aber das muß nichts heißen – es könnte auch der Reisestreß schuld sein.«

Er grinste sein freches, schiefes Grinsen. »Es heißt etwas.«
»Sie verspätet sich immer, wenn ich unter Druck stehe.«
Er schob die Hand zwischen ihre Körper. »Sie verspätet sich nicht nur.«
»Ein Tag ist gar nichts, Davis.«
Sein Grinsen wurde breiter. »He, ganz schön heiß!«
»Davis«, protestierte sie, obwohl es ihr angesichts der Position seiner Hand nicht leichtfiel, »du hörst mir nicht zu. Ich hätte nicht einmal etwas gesagt, wenn du nicht gefragt hättest. Du machst dir Hoffnungen, und du machst mir Hoffnungen, und dann werden wir enttäuscht.«
Davis schüttelte langsam den Kopf, und sein Grinsen drückte eine geradezu unverschämte Selbstsicherheit aus.
Francine wünschte sich natürlich, daß er recht hätte, und so lachte sie. »Du bist ein überhebliches Untier – was reizt mich nur an dir?«
»Das Untier«, sagte er und stürzte sich hungrig auf ihren Mund.

Der zweite Tag ging ins Land und dann der dritte, und noch immer ließ Francines Periode auf sich warten. Sie sagte es niemandem außer Davis, und ihm zählte sie dabei ein Dutzend anderer möglicher Gründe auf. Als er sie drängte, einen Heimtest zu machen, lehnte sie ab – sie hatte zu große Angst, daß er negativ ausfiele.
»Die Vertraute« war eine wirkungsvolle Ablenkung. Von den Tausenden von Briefen, die eingegangen waren, unterstützten zwei Drittel Francines Standpunkt. Die Hälfte der verbleibenden vertraten eine andere Meinung, und die übrigen enthielten Variationen des Themas und Bitten um Rat. Gemeinsam mit Sophie und Robin traf sie eine repräsentative Auswahl aus den Fürs und Widers, die in der nächsten Woche abgedruckt werden sollte.
Während das Interesse der Medien erstarb, blieb das der Boykotteure sehr lebendig. Zwei der kleineren Blätter kippten »Die Vertraute«, was ein paar Schlaglichter in den Medien auslöste.

Die anderen Zeitungen behielten weiter ihre Verkaufszahlen im Auge.
Wenn Grace sich einer Gefahr für »Die Vertraute« bewußt war, so ließ sie sich nichts anmerken. Hatte sie früher die Zeitung von der ersten bis zur letzten Zeile gelesen, befaßte sie sich jetzt, wenn sie zum Frühstück in die Küche kam, nur noch mit der ersten Seite, und auch das lediglich, um den Schein zu wahren. Sie war in der Lage, einzelne Worte zu lesen, doch ganze Sätze konnte sie nicht mehr erfassen. Und so las Francine ihr vor – aus Zeitungen, aus Illustrierten, aus Büchern. Aber nichts über den Boykott.
Die Zeit kroch.
Francine durchlitt Augenblicke quälender Selbstzweifel, war abwechselnd überzeugt, daß sie »Die Vertraute« auf dem Gewissen hatte, daß Graces Buch ein Flop würde, daß sie doch nicht schwanger war, daß Davis sie, obwohl er das Gegenteil sagte, nicht wirklich haben wollte, denn schließlich hatte offenbar nicht einmal ihr eigener Vater sie haben wollen.
Dann rief George an, um ihr mitzuteilen, daß die Verkaufszahlen wieder zu steigen begannen, und Amanda rief an, um sie zu informieren, daß »Die Vertraute« in vier neuen Zeitungen erscheinen würde, und die Streikpostenketten lösten sich auf, und die Flugblätterverteiler gingen nach Hause.
Francine schob alle anderen Zweifel beiseite. Was »Die Vertraute« anging, war sie rundherum glücklich.
Triumphierend eilte sie zu Grace und erzählte ihr die Geschichte von Anfang bis Ende, wobei sie ihre Konzentration zu erzwingen versuchte, indem sie ihre Hände und ihren Blick fest im Griff behielt. »Wir haben gewonnen, Mom!« rief sie zum Schluß und erwartete ein Lob oder wenigstens ein Lächeln.
Keines von beidem kam.
Francine schüttelte Graces Hände leicht. »Wir haben gewonnen!« wiederholte sie noch eindringlicher. Ihre Mutter mußte einfach begreifen, was sie erreicht hatte. »Wir haben nicht nur nicht an Popularität verloren, wir haben an Beachtung gewon-

nen! ›Die Vertraute‹ ist stärker denn je. Freust du dich denn gar nicht darüber?«
Eine endlose Minute lang wirkte sie unschlüssig. Dann nickte sie.
»Stell dir das vor, Mutter!« fuhr Francine, die sich so sehnlich eine Reaktion wünschte, voller Inbrunst fort. »Ich hätte nie gedacht, daß ich auch nur zu einem davon fähig wäre! Erinnerst du dich, wie du mich damals batest, dich abzulösen? Ich hatte panische Angst. Aber ich habe es geschafft. Alles.«
Wieder saß Francine wie auf Nägeln. Nach einer Ewigkeit sagte Grace: »Das ist sehr schön.«
»Hast du verstanden, was ich dir erzählt habe?«
»Ja.«
»Bist du stolz auf mich?«
»Ja.«
Es hätte nicht viel gefehlt, und Francine wäre in Tränen ausgebrochen.

In der Zeit, da Francine nicht gewußt hatte, wo ihr der Kopf stand, waren die unbeantworteten Fragen zu Graces Vergangenheit zwangsläufig in den Hintergrund getreten, doch jetzt, nachdem die Krise vorüber und keine Ablenkung mehr geboten war, gewannen sie sofort ihre Dringlichkeit zurück.
Von Grace kamen lediglich vage Gedankenfetzen. Sie blieb, wie sie war – das einzige, was bei ihr Beständigkeit hatte, war ihre Unbeständigkeit, die sie zwischen Gelassenheit und Erregung schwanken ließ, zwischen Geschwätzigkeit und Schweigsamkeit, zwischen Vertrauen und Verfolgungswahn. Davis änderte in der Hoffnung, ihren Zustand stabilisieren zu können, erneut die Medikation, doch die Krankheit ließ sich nicht aufhalten.
»Warum baut sie in einem solchen Tempo ab?« fragte Francine ihn, nachdem sie Grace durch einen schweren Anfall von Paranoia begleitet hatte.
»Das ist bei jedem Opfer anders«, erklärte er seinerseits frustriert. »Bei Grace geht es eben schnell.«

Francine wurde immer ungeduldiger. Sie mußte endlich wissen, was Grace verheimlichte. Sie redete mit Engelszungen auf ihre Mutter ein, doch die hätte ihr inzwischen auch nicht mehr helfen können, wenn sie gewollt hätte. Sie sprach eindringlich auf Father Jim ein, doch der wollte ihr nicht helfen.
Blieb nur eine neuerliche Reise nach Tyne Valley. Sie war sich bewußt, daß diesmal sie hinfahren sollte, denn schließlich ging es in erster Linie um ihre Belange – aber sie hatte Angst vor dem, was sie vielleicht herausfinden würde. Also schob sie es erst einmal auf.
Dann erfuhr Davis, daß sein Vater gestorben war.
Ohne eine Sekunde zu zögern – weil Davis der Mann war, den sie liebte, und sein Vater der Mann, der ihn gezeugt hatte, und weil sie wußte, daß Davis, obwohl die beiden Männer sich fremd gewesen waren, um ihn trauerte, und weil Davis' Vater der Großvater des Kindes war, das sie vielleicht erwartete, und sie das Bedürfnis hatte, ihm und den anderen, mit denen sie vielleicht direkt oder indirekt verwandt war, die letzte Ehre zu erweisen –, packte Francine ihre Koffer.

Dreiundzwanzigstes Kapitel

Wie alle anderen Tugenden, ist auch die Ehrlichkeit um so höher einzustufen, je mehr Überwindung sie kostet. So kann das Geständnis einer Frau, daß sie zum Lesen eine Brille braucht, den gleichen Stellenwert besitzen wie das einer anderen, die zugibt, daß ihr Brillantschmuck nur geliehen ist.

– Grace Dorian in einem Interview in »Mirabella«

Tyne Valley war genau, wie Francine es sich vorgestellt hatte: malerisch gelegen, aber trostlos. Obwohl heller Nachmittag war, lag die Hauptstraße menschenleer da.

»Tankstelle, General Store, Autoteile-Handlung«, zählte Davis im Vorbeifahren auf. »Das ist das Rathaus. Da findet die Gemeindeversammlung statt – für gewöhnlich am zweiten Sonntag im März.«

»Nur einen Tag?«

»Es gibt nicht viel zu besprechen. Der Hauptzweck besteht darin, den Leuten die Möglichkeit zu geben, sich auch mal mit etwas anderem zu beschäftigen als mit Schlammschaufeln. In der Straße da drüben ist eine Autoreparaturwerkstatt. Die haben immer gut zu tun – wie die Schlammschaufler im März. Dort ist die Bücherei.«

Das hübsche, weiße Haus, in dem sie untergebracht war, stand in einem Abstand von etwa hundert Metern neben dem Lebensmittelladen – und es hatte eine Seitentür. Francine fragte sich,

ob das wohl die Tür war, durch die Grace sich hinein- und hinausgestohlen hatte.
»Jetzt zeige ich dir die Schule«, sagte Davis.
Francine legte die Hand auf seinen Arm. »Möchtest du nicht erst zu deinem Dad?«
»Ich bin noch nicht soweit.«
Sie rutschte näher an ihn heran. Er legte die Hand auf ihren Schenkel und warf ihr ein Lächeln zu, doch es war nur ein schwacher Abglanz des gewohnten. Sie legte ihre Hand auf seine.
Er zeigte ihr die Schulen, die er unsicher gemacht hatte – die Grundschule, die Junior High und sogar die ein Stück außerhalb gelegene regionale High-School. Dann fuhr er in die Stadt zurück und hielt vor der Kirche an, machte jedoch keine Anstalten auszusteigen. Sein Blick wanderte zu dem angrenzenden Friedhof. Es dauerte einen Moment, bis Francine die beiden Männer entdeckte, die weit hinten ein Grab aushoben.
Davis stieß einen gequälten Laut aus.
Sie hob seine Hand an ihre Wange. »Liegt deine Mutter auch hier?«
Er nickte.
Im Gegensatz zu ihm war sie schon erwachsen gewesen, als sie einen Elternteil verlor, und konnte sich nicht einmal ansatzweise vorstellen, was er im Hinblick auf seine Mutter empfand – und jetzt auf seinen Vater.
Francine erinnerte sich auch sehr gut an Johns Beerdigung und das schreckliche Gefühl der Endgültigkeit, das sie beim Anblick des mit geometrischer Exaktheit ausgehobenen Loches befiel, in dem er auf ewig verschwinden würde. Erschaudernd wurde ihr bewußt, daß sie diese Qual vielleicht schon bald ein zweites Mal durchleben müßte – wenn Grace sie verließe, Grace, die eigentlich ewig leben sollte, weil sie so anständig war.
Aber das war sie nicht immer gewesen.
»Eltern haben einen großen Nachteil«, murmelte Davis. »Irgendwann verlieren wir sie und«, er deutete mit dem Kinn in Richtung Friedhof, »müssen sie begraben.«

Das Zittern in seiner Stimme machte es Francine schwer, die Fassung zu bewahren. Grace aus ihren Gedanken verbannend, sagte sie: »Du hast für ihn getan, was du konntest.«
»Es war nicht genug. Er hatte ein trauriges Leben, und er fand ein trauriges Ende.«
Duncan Marcoux war in einer langen, kalten Nacht gestorben – mutterseelenallein. Davis hatte es ihr schon mehr als einmal erzählt, was zeigte, daß es ihn verfolgte.
»Du hast dich bemüht«, sagte sie leise.
»Ich habe die Stadt verlassen.«
»Und als Folge davon Hunderten von Menschen geholfen.«
»Aber nicht ihm.«
»Du hast ihn stolz gemacht.«
Davis stieß einen wegwerfenden Laut aus. »Er hatte gar keinen Begriff von meiner Arbeit.«
»Er wußte doch, daß du Arzt bist.«
»Aber nicht, was das in meinem Fall bedeutete. Nicht wirklich.«
»Das brauchte er gar nicht, um stolz zu sein.«
»Er hat es nie gesagt.«
»Das heißt nicht, daß er es nicht war. Glaubst du nicht, daß er bei seinen Trinkkumpanen mit dir angegeben hat?«
»Jaaa – wenn er betrunken war.«
»Er konnte also nicht aus sich herausgehen, wenn er nüchtern war – aber er muß stolz auf dich gewesen sein. Du hast das College geschafft, das allgemeine Medizinstudium und den Facharzt. Du hast eine eigene Praxis und dir ein Haus gebaut. Du hast so vielen Menschen zu einem besseren Leben verholfen. Auch wenn er das alles nicht in vollem Umfang erfaßte, er war bestimmt stolz auf dich.«
Davis zog ihre Hand an seine Lippen und hielt sie fest darauf gedrückt, während er den Männern bei der Arbeit zusah, als sei er als Duncans Sohn verpflichtet, sie zu beaufsichtigen. Nach einer Weile startete er den Pick-up wieder.
Er fuhr durch die ganze Stadt und am anderen Ende hinaus und

schließlich auf einer ungeteerten Straße zu dem Baggersee, in dem die Kinder aus der Stadt im Sommer badeten. Sie parkten eine Weile am Ufer, dann fuhr er sie auf einer Serpentinenstraße zu einem hochgelegenen Aussichtspunkt. Sie knöpften ihre Mäntel zu, um sich gegen den Märzwind zu schützen, und stiegen aus.

Das Bild, das sich ihnen bot, war malerisch, graugrün mit vereinzelten roten Farbklecksen in Form von Dächern oder gemauerten Ställen, noch wintertrist, aber nicht ohne Charme. Weiße Kirchtürme kennzeichneten wie Stecknadeln in einer Landkarte umliegende Dörfer.

»Empfindest du etwas?« fragte Davis.

Francine schaute ihn überrascht an. Sie hatte geglaubt, er sei viel zu sehr mit seinen eigenen Gefühlen beschäftigt, um sich Gedanken über ihre zu machen. Aber sie hätte es wissen müssen. Er war ein außergewöhnlich einfühlsamer Mann. Das war eines der vielen Dinge, die sie an ihm liebte.

»Ich mag die Stadt«, sagte sie. »Sie ist klein und hübsch und ruhig. Und erstaunlich grün für diese Jahreszeit. Fühle ich eine innere Verbundenheit? Nein.«

»Du hast ja auch niemanden kennengelernt. Für Verabschiedungen und Begräbnisse findet sich die ganze Stadt ein. Der Grund ist der gleiche wie bei der Gemeindeversammlung: Er ist nur besser als Schlammschaufeln.« Die Verabschiedung von Davis' Vater würde heute abend stattfinden und die Beerdigung am nächsten Morgen. »Vielleicht erkennt ja jemand an dir irgend etwas wieder oder weiß etwas, das dir weiterhilft.«

»Vielleicht«, sagte sie und schob die Hand in seine Tasche.

*

Als Sophie vierzehn wurde, hatte Grace ihr ein Gedichtbändchen mit Goldschnitt geschenkt. Selbst jetzt, zehn Jahre später, konnte sie noch immer die meisten der Gedichte auswendig, schöpfte noch immer Trost aus dem rhythmischen Schwung der Verse und den darin enthaltenen, tiefsinnigen Weisheiten. In der Hoffnung, daß sie auf Grace die gleiche Wirkung haben würden, hatte sie ihr Heiligtum hervorgeholt und wollte Grace ihre Lieblingsstücke vorlesen.

Aber Grace war unruhig. Sie setzte sich hin, sie stand wieder auf, sie wanderte durch den Wintergarten, kehrte zur Chaiselongue zurück und setzte sich wieder hin, um eine Minute später wieder aufzustehen.

Sophie klappte das Buch zu. »Was ist los, Gran?«

Grace knetete ihre Finger, zuckte mit den Augenbrauen.

Sophie schaute zum Fenster. »Wenn es nicht regnen würde, könnten wir spazierengehen. Möchtest du statt dessen vielleicht eine kleine Ausfahrt machen – nur die Straße runter und ein bißchen durch die Gegend?«

»Ich darf mich nicht zu weit vom Haus entfernen.« Grace warf einen Blick aus dem Fenster und wandte sich dann wieder Sophie zu. »Wo ist sie?«

Es war das viertemal, daß sie diese Frage stellte – innerhalb einer Stunde! Früher hätte Sophie deswegen gemault, aber jetzt war Grace krank. »Francine ist mit Davis nach Tyne Valley gefahren. Sein Vater ist gestorben.«

»Sein Vater?«

»Duncan Marcoux.«

»Duncan Marcoux«, wiederholte Grace. Sie wiegte sich vor und zurück. »Ich glaube, das ist gefährlich.« Zutiefst beunruhigt verflocht sie ihre Finger miteinander. »Es könnte sie jemand entführen.«

»Francine?«

»Warum ist sie nicht hier?«

Noch immer geduldig, noch immer gelassen, weil sie hoffte, daß ihre Gelassenheit sich auf Grace übertrüge, sagte Sophie: »Weil Davis' Vater gestorben ist. Sie ist zur Beerdigung gefahren. Sie hat dir gesagt, daß sie nach Tyne Valley fahren würde. Sie wird dich später anrufen.«

Grace wiegte sich weiter vor und zurück, flocht weiter ihre Finger ineinander, schaute besorgt zur Tür. Mit furchtsamer Stimme sagte sie: »Es sind Leute aus dem ganzen Land hinter mir her. Ich glaube, ich bin hier nicht sicher. Ich muß mich irgendwo verstecken, wo sie mich nicht finden können.«

Sophie legte den Arm um sie. »Hab keine Angst, Gran. Ich bin ja bei dir – ich werde nicht zulassen, daß dir jemand was tut. Komm, machen wir einen Gang durchs Haus.«

»Wo ist ... äh ... das andere Mädchen?«

»Jane hat einen Termin beim Zahnarzt. Sie ist vor einer Stunde gegangen.«

»Nicht Jane«, sagte Grace sichtlich frustriert, weil ihr der Name, den sie suchte, nicht einfiel.

»Robin?« bot Sophie ihr an.

»Schon da!« sagte Robin, die in diesem Moment zur Tür hereinkam. »Sie haben Besuch«, eröffnete sie Sophie augenzwinkernd.

»Wen?« fragte Sophie alarmiert.

»Douglas.«

Mit einem Ausdruck nackter Angst packte Grace sie am Arm. »Oh, mein Gott, oh, mein Gott! Wo ist mein Hund? Ich brauche meinen Hund! Mein Hund wird mich beschützen, wenn sie angreifen. Hund?« Ihr Blick glitt zur anderen Seite der Chaiselongue und schoß dann hektisch durch den Raum. »Hund?«

Legs lag unter dem Liegesofa, direkt unter ihr. Sophie deutete auf sie und wartete, bis Grace selbst nachgesehen hatte. »Sie hält Wache, Gran. Sie wird keinen Fremden an dich heranlassen.«

Sophie ging mit gemischten Gefühlen den Flur hinunter – Douglas' Überraschungsauftritt brachte sie in eine Zwickmühle. Er stand in Jeans und Anorak in der Eingangshalle. Auf seinen Haaren glänzten Regentropfen.

»Ich weiß, daß Sie mich nicht eingeladen haben«, kam er ihr zuvor, »aber da ich auf dem Weg nach Greenwich zwangsläufig hier durch mußte, dachte ich, ich schaue mal, ob Sie da sind.« Er sah sanft und harmlos aus.

Sie lehnte sich an den Treppenpfosten, verschränkte die Arme und wagte ein Lächeln. »Was gibt es denn in Greenwich?«
»Eine Galerie, die eine Ausstellung machen will. Ich habe meine Sachen draußen in einem Lieferwagen. Wollen Sie mal einen Blick darauf werfen?«
»Ist das die berühmte Darf-ich-Ihnen-meine-Briefmarkensammlung-zeigen-Frage?«
Er steckte die Hände in die Taschen. »Nein – eine ganz unschuldige. Im Gegensatz zu einigen meiner Gedanken. Ich bitte Sie immer wieder, mit mir auszugehen, aber Sie geben mir jedesmal einen Korb. Andererseits sagen Sie aber, daß Sie nicht gebunden sind. Liegt es an mir?«
»Nein.«
»Woran dann?«
Sophie mochte ihn. Wenn er das schwarze Schaf in seiner Familie war, dann ein liebes, langhaariges, langbeiniges und langmütiges. Die kreative Veranlagung, die ihn zum Künstler hatte werden lassen, machte ihn auch zu einem Gesprächspartner, mit dem sie sich gern stundenlang unterhielt, was sie in letzter Zeit auch häufig getan hatte. Sie verspürte einen leichten Appetit auf mehr.
Am Treppenpfosten abwärts gleitend, ließ sie sich auf die zweite Stufe sinken und schlang die Arme um die Knie. »Das letztemal, als ich einen Mann aus der Nähe sah, wurde ich vergewaltigt.«
Er riß die Augen auf.
»Wir waren eine Zeitlang zusammengewesen«, erzählte sie. »Ich wollte die Geschichte beenden. Er nicht.«
»Mein Gott, Sophie! Das tut mir leid.«
»Und darum bin ich ein bißchen ›schußscheu‹, wie meine Mutter es nennt. Ich glaube, der Ausdruck trifft es genau.«
»Und seitdem sind Sie mit niemandem mehr ausgegangen?«
Sie schüttelte den Kopf. »Es passierte zwei Tage, bevor ich Sie kennenlernte.« Sie lachte sarkastisch auf. »Vielleicht gar nicht schlecht. Sonst hätten Sie mich vielleicht auf den ersten Blick

gräßlich gefunden. Ich habe eine perverse Seite, wissen Sie, tue irgendwelche Dinge nur, weil mir jemand gesagt hat, daß ich sie nicht tun soll. Komisch, wie schnell einen manche Erfahrungen dämpfen. Jedenfalls«, sagte sie schüchtern und warf, in dem Versuch, durch diese Geste mit gespielter Selbstsicherheit über ihre Unsicherheit hinwegzutäuschen, die Haare nach hinten, »ich bin psychisch angeschlagen, wie es so schön heißt. Ich weiß nicht, ob Sie nach dieser Eröffnung noch immer mit mir ausgehen wollen.«

»Das will ich allerdings«, erwiderte er, ohne zu zögern. »Außerdem klingen Sie nicht ›angeschlagen‹ – Sie klingen völlig normal. Waren Sie in Therapie?«

»Um Himmels willen! So was tut eine Dorian nicht!«

»Warum nicht?«

»Weil es keinen guten Eindruck macht. Nein, das stimmt nicht. Nun ja, es stimmt doch, aber das ist nicht der Hauptgrund. Wir gehen nicht zum Psychiater oder zur Gruppentherapie, weil wir das nicht brauchen – wir haben uns. Wir sind alle starke Frauen.« Eine ist es nicht mehr, korrigierte sie im stillen – aber trotzdem …

»Das ist ein bißchen einschüchternd …«

»Nicht für einen starken Mann – und ich meine ›stark‹ nicht im körperlichen Sinn.«

»Das ist mir klar«, antwortete er mit der genau richtigen Portion Stärke.

»Darüber hinaus bin ich Diabetikerin.«

»Wollen Sie mich damit abschrecken?«

Sie zuckte mit den Schultern. »Es bedeutet, daß ich ständig irgendwelche Vorschriften beachten muß. Es ist eine Zumutung.«

»Das ist das ganze Leben, wenn Sie es so sehen wollen. Ich will das nicht.«

Er stand noch immer an der Tür, hatte noch immer die Hände in den Taschen. Grace würde ihr die Hölle heiß machen, weil sie ihn nicht hereingebeten hatte, dachte Sophie – doch dann revi-

dierte sie diesen Gedanken: Die Grace, die im Wintergarten saß, würde Doug bei seinem Eintreten beschuldigen, eine UZI unter seinem Anorak zu verbergen.
Nein, er hatte keine UZI. Sophie vertraute ihm.
Gus hatte sie auch vertraut.
Aber Gus war ein grober Klotz gewesen. Er hatte keine Gefühle gekannt, keine Hoffnungen und Ängste und keine Erregung, die im Kopf begann. Bei ihm hatte nur der Körper funktioniert. Bei Doug funktionierten Körper, Geist und Seele. Das wußte sie – sie war in New York in einer Galerie gewesen und hatte sich seine Werke angeschaut. Doch das würde sie ihm noch nicht verraten, ein bißchen Unsicherheit konnte dem männlichen Ego nie schaden.
Aber da seine Arbeiten Sensibilität verrieten, er sich am Telefon als sensibel erwiesen hatte, sein an der Tür Verbleiben, anstatt sie zu bedrängen, von Sensibilität zeugte, war er vielleicht ein vorsichtiges Entgegenkommen wert.
Und so fragte sie, sich auf ihrem Po vor und zurück wiegend und mit den Händen noch immer ihre Knie umklammernd: »Möchten Sie reinkommen?«

Davis fuhr noch eine ganze Stunde herum, wobei er gelegentlich anhielt, um sie auf etwas aufmerksam zu machen, ihr eine Episode zu erzählen oder nur still dazusitzen. Einen dieser schweigenden Zwischenstops legte er vor dem Haus seines Vaters ein. Er stieg nicht aus, schaute nur.
Das Haus war klein und weniger schäbig als die anderen in der Reihe. Francine nahm an, daß es frisch gestrichen war, weil Davis jemanden dafür bezahlt hatte, es zu streichen, daß die Stufen repariert waren, weil Davis jemanden dafür bezahlt hatte, daß Gras im Vorgarten wuchs, weil Davis jemanden dafür bezahlt hatte, welches zu säen. Und obwohl winterwelk, stand es hoch.
Francine fragte sich, warum Davis' Schwestern es nicht hatten mähen lassen. Es gingen ihr auch noch andere Fragen durch den

Kopf, doch sie wollte Davis nicht aus seinen Gedanken reißen. Also vermittelte sie ihm ihre Anteilnahme nur damit, daß sie seine Hand nahm.

»Er wollte nicht wegziehen«, war alles, was Davis sagte, als er den Wagen wieder startete.

Sie fuhren zu seinen Schwestern, deren Häuser einander schräg gegenüber und beide nicht mehr als einen Block von Duncans Haus standen. Beide Frauen waren groß und schlank. Francine nahm an, daß sie früher einmal recht ansehnlich gewesen waren. Jetzt wirkten sie ebenso farblos und hochaufgeschossen wie der Rasen ihres Vaters.

Sie lernte Ehemänner, Kinder, Enkel und Freunde kennen. Sie alle und noch viele mehr fanden sich am Abend im Trauerhaus ein. Und dort sah sie auch Duncan Marcoux. »Nett hergerichtet«, lautete die einhellige Meinung.

»Verdammt richtig«, stieß Davis leise hervor, als sie wieder einmal geäußert wurde. »So freundlich hat er sein ganzes, armseliges Leben lang nicht ausgesehen. Was du da siehst, ist der Geist seines Potentials – das tatsächliche starb einen frühen Whiskey-Tod.«

Die äußere Ähnlichkeit war augenfällig. Während seine Schwestern nur hier und da eine Einzelheit ergattert hatten, war Davis das lediglich größere und freundlichere Ebenbild des Mannes, der in seinem Sonntagsanzug in den Sarg gelegt worden war. Davis war ganz eindeutig der Sohn seines Vaters.

Doch es war nicht die äußere Hülle, um die Davis trauerte. Seine Trauer galt dem erwähnten Potential, den nie lange durchgehaltenen Jobs, den nie realisierten Träumen von einem besseren Leben, der eingebüßten Intelligenz. Sie galt der Beziehung, die er nie zu seinem Vater gehabt hatte, und den Annehmlichkeiten, die er ihm angeboten hatte und die zurückgewiesen worden waren. Und er trauerte um seine Mutter, wie er es bei ihrem Tod nicht hatte tun können, weil ihm als Kind einfach die Reife dazu gefehlt hatte.

Das alles entnahm Francine den Worten, die er murmelte, der

Tatsache, daß er den ganzen Abend ihre Hand nicht losließ und später mit an ihre Brust gekuscheltem Kopf einschlief.
Es wurde ihr bewußt, daß es ihr auch völlig genügen konnte, ihn nur so im Arm zu halten, wenn er das brauchte.
Sie kam zu dem Schluß, daß sie ernsthaft die Alternativen – Hormontherapie, künstliche Insemination, In-vitro-Befruchtung oder sogar Adoption – in Erwägung ziehen würde, falls sie nicht schwanger wäre.
Sie sollte sich wirklich endlich zu dem Test überwinden.
Doch die Beerdigung am nächsten Morgen ließ keine weitere Beschäftigung mit diesem Gedanken zu. Danach ließ Davis genügend Essen in die Lieblingsbar seines Vaters bringen, um die ganze Stadt verköstigen zu können – und es kam die ganze Stadt. Die gedämpfte Stimmung, die bei der Verabschiedung und dem Begräbnis geherrscht hatte, wich einer fast volksfestlichen, und Davis lächelte, schüttelte Hände und lachte sogar hier und da mit einem alten Freund.
Francine richtete ihre Gedanken nach innen. Sie machte den Raum in ihrer Fantasie zu einem Ouija-Brett und ihre Augen zu den Zeigern, die auf einer Person zum Stillstand kommen würden, die ihre Gene in sich trug. Doch es klappte nicht.
Sie unterhielt sich mit Father Crosby, mit dem Kirchenbeauftragten der Stadt und seiner Frau, mit der Bibliothekarin und Dutzenden von anderen Leuten, die ihr überschwenglich für die Großzügigkeit ihrer Mutter dankten, aber sie konnte sich nicht dazu überwinden, die Fragen zu stellen, die ihr auf der Seele lagen. Wie sollte sie ihr völlig fremden Menschen die Vermutung eröffnen, daß ihre Mutter, inzwischen eine prominente Persönlichkeit, aus ihrer Stadt stammte und hier einen heimlichen Liebhaber gehabt hatte? Etwas so Intimes in die Öffentlichkeit zu tragen, wäre ein Verrat an Grace gewesen.
Als die Leichenfeier endete, war sie so traurig darüber, die Gelegenheit aus Loyalität zu Grace nicht genutzt haben zu können, daß sie, als Davis sie fragte, ob es ihr etwas ausmachen würde, vor der Rückfahrt noch einmal zum Friedhof zu fah-

ren, fast erleichtert war, sich hinter seinem Gran verstecken zu können.

Sie blieb am Friedhofstor stehen und ließ Davis allein zum Grab gehen, denn sie wollte ihm die Möglichkeit geben, ungestört Abschied zu nehmen. Die Totengräber, die mit den anderen in der Bar gefeiert hatten, bevor sie zu ihrer Arbeit zurückkehrten, waren gerade fertig geworden. Davis schüttelte ihnen die Hände, steckte die seinen in die Manteltaschen, und dann sah sie ihn – aus der Ferne nur als große, dunkle Silhouette zu erkennen, mit dem Rücken zu ihr am Fuß des frischen Erdhügels stehen.

Einer der Totengräber ging, sich mit dem Finger an den Mützenschirm tippend, an ihr vorbei. Der andere blieb stehen.

Er war lang und hager, rotwangig von der Kälte und nach den grauen Borsten, die unter seiner Mütze hervorlugten, und den Knitterfalten, die strahlenförmig, von seinen Auge ausgingen, zu urteilen, in den Sechzigern.

»Ich würde Ihnen ja gern die Hand geben, Miss Dorian«, sagte er, »aber sie ist ein bißchen schmutzig. Jeb George, mein Name. Ich bin der Bestattungsunternehmer hier.«

Natürlich. Sie hatte ihn bei der Trauerfeier gesehen und dann bei der Beerdigung. Beide Male war er formell gekleidet gewesen und hatte einen entsprechend verkrampften Eindruck gemacht. Jetzt, in weiten Wollhosen und einer karierten Holzfällerjacke, wirkte er sehr viel entspannter.

»Der feierliche Teil dieses Gewerbes ist nie mein Ding gewesen«, sagte er, als habe er ihre Gedanken gelesen, »aber das Geschäft war alles, was mein Vater mir zu vererben hatte, und meine einzige Möglichkeit, Frau und Kinder zu ernähren – und wenn man in einer Stadt wie dieser etwas angeboten bekommt, dann behält man es. Aber es ist kein Vergnügen, Leute zu beerdigen, die man kennt.« Er warf einen Blick in Davis' Richtung. »Nehmen Sie zum Beispiel Duncan Marcoux. Als Kinder waren wir dicke Freunde. Als er dann zu trinken anfing, hatte er nicht mehr viel Interesse an Freunden.«

Francine fiel ein, daß Davis erzählt hatte, Duncan und Father Jim seien Kumpels gewesen. Sie zog den Mantelkragen enger um den Hals und hielt ihn fest. »Dann kannten Sie sicher auch Father O'Neill?«

»Na klar«, antwortete Jeb. »Mann, tat uns das leid, daß er nach alldem ins Seminar eintrat, aber dadurch, daß er wegging, hat er uns mehr geholfen, als er es je gekonnt hätte, wenn er hiergeblieben wäre. Er hat Ihre Mutter für uns aufgetan. Viele arme Schlucker haben mit ihrer Hilfe ein anständiges Begräbnis bekommen. Wir sind ihr sehr dankbar – und auch Ihnen.«

»Gern geschehen.« Sie nahm Anlauf. »Dann kannten Sie Father Jim also.« Jetzt nur nicht anmerken lassen, wie aufgeregt sie war. »Demnach müssen Sie auch Rosellen McQuillan gekannt haben.«

»Natürlich. Die beiden waren unzertrennlich. Sie ging auch weg, als er ging. Ohne ihn hätte sie es hier nicht ausgehalten. Er war das einzige, was sie bei Verstand hielt.«

»Wo ist sie hingegangen?«

Er zuckte mit den Schultern. »Wir haben nie wieder was von ihr gehört.«

»Nicht einmal ihre Familie?«

Jeb stieß einen verächtlichen Laut aus.

»Wie viele waren sie denn?«

»Die McQuillans?« Er hob den Blick zum Himmel, um sich zu konzentrieren. »Fünf. Nein – sechs. Aber der Junge starb früh. War vielleicht besser für ihn, als mit Thomas McQuillan als Vater leben zu müssen.«

Francine stockte der Atem. »Ist der Junge hier beerdigt?«

»Sicher ist er das.« Er forderte sie mit einer Handbewegung auf, den Friedhof zu betreten und führte sie fast bis zu der Stelle, an der Davis noch immer stand. »Der Grabstein war eines der ersten Dinge, die Father Jim von dem Geld machen ließ, das er brachte. Rosellen zuliebe, sagte er.«

Es war ein schlichter Stein. Nur die Seite mit der Gravur war geschliffen. Er stand in einer Reihe mit drei anderen – einem für

Hals Vater, Thomas, einem für seine Mutter, Sara, und einem für seine Schwester, doch deren Name verschwamm vor Francines Augen.

Sie drängte die Tränen zurück, preßte eine Hand auf ihr Herz und fragte mit erstickter Stimme: »Wer war Johnny?«

»Johnny?« Jeb George grinste. »Johnny ist Jim. Er heißt James John O'Neill – wie sein Vater hieß. Da den alle Jim nannten, nannten wir Jim Johnny. Klingt verwirrend, aber es ist einleuchtend.«

O ja. Es war absolut einleuchtend – und so problemlos zu erfahren gewesen. Sie hatte nur eine richtige Frage zu stellen brauchen und die richtige Verbindung herzustellen.

Francine drückte die behandschuhten Finger auf die Oberlippe, um nicht aufzuschluchzen.

Robin hatte Grace die fertigen Manuskriptseiten gebracht, erklärte ihr, wie sie die Kapitel über »Die Vertraute« geordnet hatte, und las ihr Auszüge vor, die ihr besonders gefielen.

Grace schien zu wissen, daß Aufmerksamkeit von ihr erwartet wurde, doch Robin bezweifelte, daß sie viel mitbekam. Sie schaute flüchtig auf die jeweiligen Seiten hinunter und nickte, doch gleich darauf wanderte ihr Blick immer wieder besorgt zum Fenster oder zu Legs.

»Francine wird heute abend zurücksein«, versuchte Robin sie zu beruhigen. »Sie brauchen sich keine Gedanken zu machen, es geht ihr gut. Sie haben heute früh mit ihr telefoniert. Erinnern Sie sich daran?«

»Ich glaube schon«, sagte Grace.

»Sie sagte, sie werde rechtzeitig zum Abendessen hiersein – sie würde Sie ja nie anlügen. Sie haben sie zur Ehrlichkeit erzogen.«

»Ehrlichkeit geht über Würde.«

Robin schnitt eine Grimasse. »Ja, das haben Sie immer gesagt, und meine Mutter hat es zu mir gesagt, weil Sie es sagten.« Sie lehnte sich auf ihrem Stuhl zurück. »Manchmal fällt es mir noch immer schwer zu begreifen, daß ich tatsächlich hier bei Ihnen bin. Dabei saßen Sie immer bei uns am Tisch – natürlich nur im übertragenen Sinn. Jedes Abendessen wurde mir vergällt mit Ihrer Vollkommenheit, Ihrer Unnachahmlichkeit.«

Grace runzelte die Stirn. »Unnachahmlichkeit?«

»Meine Mutter sprach unentwegt von Ihnen. Sie hielt Sie für brillant. Jeden Abend las sie meinem Bruder und mir Ihre jeweilige Kolumne vor und erklärte uns, wie sie auf unser Leben anzuwenden sei. Eine ist mir ganz besonders in Erinnerung geblieben, weil ich den Vergleich so hübsch fand. ›Das Leben ist ein Garten‹, schrieben Sie. ›Wird das Gesäte gehegt und gepflegt, gedeiht es.‹ Wow!« sie atmete übertrieben durch, »hat meine Mutter dieses Bild ausgeschlachtet! Ihrer Ansicht nach erklärte es, warum wir so mißratene Kinder waren. Wir hatten nichts gesät, und da uns die Grundlagen fehlten, war es klar, daß wir nicht richtig rechnen oder richtig lesen oder richtig schreiben konnten, und demzufolge natürlich keine guten Noten bekamen. Auch wenn ihr unsere Art der Kleidung nicht paßte oder unsere Ausdrucksweise – jedesmal berief sie sich auf diese Kolumne. Wie könnten wir unter diesen Umständen auch nur davon träumen, daß etwas aus uns würde?«

Grace hatte sie unverwandt angeschaut. Ihr Gesicht drückte tiefe Bestürzung aus. Robin hielt inne und atmete tief durch, um sich zu beruhigen.

Dann fuhr sie weniger heftig fort: »Meine Mutter überspitzte die Dinge, aber das begriffen wir damals nicht. Wir waren Kinder, und wir hatten keine Möglichkeit, uns zu verteidigen. Sie legte Ihre Aussagen nach ihrem Belieben aus und hämmerte sie uns wieder und wieder ein.« Sie stieß einen frustrierten Laut aus. »Einiges davon liegt mehr als zwanzig Jahre zurück, aber ich rege mich noch immer auf, wenn ich daran denke.«

Grace stand auf und ging zum Fenster. Robin betrachtete sie eine Weile und gesellte sich dann zu ihr.

»Die Sache ist die«, sagte sie, in dem Bedürfnis, Grace zu vermitteln, worum es ihr ging, »grundsätzlich stimmt es natürlich, daß nur etwas wachsen kann, wann man etwas gesät hat und die

Saat dann pflegt – aber was ist, wenn ein Frosteinbruch kommt oder ein anderer Einfluß von außen das Gesäte vernichtet? Was ist, wenn das Saatgut von vornherein nichts taugt? Hat der Mensch, der sät und hegt und pflegt, die Kontrolle darüber?«

Nach einem langen Schweigen kam ein leises »Nein« von Grace.

»Konnte ich etwas dafür, daß ich einen tollen Ferienjob nicht bekam, weil meine Hauptkonkurrentin die Tochter des Senators unseres Staates war? Konnte ich etwas dafür, daß meine Haare lockig waren und sich einfach nicht so frisieren ließen wie Dorothy Hamills?«

Wieder ein langes Schweigen, und dann wieder ein leises »Nein.«

»Konnte ich etwas dafür, daß die Jugendliebe meines Mannes nach ihrer Scheidung plötzlich wieder auftauchte und ein Auge auf ihn warf? Konnte mein Bruder etwas dafür, daß eine geringfügige motorische Störung ihn daran hinderte, ordentlich zu schreiben?«

»Nein.«

»Es läuft darauf hinaus, daß der Vergleich des Lebens mit einem Garten eine Idee ist, die ein Bild von üppiger Pflanzenpracht erstehen läßt, die jeder haben kann, wenn er sich nur bemüht – aber manche haben nicht einmal das Grundstück dafür. Ist es also fair, sie den Menschen aufzuzwingen?«

»Nein.«

»Warum tun Sie es dann?«

»Es ist nicht meine Absicht.«

»Sie predigen Flexibilität, aber jede Ihrer Kolumnen übermittelt eine kategorische Botschaft. Wenn nicht ›Beweisen Sie Erhabenheit‹, dann ›Machen Sie etwas aus Ihrem Leben‹, ›Es ist immer ein Silberstreif am Horizont‹ oder ›Zucker öffnet die Herzen‹. Nehmen Sie die letzte: Manchmal funktioniert es, manchmal nicht. Wenn Sie es mit einem hartherzigen Menschen zu tun haben, bewirkt auch eine Tonne Zucker nicht das geringste.«

»Ich weiß.«
»Und dann ist da noch der schöne Spruch ›Man darf sich keine Schwäche erlauben – die Show muß weitergehen.‹ Es wäre schön, wenn sich das verwirklichen ließe – aber wir sind Menschen, verdammt noch mal.«
»Ja.«
»Kein Mensch kann immer stark sein. Selbst wenn wir im Grunde stark sind, kann es passieren, daß wir nicht stark genug sind, um zu tun, was getan werden muß. Oder wir sind absolut stark und trotzdem nicht in der Lage, die Show weiterlaufen zu lassen. Also ist es Schwachsinn!«
»Es tut mir leid.«
»Und dann bringst du auch noch die Liebe ins Spiel«, fuhr Robin in fliegender Hast fort, damit ihre Mutter es einmal, wenigstens einmal hören konnte, bevor sie ihr wegstarb. »Du erwartest mehr von uns, als du uns je gegeben hast, und wenn du es nicht bekommst, rächst du dich mit kleinen Spitzen, Sticheleien und Abfälligkeiten, und ich weiß nie, ob du mir damit nur weh tun oder vielleicht auch vermitteln willst, daß du mich liebst«
»Natürlich liebe ich dich!« rief Grace. »Das habe ich immer getan, immer, immer – ich wollte nur, daß du es einmal weiterbringen würdest als ich!«
Robin starrte sie an. Sie atmete zittrig ein und schluckte. Es dauerte eine ganze Weile, bis sie begriff, was sie getan hatte.
Verlegen, aber auch seltsam erleichtert und sich vage bewußt, daß eine Entschuldigung erfolgt war, und dann beschämt und verblüfft über diese andere Seite der alten Grace, eine Seite, die zeigte, daß auch sie nur ein Mensch war, schlang sie die Arme um sie und drückte sie an sich.
Sie zitterten beide. Grace schluchzte leise, daß es ihr leid tue. Oder war es vielleicht Robin, die es sagte? Sie dachte es zwar inbrünstig, vermutete jedoch, daß Grace vielleicht doch am Ende die ehrlichere von ihnen wäre. Und dann machte Grace sich plötzlich los und hastete aus dem Zimmer.

Francine stand noch lange an den Gräbern ihrer Großeltern, nachdem Jeb George gegangen war, am ganzen Körper zitternd, von Davis festgehalten, der den Arm um ihre Schultern gelegt hatte. Nachdem regelrecht aus ihr herausgesprudelt war, was sie erfahren hatte, fühlte sie sich völlig ausgelaugt, hatte keine Worte mehr. Als sie auch vor Kälte zu zittern begann, setzte Davis sie in den Pick-up und fuhr mit ihr herum, wie er es tags zuvor getan hatte, doch diesmal zeigte er ihr Dinge, die sie angingen.
Er zeigte ihr das Haus, in dem die McQuillans gewohnt hatten. Es lag nicht weit von dem seines Vaters entfernt, war jedoch in einem schlechteren Zustand, obwohl es schon Jahre her war, daß zuletzt ein McQuillan darin gelebt hatte.
Er zeigte ihr das Haus, in dem Jim O'Neill aufgewachsen war, in dem seine Eltern kurz nacheinander gestorben waren, und die Häuser, in denen Jims Geschwister heute noch lebten. Er fragte Francine, ob sie sie kennenlernen wolle. Das tat sie – aber zuerst mußte sie Jim als ihren Vater kennenlernen. Also schüttelte sie den Kopf.
Er parkte eine Weile vor der Bücherei, die Grace so oft besucht hatte, und fuhr mit ihr zu den ältesten Verstecken seines Vaters, die vielleicht auch Graces gewesen waren.
»War dein Vater Wolf, Scutch oder Sparrow?« fragte sie und dachte, daß es ironisch bis zur Grausamkeit wäre, wenn Duncan Marcoux eine Rolle in Graces Halluzinationsspektakeln gespielt hätte.
Aber Davis sagte: »Nein. Er lief mit sechzehn zu wesentlich übleren Burschen über. Vielleicht gab sich Jim auch die Schuld dafür, daß er ihn nicht hatte halten können. Vielleicht hat er sich deshalb meiner angenommen. Ich weiß es nicht.«
Francine wußte es auch nicht – aber sie wußte überhaupt nicht viel über Jims Beweggründe. Sie hatte keine Ahnung, wie ein Mann es durchhalten konnte, seine eigene Tochter Tag für Tag zu sehen, Jahr für Jahr, ohne etwas zu verraten. Nicht einmal, als sie ihn fragte. Nicht einmal, als sie ihn anflehte.
Francine erinnerte sich an die Geschichte über Father Jims Lie-

be zu Rosellen. Sie erinnerte sich, wie sein Verlust, alles, was er aufgegeben hatte, sie zu Tränen rührte. In Wahrheit hatte er gar nichts aufgegeben – er hatte das eine getan, ohne das andere zu lassen, seine beiden Welten unter einen Hut gebracht. Und er hatte nicht den Anstand besessen, es ihr zu sagen.
»Ich hatte es erwogen, aber wieder verworfen«, sagte Francine irgendwann, »denn ich dachte, daß es völlig abwegig sei, einem Mann, der so hohe Ziele wie die Priesterlaufbahn hatte, zu unterstellen, das Mädchen, das er schwängerte, nicht geheiratet zu haben.«
Kurz darauf sagte sie: »Es erklärt so vieles – die Geburtstagsgeschenke für Sophie, die Schachspiele mit mir, die täglichen Besuche, und daß er, wenn er in irgendeiner Angelegenheit um Hilfe gebeten wurde, sofort kam. Vor allem seit Johns Tod.«
Ein Gedanke ließ ihr den Atem stocken. »Ob John es wußte?«
»Da wirst du fragen müssen«, sagte Davis, der den Pick-up langsam am Straßenrand dahinzuckeln ließ. »Es ist kurz vor fünf. Du hast Grace gesagt, du wärst zum Abendessen zu Hause. Wenn wir das schaffen wollen, müssen wir jetzt los.«
Francine schüttelte den Kopf. »Ich bin noch nicht soweit.« Als sie sich ihm zuwandte, füllten ihre Augen sich mit Tränen. »Warum konnte sie es mir nicht erzählen? Manchmal dachte ich, sie sage es nicht, weil mein Vater ein Mörder war oder so was. Aber Father Jim? Dachte sie, ich würde es in alle Welt hinausposaunen? Dachte er, ich würde das Interesse verlieren und keine Fragen mehr stellen? *Was* haben sie gedacht?«
Davis' Piepser schlug an. Er nahm das Gerät vom Armaturenbrett und las die Nummer auf dem Display. Dann fuhr er zu einer Tankstelle, die weniger als eine Minute die Straße hinunter lag, stieg aus und ging zu der Telefonzelle, die daneben stand. Als er wieder herauskam, sah Francine ihm sofort an, daß etwas passiert war.
Er stieg ein und ließ den Motor an, bevor er sagte: »Grace ist weggelaufen. Sie können sie nirgends finden. Jetzt müssen wir doch gleich zurück.«

Vierundzwanzigstes Kapitel

Gewinnen ist im großen und ganzen sehr viel weniger wichtig, als wer einem Rosen schenkt, wenn man es nicht tut.

– Grace Dorian in »Die Vertraute«

Grace zog ihre Beine ganz nah zu sich heran und preßte sich an die Ziegelmauer. Sie wußte, wo sie war. Sie kam immer hierher, wenn sie Heimweh hatte oder Angst oder es müde war, ständig eine Rolle zu spielen. Aber sie erinnerte sich nicht, wie sie hier heraufgekommen war, und sie bezweifelte, daß sie wieder hinunterkommen könnte. Unter ihr war alles schwarz.

Aber sie war in Sicherheit. Hier würden sie sie nicht finden.

Wenn es nur nicht so kalt wäre.

Sie hielt sich die Hände vors Gesicht. Ihr Atem war warm und fühlte sich gut an.

Was war geschehen? Vorhin hatte sie überhaupt nicht gefroren, als sie mit ... als sie mit ... wie hieß das Mädchen, mit dem sie gesprochen hatte? Sie hatte mit ... sie hatte mit ... diesem Mädchen gesprochen und dann angefangen zu weinen, weil das Mädchen ihr auf die Schliche gekommen war. Das Mädchen wußte Bescheid!

Sie waren schon auf dem Weg. Sie wußten, wo sie war. Sie waren schon seit Tagen immer näher gekommen. Jetzt kamen sie, um sie zu holen.

Sie spähte angestrengt in die Dunkelheit, konnte jedoch nichts erkennen. »Wo ist mein Hund?« fragte sie die Nacht. Ihr Hund

sollte sie doch beschützen – aber irgendwo unterwegs hatte sie ihn aus den Augen verloren. »Hund? Wo bist du?«
Sie lauschte, doch sie hörte den Hund nicht. Was sie hörte, waren melodische Geräusche, Tröpfeln und Plätschern und Rauschen, und plötzlich war sie an einem anderen Ort, saß mit dem Rücken an eine verwitterte Bretterwand gelehnt und sah, durch den Dachvorsprung vor dem Regen geschützt, dem Wasser zu, das vorne an der Ecke aus dem rostigen Fallrohr schoß.
Aber das war ein stärkeres Geräusch. Dieses war sanft, beruhigend, ja wirklich, regelrecht melodisch. Und da sie Musik liebte, gestattete sie sich, zuzuhören und sich einlullen zu lassen.
Wenn sie nur nicht so zittern würde. War es Zeit für den Tee?
Sie hörte ein Geräusch, hob den Kopf und schaute voller Furcht um sich. Wo war sie? Wie war sie hierhergekommen? Warum konnte sie nicht sehen?
Etwas schmerzte. Ihr Fuß, dachte sie, und so streckte sie ihr Bein aus, doch es knickte ab, denn da war nichts, worauf es hätte ruhen können. Hastig zog sie es zurück und preßte sich noch enger an die Wand.
Dann hörte sie wieder der Musik zu. Sie liebte Musik. Sie hörte das Klimpern des Klaviers, spürte, wie sie die Tasten drückte – aber nur, wenn niemand da war. Niemand sollte wissen, wie wenig sie konnte. Niemand sollte wissen, wie schlecht sie wirklich war.

Als Francine und Davis ankamen, stand die Zufahrt voller Autos, und das Haus war hell erleuchtet. Als sie hineinstürzten, fanden sie dort ein sorgenvolles Grüppchen vor.
»Wir haben das Haus von oben bis unten durchsucht«, berichtete Sophie. »Wir haben das Grundstück durchgekämmt, in der Garage nachgesehen und im Gerätehaus. Es regnet wieder, und es ist kalt.« Sie war völlig verstört.
»Was ist passiert?« fragte Francine.
»Ich war bei ihr«, erzählte Robin, ebenso verstört. »Ich erzählte

ihr von meiner Mutter, und Grace war so klar wie lange nicht, hörte mir zu, antwortete mir. Dann wurde die Sache emotional, und ich nahm sie in den Arm. Plötzlich riß sie sich los und lief aus dem Zimmer. Ich ließ ihr einen Moment Zeit, um sich zu fassen, aber als ich dann nach nebenan ging, war sie nicht dort. Und auch nicht in einem der anderen Büros, dem Wintergarten und dem Salon.«

»Wir dachten, sie sei vielleicht mit Legs spazierengegangen«, fuhr Sophie in der Berichterstattung fort. »Also liefen wir zur Straße hinunter. Aber die beiden waren nirgends zu sehen. Dann fiel uns ein, daß sie mit Jane zum Bäcker gegangen sein könnte, aber als wir ihr begegneten, war Jane schon wieder auf dem Rückweg – ohne Grace. Inzwischen suchten alle nach ihr. Und dann kam Father Jim.«

Francine war, als hätte sie einen Faustschlag in den Magen bekommen. Sie schaute durch den Raum, suchte sich mit den Augen zwischen den Männern hindurch einen Weg zu Father Jim, und für einen Moment verdrängte sie alles andere, was sie erfahren hatte, aus dem Kopf.

Er schien es zu wissen. Er kam auf sie zu, und sein Blick und ihre Gedanken stellten eine intime Beziehung her, die so stark war, daß Francine unwillkürlich einen Schritt zurückwich. Er streckte unsicher die Hand aus und berührte dann geradezu schüchtern ihre Schulter.

»Wir müssen sie finden«, sagte er mit einer Stimme, die ihre übliche Gelassenheit vermissen ließ.

Francine schluckte. Ja, Grace zu finden hatte absoluten Vorrang.

»Hubbell sucht mit der Hälfte der Männer die Straße ab«, erklärte er. »Die andere Hälfte geht zum Fluß.«

Der Gedanke an schwarzes Wasser, das um diese Jahreszeit reißend dahinrauschte, ließ sie schaudern. »Wo ist Legs?«

»Sie muß bei Gran sein«, sagte Sophie. »Die beiden sind schon vier Stunden weg, Mom.« Es klang wie ein Vorwurf.

Keiner brauchte die Bedeutung der Zeit zu erläutern, am allerwenigsten Francine, die ruhig zu bleiben versuchte, aber es schossen ihr die schrecklichsten Bilder durch den Kopf.

Davis legte ihr beruhigend die Hand auf den Nacken. »Alzheimer-Patienten mögen unberechenbar sein, aber Pfleger, die sich um sie kümmern, haben gewisse Dinge bestätigt. Die ältesten Erinnerungen erlöschen als letzte. Singt man ihnen ›Jingle Bells‹ vor, erinnern sie sich an Weihnachten. Gibt man ihnen ofenfrische Plätzchen, assoziieren sie ›Mutter‹. Sie behalten, was sie als Kinder geängstigt hat – oder getröstet. Was hat Grace beruhigt, wenn sie sich aufgeregt hatte?«

Da brauchte Francine nicht lange zu überlegen – Grace zu beruhigen war in letzter Zeit eine ihrer Hauptbeschäftigungen. »Gartenarbeit. Musik.«

»Was noch?«

»Ein Bad.«

»Wasser überhaupt«, warf Father Jim ein. »Als Kind liebte sie den Regen, saß stundenlang in der Nähe des Fallrohrs unter dem Dachvorsprung und beobachtete fasziniert, wie er herausschoß.«

»Wenn ich aufgeregt war, ging sie mit mir zum Imbiß«, steuerte Sophie bei. »Wir gingen am Ufer entlang zu der alten Sägemühle und kletterten hinter dem Wasserrad nach oben ...«

Sie brach ab, schaute von einem zum anderen und sagte dann ängstlich: »Nein – das kann sie nicht getan haben. Es ist zu glitschig da, zu naß, zu dunkel.«

Doch Francine schien es der einleuchtendste Platz zu sein. Sie schnappte sich eine der Taschenlampen vom Tisch und stürmte durch die Hintertür hinaus, über den Rasen auf den Fluß zu. Der nebelfeine, kalte Regen hatte die Wiese in eine Rutschbahn verwandelt. Francine war noch nicht weit gekommen, als sie ausglitt und hart auf ihrem Hinterteil landete.

»Verdammt!« schrie sie, versuchte sich aufzurappeln, fiel wieder hin. Sie war hauptsächlich wütend über ihre Ungeschicklichkeit, aber ihr Fluch veranlaßte Davis, der ihr gefolgt war, sich besorgt über sie zu beugen. »Bist du okay?«

»Hilf mir auf.«
»Vielleicht solltest du lieber ins Haus zurückgehen.«
»Das da draußen ist meine Mutter!«
»Und das da drinnen ist unser Kind.«
Francine stockte der Atem. Sie nahm sein Gesicht in die Hände und flüsterte eindringlich: »Ich würde ihm um nichts in der Welt Schaden zufügen, Davis Marcoux. Ich habe mir nichts getan, wirklich nicht – aber je länger ich hier sitze, um so weiter dringt die Nässe durch.«
Er half ihr auf. Inzwischen hatten die anderen sie eingeholt, und so setzten sie sich wieder in Bewegung. Als sie sich nördlich der Lichterkette, die zeigte, wo die Sucher sich befanden, dem Fluß näherten, wurde das Rauschen des Wassers lauter. Sie rannten daran entlang auf die Sägemühle zu, wobei sie immer wieder Graces Namen riefen, doch der Fluß nahm ihre Stimmen flußabwärts mit.
Plötzlich kam Legs vom Ufer angerannt. Francine kniete sich hin und versuchte das sich windende Tier festzuhalten, aber es gelang ihr nicht. Die Hündin lief im Kreis, sprang auf und nieder, rannte hin und her, konnte sich vor Begeisterung nicht lassen.
»Was tut sie?« rief Sophie aufgebracht. »Sie soll uns doch zu Grace führen!«
Aber Legs war kein Bluthund. Sie tollte weiter übermütig um sie herum, lief erst voraus, als sie ihren Weg zu der Sägemühle fortsetzten, die wie der Schatten eines geduckt auf Beute lauernden Untiers vor ihnen aufragte. Der darum herumführende Pfad war von Baumwurzeln durchzogen und steinig, so unwegsam, daß Francine keine Vorstellung davon hatte, wie Grace ihn überquert hatte. Aber sie mußte es getan haben. Die Alternative mochte sie sich gar nicht ausmalen. Wenn Grace versucht hatte, durchs Wasser an den gewünschten Platz zu gelangen, hätten die eisigen Fluten sie mit Sicherheit mitgerissen, und sie wäre inzwischen tot.
»Grace! Grace!«
Irgendwo vor ihnen bellte Legs.

Davis, der die größte Taschenlampe hatte, richtete den Strahl auf das Wasserrad. Francine drückte sich an seinen Arm, um sich einen Augenblick zu wärmen.
Auf der anderen Seite drückte sich Sophie an ihn. »Es gibt nur eine Stelle, wo man sitzen kann. Oben in der Ecke ... leuchte mal da hin ... nein ... hinter dem Rad ... noch weiter hinten ... da!«
»Ich sehe sie!« Father Jim rannte den schmalen Streifen zwischen Mühle und Wasser entlang. Legs war schon dort, sprang unablässig hin und her.
Sophie folgte Father Jim. »Ich werde raufklettern – er ist zu groß!«
Francine hielt sie auf. »Du kletterst nicht da rauf! Du rutschst nur ab!«
»Aber ich eigne mich am besten! Ich bin die Kleinste, die Schmalste, die Leichteste – und außerdem habe ich als einzige Kampfstiefel an.«
Kampfstiefel. Nett. Aber sie würde wenigstens Halt haben. Francine kam der Gedanke, daß vielleicht einer der Sucher stromabwärts ein Kletterer wäre, aber es blieb keine Zeit, es herauszufinden. Grace saß, für das Wetter viel zu dünn angezogen, im eisigen Nieselregen auf glitschigem Stein.
Francines Hand zitterte, als sie ihre Lampe in die Richtung der Steinstufen hinter dem Rad ausrichtete. Auch alle anderen Taschenlampen zeigten darauf – außer die von Father Jim. Er stand direkt unter dem schmalen Sims, auf dem Grace kauerte, und benutzte seine Lampe, um seinen Weg zu beleuchten.
»Ich bin's, Grace«, rief er. »Jim ist hier! Sophie kommt zu dir rauf, um dich runterzuholen. Beweg dich nicht – warte auf sie! Sie wird dir helfen, damit zu nicht abstürzt.«
Falls Grace antwortete, war entweder ihre Stimme zu schwach oder der Fluß zu laut, um etwas hören zu lassen.
Francine kam ein grauenvoller Gedanke. Voller Angst richtete sie ihren Lichtstrahl auf Grace. Sie sah herzerweichend aus, wie sie da oben zusammengesunken kauerte, winzig und naß – aber

sie hob den Arm, um sich gegen die grelle Helligkeit zu schützen. Sie lebte!
Francine schwenkte den Lichtstrahl sofort wieder zu Sophie und hielt den Atem an. Sie malte sich aus, daß Sophie auf halbem Weg abrutschte oder Grace erreichte und dann mit ihr zusammen den Halt verlor und beide die etwa sechs Meter herabstürzten.
Davis trat hinter sie. Dankbar lehnte sie sich an ihn. »Ich habe nie gewußt, daß sie Sophie mit hierhernahm«, rief sie. »Sophie hat nie ein Wort gesagt. Ich werde Grace den Hals umdrehen!«
»Nein, das wirst du nicht.«
»Und ob ich das werde! Wie ist sie überhaupt da hochgekommen? Sie ist zweiundsechzig!«
»Und in bester körperlicher Verfassung. Es ist ein typisches Alzheimer-Dilemma, einen gesunden Körper mit einem schwindenden Verstand zu behaften.«
Sophie kletterte, im Lampenlicht naß glänzend, Hand über Hand die naßglänzende, graue Mauer hoch. Oben angekommen, suchte und fand sie mit dem Fuß Halt auf einem schmalen Sims und rutschte darauf langsam zu Grace hin.
Francine wartete ungeduldig darauf, daß die beiden gemeinsam auf dem Vorsprung zurückrutschen würden. Sie sah Sophie auf Grace einreden, den Kopf bewegen, einen Arm. »Was ist los?« schrie sie hinauf.
Es dauerte einen Moment, bis Sophie zurückschrie: »Sie will nicht mitkommen! Sie hat Angst, daß sie entführt werden soll.«
Francine versuchte es Davis nachzutun – zu überlegen, was Grace beruhigen könnte. Weniger Menschen! Also wandte sie sich an jene, die ängstlich von der Seite her zuschauten. »Margaret, gehen Sie nach Hause zurück. Jane, fahren Sie die Straße entlang, und sagen Sie den Männern, daß wir sie gefunden haben. Marny, geben Sie den Männern flußabwärts Bescheid. Aber lassen Sie sie mit ihren Lampen nicht zu nahe heran.«
Sie trat näher an die Mauer der Sägemühle heran und rief mit zitternder Stimme und hämmerndem Herzen hinauf: »Mom?

Hier ist Francine. Es sind nur noch Davis und Robin hier – und Father Jim.«
»Niemand wird dir etwas tun«, rief Jim mit einer Stimme, die fast ebenso sehr zitterte wie Francines. Er trat noch näher an die Wand heran. »Alles, was wir wollen, ist, dich nach Hause bringen und es dir warm und gemütlich machen.«
Angespannt starrten sie hinauf, während Sophie ihre Worte wiederholte.
»Sie fürchtet sich immer noch«, rief Sophie herunter.
»Legs ist hier! Sie wird dich beschützen! Sie kann nicht an der Wand hochklettern und möchte, daß du herunterkommst.«
Francine hielt einen Moment den Atem an und fügte dann hinzu: »Bitte, Mom! Ich brauche dich. Wenn du nicht bald runterkommst, wird Sophie da oben krank. Du willst doch nicht, daß Sophie krank wird, oder? Du hast immer auf ihre Gesundheit geachtet!«
Jim stand jetzt, fast mit der Mauer verschmolzen, zu seiner vollen Größe aufgerichtet und mit gestreckten Armen da, als erwarte er, daß Grace springe, und er wolle sie auffangen. »Du kannst doch nicht ewig da oben bleiben, Grace. Du bist bestimmt müde und hungrig und frierst. Bitte komm runter, damit ich dich wärmen kann.«
»Er hat recht, Mom«, versuchte Francine, die inzwischen bis auf die Haut naß war und sich schwach fühlte, das Rauschen des Wassers ein weiteres Mal zu übertönen. »Er wartet auf dich. Er hat so lange auf dich gewartet. Jetzt kannst du endlich mit ihm zusammensein – aber du mußt dir von Sophie herunterhelfen lassen.«
»Ich gehe nicht weg«, verkündete Father Jim. »Ich rühre mich nicht von der Stelle, bis du runterkommst. Aber ich friere – und je länger du da oben bleibst, um so kälter wird mir.« Er schaltete auf einen sanfteren, flehenden Ton um: »Aber wie soll ich dich wärmen, wenn ich durchgefroren bin? Bitte, Rosie! Tu's für mich.«
Francine hörte hinter sich jemanden nach Luft schnappen und

wußte, daß es Robin war, aber was sie hören wollte – was Sophie sagte, was Grace sagte –, ging im Tosen des Flusses unter.
»Rosie!« bettelte Jim. »Ich möchte dich bei mir haben, Rosie. Bitte komm runter, damit ich dich nach Hause tragen kann.«
»Mein Gott!« keuchte Robin so dicht neben Francine, daß diese, ohne den Blick von den beiden auf dem Sims zu lösen, ihre Hand fand, die sie fest umfaßte.
Ihr Herz hämmerte gegen ihre Rippen. Sie sah Sophie einen Arm um Graces Schulter legen, sah sie reden, nicken, gestikulieren, sah Sophie einen Blick zur Seite werfen und einen bestiefelten Fuß in diese Richtung schieben. Langsam, ganz langsam kamen die beiden aus der Ecke heraus und bewegten sich, ohne die Füße vom Boden zu lösen, auf die Treppe zu.
»O Gott!« stöhnte Francine.
»Sie schaffen es«, versicherte Davis, nahm ihr die Taschenlampe weg, weil der Strahl bei ihr zu sehr zitterte, und behielt die beiden Frauen damit im Visier.
»Kommt schon, kommt schon«, flehte Robin, und es klang wie ein Gebet.
Sophie rutschte den schmalen Ziegelgrat rückwärts auf den Knien hinunter, wobei sie Grace, deren Hüften sie umfaßt hielt, vorsichtig Stufe für Stufe nachholte, während Legs bellte und auf und nieder sprang und die vier auf dem Boden ihnen unten an der Wand entlang folgten. Einmal geriet sie ins Rutschen, was einen kollektiven Aufschrei auslöste, doch sie gewann ihr Gleichgewicht zurück und setzte ihren Weg fort. Als sie nur noch einen Meter vom Boden entfernt waren, wurden sie umringt. Davis legte Grace seinen Mantel um, doch als er sie herunterheben wollte, schob Jim ihn weg.
»Sie gehört mir«, sagte er, hob sie herunter und trug sie auf seinen Armen davon.

Keiner machte den Vorschlag, Grace ins Krankenhaus zu bringen – es würde sie nur unnötig aufregen. Davis untersuchte sie und fand nichts, was ein Bad, ein heißer Tee und warme Decken nicht kurieren könnten. Als sie schließlich im Bett lag und Father Jim keine Anstalten machte, von ihrer Seite zu weichen, ließ Francine die beiden allein.

Als er im Arbeitszimmer erschien, saß sie mit an die Brust hochgezogenen Knien, in eine Decke gewickelt und den Blick auf das Schachbrett geheftet in einer Ecke des Sofas.

Er lehnte sich mit den Händen in den Taschen an den Türrahmen. »Sie ist eingeschlafen. Robin wacht jetzt bei ihr, weil Sophie ebenfalls schläft.«

Francine nickte. Sie schluckte. Das war also ihr Vater, dieser James O'Neill. Ihr Vater. Der ihr Schach beigebracht hatte und seitdem ihr Partner gewesen war. Der sie Ehrlichkeit in den Augen des Herrn gelehrt, sie aber selbst nicht geübt hatte.

Als sie in Tyne Valley in Davis' Pick-up saß, war sie voller Zorn auf ihn gewesen, doch die letzten paar Stunden hatten ihn gemildert, und nun waren ihre vorherrschenden Gefühle Reste von Bitterkeit und ein namenloser Schmerz.

»Jetzt ist es also heraus«, sagte sie. »Nach all der Zeit, all meinem Betteln und Flehen. Weißt du, wer es mir gesagt hat? Jeb George.«

Jim verzog den Mund zu einem schiefen Lächeln. »Der gute alte Jeb. War schon immer eine ehrliche Haut.«

»Ich wünschte, ich könnte von dir das gleiche sagen.« Sie zog die Decke noch fester um sich. »Wäre es so schwierig gewesen, es mir selbst zu sagen?«

»Ja.«

»Warum?«

»Weil ich Grace versprochen hatte, es nicht zu tun.«

»Dann ist es ihre Schuld?«

»Nein. Es ist meine Schuld. Vom Anfang in Tyne Valley an meine Schuld. Ich verließ sie, um ins Seminar einzutreten. Wenn ich das nicht getan hätte, hätte ich erfahren, daß sie schwanger war, hätte sie selbst geheiratet, und es hätte nie ein Geheimnis zu hüten gegeben. Aber als ich es schließlich erfuhr, war sie bereits verheiratet.«

»Warum hatte sie es dir nicht gesagt?«
»Weil sie es selbst nicht wußte. Nicht, als ich wegging, und auch noch nicht, als sie selbst wegging. Sie fand es erst heraus, nachdem sie John kennengelernt hatte, und er war aus Gründen, die du verstehen wirst, ganz begeistert.«
O ja, diesen Teil verstand Francine. Was sie nicht verstand, war der Betrug an ihr, den sie auch nach Johns Tod noch weiterbetrieben, sogar dann noch, nachdem sie von seiner Sterilität erfahren hatte und Father Jim um Antworten anflehte.
»Und sie hat dich nicht wissen lassen, daß sie schwanger war?«
»Sie schrieb Briefe an mich, aber sie schickte keinen davon ab.«
»Warum nicht?«
Er schaute zu Boden. »Sie dachte sich, ich hätte Gott, sie hätte John und das Schicksal wolle es so. Ich glaube, es war auch eine gewisse Selbstbestrafung darin enthalten. Wir hatten in jener Nacht im Valley alle getrunken, und ich prügelte mich mit einem der Jungs. Wie sich herausstellte, starb er an Alkoholvergiftung. Wir hatten ihn zum Trinken animiert und fühlten uns schuldig. Und wir betrachteten unsere Trennung als Strafe dafür.« Er hob den Blick. »Wie sich gezeigt hat, haben wir beide ein sinnvolles Leben geführt, und es ergab sich, daß ich trotz allem immer in deiner Nähe sein konnte.«
Grace hätte vielleicht wieder einmal »Ende gut, alles gut« gesagt, aber Francine wollte die Angelegenheit nicht so schnell abschließen. »Wann hast du erfahren, daß du Vater warst?«
»Nach deiner Geburt. Du kamst erst eine ganze Weile nach dem errechneten Termin zur Welt, so daß ich von der Zeit her nicht auf die Idee gekommen wäre. Aber ein Blick genügte – du hast das Gesicht meiner Großmutter.«
Das warf ein Dutzend andere Fragen auf – zu seiner Großmutter, zu seinen Eltern und Geschwistern, zu Graces verlorener Schwester, zu Claire, wer immer sie war –, aber die würde sie sich für später aufheben. Im Augenblick war ihr Interesse be-

grenzter, konzentrierte sich auf ihren Vater, ihre Mutter und sie selbst. »Wie hast du dich gefühlt, als du es erfuhrst?«
Er betrachtete seine Füße, dachte eine Weile nach und nickte dann. »Betrogen. Ich wußte, daß ich kein Recht dazu hatte, aber es war trotzdem so. Ich dachte, nach Rosie nun auch auf dich verzichten zu müssen sei eine weitere Strafe für Dinge, die ich getan hatte, aber trotzdem fühlte ich mich betrogen. Ich spielte mit dem Gedanken, das Seminar zu verlassen – aber was hätte das gebracht? Grace war verheiratet, ich wußte, daß ich niemals eine andere Frau würde haben wollen – also erschien es mir sinnvoller, mein Leben Gott zu weihen.«
Das klang sehr nobel, aber Francine hatte genug von verlogener Tugendhaftigkeit. »Und dann wurdest du hier eingesetzt in Graces Nähe.«
Er lächelte sarkastisch. »Und ihr doch so fern.« Er warf einen Blick gen Himmel. »Eine weitere seiner kleinen Prüfungen. Mit einer Hand gab er, mit der anderen nahm er. Ich durfte Grace nahe sein, dir nahe sein – aber nur bis zu einem gewissen Punkt.«
»Nach Johns Tod hast du diesen Punkt überschritten.«
Er hob die Hand. »Nein. Erst als Grace krank wurde.«
»Was erfreulicherweise nach Johns Tod passierte!«
Jim löste sich vom Türrahmen und trat zornig auf sie zu. »Graces Krankheit hat nichts Erfreuliches! Glaubst du nicht, ich hätte, wenn es in meiner Macht läge, alles getan, um ihr das zu ersparen? Glaubst du, ich hätte mir das erträumt? Nein, Francine, das habe ich nicht. Meine Träume waren von der Art, wie wir sie als Kinder träumten, als alles um uns herum so schlimm war, daß wir uns eine Fantasiewelt schufen.« Er schaute ihr unverwandt in die Augen. »Und diese Träume enthielten durchaus auch fleischliche Komponenten, das kann ich nicht leugnen. Natürlich hatten sie keine Chance auf eine Verwirklichung, aber ich träumte sie trotzdem, weil sie alles waren, was ich hatte. Ich hatte sie in den Armen gehalten, ich wußte, wie es war …« Er brach ab und wandte sich mit gequälter Miene ab,

und seine Stimme klang nicht mehr so fest, als er sagte: »Ich habe mich oft gefragt, ob Graces Krankheit nicht Seine Methode ist, mich für diese Träume zu bestrafen.«
Francine schluckte. »Du hättest es mir sagen müssen.«
Er wandte ihr nur sein Gesicht zu und fing ihren Blick ein. »Glaubst du, daß ich mir nicht wünschte, es tun zu können? Glaubst du, es war keine Qual für mich, als Besucher hier zu sein? Glaubst du, ich sehnte mich nicht danach, meinen Anspruch als Vater und später auch als Großvater geltend machen zu dürfen? Glaubst du, es war einfach für mich, mitanzusehen, wie mein guter Freund John mit den Menschen lebte, die ich liebte?« Er atmete zittrig ein. »Glaubst du, es war einfach für mich, angesichts der Gedanken, die mich beschäftigten, Trauungen vorzunehmen? Zu beten? Die Beichte abzunehmen? Pfarreimitglieder zu beraten? Mich mit dem Wissen, das ich über mich hatte, mit meinem so rechtschaffenen Auftreten in der Kirche als Betrüger zu fühlen?«
Francine antwortete, ohne nachzudenken. »Du bist ein guter Pfarrer gewesen.«
»Ein guter Vater für meine Pfarrkinder, aber ein lausiger Vater für mein eigenes Kind.« Mit steifem Rücken ging er zum Fenster hinüber. »Was für eine Ironie! Und das gilt auch für Grace. Ihr Name bedeutet ›Gnade‹, und sie hat ihn absichtlich gewählt, weil sie sich wünschte, Gott würde Gnade walten lassen.«
»Wie konnte sie das erwarten? Ihr Leben war eine einzige Lüge.«
Jim fuhr herum. »Nein! Sie hat das Beste aus den Karten gemacht, die an sie ausgeteilt worden waren. Sie hat ihren Mann nie hintergangen, und sie hat mich nie hintergangen.«
»Was ist mit mir?«
»Sie gab dir, soviel sie konnte.«
»Aber sie hat mich all die Jahre belogen.«
»Nein, das hat sie nicht. Sie hat dir nur nicht die Wahrheit gesagt.«
Francine machte eine wegwerfende Handbewegung. »Ich spre-

che jetzt nicht vom Thema Vater – ich spreche von Grace selbst, von Grace allein – von der Grace, die die Antworten auf alle Fragen wußte und alles richtig machte und jeden anderen Menschen im Vergleich mit ihr alt aussehen ließ. Sie war die personifizierte Vollkommenheit. Sie stellte sich auf einen Sockel ...«

»Nein, sie tat das nicht«, widersprach er mit plötzlich sehr fester Stimme. »Das warst du. In deinen Augen war sie viel vollkommener als in ihren eigenen.«

Francine öffnete den Mund, um zu widersprechen, doch sie brachte kein Wort heraus.

»Sie war deine Mutter«, fuhr er fort. »Sie liebte dich, du spürtest ihre Liebe und reagiertest mit Anbetung. Das machen alle Kinder so. Sie halten ihre Eltern für perfekt, bis irgend etwas dieses Bild zerstört. Das kann durch Ehepartner geschehen, durch Uneinigkeiten bei Lebensentscheidungen oder einfach durch räumliche Trennung. In diesem Fall geschah es durch Graces Krankheit. Plötzlich sagte und tat sie Dinge, die zeigten, daß auch sie fehlbar war.«

»Weißt du, wie ... wie unzulänglich ich mir all die Jahre neben ihr vorkam?« fragte Francine unter Tränen.

»Vielleicht hätte sie dich öfter loben sollen. Vielleicht hätte sie mehr Rücksicht auf deine Vorstellungen vom Leben nehmen sollen. Aber versuch sie zu verstehen: Sie kam aus einem Ort, wo die Menschen es zu nichts brachten. Sie hatte das immer wieder miterlebt, und sie wollte verhindern, daß es dir ebenso erginge. Sie wollte, daß du etwas erreichtest im Leben, und ich konnte es ihr nicht verübeln, denn ich dachte genauso. Ganz genauso.«

Sie waren wieder am Ausgangspunkt angelangt. Es ging darum, Jim als ihren Vater zu akzeptieren. Sie liebte ihn, hatte es immer getan – aber da waren diese neue Erkenntnis und der Schmerz, den sie mit sich brachte ...

»Ich habe dich nie angelogen«, sagte er ruhig. »Ich habe dir nicht die Wahrheit gesagt, aber ich habe nie gelogen. Gemessen an meiner anderen Sünde ist das eine läßliche.«

»Welcher anderen Sünde?«

»Grace auf die Weise zu lieben, wie ich es tue.« Er stieß einen langen Seufzer aus, der seine Erleichterung darüber ausdrückte, es aussprechen zu können. »Grace zu lieben. All diese Jahre.«

Robin war von einem seltsamen Gefühl des Friedens erfüllt, als sie an Graces Bett saß und ihr beim Schlafen zuschaute. Sie hatte die Kinder angerufen, ihnen erzählt, was geschehen war und gesagt, daß sie über Nacht hierbliebe. Sie hatten es ohne Murren akzeptiert. Robin wollte gern glauben, daß sie begriffen, was sie empfand, aber sie bezweifelte es – dazu hatte sie sie zu wenig in ihre Problematik einbezogen.

Sie hatte vor, das nachzuholen, wollte ihnen das Phänomen der sprichwörtlichen zweiten Chance erläutern, denn genau die hatte sie bekommen. Sie arbeitete nicht nur an einem Buch, das wunderschön werden würde – der Auftrag hatte ihr auch noch den unmittelbaren Kontakt mit der Frau ermöglicht, die ihr Leben so maßgeblich geprägt hatte. Grace würde Hilfe brauchen. Robin würde sie ihr mit Freuden gewähren.

Ihr Blick fiel auf das Telefon auf dem Nachttisch. Sie schaute auf ihre Armbanduhr und dann wieder auf Grace hinunter, nahm den Hörer ab, legte ihn wieder auf, nahm ihn erneut ab und drückte ihn an ihre Brust. Dann drehte sie ihn um, so daß sie die Tastatur vor sich hatte, und tippte die Nummer ein, die, obwohl mehr als drei Jahre nicht von ihr gewählt, fest in ihrem Gedächtnis verankert war.

Das Telefon am anderen Ende klingelte. Einmal, zweimal, dreimal. Dann meldete sich die Stimme eines älteren Herrn, eines willigen und gehorsamen Mannes mit einem leisen: »Hallo?«

Sie brauchte sich keine Sorgen zu machen, Grace zu wecken – ihre Kehle war so zugeschnürt, daß sie nur flüstern konnte. »Dad? Ich bin's – Robin.«

Jim fragte Francine nicht, wieviel von Graces Vergangenheit sie in die Biografie aufnehmen wollte. Sie nahm an, er sah es als eine

weitere, kleine Prüfung an, die Gott ihm auferlegte.
Sie hatte eine genaue Vorstellung vom Inhalt des Buches, aber sie wollte auch Sophies und Robins hören – und so sah sie die beiden, sich an dem Kaffeebecher, der vor ihr auf dem Küchentisch stand, die Hände wärmend, erwartungsvoll an.
Sophie schaute sie an und dann Robin.
Robin schaute Sophie an und dann Francine.
Nun schaute auch Sophie wieder Francine an. »Und?«
»Und was?« fragte Francine.
»Jetzt kennen wir die Wahrheit. Wie verfahren wir damit?«
»Wie möchtest du denn damit verfahren?«
»Ich weiß es nicht – ich stehe noch immer unter Schock. Die spröde, moralische Gran hatte eine glühende Liebesaffäre mit Father Jim! Ich kann es nicht fassen!«
»Damals war er ja noch kein Priester.«
»Aber für das Amt bestimmt.«
Robin seufzte sehnsüchtig. »Wir sollten alle eine solche Beziehung haben.«
»Vor gar nicht langer Zeit sagte sie mir, ich solle mir einen anständigen Mann suchen und ihn heiraten, auch wenn ich ihn nicht liebte – die Liebe würde sich schon entwickeln. Wie konnte sie mir nach dem, was sie mit Father Jim erlebt hatte, allen Ernstes einen solchen Rat geben?«
»Sie dachte dabei zweifellos an die Umstände ihres eigenen Lebens und die Entscheidungen, die sie getroffen hatte«, versuchte Francine es ihr zu erklären, wie Jim es ihr zu erklären versucht hatte. »Sie glaubte damals, Jim für immer verloren zu haben, und so tat sie, was sie für das Beste für ihr Kind hielt. Und nachdem sie die Entscheidung getroffen hatte, machte sie das Beste daraus. Das Glas war halb voll.«
»Verteidigst du ihre Wahl?«
»Nein, ich erkläre sie nur. Ich persönlich finde sie traurig. Bei mir wäre die Liebe ausschlaggebend.«
Sophie warf Robin einen belustigten Blick zu. »Darauf wären wir nie gekommen, stimmt's?«

»Haben Sie schon ein Datum festgesetzt?« fragte Robin Francine.
In Francines Magen flogen Schmetterlinge auf. »Dieses Wochenende. Wollen Sie kommen?«
»Einfach so?«
»Sonntag um eins im Salon. Anschließend Brunch. Ich habe Sophie gesagt, sie kann anziehen, was immer ihr kleines Herz begehrt. Für Sie gilt das gleiche.« Sie lächelte. »Ich hätte Sie wirklich gern dabei. Sie haben sich zu einer echten Freundin entwikkelt – und das als ehemalige Feindin! Außerdem«, ihr Lächeln wandelte sich zu einer Mischung aus Sarkasmus und Traurigkeit, »wird es interessant. Grace trägt weiße Spitze. Der Teil von ihr, der kleine Ausflüge in eine andere Zeit und an einen anderen Ort macht, glaubt, sie heirate Jim.«
»Ach du liebe Güte«, sagte Robin. »Ist das so, weil sie sich noch immer gegen Ihre Beziehung zu Davis sträubt?«
Francine wünschte, sie wüßte es – aber das einzig Sichere bei Grace war inzwischen, daß nichts sicher war. So schwer es auch war, das zu akzeptieren, sie würde keine Ruhe finden, bis sie es täte.
Sie erinnerte sich an gestern abend. Mit drei Waffen und einem Bataillon geordneter Gedanken ausgerüstet, hatte sie neben Grace am Klavier gesessen und fröhliche, kleine Melodien geklimpert. Eine friedlich gestimmte Grace hatte mitgesungen, kaum ein Wort ausgelassen.
»Sag mir warum ... die Sterne leuchten ... sag mir warum ... der Efeu sich ineinander verschlingt ...« Und dann schließlich: »... darum liebe ich dich.«
Francine umarmte Grace. »Ich liebe dich, Mom.«
»Natürlich tust du das.«
»Und Sophie. Und Davis.«
Grace schwieg.
Francine war sich nicht sicher, daß sie sie verstanden hatte, und schob eine deutlichere Erklärung nach: »Wir werden heiraten, Davis und ich.«

»Du bist doch schon verheiratet«, sagte Grace.
»Nein. Lee und ich sind seit Jahren geschieden.«
»Es ist nicht Lee?«
»Nein. Es ist Davis. Er ist dein Arzt.«
»Aber warum heiratest du ihn?«
»Weil ich ihn liebe.« Das war ihre erste Waffe, und sie hätte einen wirkungsvollen Treffer erzielen müssen.
»Aber … aber …«
»Ich werde dich nicht im Stich lassen. Ich werde jeden Tag bei dir sein und nachts nur zehn Minuten weit weg.«
Graces Miene zeigte deutlich, daß sie noch immer nicht einverstanden war.
Also setzte Francine Waffe Nummer zwei ein. »Jim freut sich. Er sagt, er könnte sich keinen besseren Mann für seine Tochter wünschen.«
»Könnte er nicht?«
»Nein. Er hat Davis den Ball zugeworfen, und Davis ist einen Homerun gelaufen.«
»Was für einen Ball?«
Francine formulierte den Gedanken um. »Er gab Davis eine Gelegenheit, und Davis nutzte sie optimal. Jim hat ungeheure Achtung vor ihm.«
Grace schien darüber nachzudenken, und dann sagte sie, mit plötzlich verträumter Stimme: »Ich trug weiße Spitze. Es war ein langes, langes Kleid mit einem … einem … wie heißt das Ding hinten?«
»Schleier.«
»Schleier. Es war wunderschön.«
»Das war es – ich habe Fotos davon gesehen.«
»Ach ja?«
»Schon oft. Wir können sie uns später ja wieder mal anschauen, wenn du magst. Davis und mich wird Sophie fotografieren. Wir wollen eine ganz stille, gemütliche Hochzeit. Es ist aufregend, findest du nicht? Freust du dich für uns?«
»Ich freue mich«, erwiderte Grace pflichtschuldigst.

»Ich möchte, daß du genauso glücklich und stolz und aufgeregt bist wie wir.«
Graces Gesicht ließ keine dieser Regungen erkennen.
»Willst du wissen, was das Aufregendste ist?« flüsterte Francine verschwörerisch und brachte ihre dritte Waffe in Anschlag: »Wir werden ein Baby bekommen.« Sie wartete auf Graces Reaktion. Es kam keine. »Ist das nicht unglaublich?«
»Ein Baby?« fragte Grace.
Francine nickte.
»Ich hatte mal ein Baby«, sagte Grace und brach in Tränen aus.
»Um Himmels willen, Mutter!« rief Francine und drückte sie fest an sich. »Was ist los?«
»Mein Baby ist fort.«
»Ich bin dein Baby. Ich bin nur erwachsen geworden.«
Aber Grace hatte sich nicht trösten lassen.
»Ich glaube«, sagte Francine zu Sophie und Robin, »daß sie uns vielleicht nie ihren Segen geben wird – zumindest nicht in Worten ausgedrückt.«
»Aber du weißt, daß sie tief in ihrem Herzen mit eurer Verbindung einverstanden ist«, sagte Sophie.
Francine wünschte es sich. Ebenso, wie sie Davis erklärt hatte, daß ein nüchterner Duncan Marcoux stolz auf ihn gewesen wäre, wollte sie gern glauben, daß eine gesunde Grace stolz auf sie gewesen wäre.
Es kam ihr der Gedanke, daß noch wichtiger war, daß sie selbst auf sich stolz wäre. Und das war sie.
»Ja, sie wäre einverstanden«, bestätigte sie. »Auch mit allem, was wir getan haben – was uns zu unserem Projekt zurückbringt.« Sie warf Robin einen erwartungsvollen Blick zu. »Wieviel sollen wir verraten?«
»Sagen Sie's mir«, warf Robin ihr den Ball zurück.
»Nein, ich möchte Ihre Meinung hören.«
»Meine Meinung? Graces ganze Geschichte würde wochenlang die Bestsellerlisten anführen ...«, sie atmete hastig ein, »aber wer Ihr Vater ist, geht zum Beispiel niemanden was an. Die

Welt braucht Graces richtigen Namen nicht zu erfahren und auch den der Stadt nicht, in der sie aufwuchs oder den des Mannes, den sie liebte. Die Geschichte ist auch ohne all das hinreißend – Vignetten eines jungen Mädchens, das einem trost- und chancenlosen Leben in der Provinz den Rücken kehrt, in die Großstadt geht, ihre Ersparnisse für Kleider ausgibt, um in dem großen Stück mitspielen zu können, und schließlich die Hauptrolle bekommt. Es mag die alte Aschenputtel-Story sein, aber sie zeichnet ein völlig neues Bild von Grace.«

Francine versuchte sich die Reporterin zu vergegenwärtigen, die ihr Bestes getan hatte, um Grace zu Fall zu bringen. Die Frau gab es nicht mehr. Diese hier hatte Sympathie für Grace entwickelt. Und Francine für sie.

»Niemand hat je von den armseligen Kleidern und dem rostigen Fallrohr gehört, von den drei eleganten Roben oder den Lehrstunden im Plaza oder ihrer Arbeit in dem Club. Niemand hat je gehört, daß die Sägemühle ihr Versteck war. Das sind zauberhafte Geschichten und in keiner Weise rufschädigend. Sie machen aus einer Person eine Persönlichkeit.«

»Und was ist mit Alzheimer?« fragte Sophie.

Robin verwies sie mit einem Blick an Francine.

»Tja – was ist mit Alzheimer«, sagte Francine nachdenklich. Es war noch kein Jahr her, daß die Diagnose ihr Leben auf den Kopf gestellt hatte, und die Krankheit schritt mit Siebenmeilenstiefeln voran. Graces Ausflug zur Sägemühle war nur der erste einer Reihe gewesen, die mit zunehmender Verschlechterung ihres Zustandes immer größere Herausforderungen darstellen würde.

Aber Francine konnte lernen, mit dem Chaos zu leben. Sie konnte es in Perspektive zu einem Leben setzen, das erfüllt gewesen war wie kaum eines. Sie hatte also eine neue Sichtweise, und sie hatte Erinnerungen, und es gab – noch – eine Zukunft. Nachdem sie den Boden für das Wachstum eines inneren Friedens vorbereitet hatte, wollte sie das Beste aus den letzten Tagen, Wochen und Monaten mit Grace machen.

Sie liebte Grace, und daran konnten weder Alzheimer noch kürzlich erfahrene Wahrheiten und auch ein auf ewig unausgesprochenes Einverständnis mit ihrer Heirat nichts ändern.
»Grace hat uns seinerzeit gebeten, ihre Krankheit geheimzuhalten, weil sie glaubte, es würde ihrem Image schaden, wenn die Öffentlichkeit davon erführe. Aber ›Die Vertraute‹ sitzt fester denn je im Sattel – und die entscheidenden Leute wissen inzwischen ohnehin, was ihr fehlt. Und wenn wir es erwähnen, hat das vielleicht sogar den positiven Nebeneffekt, diesem Leiden Aufmerksamkeit zu verschaffen – und das wäre ganz in Graces Sinn.«

Epilog

Liebe ist der Sieg der Bewunderung über die Kritik.

– Francine Dorian in »Die Vertraute«

Francine fuhr mit der Hand an Davis' Schenkel hinauf. Sie liebte die lohfarbenen Haare darauf und die Sehnen unter ihnen, sie liebte es, wie seine Hüften ihre Hüften umschlossen und sein Oberkörper eine Rückenlehne für sie bildete. Sie liebte, wie er an ihrem Nacken knabberte. Sie liebte seine Stärke, seine Leidenschaft und den Duft, der sie beide nach dem Sex anstelle von Leintüchern einhüllte.

Sie war im siebenten Himmel, und wie hätte es mit dem geliebten Mann hautnah hinter sich und dem Kind, das sie vergötterte, an der Brust, anders sein können?

Seit ihrer Heirat war ein Jahr vergangen, und es war ein gefühlsreiches gewesen, das ihr mit Davis und dem Baby Hochs beschert hatte, mit Sophie Aufs und Abs und mit Grace Tiefs – hauptsächlich Tiefs.

Aber Francine hatte es nicht nur überstanden, sondern war sogar stärker daraus hervorgegangen. Zum allerersten Mal wußte sie wirklich, wer sie war, was sie wollte und was aus ihr werden würde. Jeder Kummer wurde durch eine größere Freude ausgeglichen, jedes Versagen durch einen größeren Erfolg.

»Schau sie dir an«, flüsterte Davis überflüssigerweise, denn Francine konnte den Blick ohnehin nicht von ihrer Tochter wenden. Samtweiche Wangen, ein winziges Näschen, daunen-

zarte, lohfarbene Härchen und das leise Nuckelgeräusch – alles miteinander der Stoff, aus dem die Träume waren.
»Hast du je etwas so Schönes gesehen?« fragte er.
Hatte sie nicht. Und sie hatte auch noch nie etwas so Schönes gespürt wie das Ziehen, das in ihrer Brust begann und sich nach innen fortsetzte. Sie hatte Sophie nie gestillt, denn im Hause Dorian erwartete die junge Mutter bei ihrer Heimkehr aus dem Krankenhaus eine Kinderschwester, die erklärte, Flaschenfütterung sei für beide Beteiligten viel weniger mühsam. Aber diesmal machte Francine alles anders.
Dabei spielten ihr Alter eine Rolle – ein verkappter Segen – und Davis.
»Ich hätte mir diesen herrlichen Frieden nicht träumen lassen«, sagte er. »Erleben den alle jungen Eltern?«
»Bei Sophie war es nicht so. Ich liebte sie zwar vom ersten Augenblick an wie verrückt, aber ich war zu jung, um Momente wie diesen schätzen zu können.« Schon allein aus diesem Grund war, Kyla zu haben, etwas ganze Besonderes.
Davis seufzte wohlig an ihrer Wange. »Ich könnte ewig so sitzenbleiben.«
»Geht nicht – wir müssen in einer Stunde drüben sein. Glaubst du, Grace weiß es?«
»Daß sie Geburtstag hat? Wenn sie den Kuchen sieht, wird sie den Begriff Geburtstag damit assoziieren – aber realisieren, daß es ihrer ist? Wahrscheinlich nicht.«
Francine hätte ihm gern widersprochen, doch sie konnte es nicht. Grace wußte keinen Namen mehr, erkannte häufig Gesichter nicht, registrierte zunehmend seltener Sinnesreize und Gefühlsäußerungen. Sie verbrachte ihre Tage mit einer Vielzahl von Aktivitäten, die dazu gedacht waren, ihren Geist zu beschäftigen, aber sie tat nichts von sich aus, war eher Zuschauer als Teilnehmer, Fahrgast in einem Zug, der unaufhaltsam abwärts rollte. Inzwischen mußte sie rund um die Uhr betreut werden, aber es war ihr kaum bewußt.
Sie war gerade mal dreiundsechzig.

Auf die Wellenlänge ihrer Gedanken eingestellt, streichelte Davis ihre Wange. »Du sorgst gut für sie. Sie bekommt eine Menge Liebe und Aufmerksamkeit, und das braucht sie jetzt besonders.«

»Wie Kyla«, sagte Francine.

Das Baby öffnete die Augen. Sie waren wie die von Davis – dunkel und verwegen – aber in jeder anderen Hinsicht war sie zart und feminin, durch und durch eine kleine Dorian.

»Hallo, Süße«, gurrte Francine. »War das gut? Du hast ja ganz schön getrödelt. Hat es Spaß gemacht?«

Kyla schenkte ihr ein zahnloses Lächeln.

Davis lachte vor Freude, und sie empfand seine ebenso intensiv wie ihre eigene.

Er setzte sich aufrecht hin, hob das Baby hoch und legte es, sich mit einer gebogenen Wegwerfwindel schützend, an seine Schulter. Francine rollte sich herum und betrachtete die beiden. Sanfte Hände stützten Po und Rücken, eine beruhigende Stimme murmelte zärtliche Unsinnigkeiten, und kurz darauf ertönte ein Bäuerchen, wonach Davis mit seiner Tochter in der Ellbogenbeuge splitternackt den Raum durchquerte und auf der Suche nach einer Beschäftigung das Zimmer verließ, während die Mutter seiner Tochter duschte und sich anzog.

Grace saß im Wintergarten, als sie kamen. Francine sah sie jeden Tag, doch bei Außer-der-Reihe-Besuchen wie heute fiel ihr die Veränderung besonders auf. Sie äußerte sich in ihrer Haut, ihrem Ausdruck, ihrer Körperhaltung, in einer Schlaffheit, die die Assoziation mit einer Puppe weckte, die man der Füllung beraubt hatte, die ihr Form und Persönlichkeit verlieh. Sie sah viel älter aus, als sie war.

Jim saß bei ihr, stellte ihre Tasse auf die Untertasse zurück, tupfte ihr mit einer kleinen Stoffserviette den Mund ab und streichelte mit einer solchen Behutsamkeit ihre Wange, daß Francine vor Rührung die Tränen kamen.

Sie brauchte einen Moment, um sich zu fassen, dann ging sie zu

Grace, gab ihr einen dicken Kuß und sagte fröhlich: »Hallo, Geburtstagskind.«
»Schau, wer da ist, Grace«, sagte Jim. »Francine ist gekommen. Und schau, wen sie mitgebracht hat.«
Grace schaute. Sie hielt Francines Blick mit ausdruckslosen Augen fest. Als die Kleine einen Laut von sich gab, schwenkten sie zu dem Baby.
»Das ist Kyla«, sagte Francine. »Sie möchte ihrer Gran zum Geburtstag gratulieren.« Sie ging vor Grace in die Hocke, setzte Kyla auf ihr Knie und erzählte in das rosige Öhrchen: »Gran ist heute dreiundsechzig geworden. Und wer ist das da neben ihr?« Sie fing Jims Blick ein und flüsterte: »Das ist dein Grandpa.«
Er sandte ihr einen tadelnden Blick. Sie waren übereingekommen, daß Kyla ihn Father Jim nennen sollte, bis sie alt genug wäre, um die Zusammenhänge verstehen zu können – doch seine Augen leuchteten auf, wenn sie ihn neckte, und sie tat es oft. Es war etwas ungeheuer Schönes, zwei Großelternteile zu haben – genauso schön, wie zwei Elternteile zu haben.
Graces Blick lag noch immer auf dem Baby.
Francine rückte noch näher an sie heran. Grace sah Kyla zwar jeden Tag, aber sie vergaß es von einem auf den anderen. »Ist sie nicht eine Schönheit, Mom? Kyla, sag Happy birthday zu Gran. Kannst du das? ›Happy birthday, Gran‹?«
»Puuuuuh!« sagte Kyla.
»Na, das war doch gut zu verstehen«, bestätigte Francine lächelnd.
»Sie ist entzückend«, sagte Jim. »Wo hast du denn ihren Vater gelassen?«
»Der holt Sophie vom Bahnhof ab.« Sophie war im letzten Monat nach New York gezogen und wohnte mit ein paar Freundinnen zusammen.
Grace war sich dessen gar nicht bewußt und vermißte sie demzufolge auch nicht. Francine tat es, aber sie wußte, daß Sophie diese Zeit für sich brauchte. Sie hatte Spaß mit ihren Freundinnen, sie ging aus, und sie arbeitete als Redaktionsassistentin –

bei Katia Sloane. Sie telefonierten täglich, und so blieb sie, was »Die Vertraute« betraf, auf dem laufenden – und sie wußte, daß sie jederzeit auf ihren alten Platz zurückkehren könnte.
Francine hoffte, daß sie es eines Tages tun würde. Bis dahin hatte sie Robin, und gemeinsam war »Die Vertraute« ein Klacks.
»Aufregende Neuigkeiten«, verkündete sie in gedämpfter Zeitungsjungen-Manier. Kyla mit einem Arm aufrechthaltend, streckte sie den anderen nach Grace aus. »Pünktlich zu deinem Geburtstag. Wir sind wieder im Buchgeschäft. Diesmal bringen wir Sammlungen deiner Kolumnen heraus, so daß nichts geschrieben werden muß, sondern nur bereits Geschriebenes zusammengestellt. Ist das nicht großartig?«
Grace schaute noch immer unverwandt Kyla an, die ihre winzig kleinen, mintgrünen Strumpfhosen befingerte.
»Es werden mehrere Bände«, versuchte Francine es noch einmal. »Katia wollte nach dem Riesenerfolg deiner Biografie unbedingt etwas anderes von dir haben. Was hältst du von der Idee?«
Grace ließ Kyla nicht aus den Augen.
»Nun – ich finde, du kannst sehr stolz sein«, sagte Francine. »Dein Lebenswerk wird in gebundener Form erscheinen – ein Denkmal für die Ewigkeit. Ist das nicht das schönste Geburtstagsgeschenk, das du je bekommen hast?«
Grace streckte die Hand nach Kyla aus, erst zögernd, dann entschlossener. Sie berührte das Köpfchen, streichelte die seidigen Haare und sagte mit leiser, unendlich lieber Stimme: »Ein Baby? Ich liebe Babys.« Sie hob den Blick, schaute Francine in die Augen und lächelte.
Da war es. Graces Lächeln. Nur kurz, aber voller Liebe und Freude und, ja, tatsächlich Billigung. Graces Lächeln, auf ewig unvergeßlich.